接下来
会发生什么

阿特伍德随笔集 2004—2021

[加]玛格丽特·阿特伍德 著

赖小婵 张剑锋 译

Burning Questions:
Essays and Occasional Pieces 2004—2021

上海译文出版社

献给　格雷姆——
以及我的家人

目录

引言

第一部分
2004—2009年 接下来会发生什么

- 002 / 书写科幻传奇
- 013 / 《时间冻结》
- 020 / 《从黄昏到黎明》
- 025 / 波洛尼娅
- 031 / 人之女
- 036 / 五访语汇宝藏
- 047 / 《回声制造者》
- 058 / 湿地
- 065 / 生命之树，死亡之树
- 076 / 雷沙德·卡普钦斯基
- 081 / 《绿山墙的安妮》
- 090 / 艾丽丝·门罗褒评一则
- 102 / 古已有之的平衡
- 115 / 史高治
- 120 / 写作生活

第二部分
2010—2013年 艺术是我们的天性

- 126 / 作家作为政治代表？当真？
- 131 / 文学与环境

- 141 / 艾丽丝·门罗
- 143 / 《礼物》
- 149 / 《提堂》
- 153 / 雷切尔·卡森周年纪念
- 161 / 未来市场
- 175 / 我为什么写《疯癫亚当》
- 179 / 《七个哥特故事》
- 185 / 《长眠医生》
- 189 / 多丽丝·莱辛
- 192 / 如何改变世界?

第三部分
2014—2016 年 是谁说了算

- 204 / 身处翻译之地
- 218 / 论美
- 222 / 叠层石之夏
- 224 / 卡夫卡
- 230 / 未来图书馆
- 232 / 《使女的故事》之所思
- 246 / 双重的不自由
- 252 / 纽扣或蝴蝶结?
- 257 / 加布里埃勒·罗伊
- 278 / 莎士比亚与我
- 291 / 玛丽-克莱尔·布莱
- 296 / 《皮草女王之吻》
- 298 / 命悬一线

第四部分
2017—2019年 情况有多糟？

306 / 特朗普执政下的艺术
310 / 《图案人》
317 / 我是个无良的女性主义者吗？
321 / 在我们最需要厄休拉·勒古恩的时候，我们失去了她
325 / 三张塔罗牌
340 / 奴隶制国家？
342 / 《羚羊与秧鸡》
347 / 地球人，你们好！你们所说的人权是什么？
358 / 《偿还》
362 / 《火的记忆》
365 / 说出。那个。真相。

第五部分
2020—2021年 思想与回忆

370 / 在隔离中成长
375 / 《同仁》
380 / 《形影不离》
385 / 《我们》
391 / 《证言》创作谈
400 / 《百鸟床头书》
403 / 《永动》与《死神绅士》
409 / 陷于时间的川流
417 / 《大科学》

421 / 巴里·洛佩兹

423 / 海洋三部曲

427 / 致谢

引 言

《接下来会发生什么》是我第三部随笔以及其他应景之作的合集。第一部文集《二话》起于我刚开始发表书评的一九六〇年，止于一九八二年；第二部文集《移动靶标》收集了我从一九八三年到二〇〇四年年中的文章；《接下来会发生什么》则是从那时起一直延续到了二〇二一年年中。这样看来，每一部合集的时间跨度差不多都是二十年。

每一个时段各有其喧嚣和动荡。应景文章因机缘而作，由此同文章本身所处的时空紧密联系——至少我的应景之作如此。它们还同我写作时的年龄以及我所处的外界环境息息相关。（我有工作吗？在求学吗？缺那笔钱吗？是否已经跻身知名作家之列，醉心于自己的兴趣所在？是在响应人们求助的呼唤而不取分文只为行善吗？）

一九六〇年，我二十岁，单身，没有出版过作品，是一个行头不多的女大学生。二〇二一年，我八十一岁，是一个相当有名的作家，当了外祖母，守了寡，依然行头有限，毕竟经过一次次失败的尝试，我已经认识到了有些衣服我还是不去穿为妙。

当然，我变了——我的头发变换了颜色——可世界同样也变了。过去六十多年仿佛坐过山车似的，冲击和动荡频频发生，骚乱和逆转数不胜数。一九六〇年距离第二次世界大战的结束仅仅过了十又五年的时间。对于我们这一代人来说，那场战争感觉很近——我们亲历其中，我们的家庭里有退伍军人和伤亡人员，有些教我们的高中老师曾参加过战争——却又很遥远。在一九五〇年和一九六〇年之间，麦卡锡主义让我们一窥民主的脆弱性，而猫王则颠覆了歌曲和舞蹈。服装也发生了翻天覆地的变化：四十年代朴素暗哑、结实耐穿、具有军装风格、宽松直筒；五十年代质地轻薄、没有肩带、宽大蓬松、色彩柔和、带印花图案。女性气质受到推崇。汽车从战争年代深色的全封闭轿车变成了色彩艳丽的镀铬装饰敞篷车。晶体管收音机出现在我们中间。露天汽车电影院冒了出来。塑料制品问世了。

接着到了一九六〇年，出现了另一个变化。在真挚热切的年轻群体中，民谣取代了传统舞蹈。在当时存在于多伦多咖啡馆的小小艺术圈子里——他们倾向于法国存在主义而不是垮掉的一代——黑色高领毛衣和一般黑的眼线风靡一时。

尽管如此，六十年代初实质上依然是五十年代。冷战正酣。肯尼迪尚未遇刺。彼时避孕药还没有普及。没有迷你裙，虽说刚出现了很短的热裤。没有嬉皮士。没有第二波妇女运动[1]。正是在这个时期，我写了最初一批书评、第一册诗集、第一本小说——幸亏依旧悄然躺在抽屉里——以及第一部出版的小说《可以吃的女人》。等到一九六九年这部小说问世时，它所描述的世界已经不复存在。

六十年代后期带来了骚动。美国的民权大游行，反越战的抗议活动，成千上万的美国逃避兵役者拥入加拿大。我自己也不断过境：有几年我在马萨诸塞州的坎布里奇读研究生；还有几年，我在诸如蒙特利尔和埃德蒙顿等地担任初阶教职。我搬迁了十六七次。这一时期，加拿大成立了一些新的出版社，多数都与这个国家在殖民地时期之后力求了解自身的努力不无关系。我和其中一家出版社开展合作，这促使我写了大量文章，不管当时还是后来都是如此。

---

[1] 第二波妇女运动（the second-wave women's movement），又称第二波女性主义运动（the second-wave feminism），始于20世纪60年代的美国，最终发展至整个西方和其他地区，一直持续到80年代，旨在争取性别平等、生育权、女性的工作权利等。

再到了七十年代：第二波妇女运动蓬勃发展，随之而来的是抵制反抗，一蹶再蹶之后走向终结。在加拿大，魁北克的分离主义占据了政治舞台的中心。这一时期出现了几个集权政府：智利的皮诺切特，阿根廷军政府，他们搞谋杀和失踪那一套；柬埔寨的波尔布特政权，采用的是军事手段。有些是"右派"，有些是"左派"，但显然暴行不是哪种意识形态所独有的。

我继续写书评，也写长篇小说、短篇小说和诗歌，以为那是我真正的工作，但也涉足社论和演讲，其中不少文章探讨的主题时至今日仍然占据我日渐萎缩的大脑："女性问题"、写作与作家、人权。我参与了一些主要通过写作发挥影响的国际组织。

到了一九七二年，我不再从事教学工作，转而成为自由职业者，因此任何能接得到手的有偿工作我都不错过。我们当时住在一座农场，孩子还小，家庭收支预算也少。我们并不穷，尽管有位访客告诉大家，说我们"除了一只山羊之外，一无所有"。（实际上并没有山羊，只有绵羊。）不过我们手头没多少现金。我们种了很多蔬菜，养鸡，养人类之外的其他住户。这个小型的农业综合经营体需要花费时间，还赔钱，所以如果我可以通过写作而不是卖鸡蛋来赚取一点现金，这样也好。

进入八十年代，我们从农场搬到了多伦多（由于孩子上学等等原因），罗纳德·里根在美国当选，宗教右派[1]崛起。一九八一年，我开始构思《使女的故事》，虽说拖到一九八四年才动笔，毕竟故事的构想似乎过于令人难以置信。我加快了"应景之作"的产出，一来是力有所逮——孩子上学之后，我在白天有了更多的空闲时间，二来是我收到了更多的请求。回顾我那些时断时续、记得七零八落、信息量不怎么大的日记，我注意到其中一个主题便是一再抱怨承应了太多的事情。"不能再这样下去了。"我看到自己这样说。我写的一些文章是就我收到的求助予以回应，因此一直都没有停歇过。

---

[1] 即基督教的保守派。

"回绝掉就好。"人们告诉我,我也是这么告诉自己的。然而,如果人家请你一年写十篇应景文章,你回绝掉其中九成,那就是一年出产一篇。可如果人家请你写四百篇,你还是回绝掉九成——你真是立场坚定又不失善良!——那么一年仍然有四十篇。过去几十年来,我平均每年写四十篇。凡事都有个限度。不能再这样下去了。

继续我们的年代记:一九八九年,随着柏林墙倒塌,冷战结束,苏联那一套体系瓦解。历史的终结已经发生,舆论告诉我们:资本主义是前进的方向,购物为王,你对于生活方式的选择决定了你是什么样的人,女性还能有什么要求?更不用说"少数族裔"——加拿大的政客和政府官员称之为"多元种族"(讲法语和英语以外的语言的人)和"可见少数"(非"白人"的人),至少我的密探告诉我他们是这么叫的。他们可能都想求得更多,这一点很快就将显而易见,但在二十世纪九十年代还不太明显。有动静,有传闻;其他地方有战争、政变以及冲突;但还没有发生爆炸。大家的看法依然是"不可能在这里发生"。

二〇〇一年后,随着对双子塔和五角大楼的恐怖袭击,一切都改变了。昔日的假设遭到了挑战,昔日的舒适感飞出窗外,昔日不言而喻的事不再确凿。恐惧和猜疑成为了主流心态。

《接下来会发生什么》就从这里开始。

为什么用这个标题[1]呢?可能是因为我们在二十一世纪迄今为止面临的问题都极其紧迫。当然,每个时代都认为自己面临的危机相当迫切,不过这个时代无疑感觉非同一般。首先是地球。世界本身真的在熊熊燃烧吗?纵火者是否恰恰是我们?我们能扑灭这些大火吗?

再来是财富分配的角度不均,不仅在北美,几乎所有地方都是如此。这样头重脚轻的不稳定状态有可能持续下去吗?是不是过不了多久,99%

---

[1] 原作标题为 Burning Questions,直译为十万火急、令人忧心如焚的问题。

的人就会忍无可忍，放火烧掉象征意义上的巴士底狱？

还有民主。民主处于危险境地吗？我们所谓的"民主"到底是什么意思呢？一切公民享有平等权利的民主真正存在过吗？说到一切我们是实打实当真的吗？一切性别，一切宗教，一切种族血统？我们称之为民主的这一制度是否值得维护，或者说是否值得追求？我们所谓的自由是什么？有多少言论理应自由发表，由谁发表，围绕什么议题来发表？社交媒体革命赋予在线人群前所未有的力量，如果你喜欢他们，就称之为"运动"，如果你不喜欢他们，就称之为"暴民"。这究竟是好是坏，抑或只是过时的群众活动的延伸？

"烧掉一切"——我们这个时代一句流行的口号——是否真的意指一切？

比方说，一切是指一切文字吗？那么譬如一些人习惯称之的"创作者"又如何呢？作家和作品呢？他们——我们——仅仅是代言人，散播自以为有益于社会的陈词滥调，还是我们另有职责？如果这种职责别人并不赞同，那我们写的书就应该付之一炬吗？为什么不呢？以前就有过这种情况。书本身并没有什么神圣不可侵犯的。

这些迫切需要回应的问题，过去二十年来我一直被人问及，也一直扪心自问。以下是一些答案，或者应该说是一些尝试。说到底，这就是随笔的意义所在，是一种尝试，一种努力。

我把这本书分为五个部分。每一部分都以一个事件或转折点为标记。

第一部分始于二〇〇四年。在双子塔和五角大楼袭击事件发生后，伊拉克战争正在进行。我还在为《羚羊与秧鸡》（2003 年）巡回宣传，这是"疯癫亚当"三部曲的第一部，故事情节围绕双重危机而展开：一是气候危机和由此引发的物种灭绝，二是基因嫁接造成的瘟疫大流行。在二〇〇三至二〇〇四年，这些假设似乎很遥远，而今却不那么遥远了。第一部分结束于二〇〇九年，当时世界仍因二〇〇八年十月爆发的大型金融风暴踉跄而行——就在这个时候,我出版了《偿还:债务与财富的阴暗面》。(有些人以为我有占卜水晶球,其实我没有。)

第二部分从二〇一〇年到二〇一三年。在这四年里,奥巴马担任美国总统,世界从金融灾难中慢慢复苏。我当时主要忙于写作"疯癫亚当"三部曲中的第三部《疯癫亚当》。一旦你出了一本书,经常会被问及为什么要这么做——仿佛你偷了个烟灰缸似的,你们会发现我在这其中一篇里,兢兢业业地尽量解释我的罪行。

我的随笔写作生活可谓丰富多样。我继续写评论,作序,也不无感伤地写讣告。气候危机成为越来越热门的话题,我发现自己对此探讨得更加频繁了。

二〇一二年,我的伴侣格雷姆·吉布森被诊断出患有痴呆症。"预后如何?"他问道。"病情可能慢慢发展,可能快速发展,也可能保持不变,我们不得而知。"医生告诉他。世界的状况也大抵如此。这是一个动荡不安的时代,虽然没有灭顶之灾,但人们满心恐惧,而他们恐惧的究竟是什么,则如散沙一般无所聚焦。我们屏息凝神。我们照样生活。我们装作一切正常,可空气中已经弥漫着每况愈下的气息。

第三部分收集了二〇一四年至二〇一六年的文章。美国二〇一六年大选的选前准备工作已经启动。与此同时,电视剧《使女的故事》正在筹备之中——将于二〇一六年八月开始摄制,此外关于一位十九世纪的囚犯兼背负凶杀罪名的女嫌犯的迷你剧《别名格蕾丝》也正在拍摄。

自由及其对立面因此在相当大程度上占据了我的思考。差不多在这一时期,我开始忙于《证言》的写作,作为《使女的故事》的续集,这部小说将于二〇一九年问世。

到了二〇一六年年底,时代精神的变化无疑降临到了我们身上。随着唐纳德·特朗普当选为美国总统,我们已经完全进入了后真相的陌生境地——我们将在这一境地之中待到二〇二〇年,尽管看起来有些人决心继续这样生活下去。

第四部分开始于二〇一七年，此时美国担心《使女的故事》恐怕终究不是虚构想象。紧随特朗普总统就职典礼的是大规模的国际女性游行。这是一个让美国人充满绝望和痛苦的时期。接下来会发生什么事？我们距离女性权利的倒退还有几步之遥？威权主义的政体是否正在到来？当电视剧《使女的故事》在四月推出时，收获了无需多言便已诚服的观众。同年，迷你剧《别名格蕾丝》在流媒体平台播出。《别名格蕾丝》是我们所曾经历的过去，而《使女的故事》则是我们可能遭遇的境况。

黑客们旷日持久地试图通过网络窃取我的最新小说文稿，此事堪称我写作生涯中相当诡异的一幕，而后《证言》于二〇一九年九月十日出版。

这一时期也见证了♯MeToo运动的兴起。我认为♯MeToo的总体影响是积极进步的，因为大家都知道了哈维·韦恩斯坦式的行径再也别指望不受追究就轻松过关。不过有关借由社交媒体进行抨击的利与弊仍处于争论之中，"文化论战"仍在进行。在此背景下，和韦恩斯坦案、比尔·考斯比案以及其他许多案件的记录者一样，我写下了关于真相、事实核查和公正的文章。

这三年对于格雷姆和我而言可谓艰难岁月。格雷姆的病情在二〇一七年和二〇一八年逐渐恶化，到了二〇一九年上半年，情况更是急转直下。我们知道我们携手相伴的日子所剩无几——只有几个月，而不是几年。格雷姆希望在他头脑还清楚的时候告别人世，也如愿以偿了。在英国伦敦的国家剧院举行了《证言》发布会之后一天半，他突发脑溢血，陷入昏迷状态，五天后去世。

我在格雷姆去世后继续参加《证言》的巡回宣传活动，有些人可能对此感到惊讶。可如果有得选择，一边是酒店房间、宣传活动和人群，另一边是空落落的房子和空无人坐的椅子，亲爱的读者，你会选哪一个呢？当然空落落的房子和空无人坐的椅子只是缓了缓，过了一阵子才横亘在我面前，这种事情一向如此。

第五部分从二〇二〇年开始。这一年是美国的大选之年，而且这个选举年简直异乎寻常——三月真正来袭的新冠疫情使之更加复杂。

我应邀写了一些与新冠疫情相关的文章——我成天在做什么事，我们又何去何从？

极权主义让我忧心忡忡；全世界随波逐流朝极权主义漂去的趋势令人担忧，美国国内采取的种种威权主义举措也是如此。此刻我们是否又一次在见证一个民主国家的崩溃？

二〇二〇年秋天，我的诗集《深深地》出版了；我还把我探讨这部诗集的一篇论述文章放进诗集里。格雷姆依然萦绕在我心头，我很欣慰为他的《百鸟床头书》写了引言，并为他最后两部小说作序，两部作品都再版了。

我用论及巴里·洛佩兹和雷切尔·卡森这两位极其重要的环境保护论者的文章为《接下来会发生什么》收尾。我大胆预测，他们的作品将产生愈加重大的影响，因为地球上的我们面临着越来越不确定的未来。洛佩兹和卡森以及许多警告我们气候危机日趋严重的先驱之声后继有人，那就是千禧后的年轻一代，他们当中最著名的代言人是格蕾塔·通贝里。在二十世纪中叶雷切尔·卡森刚开始发表作品那个时候，要否认、逃避和暂缓处理这一议题是省事的，但现在不可能再这样了，也就是说，如果我们作为一个物种想在这个星球上存续下去的话。

千禧一代很快就会成长并掌握权力。且让我们抱之以希望，他们能早日睿智地行使他们的权力。

第一部分

2004—2009 年
接下来会发生什么

书写科幻传奇

（2004）

我非常荣幸，受邀到卡尔顿大学新闻传播学院来作凯斯特顿讲座[1]。

我注意到自己是这一讲座系列中第四位讲演嘉宾，在我之前来过三位非常杰出的男士。我向来不信任4这个数字，倒是偏爱3。因此，我把面目可疑的4拆分成两组：一组是3，一个让人浮想联翩的幸运合集，包含了归于男性类别之人，不包括我；第二组是1，包含了归于女性类别之人，偏巧是我。因此，我是这组当中打头的第一个，相信不久之后会有更多人加入。

这就是今晚的女性主义，如你们所见，我狡黠地将它与开场的插科打诨揉作一团，这样一来你们就不会觉得受到太大威胁。我一直不明白为什么人们有时候会觉得受到我的威胁。毕竟，我个头很矮，除了拿破仑之外，哪个矮个子曾给人造成胁迫感了？其次，如你们想必有所耳闻的，我是一个偶像人物，一旦你成为偶像，差不多就作古了，你要做的无非是在公园里一动不动站着，变成古铜色，这时鸽子之类的在你肩头栖息，在你头顶便溺。再者，从占星学角度来讲，我是天蝎座，十二星座中最善良、最温柔的星座之一。我们喜欢在黑暗而安宁的鞋尖里头悠哉生活，从不给人带来任何麻烦，除非有谁咄咄逼人，妄图把一只趾甲发黄的大脚丫塞进来，踩到我们身上。我也是这样：绝对不惹麻烦，除非被踩了一脚，要是发生这种情况，有什么后果可不好说。

我今晚聊的题目是"书写科幻传奇"[2]。面上说来是要讲讲科幻小说，潜台词大概是：小说何用？之类的。再往下一层是就我自己写的两部科幻传奇讲上几段。更深层的潜台词说到底恐怕是何为人？因此这场讲座好比那些花了你两分钱把你牙齿给蛀坏的圆形糖果：外面是糖衣，里面一层又一层各种颜色，最后吃到中心一颗小小的难以辨认的种子。

首先，我要谈谈通常被称作"科幻小说"的散文体作品这一特殊体裁，"科幻小说"这个标签将你们认为本应相互排斥的两个词结合到一起，因为科学——从拉丁语 scientia 而来，意为"知识"——按说关乎可论证的事实，而小说——源自意为"塑造"的一个根动词，如同对待黏土一样——表示一种捏造或者虚构出来的东西。组合构成的科幻小说，在常人看来，其中一个词往往抵消了另一个词。其书本身作为旨在陈述事实真相的产物而接受评价，至于小说部分——故事情节、虚构的成分——对于实际上想了解比方说纳米技术之类的人而言毫无用处。要么就像是 W. C. 菲尔兹[3]看待高尔夫的态度，他说高尔夫俨然一场好端端的却给搞得七零八落的散步之旅——也就是说，书被视作一个让太多深奥难懂的极客素材搅得杂乱无章的叙事结构，而它原本应该固守于描绘《两对鸳鸯》[4]那种社会和性的相互作用。

著有《海底两万里》等作品的儒勒·凡尔纳，这位科幻小说的祖师爷，对 H. G. 威尔斯的恣意发挥感到震惊；和凡尔纳不一样，威尔斯没有囿于那些在可能实现范围之内的机器——譬如潜水艇，而是创造了其他譬如时间机器这种显然不可能存在的东西。"他瞎编的！"据说儒勒·凡尔纳曾百般不满地这样说过。

因此，我谈论的这一部分的结点——结点有时是你发表了太多场演讲

---

1 凯斯特顿讲座（Kesterton Lecture）是卡尔顿大学新闻学专业标志性的年度公共盛会，以加拿大杰出的新闻史和新闻法学者、知名媒体人威尔弗雷德·凯斯特顿（1914—1997）命名。

2 原题为 Scientific Romancing。"科幻传奇"（Scientific Romance）又译"科学浪漫故事"，主要指 19 世纪后期到 20 世纪初期带有科学元素的小说，以凡尔纳、威尔斯和柯南道尔为其代表人物。

3 W. C. Fields，即威廉·克劳德·杜肯菲尔德（1880—1946），美国喜剧演员、作家。

4 1969 年美国哥伦比亚影业公司推出的喜剧电影，是性解放时期探讨情感价值观的代表作品。

而在声带上长出来的一种讨厌的赘生物,但我在这里使用的是它的另一个义项,即交汇点——结点是科学和小说产生碰撞的那个奇特的地方。这种事物从何而来?为什么人们要写、要读这玩意儿?它到底有什么用?

科幻小说这一名称出现之前,在二十世纪三十年代的美国,那个暴眼怪物和一身薄纱的姑娘们闪亮登场的黄金时代,诸如 H. G. 威尔斯的《世界之战》这样的小说被称为"科幻传奇"。这两个术语当中——科幻传奇和科幻小说——科学元素是个限定词,名词是传奇和小说,而小说这个词涵盖了很多领域。

我们已经习惯成自然,将所有长篇散文体的虚构作品都称为"长篇小说",并且依照为评价某种特定的长篇散文体作品而制订的标准,来对其加以评判。所谓特定的长篇散文体作品,也就是那种表现个人置身于如实描绘的社会环境中的小说,最初随丹尼尔·笛福的作品——他试图将其包装成新闻报道以示人——以及十八世纪乃至十九世纪初塞缪尔·理查逊[1]、范妮·伯尼[2]和简·奥斯丁的作品而兴起,继而由乔治·艾略特、查尔斯·狄更斯、福楼拜和托尔斯泰等一众作家在十九世纪中后叶发展壮大。

这类作品如果当中有"圆形"人物而不是"扁平"人物,就会被认为是上乘之作,毕竟圆形人物被认为更具心理深度。不符合这种模式的一切作品都被塞进一个称为"类型小说"的不那么严肃的领域,间谍惊险小说、犯罪故事、探险故事、鬼怪故事和科幻小说,无论写得多么出色,都必须待在这里,各归其位——原因在于以看似轻浮的行文让人太过愉快地阅读是一桩罪过。它们是虚构的,我们都知道它们是虚构的,至少在一定程度上,因此,它们无关乎现实生活,现实生活本当没有巧合、离奇怪事和动作/冒险——当然,除非关于战争——故而它们并不牢靠。

严格意义上的长篇小说一向宣称自己掌握了某种真相——关于人性的真相,或者说穿戴整齐的人们在除了卧室以外的种种场合——也就是在可

---

[1] 塞缪尔·理查逊(1689—1761),英国小说家,其书信体小说《帕美勒》被称为英国第一部小说。

[2] 范妮·伯尼(1752—1840),英国女小说家,作品多写涉世少女的经历,代表作小说《埃维莉娜》反映了当时的社会面貌。

观察到的社会条件下，都是如何真实表现的。在人们看来，"类型小说"在我们身上另有所图。它们想要娱乐大众，这并不光彩，是在逃避现实，而不是向我们念叨着日复一日的磨难造就的日复一日的坚毅。对小说家来说，令人遗憾的是，更多读者乐得接受娱乐。在乔治·吉辛[1]的代表作《新格拉布街》中，有一位贫困潦倒的作家，在他那部题为《杂货店老板贝利先生》的如实反映生活侧面的现实主义小说遭遇失败后自杀了。《新格拉布街》问世时，正值赖德·哈格德[2]的《她》和 H. G. 威尔斯的科幻传奇等冒险传奇小说风靡之际，《杂货店老板贝利先生》——如果它是一部真正的小说——确实会经历一段惨淡的日子。如果你认为现在不可能发生这种情况，且看看《少年派的奇幻漂流》——纯粹的冒险传奇——和《达芬奇密码》的销量数字吧，还有安妮·赖斯长盛不衰的吸血鬼系列小说。

严格意义上的现实主义小说的背景是人间俗世，而人间俗世的中心是中产阶级，男主角和女主角通常是理想的标准，也可能是诸如托马斯·哈代的悲剧版本——他们原本可以达到理想的标准，如果命运和社会不是如此不作美的话。如同出版商的读者[3]所说的，"我们喜欢这些人"。当然，也会出现理想标准的怪诞变体，但它们展现出来的形式不是邪恶的会说话的蛤蜊、狼人或外星人，而是具有性格缺陷或长着古怪鼻子的人。举例来说，有关未曾尝试过的新的社会组织形式的理念，是通过人物之间的对话，或以日记或遐想的形式引出来的，而不是像在乌托邦和反乌托邦中那样戏剧化地加以表现。中心人物被赋予父母亲戚，从而置于社会空间之中，无论这些从属人物在故事开始时多么不尽如人意，或者索性已经告亡。这些中心人物并非仅仅以全然成熟的成年人面貌登场，而是有一段过往、一段历史已为他们铺陈准备好了。这类小说关注的是意识觉醒的状态，在这样的

1　乔治·吉辛（1857—1903），维多利亚时代后期最出色的现实主义小说家之一，代表作有《新格拉布街》和《在流亡中诞生》。

2　亨利·赖德·哈格德（1856—1925），英国小说家，以写非洲的冒险故事闻名，代表作有《所罗门王的宝藏》和《她》。

3　出版商的读者，也称作第一读者，系出版商雇用的专事阅读小说手稿并就作品的质量和适销性提出建议的人员。

书里面，假如有个人变成了节肢动物，那他只会是做了噩梦。

不过并非所有的散文体作品都坚守"小说"一词本身的那一层现实主义意义。一本书可以是散文体作品却不是长篇小说。《天路历程》虽是一部散文叙事和虚构作品，却无意成为一部"小说"。《天路历程》写出来的时候，小说这种东西尚不存在。它是一部传奇——关于英雄冒险的故事——又叠加上一则寓言——基督徒生活的各个阶段。（它也是科幻小说的先驱之一，尽管认同这一观点的人不太多见）。以下是散文体作品的其他一些类型，它们不是严格意义上的小说：忏悔录、专题论文集、梅尼普斯式讽刺[1]或剖析，乌托邦小说及其邪恶的孪生兄弟反乌托邦小说。

纳撒尼尔·霍桑有意将他的一些虚构作品称为"传奇"，以区别于小说。他的想法可能是，相较于小说，传奇往往会使用更显而易见的特有套路——例如，金发白肤的女主人公与她浅黑肤色的另一个自我。法国人说到短篇小说有两个词——contes 和 nouvelles，"故事"和"新闻事件"，这种区分很有用处。故事可以以任何地方为背景，可以进入小说无法涉足的领域——进入头脑的地下室和阁楼，那些在小说中只能作为梦境和幻想出现的人物会在此真正脱胎成形并且行走凡尘。然而，新闻事件是关于我们的新闻事件，是每日新闻，一如"日常生活"。新闻中可能有车祸，有沉船事故，但不大可能有弗兰肯斯坦那样的怪物；不可能，也就是说，除非"日常生活"中有人当真创造出了一个怪物。

不过新闻事件可不止"新闻事件"那么简单。虚构作品可以给我们带来另一种新闻；它可以讲述早已过去和日渐过去的事情，也可以讲述即将到来的事情。当你在写即将发生的事情时，你可能从事的是危险警告这一类的新闻工作，这在过去被看作预言，有时也被称为宣传鼓动——推选那个混蛋，建造那个水坝，投下那枚炸弹，一切地狱都将可以逃脱，或者惩处没那么严重，啧啧——但作为一个经常被问及"你怎么就知道呢？"的人，我想明确指出，我不追求预言，没有这回事。没有人可以预测未来。

1　梅尼普斯式讽刺，采用拐弯抹角、不切实际等手法表现的暗讽，常见于文学作品，因希腊讽刺文学家 Menippus 得名。

变数太多了。十九世纪，丁尼生写了一首诗，叫《洛克斯利大厅》，似乎预言了——不止于此——飞机的时代，其中有一行："我探究未来，极尽目力所及"；其实没有人能真正做到。然而，你可以探究现在，这里头包含着有望变成未来的种子。如威廉·吉布森所说，未来已经在我们身边，只是浓淡深浅不均而已。因此，你可以看着一只羔羊，做出一个基于事实依据的猜测，比如，"如果一路走来没发生什么意外的话，这只羔羊很可能会成为（a）一只绵羊或（b）你的晚餐"，很可能排除掉（c）一头将要碾压纽约的披着羊毛的巨怪。

如果你在写关于未来的作品，并且不是在做预测性的新闻报道，那么你很可能写的是人们称之为科幻小说或推想小说的东西。我喜欢把严格意义上的科幻小说和推想小说区分开来——我认为科幻小说这一标签指的是书中有我们尚且做不到或者还未开始做的事情，比如借由太空中的虫洞到达另一宇宙，而推想小说采用了已经或多或少唾手可得的手段，比如信用卡之类的，而且就发生在地球上。但这些术语也不是铁板一块。有些人将推想小说作为涵盖科幻小说及其所有混合形式——科学奇幻小说之类——的总括，另一些人则反道而行。

以下是这些类型的叙事能做到而通常定义之下的"小说"无法做到的：

● 能够以生动方式，通过展示所提出的新技术完全可行，从而探究新技术造成的影响。

● 能够以生动方式，通过极端试探，探索人之所以为人的本质和极限。

● 能够探索人与宇宙的关系，这种探索往往把我们带往宗教的方向，也易于同神话融合在一起——这种探索在现实主义的传统范围内又是只能通过对话、遐想和独白发生。

● 能够通过展示假如我们果真着手改变社会组织，对于生活在其中的人来说会是什么情形，继而探索提出的社会组织中的变化，于是就有了"乌托邦"和"反乌托邦"。

● 能够通过大胆带领我们去往前人不曾到达的地方，探索想象的疆域。于是就有了宇宙飞船，有了《神奇旅程》的内空间，有了威廉·吉布森的赛博空间旅行，以及《黑客帝国》——顺带说一句，最后这部作品是带有强烈基督教寓言色彩的冒险传奇,因此相较于《傲慢与偏见》,它与《天路历程》的关系更为密切。

不止一位评论家提到,科幻小说作为一种文体,是神学叙事在《失乐园》之后的归宿,这一说法无疑符合事实。长着翅膀的超自然生物和会说话的燃烧的灌木丛不太可能在讲述股票经纪人的小说中遇到,除非股票经纪人服用了相当剂量的致幻药物,但要是在X星球上就不算出格。

我自己写过两部"科幻小说",或者照你们更愿意称之的"推想小说":《使女的故事》和《羚羊与秧鸡》。有些评论家发现这两部作品具有共同之处——都不是简·奥斯丁意义上的"小说",而且都设定在未来,因此将它们归为一类,但实际上这两部作品截然不同。《使女的故事》是一部典型的反乌托邦小说,至少有部分灵感源自乔治·奥威尔的《一九八四》——尤其是尾声部分。我在二〇〇三年六月应英国广播公司之邀而作的一篇纪念奥威尔百年诞辰的文章中说过:

奥威尔一直遭到指责,说他愤懑又悲观——说他留给我们的关于未来的景象之中,个人永远没有任何机会,控制一切的当权者抬起残暴的铁靴从此狠狠踩在人类的脸上。

但对于奥威尔的这一看法与书中最后一章相悖,那一章讲述的是新话——由当局政权一手炮制出来的双重思维语言。通过删除所有可能引起麻烦的词语——"坏"不再允许存在,而是变成了"倍加不好",通过让其他词语的意思与它们过去的意思截然相反——人们受刑折磨的地方是友爱部,摧毁历史的那座建筑大楼是真理部,一号空降场的统治者希望这一来人们便无法由字及意地厘清思路。

然而,关于新话的这一章节全文用的是标准英语、第三人称和过去式,这只能说明那个政权已经垮台,而语言和个体存活了下来。无论这篇介绍新话的文章出自何人之手,《一九八四》的那个世界已经终结。因此,在我看来,奥威尔对人类精神复原力的信心远超乎人们所想。

奥威尔在多年之后我的人生中成为我直接效法的榜样——在真真切切

的一九八四年,那一年,我开始动笔创作一部多少有点不一样的反乌托邦小说,《使女的故事》。

大多数反乌托邦作品都出自男作家之手,观点也是基于男性的视角。女性出现在其中时,要么是无性别的、不动脑子机械行事的人,要么是反抗政权所设下的性规则的叛逆者。她们充当了男主人公的诱惑者,不管这种诱惑对男性本身而言是多么乐享其成:《一九八四》中的朱莉娅;《美丽新世界》中穿连身紧内衣、借狂欢之礼引诱野人的莱妮娜;叶甫盖尼·扎米亚京一九二四年那部影响深远的经典作品《我们》中颠覆性十足的尤物Ⅰ-330。我想从女性的视角去尝试创作一部反乌托邦作品——或者说朱莉娅眼中的世界是什么样子。然而,《使女的故事》并不因此就成为一部"女性主义的反乌托邦",除非到了这种程度——那些认为女性不该享有表达观点、拥有精神生活的权利的人始终觉得那样处理都算是"女性主义"。

在其他方面,我所描绘的专制主义同所有真实存在的以及大多数想象中的专制主义并无二致。在顶层掌权的小群体控制或试图控制其他所有人,并且从可得的好处中分走最大一杯羹。《动物庄园》中的猪得到牛奶和苹果,《使女的故事》中的精英们得到能生育的女人。在我的书中,反抗暴政的力量是奥威尔本人一向十分看重的——那就是普通人的体面,他在评价查尔斯·狄更斯的文章中称赞过规矩正派的行为——尽管他相信需要建立政治组织来战胜压迫。

在《使女的故事》结尾,有一段在很大程度上要感谢《一九八四》。那一段描写的是几百年后举行的一场研讨会,而小说中描述的专制政府现在只不过是学术分析的对象。这与奥威尔论述新话一章的相似之处应该显而易见了。

如此说来,《使女的故事》是一部反乌托邦小说。那《羚羊与秧鸡》呢?我认为,它不是一部典型的反乌托邦作品。尽管它具有反乌托邦元素,但我们并没有真正从中纵览到整个社会结构;相反,我们看到书中的中心人物在社会的小角落里各自生活。他们能了解掌握的世界其他地方的情况是通过电视和互联网获取的信息,又因为信息被编辑过,所以值得怀疑。

我倒想说,《羚羊与秧鸡》是一部冒险传奇,同时又结合了梅尼普斯式讽刺——这种文学形式经营的是知识分子的困扰。《格列佛游记》中的拉普他岛或者说飞岛的那个部分就是一例。《羚羊与秧鸡》中讲述沃特森-克里克学院的几个章节也是如此。拉普他岛从未存在过也不可能存在——尽管斯威夫特正确指出了制空权优势,而沃特森-克里克学院却非常接近于现实存在,这与它们在文学形式中的用处并无太大关系。

在《羚羊与秧鸡》中,有一些人是经过设计改造的,他们接受的设计改进了现有的模型,即我们自己。任何从事这种设计的人——设计改造人这件事非常接近于我们现在真能做到的——这样的设计师必须问一问:你在改动的领域能走多远?哪些特点是我们存在的核心所在?生而为人究竟是什么?人是一件多么了不得的杰作[1],既然我们自己可以动手改变,哪些部分我们应该砍掉?

这又让我回到了前面提到的结点——科学和小说之间的交汇点。"你反对科学吗?"有时候人家会问我。多奇怪的问题。反对科学,像是反对什么,又赞成什么那样?倘若没有我们称之为"科学"的事物,我们很多人会死于天花,更不用说肺结核了。我成长于科学家之中,了解他们的癖性。我自己也差点成为一名科学家,要不是受到文学的诱惑,我肯定走科研道路了。我几个最亲密往来的亲人是科学家。不是所有人都像弗兰肯斯坦博士。

不过正如我前面所说,科学是关乎知识的。小说则关乎感觉。科学本身不是人,没有内置的道德秩序,顶多和烤面包机差不多。它只是一种工具——用来实现我们的愿望,打消我们的恐惧——和其他任何工具一样,可以用来做好事,也可以干坏事。你可以拿锤子盖房屋,也可以拿同一把锤子去杀害你的邻居。人类工具制造者总是制造出有助我们获取念想之物的工具,而我们的念想之物几千年来都没有改变,因为就我们所知,人性也没有改变。

我们怎么知道呢?查阅一下神话和故事就行了。神话和故事告诉我们,

---

[1] 此句典出莎士比亚《哈姆雷特》。

我们作何感受，而我们的感受又决定了我们想要什么。

我们想要什么？这是一份不完全的清单。我们想要永远都塞满金币的钱袋。想要青春不老泉。想翱翔。想要只消我们一发话就自动摆上美味佳肴完了还会收拾干净的桌子。想要永远用不着我们支付薪水的没声没影的仆人。想要能让我们疾速到达目的地的七里靴。想要能让我们窥探别人而不被发现的隐身衣。想要能彻底消灭敌人的百发百中的武器。想惩罚不公正的恶行。想要权力。想要刺激和冒险；想要安全和保障。想永生。想拥有一大堆迷人的性伴侣。想让我们所爱之人也以爱相报，对我们忠贞不二。想要聪明可爱的孩子，能待我们以应有的尊重，而且不会砸坏家里的车。想让周围都是美妙的音乐、醉人的香气和养眼的宝物。不想太热或者太冷。想跳舞。想纵情饮酒而不至于宿醉。想和动物说话。想惹人羡慕。想像神一样。

我们想要智慧。我们想要希望。我们想要为人正直慷慨。因此我们有时会给自己讲一些探讨我们其他较为阴暗那一面欲望的故事。

只教给我们有关工具本身的知识——入门指南，怎么创造出来的，又怎么保养维护，却不教我们工具在成全我们所欲所求中发挥了什么作用，这样的教育体系，从本质上讲，不过是一所修理烤面包机的学校罢了。你可以成为世界上最好的烤面包机维修工，但假如烤面包不再是人类早餐菜单上叫人垂涎的食品，你也就失去这份工作了。"文科"——如我们以此名号称之的——不是一种无用的装饰。文科是问题的核心，因为事关我们的心灵，而我们的技术创造能力源自我们的情感，而不仅仅源自我们的头脑。一个没有文科的社会准会砸碎它的镜子，切除它的心灵。这样的社会将不再是我们现在认可的人类社会。

正如威廉·布莱克很久以前指出的，人类的想象力推动着世界。起初，推动的只是人类世界，比起周遭庞然而强大的自然界，人类世界曾经非常渺小。如今我们几乎控制着一切，除了天气，可依然是人类的想象力，以其丰饶多姿，指导着我们的行动。文学是人类想象力的一种抒发，或者说是外在体现。文学让难以捉摸其形态的思想和感觉——天堂、地狱、怪物、天使以及所有的一切——全都展露了出来，我们得以仔细观摩，也许能够更好地理解我们是什么人，想要什么，那些欲望的限度又在哪里。了解想象力不再是一种消遣甚或本分，而是一种需要；因为只要我们想象得出，就能够做到，这种情况正变得越发明显。

至少我们将能够尝试去想象。让猫从袋子里出来，让精灵从瓶子里出来，让瘟疫从潘多拉盒子里出来，这些事我们都很拿手。我们只是不太善于把它们再放进去。但我们都是讲故事的孩子，我们每一个人都是。也许激励我们前进的，是的，让我们从床上爬起来，下楼去阅读晨报的，是每一位小说家、每一位记者——你们注意到我对二者有所区分——在写作的每一个钟头都必须处理的那个简单的问题。那就是：

接下来会发生什么？

《时间冻结》
序言
（2004）

有些书，一旦进入我们的想象，就挥之不去，欧文·比蒂和约翰·盖格的《时间冻结》便是这样一部作品。这本书着力讲述了欧文·比蒂博士的惊人发现——包括铅中毒极有可能导致了一八四五年富兰克林探险队的覆灭，可谓影响重大。

我在一九八七年阅读了《时间冻结》，那时第一版刚刚出来。书中那些图片让我噩梦连连。后来我把故事连同图片酝酿成个中意涵和引申的隐喻，写进一则题为《铅时代》的短篇小说，收录在一九九一年出版的小说合集《荒野指南》中。大约九年之后，在游览北极的一次乘船旅行中，我遇到了约翰·盖格，这本书的作者之一。不光是我读了他的书，他也读了我的，由此促成他进一步思考，认为铅大致是北地探险和出师不利的十九世纪海上航行中的一个因素。

盖格说，富兰克林是矿井中的金丝雀[1]，尽管大家一开始并没有认识到这一点：直到十九世纪的最后那些年，长期航行的船员仍因罐头食品里所含的铅而患病致死。他把自己的研究成果写进了这本扩充版的《时间冻结》。他说，十九世纪诚然是"铅的时代"。如此说来，生活和艺术确实交织在一起。

回到前面的重点。一九八四年秋，全球各大报纸上出现的一张惹人遐想的照片引发了广泛关注。照片上的年轻男子看起来既没有彻底死亡，也不全然活着。他身着古旧的衣服，由一个冰罩围了起来。他的眼睛半睁半闭，眼白呈茶色，额头暗沉发蓝。尽管《时间冻结》的两位作者说起他来用的都是些表示抚慰和尊重的形容词，但你永远不会把这个人与一个刚刚进入梦乡的小伙子混为一谈。他看起来倒像是《星际迷航》中的外星人和B级电影中受到诅咒之人的合体；你不会想让这样的人成为与你仅有一墙之隔的邻居，尤其是在月圆之夜。

每当我们发现久已死去之人保存完好的尸体——埃及木乃伊、冻干的印加人祭、皮肤粗糙的斯堪的纳维亚沼泽木乃伊、著名的欧洲阿尔卑斯山冰人——都会心生相似的着迷。这里有人挑战了尘归尘、土归土的普遍规律，在绝大多数人早就化成白骨和沙土之后，他作为个体之人却依然面目可辨。在中世纪，有悖常情的结果表明有悖常情的缘由，这样的身体要么被尊为圣人，要么被人用木桩钉穿心脏[2]。在我们这个时代，尽管我们力求诉诸理性，但一些经典的恐怖画面仍然萦绕不散：木乃伊显灵，吸血鬼苏醒。看起来如此不失生气的一个人却对我们毫无知觉，真是难以置信。当然——我们觉得——像这样的存在是信使。他已穿越时间，一路从他的时代来到我们的时代，只为告诉我们那些我们渴望了解的事情。

这张造成轰动的照片上的人是约翰·托林顿，注定折戟沉沙的一八四五年富兰克林探险队中最先死去的三人之一。探险队的既定目标是寻找通往东方的西北航道，并且为不列颠占据这一新航道；结果所有参与探险的人都失踪了。托林顿埋葬在比奇岛岸边的永久冻土深处一处细心挖掘的墓穴，比奇岛是探险之旅第一年过冬时富兰克林的大本营所在地；另外两个人——约翰·哈特内尔和威廉·布雷恩则被安排入土相邻的墓穴。三人都被人类学家欧文·比蒂和他的团队小心挖掘出来了，他们试图解开一个由来已久的谜团：为什么富兰克林探险队会遭遇如此悲惨的结局？

1　早年英国矿工为避免中毒危险，带金丝雀进入矿井以时时检测一氧化碳等有毒气体，一旦金丝雀出事，矿工就能迅速意识到井中有毒气体浓度过高从而及时撤离。

2　在吸血鬼传说中，用尖锐的木桩刺穿心脏才能彻底杀死吸血鬼。

比蒂寻找证明富兰克林探险队其他成员行踪的证据，挖掘这三座已知的墓穴，随之又有所发现，这一系列努力催生出了一部电视纪录片，并在照片初次曝光的三年后又带来了《时间冻结》一书。富兰克林在奥克尼群岛的斯特罗姆内斯镇将船上的淡水桶一一蓄满以后便启程驶向他神秘的命运，而一百四十年之后他的故事仍引起如此广泛关注，这充分体现了富兰克林传奇非比寻常的持久魅力。

多年来，这一命运的神秘色彩是最吸引大众的地方。起初，富兰克林的两艘船——命名时便笼罩不祥征兆的"惊骇号"和"埃里伯斯号"[1]，似乎已经消失在虚无之中。即便在发现托林顿、哈特内尔和布雷恩的墓穴以后，也找不到两艘船的一丝踪迹。不知所踪、生死未卜之人，总有点令人不安。他们扰乱了我们的空间感——失踪之人肯定在某个地方，但究竟在哪里呢？在古希腊人看来，死者若是没有被找回并举行体面的葬礼，便无法到达冥界；他们变成永不安宁的幽灵，在活人的世界中游荡。时至今日，失踪之人也依然如此：他们萦绕在我们心头。维多利亚时代这种萦绕气息尤甚，譬如丁尼生的《悼念集》已是见证，其中对一位海上遇难者的纪念最具代表性。

为富兰克林的故事更增添几分吸引力的，是那片把首领、船只和水手们尽收其中的北极风光。在十九世纪，除了捕鲸者之外，鲜有欧洲人踏足极北之地。在对于文学上的浪漫主义精神依然具有敏锐感受的公众眼中，这是引人入胜的一大危险地区——在这个地方，英雄可以不畏艰险，历尽磨难，唤起他那超乎常人的灵魂来对抗周遭压倒一切的力量。这片北极地区阴沉、荒凉而空旷，就像崇高美学爱好者所青睐的迎风的荒原和险峻的高山一样。不过北极也是强力无边的另一个世界，在人们想象中，北极这座仙境美丽诱人却潜藏着恶意，是冰雪女王的王国，还有超凡脱俗的灯光效果加持，有闪闪发光的冰宫，有传说中的野兽——独角鲸、北极熊、海象，以及一身奇异毛皮装束的地精般的居民。当时许多素描图画都证明了对这地方的迷恋之情。维多利亚时代的人热衷于各种仙子精灵；为他们画画，编写故事，有时甚至相信他们的存在。他们很清楚规则：到另一个世

---

[1] 埃里伯斯，希腊神话中的混沌之子，代表黑暗，也有意译作"幽冥号"。

界去是一场巨大的冒险，可能会被非我族类俘获，可能陷入困境，可能永远也出不去。

自从富兰克林失踪后，每个时代都创造出了一个符合自身当下需求的富兰克林。在探险队启程之前，有这么一个人，我们可以称之为"真正的"富兰克林，或者说是原版的富兰克林——他在同侪眼中或许不是一包饼干当中最松脆作响的那一块，却坚实可靠又经验老到，纵使有些经验也是因误判吃了亏之后才学到的（诚如时运不济的一八一九年铜矿河航行所示）。这位富兰克林知道自己的职业生涯行将告终，如果能发现西北航道，就有望流芳百世，这是他最后一搏的机会了。他上了年纪，而且胖乎乎的，着实算不上大众梦幻中的浪漫主义英雄。

然后是"过渡期的富兰克林"，出现在第一个富兰克林没能凯旋归来、英国人意识到必定出了大事之后。这个富兰克林既没去世却也不在世，恰因他非生即死一切未明，惹得英国公众忧心忡忡。在此期间，他获得"英勇"一词形容，仿佛他曾在战场上建功立业。嘉奖送上门来，几支搜索队被派了出去，其中有些人也是有去无回。

下一位富兰克林，我们可以称之为"高开的富兰克林"，出现在大家确信富兰克林和他全部手下都已经死亡之后，还不只是死亡，而是罹难。他们不只是罹难，而是悲惨罹难。不过，在同样艰难恶劣的条件下，许多欧洲人在北极地区还是存活下来了。为什么偏偏这一群人会惨遭失败？尤其是，既然"惊骇号"和"埃里伯斯号"是他们那个时代装备最精良的船只，代表技术进步的最新成就都已经派上用场了。

失败是如此惨巨，拒不承认失败也须得有同等浩大的声势。有关富兰克林手下有几个人吃掉另外几个人而影响恶劣的报道受到了强力压制；引证报道的那些人——比如勇敢无畏的约翰·雷，凯文·麦古根二〇〇二年出版的《致命通道》一书讲述了他们的故事——遭到媒体的猛烈抨击；而那些看到可怕罪证的因纽特人被污蔑为邪恶的野蛮人。简·富兰克林夫人领导组织了这场运动，为的就是洗清富兰克林和所有随航者身上这一切罪名。她本身的社会地位悬而未决：英雄的遗孀是一回事，而食人者的遗孀完全是另一回事了。由于简夫人在游说工作上的种种努力,富兰克林竟在缺席的情况下被吹上了天。他在一片疑问声中被视作发现西北航道的功臣,并且得到威斯敏斯特教堂中的一方牌匾和丁尼生所写的墓志铭。

经过这样的过度吹捧,反作用力必然随之而来。二十世纪下半叶有相当一段时期,展现给我们的是"笨蛋富兰克林",一个笨得连自己鞋带都不会系的呆头鹅。富兰克林是恶劣天气的受害者(通常在夏天融化的冰层那时却没有融化,这情况不仅仅出现了一年,而是连续三年);然而,在"笨蛋富兰克林"的看法当中,这算不上什么事。这次探险被框定为欧洲人在大自然面前狂妄行事的一个纯粹的例子:约翰爵士无非是又一个一败涂地的北地来客,因为他不遵守当地规则、不听从当地人忠告——在这种情况下,首先就是"不要上那里去"。

不过声誉的规律有如蹦极弹力绳:你纵身往下跳,就会回弹上来,尽管每次下探的深度和反弹的高度逐渐递减。一九八三年,斯滕·纳多尔尼出版了《迟缓的发现》,这部小说向我们呈现了一个多思善想的富兰克林,他不尽然是个英雄,却是个不寻常的人才,当然绝非恶棍。富兰克林的名誉由此开始逐渐恢复了。

然后又有了欧文·比蒂的种种发现以及《时间冻结》一书对相关发现的讲述。这下富兰克林显然不是自高自大的白痴了。恰恰相反,他变成了典型的二十世纪的受害者:不合格包装的受害者。他船上的罐头食品害得他的手下中了毒,身体变得虚弱,判断力受损。罐头在一八四五年属于新事物,这些罐头草率地用铅封装,而铅已经渗入了食物之中。但铅中毒的症状很容易与坏血病的症状相互混淆,当时无从认识。大家很难指责富兰克林疏忽大意,比蒂揭示的真相在某种程度上证明责任并不在富兰克林。

此外还有两方面情况可为富兰克林免除责任。比蒂的团队前往富兰克林的手下去过的地方,由此体验到了富兰克林的船员中那些幸存者所面临的自然条件。即使在夏天,威廉王岛[1]也是地球上最艰苦、最荒凉的地方之一。没有人能做到那些人当时尝试去做的事——经由陆路远道去往安全地

---

1 加拿大努纳武特地区西部北极群岛中的岛屿。

带。他们由于身体虚弱,头脑发昏,抱不了什么希望。不能责怪他们没有达成目标。

证明不能怪罪于富兰克林的第三点论据也许是——从历史公正的角度来看——最为重要的一点:在天寒地冻之中,经过艰苦卓绝的搜索,比蒂的团队发现了带有刀痕的人骨和没有面孔的头骨。约翰·雷和他找到的因纽特证人曾经因为指证富兰克林最后几个手下吃人而遭到不公正的攻击,可他们终究没有说错。富兰克林之谜有很大一部分如今已经解开了。

那么又一个谜团出现了:为什么富兰克林会成为加拿大人的偶像呢?正如盖格和比蒂所说,起初加拿大人并不怎么感兴趣:富兰克林是英国人,北地又遥远,加拿大受众更喜欢大拇指汤姆[1]这种怪人。但几十年乃至上百年以来,富兰克林已经被加拿大人当作自己人来看待了。譬如流传下来的一些民歌,像是大家耳熟能详的传统歌谣《约翰·富兰克林爵士之歌》——这首歌在英国都已经不太有人记得了,以及斯坦·罗杰斯那首家喻户晓的《西北通道》。后来作家们也对此有所贡献。格温多琳·麦克尤恩的广播剧《惊骇号和埃里伯斯号》在二十世纪六十年代初首次播出;诗人阿尔·珀迪对富兰克林极感兴趣;小说家、讽刺作家摩迪凯·里希勒认为他是适合用来打破旧习的偶像,在其小说《所罗门·古尔斯基在此》中,将藏匿的异装癖女装加进了富兰克林船上的货物之中。是什么原因导致加拿大人认富兰克林为自己人了呢?是那些心怀善念的天资平平之人惨遭恶劣天气和有害食品供应的摧残而令我们心有戚戚吗?或许是吧。也可能是因为——就像人们在瓷器店里说的——若你打碎了,就算你的了。加拿大北方打垮了富兰克林,这一事实似乎赋予了它某种所有权。

很高兴看到《时间冻结》以修订扩充版的形式重回书架。我有点迟疑,是否将其称为一本开疆拓土的书,因为可能有双关之嫌,但在彼时它确实

---

[1] 《大拇指汤姆》原为《格林童话》中的一篇,讲述一个只有拇指大小的男孩的冒险故事。这里指侏儒演员查尔斯·史特莱敦(Charles Stratton)。他在马戏大亨巴纳姆的纽约博物馆以"拇指汤姆将军"之名演出,吸引了大量观众。

充满了开拓性。《时间冻结》极大地促进了我们对北地探险旅程历史上一个重大事件的了解,也彰显了这个故事的长久魅力——这个故事经历了一个故事孕育发展可能具有的所有形态。富兰克林传奇曾是疑案,是猜想,是传闻,是传奇,是英雄冒险,是民族象征;在《时间冻结》中,它变成了一则侦探故事,因其真实而更扣人心弦。

《从黄昏到黎明》

（2004）

《从黄昏到黎明》是玛丽莲·弗伦奇以厚重三卷、一千六百页篇幅讲述女性历史的著作，从史前谈到当下，纵览全球：仅第一卷，就涉及秘鲁、埃及、苏美尔、中国、印度、墨西哥、希腊和罗马，涵盖从犹太教到基督教和伊斯兰教的各大宗教，不仅调研行为和法律，还探究现象背后的思想。这部作品有时让人气恼，就像读菲尔丁的《阿米莉娅》一样——太多苦难了！有时又简化得让人抓狂；但就是不能不当回事。作为参考之书，它极具价值：光是书目就值回书价；作为对人类行为和男性怪癖中骇人的极端现象的鉴戒，它又是必读作品。

在当下尤其如此。二十世纪九十年代初，有那么一个时刻，人们相信历史走向终结，而乌托邦已经到来，所呈现的样貌极像是购物中心，"女性主义问题"想来已经平息。然而那一时刻转瞬即逝。伊斯兰教和美国右翼的宗教极端主义日渐兴起，两者的基本目标之一便是压制女性——压制她们的身体、她们的心理、她们的劳作成果——在这个星球上，女性似乎承担了大部分工作——以及列在最后但重要程度丝毫不减的，她们的着装。

《从黄昏到黎明》秉持这么一个观点，凡是看过弗伦奇在一九七七年出版的畅销小说《女人的房间》[1]的读者想来再熟悉不过："压迫女人的，是男人，"弗伦奇断言，"诚然不是所有男人都压迫女人，但大多数男人都受益于（或者以为他们受益于）这种统治，并且大多数男人都为此出了力，哪怕只是两手一摊未加阻止或缓和。"

阅读这本书的女性会怀着恐惧和不断加剧的愤怒之情，也认同这一观点。《从黄昏到黎明》之于西蒙娜·德·波伏娃的《第二性》,恰如狼之于贵宾犬。男性读者可能会对书中把男性群体描绘成残暴的心理变态者感到厌烦,或者对弗伦奇认为男人应该"为他们的性别所做之事负责"这一想法心生困惑。(你能怎么为苏美尔君主、埃及法老或拿破仑·波拿巴负责呢?)然而,没有人能回避这源源不断累积起来的细节和事件——稀奇古怪的习俗、憎恨女性的法律体系、关于妇科的种种谬论、虐待儿童、得到纵容的暴力行径、性侵犯——千年复千年如是。这一切都如何解释呢?所有男人都不正常吗?所有女人都注定不幸吗?还有希望吗?关于不正常的这个部分,弗伦奇摇摆不定,但作为一位美式风格尤其鲜明的活动家,她坚信希望犹存。

她立项之初是要做一套全面的电视系列节目,原本大可有喜人的收视,想想那些视觉画面——焚烧女巫、强奸、投石处死、开膛手杰克的翻版、打扮得华丽俗艳的交际花,以及从圣女贞德到丽贝卡·纳斯[2]的殉道者。后来这档节目脱离了轨道,可是弗伦奇没有半途而废,她全力以赴,埋头写作和研究,查阅了数以百计的原始资料,咨询了几十位专家学者,尽管曾因与癌症进行殊死搏斗而有所中断。这一切花费了她足足二十年时间。

她一心想整理创造出一套叙事话语,来回答一个困扰她许久的问题:男人是怎么最终拥有了所有权力——确切地说,拥有了凌驾于女人之上的所有权力?从来就是如此吗?若非如此,这种权力是如何攫取,又是如何强制执行的?她读过的资料无一直击这个问题。在大多数传统的历史记载中,女性根本不存在,或者只是作为脚注存在其中。她们的缺席就像一幅画中的阴暗角落,里头有些情形你不太能看得到。

弗伦奇打算让大家了解一下那个角落。她写的第一卷《起源》篇幅最短。开篇对贾雷德·戴蒙德在其经典著作《枪炮、病菌和钢铁》中描述的那种平等主义的采猎者社会展开了思考。弗伦奇说,从来没有一个社会是母权制社会——即女性拥有无上权力、对男性施加暴行的社会。但社会曾

---

1 也译作《醒来的女性》。
2 1692年塞勒姆女巫审判中被指控行巫术并遭处死的无辜妇女。

经是基于母系的：也就是说，人们认为孩子是母亲的后代，而不是父亲的。许多人都想知道为什么事态会变化，可确实就是变了；随着农业占据上风，父权制确立，妇女和儿童开始被视为财产——男人的财产，可以购买、出售、交易、偷窃和杀害。

正如心理学家早就告诉我们的，你越是虐待别人，就越是迫切需要解释为什么你的受害者罪有应得。关于女人"天生的"弱势已经有了许多文献，其中大多出自哲学家和宗教创建者之手，他们的思想理念构筑了西方社会的基础。这类思想基于弗伦奇称之为"男人对于女性繁育的执着关注"，她这么轻描淡写着实不可思议。男性的自尊，似乎取决于男人并非女人这一点。因此，更有必要迫使女人尽可能"女性化"，哪怕是——尤其是在男性所创造的"女性"定义包括败坏、诱惑和动摇男性的能力这一情况下。

随着疆域更大的王国和复杂而有组织的宗教的出现，服装和内部装饰变得更加精美，女性的境遇却恶化了。祭司——可以说是取代了女祭司，拿出了可以说是取代了女神的神的命令，而国王则有法典和刑罚来助一臂之力。宗教的权力经纪人和世俗的权力经纪人之间存在冲突，但两者的主要倾向是相同的：根据定义，男人好，女人坏。弗伦奇列举的一些信息让人难以想象：例如，古代印度的"马祭"，祭司们强迫王公的妻子在仪式过程中与死马交配。关于伊斯兰教创建的叙述特别引人入胜：与基督教一样，在创建之初对女性非常友善，也得到女性支持，通过女性广为传播，然而好景不长。

《男性的奥秘》（第二卷）也不见得更令人振奋。这一卷辛辣爽利地论述了欧洲和日本两种封建主义，然后谈到欧洲人对非洲、拉丁美洲和北美洲的侵占，再谈到美国对黑人的奴役，在所有境遇中，女性都处于最底层。你以为启蒙运动按理说会让境况宽松一些，可是在受过教育的聪慧女子主持的沙龙里，哲学家们一边拿起茶点大快朵颐，一边还在争论女人是否有灵魂，或者只是一种更高级的动物罢了。然而，到了十八世纪，女性终于开始能够发声了，她们还开始写作，至今仍未放弃这个习惯。

再后来法国大革命爆发了。革命之初，尽管女性在推翻贵族制度的行动中发挥了关键作用，但她们作为一个社会阶层，遭到了雅各宾派的压制。在男性革命者看来，"只有将女人完全排除在权力之外，革命才有可能实现。"

自由、平等和博爱并不包含姐妹情谊。拿破仑掌权后，"他撤销了女性之前赢得的每一项权利。"不过，从此以后，弗伦奇说："女性再也不曾沉默。"她们参与了推翻旧秩序，希望拥有属于自己的若干权利。

《炼狱与天堂》是全书第三卷，篇幅也最长，带领我们一路回顾十九世纪和二十世纪风起云涌的女性解放运动，取得的胜利和成果，遭受的挫折和抵制，又在帝国主义、资本主义和世界大战的背景下衰竭式微。俄国革命尤其扣人心弦——女性是革命成功不可或缺的因素，结果却特别令人气馁。"性自由对男人而言意味着自由，对女人则意味着怀孕，"弗伦奇说，"男人想要无需担负责任的性爱，指控拒绝他们的女人是'资产阶级的假正经'……在不考虑女性生育的情况下，把女人等同于男人对待……是将女人置于进退维谷的境地，期望她们做男人所做的一切，与此同时还要独自为社会繁育和抚养后代。"

弗伦奇在最后三章中来到了她的主场，她最切身的知识和最浓厚的热忱所在的领域。"女性主义的历史""政治就是个人，个人就是政治"和"女性主义的未来"构成了书名中应允的"黎明"。这几个部分面面俱到又富有创见，弗伦奇在文中论及当代的范畴，包括反对女性主义的观点和保守派女性的观点——在她看来，她们对世界的看法与女性主义者的看法一样，都认为半数人在掠夺另外那一半人，大家只是在理想主义或者抱以希望的程度上有所不同。（如果性别差异是"天生的"，那么除了用你绝无仅有的女性伎俩来操纵道德低下的男性，别无他法。）不过，她认为几乎所有的女性——无论是不是女性主义者——都在"沿着不同的道路向同一个方向前进"。

你是否抱持同样的乐观态度，这取决于你是否相信地球这艘泰坦尼克号已在渐渐沉没。按理来说，人人都有公平的机会，都在舞池度过欢乐时光就挺好。实际上，恐怕是要竞相争抢救生艇。但是无论你对弗伦奇的结论有什么看法,她提出的问题都不容忽视。看来女性终究不是一个脚注:她们是权力之轮围绕着转动的必要中心;或者换个角度看,她们是三角形的宽阔基底,支撑着三角形顶端的少数寡头。在读过弗伦奇之后,你再读到的任何历史,都将不复同样的面貌了。

波洛尼娅[1]

（2005）

我会给年轻人什么忠告呢？这个问题我很难回答。下面说说原因。

就在圣诞节前，我在一家奶酪店里准备买点奶酪，这时一位相当年轻的男子——哦，估计年龄在四十到五十之间吧——走进店里，一脸茫然。他的妻子让他出来买一种叫"蛋白酥糖"的东西，并且勒令他不许买其他种类，可他不知道那是什么玩意儿，找也找不到，而且他逛到现在去过的所有店铺都没有人知道。

这番话他并没有对我说。他是跟奶酪店的店员讲的。对于这个蛋白酥糖之谜，她看起来也是没有一丁点头绪。

这一切都与我毫不相干。我本可以——应该可以——只管继续买我的奶酪。恰恰相反，我发觉自己开口了。"不要买糖霜，那不是你太太想要的。她想要的可能是像细砂糖或者浆果糖之类的，这东西有时被叫作糖粉，但其实不是真正的粉状，它比普通白糖磨得更细，虽说在一年中这个时节是挺难找到的。其实吧，拿普通白糖来做蛋白霜也不错，只要你慢慢地打发就好了，我自己一直用的，要是你加入一点点酒石[2]，或者半茶匙白醋吧，会很有效，而且……"

在这个当口，我女儿——她已经成功找到了我们想要的奶酪——一把挽住我的臂弯，拖着我往收银台去，那里排起了队。"要白醋，乌醋不行哦。"我喊着把话说完。不过我已经给自己吓了一跳。我为什么要主动向一个完全陌生的人滔滔不绝地给出建议？尽管那人确实茫然而无助。

这是年纪大了才有的事。大脑中有种荷尔蒙会开始分泌——一旦看见比你年轻的人碰到问题整个儿都蒙了不知如何是好,不管碰到的难题是蛋白酥糖,或者是怎么把广口瓶的盖子取下来,怎么去除桌布上的甜菜渍,或者没法好生摆脱应该快点甩掉的糟糕男友,因为傻瓜都看得出他心理变态,或者本地选举中哪位候选人是最佳人选,以及其他任何事情,在你自己看来你有一肚子关于这些事情的有用知识,无论身处何地,若不当场向那些需要求助的人倾囊相授,这些知识怕是会从地球上消失。这种荷尔蒙会自动占据上风,就像知更鸟妈妈体内的荷尔蒙会促使她把虫子和蚯蚓塞进嗷嗷待哺的雏鸟的嗉囊里去,大量有用的建议如同脱落的卷筒纸滚下楼梯似的从你嘴里源源不断地吐露出来。你没有办法阻止这一过程,就是这样发生了。

这已经发生了几个世纪,不,是几千年了。自从我们产生宽泛的所谓人类文化以来,年轻人就一直在接受长辈的教导,无论他们乐意与否。哪里有最好的根茎和浆果?如何制作箭镞?什么鱼在什么地方什么时节数量多?哪些蘑菇有毒?这些教导想必是一派春风化雨("很棒的箭镞!现在试试这样来!")或者一阵暴风骤雨("你个白痴!乳齿象根本不是那么剥皮的!要像这样!")。鉴于我们仍然拥有与克罗马努人[3]相同的硬件——或者告诉我们的是这么回事,情况只是在细节上发生了变化,过程本身并没有改变。(为了方便自己十几岁的孩子操作使用而在洗衣烘干两用机上贴过洗衣说明的每个人都举一下手吧。)

关于自助的书籍浩若烟海,证明了这么一个事实:年轻人——也不仅是年轻人——都乐意获取针对各种问题的建议,从如何去除粉刺,怎么巧施手腕让不愿许下承诺的年轻人步入婚姻,处理婴儿急性腹痛,制作色香味俱全的华夫饼,到谈判加薪,购置回报丰厚的退休资产,再到策划一场让人着实难忘的葬礼。烹饪书是自助书籍最初的一种形态。比顿夫人十九世纪的巨著《家政手册》扩展了这一传统的范畴,不仅包括食谱,还有各

1　波洛尼厄斯(Polonius)对应的女子名。
2　葡萄酒发酵产生的一种晶体酸,主要用于烘焙。
3　旧石器时代晚期的智人群体,1868 年在法国南部克罗马努山洞中发现而由此得名。

种建议，从怎么分辨真正的昏厥和假装的昏厥，到金发和黑发之间选择哪种颜色合适，再到午后做客时闲谈哪些话题不会出错。（远离宗教方面的争论，聊聊天气大家一向都能接受。）玛莎·斯图尔特、安·兰德斯和曼纳斯小姐都是比顿夫人的曾辈徒孙了，以《烹饪之乐》闻名的罗姆鲍尔·贝克夫人以及你在电视上看到过的每一位家政好手、室内装饰师和性爱专家也是如此。接二连三地看着这些节目、翻阅这些人写的书，你会感觉需要往耳朵里塞上一团棉花，才能抵挡那些仿佛没完没了的指指点点、咄咄逼人和唠唠叨叨的声音——如果你没有亲自决定让这些人登门入户的话。

有了入门指南书籍和自助类节目，如果真有需求，你可以从中汲取建议，但亲戚、朋友、熟人或者母亲可就没法这么轻易翻开又合上再放回书架。几个世纪以来，小说和戏剧向我们展现了一个老套的角色：年长的女性或男性——两种版本都有——一个健谈又爱管闲事的人，不请自来，向年轻人猛灌如何经营生活的忠告，一旦建议没被理会，又要言辞尖刻地大加批评。《绿山墙的安妮》中的雷切尔·林德太太就是个典型的例子。有时这类人心地善良——林德太太就是如此，但同样他或她也会是个阴险的控制狂，就像莫扎特《魔笛》中的夜后。然而不管人好人坏，多管闲事的人难得有讨喜的。为什么呢？因为我们希望别人——不管是不是出于善意——管好他们自己的事，而不是我们的事。当你处于接受的这一端，即使是有用的建议，也可能同颐指气使没什么区别。

我母亲属于不干涉派，除非是生死攸关的事。如果我们小孩子在做一些确实危险的事情又让她知道的话，她就会制止我们，否则她都让我们从经验教训中摸索学习。仔细想来，她省了好些事，虽说当然得费点心思注意自我克制。她后来说过，在我做生平第一个馅饼酥皮的时候，她不得不离开厨房，那景象看得她痛苦不堪。我已经开始欣赏母亲的沉默，尽管她总是能在被问到的时候言简意赅地给出明智的建议。如此说来，我在奶酪店对陌生人脱口而出的教导就更令人费解了。也许随了我父亲，他一向不遗余力地提供信息，虽然他总是以"我相信你知道……"作为开场白，来缓和他言语的分量。

我上高中那个时候对于学生有背诵默记的要求。这项任务是考试的组成部分：你不仅要朗声背诵规定的篇章，还要逐字逐句默写在纸上，拼写错误的地方要扣分。其中一个标准篇章是《哈姆雷特》里上了年纪的宫廷顾问波洛尼厄斯对他即将前去法国旅行的儿子雷欧提斯讲的那番话。下面列出这段讲话，以免你们可能已经忘记了，因为我在尝试回忆全文的时候，发现自己已经忘了。

还在这儿，雷欧提斯！上船去，上船去，真好意思！
风息在帆顶上，
人家都在等着你哩。好，我为你祝福！
还有几句教训，希望你铭刻在记忆之中：
不要想到什么就说什么，
凡事必须三思而行。
对人要和气，可是不要过分狎昵。
相知有素的朋友，
应该用钢圈箍在你的灵魂上；
可是不要对每一个泛泛的新知
滥施你的交情。
留心避免和人家争吵；可是万一争端已起，
就应该让对方知道你不是可以轻侮的。
倾听每一个人的意见，可是只对极少数人发表你的意见；
接受每一个人的批评，可是保留你自己的判断。
尽你的财力购置贵重的衣服，
可是不要炫新立异，必须富丽而不浮艳，
因为服装往往可以表现人格；
法国的名流要人，
在这一点上是特别注重的。
不要向人告贷，也不要借钱给人；
因为债款放了出去，往往不但丢了本钱，而且还失去了朋友；
向人告贷的结果，容易养成因循懒惰的习惯。

尤其要紧的，你必须对你自己忠实，
正像有了白昼才有黑夜一样，
对自己忠实，才不会对别人欺诈。
再会，愿我的祝福使这一番话在你的行事中奏效！[1]

　　这种教导方式气势汹汹——波洛尼厄斯因为雷欧提斯还没有登船而训斥他，然后又讲了一长串可为和不可为之事拖住他——但提出的全都是非常有益的忠告。一个理性的人不可能不赞同其中任何一条。然而在我看过的每一出《哈姆雷特》中，波洛尼厄斯都给演成一个滑稽而啰唆的迂腐之人，雷欧提斯听他说话时几乎不加掩饰内心的不耐烦，尽管雷欧提斯自己也才滔滔不绝地向妹妹奥菲利亚给出了一大堆建议。客观来看，波洛尼厄斯不可能真的是呈现在我们眼前的那种惹人厌烦的白痴形象：他是克劳狄斯的首席顾问，克劳狄斯是个恶棍，但绝不是傻瓜。波洛尼厄斯若是脑子真缺根筋，克劳狄斯断然不会把他留在身边。那为什么这一幕总是这样演呢？
　　原因之一在于，如果直截了当说教恐怕招人厌烦，因为不请自来的建议向来都是讨人嫌的，尤其是给出建议的人上了年纪，而你自己还年轻。这就像附带说明文字为"人说的，猫听的"的那幅漫画：猫的头顶上是一个气球状的对话框，里面一个字都没有。给猫的建议可能非常好——"不要惹街上的那只大公猫"——但是猫可不愿听。它听从的是自己的劝告，因为猫就是这样的。年轻人也是如此，除非他们有什么特别的事情想听你来说。
　　我就是这样回避那个问题。我会给年轻人什么忠告？没有忠告，除非他们主动要求。或许那是在理想的世界里才会发生的事情。在我实际居住的世界，我每天都会打破这一良性规则，因为稍有一点借口，我就发觉自己在喋喋不休地谈论各种事情，这是我前面已经提到的知更鸟妈妈荷尔蒙的作用所造成的。因此：

1　引自朱生豪译本。

我相信你知道,最生态友好的坐便器是科玛[1]节水马桶。你可以表明自己的立场、坚持自己的观点而不至于失礼。遮阳篷可以减少起码七成夏季通过窗户的热量。如果你想成为小说家,注意每天锻炼背部肌肉——你以后会用得上。不要给他打电话,让他给你打。要有全球思维,也要立足本地付诸行动。生完孩子以后,脑子会丢,头发也会掉一些,但都会再长回来的。小洞及时补,免遭大洞苦。有一种新的带钉铁鞋底,你可以绑在靴子上,在结冰的人行道上走起来很方便。不要把叉子插在墙上的插座里。如果你不清理烘干机上的绒毛收集器,可能会爆炸起火。雷暴天气下,要是你手臂上的汗毛竖起来了,赶紧跑。独木舟停在海滩上时,不要踏上去。在酒吧永远不要让别人给你倒酒。有时候唯一的出路就是坚持走到底。在北方的森林里,把食物挂在离你睡觉的地方有段距离的树上,自己身上也不要喷洒香水。这一点最重要——对自己忠实。拿眉毛镊子夹出堵在浴室水槽排水管中黏糊糊的大团脏东西特别方便。每家每户都应该备一个手摇式的手电筒。还有别忘了做蛋白霜的时候要加一点醋。要白醋,乌醋不行。

然而,所有建议当中最有用的一条是:有时候,年轻人并不希望得到长辈的忠告。他们不希望你变成波洛尼娅,不要这样。他们可以不听那一番话的主体部分——长之又长的教诲清单,但他们倒是欢迎最后那一段,那是一种祝愿。

再会,愿我的祝福使这一番话在你的行事中奏效!

他们希望你送别他们踏上旅程,毕竟这次远行他们必须自己完成。也许旅途危险重重,也许你能比他们更妥当处理风险,但你无法越俎代庖。你必须留在后方,既鼓舞人心又牵肠挂肚还有点伤心地挥挥手:再会!再会!

但他们确实希望有你的善意相随。他们希望得到祝福。

---

1 Caroma,推出世界上第一个两键双冲式马桶系统的卫浴品牌。

人之女

（2005）

> 很少有人记得，学会读写是人生中的一场伟大胜利。
> ——布莱赫《心系阿耳特弥斯》

> Akluniqajuqsarniqangilaq：物资匮乏的年岁，别出心裁的想法大有可为。
> ——加拿大努纳武特地区因纽特人的谚语

对于极北之地的人们而言，生活从来都不容易。千百年以来，他们居住在地球上几乎可算得最恶劣的气候之中：没有树木，没有农耕，一年中好几个月都是极度严寒和黑暗。他们使用石头和骨头制成的工具，穿的是皮制的衣物，主要依靠鱼类以及海豹、驯鹿、北极熊、海象和鲸鱼的肉为食，他们的文化切合了他们所处的环境。在这种文化中，男人和女人相互依存：狩猎者提供大部分食物，但他们的衣物则交由女人制作，除非做得严丝合缝，否则狩猎者可能有性命之虞：一只漏水的卡米克[1]可能意味着一只冻伤的脚。每一组技能在他们看来对于所有人的生存都必不可少，而且每一组技能都受到尊重。

后来，欧洲人来了，游牧民族聚集到了定居点，接触到了"白人"文化不少较为消极的方面，包括过度饮酒和对妇女施暴；传统的生活方式出现了断裂，自杀人数急剧增加。孩子们硬被送进寄宿学校，就为了将他们猛力拽入二十世纪，而两代人都经历了极端的文化冲击。这种做法最糟糕的结果之一是家庭的破裂。在过去的文化中，儿子由父亲和叔叔教他们狩猎技能，女儿由母亲和姑姑教她们缝纫技能，但如今许多年轻人成了文化上的孤儿。有些长者还健在，他们是记得旧时风俗的宝藏。

"人之女"是一个为期两周的夏令营项目，在位于加拿大北极区域的努纳武特地区举办，旨在实现代际之间的重新联结。项目由努纳武特地区的社会发展协调员伯纳黛特·迪恩主理。伯纳黛特的因纽特名字叫Miqqusaaq——云母，即闪闪发光的岩石，恰如其分地描述了她的特点：闪亮，晶莹剔透，但内心坚强。和正视类似社会问题的许多人一样，伯纳黛特明白，要改善社区以及社区中各个家庭的整体健康，必须改善妇女的福祉和信心。

"人之女"项目面向那些年龄在二十岁到五十岁之间、未曾有机会学习传统因纽特缝纫技术的女性开放。她们大多数都经历过悲剧、暴力或者与家人分离。伯纳黛特向我解释了这个项目名称的由来。"并非每个人都是妻子，并非每个人都是母亲，并非每个人都是祖母；但每一个女人都是某人的女儿。"参与者即刻获得了归属感。

这些"女儿们"随一群长者和老师外出到原野大地。她们住在帐篷里，依照古老的方式制作衣物，先是刮擦、拉伸和软化兽皮，然后拿女用弯刀——也叫乌鲁[2]——来裁切出图案，再以筋线缝制——筋线品质上佳，遇水会膨胀，因此缝制的衣物不会漏水。学习这项技能所带来的那份快乐简直难以言喻。

不过提高读写能力也是项目规划的组成部分，因为努纳武特地区与我们所有人一样存在于二十一世纪。计算机和办公室工作如今很普遍，要得到这些工作以及由此可以带来的金钱，需要具备读写能力。这就是为什么我和儿童文学作家雪莉·菲奇两位作家获邀加入这个群体，雪莉前两年夏天都参加过。我们都觉得非常幸运能参与其中。

但如何向那些在学校很可能有过负面经历的女性教授写作呢？雪莉告诉我，要让这些女性提笔写作恐怕颇为困难；她们可能会害羞，或者惧怕写作，或者她们可能根本不认为写作有什么用。

1　kamik，因纽特人用驯鹿皮或海豹皮制成的防寒软靴。
2　ulu，因纽特妇女使用的多用途刀，刀片呈弧形。

今年的营地在南安普敦岛的岸边,这座岛位于哈得孙湾的顶部,和瑞士的国土面积一样大。岛上有一个叫珊瑚港的定居点,人口不足一千,还有二十万只驯鹿和生气勃勃的北极熊族群。我们从珊瑚港乘坐一艘三十英尺长的客轮前往宿营地——由于海浪太大,六十英里的行程花费了五个多小时。

我们在一处景色壮观的地方搭起了帐篷——这里一侧是大海,陆地在我们身后渐次隆起,形成连绵的远古海岸,风景质朴而优美。山脊顶上坐落着若干个已有千百年之久的多尔塞特文化[1]住所——岩石围成圈嵌在地上,附近有一个隧道状的入口,还有几个诱捕狐狸的陷阱和坟墓。我们宿营地的地面是光滑的白色石灰岩,因此我们的帐篷无法用帐篷桩钉住,改成将帐篷绳子绑在巨石上,考虑到我们很快就遇上了时速高达八十英里的大风,这着实是个好办法。

我们身边有三位专业的狩猎者帮着选址,提供食物,保卫我们的营地。他们很快就猎获了一只驯鹿,剥皮切块之后,一部分做成了驯鹿炖肉,一部分不久将制作成手套和卡米克,没有一丁点会浪费。然而,我们并不是这附近唯一饥肠辘辘的生灵。暮色中来了一头健壮的雄性北极熊,一心想要吃顿晚饭。狩猎者们驾驶着本田全地形车把它给赶走了,然后一整夜轮流站岗——幸好站了岗,因为这头熊回来光顾了四趟。一个狩猎者说:"下次再来就得给我们当晚餐吃了。"那头熊想必听见了他的话。我们收到指示,"老人家都让我们时刻保持警惕。"

第二天,她们在一个圆形的公共帐篷里与长者和老师见面,也是在那里,她们收到了有待缝纫的兽皮。长者们用因纽特语问她们:"你们想拿来做什么?"接着又问:"做给谁呢?"(根据年龄确定尺寸大小,根据性别确定版型样式。)"做给谁呢?"这个问题给了雪莉和我仿效的思路。我们在第一堂写作课上说,写作和缝纫一样,都是把一件事物变成另一件事物;写作和缝纫一样,总是要给某个人,即便那个人是未来的你。写作是这么一种

---

1 大约公元前800年至公元1300年存在于加拿大北极地区和格陵兰岛的古爱斯基摩文化,得名于在巴芬岛多尔塞特角进行的发掘。

办法——把你的心声落到纸上,并且送给某个人,这个人你可能认识,也可能素昧平生,但无论如何这个人都能听见。

然后我解释说,我准备写一篇关于这次旅行的文章。我说,"人之女"项目是一场规模更大的运动——一场旨在改善全世界女性生活的运动的组成部分。世上有一些女性——不像她们——可能连自己的名字都不会写。因此,我要求她们给这些女性送上一则信息,作为她们的第一份写作作业。我来当她们的邮递员。我说:我会把她们的信息投递出去。

每一位女性都写了一则信息。每一则信息都积极向上,鼓舞人心。选取的样本如下:

无论你是谁。我是个女人。我为自己的身份感到自豪。你可以为你是怎样的人而骄傲,为自己而自豪。

千万别以为我们什么都不是。但我们女人从内里到外在都是最美的,因为我们总是在帮助我们的家人,帮助其他人。只要想着你可以做任何事情。

这则信息来自北方。全世界的女人啊,要好好照顾自己,因为在家庭中人人都最需要你,对他们来说你就是家,所以要好好照顾自己。我们女人都一样,我们是一体。

记住,每个人生来都是平等的,这意味着如果他无法解决虐待问题,也不应该你来处理,但请记住,我们必须帮助我们的邻居,爱我们的邻居。

等我再多学点,我很愿意教书。

给世界上的女士们一则信息。请记住,你深深被爱着,你并不孤单。

请让你的生活变得美好,不要忘记你很坚强,总是帮助别人。

来自北方的某人致世界上所有的女性——无论你看起来怎么样，你都非常特别。这一点始终牢记在心里。

最后还有：

学习者感到安全舒适时，学习就开始了；请提供安全舒适的氛围，并且继续努力！

写下鼓励的信息本身对于写作者就很鼓舞人心。圆形大帐篷对于里面的女性来说成了一个安全、舒适且具有治愈力量的地方，她们的写作也成为——我认为对大多数人来说——一个安全、舒适且具有治愈力量的地方。在帐篷里，在写作中，她们放声欢笑，开玩笑，讲故事，也悲伤难过：据说在这种文化里，悲伤应该在其他人的陪伴下大声表达出来。据说，这样排遣悲伤最终会治愈人心。

每一位妇女在她的专属长者或老师的帮助下，完成了之前设定的缝纫项目。每个人都继续写作——通过每天的日记、信件和小诗，来增强她对文字的处理能力。信心因身份认同和取得的成就而见长，夏令营最后一天，在营里一位妇女的建议下，"女儿们"每个人都贡献出一句话，写成了一首集体诗。

我用这首诗的最后一句来证明缝纫、写作和治愈是如何通过这个有创见的项目合为一体的：

在缝制完卡米克最难缝的部分之后，我觉得自己如同一只鹰，自由自在，飞向我可能前往的任何地方。

五访语汇宝藏

（2005）

  我演讲的这个题目是在向罗伯特·布林赫斯特翻译海达[1]诗人斯卡伊的惊艳之作《九访神话世界》致敬，同时也是向我们文学传统中久远以前的盎格鲁-撒克逊诗人们致敬。他们把灵感源泉称作"语汇宝藏"，这与语言本身有共通之处；"宝藏"意味着有"珍宝"。珍宝被保存在一个秘而不宣、严加看管的地方，词语被视为一种神秘的珍宝：它们应该受到珍视。我也认为理应如此。

  简单直白点说来，我要谈谈写作行为——我自己的写作行为，这是我唯一能谈论的，谈谈这些年来我都如何对待写作。我在访谈节目中经常回避这个方面。每当人们问："你都怎么写的?"我回以"用铅笔写"或者同样言简意赅的答案。当他们问："你为什么写作?"我反诘："太阳为什么会发光呢?"或者如果我脾气上来了，就说："大家从来不问牙医，他们为什么在别人的嘴里瞎捣鼓。"

  且容我解释一下我为什么避而不谈。

  不，我不解释原因了。相反，我来告诉你们一个真实的故事。正如教创意写作的老师们常说的："要描述，不要陈述。"

  故事是这样的：我有个魔术师朋友。他十几岁时就开始变魔术，在舞台上表演，然后从舞台进入广播电台，后来又进入电视台，赚了很多钱。然而打内心深处，他仍然是一个魔术师，他发明了许多戏法，为魔术的学问做出了很大贡献。每年在多伦多举行的魔术师大会都围绕着他展开。魔术师们或远或近都前来赴会，待大会公开活动结束后，有一场魔术师的聚会，有时候非魔术师也会参加。在这场聚会上，你可以听到魔术师们彼此之间的交谈。

在魔术师群体中，情况与在观鸟者、诗人、爵士乐手、作家节上的作家或任何重视艺术、手艺或技能的群体成员当中一样：也就是说，平常基于财富、家族出身或公司职位之类的社会等级制度全都消失了，个人的价值由他们的同行根据其成就水平来评判决定。

魔术师们相互之间都说些什么呢？他们谈论业务相关的事。有时他们会分散成两两一组，一对一交换秘密。他们交换的都是行业秘密：他们交流变魔术的戏法。

你们都看过那些魔术师向大家揭秘怎么变魔术的电视节目。对我而言，那些节目是不道德的，因为人们去观看魔术表演是为了眼界大开，心甘情愿去受骗，得以啧啧称奇——就像他们阅读小说是为了进入另一个世界，信服小说中的一切都是真实的，至少从打开封面到合上封底之前如此。人们不想知道魔术是怎么变的，因为这破坏了错觉造成的乐趣。有时观众席上会有个聪明的孩子说："我知道你这魔术是怎么变的！"也许，但凡我们好好想一想，确实可以弄清楚。（虽说要我来想，往往还是搞不明白。）可问题是：即便我们了解了，或者自以为了解了，我们自己也变不来。

知道怎么回事是其一，知道怎么做是其二，而怎么做源于年复一年的练习，年复一年的失败：把本该从帽子里摸出来的鸡蛋失手弄掉了，第二十次把第一章的文稿揉成一团扔进废纸篓。罗伯特·路易斯·史蒂文森在横空创作出《金银岛》之前，烧掉了三部已经完稿的小说。那些付之一炬的小说就是他掉落的三个鸡蛋。但这三个摔碎的鸡蛋也没有白白浪费，因为经过三次失手，他得以学会了如何让下一个鸡蛋看起来像是凭空变出来的。

当然，有时候这种好事始终不曾发生。这里头没有什么必然的。你可以年复一年刻苦练习，但——好吧，还是回到魔术师的比喻——你要么有

1　海达（Haida），居住在加拿大不列颠哥伦比亚省和美国阿拉斯加州的一族印第安人。

一双巧手,要么没有,如果没有,你就永远超越不了刚刚合格的水平。有时候那就只是一个又一个敲开来还没上锅煎的蛋而已。

但同样,你可能有一双巧手——有天赋——却没有动力。在这种情况下,你会很快放弃你的本领,因为你没有准备好苦练内功——练好手艺的内功。有一回,我在一家爱尔兰小旅馆吃了顿美味的早餐。经营这家小旅馆的人听到夸赞时,说他曾在一家如今已经走了下坡路的餐馆当过厨师。说来也巧,我们前一天晚上就在那家餐馆吃的晚餐。我说那顿饭非常可口。

"啊,是的,"他说,"谁都可以做出美味的饭菜……就一次的话。"

我们都遇到过那些如同朝露一样清新的处女作小说,那些才思枯竭的第二部小说,甚至还有那些让作者在沉寂许久之后再度走红的第三部小说。然后又有了第四部,第五部,第六部——这些小说把短跑选手和马拉松选手给区分开了。但艺术是残酷的,精彩的第六部小说比起精彩的第一部来未必就占据什么道德高地。它或许展现出了习艺者的个性和毅力——他或她可以看着镜子说:"我何必要写这东西?"然后继续写作——但所展现的一切也就仅限于此。好比魔术,一出令人难忘的表演就是一出令人难忘的表演,不管后面是否还有其他节目。

狄兰·托马斯有一首诗的开头是:"我的技艺或沉郁的艺术"。他同时提到了艺术和技艺:艺术要求具有一定天赋才能站到起跑线上,这就是为什么我永远不会也不可能成为一名歌剧演员;而技艺要求通过专注的训练来对天赋进行打磨和抛光,这就是为什么一些拥有美妙声线的人也永远不会成为歌剧演员。

下面是罗伯逊·戴维斯在小说《第五招式》中所写的。小说人物是一个年轻的男孩,他迷恋魔术——变戏法的那种——一心渴望自己能够做到。但他笨手笨脚的,而保罗,那个看着他练习变魔术、比他小得多的男孩却不一样。

我现在已经算不清,这个叫作"蜘蛛"的魔术戏法我都练了多少个礼拜了……[就]想尽力变一个!这双苏格兰人的手,皮肤发红,指关节凸出,因为割草和铲雪而变得僵硬,但就是想用这双手来尽量试一试,看看能练出什么技巧来！当然，保罗想知道我这是在做什么，我其实是发自内心喜欢教别人的，便告诉他了。

"像这样吗？"他一边问着，一边从我手中接过硬币，来回移动的手法堪称完美。

我惊呆了，也感到很丢脸，但现在回想起来，我认为我表现得非常好。

"对，像这样。"我说。……他用他那双手可以做任何动作。……

嫉妒他没有用处；他有一双巧手，而我没有——尽管有时候我考虑过把他干掉，只是为了替世界除掉一个早熟的讨厌鬼——但我确实无法忽视这一事实。

任何艺术大抵都是如此，你需要有一双巧手。但你需要的还不止一双巧手。下面是艾丽丝·门罗在一篇题为《科尔斯特岛》的短篇小说中说的：

——我在作为读者的同时，似乎还想当个作者。我买来一本学生练习簿，尝试着写作——确实写了，一页又一页，起笔时自信满满，接着就灵感枯竭了，于是我不得不把它们撕下来，像惩罚似的狠狠揉成团，丢进垃圾桶里。我一次又一次这样写了撕、团了扔，直到练习簿只剩下封面和封底。然后我又买了一本，再一次开始整个过程。同样的循环——从激动到绝望，从激动到绝望。简直就像每周都悄悄怀孕又悄悄流产一样。

也不完全是悄悄的。切斯知道我读了很多书，也知道我在尝试写作。他丝毫没有劝阻我。他觉得这是件合情合理的事，我大有可能学会。这需要苦练，但总归可以掌握，就像打桥牌或打网球。我才不会因着他这慷慨的信任而谢谢他。这只是为我的灾难更添了一抹闹剧色彩。

叙述者和她的丈夫切斯都没错：你可以在一件事上努力，可以学得会。但只能达到一定程度。除此之外，还要看天赋，这也是注定的。天赋有或者没有，量级不一，无法预测也无可强求，而且没有道理可讲，还捉摸不定，有可能在你生命中的某一时刻与你相随，继而又消失得无影无踪。练习手艺可以唤醒沉睡的天赋。反过来，过多的练习又会扼杀天赋。这种事情无法算计，很大程度上取决于机缘巧合和运气。

很多时候也取决于老师，因为所有作家都有师承。有时老师是活生生的人——无论是否作家；而有时——更常见的情况下，是已故作家或者只通过其作品让有抱负的年轻人得以认识的作家。通常说来，在回首人生时，作家们记得他们当初阅读的那一本书——在那个特别的时刻——他们的天赋第一次被唤起的时刻。这往往发生在青年时期，但也不可一概而论，因为每个人的人生都不一样，每本书都不一样，每个人的未来都不可预测。

因此，如果你们想写作或者已经在写作了，我能告诉你们什么对你们多少有点用处的建议呢？大量阅读。多多写作。去观察，去倾听，努力工作，耐心等待。

除此以外，我没法告诉你们具体该做什么。我只能说说我自己做过的一点事情，所以我现在要向你们细细讲述我对语汇宝藏的五次访问。我不会讲太多关于失手掉落的鸡蛋的事。你们必须相信我这一点：有时候满地都是鸡蛋。

我第一本出版的小说并不是我写的第一部作品。那部小说从未见过天日，倒也是件好事。那本书相当黑暗，且不说基调阴郁，结尾是女主人公在想要不要把男主人公从屋顶上给推下去。写那本书的时候，我二十三岁，住在单间寄宿公寓——那房间的月租大约七十美元，用一个圆形电热灶做饭。当时有那种可以烹煮的塑料包装盒，我就是这么做的。其余的食物我放在写字台的抽屉里。洗手间是跟别人共用的，你得在那里洗碗，因此浴缸里会出现零星的冷冻豌豆或者面条。我有一份正职——就靠它来支付单间寄宿公寓的房租了。白天上班我有一台打字机用，工作本身的任务我只需花费上班时间的一半就可以完成，所以等我做完分内的事情之后，就把我的小说文稿卷进打字机，往上面码起字来。这么做使我显得很是勤奋，谁看了都喜欢。

写完这部小说之后，我把文稿寄给了好些出版社，虽说当时加拿大就那么几家。其中有几家表示有兴趣。一位出版商还真带我出去喝了一杯——在温哥华酒店的顶层聊了聊。他建议我或许可以把结局改得稍微欢快一点。我说不行,我不认为我可以那么做。他隔着桌子微微俯身,轻轻拍了拍我的手。"我们能帮你做点什么吗?"他这话说的,仿佛我得了某种久治不愈的病。

那是第一次访问。下面是第二次访问。

写那部没能获得成功的小说处女作期间,我白天都在一家相当古怪的市场调查公司上班,正是这一素材——就像缝纫一样,素材就是你用来炮制你正着手制作的一切的材料——正是这套市场调查办公室的素材进入了下一部小说。这时我有了一份不同的工作:我在不列颠哥伦比亚大学担任最低阶的教学工作。我教一门概论课——从乔叟到 T. S. 艾略特,分切成小块,好让学生吃得透;我还早上八点半在第二次世界大战遗留下来的匡西特活动房屋[1]里给工程系学生上语法课:当时,婴儿潮给大学造成了冲击——那是一九六四年至一九六五年——教学空间不够用。我让工程师们根据卡夫卡的短篇寓言来做写作练习,我觉得对他们有好处,因为我确信这有助于他们未来的职业生涯。

与此同时,我继续我的秘密生活,也就是作家的生活。我不得不在晚上追求这种生活,像吸血鬼似的。这时我有属于自己的货真价实的水槽了,可以放碗碟。和许多年轻人一样,我会用尽每一只碗碟,直到它们全都脏得没法用,而最初放进水槽的碗碟已经发霉了。(温哥华是个潮湿的地方。)然后我就干劲十足,也是不得不一口气把碗碟全都给洗干净。卡夫晚餐[2]搭配切开的热狗放里面,简直没有我不清楚的做法。其余时间,尤其是用不着和工程师们一起在匡西特活动房屋上课的那些早晨,我都到斯米梯煎饼屋用餐。有时,我一时兴起想追求享乐,就去滑雪。

一九六五年春天,我开始写第二部小说。每一章都是手写,写在我教学工作用剩的空白试卷小册子上。这些小册子的尺寸方便使用,差不多是一个章节的规格。我坐在一张牌桌前写作,旁边有一扇窗户,可以看到港

---

1 匡西特活动房屋(Quonset hut),用预制构件搭成的供士兵居住或存放物品的长拱形活动房屋。

2 畅销加拿大市场的一种奶酪通心粉。

口和群山——对于作家而言,坐拥美景不尽然是件好事,因为会让人分心。如果写作陷入停顿或者我无法进入状态,我可能就去看看电影。幸运的是,我没有电视机——事实上我几乎没有任何家具。在那个年代,家具是父母才拥有的东西,我看不出有什么意义,反正也买不起。

我想更完整地想象某个人物的穿着的时候,就在右边页面写字,在左边页面画小图。或者在上面做做笔记。然后我再把手写的页面用打字机打出来,其实我不太会打字,这事就变得难办了。(在个人电脑普及之前,我都请打字员来打小说最终版的稿件。我用这个老办法写的最后一本书是《使女的故事》,那是一九八五年了)。

借着这些不尽完美的方法,我在大约六个月内炮制出了我的小说。一个有用的建议:年轻的时候熬夜还不算难事。然后我把打字员帮忙打出来的版本寄给了对前一部作品感兴趣的一家出版社。(那时在加拿大我们没有出版代理人;如今,毫无疑问你必须通过代理人,因为许许多多人在写作,出版社把代理人当作一种筛选手段。)出版社接受了这本书,这多少让我吃了一惊。但后来好几个月我都没有再收到任何消息。

那时我已经回到哈佛求学,为我的博士候选人口试做准备。(我很清楚,不管怎样,我必须在经济上支撑我的写作生活,而当时大学教师供不应求。我觉得当老师比我已经尝试过的当服务员要好,比我可能做得来的其他几种工作也要好。请注意,我曾被贝尔电话公司拒绝,也曾被后来与我合作的两家出版社拒绝。他们都没错:我不适任他们所提供的工作岗位)。

我一通过口试,就去寻找那部不见踪影的小说。结果发现出版社一时不知把它放哪儿了,但后来他们又找到了,我对文稿进行修改时居住地也变了:一九六七年至一九六八年,我在蒙特利尔,一边修改小说文稿,一边教维多利亚时代和美国的浪漫主义文学课程,白天和夜间的课程都有。这本书在一九六九年秋天出版——对一些人来说恰逢其时,可以将它誉为近来新兴的女性运动的产物,尽管对其他人来说倒未必。当然,它并不是女性运动的产物。小说创作时间比这场运动的大规模出现早了四年。不过它确实有点相符,因为小说结尾……话说回来,不应该透露结局。

这时候我又搬家了，搬到一个甚至都不曾听闻妇女运动的地方——阿尔伯塔省的埃德蒙顿。正是在埃德蒙顿，在哈得孙湾百货公司[1]的男袜和内衣区，我参加了生平第一场签售活动。我坐在自动扶梯附近一张桌子前面，桌上摆放了一小沓书，边上的告示牌写着书名：《可以吃的女人》。这个标题吓坏了好些男人——我猜他们是牧场主和石油大亨——他们在中午时分到这里溜达，购买他们的紧身短裤。他们成群结队，落荒而逃。我卖出去了两本书。

这不是我想象中的写作生活。我思来想去，普鲁斯特从来不需要在女性内衣区推销他的书。我确实怀疑自己是不是在职业道路上拐错了弯。也许这时去卖保险，或者当房产中介，或者从事除写作之外的任何工作都还不算太迟。不过，正如塞缪尔·贝克特被问及为什么会成为一名作家时所说的那样，"别的事都做不好。"

我接下来讲述的有关小说写作的第三段经历多少有点复杂。我们这回来到一九九四年，我已经成熟了，至少外表看来是这样。春天，我在欧洲为书做巡回宣传，到了荣格的城市苏黎世，下榻的那家酒店可以饱览湖光水色——那景色总是令人想入非非却不致过头，我发现自己动笔写起了新书的第一章。我原本并没有打算那时就开始写新书，但何时开始的选择权似乎从来不在作家的控制之下。另一个有用的建议：如果你总要等到条件状况都完美了才开始，那你可能永远不会开始。

就像过去常见的那样，我总是想写一本与前一部作品截然不同的书。但我发现自己全身心投入其中的这本书最终变成了一九九六年出版的小说《别名格蕾丝》。这时，我已经逐步形成了这样的工作方法：我先手写上十页或十五页，然后花半天时间打字整理成文稿，同时又用手写的方式在前线继续推进——你们可以把落笔的地方看作是一本书的前线。这是一种徐进弹幕射击技法。这么一来我就能记住我刚刚经过的地方，同时又覆盖更多新的领域。

---

[1] 加拿大的百货连锁店，哈得孙湾百货公司成立于1670年，是北美历史最悠久、生存时间最长的百货公司，也是世界上最古老的持续经营的百货公司之一。

等到写出了大约一百页的时候——我们一家那年秋天在法国住了一段时间专事写作——我却意识到我的开篇写错了。这碰巧发生在去往巴黎的火车上，我准备到巴黎为之前的作品做些宣传。当时我正在写日记，下面是我写下的内容：

我脑子里产生了某种雷暴——在火车上我想到这小说行不通——但经过两天的（此处是一幅乌云密布加电闪雷鸣的图画）我想总算找到了解决的办法——这意味着要扔掉一些人和事，重新安排，但这是唯一的办法了，我想——问题在于而且一直都在于——A和B之间有什么关系？

现在看这些记录，我想不起来A和B究竟是什么。我觉得我是在尝试那种现在时、过去时穿插的结构——我扔掉了现在的时间线，直接进入过去，这就更有趣也更不同寻常了，因为《别名格蕾丝》是基于一八四三年发生的一桩真实的双重谋杀案。（至于我是怎么知道这桩谋杀案的，那是另一个故事了。）我还把写这本书的人称从第三人称改为第一人称，此处还有一个有用的建议：如果你一时思路堵塞，可以试一试改变时态或改变人称。这往往能起作用。还有：如果你实在头痛得厉害，那就去睡一觉吧。通常早上起来你便有了答案。

到一九九五年四月四日，我写出了一百七十七页的《别名格蕾丝》。到一九九五年九月，我写出了三百九十五页。你们可以看到我一直在哼哧哼哧努力，边写边改。一九九六年一月，我向出版社提交了这本书，这时我去了爱尔兰，也病倒了。这种情况经常发生在你完成任何类型的紧张工作之后：身体本想休息一段时间，而你完全不让它休息，所以它耐心等待，直到有点喘息的空间了，它就展开报复。

回到方法上来。我的习惯是开始时写得慢一点，可以说是一路摸索着进入洞穴。然后加快速度，逐渐增加时间投入，直到最后我每天写足八个小时，不弯腰就几乎走不动路，眼花得看不清楚。我一点都不推荐这一套做法。我认为每个人都应该转去参加游泳、速滑或者交际舞锦标赛。这可比写作有益健康多了。我最不愿成为榜样，所以不要把我谈论自己的方法时所说的任何话当作可以效仿的范例。

我要讲的第四本书是出版于二〇〇〇年的《盲刺客》。开始动笔时，我带着某种想象，很可能是翻看家庭相册所致，我当时打算写写我的外婆和母亲——她们两代人，加起来可以跨越整个二十世纪——但我真实的外婆和母亲为人都太好了，没法放进我写的书里。因此我开始写一个更成问题的老太太，她已经死了，有过一段隐秘的第二人生，这时一个仍然活着的人物因为在帽盒中发现的一些信件，知晓了老太太那段隐秘的人生。这样构架并不奏效，所以我丢掉了帽盒和信件部分，但保留了秘密生活。

接下来我写的还是同样一位老太太，不过这次她还活着。她被另外两个角色——多管闲事的人——知晓了，这书里也有一个盒子：那是一只行李箱，里面有一本相册。但这样也行不通——另外两个角色开始产生暧昧关系，而男方已经结婚了，并且刚刚生了一对双胞胎，所以你们看得出，外遇事件即将在书中占据上风，使老太太黯然失色，可老太太才是我真正想写的人物。因此，这对婚外情男女进了抽屉，行李箱也消失了——尽管我保留了其中一张照片。

最后，老太太开始为自己发声，这么一来这本书就可以继续推进了。这第三个版本中也有一个盒子，是一只可以放在船舱床位下面的扁行李箱，里面装的都是你们如今在"扁行李箱"一章中看到的内容。

我知道这故事被我讲得很像《金发姑娘和三只熊》，但那是有原因的。你必须一把又一把椅子不断试坐，直到找到合适的椅子——坐上去恰到好处，并且希望在你试坐的过程中不要有太多只熊从树林里出来。

第五次对语汇宝藏的探访发生在二〇〇五年夏天，成果是"重述神话"系列丛书中的一本，这套丛书汇聚了全世界十几位作家、三十四家出版社共同参与。丛书的创意是选取一则神话——任何一则神话——以生动活泼的行文，对相关故事重新进行讲述，成书篇幅在一百页左右。正如我很快意识到的，这事比想象的要难多了。

我确实进行了尝试。我左试右试，横试竖试，都没有结果。我似乎无法让风筝飞起来。每个作家都知道，故事情节只是故事情节，所谓的情节是二维平面，除非能让它焕发生机，而它只有通过其中的人物才能焕发生机;为了让人物活起来,必须掺上一点血腥。我不准备列举我那些失败的尝试,免得自己难过。我只想说,失败的次数多得我几乎要放弃了。

绝望是创作之母,我最终开始写《珀涅罗珀记》了。不要问我为什么,因为我也不知道。我只想说,当年第一次读到《奥德赛》结尾十二个"女仆"——其实是奴隶——被绞死,我就觉得不公平,现在读来依然如此。她们全都给吊在同一根绳子上,真够节俭的。据《奥德赛》所言,她们的脚微微抽搐了一阵,但也没多久。因此,尽管奥德修斯之妻珀涅罗珀本人是《珀涅罗珀记》的主要叙述者,但排行第二的叙述者是女仆们。她们不停地插话:就像希腊悲剧中的合唱队一样,她们对主要的行动加以评论,又与之形成对照而行事。有时她们用流行歌曲的方式来说话。恐怕我已经将其称为"合唱团"了。

关于我都如何写作,或者说我迄今为止都如何写作,这下我已经说得够多了。这一切都可以改变。可以全部停止。对于包括我在内的每个人,空白页总是具有十足的潜力。每次你开始的时候,都同样令人恐惧,同样充满风险。

最后,我再给大家讲一个真实的故事。有一天,我在一家咖啡馆拿外卖的咖啡。如今不少人认得我——特别是自打我听劝到喜剧演员里克·默瑟的节目中模仿了一把冰球守门员之后,有个在咖啡馆工作的人也认出我了。他告诉我,他来自菲律宾。"你是那位作家,"他说,"那是不是一种天赋?""对,"我说,"但话说回来,你必须非常努力工作。"

"你还必须有激情。"他说。

"没错,"我说,"必须有激情。你必须具备这三样东西:天赋、努力工作和激情。如果只有两样,就不会做得这么好。"

"我觉得任何事都是这样。"他说。

"是的,"我说,"我也这么觉得。"

"祝你好运。"他说。

"也祝你好运。"我说。

现在我想到了,这就是我们都需要的另一样东西。我们需要运气。

《回声制造者》

（2006）

　　《回声制造者》是理查德·鲍尔斯的第九部小说。他的第一部作品，即备受推崇的《舞会途中的三个农民》，出版于一九八五年。此后二十一年里，鲍尔斯如活火山喷薄而发，接连创作出了《囚徒困境》《加拉蒂亚2.2》《金甲虫变奏曲》《冲破黑暗》《收获》和《我们歌唱之时》等多部作品。他曾三次得到美国国家书评人协会奖提名，赢得两个"天才"奖项——麦克阿瑟奖和兰南文学奖。就在我动笔写这篇文章的时候，他凭借我正要评论的这本书，刚获得了美国国家图书奖提名。

　　这种事情自会引起评论家的注意，实际上鲍尔斯已经积累的赞誉之盛，大多数作家怕是不惜杀掉他们的祖母[1]也希望赢得。《洛杉矶时报》书评说："鲍尔斯是一位智识过人[2]的作家。他只要想到某一主题，那上面的漆面涂层就会起泡卷翘。他是一位富于思想的小说家，也是一位真诚见证的小说家，在这方面，少有美国同行可与他匹敌。"这一类风格的评论可谓不胜枚举。

　　那么，假如他如此出色，为什么没有更广为人知？让我换个说法——为什么他的作品没有赢得更多的奖项？仿佛评奖委员会已经赏识他惊人的天赋，认可他不凡的成就，并且将他送进各项短名单，随后却又退缩了，仿佛评委们突然意识到，他们可能即将把奖项颁给一个不全然是人类的人——比如说《星际迷航》的斯波克先生[3]。面对评论家，他具有瓦肯人那种心灵融合能力，没错，但会不会是他内在不够轻松——他太有挑战性，或者说令人生畏，或者——说得可怕点——太阴郁了？[4]

另一方面，有些书你只读一遍，有些书让你回味无穷，于是你读了不止一遍，还有一些书你必须要读上不止一遍。鲍尔斯属于第三类：第二遍阅读必不可少，因为你在第一遍匆匆阅读故事情节时可能会错过隐藏其中的种种寻宝线索，要读到第二遍才能注意到。你确实是读得连奔带跑，因为鲍尔斯善于构思情节。对于有些书，你不会问，这一切会怎样发展？因为那不是重点。对鲍尔斯来说，这当然是重点的一部分。不过，也只是一部分而已。

如果鲍尔斯是十九世纪的美国作家，那么他会是哪一位呢？他很可能是写《白鲸》的赫尔曼·梅尔维尔。他的想象就是那么宏大。《白鲸》刚问世时如石沉大海：要等上差不多一个世纪，它真正的重要性才被人认识到。鉴于鲍尔斯此前对诸如时间胶囊等装置的兴趣，我大胆猜测，他内心有着长远的考虑：一百年后打开他的作品，在那一本又一本小说中，呈现在你面前的是他自己那个时代的关注与困扰、说话的套路、笑料、犯下的大错、饮食习惯、幻想和蠢事、爱与恨以及内疚之情。所有小说都是时间胶囊，但鲍尔斯的小说作为时间胶囊比绝大多数小说来得更大、更包罗万象。

不过，我怀疑理查德·鲍尔斯是否用得着等上一百年。专攻美国文学的学生不久就会抄起他们的镐头和铁锹来深入研究他。他是一千篇博士论文的素材，否则我就是欺骗众人的奥兹国巫师。

---

1 此处提到的是祖母悖论或祖父悖论，这一关于时间旅行的逻辑悖论最先由法国科幻小说作家赫内·巴赫札维勒在其 1943 年的小说《不小心的旅游者》里提出：假如你回到过去，在自己父亲出生前把自己的祖父或祖母杀死，但此举会产生矛盾的情况——你回到过去杀了你年轻的祖父或祖母，祖父或祖母死了就没有父亲，没有父亲也不会有你，那么是谁杀了祖父或祖母？或者，你的存在表示，祖父或祖母没有因你而死，那你何以杀死祖父或祖母。

2 原文用的 blistering 既有强劲猛烈的意思，又有热得烫出泡的意思，对应后面一句的漆面起泡。

3 《星际迷航》中，斯波克先生出生于瓦肯星，是瓦肯人和人类的混血，一直在瓦肯逻辑教育与人类情感之间挣扎。他拥有人类无法企及的"心灵融合"能力，能够将来犯的敌人转化为自己的战友。

4 尽管他确实在 2019 年凭他的第十二部小说《树语》赢得普利策小说奖。——原作者注不过关于奥兹国巫师一事稍后再展开说。

《回声制造者》可能是鲍尔斯迄今为止最好的小说。我之所以说"可能",是因为鲍尔斯不可能写出一本无趣的书,再后面就是鉴赏力的问题了。试图对此加以描述,就有点像四个盲人试图描述一头大象——面对长着好几只脚的这等庞然大物,你该从哪一端下手呢?

谈到他二〇〇〇年出版的小说《冲破黑暗》,鲍尔斯在应要求总结小说主题时说:"这本书讲的是一位在征召之下,参加一个虚拟现实项目后幻想破灭的女艺术家,一个在黎巴嫩被单独监禁了四年的美国人质,以及他们相遇的空荡荡的白色房间。这本书讲的是想象力是否具有足够的力量来拯救我们自身脱离想象的控制。"幻灭、虚拟现实、孤独、想象力、力量——都是开启鲍尔斯那个世界的钥匙。同样具有代表性的是,鲍尔斯以类似原子弹的方式将毫不相关的元素塞在一起——他想要的是裂变,而后聚变,最后产生一场大爆炸。

在《回声制造者》一书中毫不相关的元素有二,其一是濒临灭绝的沙丘鹤——原住民称之为"回声制造者",因为它们的叫声铿锵响亮——它们迁徙途中在平坦的内布拉斯加州的普拉特河上停留,其二是马克·施卢特,一个安于现状的可爱的年轻人,他夜间驾车经过这片鸟类出没的地区时,发生了一场突如其来的神秘的打滑翻车事故,脑部遭受的创伤使得他患上了双重错觉综合征。这种病让患者觉得他最亲近的人都被转移走了,取而代之的是假冒的复制品。马克因此成为某种回声制造者。例如,他认为他的房子"家庭之星"和他的狗"小黑"被带到了别的地方,顶替它们的是假的家庭之星和假的小黑,虽然每个细节都分毫不差,但假的就是假的。(这对狗来说有失公允)。

此外,事故现场有三组轮胎痕迹——当时还有谁在那里,是什么导致马克一个急刹而翻了车?——马克在医院的床头桌上有一张无人承认是自己手书的字条,上面写着:

我微贱无名

今晚走在北线公路上

上帝引导我到你身边

这样你能活着

然后挽救别人

这张纸条的五行字为该书的五个部分提供了标题。

小说中的一切事物和其他所有人都与这组因素有关。卡琳·施卢特，马克这位情真意切的姐姐，也是他唯一的近亲——他们那一对狠揍孩子、狂热信仰宗教的父母已经去世——来到这里照顾马克，旋即被他斥为冒名顶替之人。韦伯博士，一位类似奥利弗·萨克斯[1]的神经科学家兼著有多部大脑疾病类畅销书的知名作家，在卡琳的吸引下来到了马克的病床边——卡琳孤注一掷希望他能施展某种神经占卜术，把正常的马克给救回来。在那里，他遇见了一直在照顾马克的医疗助理人员芭芭拉。她在内布拉斯加州卡尼镇这个乱糟糟的小地方人生地疏，做的工作似乎低于她的能力水准。她是马克明确信任的人，尽管他称她为"芭比娃娃"，这么一来也将她加进了越来越长的假冒者的名单。

然后是马克活泼的女友波尼，她的日常工作是穿着表演服等全套行头装扮成早年的拓荒妇女。"没有谁完全像他们自称的那样，"想到波尼，马克默默思考着，"他要做的只是逢场作戏，一笑了之。"马克对波尼的观察——关于她呈现在人前的样子和背后难以捉摸的现实之间的差异——在某种程度上，小说中的其他人也是如此。

至于沙丘鹤，它们是小说情节另一片旋涡星系的中心。卡琳的两位前男友都与之有关。苦行者丹尼尔是马克少年时代的朋友，在保护区工作，致力于保护沙丘鹤的传统栖息地。罗伯特·卡什是个迷人的开发商和骗子，他想利用沙丘鹤来捞尽好处，要修建面向游客的昂贵的观鹤设施——实际上是暗中掠夺土地，将导致鹤类的毁灭。

1　英国著名脑神经学家，在医学和文学领域均享有盛誉，擅长以纪实文学的形式，将脑神经患者临床案例写成多部畅销书。

卡琳换了一份又一份的工作，靠着双手拉扯自己离开了卡尼镇，如今她自己并没有犯下什么过错，却被卷回到小镇死气沉沉的轨道，结果发现她希望借此拯救弟弟摆脱双重错觉综合征的那份爱解决不了问题。在绝望中，她再度与这两个男人走近，她像过去一样欺骗了性情温良、值得托付、但会给人泼冷水的丹尼尔，有违公序良俗地同充满魅力但四处留情的罗伯特约会，借此放纵自己，罗伯特的吸引力在于——或者说看起来在于——他不给人任何幻想。（丹尼尔曾向女招待抛媚眼继而矢口否认，惹得她大为光火。"爱并不是双重错觉综合征的解药，"她反省道，"爱是它的一种形式，爱任意产生并且否认其他的东西。"）读者不能因她脚踏两条船而过于严厉地指责她，尽管她为此自责不已：这个可怜的姑娘太需要安慰，所以慌不择路饥不择食了。

谁留下了那张神秘的字条？马克认为字条既是一个诅咒，又是一套指示。为什么他的生命得救了，他应该"挽救"什么人？留下轮胎印的另外那两辆车是谁驾驶的？那天晚上，马克在路上看到的什么白色东西——是沙丘鹤、幽灵还是人影——导致他突然转向躲避，因而他的车子完全给毁了？马克能否找回真实的自己？

在另一个层面上：我们所说的"他真实的自我"指的是什么呢？韦伯博士可以（而且确实也）提供关于这个问题的一些思考——然而无一让人感到宽慰，因为谁想沦为一坨皱巴巴的灰色组织中一组电化连接体呢？面对韦伯博士输出的连珠炮似的专业知识，你肯定感觉有点像约翰生博士——他声称他可以踢块石头过去，以此反驳贝克莱大主教关于现象不存在的论点[1]。告诉我们什么"甚至完整无缺的躯体本身也是一种幻象，由神经元拼凑而成，好像一副现成的脚手架。躯体是我们拥有的唯一家园，即使如此，它与其说是一个场所，毋宁说是一张明信片。"——这样解释幻肢现象，无法让我们振奋起精神来。

---

1 贝克莱大主教声称："世界只是我们心智的构造物。"塞缪尔·约翰生反驳说："一脚踢块石头过去就能偃息争论。"

撇开他令人气馁的知识不谈，韦伯博士也称不上精神支柱，因为他对于自己的真实自我都有些许困扰，尤其是对于他塑造的第二自我，那个为他写的书大做广告的"著名的杰拉尔德"。他的最新作品《惊讶之国》正在遭受评论家的抨击，他们指责韦伯肤浅，对研究对象冷漠，侵犯了隐私，以及——最糟糕的是——研究方法过时；换句话说，指责他是个骗子。这些指责与他不断坍缩的自我价值感产生了共振，因此他开始经历身份认同危机，就在卡尼镇那家名叫"路途小憩"的旅馆，那里的一切都像是对自身的模仿——哪怕是接待台上的苹果，"他无法判断究竟是真苹果还是装饰品，忍不住伸手用指甲掐了一下"。在这座充斥复制品的房子里，即便沙丘鹤也只是作为旅游手册上的图片而出现。无怪乎随着他那坚如磐石的婚姻在他心中变成了果冻，他开始思慕芭芭拉这位神秘莫测的护理员。

什么是坚实，什么是可靠，什么是真实？是爱让事情变得"真实"吗？就像玛格利·威廉斯的《天鹅绒兔子：玩具如何成真》中写的那样？有可能是，但只是对爱的人而言。那么，"爱"从何而来？从我们颅骨中那堆不牢靠的皱巴巴的灰色黏稠物而来吗？如果不是从那里来的，还有什么别的地方呢？

不过《回声制造者》还可以从另一个层面来阅读。美国的"自我"究竟出了什么问题？真正的美国已被偷天换日，有一个假冒的美国取而代之了吗？小说中的人物——乃至读者——是否置身于某种斯特福德式[1]的美国？我们是不是"生活在群体催眠时代"，正如韦伯的妻子说起整体美国以及类似安然公司的障眼法式的经济骗局时所言的那样？如今的"美国"是种幻肢吗？就像韦伯谈论的那些幻肢一样——早已不复存在，但仍然有痛觉。赋予一个地方或一个国家身份、成就一个人成为真实自我的基本要素都有什么？

在此我想探讨一下《绿野仙踪》以及它与《回声制造者》潜在的关系。

---

[1] 典出美国小说家艾拉·莱文 1972 年的小说《复制娇妻》，斯特福德为书中一田园诗般郊区的名称，居住在此的男人均已用机器人取代了他们的妻子。

这番推测并非空穴来风。理查德·鲍尔斯喜欢做这样的事情——在另一部小说（或者故事或艺术作品）的楼层平面图上构架起一部小说。（想一想，例如《囚徒困境》建立在关于沃尔特·迪士尼的想象之上，而《金甲虫变奏曲》则奉行主题第一，变奏第二。鲍尔斯对音乐结构很感兴趣。）实际上有一些体现鲍尔斯用意的线索轻巧地散布在文本之中：小说中某一处，韦伯的妻子西尔维说："哎哟，老头子——我回来啦！……没有地方比得上家！"五页之后，韦伯思考着："它给他完全疏离的感觉；我有一种感觉，我们现在已经不在纽约了。"这些片段模仿的原文可谓众所周知：第一个片段让人想起多萝西在奥兹国一再重复的话，第二个片段则呼应了她为解释他们遇到的奇怪情况而对小狗托托所说的话。

《绿野仙踪》常被誉为第一部真正的美国童话故事。有些书之所以经久不衰，是因为它们所言超乎所知，《绿野仙踪》就属于这样的书。它写于一九〇〇年，当时女性主义兴起，达尔文学说出现——因此有了那些充满力量的女巫和长翅膀的猴子——令许多人夜不能寐。

女主人公小姑娘多萝西是个孤儿，跟着灰头土脸的亨利叔叔和埃姆婶婶生活在一马平川又灰蒙蒙的堪萨斯州。她被一场龙卷风刮到了奥兹国，在那里遇见了三个同伴：没有头脑的稻草人，没有心的铁皮人，没有勇气的狮子。（政治专家有个说法，伟大的领导人要有三样东西：有头脑、有心、有胆识——或者其现代变体，有种。例如，丘吉尔三样全都具备。现在你自己来算一算：小罗斯福肯定三样都具备；尼克松有头脑和胆识，但没什么心。里根有很不错的心之复制品，但没有什么头脑。以此类推。）

我们得知，奥兹国有一个了不起的巫师，此外还有几个女巫，本性有好有坏。这四个朋友结伴启程前往翡翠城奥兹国，希望巫师能满足他们的愿望。三个男性伙伴想得到他们缺失的部分，而多萝西想回家，因为没有什么地方比得上家。

与他们相遇之际，奥兹大帝巧妙地模仿了上帝，把自己呈现为一团火球、一头猛兽、一位迷人的女士、一个巨大的头颅——所有这一切都有《圣经》或神学上的先例——最后表现为一个脱离人躯壳的声音，宣布"我无处不在"。但随后他被揭穿了，原来是个冒牌货——他只是一个来自内布拉斯加州奥马哈市的口技表演者和杂耍演员,乘坐的热气球偏离了轨道,给吹到了环绕奥兹国的沙漠上。甚至翡翠城的颜色也是幻觉,是因城里人人都戴着绿色眼镜所致。所以巫师并没有真正的魔力;女巫倒是真的有魔法,结果巫师上演了他的上帝模仿秀,把她们都吓跑了。

有缺陷的男性,强大的女性,在深居美国核心腹地的一个模仿的国度。在一九三九年的电影版本中,奥兹国——无疑是惊奇奥妙之国的谐音,存在于多萝西的脑海里。多萝西在龙卷风中被打晕了,一直都在做梦。奥兹国,就像韦伯博士书中的"惊讶之国"一样,是脑海中一连串事件发生的境域。奥兹国就像基督的上帝之国,就像弥尔顿的乐园,就像韦伯的现实-即-体验-身体-即-场所-即-明信片——都在内心。

如果《绿野仙踪》是《回声制造者》底层的草图——如果前者是后者构筑其变奏的主题——那么马克的姐姐卡琳便是一个具有讽刺意味的多萝西的角色。她"回家"并不是因为她想在那里——恰恰相反,她极尽努力才离开了卡尼镇。她的难处不在于老一套说辞的"没有什么地方比得上家",而是哪怕有那么一点点接近"家"这一概念的地方她都得不到。"没有什么地方比得上家"已经隐含现代的不祥之意;毫不夸张地说,没有值得信赖的家。

马克对应的是稻草人的角色,即缺乏头脑的人;胡子稀疏且奉行素食主义的丹尼尔(身处龙潭虎穴,却非龙虎)是缺乏胆识的人;而开发商罗伯特·卡什是没有心的招摇过市的铁皮人。(长翅膀的猴子——是搞破坏还是助人一臂之力,要视情况而定——可能是由马克那两个头脑简单的游戏伙伴来呈现,他们游历的是另一个虚拟现实领域。)

韦伯博士自然是巫师这个骗子;他也在空中来回穿梭,虽然他乘坐的是飞机而不是气球。和巫师一样,他也发现了隐藏在自己塑造的假象之下那一股出人意料的力量。芭芭拉似乎具有某种魔力,可能是好女巫格林达和西方邪恶女巫合二为一了。

是什么共同的空虚感让韦伯和芭芭拉走到了一起呢?夜深人静,在那片寒冷的田野上,周围都是沙丘鹤,他们搂抱着躺在地上做什么?好女巫格林达其实是坏女巫格林达吗?为什么这个善良的芭比娃娃会如此空虚、如此沮丧，她是怎么变成这样的？是世界新闻的泛滥过度，还是偏向个人的遭遇？事实证明，两者兼而有之，因为在鲍尔斯的小说中，小故事总是与大局面息息相关。

我们不再身处堪萨斯了。我们甚至不在奥兹国。我们在内布拉斯加，美国核心腹地的废墟中心上，情况看起来很严峻。作为对于"美国怎么了"这一假设性问题的回答，《回声制造者》起初并没有给人多少安慰，但它最终着实给了一点慰藉。在这个令人惊讶的国度，可以得到某种恩典。至少可以试着宽恕。可以做些弥补。

最后要做出的弥补与沙丘鹤有关，因为鲍尔斯已经注意到契诃夫的观点，如果第一幕桌上有把手枪，那么这把枪在第三幕一定会响起。这本书开篇就出现了沙丘鹤，后面四个部分的开头也都出现了，所以我们知道，到了全书结尾很可能会拿这些沙丘鹤来做些文章。它们依赖宽阔的普拉特河，但由于像罗伯特这样的人对水域的大肆劫掠，普拉特河正在日渐萎缩。

在小说中要把自然界和人类世界融合到一起向来不易。除非你引入会说话的兔子或类似的角色——或者是驯服的海狸——否则很难掩盖这么一个事实，即自然界的野生居民并不真正那么在意人，除非它们能吃人，或者它们遭到人的猎杀。而人类——包括读者——主要关心的是其他人类，就像白蚁主要关心的是其他白蚁一样。沙丘鹤这样的生灵可能会激发人们的敬畏、惊奇、欣喜、好奇和超然的喜悦，但它们不会激发人们看到毛茸茸的生物想抱一抱的感觉。恰恰相反。

鲍尔斯并没有对此加以掩盖。相反，他强调了这一点。他说："在人类将自己毁灭数百万年之后，猫头鹰的子孙将会把夜晚编成管弦乐曲。没有什么东西会记住我们人类。"可是核心腹地当中的野生鹤类遭到了威胁，因为人们没有认识到它们是必不可少的精神命脉。人类可能会毁掉自己，但会把其他许多生灵先给毁了。

这本书对于自然破坏的关注看起来可能非常现代——甚至可以说走在潮流尖端——但它实际上是美国文学中非常古老的一脉。詹姆斯·费尼莫尔·库柏的《皮袜子故事集》系列大概是将小说作为探索美国现实和心理的方法的第一次重大尝试。故事集始于一八二三年的小说《拓荒者》,在这部小说中,纳蒂·班波是个滑稽好笑、受到不公正对待的老人,住在森林里,与印第安人为伍。库珀从沃尔特·斯科特那里和小说《威弗利》中汲取了丰富养料,《拓荒者》中的纳蒂相当于斯科特小说中那些讲方言的苏格兰高地人,他们狂放而诙谐,没有开化却品质高尚,滑稽又可悲可叹。在后续的《皮袜子故事集》系列里,随着纳蒂越退越远,退到更早前那片未遭破坏的原始荒野之中,他也越来越年轻。他将积累一批听起来更具英雄气派的头衔——探路者、猎鹿人、鹰眼——仿佛库珀希望他最初没给这个可怜人起了一个像"班波"这么傻的名字。

然而,正是在《拓荒者》中,纳蒂第一次立场鲜明地反对那种会对自然界丰富资源造成破坏威胁的贪欲。纳蒂宣称,上帝创造了人类,也创造了其他生物。上帝允许人类杀戮和吃下他创造的其他生物——正如它们也互相杀戮和吃净——但这种杀戮和吃净只能是为了果腹和满足眼前的需要,应该被当作恩赐。然而,新来的定居者沉迷于大肆屠杀,不是因为他们必须这样做,而是因为他们能够这样做。他们贪得无厌,一心想赚取利润。他们不尊重上帝的创造,而他们的浪费酿成的恶果将是饥荒。

库珀笔下的纳蒂关注的是鱼类和猎物的灭迹,当时旅鸽还没有从地球上完全消失,所以他没有想到,致使森林里的鹿濒于绝迹的同一股力量后来可能会致使世上的所有物种濒于绝迹。纳蒂对大肆杀戮者和掘金者的侵袭感到愤慨,最终渐渐隐退到荒野中,在那里他感到更自在。丹尼尔对于日渐消失的沙丘鹤的凝思在精神上与纳蒂·班波相差无几,在小说结尾,他也采取了类似的行动,向北走得更远,远离卡尼镇的衰败,进而远离美国。正如马克所说:"我们最终彻底毁掉这个地方时,他不愿意待在这里"。

沙丘鹤很有可能被人类毁灭;它们是活化石,但我们很可能也是。那么,为什么像丹尼尔这样的人要倾尽一生拯救它们呢?也许是因为在我们的想象中,鸟类一直都象征着人类的灵魂:《回声制造者》的引言是"要找到灵魂,就必须失去它"。这本书讲述的是失去的灵魂,但也讲述了重新找回的灵魂。困扰马克的那张令人毛骨悚然的匿名纸条上寥寥几行字,原来蕴含了某种真理:为了找到你自己失去的灵魂,你必须"挽救别人"。解决马克可怕的双重世界的方案可能就在医生的化学制品包里,但也存在于另一个截然不同的领域。

神经科学会认为"灵魂"只是某种脑海中的事件的幻觉,这无关紧要:用它的话来说,一切都是脑海中的事件的幻觉,包括身体,所以如果我们自认为有"灵魂",那就和真的拥有没有两样。关于自助的老生常谈——你可以通过你看待世界的方式来改变世界——说到底可能一点没错。我们必须活得仿佛复制品就是原版一样,仿佛它值得拯救和改善,因为我们别无选择。正如马克最后总算能够说:"一样好……我是说,我们。你。我。这里……无论你怎么看这一切,它们都和真实的东西一样好。"

《回声制造者》是一部宏大的小说——影响范围宏大,主题宏大,形式也宏大。有时它可能会越过界线,进入不切实际的境地,这或许也是难免的事;鲍尔斯并不属于微型画家这一路线。在美式风格的两个极端——极简主义或夏克式椅子[1](狄金森、海明威、卡佛)和极繁主义或镀金时代(惠特曼、詹姆斯、乔纳森·萨夫兰·福尔)之间,鲍尔斯偏向后一种。他通过重复,通过对主题进行像哥德堡变奏曲那样的详尽阐述,通过调高音量、使出浑身解数来获得效果。

这一切加在一起,构成了一出盛大的、宛若清唱剧般的脑内经历。你跟跟跄跄地从鲍尔斯的小说中走了出来,高兴地发现自己就像守财奴斯克鲁奇[2]在第二天早上那样,抓着自己的床柱说"没有什么地方比得上家",希望自己还有机会拨乱反正。作为虚拟现实的一个片断,《回声制造者》和真实的东西一样好,或者如马克·施卢特所说,"在有些方面,甚至更好一些"。

---

1 夏克(Shaker)也称震颤派,是19世纪基督教的一个派别,信徒主要在乡村自给自足生活,他们制作的家具几乎不加任何装饰,线条简单质朴,比例和谐匀称,坚固耐用而广受欢迎。

2 狄更斯《圣诞颂歌》中的吝啬鬼。

湿地

（2006）

  非常高兴今天晚上能和大家一起在这里参加查尔斯·索里尔环境保护晚宴。这次晚宴的收入将归橡树岭冰碛土地信托和大多伦多地区保护基金会使用。两家组织通力协作，保护了成千上万英亩土地；它们是一场日益发展的运动的组成部分——意识日益增长，效率日益提高，宣传力量日益增强，推动这一运动的人们认识到，大橡树由小橡实生长而成，没有小橡实何谈橡树的生长；所有树木，甚至旱地上的所有生命——包括我们这些会使用语言的两足动物——都需要土壤和水分，清洁的空气，以及知根知底的悉心照顾。无数小时的思考和志愿服务倾注到了这些组织之中。在场每个人都为这一行动喝彩，为能参与其中而深感自豪。

  如果像这样的组织在其行动中取得成功，你会呼吸得更轻松畅快，并且远不止呼吸是如此，你会觉得你有所作为，为一场更浩大的斗争——同全球变暖及其即将造成的、已经造成的巨大破坏的斗争——尽了一份力。你在夜里会睡得更安稳，部分原因在于——我们希望——你不会咳嗽得那么厉害了。

  我不是政治家，所以你们可能会好奇，我何必就已成为政治上烫手山芋的议题发表演讲。烫手可谓是多方面的：据包括美国国家航空航天局在内的测量这类数据的那些人说，地球现在比过去几千年都来得热。如果再这么热下去，我们很快就没有退路了。

  "得了，那个玛格丽特啊，"他们有时会说，"她只是个写小说的作家。"没错，我是个小说作家，这使得我在真实-虚构领域具备一个很大的优势：

不同于某些政客，我确实了解两者之间的区别。以下是我去年为《格兰塔》[1] 写的一篇文章中的片段——这次可不是小说了。主题是北极冰层的融化，那是我亲眼所见的状况。

我写道："你可以就此写一本科幻小说，只不过它并不科幻。你可以把书名定作《冰融》。突然之间，再也没有小小的微生物了，于是没有了鱼，因此也没有了海豹。这对于住在城市公寓里的普通人不会产生什么影响。比如格陵兰岛和南极洲的冰盖融化引起的水位上升会引发关注——再也没有什么长岛或佛罗里达，孟加拉国不复存在，不少岛屿会就此消失——但人们可以迁移，不是吗？除非你坐拥大批海滨房产，否则依然没有多大的理由为此感到忧虑。

"但且慢：海面上有冰，地底下同样也有。苔原之下，是永久冻土。有大量的永久冻土，也有大量的苔原。一旦永久冻土开始融化，苔原上的泥炭——数千年累积下来的有机物质——将开始分解，释放出大量的甲烷气体。气温上升，氧气占比下降。那么，还需要多长时间，我们所有人就都要因窒息和高温而死了呢？"

人们有时跟我说我可能有点尖刻。"喂，玛格丽特，"他们说，"这话说得是不是有点太刺耳了？"仿佛我说了赤身裸体的皇帝实际上一丝不挂，这就会踩死一只小猫之类的。

刺耳的话是为了把梦游者从昏睡中唤醒。每个人都更愿意听到岁月静好的说辞，世界很安全，大家都很善良，没有什么事要怪谁——最重要的是，我们可以继续随心所欲，用不着考虑任何问题，一点也不需要改变我们所谓的生活方式，不会有任何不良后果。我倒也想听人家这么跟我说。可问题是，这不是真的。所以也许是时候说点刺耳的话了。我们所处的境况非得以直言不讳的方式来应对不可。

我一直以来都有个习惯，就是把报纸和杂志上的一些内容剪下来，或者从网上下载下来。我在写二〇〇三年的小说《羚羊与秧鸡》时，故事背景设定在不远的将来，彼时全球变暖导致海平面上升，纽约淹没在

---

[1] 英国老牌文学杂志。

水下,新英格兰地区的秋天没有了红叶,因为那里的气候变成了亚热带气候,我创建了一组小小的文件库来为这些细节提供证据支持,免得万一有人指责我是在异想天开。那个时候——也就若干年前——我是从以科学为导向的杂志上或者报纸的科学版面上获得这些文章的。你得主动去寻找这些素材。

但在过去一年里我已经跟不上进度了。坏消息简直如洪水一般,已从科学版面转移到了《新闻周刊》等杂志的封面,《新闻周刊》在十月刊登了关于全球变暖的整版文章。有一张插页宣称,"鱼类最后的机会";另一篇文章探讨的是蛙类,有一篇关注的是珊瑚,还有一篇关于雨林的破坏。在乔治·布什算是胜选了的第一场总统竞选中,他的对手阿尔·戈尔因其环保观点而遭到嘲弄。现在不会了。

不光只有坏消息,也有一些好的——填海项目获得了成功,新的技术将帮助我们过上更环保的生活。这一切都发生得非常迅速。举例而言,我们清楚,由于人类的捕鱼方式,信天翁陷入了困境,我们甚至连如何拯救它们都心知肚明。这件事甚至不需要花费多大的代价。我们只是需要经费。

为保护鸟类和动物筹集资金的困难在于,人们很难意识到人类与世上其他生物的关系。如果你成长于平板玻璃窗后面,你所有的食物都来自超市,你认为水从自来水龙头产生,那么除非新奥尔良发了洪水,或者你自己家里停了电黑灯瞎火的,或者你因为食用受到污染的菠菜或你所在市镇的供水出现大肠杆菌而死亡,否则你怕是很难根据所见所闻做出判断。

在所有慈善捐赠中,只有大约3%用于动物相关的福利,而在这3%中,有半数用于诸如狗和猫这样的人类宠物。我们更愿意捐赠给穷人,或者给设有心脏基金会和肾脏基金会的医院。但众所周知,环境恶化——全世界范围内的环境恶化,就像现在正在发生的那样——你面对的穷苦人数量之多怕是应付不过来。仔细想想,我们已经到这个地步了,因为所有人类财富终究都基于地球。正如最近有人打趣的:"经济是环境的全资子公司。"破坏地球,就是在破坏你自己,这样一来你给心脏和肾脏捐多少钱都无济于事,因为反正没人还会有心脏和肾脏。

我本身并不是在平板玻璃窗后面长大的。童年时代,我过的是双重的生活，这在加拿大人中颇为典型——部分时间在北方的森林中，部分时间在城市里。在森林生活时，我们总有个花园，因为那是我们获得新鲜蔬菜的唯一途径——在自己家里种菜。我们要去捕鱼才有新鲜的鱼吃。所以我很清楚食物的来源。

我认为我们生活在一个需要作出抉择的时代，小小的选择确实会带来变化，因此我最近开始写一套环保协议，准备应用于自己的家里和办公室。为此我不得不再一次对我实际的生活方式进行仔细评估。这样一番审视会把你引到何处着实令人惊讶。

在我们家，我们已经做了不少事情——驾驶低能耗的汽车，随身携带允许食用的鱼类清单并在餐馆和鱼店适时掏出来作为参考，家里淘汰了空调，安装了几块太阳能电池板，扔掉有害的清洁产品，使用低能耗、低水位的洗衣机，参与资源回收再利用，支持使用经过森林管理委员会认证的纸张来印制我们出版的书——可一旦认真加以审度，我们意识到可以做的事情还有很多。

有意识的绿色生活就像某些不近人情的宗教活动一样严苛——与之相随的有一种教义问答，还有一份详尽的罪状清单。尽量避免在洗手间使用纸巾或者那些完全是在浪费能源的热风烘干器，反正也用不了。可以做到的是——你随身携带手帕，用手帕擦，几周后你发现它在你手提小包里头一个发霉的角落团成了一团——但这很难做到。虽说过一段时间，你用起手帕来便驾轻就熟了。像其他几乎所有事情一样，就是个习惯问题。

难点在于，正在进行这种艰难尝试的人觉得他们在孤身奋战。他们没有得到多少官方的帮助，当然也没有得到我们联邦政府的帮助。私人的收益被公共的损失给抵消了。

如果一颗小行星正势不可当地向地球袭来，眼看要形成一场巨大的冲撞，造成的滚滚烟尘、大火、洪水足以改变气候，整个星球怕是要化作可怕的一团灾难任其摆布，假如我们知道如何加以阻止，并且有能力阻止，你肯定认为我们会采取必要措施；但现在即将临到我们头上的事也会造成许多同样糟糕的影响。到底要怎样才能让我们所谓的领导人拿出一点实打实的行动呢？他们表现得越来越像谚语中的鸵鸟，把脑袋埋进了沥青砂中。

061

哈珀先生[1]什么时候才会意识到，民众再也不愿听他喋喋不休地谈论之前自由党在环境问题上的虚伪和不作为？我们可不像他想象的那么愚蠢，我们很清楚他这样喋喋不休实际上掩盖不了他自己的虚伪和不作为。事情在加速发展，哈珀先生。当初不是现在，区别在于现在是你在执政，而不是自由党。眼下无所作为的是你。

说你毫无作为倒也有失公允。出台了《清洁空气法》——这至少算得上实事，虽然不是真正的建树。然而，要是你对这一法案宣传得足够充分，它可能会为你争取到一些时间。

不管怎样，你在履行你的一项承诺——在阿尔伯塔省周围建立防火墙[2]。但阿尔伯塔省的人民也没那么愚蠢。他们开始意识到，变得更热的星球将意味着干旱和缺水。哪怕对他们来说也是如此，许多牛都要被烤焦了。人们所需的水和可供使用的水之间严重失衡。这地方从防火墙内而不是墙外烧起来的时候会怎么样呢？接下来又会怎样？

长期以来，加拿大一直被认为是一个相当环保的地方，但不幸的是，我们一直安于现状止步不前，加拿大并没有达到《京都议定书》规定的温室气体控制的目标。固然有望有朝一日提出某种更好的法规形式，但令人无法放心的是，现任政府似乎并没有理解空气质量和气候变化之间的联系。如果大气层继续升温，《清洁空气法》将失去意义。**更热的星球意味着更糟的空气意味着更多的空调意味着更热的星球意味着更糟的空气**，这句话哪一部分他们不明白呢？

选民们渐渐明白了这一道理。但明白了道理，如何予以回应又是另一回事。如果全都是厄运和阴霾，看不到希望，人们就会放弃，因为他们觉得自己无能为力。或者他们会变得愤世嫉俗，心生贪婪——他们分析之后一看，如果我们都要完蛋了，那为什么不抓住你能抓住的一切，在这过程

1　即史蒂芬·哈珀，加拿大第二十二任总理及保守党领袖，2006年至2015年在任。
2　2001年已辞去国民议员的哈珀曾写给时任阿尔伯塔省省长一封公开信，敦促阿省政府充分行使该省的宪法权力，阻止联邦政府将其财富重新分配给较不富裕的地区。这封公开信因有"在阿尔伯塔省周围建立防火墙"一说而被媒体称为防火墙信。

中好好享受?

读一读黑死病的历史很有启发——黑死病第一波凶猛来袭时,人们以为世界末日即将来临。人们的反应各不相同。一些人为求安全而逃奔——离开瘟疫肆虐的城市,逃往乡村或其他城市,却没有意识到他们实际上带着疫病,在感染其他人。一些人开始指责——说瘟疫是女巫、麻风病人或犹太人在井里投毒的结果,或是上帝降下的对人类罪孽的惩罚。这种冲动仍在我们体内,看看一些右翼人士对艾滋病流行和新奥尔良洪水的反应就知道。人类的罪孽和上帝的惩罚就像一头精疲力尽的驴子那频频扫动的尾巴,两者都不得解脱。

在黑死病流行期间,一些人开始鞭笞自己。有些人留在原地,尽力照顾病人,结果往往他们也会搭上性命。随着社会秩序的瓦解,有些人横冲直撞,大肆抢劫、强奸和闹事。有些人把自己关在城堡里与世隔绝,希望瘟疫不会进来。有些人尽可能继续过他们的日常生活。但是没有人说:"没有疫情这回事。"对于全球变暖和环境灾难,很快也不会有人说这种话。现在几乎没有人在谈。

顺便说一下,凡事都有积极的一面。在瘟疫杀死了欧洲三分之一的人口后,工人的工资涨了。此外,人们疏于看管的田地长成了森林,有人说迎来了小冰期,因为比起森林,光秃秃的田地反射到大气中的热气要来得更多。黑死病就像朝鲜和韩国之间的中立区,对于野生动物来说很好。想想好的方面吧。

另一个意外的连带后果是对艺术世界的影响。黑死病迎来了那些刻着死亡象征铭文、骷髅头和沙漏的墓碑,以及表现死亡之舞的画作,画中各个社会阶层的公民在死神亲自带领之下跳起了舞。在一个疫病大规模流行或者大灾大难当头的世界里,拥有大量金钱和私人医疗计划并不能给你带来任何好处。

我们和瘟疫受害者的区别在于,对于如何避免即将降临的命运,我们至少有些想法。就我们而言,问题不是缺乏知识,而是缺乏政治上的意愿。

说个体消费者的选择会产生决定性的影响,政府应该置身事外,这话当然中听。如果你想买一台会造成污染的吹叶机,如果你想开一辆喇叭轰

063

鸣的大城市坦克,那是你自己的事。另一方面,如果你凭良心行事,你做出了正确的旨在保护环境的选择,并且为此花费更多——往往会这样——那也是你的选择。

但是,这是在惩罚那些做出正确的保护环境选择的人,而让其他人逃脱了责任。

空气、土地和水是一种公共财产,应该受到共同保护。若受到保护,所有人都会获益,若没有受到保护,所有人都会受害。需要立法来消除这个特殊的竞争环境中的不平等。我们都在等待着,哈珀先生。如果我们等得太久,那就来不及了。就到此为止了。

我预计大约到这里会听到危言耸听这个词了。不过大楼着火的时候,危言耸听是好事。你拉响了警报,然后希望有人来帮忙灭火。在这个意义上,今晚宴会厅里的每个人都是在危言耸听。我们都看见了火光。

我准备用一则古老的故事来结束演讲。米达斯国王得到机会可以实现一个愿望,但他并没有考虑周全。他只希望按当时衡量标准所设的那样获得财富——他希望他触摸的一切都变成金子。一切确实都变成了金子,包括他想吃的食物和想喝的水。他活活饿死了。

财富不止金钱这一种。我们有机会把金子变回那些古老的四大元素——生命之所需,洁净的水、清新的空气、健康的土壤、清洁的能源,而不是把地球上的一切变成金子。希望我们都能把握好这个机会,在我们还能抓得住的时候。

生命之树，死亡之树

（2007）

很高兴能在纪念林学院成立一百周年的庆典上致辞。我的演讲分为三个部分，我会先告诉大家每个部分聚焦的重点，这样你们就知道接下来都有什么内容。

第一部分要谈谈我自己同树木和森林相关的情况；第二部分探讨的是树木和森林在神话和象征方面的意义；第三部分则是关于我们现在的处境，在这样一个森林日渐减少的世界里，我们究竟遇到了多大的麻烦，我们又该怎么应对？

我与林学院渊源已久，与森林的联结也确实长远，其实这并非我自己的选择。举例来说，今年三月，我刚好在冲绳，我们驱车北上驶向山原森林——这里有非常稀罕的冲绳秧鸡，可惜我们没能亲眼一睹其貌——这时我发现一片绵长的针叶树林，看起来很有问题：不是残枝败叶，就是枯株朽木。

我对同行的日本友人说："你们这里有病虫灾害，是昆虫引发的吗？"

对，有病虫灾害，对，是昆虫造成的——其实是一种甲虫。（正如J. B. S. 霍尔丹那句名言所说，上帝似乎对甲虫青眼有加，创造的甲虫如此之多；他没有再补充一句，许多甲虫会蛀蚀树木。）不过我们的朋友对于我能注意到虫害现象感到十分惊讶。他问："你怎么知道的？"

好吧，如果有什么事我总能一眼发现，那就是虫害。我的父亲卡尔·阿特伍德博士是一名昆虫学家，二十世纪三十年代到四十年代初在当时被称为土地森林部的机构里做研究。我们曾无数次在北方驾车一路行驶，突然就把车子往边上一停。"有虫害!"我们会大声叫喊,然后拿出防水布和斧头,把防水布铺到有虫害的树下,我父亲用斧柄敲打树干,就有东西——通常是毛毛虫——如瀑布般从枝桠上簌簌落下。我们这些孩子会帮着把毛虫都收集起来,然后继续我们的旅程,直到下一处虫害地让我们不由自主地戛然一声把车子刹住。

别人家半路停车是为了吃冰淇淋甜筒,而我们家是为了病虫灾害。

我父亲当时的研究专长是云杉卷叶蛾和叶蜂,同时对森林天幕毛虫也有涉猎。他有个习惯,就是像别人采摘玫瑰一样,去采集天幕毛虫结在树枝上的网状窝,并且把一整捧毛虫窝连树枝放入水罐。不过他可能会忘记添加新鲜的树叶,这时毛虫便会突出重围去寻找养料,纷纷爬上墙,穿过天花板,然后坠落到汤里。对我们这些孩子来说这真是太刺激了,特别是有小伙伴在场的时候。

早在一九三七年,我父亲就去往魁北克北部当时算是偏远的一个地区。那一带最近的城镇是蒂米斯卡明,已经有了一座锯木厂,虽说这家企业那时还没有成长为天柏公司[1]。没有公路,只通了一条窄轨距的铁路。父亲在一片大湖的岸边搭建起一个小小的昆虫实验室——他亲自和助手一起用原木搭建而成。鉴于他的出身——从小在新斯科舍省的边远地区长大,他的父亲在那里经营一家小锯木厂,所以他用起斧头来堪称行家。

这并不是一片无人涉足的荒野之地。伐木作业在此地以古老的方式延续着:伐木工和他们的马匹在冬天干活,砍下选定的树木,拖到冰上。等到春天冰雪融化,原木被聚集到水栅围栏里,用拖船拖到河口,然后顺流而下冲运到渥太华河边的锯木厂。这些伐木工人并没有实施皆伐:他们犯不着费那么大力气去伐倒一切树木。也和我这个年纪的人小时候见过这种形式的伐木作业了。我们有时候会遇上个别没有被冲到下游去的原木,那可以做成非常好的木筏。

我第一次去魁北克这一偏远地带是在一九四〇年春天,我出生后大约五个月,当时我的交通工具是大人的帆布背包。从那时起,我在森林里度

---

[1] 天柏公司(Tembec)成立于1973年,是加拿大主要的综合性林业集团。

过了许多时光。虽然我们冬天住在城市里——昆虫在那几个月里都处于休眠状态,但我们从冰雪尚未消融殆尽的四月开始就在森林待着了,有时候甚至会待到十一月,那时已经白雪皑皑了。

我父亲一直管理着这座位于魁北克的实验室,直到一九四四年,他去了苏圣玛丽[1],在那里建立昆虫实验室。此后,他于一九四六年开始在多伦多大学教授林业学。在二十世纪四十年代末的那些冬天,我在动物学系的旧大楼里消磨了不少童年时光,醉心欣赏装在瓶里的眼球和剧毒的非洲白蟑螂,那可都是当时这座楼里的招牌。因此我七岁时写的第一部小说讲的是一只蚂蚁,这并非偶然。我不能说这部作品非常扣人心弦——在幼虫和蛹的阶段没有多少戏剧冲突可言——但有个圆满的结局,包括捕获、撕咬、干掉一只特别美味的虫子并把它拖到共用的蚂蚁窝里。我真希望我后来的小说也能有如此乐观的结局。

我父亲是早期的环保主义者——非常之早。举例而言,他对于广泛喷洒药物以防治虫害是否明智曾表示怀疑,要知道在那个年代抱有这种怀疑态度就等于给自己贴上了疯子的标签;不过和许多事情一样,时间已经证明他是对的。

一周前,我收到奥里·劳克斯的一封来信,他是我父亲在上世纪五十年代初的研究生。他还随信附上了他的硕士论文《1942—1943年伐木时期奎蒂科边界水域内残存松树的岸线保护区之研究》重印本。

在二〇〇二年,奥里·劳克斯开展初次研究四十九年之后,他回到奎蒂科-苏必利尔,去看看这个项目成效如何。事实证明,两百英尺宽的岸线保护地带在创造"新的一片六十到七十英尺高的松树林"过程中发挥了重要作用。他在此行的日记里谈论了代际影响——从我父亲到他,而今又到他的学生。那时我父亲已经去世近十年了。在生活的许多领域,我们所做的选择将如何随着时间的推移而发展演变,未必总能得以目睹。在林业、在加拿大的林业这种事情上尤其如是,因为与我们相比,这个国家落叶林、

---

[1] 苏圣玛丽(Sault Ste. Marie),加拿大安大略省北部城市,位于苏必利尔湖的东端尽头,南望美国密歇根州同名的城市。

混交林和针叶林各地带中的大多数树木都生长得十分缓慢。

在此我要引用一个理应熟知此事的人的话，即《魔戒》中的树须恩特——这个角色要么算是树状人，要么算是人状树。他说的是古老的恩特语，那是会说话的树人的语言。他说："它是种迷人的语言，不过要用它来说任何事都得花很长的时间，因为什么事要是不值得花很长的时间去说，去听，我们就不用这语言来说。"[1]

在神话层面上，你可以说林学是研究古老恩特语的学问。林学是研究树木的学问，同时也是研究树木借其如何生长、在何处生长而传递给我们的种种信息的学问，还是研究树木借其如何生长、在何处生长而可能给世界带来种种变化的学问。"我能从这个，从这个，从这个阿-唠啦-唠啦-噜姆巴-咔曼达-林德-欧尔-布噜米看出来跟听出来（还能嗅出来跟感觉出来），一大堆事正在发生，"树须说到了一个古老的恩特语词汇，"抱歉，刚才那是我给这东西取的名字的一部分，我不知道用外面的语言该怎么说。你知道，就是我们所在的这个东西，就是我站着，在每个美好的早晨向外张望，想着太阳，想着森林之外的草原，还有马，还有云，以及世界演变的地方。"在外面的语言之中，指称所有这一切的词语可能是环境，或者类似的词，但我更喜欢"世界演变的地方"。

你们大概已经猜到了，我们现在进入演讲的第二部分——探讨神话和象征的部分，历经了如迷宫般曲折复杂的路径才到达这里——发现自己在森林中绕着圈打转的人都知道，在森林中迷路是最初的迷宫体验。只要记住水往低处流就行了。我小时候学到过怎么标记足迹：要在树干的两边都做上记号，这样一来，你在任何地方回头看，都能知道你刚刚去过哪里。

智人同树木和森林的关系非常古老，而且这一关系往往牵涉复杂的情感。一则科学起源故事说我们的祖先从树上下来了，而我们的一些远亲仍然在树上搭窝用于夜间休息，在树枝高处比在地面上更能安全躲避夜间活动的捕食者。为什么那么多人对蛇、猫和蜘蛛都怀有所谓的非理性恐惧？有一种理论认为，如果你是在树上筑巢而居的灵长类动物，那么可能对你

---

[1] 本篇涉及《魔戒》的引文均出自邓嘉宛译本。

下手的动物也就那么几种。最近有一种理论认为，我们之所以离开森林是因为林中居住着一种巨大的猫——"恐猫"，也叫"假剑齿虎"，这一体格与大型豹子差不多的属种似乎潜伏在茂密的树林中，专吃我们的南方古猿亲属。

有关我们起源的故事还有一个版本认为，由于气候变化，森林在萎缩，取而代之的是更开阔的稀树草原，人科动物因此被迫要去适应一种迥然不同的环境。就遮阳和作燃料之用而言，树木依然很重要，但我们的祖先对于完全被树木包围的情形可能已经心存厌恶，因为它们为猛兽提供了很好的掩护。

乡村有耕地、牧场和矮树林，与深山老林有着天壤之别。近代以来，很少有民族选择居住在深山老林之中——定居丛林的俾格米人是个例外。北美原住民在岸滨定居，尽可能利用水路进行运输；他们也有穿行森林的小径路网，但只在别无选择的情况下才走。新西兰原住民也同样留守在海岸线。正如古老的故事与新生的故事所表现的那样，我们对于深山老林的情感以不安和恐惧为主。

在《吉尔伽美什史诗》这部我们所知的最古老的诗歌中，有一场大规模的英雄战役，那是吉尔伽美什协同他的朋友恩基杜与名叫洪巴巴的居住在森林中的怪物展开的对决。洪巴巴是雪松森林的守护者，吉尔伽美什带着斧头来到这片森林，洪巴巴勃然大怒，却在战斗中败下阵来，继而遭到无情的杀害。（更糟糕的是，吉尔伽美什和恩基杜是在受邀到洪巴巴的家中做客之后痛下的杀手——在大多数文化中，谋杀主人绝对悖逆了道德标准）。吉尔伽美什带回乌鲁克城的战利品就包括他砍下的雪松树——对于一座建立在平原上、不见树木的城市而言，这可是非常宝贵的货物。沙玛什神[1]对此非常满意，但恩利尔神[2]却怒不可遏，诅咒了吉尔伽美什。自此以后，这类关于砍树的冲突一直持续上演。

在古代故事中，砍伐森林或树林往往是触犯禁忌之举。有些树林受到

1　巴比伦和亚述神话中的太阳神。
2　巴比伦和亚述神话中的大地和空气之神。

尊崇，但究竟供奉哪位神明呢？砍伐，还是不砍伐——无论采取哪种方式，你总会跟谁惹上麻烦。耶和华希望砍掉小树林；而月亮女神阿什脱雷思则希望它们屹立不倒。在希腊神话中，月亮女神阿耳特弥斯也司掌森林，是动物的女守护神。破坏森林就是对野生动物的打击，往往有利于想要放牧的牧民或是想要耕地的农夫。然而一旦过度激怒动物的女守护神，你定会悔不当初，因为她也是降下瘟疫的神。这是否让你或多或少想到了你可能听说过的诸如埃博拉病毒、马尔堡病毒和艾滋病这些跨越物种传播的病毒，以及它们在原来的宿主因栖息地遭到破坏而不复存在时，又是如何采取行动以寻找比方我们这样的新宿主？

希腊人讲述了一则关于厄律西克同的故事，他不顾警告，砍伐了一片神圣的树林。他挥舞的斧头砍进第一棵树时，鲜血喷涌而出，那是住在树上的树精的血。他的罪行遭到了主司植物繁衍和丰产的女神德墨忒尔的惩罚——让他受尽饥荒之苦。树木和土壤肥力之间确实存在着错综复杂的关系。伐光一个地方的树木——尤其是丘陵起伏的地方——洪水和水土流失就会随之而来，造成的结果就是饥荒——这一点希腊人早在几千年前就已经知道了。

希腊神庙的圆柱是在模仿树木；诺曼式大教堂的拱肋也是如此。大多数神话都包括世界之树或生命之树，它支撑着地球上所有的生命。在基督教中，生命树生长在伊甸园里——亚当没有吃这棵树上结的果实，却啃食了智慧树的果子——这就是为什么我们头脑聪明但无法长生不老，如果你想了解的话。

不过每一个积极的象征都有一个消极的与之对应。有一棵生命之树，也有一棵死亡之树。诗歌中的荒原通常有枯死的树，或者压根连一棵树也没有，或者树木已经被破坏殆尽，被石头或金属柱子取而代之了。在基督教中，死亡之树由十字架作为象征，死亡就发生在这棵死去的树上。《魔戒》中牧养树的恩特族是好的一方，他们惩罚砍树的巫师萨茹曼；但在托尔金创造的世界中，有好树，也有野树和坏树——坏树心眼很坏；还有整座森林都黑化了的：那里的树会一把抓住你，或者把你囚禁在它们体内。《绿野仙踪》里的多萝西就遇到了这种坏树——通往奥兹国的路上有一片好战的树林,百般阻拦不让她通过,亏得铁皮樵夫果断下手才解决了这个问题,他抡起斧头向那些蛮横阻拦的树砍去,开辟出一条通道。《哈利·波特》系列中力大无穷又破坏力十足的"打人柳"传承的是有模有样的一脉。

但丁的《神曲》以一个迷宫的隐喻开篇:

就在我们人生旅程的中途,
我在一座昏暗的森林之中醒悟过来,
因为我在里面迷失了正确的道路。
唉!要说出那是一片如何荒凉、如何崎岖、
如何原始的森林地是多难的一件事呀,
我一想起它心中又会惊惧![1]

经此引导我们可以推断,这片森林代表错误和罪恶——偏离了真正的道路。你在这里误入歧途,迷失了方向。过去在森林里迷路往往意味着饥饿、冻毙或被野兽咬死,现在也依然如此。如今你进入树林,可能想看看泰迪熊的野餐,但你肯定不希望成为泰迪熊的野餐;要是逗留得过久,你很可能就成了泰迪熊的野餐了。

莎士比亚笔下的森林没有但丁笔下的那么可怕,但也不尽然轻松愉快。有时它们是魔法和幻觉产生之地,居住着不全都算是人类的生灵,比如《仲夏夜之梦》中的森林;有时它们是更加自由的地方,《皆大欢喜》中的亚登森林收留了那些逃离暴君统治的流亡者——就像舍伍德森林为罗宾汉提供栖身之地一样。就这一范畴而言,森林代表与自然的团契交流,代表从文明世界的不公不义中自由解脱出去——就像许久以后费尼莫尔·库柏的《皮袜子故事集》中那样。但是法外之徒也很可能是强盗和杀人犯,在文学作品,特别是在民间故事中,这样的情形比比皆是。因为森林是弱肉强食者的势力范围,看来我们不能完全忘记了这一点。小红帽正是在离开小路走进幽暗森林的时候,遇上了大灰狼。

---

[1] 此段引文出自朱维基译本。

肯尼斯·格雷厄姆的《柳林风声》这部经典童话生动形象地描述了置身黑暗森林的典型体验。野树林是危险之地，小鼹鼠本该听从人家之前告诫过他的有关这地方的警告。

前面后面，暮色迅速地逼拢来，包围了他；天光像落潮般地退走了。[最终，鼹鼠]躺在那里，大口喘气，浑身哆嗦，听着外面的哨声和脚步声，他终于恍然大悟。原来，其他的田间和篱下的小动物最害怕见到的那种可怕的东西，河鼠曾煞费苦心防止他遇上的那种可怕的东西，就是——野林的恐怖![1]

那些生活在开阔旷野的人——在平原上，或者在遥远的北地，或者在林木线之上——他们靠眼睛看，而不是靠耳朵听，因为向你袭来的一切还没听到就已经可以看见了。但是住在森林里的人要靠耳朵听，因为向你袭来的一切是先听到然后才看见。这就是为什么口哨声和脚步声对于鼹鼠来说是如此的可怕。

实际上，无论读过多少论述维护森林的重要性的生态报告，我们打心底都害怕森林。我们也敬畏森林，我们天性中的这一客观事实不断创造出一些虚构的版本，例如《爱丽丝镜中奇遇》里让所有名字都消失的树林，《魔戒》中精灵统治的罗斯洛立安这座可能将你"缠住不放"的黄金森林，以及亚瑟王传说中梅林置身其中而陷入施了魔法的睡梦的那片树林。在这样的森林里呆得太久，你会忘记自己是谁。森林或许引人入胜，而一旦你进去风险就要自负。

E.O. 威尔逊在他那本令人不安的《生命的未来》一书中，耐人寻味地阐述了我们与森林的关系。人类偏好什么样的地方？他建议我们看看富人是怎么做的：那些什么都买得起的人选择在一个较高的位置建造住所，可以俯瞰河流或者湖泊映衬的开阔景象，远处点缀着一些树木，但不至于太迫近或者太茂密。这实际上是狩猎采集者的理想之地：有水喝，还可以吸

---

[1] 此段引文出自杨静远译本。

引猎物前来，有森林广纳百兽但又不至于距离人太近，周围视野很好。这可能是澳大利亚原住民在与外界接触之前大量焚烧森林的原因：他们喜欢清除殆净的下层林木和开阔的视野。研究发现，同样这种景色——哪怕是挂在墙上的照片——可以将人们在医院康复病房里的治疗时间减少至原来的六分之一。我们似乎感觉这样的景色很能抚慰身心。我们是否因此对于砍伐树木有一种与生俱来的偏好？威尔逊认为我们可能确实如此。

假如我们完全听之任之，情况会更糟，因为若是砍掉世界上所有的树，我们就在劫难逃了。印度有句古老的谚语，"森林在文明之前，沙漠在文明之后。"这个套路在我们的历史上已经上演过许多回：复活节岛的故事——对所有树木的破坏导致了土壤侵蚀、饥荒和人吃人现象——只不过是其中之一。我们已经多次被告知，号称地球之肺的亚马孙雨林对于维持地球气候是多么重要，但这些森林仍然遭到砍伐。婆罗洲的森林正在迅速消亡。吉尔伽美什的斧头忙得不亦乐乎，一些神灵也很满意——比如财神，还有那些提倡空手套白狼的人，那些宣扬你大可向自然界无休无止地索取而不用予以回报的谬见的人。不过百兽的女守护神对我们非常恼火；她的警句之一很可能是"天下没有免费的午餐"。

加拿大拥有世界上最广阔的北方森林。这个国家同树木和伐木有着长久的联系：早期的定居者砍伐了他们砍伐得了的所有树木，因为他们害怕森林火灾，他们要开辟牧场，要制造木炭，要向欧洲出口。我们仍然在不断砍伐，往往是相当愚蠢地滥砍滥伐。我们仍然沉湎于森林取之不尽用之不竭的幻想当中。我们还在告诉自己，大自然出产的一切都天经地义属于我们，是无偿的。为什么我们还在说，皆伐是自然的事情，因为森林火灾也是自然发生的，而且燃烧面积那么大，所以这不就是一回事吗？为什么我们要把宝贵的古老森林变成卫生纸？部分原因是懒惰和贪婪，但还有部分原因来自我们由来已久的矛盾心理——我们对森林的恐惧。在我们破坏巨大的自然碳汇、把只覆盖着薄薄一层土壤的脆弱的北方森林折腾成岩石嶙峋的荒原、并在此过程中消灭大量的物种之前，在我们把自己烤焦晒死之前，还要这样胡闹多久？我们还要多久才能行动起来，出钱让人们不要砍树，就像出钱给农民让他们不要种植土豆那样？

因为我生性乐观,所以还是想介绍一线希望。有许多反击运动已经开始了。世界野生动物组织早已了解栖息地对于物种保护的重要性,在全球各地购买了大片森林。大自然保护协会在加拿大和美国都非常活跃,成功地收购了面积较小但意义重大的林地。老派的伐木方式正在归来,有所选择的伐木对森林的破坏最小。举个例子,你可能有兴趣了解,目前一群佛教徒在新斯科舍省借助马匹实施单棵树采伐。

人们害怕森林的原因之一在于,他们不熟悉森林,尤其是如果他们在城市里长大的话。早期教育的价值正愈加得到认可,正如英国"户外课堂"的蓬勃发展那样,人们发现,若不置身封闭的课堂环境中,孩子们其实学得更好。少儿对自然天生就感兴趣,假如没有遭到成年人的阻拦。(我们加拿大有多少户外课堂?目前一个也没有。虽然我们倒是有夏令营)。

日本人有一种说法:森林浴——将自己全身心沉浸到森林之中,以达到净化和放松的目的。对于一个在森林中感到舒适自在并且不会像鼹鼠一样害怕森林的人而言,这样做确实是有效的。C. W. 尼科尔——世界上唯一的现日本籍、前加拿大籍、前威尔士籍的空手道七段黑带,也是一位热心的环保主义者——在日本设有一家小型森林信托基金,叫做阿凡林地信托基金,机构运营的监管林出产一些用于制作当地传统工艺品的木材和各种珍贵的药用菌菇以及日本人所说的"山菜",其设想类似于监管雨林和荫生咖啡种植园——同心协力复原和维护,与此同时又满足人类的需求。

在阿凡林地信托基金,他们也一直在进行好几项关于人与森林相互作用的研究。其中一项是测量待在森林中使得血压正常化的能效度:低压升高,高压降低;另一项研究涉及对于受到虐待和伤害的儿童的作用,已经证明成效惊人:森林可以促进心理创伤的愈合,也可以促进身体伤口的愈合。

"林地信托"这个名字很能让人产生联想。这正是我们需要的:对林地的信任。我们需要信任林地,而不是感到与之疏远乃至心生恐惧。如果我们能做到信任林地,我们就可以停止任意的破坏,认识到森林的本质:古老的家园、空气净化机、物种栖息地、阳光防护罩、气候调节器、心灵治疗师、灵魂抚慰者、世界演变的地方。

最后,我要再次引用树须恩特的一段话——这寥寥几语我们完全可以作为警句。"曾经欢唱不停的小树林,现在只剩树桩和荆棘,一片狼藉,"他说,"我闲懒虚度了岁月,让事情出了差错。必须制止这事!"

雷沙德·卡普钦斯基

（2007）

听闻雷沙德·卡普钦斯基去世，我觉得我失去了一个朋友。不，不止如此，我失去了生命中一个非常重要的人。他是为数不多的可以委以信任的人，对于复杂难解的种种事件能够道明真相，凭借的不是抽象的措辞，而是具体的细节——颜色、气味、感觉、触觉，总体的境况。然而，我对卡普钦斯基并不十分了解。友善待人又注意与人保持距离，这是他身上一种不寻常的特质。

我第一次见到卡普钦斯基是在一九八四年。那会儿我同家人——格雷姆·吉布森和我们七岁的女儿——住在西柏林。当时西柏林仍然处于著名的柏林墙包围之下。正是在那里，我开始动笔写《使女的故事》。这部关于现代极权主义的小说的基调是现成的：东德的战斗机每周日都会突破音障，以其隆隆声震提醒我们，它们随时都有可能俯冲下来。苏联阵营延伸到这东边，似乎坚如磐石。我们去了东德，那边的边防战士粗暴乖戾，冰淇淋像指甲油似的上了色，让人印象深刻的还有《史迈利的人马》[1]时代的巧克力；我们还去了捷克斯洛伐克，在那里要想说点真话，我们得走到公园中央，因为我们的捷克朋友很害怕被窃听。

最后我们去了波兰，情况完全不同。波兰在其邻国眼中一向勇敢得更显鲁莽，或者鲁莽得更显英勇。广为流传的关于波兰骑兵骑着马冲向德国坦克的轶事可能真也可能假，但无疑充满象征意义；在一九八四年的华沙，这股鲁莽劲儿或者不顾一切的姿态依然存在。出租车司机不会载你去任何地方，除非你有硬通货；作家们向你提供大量的地下出版物——非官方的出版物，他们把这些出版物直接存放在据说是共产主义作家机构所在的场地。我们在波兰期间，有个神甫被发现遇害了，估计是遭到了秘密警察的杀害。当时有一场天主教徒的游行，看着那些目光冷峻的修女和愤怒而又坚定的神甫以及他们众多的追随者，我们心想：这个政权有麻烦了。

然后我们见到了帮助推翻这个政权的人。

卡普钦斯基在一九七八年写了《皇帝：一个独裁政权的倾覆》（下文简称《皇帝》）。表面上这本书讲的是埃塞俄比亚的海尔·塞拉西及其腐败的专制政权的倾覆，单纯这样读下来，也不失为一部出色的作品。在难民川流不息地拥向一方远离灾难时，卡普钦斯基，这位凭着波兰人的那股鲁莽劲儿亲历了二十七场政变和革命的记者，反道而行，直抵灾难的中心——动身前往亚的斯亚贝巴，在夜晚偷偷采访那些眼下躲了起来的昔日朝臣，记录下关于皇帝的种种轶事，有无心使然的滑稽趣闻——给他挪脚垫的仆人必须根据他坐的每张御椅的具体情况，在他脚下垫上高度合适的脚垫，万万不能让他的短腿悬空了——也有可怕的景象：乞丐们狼吞虎咽吃下宫廷宴会后的残羹剩饭，眼球从眼眶里弹了出来。

然而《皇帝》对于波兰人来说还有另一层意义，在整个纳粹占领期间，以及后来在苏联的影响之下，他们已经习惯了用迂回的语言说话。正如卡普钦斯基自己在《与希罗多德一起旅行》中谈起那个时代时所说的："无一直白利落，无一是字面原意，无一不模棱两可，人们做的每个手势、说的每句话好像都隐喻着什么，甚至连眨下眼睛都显得意味深长。"由于一个腐败的独裁政权可能与另一个政权有许多共同之处，因此《皇帝》也可以解读为对奄奄一息的波兰政府的批判。这本书很快就被搬上了舞台，以一部又一部戏剧作品的面貌呈现于众，为最终推翻当权者的民众动乱做出了巨大贡献。《皇帝》在策略上的高明之处在于，当权者几乎无法反对它，因为它讲述的难道不是君主制的坏处吗？君主制可是他们极力反对的政体形式。

---

1 《史迈利的人马》是英国作家约翰·勒卡雷的长篇间谍小说"史迈利三部曲"的最后一部，讲述了特工乔治·史迈利同苏联情报头子卡拉的巅峰对决，经英国广播公司改编成六集电视剧于1982年播出。

《皇帝》在一九八三年被译成英文，正好赶上我们把作品读了，然后一九八四年在华沙见到卡普钦斯基，与他握手结识。他们那一代杰出的人物包括著名的导演和剧作家塔德乌什·坎托尔、小说家塔德乌什·康维奇，也包括卡普钦斯基，他们从小经历了第二次世界大战，在一党制的制度下长大成人，但仍能创作出令人惊讶的艺术作品。尽管卡普钦斯基的作品背景众多，素材也各不相同，但他内在的主题始终如一——恐惧和压迫以及人们都如何应对或超越，恶劣的环境以及它们能如何扭曲和美化，政治单一文化令人窒息的漫长折磨，以及人类对拥有自主灵魂的不渝渴望。考虑到卡普钦斯基自己受到束缚和禁锢的青年时期，这样的主题便完全可以理解了。

　　在我看来，卡普钦斯基羞怯而充满魅力，却不怎么自信；格雷姆说或许看起来如此，但在这一切表象之下，是钉子一般的铮铮铁骨。我想卡普钦斯基应该是两者兼而有之：他的羞涩、魅力和谨慎使他在混乱的内战中不至于在路障边遭到枪击，而钉子般的铮铮铁骨驱使他在第一时间走向了那些路障。

　　在那个年代，在苏联阵营内部与名不虚传的作家相遇总是有一些离奇的色彩，也许卡普钦斯基的不自信在一定程度上是这种荒诞不经造成的。在客客气气的官方场合，有说出口的话，也有没说出口但对方应该心知肚明的话。"为什么你们波兰有这么多插图精美的儿童图画书？"我在一次书展上问另一位作家。她回答道："好好想想。"她这么说的意思想必是儿童图画书中没有成问题的政治内容。

　　一九八六年一月，卡普钦斯基在多伦多参加了他一九八二年作品《伊朗王中王》的英译本出版活动，这本书讲述了沙阿[1]和他的残暴政权被推翻的盛况，书中特别写到了萨瓦克——庞大的滥施酷刑的秘密警察组织。这本书现在值得重读，因为它对于那些地区继续展现出来的模式太具有预见性了。当时卡普钦斯基即将在海滨国际作家系列活动中露面，他很紧张；他认为自己的英语不够好，不适合公开朗读，问我可否做他的英语代言人，

　　1　旧时伊朗国王的称号。

替他朗读他的作品片段呢?我说我很荣幸,但与此同时我也在想,等一下!雷沙德·卡普钦斯基紧张了?对于用英语朗读作品一事?在安全、没有任何威胁的多伦多,哪怕他仅仅脱口说出一个词,大家也会喜欢他吧?那么,刚果的凶险动乱、洪都拉斯的狂轰乱炸、德黑兰革命中随时可能丢了性命的暴动又怎么说?

卡普钦斯基在多伦多那个场合下的紧张非常可爱。这也有点像苏格兰女王玛丽,在前往断头台的路上还担心她的帽子戴得正不正。不过话又说回来,别人在什么领域会紧张,这完全无从预料。

因为他是一名驻外记者——多年来,卡普钦斯基是波兰唯一的驻外记者——似乎哪儿都有他的身影,至少在涉及腐败的政治体系崩溃、在大灾大难或可怕的流血事件发生的时候。哪里有混乱,他就会出现在那里。在苏联逐渐解体的一九八九年至一九九一年,他穿行苏联的广袤大地一路漫游,并把这段旅程记叙进了《帝国》一书,书中有段话很有代表性:

有消息爆出,说一座拥有百万人口的大城市……遭受严重的污染,十分危险,甚至危及人的生命。

"新的切尔诺贝利。"把这个消息传给我的朋友评论道。

"我要到那里去,"我回答道,"如果买得到票,明天就飞过去。"

卡普钦斯基一生渴望旅行,而他渴望行走的地方恰恰是那些追求享乐的普通游客会煞费苦心避开的地方。因此,在他的最后一本书《与希罗多德一起旅行》中,他召唤来了最早先的著名旅行文学作家——"历史之父"希罗多德,作为同道中人,这个人选再合适不过了。卡普钦斯基年轻时最想做的事情是"跨越国境"——起初是波兰的国境,但后来越来越多地是所有可能的边界。驱使他前进的是他对人类种种形态的无尽好奇心。像希罗多德一样,他倾听并记录下来,但并不求全责备。他的一生都在探寻——探寻而非完成使命。他想寻得什么呢?充满异国情调的细节,毫无疑问;文化上的差异;战后波兰少有的那种丰富的混拼。但除此之外,即便在最极端的流血事件和残忍的复仇与堕落中,也要寻得我们共同的人性之善。我们的希望寄于何处？也许是尊严——在任何地方都是压迫者的眼中钉却永远无法消除殆尽的那种纯粹的尊严，说"不"的那种尊严。

鉴于他目睹过的一切，他肯定比任何作家更有理由感到悲观，但悲观并不是卡普钦斯基经常表达的情绪。更常见的是惊叹：惊叹这样的东西——无论是光辉的还是卑劣的——能存在于地球之上。在《与希罗多德一起旅行》的结尾，有这么一句话，虽然只是描述了土耳其一家博物馆里的景象，但对于他这样一位作为我们这一时代最卓越的见证者而始终保持谦逊的人来说，却有一种墓志铭的意味：

"我们站在暗处，周围一片光亮。"

《绿山墙的安妮》
（2008）

露西·莫德·蒙哥马利的名作《绿山墙的安妮》到今年四月已经问世一百年了，围绕安妮故事的各路演绎一派热闹。已经出版的白琪·威尔逊的《绿山墙之前》这部"前传"以一连串惊叹号、苹果花、雀斑和令人尴尬的失态失言等种种轶事，记录了精神头十足、古怪而又讨人喜欢的安妮·雪莉在来到爱德华王子岛的绿山墙农舍之前的生活。还有一部将羊腿袖[1]、纽扣靴、吉布森女郎发型[2]悉数精心呈现的电视电影《绿山墙的安妮：新起点》即将于二〇〇九年播放，这是继一九一九年的默片、一九三四年的有声电影、一九五六年的电视剧版、一九七九年的日本动画片、一九八五年的绿山墙系列剧、一九九〇至一九九六年的《通往阿冯利之路》以及PBS电视台二〇〇〇年的动画系列片之后的最新版本；更不用说这么多年来层出不穷的各种滑稽戏仿之作——《绿狭沟的安妮》《芬迪湾的弗兰》等等同类作品。

除此之外，加拿大新文库[3]还推出了安妮作品第一部的全新版本，并且配有原版插图。这些插图让人心生不安，里面每个人的脑袋都很小，尤其是玛丽拉，不仅头小，而且几乎没什么头发，这简直让我们要怀疑起阿冯利那边近亲繁殖的程度。插图里的安妮也画得很怪——与其说是小姑娘，不如说是玛丽·波平斯的木偶之类的——到了书的结尾变成了一个漂亮的德累斯顿细瓷小雕像。不过安妮初始形象的缺陷在这一百年中得到了一次又一次纠正。在后来那么多描绘她的插图里面，安妮的脑袋恢复了正常大小——有时还稍微大了点，头发也变得更加显眼。

这个过程并没有结束：《绿山墙的安妮》的授权机构许可所有周边产品，期待出现更多安妮礼盒套装书、安妮便笺和安妮铅笔、安妮咖啡杯和安妮围裙、安妮糖果和安妮草帽，以及安妮——嗯，还有什么来着？安妮蕾丝边长裤内衣？安妮烹饪手册——哎呀，还真有。会说话的安妮娃娃，说着"你说什么，讨厌的家伙！你好大的胆子！"[4]紧接着是石板敲在厚厚的头骨上却把石板本身给砸裂了的一声响，或者说着"我恨你——我恨你——我恨你！你是个粗暴无礼、毫无感情的女人！"我一直都很喜欢小说中的这类情节。

对于那些小时候没有读过这本书的人——有这样的人吗？有，很可能是男性——需要补充一下，《绿山墙的安妮》讲的是一个满头红发、一脸雀斑的十一岁孤女，被阴差阳错送到了阿冯利的绿山墙农场的故事。农场主人马修和玛丽拉·卡思伯特这对兄妹上了年纪，他们原本想领养一个男孩来帮忙干活，但是性格热烈、富有想象力、咋咋呼呼浑身都是戏的安妮让羞怯的老单身汉马修——据原版插图显示，他隐约集圣诞老人和流浪汉于一体——印象极其深刻，因此他希望她留下来，而说话刻薄、态度严厉的玛丽拉也改变了立场，开始接受他的想法。

安妮从无家可归的丑小鸭渐渐成长为有才华的美丽天鹅，在此期间还曾一度把头发染成了绿色，她这一路种种不寻常的经历、尴尬的争吵冲突、在审美方面的用力过猛以及大发脾气都既感人又好笑。她最终不仅赢得了玛丽拉的赞赏和喜爱，还赢得了阿冯利几乎所有人的赞赏和喜爱，除了那个名叫乔西·派伊的让我们又爱又恨的女孩。最后是苦乐参半的结局，大好人马修死了——得知银行倒闭导致自己的所有积蓄化为乌有，他深受打击，以致心脏病发作而死，这也给了我们一个属于我们时代的安妮——而

1　19世纪流行的服装风格，袖型上端蓬松、向下逐渐收紧，如羊腿一般故而得名。
2　19世纪末20世纪初流行于美国和加拿大的女子发型，因美国画家查尔斯·吉布森的插画而得名。
3　加拿大麦可兰德和斯图尔特出版公司旗下的出版品牌，推出的平装本加拿大文学经典丛书极具影响力。
4　本篇涉及《绿山墙的安妮》的引文出自马爱农译本。

获得奖学金的安妮放弃了她念专科学校的远大志向,至少是暂时放弃了。她留在绿山墙照顾有着双目失明危险的玛丽拉,要不是安妮留下来,她可能不得不卖掉农场。读到这部分你真是眼泪哗哗。

安妮"是继不朽的爱丽丝之后最令人感动和喜爱的儿童形象",上了年纪脾气越发乖戾暴躁的马克·吐温曾如此断言。这本书一经出版就大获成功,后来更是长销不衰。安妮启发了许多模仿之作:她名副其实的文学后裔肯定包括长袜子皮皮,更不用说美少女战士了——这些女孩都不受管束,但又不至于太离经叛道。蒙哥马利自己也写了一连串的续集——《阿冯利的安妮》《小岛上的安妮》《梦中小屋的安妮》等等;不过长大后的安妮有别于从前,第一次世界大战爆发后的阿冯利也不复往昔。作为曾在儿时痴迷此书的读者,我对于这些后续之作的感觉,很像对于《彼得·潘》结尾日渐成长的温迪的感觉:我无意多加了解。

《绿山墙的安妮》首次出版于一九〇八年,比我母亲出生还早了一年,所以在我八岁那年生平第一次笑着哭着读完时,这本书恰值风华正茂的四十岁。二十世纪八十年代,我借着自己孩子的眼睛又重新阅读,当时这本书已经快八十岁了。后来我们全家果真去了爱德华王子岛,住在夏洛特敦,观看了自一九六五年以来一直在那里上演的音乐剧《绿山墙的安妮》,剧情生动活泼,氛围积极向上。我看得很开心,但是和一些实打实的十一岁女孩共同欣赏一台讲述十一岁女孩故事的演出,让我对事情有了不同的看法:其中一部分乐趣在于那种代入感。

我们没有买任何安妮娃娃或烹饪书,也没有参观复制的绿山墙农舍,从网上的描述来看,农舍就像夏洛克·福尔摩斯在贝克街的住所一样完备无缺,从安妮敲打吉尔伯特·布莱斯脑袋的那块石板,到她的灯笼袖连衣裙等衣物,再到她被错怪弄丢了的胸针,无所不有。甚至还有一个人装扮成马修带你坐着马车在农场里兜风,虽说他并不像真正的马修那样,一有女士来访就跑到牲口棚里躲起来。我现在真希望当初有机会时多看看这些景点,尽管半路上我们确实去参观了二十世纪初的单间校舍,那里高高的双人课桌完全就像是安妮用过的。

从安妮故事的发展演绎这个角度来看,我们是不尽如人意的消费者,倒是许多远道而来观看音乐剧的日本游客,他们出手爽快,把安妮娃娃、草帽、图书和围裙抢购一空,那情形非常鼓舞人。看音乐剧的时候,我还替这些游客担心——汤匙盛蛋比赛难道不会构成不可逾越的文化障碍吗?但其实我大可不必多虑。日本人一旦有个爱好,这爱好就会给研究得极其透彻,我猜想每位日本游客都远比我了解汤匙盛蛋比赛。

安妮在日本的风靡程度(她一直广受欢迎)对我来说曾是个谜。后来我去了日本,总算能够请日本读者来说一说安妮对他们的吸引力何在。有三十二份答案,全都由一位热心女士及时记录下来,打字、印好并且寄给了我。以下是其中一些:

《绿山墙的安妮》最初是由一位日本作家[1]翻译的,这位作家非常有名,而且深受人们喜爱。安妮是个孤儿,第二次世界大战刚结束时日本就有许多孤儿,因此很多读者都很认同她。安妮对苹果花和樱花情有独钟——后者尤其为日本人所喜爱——所以她别具一格的审美鉴赏力显得与他们非常投契。安妮一头红发,极富异国情调,早在二十多年以前,那时哪怕人到中年的日本女子有时也会染蓝色、绿色、红色或橙色的头发,叫人一眼就看见。安妮不仅是孤儿,而且是贫穷的女孩——在传统的日本社会阶梯上处于最低的一层,然而她获得了爱发号施令的老妇人的支持,在日本人看来那可是最让人胆颤的守护人。(实际上,她获得了其中两个人的支持,因为盛气凌人、固执己见但心地善良的雷切尔·林德夫人也给拉进了她的后援团。)

安妮毫不惧怕艰苦的工作:她不记事儿是因为她爱幻想,但她并非逃避责任的人。她把其他人看得比自己重要,这就表现出了一种高尚的态度,更值得称道的是,这里的其他人是长辈。她能欣赏诗歌,尽管也显露出物质主义的迹象——她对灯笼袖的渴望简直可以传为佳话,但深究本质,她很有精神追求。重要的是,安妮打破了日本人不许年轻人发脾气的禁忌。她的行为举止让人目瞪口呆,她会猛跺脚,会气势汹汹地回击那些出言侮辱她的人,甚至诉诸身体暴力,最明显的就是石板砸脑袋那件事。这想必

---

[1] 即日本翻译家村冈花子。

给年轻的日本读者带来了很多乐在其中的代入感；事实上，对于当年那些年轻读者来说，他们受到的压制比今天的孩子厉害多了。要是他们像安妮那样大吵大闹，落到他们头上的会是我母亲所说的"惩罚"或"狠揍"，如果情节特别恶劣的话。（我自己没有挨过"惩罚"或"狠揍"，但这两样是我母亲讲起她自己在新斯科舍省的乡村一路成长的种种故事的一大特色，论及校舍、去教堂做礼拜和对待孩子的态度，那些轶事都与安妮的故事惊人地相似。）

以上就是我还能记得住的日本人说到安妮之所以大受欢迎的所有原因，虽说其实不止这些。

"上帝安居天庭，世间一切太平。"[1] 在《绿山墙的安妮》最后几行，安妮轻声念道。她喜欢维多利亚时代的诗歌，所以引用罗伯特·勃朗宁的诗剧《比芭经过》中乐观的女主人公所唱的歌，以此来结束她的故事也就显得顺理成章；由于安妮·雪莉本人在整本书中的行事举止颇有些比芭的风格，这样的收尾更可谓恰如其分。比芭是一个贫穷的意大利孤女，在一家纺纱厂做苦力，尽管地位低微，但她仍能保持纯净的想象力和对大自然的热爱。和比芭一样，安妮是个天真无邪的人，不在意别人的看法，她在不自知的情况下，给讲求实际但沉闷乏味的阿冯利百姓带来了欢乐、想象和偶尔一见的顿悟。

安妮·雪莉不太可能得到大人的许可，把《比芭经过》的全篇内容都读完。和比芭同在剧中的那些角色完全不讲道德品行，他们的所作所为是如此肮脏龌龊又具有明确的性意味——其中一个是情妇，另一个打算诱使比芭堕落，引诱她去过白人奴隶的生活——这部诗剧在首次出版时引发了公众在道德方面的愤慨。勃朗宁的看法比较现实：在实际生活中，像安妮这样的孤女没有什么前途。玛丽拉心想："她过的是怎样一种饥寒交迫、孤苦伶仃的生活呀——做牛做马、凄凉贫困的生活。"白琪·威尔逊在她的前传中探讨的正是这种饥寒交迫、孤苦伶仃的生活。根据我们对于当时孤儿

---

[1] 这句对马爱农的译文略有改动。

生活的了解——包括那些玛丽拉所说的"伦敦街头的流浪儿",他们被巴纳多之家[1]送到加拿大来——符合统计状况的安妮恐怕依然贫困凄凉。然而,由于运气和自身的优点,安妮得到了卡思伯特兄妹的救助,从而跻身那一长串在小说中获救的维多利亚时代孤儿的行列,从《简爱》到《雾都孤儿》,再到查尔斯·金斯莱的《水孩子》中扫烟囱的小汤姆。我们称之为童话般的结局;因为在神话和民间传说中,孤儿不仅仅是受压迫的外来者,他们也可能是亚瑟王这样还处在培养锤炼过程中的英雄,或者受到众神或仙女的特别保护。(安妮当然有一些离奇之处——她经常被称为"女巫"——要是早几个世纪很可能被烧死在火刑柱上。)

然而,在小说领域之外,孤儿不仅遭到剥削利用,他们还被视作罪恶的产物而让人惧怕、受人鄙视:其父身份不明的孩子,满腹怨恨乃至犯下罪行的坏种,他们会做出"故意"放火烧人家房屋之类的事情,就像雷切尔·林德告诉玛丽拉的那样。这就是为什么蒙哥马利要不遗余力为安妮安排受过教育、令人尊敬的亲生父母,而且父母是光明正大结了婚的。但是,现实生活中的安妮过的怕是狄更斯笔下那种难熬的童工生活,还无偿给母亲当帮手而深受实质上的束缚——安妮早前就曾在边远地区一户有三对双胞胎的家庭里照料过孩子。最糟糕的情况是,被这样的家庭里的男主人强奸,然后等到人家发现她怀孕了,她就会丢尽颜面给送回孤儿院去,在那里生下另一个孤儿,因为像她这样的姑娘——没有钱,没有家,名声也败坏了——怎么可能抚养孩子?那再之后呢?

我承认,在较为心灰意冷的时候,我曾经想象过另一部安妮的续集,打算就叫做《城里的安妮》。这将是一部具有左拉风格的残酷可怕的史诗,讲述这个可怜的姑娘禁不起灯笼袖诱惑,很快就性堕落了,继而在无情的男客手中遭受野蛮粗暴的对待。后来她辛苦赚取的不光彩之财竟被一个恶毒的老鸨给窃取了,她靠酒精和鸦片来医治自己,麻痹内心的绝望,此外她还患了一种无法治愈的性病,因而受尽折磨,痛苦不堪。最后一章包括

---

[1] 托马斯·巴纳多于1870年在伦敦设立了一所孤儿院,在1870年到1922年间,约有三万五千名儿童被巴纳多之家送往加拿大。

茶花女般的咳嗽，悲惨的早逝，被埋葬在一处无名的墓穴，没有一字一句来悼念这个有着一颗金子般的心的流浪儿的离去，除了她以前的顾客胡乱开的一连串粗俗的玩笑。然而，掌管《安妮》的守护神不是现实主义的灰天使，而是彩虹般七彩斑斓、长着鸽子翅膀的心愿之神。《安妮》如塞缪尔·约翰生谈到再婚时所说的那样，是希望战胜了经验：它告诉我们的不是生活的真相，而是愿望满足的真相，而关于愿望满足的最大真相是，大多数人更乐见愿望得到满足而非其他。

这就是《绿山墙的安妮》拥有如此持久的生命力的原因之一，但这本身还远远不够：如果安妮只是一块充满快乐思想和结局的蛋奶酥[1]，那么围绕安妮故事的各路演绎早就崩塌了。《安妮》有别于二十世纪上半叶众多"少女读物"之处在于其阴暗一面：正是这一面赋予《安妮》狂热的、有几分幻觉般的能量，也正是这一面使得女主人公的理想主义和愤慨情绪能够如此令人信服。

阴暗一面源自作者露西·莫德·蒙哥马利的隐秘生活。蒙哥马利的日记有部分已经出版，还出了几部传记，另有一部一九七五年制作的名为《绿山墙之路》的电视纪录片让人难以忘怀。出自玛丽·亨莱·卢比奥之手的全新传记《露西·莫德·蒙哥马利：飞翔的天赋》将于十月出版，毫无疑问，我们将从这本书中了解到更多关于那段鲜为人知的生活的详情，尽管我们已知的情况已经够令人沮丧了。蒙哥马利算是半个孤儿：在她还不到两岁时，母亲就去世了，父亲把她送往爱德华王子岛的卡文迪许，由管教严格的长老会教徒祖父母将她抚养成人。对于安妮到绿山墙第一晚玛丽拉安排她入住的那间冷飕飕的卧室的描述——那房间"弥漫着一种难以形容的刻板气氛，使安妮浑身打战"——无疑是对这个家庭的隐喻。安妮伤心的哭喊："你们不要我！……以前谁也不要我。"这是一个孩子对天地不

---

[1] 即舒芙蕾（Soufflé），一种将蛋白打匀烘焙制成的甜品，质轻而蓬松，如果制作不佳极容易坍塌。Soufflé来自法语中动词souffler的过去分词，意思是"使充气"或"蓬松地胀起来"。

公的愤慨抗议,似乎也是作者在直抒胸臆。蒙哥马利是个孤苦伶仃的孩子,被送去和两位老人一起生活,但不同于安妮的是,她从未赢得他们的喜爱。玛丽拉和马修是蒙哥马利心之所愿,而非她现实所得。

安妮照看别人孩子的经历已经够糟了——玛丽拉"敏锐地从字里行间推测出了事实真相",她很同情安妮——但蒙哥马利自己的经历只能说是更加糟糕。因为相距遥远而被蒙哥马利理想化了的父亲搬到西部并且再婚,她被送往父亲那里,但她想必期许已久的家庭欢乐团圆并没有发生。相反,她发现自己没有学上,为了让她留在家里照顾她那性情不相投的继母的孩子。她父亲也很少在家。

安妮早熟的阅读品味和浪漫的想象力与我们所知的蒙哥马利很相似,但蒙哥马利并没有像她写的那一系列少女时代之后的续集那样嫁给吉尔伯特·布莱斯。相反,她经历了两段严肃的关系:一段是与一个她不爱的男人订了婚,另一段没能订婚,这个男人她虽然爱得热烈却迈不出走进婚姻那一步,因为他是个没有受过教育的农民。农民去世之后,她放弃了浪漫的梦想,留在家里照顾她那位并不和蔼可亲的祖母。在祖母去世四个月后,她终于结了婚,这时候她预感到灾难临头——坐在婚礼后的宴席上却觉得这是自己的葬礼,这不是什么好兆头。情况确实不太理想。由于丈夫埃文·麦克唐纳是一名牧师,蒙哥马利不得不履行牧师妻子的诸多繁琐职责,而她在这方面完全不像阿冯利人人爱戴的艾伦夫人那样如鱼得水。埃文开始患上当时被称为"宗教忧郁症"的疾病,这种病在当今可能被归类为临床抑郁症甚至双相情感障碍,蒙哥马利不得不花费越来越多的时间照顾他。后来她自己也患上了神经衰弱,这也难怪。"以前谁也不要我"是她自己的童年加诸她心头的负担,事实证明这个心结难以解开。她通过写作创造了许多虚构的世界,这既是一种逃避的方式,也是一种与埋在深层的悲伤达成和解的办法。

还有一种阅读《绿山墙的安妮》的思路,那就是假定真正的中心人物不是安妮,而是玛丽拉·卡思伯特。整本书从头到尾,安妮本身并没有真正发生变化。她长高了;头发从"红毛"变成了"美丽的纯金棕色";衣服穿得漂亮多了，因为她在玛丽拉身上唤醒了衣着打扮不能输的精神；话说得少了，虽然更有见地，但也仅此而已。正如她自己所说，她的内心依然是那个女孩。同样，马修依然是马修，安妮最要好的朋友戴安娜也没有变。只有玛丽拉展现了我们在书的开头无法想象的样貌。她对安妮的爱与日俱增，也越来越能够表达出这份爱，这才是真正神奇的转变，而安妮从丑小鸭变成天鹅不算什么。安妮是催化剂，她使得说话简短干脆、为人严苛死板的玛丽拉最终表达了她埋藏已久的温和的人类情感。在书的开头，所有哭泣都是安妮的份；到了书的末尾，这项任务大多已经转移到玛丽拉这边。正如雷切尔·林德夫人所说，"玛丽拉·卡思伯特变得温和了，就那么回事。"

"我真希望你能够一直是个小姑娘，即使你没有改掉那些古怪的行为也无关紧要。"玛丽拉在临近书末那些催人泪下的对话中说了这么一句。玛丽拉终于允许自己许下一个心愿，如今这个心愿已经实现了：在过去一百年里，安妮一直保持不变。祝她在第二个一百年里好运。

艾丽丝·门罗褒评一则
（2008）

艾丽丝·门罗是我们这个时代活跃于英语小说界的重要作家之一。她在北美和英国获得许多评论家的极致赞誉，赢得了诸多奖项，在国际上拥有一大批忠实读者。在作家群体当中，说到她的名字大家都轻声低语的。最近在作家之间的各种论战中，她被用作抨击对手的大棒来挥舞。"你管这叫写作？"抨击者实际上是这样说的。"喏，艾丽丝·门罗！那才是写作！"她是那种让人经常这样说起的作家：她应该更出名才是——无论她的名气已经有多响了。

这一切并非发生在一夕之间。艾丽丝·门罗从二十世纪六十年代开始写作，她的第一部作品集《快乐影子之舞》于一九六八年问世。包括她最新出版、受到热烈欢迎的《逃离》（2004年）在内，迄今为止她已经出版了十部作品集，每部包含九到十则短篇小说。虽然她的小说自二十世纪七十年代以来经常见诸《纽约客》，但她近来才登入国际文学的圣殿，之所以如此迟日旷久，部分原因在于她的写作形式。她是一位写短篇的作家——过去称为"短篇故事"，现在则较常称为"短篇小说"。尽管美国、英国和加拿大的许多一流作家都以这种形式进行创作，但仍有一种普遍但错误的倾向，那就是将文学作品的长度和重要性等同起来。

因此，艾丽丝·门罗属于时不时要被重新发现的作家，至少在加拿大以外的国家如此。这就好像她从一只蛋糕中跳出来——惊不惊喜！——然后还得再跳出来，又一次跳出来。读者不会在每一块广告灯牌上看到她的名字。他们遇到了她，仿佛是意外或命运使然而被吸引了去，随即连连惊叹、一腔激动,感到难以置信——艾丽丝·门罗是何方人物?为什么之前没有人告诉我?这么优秀的作家怎么可能没由来地突然冒出来?

不过艾丽丝·门罗并非是没由来地突然冒出来的。她来自安大略省西南部的休伦县,她笔下的人物会觉得"冒出来"这个动词未免过于轻快,实在是装模作样。

安大略是加拿大的一个大省,从渥太华河绵延到苏必利尔湖的西端。那是一方地域广阔、地貌多样的天地,安大略省西南部更是与众不同,这里被画家格瑞·克诺称作索韦斯托,这名字一直沿用至今。克诺认为索韦斯托这地方颇具趣味,但也不乏心灵阴暗和怪相,许多人也都持这样的看法。同样来自索韦斯托的罗伯逊·戴维斯曾经说过,"我了解家乡人的隐秘民俗",艾丽丝·门罗也都知道。在索韦斯托的麦田里,你很可能会撞见不少迹象,告诉你要准备迎接上帝,或者是厄运——感觉上是差不多的事。

休伦湖位于索韦斯托西面边缘,伊利湖则紧挨其南部。这片土地大多是平坦的农田,几条宽阔的河流蜿蜒其间,这些河流极易造成洪水泛滥;因为有船只通航运输,又有水力驱动的磨坊提供电力,大大小小的若干城镇在十九世纪沿着河边逐渐发展起来。每座城镇都有自己的红砖房市政厅(往往还带个塔楼),都有邮局大楼和为数不多的不同教派的教堂,也都有主街和豪华住宅区以及平民住宅区。每座城镇都有些家族,他们往事悠远,家丑重重。

索韦斯托是十九世纪著名的唐纳利家族惨案的发生地,当时由于从爱尔兰连带席卷而来的政治仇恨,这个大家族惨遭屠杀,他们家房子也被烧毁了。郁郁葱葱的大自然、压抑的情感、体面的外表、不为人知的纵欲、突如其来的暴力、骇人的罪行、长期的积怨、奇怪的谣言——门罗笔下的索韦斯托少不了这些,部分原因在于这里本身的真实生活已经提供了鲜活素材。

奇怪的是,不少作家来自索韦斯托。之所以说奇怪,是因为艾丽丝·门罗在二十世纪三十年代到四十年代成长期间,若有来自加拿大的人——尤其是来自安大略省西南部小镇的人——认为自己可以成为一名作家并且得到全世界的严肃对待,这种想法简直可笑。即便到了二十世纪五十年代和六十年代,加拿大的出版商也很少,再说这些出版商大多专营教材,从英国和美国引进随便什么所谓文学的作品。大概有一些业余剧社——高中戏剧表演社,小剧场团体。然而,这里还有广播,二十世纪六十年代,艾丽丝·门罗通过罗伯特·韦弗在加拿大广播公司制作的一档名为《文选》的节目,开启了她的文学创作生涯。

不过当时在国际上为读者所知的加拿大作家寥寥无几,大家想当然地认为,假如你有那种憧憬——你肯定会对此心存戒备、感到羞愧,因为艺术不是品行靠谱的成年人会浪费生命去追求的——那么你最好离开这个国家。人人都知道写作并不是可以指望用于谋生的行当。

如果你是门罗在《火鸡季》中描述的某一类人,那么沾个边尝试一下水彩画或诗歌,也许还可以勉强接受。"镇上有同性恋,我们都知道是谁:举止优雅、说话轻声细语、留着波浪式鬈发的裱糊工人,他自称是室内装饰设计师;牧师寡妻那个胖胖的独生子,因为被母亲惯坏了,竟然出格到去参加烘焙比赛,连桌布都是自己用钩针织的;还有一个患疑病症的教堂管风琴手,同时也是音乐老师,为了让唱诗班和学生们听话,他不得不大喊大叫。"[1] 或者你可以把艺术作为一种爱好,如果你是个有大把时间的女人;又或者你可以从事一些收入微薄的准艺术工作来勉强谋生。门罗的作品中不乏这样的女人。她们投身钢琴演奏,或者在报纸上写一些通俗易懂的专栏。或者——更悲惨的是——她们有着虽说不怎么高可又实实在在的天赋,就像《门斯特河》中的阿尔梅达·罗斯那样,但是完全没有天时地利来成全。阿尔梅达创作了一本名为《祭品》的小诗集,并于一八七三年出版:

当地报纸《哨兵》称她为"我们的女诗人"。仿佛混合了尊重和轻蔑,既针对她的职业又针对她的性别——或者针对这两者可预见的联结。

---

[1] 本文关于门罗小说的引文均出自译林版门罗作品集。

在小说的开头,老姑娘阿尔梅达的家人都已经去世。她孑然生活,保持自己的好名声,还做慈善工作。可到了小说结尾,曾被阻拦的艺术之河已经泛滥成灾——在大剂量的鸦片酊止痛药的作用下,她的理性自我完全给冲刷走了。

甚至是诗歌。是的,又是诗歌。或者一首诗。一首伟大的足以包罗万象的诗,让其他一切诗,让她所写过的诗都变得微不足道,仅仅是试验和错误,仅仅是垃圾……诗名就是河的名字。不,实际上诗就是河,就是门斯特河……阿尔梅达深深地看往她心里的河流,看往桌布,针钩的玫瑰也流动起来。

在昔日的索韦斯托小镇上,这似乎是艺术家的命运——一个低微的艺术家的必然命运:需要获得尊重故而被迫沉默,否则就会出现几近发疯的古怪行为。

如果你搬到一座较大的加拿大城市,你至少可以找到几个同类,但在索韦斯托的小镇,你就只能孤单一人了。不过约翰·肯尼思·加尔布雷思、罗伯逊·戴维斯、玛丽安·恩格尔、格雷姆·吉布森和詹姆斯·里尼全都从索韦斯托走了出来;而艾丽丝·门罗自己——在西海岸呆了一段时间后——也搬回了那里,住在离温厄姆不远的地方,那是她作品中诸伯利、瓦利、达格利什和汉拉蒂等不同地方的原型。

经由门罗的小说,索韦斯托的休伦县已经如福克纳笔下的约克纳帕塔法县一般,因着讴歌这一小方土地的作家的杰出才华而名扬四海,虽然在这两个实例中用"讴歌"一词都不太恰当。"剖析"可能更接近门罗作品中的情况,尽管用这个词未免太过冷漠了。着迷般的仔细观察、考古式的挖掘、准确而又详尽的回忆、对于人性中丑恶、卑鄙、报仇心切等阴暗面的沉湎、关于情色秘事的讲述、对于已经不复存在的苦难的怀念以及面对生命的丰富多样的欣喜之情,这些元素全部汇集并且搅和到了一起,我们应该称之为什么呢?

《女孩和女人们的生活》(1971 年)是门罗唯一的一部长篇小说,也是一部成长小说——讲述了女艺术家年轻时的成长经历,小说结尾有一段话很能说明问题。诸伯利的黛尔·乔丹——可谓人如其名——现在已经跨入了女性和作家的应许之地[1],她说到自己的青春岁月:

那时我从没有想到,将来我会对诸伯利这样贪婪,就像克雷格叔叔对詹肯湾一样贪婪,误入歧途地写他的历史。我想把事情写下来。

我试图列出清单。主街上下所有店铺的名单,主人、家人的名单,墓地石碑上的名字和下面的刻字。……

对这些任务的准确性的希望是疯狂的,令人心碎的。

没有什么名单可以包括我想要的,因为我想要的是最后的每一件事,每一层话语和思想,树皮或墙壁上的每一道光线,每一种气味,坑洼,痛苦,裂缝,错觉,静止地聚拢在一起——灿烂,持久。

用一生的时间去完成这一工作足以令人生畏,而艾丽丝·门罗在接下来的三十五年里一直忠诚尽职地践行着这项计划。

艾丽丝·门罗出生于一九三一年,原名艾丽丝·莱德劳,在大萧条期间她还是个小孩子。一九三九年加拿大加入了第二次世界大战,那年她八岁。战争结束后那几年,她上了大学——位于安大略省伦敦的西安大略大学。猫王埃尔维斯·普雷斯利刚成名时,她二十五岁,初为人母;一九六八至一九六九年佩花嬉皮士运动和女性运动风起云涌之际,她三十八岁,这时她出版了处女作。一九八一年,她五十岁。她的短篇小说大多设置在二十世纪三十年代到八十年代之间,甚至再早之前——祖先回忆所涉的时期。

---

[1] 乔丹(Jordan)又可译作地名"约旦",即《圣经》中的迦南,被希伯来人称为"应许之地"。

她的先祖有一支是苏格兰长老会教徒，其家族可以追溯到笔名为埃特里克牧羊人的詹姆斯·豪格，交友包括罗伯特·彭斯以及十八世纪末一众爱丁堡文人，著有《一个称义罪人的私密回忆与自白》，这书名本身简直就是门罗会用的标题。另一支先祖是圣公会教徒，据说对他们而言，吃饭时用错了叉子都是极其严重的罪过。门罗能够敏锐地意识到社会阶层，感知到将不同阶层区分开来的那些细枝末节和讥讽言语，这能力着实得自长老会教徒，一如她笔下的人物习惯于严加审视自己的行为、情感、动机和良心并发现其中的不足之处。在传统的新教文化中，例如索韦斯托的小镇，宽恕得来不易，惩罚司空见惯而且执行严厉，屈辱和羞耻潜藏在每一个角落，没有人能够逃脱得了。

但这一传统也包含了因信称义的教义：我们还没有任何作为，恩典便降临在我们身上。在门罗的作品中，恩典比比皆是，但总是奇怪地被伪装成另一副模样：什么都无法预测。情绪爆发了，先入为主的观念瓦解了，惊人之事突如其来，恶行成就善果，救赎以不寻常的方式不期而至。

然而一旦你对门罗的写作确立这样的看法——或者对它做出诸如此类的分析、推断或者概括——你就会意识到门罗作品中经常出现的那个冷嘲热讽的评论者——那个人实际上在说，你以为你是谁？你有什么权利认为你了解我，或者了解其他任何人？或者，再次引用《女孩和女人们的生活》中的话："人们的生活……枯燥简单，却又不可思议和深不可测——铺着厨房油毡的深深的洞穴。"这里的关键词是深不可测。

《庄严的鞭打》和《乞丐新娘》就属于这一行列，收录这两则短篇小说的选集其书名有三个不同的版本。在加拿大，它名叫《你以为你是谁》——采用的是予以尖刻指责从而煞煞趾高气扬之人威风的措辞，在英国，它非常平实简单地称作《露丝与弗洛》，而在美国，它被浪漫色彩十足地称作《乞丐新娘》。在这本标题起得难以捉摸的书中，所有故事有一个共同的主角露丝，她跟着父亲和继母弗洛生活，在一个叫汉拉提小镇的贫困地区长大，然后靠奖学金上了大学，嫁给一个社会地位远高于她的男人，后来又从他身边逃走，再后来她成了一名演员——在弗洛仍然居住的汉拉提,这是一桩大罪,令人蒙羞。因此,《你以为你是谁》是另一部"成长小说"——讲述了女主人公的成长过程——描绘了另一位艺术家。

什么是虚假,什么是真实?哪些情感、行为和语言模式是真诚、真实的,哪些是假装、浮夸的?它们区分得开吗?门罗笔下的人物经常思考这些问题。

在艺术中如此,在生活中也是如此。汉拉提社会被流经城镇的河流一分为二:

这边是汉拉提,社会结构是从医生、牙医和律师到铸造工人、工厂工人和车夫;而在西汉拉提,有工厂工人和铸造工人、大批出来瞎混的赌徒、妓女和一事无成的小偷们。

这座城镇的每个半边都声称拥有嘲笑另外半边的权利。弗洛到镇上较好的地段去购物,但也"见人,听他们说话。其中有罗娅·戴维斯太太、安杰丽卡·瑞克特·亨雷-史密斯太太,还有霍斯-道格特·麦克凯太太。她回到家模仿她们傻里傻气的声音。把她们学得跟怪物似的,一副愚蠢、做作、扬扬得意的样子"。

但是,当露丝上了大学,寄宿在一位女教授家里,并且与西海岸百货公司大亨的儿子帕特里克订婚,领略了上层中产阶级社会的环境后,这时弗洛在露丝眼中反倒变得可怕,露丝自己内心产生了冲突。帕特里克到露丝家乡做客,这对露丝来说是一场灾难:

这需要的水平太高,都丈量不过来,她感到很是羞愧。她还为这食物、这天鹅、这塑料桌布感到羞愧;为帕特里克,这个郁郁寡欢的大人物感到羞愧,弗洛递给他牙签筒的时候,他还做了一个受惊吓的厌恶表情;她也为弗洛的胆怯、伪善和假装感到羞愧;她最为自己感到羞愧。她甚至都没能好好说话,无法说得更自然些。

然而,一旦帕特里克开始批评她的小镇和家庭,露丝就"在她所有的记忆周围……架设起了一层忠诚和防护的外壳。"

这种相互矛盾的忠诚状态,适用于社会地位的考量,也适用于门罗的职业。她虚构的世界中充斥着一些次要人物,他们鄙视艺术和伪装手法,瞧不起任何形式的浮夸或炫耀。正是为了对抗这些态度以及它们造成的自我不信任感,她笔下的中心人物必须奋力斗争,为自己争取足够的自由,才能有所创造。

然而,与此同时,她笔下的主人公们同样也鄙视艺术的虚假一面,对艺术并不信任。应该写什么?应该怎么写?有多少艺术是真实的,又有多少只是一套廉价的把戏——模仿人,操纵他们的情绪,做做鬼脸?一个人怎样才能没有任何预设,断言关于另一个人的任何事情——即便另外这个人是虚构出来的?最重要的是,故事应该如何收尾?(门罗经常给出一种结局,然后予以质疑或者进行修改。或者,她完全不相信结局,就像《门斯特河》的最后一段,叙述者说:"我也可能是错的。")写作本身不就是一种傲慢的行为,笔不就是一根折断的芦苇吗?好几则短篇小说——《我年轻时的朋友》《逃离》《荒野小站》《恨,友谊,追求,爱情,婚姻》——这些作品中都出现过表露写信者的虚荣心或谎言甚或恶意的信件。如果写信可以如此不诚实,那么写作本身呢?

这种紧张感一直伴随着她:就像在《木星的卫星》中,门罗创造的艺术家人物因未获成功而受到惩罚,但他们也因取得成功而受到惩罚。书中的女作家想到了她的父亲,她说:

> 耳边似乎响起了他的声音:嗯,就没在《麦克林》上看到写你的文章。要是他看到了,他就会说,嗯,这篇东西写得一般吧。父亲语调幽默,话里面饱含着对女儿的宠爱,但总是让我感到沮丧。我从他那里得到的信息很简单,那就是:无名时为名誉而奋斗,出名后为名誉而歉疚。总之无论成名与否,你都难辞其咎。

"精神苦闷"是门罗笔下的大敌之一。她塑造的人物用尽办法与之抗争,同令人窒息的风俗习惯、其他人的无聊期望和强加的行为规则以及各种压抑势力和精神扼杀力量作斗争。是要做一个行善事但感情不真实、内心麻木的人，还是做一个行为不端但忠于自己的真实感受因而充满活力的人，面临这样的抉择时，门罗笔下的女人很可能会选择后者；或者，如果她选择了前者，她会再对自己的难以捉摸、狡猾诡诈、阴险和任性种种特质做出一番评论。在门罗的作品中，诚实并不是最好的办法：它根本不是一种办法，而是一种必不可少的元素，就像空气一样。作品中的人物必须至少把握住些许诚实，不管采取的手段正当还是不正当，否则他们觉得自己就会沉沦。

关于真实性而展开的较量在性的领域最为激烈。门罗笔下的社会和大多数社会一样，在性这一问题上沉默和保密是常态，它具有很强的情欲力量，这股力量像霓虹灯一样，延伸到每个人物周围，照亮了风景、空间和物品。在门罗的手中，一张凌乱的床能够比任何对于生殖器进进出出的生动描写透露更多信息。即使故事基本上并不关乎风流韵事或性接触，男男女女却也总会注意到彼此是男人和女人，无论是积极的还是消极的认知，他们总能意识到性吸引力和好奇心，或者性厌恶。女人会立即熟悉其他女性的性能力，并且对此保持警惕，或者心生羡慕；男人则炫耀，精心打扮，去调情，去引诱，相互竞争。

门罗笔下的人物就像进了香水店的狗一样，对于聚会中的性化学反应——他们自己的本能反应乃至其他人之间的化学反应——十分警觉。坠入爱河、陷入情欲、偷偷接近配偶并且乐此不疲、说性方面的谎言、出于压抑不住的欲望非得行苟且之事、在社会生活绝望之下进行性方面的算计——鲜有作家能更彻底、更无情地探讨这些过程。对于门罗笔下的许多女人而言，扩展性边界无疑令人兴奋；但要想越界，你必须知道围栏的确切位置，而门罗的世界纵横交错，界限划分得极为精妙。双手、椅子、眼神——所有这一切组成了错综复杂的内心地图，其上布满了铁丝网和陷阱以及穿行灌木丛的秘密小径。

在门罗那一代的女性看来，性表达是一种解放，一种出路。但这出路究竟是从什么束缚中走出来的呢？是她在《火鸡季》中详细描述过的那种否认和设限的拒绝：

莉莉说丈夫要是喝了酒，她从来不让他靠近自己。玛乔丽说自从她有一次差点死于大出血，就再也不让丈夫靠近自己了，就是这样。莉莉马上说，丈夫只有喝了酒，才会尝试做点什么。我看得出来，不让丈夫靠近自己是个有关自尊的问题，但是很难相信"靠近"就是"做爱"的意思。

对于像莉莉和玛乔丽这种上一代女性而言，享受性爱是一种不光彩的失败；而对于《乞丐新娘》中的露丝这样的女性，性爱是值得骄傲和庆祝的事情，是一场胜利；对于性解放之后的女性，享受性爱仅仅是一种本分，完美的高潮是她们必须完成之事清单上的一项；而当享受变成一种本分时，我们又回到了"精神苦闷"的境地。不过，对于门罗笔下在性探索过程中痛苦挣扎的人物来说，精神上或许会困惑、羞愧、备受折磨，甚至冷酷、残暴——她的作品中有些夫妇以折磨对方的情感为乐，就像现实中的有些人那样——但精神永远不会苦闷。

在部分后期的作品中，性爱不再那么冲动，却多了些算计：《熊从山那边来》中，性爱对于格兰特而言是一次情感交易功成事立的决定性因素。他的爱妻菲奥娜患有痴呆症，在照护机构中对一个同样患病的男人产生了感情。当这个男人被他讲求实际的厉害妻子玛丽安带回家以后，菲奥娜日渐憔悴，不再进食。格兰特想劝玛丽安把丈夫送回照护机构，玛丽安拒绝了：住那里开销太大了。不过格兰特发现玛丽安很寂寞，也有性需求。她脸上皱纹虽多，但身体仍然有吸引力。格兰特就像个精明的推销员，进场完成了交易。门罗完全明白，性可以是骄傲的理由，可以是折磨，但也可以是谈判的筹码。

门罗所写的社会是信仰基督教的。这里的基督教并不怎么明显；它只是总体的背景。《乞丐新娘》中的弗洛用"一连串的警告、伪善、欢乐和稍微下流的话语"来装饰墙壁：

耶和华是我的牧者

当信主耶稣，你们都必得救[1]

弗洛都不信教，她怎么会这些呢？人们都会这些，它们就像日历一样稀松平常。

基督教是"人们都会的"——在加拿大，教会和国家从来没有参照美国确立的路线那样分开。祈祷和读经是公立学校的日常节目。这种文化背景中的基督教为门罗提供了大量的素材，也与她在形象塑造和故事讲述当中最独特的一大风格息息相关。

基督教的核心信条是迥然不同、相互排斥的两种性质——神性和人性——共同集于基督一身，哪个也没有消灭对方。结果造就的不是半神，也不是掩饰之下的神：上帝完全变成了人，与此同时又保持着全然的神性。认为基督只是人或者相信他只是上帝，这些观点都被早期的基督教会宣布为异端之说。因此，基督教依赖于对非此即彼的分类逻辑的否定和对两者同时存在的奥秘的接受。逻辑宣称 A 不可能同时是 A 本身和非 A，基督教宣称可以。"A 而又非 A"的公式化表述对基督教而言不可或缺。

门罗的许多作品恰是以这样的方式解答了或者未能解答本身。让人第一个想到的例子——虽然有很多——出自《女孩和女人们的生活》[2]，故事中在学校负责排演轻快欢乐的小歌剧的老师自溺于河里：

范里斯小姐身着她的天鹅绒溜冰服……热烈激昂的范里斯小姐……脸朝下的范里斯小姐，没有抗议地，漂浮在瓦瓦那什河，六天六夜，才被发现。虽然没有可靠的方式把这些图像联系起来——如果最后一个画面是真实的，它会不会改变其他的画面？——它们现在要拼在一起了。

对门罗来说，一件事可以是真实的，但又不真实，然而还是真实的。

1　本句未使用译林译本。出自《圣经·诗篇》第 23 篇。
2　其实出自《变迁和仪式》。

"真实却不诚实。"乔治亚在《各不相同》中想到了她的悔恨。"要我相信这都是我想象出来的,该有多难啊,"《爱的进程》的叙述者说,"看起来它完全就是真的。这就是我对他们的信仰吧。我从没停止过这种信仰。"世界世俗而又神圣。必须整个儿吞下。有待了解的事物总是比你所能了解到的要来得多。

在一则题为《我一直想要告诉你的事》的短篇小说中,嫉妒的恩特讲到她姐姐的前任情人——一个喜欢厮混在女人中间胡来的男人,描述了他看向每个女人的眼神,那种眼神"使得他看上去似乎想要成为一名深海潜水员,纵身跃入海洋深处,更深处,穿透所有的空虚、寒冷和残骸,一直去往他能够将一颗心安放的地方,这个地方玲珑而珍贵,很难确定具体的位置,就好像是落在海底的一颗红宝石"。

门罗的作品中处处可见那样令人生疑的探求者和精心设计的伎俩,但也处处可见这样的真知灼见:在任何一个故事中,在任何一个人物身上,都可能存在一处危险的宝藏,一颗无价的红宝石,一份内心的渴望。

古已有之的平衡

（2008）

加拿大自然作家欧内斯特·汤普森·西顿二十一岁生日那天，一份奇怪的账单送到了他面前。那是他父亲一手记录的同小欧内斯特的童年和少年时期相关的所有开支，包括医生为他接生所收取的费用。更堪称咄咄怪事的是，据说欧内斯特还真把这份账单给付了。我曾认为老西顿先生无异于混蛋，而今我却感到疑惑了，要是他大体上其实没错呢？我们是否仅仅因我们的存在这一事实，便欠了什么人或者什么物的债？倘若如此，我们欠的是什么债，欠了谁或者欠了什么东西？又该如何偿还呢？

当我受邀作二〇〇八年梅西公民讲座[1]时，我决定借此机会，来探究自己知之甚少、但也因此好奇心切的一个主题。这便是债务。

不是要谈债务管理，或者睡眠债，或者国债，或者关乎于你每月预算用度的管理，或者要说什么债务实际上是件好事、因为你可以借到钱然后使得财富增长云云，或者要聊聊购物狂以及如何整明白你本身就是其中一员：这类素材在书店和互联网上多如牛毛。

也不是要谈更为骇人听闻的债务类型：赌博欠债和黑手党的报复，作恶犯事遭报应转世投胎变成了甲虫，或者捻拨着胡子的债主以没付房租为由逼迫美女委身就范的那种滥俗情节，尽管我的讲座可能有所涉及。恰恰相反，我是要探讨债务作为人的一种观念——也就是一种想象的概念——以及这种观念如何反映并且放大了人类贪婪的欲望和强烈的恐惧。

阿利斯泰尔·麦克劳德说，作家写的是让他们担忧的事情。我要加一句,还有令他们困惑的事情。金钱、叙事或故事以及宗教信仰三股往往具有爆炸性的力量交织在一起,构成错综复杂的关系——这一主题是就我所知最令人担忧也最令人困惑的事情之一。

那些让成年的我们感到困惑的事情始自我们孩提之时,至少对我而言确实如此。在我成长的二十世纪四十年代末的社会,有三件事你永远都不应该问起。其一是钱,尤其是人家赚了多少钱;其二是宗教:拿这个话题开启对话会直抵西班牙宗教裁判所,甚至更糟;其三是性。我生活在生物学家中间,性——至少发生在昆虫身上的性——是我可以在屋里四处散落的教科书上查看到的事:产卵器对我来说并不陌生。因此,对我来说,孩提时对于禁忌的强烈好奇心主要集中在另外两个领域:财务和宗教崇拜。

一开始二者似乎是截然不同的类别。属于上帝的东西,那是看不见的。属于恺撒的东西,全都过于物质了[2]。它们以金牛犊[3]的形态出现——这在当时的多伦多倒不多见,也以金钱的形态出现——要知道对金钱的爱是万恶之源。不过另一方面,又有连环漫画角色史高治·麦克老鸭,关于他的漫画我看得可多了,这个脾气暴躁、吝啬小气、狡猾成性的亿万富翁,名字来源于查尔斯·狄更斯笔下大名鼎鼎的得到救赎的守财奴埃比尼泽·史高治。有钱有势的麦克老鸭有一只装满金币的大钱箱,他和他收养的三个甥外孙就像在游泳池里泼水那样在大钱箱里嬉戏。对于史高治舅公和鸭子三胞胎来说,金钱绝非万恶之源,而是让人享受的玩乐。这些观点哪个正确呢?

我们这些成长于二十世纪四十年代的孩子通常都有一些零花钱,尽管

---

1 加拿大广播公司主办的年度系列讲座,自1961年创办以来邀请了众多作家、思想家和学者探讨重要思想和当代感兴趣的问题。

2 《马太福音》中,面对法利赛人故意问起可否纳税给恺撒的试探,耶稣说:"恺撒的归恺撒;上帝的归上帝。"

3 《出埃及记》中,摩西领受十诫迟迟未归,百姓担心他遭遇不测去找亚伦,于是亚伦铸造了金牛犊供百姓跪拜献祭;摩西折返后怒毁金牛犊,因这是耶和华所禁止的偶像崇拜。

我们不应该谈论这钱或者对它有过度的热爱，但我们被寄予期望，小小年纪就要学会将它安排妥当。八岁那年，我得到了第一份有偿工作。那时我其实已经借由较为有限的方式认识了金钱——我每周有五分零花钱，这在当时换得的蛀牙比现在多得多。至于没有花费在糖果上的硬币，我藏在一个原本用来装立顿茶包的马口铁盒子里。盒子上印着色彩艳丽的印度风情图案，有大象、蒙着华丽面纱的女郎、包着头巾的男人、神庙和穹顶建筑、棕榈树，还有蓝得前所未有的天空。这些硬币一面是树叶，另一面是国王的头像，依其稀有和好看的程度，令我渴望拥有：在位的君主乔治六世，这是常见的货币，因此在我势利眼的小小等级之中排位很低，他没有络腮胡也没有八字须；但胡须浓密的乔治五世彼时仍然有一些处于流通之中，要是运气够好的话，还能得到一两枚着实是一脸毛茸茸的爱德华七世。

我知道这些硬币可以换取诸如冰淇淋蛋筒之类的商品，但我并不认为它们比我们小孩子使用的其他货币单位更了不起：香烟包装的飞机卡、牛奶瓶盖、漫画书以及各种各样的玻璃弹珠。每一种类别之中的原理都相同：稀有度和好看度会提高价值。汇率由孩子们自己来确定，尽管有许多讨价还价的情况发生。

当我得到一份工作时，这一切都改变了。这份工作的报酬是每小时两毛五——好一笔财富！——工作任务是下雪天推一个坐在婴儿车里的宝宝到处转悠。只要我把宝宝带回来，还活蹦乱跳的，没有被冻坏，我就能拿到两毛五。正是在我人生的这一时期，每一分钱变得和其他硬币的价值都一样了，管他是谁的头像在上面，由此教给了我重要的一课：在高级金融领域，审美上的因素很快就乏人问津，真是不幸呐。

既然我赚了这么多钱，人家告诉我说我需要一个银行账户，于是我从立顿茶罐升级了，获得了一本红色存折。这下铸着头像的硬币同弹珠、牛奶瓶盖、漫画书和飞机卡之间的区别变得很清楚了，因为你不能把弹珠存进银行，而你却被敦促着把钱放在银行，以确保安全。当我积累了一定数量而显得危险重重的这玩意儿——比如说一块钱——我就会把钱存入银行，在那里，一位威严十足的出纳员会用笔墨记录总数。那一连串数字中的最后一个被称为"结存"——这个术语我不懂，因为我那时还没有见过双臂天平秤[1]。

每隔一段时间，我的红色存折上就会出现一个额外的数字——我并没有存入这个数的钱。人家告诉我，这叫"利息"，我把钱存在银行里从而"赚到"的。我也琢磨不明白这事。对我来说，我得到一些额外的钱当然很有吸引力——想必这是它被称为"力吸"[2]的原因——但我很清楚这钱实际上并不是我赚到的：没有来自银行的宝宝坐在婴儿车里被我在雪地里推来推去。那么这些神秘的钱款来自何方呢？想想牙仙子留下五分钱换走你脱落的牙齿，哪里能产生牙仙子那五分钱，这些钱肯定来自同一个想象之中的地方：某个诚心诚意虚构出来的国度，具体在哪儿无法准确定位，但我们全都必须装作深信不疑，否则牙齿换硬币的招数就失效了。

然而，枕头下的硬币够货真价实的。银行的利息也同样如此，因为你完全可以兑现，把它换回硬币，然后再换成糖果和冰淇淋蛋筒。可是虚构的东西怎么能孕育出真实的物品呢？我从诸如《小飞侠》等童话故事了解到，如果你不再相信仙子，她们就会死去：如果我不再相信银行，它们也会消亡吗？大人的观点是，仙子是虚幻的，而银行是真实的。但这是真的吗？

我的财务困惑由此开启。这些困惑至今也还没有翻篇。

过去半个世纪以来，我把很多时间花费在搭乘公共交通工具上。我一直看广告。在二十世纪五十年代，有很多紧身褡和胸罩的广告，还有除臭剂和漱口水的广告。如今这些广告都消失了，取而代之的是治病的广告——心脏病、关节炎、糖尿病等等；帮助你戒烟的广告；电视剧的宣传片，总是一两位貌若天仙的女性主演，虽说有时其实是染发剂和护肤霜的广告；若你赌博成瘾可以致电求助的机构的广告。还有债务偿还的广告——这类广告为数甚多。

1　Balance一词既有天平、平衡之意，又有结存之意。
2　此处玩的是英语中利息（interest）和有吸引力（interesting）衍生的文字游戏，故只能这样妥协处理。

其中一则广告展示了一个喜笑颜开的带小孩的女人,配文说:"现在我当家作主……催款电话也消停了。""见鬼了,钱买不到幸福——债务是可控的。"另一则说。"偿债之后获新生!"第三则广告啧啧称道,可谓一语双关。第四则颤声说:"从此过上幸福生活,这个可以有!"迎合了你相信童话故事的同样的思维,正是这思路驱使着你把账单胡乱塞到地毯下面,然后想象它们已经付掉了。"有人在跟踪你吗?"第五则广告更是征兆不祥,在一辆公共汽车的车尾就此发问。这些偿债服务承诺的不是让你的沉重债务幻化成一缕青烟,而是帮助你整合这些债务并渐次偿还,与此同时学着避免一来就让你深陷债务的自由消费行为。

为什么会有这么多这样的广告?是因为负债的人空前之多吗?很有可能。

在二十世纪五十年代,紧身褡和除臭剂盛行的那个时代,广告商显然认为,大家想象得到的最令人焦虑的事情是听任你的身体松松垮垮、不受约束地四处晃荡,还把周围搞得臭气熏天。身体可能会背离你,所以必须把它控制住;若不这样,身体可能会出去做一些事情,在公共交通工具上绝无可能提及的那种,让你蒙受性方面的奇耻大辱。如今情况大不相同了。性方面的滑稽举止已然成为娱乐业的一部分,因此不再是指摘和罪过之事,所以你的身体不是焦虑的主要焦点,除非患上了某一种广告宣传甚多的疾病。恰恰相反,令人担忧的是你账本的债权人。

这是有充足原因的。第一张信用卡在一九五〇年推出。一九五五年,加拿大家庭的平均债务与收入比例为55%;二〇〇三年,该比例为105.2%。从那时起,这一比例一直在上升。在美国,二〇〇四年该比例为114%。换句话说,许多人花的比挣的多。许多国家的政府也是如此。

在微观经济层面上,一位朋友告诉我,在年满十八的群体尤其是大学生之中,存在债务流行的现象:信用卡公司瞄准了他们,学生们匆匆忙忙花费了最大限度的钱,却没有停下来算清楚后果,于是身陷他们无法偿还、利息极高的债务当中。既然神经学家现在告诉我们,青少年的大脑与成年人的大脑很不一样,他们其实做不来长期的先消费后支付的算数,所以这应该被视作是对儿童的剥削。

在天平的另一端，金融界最近大受震动，这是由于债务金字塔牵涉到某种叫做"次级抵押贷款"的东西造成崩溃的结果——"次级抵押贷款"是大多数人不太了解的金字塔式骗局，但归根结底就是这么一个事实：一些大型金融机构向那些不可能支付得起月利率的人兜售抵押贷款，然后将这些万应灵药式的债务打包装箱，贴上吸引人的标签，卖给那些以为它们具有价值的机构和对冲基金。这就如同青少年的信用卡伎俩，但规模远要大得多。

我有个来自美国的朋友写道："我曾在三家银行和一家抵押贷款公司都开设了账户。银行甲买下了另外两家，现在正极力想要买下已经破产的抵押贷款公司，不料今天早上据悉这唯一一家还没倒闭的银行也有严重问题。现在他们试图与抵押贷款公司重新谈判。问题一：如果你的公司快破产了，那你为什么要买一家其资不抵债状况都登上了报纸头版的公司？问题二：假如所有债权人都破产了，那么借款人能不能把债务一笔勾销了全身而退？你无法想象爱好赊欠的美国人有多懊恼。我想中西部的整体街坊看起来就像我家乡的社区一样，空荡荡的房子，上面长着齐膝高的野草和藤蔓，没有人愿意承认他们其实拥有这地方。我们堕落直下，即将自食其果。"

这番话颇有点《圣经》古语似的语气，但我们仍然百思不得其解。这种状况是怎么发生的，为什么会发生？我经常听到的答案——"贪婪"，可能准确度是够了，但它并没有着力于揭开这一发展过程的深层奥秘。这令我们如此困扰的"债务"是什么？它如同空气一般，就在我们身边，但我们从不曾加以思考，除非补给出了问题。当然，我们已经感觉到债务对于我们的群体提升不可或缺。经济繁荣的时候，我们就像挂靠在一只充满氢气的气球上那样飘来荡去；我们越升越高，气球越来越大，直到——噗！——某个煞风景的人把针扎进气球，我们就跌落了。但是那根针的本质是什么？我的另一位朋友曾坚称，飞机之所以能在空中飞行，无非是因为人们相信——有悖理性——它们能飞；如果没有这种共同的错觉来支撑，它们就会当即坠落在地。"债务"也是如此吗？

换言之，也许债务的存在是因为我们的想象。我想探讨的是这种想象都有哪些形式以及对生活现实有何影响。

我们现在对债务的态度深深植根于我们的整个文化——这文化如灵长目动物学家弗朗斯·德瓦尔所说，"具有极其强大的改造力量——影响着我们的一切行为和本质，穿透人类存在的核心。"不过也许有一些更基本的模式受到了改变。

且让我们假设人类所做的一切事情——好事、坏事和丑事——都可以归之于一场行为的自助盛宴，放上一块写有"智人之智"的标牌。这些事情不归在标有"蜘蛛"的盛宴里，这就是为什么我们并不花费大把时间吞吃丽蝇，也不归在标有"狗"的盛宴里，这就是为什么我们并不到处转悠着把腺体气味标记到消防栓上或者把鼻子凑到旧垃圾袋里去。我们人类的盛宴里有一部分实打实的食物，因为和所有物种一样，我们受到食欲和饥饿的驱动；宴席上其余的盘子里盛放的是没那么具体的恐惧和欲望——诸如"我要飞翔""我想和你性交""战争可以统一部落""我怕蛇"和"我死后会怎么样"。

然而宴席桌上的东西无一不基于我们原始的人类模式或者与之相关——我们想要什么，我们不要什么，我们欣赏什么，我们鄙视什么，我们爱什么，我们憎恶和恐惧什么。一些遗传学家甚至语出惊人，谈到了我们的"模块"，仿佛我们是一套电子系统，具有大量可以开启和关闭的功能电路。这种互不关联的模块作为我们由基因决定的神经网络的一部分是否真实存在，目前仍是一个有待实验和辩论的问题。但无论如何，我且假设可识别的行为模式越是古老——经证实出现在我们身上的时间越久远——想必就越发是我们人类性质的组成部分，有迹可循的文化变体就越多。

我并非在此提出有一个刻下烙印就永恒不变的"人类天性"——实验胚胎学家指出，基因可以表达，或者说"开启"，也可以抑制，方式不一而足，取决于基因判断自己所处的环境。我只是说，如果没有与基因相关的构造——换言之，即某些构成要素或基石——我们所看到的人类基本行为的许多变体压根就不会发生。假如我们不是具有社会属性的物种，不是具有等级意识的物种，那么像《无尽的任务》这样的在线视频游戏——你必须通过售卖和交易、与其他玩家合作完成团体任务、对别的城堡发起突袭，才能一步一步从售卖兔皮的商贩做到拥有城堡的骑士——恐怕不可想象。

是什么相关的、古老的内在基石支撑起从四面八方把我们包围住的债务的复杂回路呢？为什么我们如此敞亮地接受当前的好处，换取来日沉重的偿还？难道仅仅因为我们先天的设定就是抓取低垂在眼前的果实，尽力多多囫囵吞下，全然不考虑将来可能出现没有果子吃的时日吗？好吧，在一定程度上确实如此：七十二小时不喝或者两周不吃，你很可能就死了，所以如果你现在不吃一些近在眼前的水果，你也不会在六个月之后为自己能够做到自我克制和延迟满足而自豪。在这方面，信用卡几乎可以保证为债权人赚钱，因为"现在就抓住它"可能是在狩猎采集时代选择的一种行为的变体，早在有什么人会开始考虑为了退休要好好储蓄之前。当初一鸟在手确实胜过二鸟在林，一鸟塞进嘴里甚至更胜一筹。不过这是否只是一个短期收益随附长期痛苦的例证？债务是因我们自己的贪婪或者——宽容点看待——因我们自己的需求而产生的吗？

我假定还有一个古老的内在基石，如果没有它，债务和信贷结构便无法存在：我们的公平感。以最佳角度来看，这是个值得赞美的人类特性。其光明一面是"知恩图报"，倘若没有我们的公平感，我们就认识不到偿还我们所借之物的那种公平性，因而也就没有人会愚蠢到借给别人任何东西还期望得到回报。蜘蛛不会同其他成年蜘蛛分享丽蝇：唯有群居动物才会参与分享。公平感的阴暗面是不公平感，当你做事不公而未受惩罚时，就会沾沾自喜或者感到愧疚；当不公平之事落到头上，你就会愤怒并且报复。

小孩子在四岁左右会开始说："这不公平！"这远远早于他们对复杂的投资工具萌生兴趣，或者对硬币和纸钞的价值具有任何概念。睡前故事中的恶棍遭到明确的报应时，他们便都心满意足，而假如这样的报应没有发生，他们就会感到不安。宽恕和怜悯，就像油橄榄和凤尾鱼一样，似乎是他们再后来才学会品鉴的，甚至——如果所处文化对它们有成见的话——永无习得之机。不过对于年幼的孩子来说，把坏蛋关进一只布满钉子的圆鼓桶，然后滚动圆桶把他或她扔海里去，就能恢复宇宙的平衡，把邪恶力量从眼前清除干净，小家伙们晚上就睡得更香了。

对公平的兴趣随着年龄的增长而进一步发展。七岁以后，会出现一个死抠法律条文的阶段,在这一阶段,成人所强加的任何规则的公平性——或者,通常是不公平性——都会经受不屈不挠的争执。也是在这个年龄段,公平感可能形态多样。例如,在二十世纪八十年代,九岁孩子中流行这么一种奇怪的仪式:乘车的时候,你盯着窗外,一旦发现一辆大众甲壳虫,这时候你就抢拳打一下同伴的胳膊,大喊一声:"打甲虫,不许还手!"先看到大众甲壳虫汽车意味着你有权打另一个孩子,再加上一个附带条件——"不许还手!"——意味着他或她已经被剥夺了还手打你的权利。然而,如果人家在你喊出护身符之前就设法喊出了"还手!",那么报复性的一拳就合法了。钱在这里并非因素:你不可能花钱脱身免除挨打。问题的核心在于对等原则:打了人一拳就应该挨人一拳,而且肯定得挨,除非以迅雷不及掩耳之势插入"豁免"条款。

谁要是不能从"打甲虫"仪式中看出这游戏实质上体现了具有近四千年历史的《汉谟拉比法典》中所说的"同态复仇法"——在《圣经》中重新简要陈述为"以眼还眼,以牙还牙"——那他确实是睁眼瞎。"同态复仇法"的意思大致说来,就是"同类或同等惩罚的法则"。根据"打甲虫"的规则,除非你能抢先一下子把护身符喊到位,否则拳头会你来我往互相抵消。这种保护在合同和法律文件的世界里处处可见,往往见之于以"尽管有上述规定"等短语开头的条款之中。

我们都乐得有权利打上免费的一拳,吃顿免费的午餐,或者得到免费的任何东西。我们也都料想到获得这种权利的可能性很小,除非我们能见缝插针及时念出天灵灵地灵灵的某种咒语。但我们怎么知道打出一拳很可能会招致另一拳呢?是早期儿童适应社会的过程——你在学前班为橡皮泥争吵然后说"梅兰妮咬了我"时经历的那种社会化——还是人类大脑中短路点火的模板?

让我们来探讨一下后一种情况。要让"债务"这样的心理结构得以存在——你欠我的东西一旦转让给我,就平了账目——这里有一些先决条件。其中之一,如我前面所说,是公平的概念。与此附带关联的是等价的概念:怎样才能使心理计分单或怨恨记账卡或我们无间断运行的复式记账程序左右两头总数加起来相同呢？假如约翰尼有三个苹果，苏西有一支铅笔，那么一个苹果换一支铅笔是可以接受的兑换，还是会剩下一个苹果或一支铅笔有待支付？这一切都取决于约翰尼和苏西对各自交易物品所赋予的价值，而这自然又取决于他们有多饿以及（或者）有多需要通信设备。在一场视之公平的交易中，每一头都会和另一头相抵，没有任何亏欠。

即使是无机的自然界也在努力实现平衡，也就是所谓的静态状态。孩提时你可能做过这样的初级实验：你把含盐的水倒在可渗透膜的一边，把淡水倒在另一边，然后测量氯化钠溶进水里直到两边达到同样咸度的时间。或者，成年的你可能只是注意到了，若是把你冷冰冰的脚搁到伴侣暖乎乎的腿上，你的脚会暖起来，而伴侣的腿会变冷些。（如果你在家里尝试这样做，请不要说是我教你的。）

许多动物都能区分"大于"和"小于"。狩猎动物必须能够做到这一点，因为如果咬得太猛却嚼不动——就是照着字面的意思不加以引申——那可能是致命的。太平洋沿岸的鹰可能会被对于它们来说太过沉重的鲑鱼给拖下水而遭遇灭顶之灾，原来一旦它们猛扑上去，就无法松开紧钩的爪子，除非立足于坚实的地面。如果你曾经带小孩子去过动物园的大型猫科动物馆，你可能已经注意到了，像猎豹这样体型中等的猫科动物不会怎么留意你，却会热切地盯着孩子们想入非非，因为对它们来说，小家伙是一顿美餐的规格，而你不是。

估量天敌或猎物的能力是动物王国的一个共同特征，但在灵长类动物中，当可食用的好东西经过分配，这时所产生的大小和好坏的细微区分就几近心慌意乱之事了。二〇〇三年，《自然》杂志发表了埃默里大学耶基斯国家灵长类研究中心的弗朗斯·德瓦尔和人类学家萨拉·F. 布鲁斯南所做实验的报告。一开始他们教卷尾猴用小石子换取黄瓜片，然后他们给了其中一只猴子一颗葡萄——猴子们认为葡萄更有价值——以换取同样的小石子。德瓦尔说："你可以连续二十五次这样做，它们得到黄瓜片都十分开心。"可是一旦有一颗葡萄给替换上了——这样就不公平地让一只猴子以同等价值的工作获得了更好的报酬——得到黄瓜的猴子们就会不高兴，开始把小石子扔出笼子，并且最终拒绝合作。如果有一只猴子被无缘无故赏了一颗葡萄,大多数猴子都会非常恼火,甚至有些猴子会气得不再进食。这是一条猴子的纠察线:它们可能还会举起写有"管理葡萄分配不公平!"的牌子。交易行为是教出来的,小石子/黄瓜的兑换汇率也是教出来的,但愤怒看来是自生自发的。

耶鲁大学管理学院的研究员基斯·陈也曾用卷尾猴做研究。他发现他可以训练它们使用状似硬币的金属片作为货币,硬币即小石子的概念,只是更加闪亮。陈说:"我的基本目标是确定我们的经济行为有哪些方面是与生俱来的,在大脑深处,久而久之渐渐保存下来。"但为什么止步于例如交易这样的显而易见的经济行为?群居动物需要进行合作从而实现共同目标——譬如卷尾猴杀死并吃掉松鼠,黑猩猩杀死并吃掉灌丛婴猴——在它们当中,对于群体努力成果的分配,必须要有大家视之为公平的做法。公平与平等不尽相同:例如,一个体重九十磅的十岁孩子盘子里的食物与一个体重两百磅身高一米九八的大汉盘子里的食物完全一样,这是否公平呢?在狩猎的黑猩猩当中,个性最强势或者体格最魁梧的那个家伙一般都会得到更多,但所有参与狩猎的黑猩猩都至少会得到一些东西,这与成吉思汗在其盟友和铁骑之中分配其征服、屠杀和掠夺活动成果的原则几乎完全相同。那些对于获胜政党的政治拨款[1]和偏袒徇私表示惊诧的人恐怕要记住这一点:如果你不作分配,那么当你需要他们时,这些人就不会挺身而出。至少你得给他们一些黄瓜片,并且避免把葡萄给他们的对手。

如果完全没有公平可言,黑猩猩族群的成员就会造反;最起码下次集体狩猎他们就不太可能加入了。灵长类动物绝对是在地位兹事体大的复杂群落中交流互动的群居动物,它们高度意识到对于每个成员什么是恰如其分,什么又构成自视甚高的僭越之举。简·奥斯丁小说《傲慢与偏见》中那个在权势等级顶端睥睨一切的凯瑟琳·德波尔夫人,凭借她精准调校的等级观念,也比不上卷尾猴和黑猩猩。

黑猩猩并没有把交易行为局限在食物上;它们经常进行互惠互利的交

---

[1] 也叫政府分肥,指的是在美国政治中,地方议员为笼络民心、捞取政治利益而提议的由政府支付的拨款。

易，或者说互惠的利他主义。黑猩猩甲帮助黑猩猩乙一道对付黑猩猩丙，并且期望得到相应的帮助。如果黑猩猩乙在黑猩猩甲需要之际没有出现，黑猩猩甲就会火冒三丈大发脾气。这似乎有某种内在的分类账本牵涉其中。黑猩猩甲清清楚楚地察觉到黑猩猩乙欠他什么，而黑猩猩乙也察觉到了。黑猩猩之间似乎存在人情债。弗朗西斯·福特·科波拉的电影《教父》中起作用的也同样是这一机制：有个人的女儿被毁容了，他找黑手党老大寻求帮助，也得到了帮助，但大家都心知肚明，这个人情以后要以某种见不得光的方式来偿还。

正如罗伯特·赖特在他一九九四年出版的《道德动物——我们为何如此》一书中所说：

互惠的利他主义大概不仅塑造了人类情感的构造，也塑造了人类认知的构造。莱达·科斯米德斯已经证实，益智游戏在借由社会交换的形式予以表述的情况下——尤其是当游戏的目标是弄清是否有人在欺骗时，人们就善于解决逻辑难题，否则问题往往让人摸不着头脑。这启发了科斯米德斯，"欺骗者探测"模块是控制互惠利他主义的心理器官之一。毫无疑问，其他的仍有待发现。

我们确实希望我们进行的交易和交换得以公平、光明正大，至少对方要光明正大。"欺骗者探测"模块需要相对应的一个模块，用于评估不属于欺骗的内容。小孩子们过去常在学校的操场上高呼："靠欺骗，难成功！"这话千真万确——我们严厉批评骗子，因此影响到他们来日的飞黄腾达——但说来不幸，他们只有在被逮住的时候才会经受我们的这种指责，这一点也是千真万确。

在《道德动物》中，赖特讲述了一组计算机模拟程序的故事，该程序赢得了美国政治学家罗伯特·阿克塞尔罗德在二十世纪七十年代提议举办的一场竞赛。这场竞赛旨在测试哪种行为模式能历经与其他程序的一系列交锋而生存最久，从而得以证明是最适者。当一组程序第一次"接触"另一组程序时，它必须决定是合作，还是以挑衅或欺骗的方式予以回应，或者是拒绝反应。赖特说:"竞赛的情况很好地反映了人类进化以及人类出现以前的进化的社会背景:一个相当小的社会——几十个定期互动的个体。每组程序可以'记住'其他程序在之前的接触中是否合作,并相应地调整自己的行为。"

竞赛的获胜者名为"一报还一报"——这是从"一拳对一击"演变而来的用语,前后两个词原本都意为打一拳、一记推搡或一下猛击——因此,"你打我一拳,我就回击你一拳"。计算机程序"一报还一报"遵循的是一套非常简单的规则:"面对任何程序,它在第一次接触时都会予以合作。之后,它就重复对方程序在此之前所做的回应。或投桃报李,或以牙还牙。"这组程序随着时间的推移而胜出,因为它从来不会再三受害——如果对手欺骗它,那么下次它就不合作了,而且,不同于欺骗和剥削的惯犯,它没有疏远他者继而发现自己被排除在外,也没有卷入不断升级的敌对行动当中。它遵照的是有迹可循的以眼还眼的规则。以其人之道还治其人之身。(这与己所不欲勿施于人的"黄金法则"有所不同,后者更难以遵循。)

在"一报还一报"获胜的计算机程序竞赛中,假定的事实前提是每个参与者都有同等的资源可以支配。只有在公平竞争的环境下,以友好的态度对待第一次接触,继而在随后的接触中予以同样的回应——以德报德,以怨报怨——才是能赢得比赛的策略。没有一个参赛程序可以拥有占据优势的武器系统;如果其中有一个参赛者获准拥有诸如战车、成吉思汗的复合反曲弓或原子弹等有利条件,"一报还一报"策略就会败下阵来,因为拥有技术优势的一方可以摧毁对手,奴役他们,或者迫使他们接受条件不利于自身的交易。这其实就是在我们的历史长河中发生过的事情:那些赢得战争的人写下了律法,证明以他们自己为首的等级制社会形态的合理性,借此将不平等奉为圭臬。

史高治
引言一则
（2009）

查尔斯·狄更斯在一八四三年写了《圣诞颂歌》。他当时已经很有名气，先是凭《匹克威克外传》一举成名，然后又因《雾都孤儿》《尼古拉斯·尼克尔贝》《老古玩店》和《巴纳比·拉奇》而声名大振——这一切都发生在他三十岁之前。这种速度着实惊人。当今在世的作家无一人能以这样的速度写作，年纪轻轻就创作出如此优质的作品。

据说狄更斯是为了偿还债务，在六个星期内写出了《圣诞颂歌》——也许这就是为什么贪婪的放债人总萦绕在他心头；他将这部中篇小说以圣诞童话或者鬼故事之类轻松的幽默作品形式呈现，寓教于乐，让读者心情愉快。这故事具有童话传统的三段式结构——三个圣诞幽灵，三个不同年龄段的史高治（过去、现在、未来），还有着童话般的结局，最后光明战胜了黑暗，善良与和睦蔚然成风，一个身处危境的无辜生命——小提姆——得到了拯救，更不用说史高治那顽固的老灵魂。

狄更斯相对隐晦的意图是通过对比贪婪和贫穷、继而祭出个人的善念义举这味他惯用的解药，以此来维护他一心渴望的社会正义，这从这部作品原本暂定的标题《大锤》当中可以窥见一斑。正如乔治·奥威尔所言，尽管狄更斯对社会不公充满愤怒，但毕竟还没到主张进行大规模政治革命的程度。

不过这一切都无法解释为什么《圣诞颂歌》的主人公埃比尼泽·史高治[1]会如此长盛不衰,又如此深得人心。史高治属于像是哈姆雷特这一类的角色,他已经挣脱了孕育他的那则故事,即便从未读过原作的人也可以一眼将他认出。

为什么会这样呢?且让我拿自己最青睐的关于狄更斯绝无谬误的知识宝库模型——"人心"来做个参考。我初识不朽的史高治是在什么时候,又为何如此喜爱他呢?我似乎一直都知道他的存在。在二十世纪四十年代的童年岁月,我是不是听过广播中朗读的《圣诞颂歌》?很有可能——那是广播的时代。抑或是像遇到其他许多事物那样——那眯缝起来的狡黠闪烁的眼睛在杂志上五彩斑斓的广告中出现过?在这方面,史高治有几分黑暗圣诞老人的气息——圣诞老人的邪恶分身。他们一个胖乎乎、乐呵呵、圆咕隆咚、面色红润,出手大方;另一个则皮包骨、形容憔悴、郁郁寡欢,一毛不拔。然而,到了《圣诞颂歌》的结尾,史高治多少已经成了圣诞老人,他面貌一新,得到了救赎,会买火鸡过节,还为鲍伯·克拉契涨了薪水;这凸显了一种令人胆寒的可能性,那就是圣诞老人可能有一天会形容枯槁,变成史高治最糟糕的模样——书本开篇那个脾气乖戾的老家伙。想想那些以示惩罚之用的圣诞老人煤块——如今不大提起了,但你可以确定,那些煤块都还保存在圣诞老人为最坏情况而备的恶作剧宝库里。在你的礼物长筒袜里放上煤炭,这正是吝啬版的史高治所喜欢的。

不管属于哪种情况,七岁的我发现迪士尼旗下的史高治·麦克老鸭时,我很清楚"史高治"这名字应该意味着什么。其中包括这样一个事实:在麦克老鸭那老朽而又诡计多端的躯壳里,隐约冲撞着一股和蔼可亲而又慷慨大方的力量。鸭子三胞胎很喜欢他们的史高治舅公——他非常有趣,因为闲暇消遣之时他常显得和他们自己一样幼稚——这可是个好兆头。

这是解析埃比尼泽·史高治原型的关键:他内心是个孩子。不过,我们在《圣诞颂歌》中第一次见到他时,他是个受伤的孩子,尽管已经上了年纪。在描写史高治的过程中,狄更斯内求于心,在很大程度上把他自己

---

[1] 也译作斯克鲁奇或者史克鲁奇。

隐秘的痛苦融入了他的创作。他从不曾忘记自己生命中最无望的时日,当时他那没出息的父亲被关进了债务人的监牢,小查尔斯给赶出了学校,安排到一家黑鞋油作坊干活,出力养活一贫如洗的狄更斯一家子人。这段时期并没有持续太久,但对一个孩子来说,当下就是永远:父亲在财务上的灾难将狄更斯推入了地狱,而小小年纪的他看不到从这陌生的地狱中获救的丝毫可能。

《圣诞颂歌》中最让人心酸的时刻不是小提姆的死,尽管那一刻催人泪下;也不是史高治自己来日可能陈尸的凄凉一幕,"遭人洗劫、被人遗弃、无人守护、无人哭泣也无人照顾"。(不带感情色彩的人可能会说,对一具尸体而言,穿什么样的衣服或者谁站在边上无关紧要,尽管这对狄更斯来说相当重要。)不,最令人抽噎难忍的场景是"过去的圣诞节幽灵"向史高治展示的第一个画面:他年少的自己,在一所阴森破旧的寄宿学校里,"孤零零的一个孩子,被他的朋友们抛弃了",其他人都回家过圣诞了。幸运的是,史高治这孩子确实有几个朋友,不过那是想象中的朋友,他们只存在于书中。然而,到了下一个画面——几年之后——连这些朋友都不见了,取而代之的是绝望。

孤身一人——一个无助的孩子,无人照看,被人遗忘,待在一个阴郁的地方——这就是由史高治演绎出来的狄更斯的噩梦。正是这一幕,而不是准备把史高治从学校接回家的妹妹小芬的到来,也不是史高治在费兹维格先生家当学徒期间欢乐的舞蹈和嬉戏,释放了史高治的吝啬一面,并且这样一路走到老。史高治啐出著名的"呸!骗人玩意儿!"那句话的意思是说"我甚至连人们相互分享、幸福快乐的可能性也不承认,因为在我生命中最重要的时期全都求而不得"。在圣诞节敞开心扉、手足相爱是骗人的鬼话——这一想法在史高治的童年得到了充分的证明,甚至在某种程度上,在狄更斯的童年中也得到了证明:"肮脏破烂的学校"即"黑鞋油作坊","忽视儿子的冷漠父亲"即"自己缺钱导致儿子历经磨难的监禁之下的父亲"。史高治心灰意冷,因为狄更斯几乎就是如此。

由于黑鞋油作坊的那段经历,狄更斯似乎一生都在两种冲动之间挣扎——一是对于破产的恐惧,这驱使他为了多赚钱而拼死拼活疯狂工作;

二是希望自己能够慷慨行善，要是当年有人拿出几分慷慨出面，就能把童年的他从黑鞋油作坊里拯救出来。在多部小说中，狄更斯喜欢把人物安排成对，《双城记》中外貌相似的查尔斯·达尔奈和西德尼·卡顿便是最明显的例子：品行端正的理想主义者与愤世嫉俗的浪荡子相对照。我们感觉这样的安排太过夸张：英雄和反派不再令我们信服。然而，在埃比尼泽·史高治身上，狄更斯将两个对立面融为一体。史高治既不是英雄，也不是反派，他兼而有之，同时也是我们能够理解其内心冲突的个体。也许这就是揭示史高治之所以长盛不衰、至今仍深得人心的线索：在史高治身上，我们无需选择。不仅如此，史高治的两面也与我们自己涉及金钱的两股冲动相对应：赚大钱，然后悉数收归自己囊中或者与他人分享。借由史高治这个人物，我们可以两者兼顾。

在《圣诞颂歌》中也有一个少年狄更斯这般苦命孩子的化身，那就是小提姆。有些人觉得小提姆的形象塑造得太过头了无法理解：他简直善良死了。不过维多利亚时代的人说："他太良善，这世界配不上他"——他们经常这么说——这时候他们所指的那种良善是由于疾病造成的顺从不争：这样的孩子往往早夭。狄更斯在《老古玩店》中已经写过小耐儿的死，引得世界各地哭声一片，而且据狄更斯说，把她写死的时候，自己眼泪也顺着脸颊流了下来——狄更斯满腔的悲悯足以更不拖泥带水、更婉转地处理提姆。但提姆是个可以得到拯救的男孩——相形之下史高治没有得到拯救，或者说太久以后才得到拯救——而史高治本身可以出手相救。他可以为了提姆慷慨行善，若当年有这样的善行可以拯救年少的他；他可以成为"第二个父亲"——狄更斯自己不曾拥有过的慈祥、能干、经济条件殷实的父亲形象，他经常在作品中创造出来。

在《圣诞颂歌》结尾，三个幽灵都来了又走了，史高治好好忏悔了一番——在狄更斯笔下的世界里，这一向是个积极的信号——圣诞节的早晨已经来临，所有钟声都响起，史高治发现自己终究没死，他宣称他不仅快乐得像个天使，还开心得像个小学生。这下会是哪个小学生呢？当然不是史高治当初那个自己——孤身一人，被丢在阴冷潮湿的学校里，深感绝望。相反，是他本就成为的那个开心的小学生，是现在他看着小提姆可以感同身受的开心模样。

我们这个时代避而不谈灵魂的救赎，情愿谈论后知后觉和疗愈过程，也许我们由此才得以最深刻地理解史高治。但不管我们用什么术语来诠释，史高治已经通过了对于文学角色而言唯一真正的考验：他依然鲜活。史高治还活着！我们可以在我们穿的T恤衫上印上这句话。是的，他还活着，我们和他一起欢呼雀跃。

写作生活

（2009）

嗯，没错。写作，生活。什么时候？在哪里？怎么写？这就是问题所在。你可以享受生活，也可以写点东西，但无法兼而有之，因为尽管生活可能是写作的主题，却也是写作的敌人。例如：

星期一：女儿开车把我们从雪地森林里的小房子接回多伦多。那座小屋买来或多或少就是为求写作之用，但我们一个字也没写，反倒是拿了水彩蜡笔，给墙上前任业主的照片留下的白印子涂上颜色。我们把鸟食罐满上，然后观察冬天的鸟儿——山雀、鸸、毛发啄木鸟、红额金翅雀——这种活动让人昏昏欲睡，你要是过分沉迷其中，怕是口水都流出来了。我们穿上雪鞋出去溜达，女儿走得大步流星，我走得气喘吁吁。我确实写了好些早就该写的蜗牛邮件[1]，心里还念念不忘：（1）即将于秋季出版的那部小说的编辑校订工作；（2）我准备写的关于观鸟的文章；（3）其他耽搁拖延的事情。执念即大勇[2]。

星期二：一大早，我的朋友科琳来帮忙，我们沿着门厅到前门外再到车子那边排成一队，把装成袋的食物银行[3]食品传送过去，那是我们从一年一度的槭枫糖浆烘豆社交聚会上募集而来的，这项活动每年要从写作生活中抽走三天时间。我没法让新买的美膳雅料理机开动起来——旧的那台机器去年坏了，结果造成胡萝卜色拉的紧缺。然而，这是在走回头路。这个周二的困扰是：我的菜谱小铁盒到底怎么回事？是不是有人把它偷了去，挂到易趣网上给卖掉了？菜谱盒里装满了"文字"，字迹难以辨认，都出自我手：麦芽松饼之类的。我心想，偷菜谱盒的人呐，愿你读得懂。我问遍了每一个可能知道的人。大家都一脸茫然。

开始写二〇〇九年的日记，也就迟了两个星期而已。却在开头先画了一幅好看的图画。粘上一张电影票：《福斯特对话尼克松》。或者反过来也一样。

星期三：今天确实写了点周六要在另一位作家的生日聚会上作的演讲文稿。此事要妥善处理，因为这段人际关系始于二十世纪六十年代末到七十年代初，那时我还不是今日这样的社会栋梁，我们也都有点年少气盛。演讲时间预计五分钟左右。写好了。给生活伴侣看过，他建议我去掉不中听的话。对菜谱盒越发耿耿于怀。打电话给女儿：她看到过吗？她说，"你已经问过我啦。"认定菜谱盒的丢失给我造成了严重的写作障碍。开始阅读琼·阿科切拉写的一本好书，她说写作障碍是二十世纪美国人编造的谎言。打定主意再也不要有写作障碍了。这一决定无济于事。

星期四：去放血，但做了标准的医疗检查。像往常一样，觉得自己没有通过朝广口瓶里小便的测试。去了银行。修改了生日聚会的演讲稿。稍微有趣点，没那么沉闷了。开始为另一个临近最后限期的项目写写短笺："五大预言"这一项目旨在为值得帮助的一桩事业——一家名为《海象》的加拿大杂志——筹集资金。为什么叫《海象》？不太清楚，只知道海象的精神应该最为强健，比方说吧，比蛤蜊更强。不仅如此，你还可以拿海象的阴茎做成品质一流的鞭子给狗拖雪橇队用。怀疑编辑们在选择这个名字时是否知道此事。

不过《海象》刊登的是优质的调查性报道，我全力支持。写预言的构

---

1 即通过邮局投递的普通邮件，与电子邮件相对而言。
2 这一句是对谚语"谨慎即大勇"的戏仿。
3 向穷人或无家可归者提供食品的机构。

想是我能预见未来（不符合事实，但我探讨债务的讲稿《偿还》出版于二〇〇八年十月，恰逢经济崩溃之时，这个诡异的时间点倒成了佐证）。这些预言将被卷成卷轴，塞进一只水晶瓶，在一周之后的晚宴上进行拍卖。今天的困扰是：要预言什么？还有件事情更是对推进这项艰难任务一点帮助都没有：多伦多一家杂志刊登了一张令人毛骨悚然的照片，照片上的我化着上电视的黄色眼妆，涂着紫色的口红，这样子看起来——有位刻薄的报纸评论员说——简直像剪刀手爱德华。说得太对了。

还是没能找到菜谱盒。以此为借口，没有动笔写关于观鸟的文章。

星期五：鹅毛大雪。尽管如此，还是照常去散步晨练。买了些东西，包括作为写作之地的雪地森林小屋要用的浴室脚垫。再次修改另外那位作家的生日演讲稿。让生活伴侣读了。他说还可以。我心存疑虑。回复了许多电子邮件。想到要不是这些电子邮件，我可以写完多少文章。

星期六：又一次修改了演讲稿之后，踏着雪去参加作家的生日聚会。衣帽间里是熟悉的加拿大冬季场景：靴子都脱了，穿上了室内鞋。在场有很多其他作家，我们看起来都有点像剪刀手爱德华，除了几个人——在他们身上穿的冬季外套的衬托下——看起来像《战争与和平》中的人物。生活变得越发充满道别的气息。发表了演讲。不算太差。与参加聚会的小说编辑交流，问她什么时候能给出最终意见。我说我不着急（假话）。踏着雪回家。查看计步器，看看总共走了多少步——一个新的执念。还是不见菜谱盒的踪影。心想是不是因为继承了母亲的菜谱盒（木制的，容量更大，更井井有条）而导致我自己的盒子人间蒸发了。心想：精神失常就是那样了。

星期天：生活伴侣开车载我们穿过可怕的雨夹雪和雪泥，去往雪地森林中的小屋。庆幸汽车装有防滑装置。到小屋的时候正好可以把已经空了的鸟食罐及时添满。摆好桌子，这样我就可以什么时候当真写点东西。连不上电子邮箱，反倒是件好事了。森林宜人而又幽深。何必写作？

星期一：没了水压。瞎摆弄了一通水泵，毫无收效。生活伴侣进入工具房，发现热水从天花板上喷涌而出。他关掉了水龙头，但我们担心管道冻住了会爆裂。行家里手赶到之后说，没有冻住——只是焊接工作不到位。管道修好了。

侥幸逃过一劫，我一高兴，竟然把预言短笺给写了，总共五页全都写好。担心装不进水晶瓶。粉中泛黄的太阳渐渐落山时，我沿着白得发蓝的积雪道路去散了个步。很有阿瑟·李斯默（加拿大画家）的韵味。找寻鹿的足迹。一无所获。

星期二：妹妹来访，报告了鹿的实际位置的情况，还带来了按照失踪的菜谱盒里的秘方制作的麦芽松饼。妹妹说那盒子是传家宝，她明白丢失盒子绝非小事。

回到城市。打印了预言短笺，用的是11号字，并且将边距设得很大，然后把边距裁剪掉，用橙色的宣纸卷起来，拿封蜡封好，加系上绳子免得从瓶子里取出来时给弄散了，最后把它们都塞进瓶子。把这项待办事宜从清单上勾掉。

又找了一遍菜谱盒，发现它掉抽屉后面了，除此之外边上还有一根陈年的安妮牌有机燕麦棒和若干罐装银杏果。找回这个盒子真是喜出望外——我还没疯！收到一封电子邮件，建议我写一写有关写作生活的事；由于菜谱盒失而复得，写作障碍完全清除了，我当即坐下，写到这里：1208字，120分钟。现在我可以写观鸟的文章了。也许吧。

第二部分

2010—2013 年
艺术是我们的天性

作家作为政治代表？当真？
（2010）

对读者的郑重祈愿：

亲爱的（神秘的）读者，无论你是何许人也：

无论近在咫尺还是远在天边，无论立足现在，还是遥寄未来，甚至——以灵魂形式——系于过去，

无论年老年少，还是人到中年，

无论男女，或是在连接这两个所谓极点的谱系上的某处，

无论信仰什么宗教，或是不信仰宗教；无论持什么政治观点，还是没有明确的观点；

无论高矮，无论鬓发繁茂还是日渐谢顶；无论健康还是患病；无论是高尔夫球手还是独木舟运动员，还是足球迷，或者是任何一种运动和消遣的选手或爱好者；

无论你本身是作家，或是阅读爱好者，或是迫于教育体系的要求而不情不愿地阅读的学生；

无论是通过纸质媒介还是电子阅读器，是在浴缸里，在火车上，在图书馆，在学校，在监狱，还是在沙滩伞下，在咖啡馆，在屋顶花园，在被窝里打着手电筒，或者其他各色各样的方式，在林林总总的场所；

我们作家称呼的"你"，总是未知而独独唯一。

读者啊，永远活着！（你——个体的读者——不会永远活着，但这样说来很有意思，听上去也不错）。

我们作家无法想象你；但我们必须这样做。

因为没有你，写作活动无疑毫无意义，失却了目标。

因此，写作究其本质是希望之举，因为写作意味着这么一个未来——阅读的自由将持续存在：

我们召唤你、祈求你，**神秘的读者**；看哪：你是存在的！

证明你存在的证据是，你刚刚读到了有关你存在的内容，就在这里。

看吧。这就是我们谈论的：我可以在二〇一〇年七月十日写下这些文字，而你通过纸张或电子屏的中间媒介可以读到这些文字，这么一个事实。

这绝非预料之中的必然结局：因为这恰恰是所有政府以及许多其他团体——宗教的、政治的、各种派别和类型的施压游说团体，但凡你说得出的——想要驾驭、控制、审查、删改、为达到自己的目的而歪曲、放逐或消灭的过程。他们能在多大程度上落实这一愿望，是从自由的民主国家到行动受限的独裁国家这条连贯的刻度线上的一个衡量标准。

这本《查禁目录》特刊的出版是一桩值得关注的事件，也是一桩重要的事件，因为一直以来国际笔会和查禁目录[1]往往是书籍抹杀之事的主要证人和记录天使[2]，二者见证并记录的还有针对我们共同的写作和阅读活动的其他行为——谋杀记者，关闭报纸和出版社，审判小说家。

这两个组织并不掌握任何权力，除了语言的力量：这有时被称为"道德劝导"。因此，它们只能存在于那些允许文字颇为自由地流通的社会之中。我说"颇为自由"，因为从来没有一个社会对于允许合法公布或"发表"的内容不设任何限制。在一个国家当中，若任何人都能随心所欲说出任何话，那么遭到诽谤或诋毁之人没有任何法律手段可诉诸。"做假证"很可能起码和语言一样古老，毫无疑问，与之对应的禁令也是如此。

不过审查制度的简史绝对一点也不简单。想一想古今中外防范仇恨言论、儿童色情、亵渎、淫秽、叛国等等各种法律，所有这些律法都拿出最

---

[1] Index on Censorship，推广表达自由活动的非营利性出版组织，成立于1972年，总部设在英国伦敦，该组织也发行同名季刊。

[2] 《圣经》所载专记人的行为善恶供末日审判之用的天使。

正当的理由——维护公共秩序，保护无辜，加强宗教宽容以及/或者正统信仰等等，你会看到努力一直没有止境。然而，禁止和允许之间的平衡，正是检验处于发展进步中的开放民主国家的一块试金石。就像管式气压计中的彩色指示液一样，这种平衡在时时发生变化。

有人请我写几句话谈谈"作为政治代表的作家"。这对我来说有点困难，因为我不认为作家必然就是政治代表。政治足球，那是有的；但政治代表意味着一种刻意选择的行为，本质上首先具有政治性，而这并不是所有作家的工作方式。相反，许多作家与政治保持的关系就像小孩子对待"一丝不挂的皇帝"一样：他们指出这个人赤身裸体并不是要冒犯或捣乱，而是因为他们就是没见着任何衣服。他们还奇怪为什么人们会冲他们大呼小叫。这可能是一种危险的天真，但这事司空见惯。

当然，作家有许多不同的类型。记者和非虚构作家作为政治代表进行写作常是有意为之——也就是说，他们想推进某一特定的目标，往往是通过公开那些令当权者感到头痛的事实。经常可见这类作家在街上遭到枪杀，许多墨西哥记者也是，或者在家门口被暗杀，就像俄罗斯记者安娜·波利特科夫斯卡娅，或者被空对地导弹击中，就像美国入侵巴格达期间的半岛电视台主持人。这样的毙命既让个人保持沉默，又暗暗警告其他那些可能一时心痒想多嘴多舌的人，意图在于关闭异议歧见。

政府对媒体的严厉打击如今已经在一定程度上为互联网所规避。你可以下狠手让调查记者破胆寒心——无论是在比喻意义上还是字面上，但到目前为止，没有人能够完全压制人类这股至少和《约伯记》一样古老的冲动：讲述的需求。灾难接二连三袭击了约伯的家人；但每一次灾难都出现一个报信人，跑过来说："唯有我一人逃脱，来报信给你"。与讲述的冲动不相上下的是了解的冲动。我们想了解情况，想了解真实的情况，想了解所有的情况。我们想知道事情有多糟，是否会影响到我们；但我们也想自己作出决定。假如我们不知道一个问题的真相，那我们怎么能有任何站得住脚的意见呢？

真实或非真实：这是我们应用于新闻报道和政治性非虚构作品的主要

类别。不过我主要是小说家和诗人,所以对这两种写作的压制最令我担忧。我们对于新闻工作者的期望是准确性,但小说和诗歌的"真实性"另当别论。这么说吧,如果你不能让一部小说做到在细节上合理可信,在语言上妙趣横生,以及/或者在所讲述的故事上扣人心弦,你就会失去**神秘的读者**。

多年以来,小说家、诗人和剧作家阐明的意图可谓变化多样:重塑社会的核心神话,讨好贵族,真实地反映自然以便让我们在其中看见自己的本性。在浪漫主义时期乃至之后的年代,作家的"职责"是提笔反对当权者,因为在任之人想来定是腐败而又暴虐;或者揭露虐待恶行,如狄更斯对于他那个时代"害人子弟"的多斯博伊斯学堂的看法;或者讲述受压迫、被边缘化的群体的故事,如《悲惨世界》,这种写法引发了后来数以百万计小说创作的盛况;或者捍卫一项事业,如《汤姆叔叔的小屋》所倡导的废奴运动。

但这绝不是说小说家和诗人必须抱着这样的意图来写作。以其事业的正义性或其"政治"的"正确性"来评判小说,等于陷入了导致审查制度的同一种思维。

因吞噬了阵营中的年轻作家而告终的革命不在少数——他们创作的那些一度可以接受的作品被无可避免的权力斗争中的胜利者斥为异端。正如我的一位红尿布[1]朋友最近谈到她父母的群体时所说:"他们对作家总是那么严苛。"

对于革命者、反动派、宗教上的正统派,或者纯粹是无论哪一项事业的热忱拥护者而言,小说和诗歌的写作不仅可疑,而且居于次位——写作是为事业服务所使用的工具,如果作品或其作者不顺应当下的潮流,或者更糟糕的是,直接与之相悖,作者就必须被谴责为寄生虫,遭受排挤,或者像洛尔迦那样被法西斯分子处理掉——不经审判就惨遭枪决,然后丢进一处无名坟冢。

---

[1] 出自红尿布婴儿一说,指的是父母本身是美国共产党成员或在政治上亲共、支持共产党主张的孩子。

可对于小说和诗歌的作者来说，写作本身——技艺和艺术——至关重要，无论什么其他的冲动或影响在左右局面。一个近乎自由的社会，其标志是容得下人类天马行空的想象力和无拘无束的声音。不乏一些人动辄告诉作家要如何写，要写什么。许多人觉得有必要作为专题小组的成员，讨论"作家的任务"或"作家的责任"，仿佛写作本身就是一种无意义的追求，没有任何价值，除了可以随便怎么编造的表面任务和责任：赞美祖国，促进世界和平，提高女性地位等等。

　　写作可以涉及这些问题，这一点不言而喻，但如果说写作必须涉及这些问题，那未免太用心险恶了。必须破坏了像我这样的作家与像你这样的神秘的读者之间的联系：因为如果不交给我，不交给这个眼下通过纸页或屏幕对你说话的声音，你还能把你作为读者的信任交给谁去呢？而如果我听任这个声音变成某一团体——哪怕是值得尊敬的团体——手上百依百顺、尽职尽责的套指玩偶，你又怎么能对这个声音产生一丝一毫信任呢？

　　查禁目录和国际笔会都为可以这个词辩护，反对必须这个词。他们捍卫的是开放的空间，在这个空间里，作家可以自由地使用自己的声音，而读者也可以自由阅读。因此，我很乐意为他们写点文字；尽管这可能不完全是他们所预期的。

文学与环境

（2010）

我十分荣幸，得以获邀来到东京，在今天的国际笔会大会上发言。

专制政府最渴望的莫过于强加的沉默。无法言语助长了不可言说之事，而保密不仅是权力的重要手段，也是暴行的重要手段。这就是为什么各种类型的作家，包括许多记者，遭到枪杀、监禁、流放，以及——用一个还挺新的词——被失踪，为什么如此多家报社和出版社被关闭。新媒体也正逐渐成为目标：去年，美国笔会第一次表彰了网络作家内奉拉，一位因过于准确地报道了缅甸那边的状况而遭到监禁的博主。

我们一厢情愿以为所有恶行最终都会曝光，所有关于恶行的故事迟早都要给人讲出去，但许多时候这根本不是事实。不为人所知的受害者其实数不胜数。正如乔治·奥威尔影射未来的小说《一九八四》中施暴者奥勃良对无助的温斯顿·史密斯说的那样，后人不会为他平反昭雪，因为后人甚至无从听闻他的事。国际笔会支持世界各地受到炮轰的作家——说他们受到炮轰往往并不夸张——因为他们或借由小说或通过非虚构作品，试图替那些被迫噤声的人发出彰显人道的声音。我为自己是国际笔会的成员而自豪，我相信你们所有人也是如此。

或许你们正期待着我现在就你们作为作家的职责展开布道。说来可谓怪事，但人们总是排起队来向作家宣讲他们的职责——作家应该写什么，本来不该写什么；他们动辄告诉作家说他或她简直是无德无能之辈，因为他或她没有写出说教者认为的他或她应该写的那种书或文章。事实上，有这么一种强烈的趋势，就是跟作家说起话来或者说起作家来仿佛后者是政府，仿佛作家竟然拥有那种实打实的权力，因此应该用它来改善社会，就像说教者肯定会做的那样，要不是他们快溢出满腔满腹的懒惰、懦弱或道德败坏作祟的话。如果说教者碰巧意识到了作家其实并不拥有那种力量，他或她则很可能被斥为花架子、局外人、随心所欲的自恋者、光说不练的假把式、寄生虫等等。

难道作家没有责任吗？这些说教者问道。作家难道不应该把说教者眼下即将细细道来的好事和可为之事都做了，以此来履行这份责任吗？库尔特·冯内古特曾经有一块橡皮图章，上面刻的是："写你自己的文章。"他会在学生写给他的问题连篇的信上盖这个章。我真觉得我要是做件T恤——只给作家穿的那种——上面印着"写你自己的书"，可能会卖成爆款。或者印上"写你自己值得写的书"，我看放这句话更好。

好事和可为之事的清单最近已经扩大到了将大家通常称为"环境"的议题包含在内。我们近来非常清楚地意识到了对于"环境"的许多威胁——这些威胁可能包括冰川和海冰的融化，全球温度的上升以及因此导致的更加极端的天气，空气和水的污染，我们借着工业化食品不知不觉地将化学制品塞进了我们孩子的口中，大量植物和动物物种的灭绝，陆地上的歉收和海洋中鱼类资源的减少，甚至还包括这些环境变化几乎肯定会引发瘟疫和疾病的更高风险。所有这些问题都可以放进一个叫作"环境"的箩筐，我认为一切关于这些问题的写作都可以称之为"文学"。从这个意义上说，许多作家已经在关注这些问题了。你打开报纸，很难不听闻消息说发生新的石油泄漏或食品污染或森林火灾，或者出现物种濒临灭绝或微生物变异或热浪或洪灾之类的。

但我想既然提到了"文学"，你们可能已经在期待我来谈谈小说——谈谈讲故事。没错，人类的每一次交流都涉及某种形式的讲故事；我们生活在时间之中，而时间是一个接一个的事件，除非我们失去了短期记忆和长期记忆，否则我们都会以叙述的形式来描述自己和他人。不过今天我想把自己框定在小说作家所讲述的故事或叙事的类型这一范围之内。这些故事都怎么与我们称之为"环境"的模糊概念互动？它们应该如何与之互动？二者之间有什么联系？

短平快的回答是，如果我们没有"环境"——我们呼吸的空气，喝的水，吃的食物——就根本不会有文学，因为我们自己都不会存在。三天不喝水，人一般就会死亡。我们呼吸的氧气并不是一直像现在这样，在地球的大气层中有如此大的占比：它由绿色植物产生并且还在继续产生，所以如果我们消灭了所有的植物，我们也就完蛋了。若是地球的温度升得更高，我们的星球将变得不适宜居住，也许不是所有的生命都无法居住——少数深海生物肯定能继续存活，除非海洋烧干见底——但我们肯定居住不了。

　　从这个意义上说，保护一个类似于我们所拥有的环境是文学存在的先决条件。除非我们能保护好这样的环境，否则你们的写作、我的写作和其他人的写作都将变得毫无意义，因为能活着读读书的人一个都不剩。

　　科幻小说里反复出现的一大主题是发现曾经有生命居住的星球，但这些星球已经变得面目全非，曾经居住在那里的智慧生命业已灭绝。通常情况下，这类故事中的太空探险家会发现一个时间胶囊或者一份记录，讲述了消失的文明的故事，而太空旅行者——多么方便省事！——毫无例外总能解读出来。这种形式的故事——至少在西方传统中——最初可能起源于柏拉图讲述的亚特兰蒂斯失落的文明的寓言，亚特兰蒂斯文明非常先进，但由于众神或自然界的一个举动而遭遇灭顶之灾。古代"失落的文明"的故事后来得以持续加薪助燃，因为到了十九世纪，许多真正的失落的文明被相继发现——从中美洲处于藤蔓覆盖之下的玛雅遗址，到曾经只在神话中听闻的城市特洛伊，再到太平洋上神秘的复活节岛以及岛上谜一般的巨石雕像。

　　我们本身会不会很快成为一个失落的文明？我们自己的图书和故事最终会不会成为未来某个考古学家或太空探险家发现的时间胶囊？看看摆在我们面前的条条道路——我说的是条条道路而不是道路，因为未来不是那么一个特定的未来，而是无限个可能的未来——很难不沉浸到这一幻想之中。我们是否都应该把我们的小说装进内衬铅皮的盒子里，然后埋到后院挖好的坑里？我们考虑得真够周到的，这样未来从外太空而来的探险家就有东西可挖了。我们在遗嘱中要求把我们最喜欢的一些日常用品放进我们的棺材里，那也将是很周全的考虑。我自己希望下葬时能带上一些二十一纪的人工制品——也许是我的烤面包机，或者我的笔记本电脑——给那些未来的太空探索者提供点素材便于他们撰写学术论文。也许他们会认为，我们工业和技术时代的这些产品是一种奇怪宗教的崇拜对象。在某种意义上也确实如此。

让我们抛开这些有关我们自己的文明可能消亡的沉重思考，看往另一个方向——过去。为什么我们会有"文学"这样的事物？它从何处来，曾派上过什么用场，如今是否依然发挥着同样的作用？这些问题与"环境"有什么关系？文学难道不是我们称之为"艺术"那个类别中的一分子，而"环境"是我们称之为"自然"的另一类别中的一分子吗？这两种类别划分难道不是截然相反吗？艺术在这里，是人造的，具有象征性，而自然在那里，是一堆原材料，仅仅在我们能拿它制造出东西的时候方才有用——无论是烧制砖头、造卡车和建房子，还是绘画、写书和拍电影。

可是我不认为艺术和自然有这么大的区别。我的假设是，艺术起初与自然交织在一起，一开始就源于自然；尤其是文学艺术，对于我们作为一个物种的生存曾经有过重要帮助。我想从两方面来思考这件事：一方面是讲故事，无论是口头的还是书面的故事，另一方面是作为记录和传播故事方法的写作本身。

首先是讲故事，或者说叙事行为。请随我一起穿越时空回到过去——回到有城市之前，有村庄之前，有农业之前。

语言和象征性思维——二者都是讲故事所需的——可谓古老。我们近来得知，尼安德特人毫无疑问有语言，就像他们很可能有葬礼、音乐和身体装饰一样。我们还得知，我们本身同样具有他们的部分遗传物质——这与早先的观点相反，当时认为尼安德特人与我们有所区分，属于不同的种属，我们一出现，他们就灭绝了。但如果他们和我们可以杂交，产生携带双方基因并且有生育能力的后代，那么我们实际上是同一种属的子集。因此，在尼安德特人作为一个子集分裂出来之前，我们共同的祖先必然已经有了语言和象征性思维或者使之成为可能的模式。

这样一来，语言和象征性思维就非常非常古老了。个体发育重复系统发育，生物学真言如是说——个体的发展重演了种属的发展历史，照生物学所说，这就是为什么我们在胚胎生活的早期阶段有鳃和尾巴。撇开鳃和尾巴不谈——不管胚胎还可能做其他什么事，它们可不会创造艺术——想一想五岁以下儿童的行为：只要周围有跟他们说话的人，他们便毫不费力地学习语言；他们唱歌跳舞；他们画生动直观的图画，他们极早就能听懂故事并且讲故事。换句话说，他们做了艺术家做的一切，唯一的不同在于他们中的大多数人在成年后不会以此为职业而继续从事这些活动，尽管几乎所有人都依然会在某种程度上参与音乐、视觉艺术和讲故事。我们所知的每一个宗教都包含这些元素。艺术不是与我们有所区隔的身外物，可以随意上手和丢弃；它们似乎是与生俱来的。你可以说，我们与之密切相关。正如其他人所评述的，艺术并非自然的对立面；对于人类而言，艺术就是我们的天性。它与我们特有的存在交织在一起。

但为什么呢？许多其他的生物在没有艺术的情况下照样过得非常好。就我们所知，马群中没有史诗、流行歌星或绘画。那些猜测人类艺术具有遗传成分的人认为它是一种进化适应性，历经我们在更新世[1]度过的漫长岁月，在狩猎和采集文化中得以选择和发展。在那个时代，它肯定是生存的一种辅助手段，否则它就在我们进化过程中给弃绝了。你可以看到，创造或传播叙事的能力——用语言来讲述故事——会给任何拥有这种能力的群体带来巨大的优势。年长的成员不仅可以向年轻的成员讲述灾难的故事——鳄鱼是怎么把乔治叔叔给吃了，还可以讲述成功的故事——阿诺德表哥是如何猎杀羚羊的，这样一来，每一代的年轻人都不必从头开始学习这些东西。哪些植物可以食用，哪些植物有毒——这是不可或缺的知识，那些没有老师教的人则活不了太久。

在一个鳄鱼遍地的环境中，听取如何避免被鳄鱼吃掉的二手信息非常有用，我现在还可以告诉你们其中的一个秘密——别人告诉我的——万一你们有需要可以用上：鳄鱼可以在短距离内爬得极快，但它们无法快速转弯。因此，逃命时不要跑直线，要选择之字形。

---

[1] 地质年代第四纪的第一阶段，距今约180万年至1万年，该世的生物面貌更新，已有95%以上的生物与现代无异，故名。

也不要在美洲狮的地盘上慢跑。它们可能会误把你当成猎物。我刚告诉你的是一个事实，你很可能随即就忘诸脑后，因为你眼下并不需要：这个会场里没有美洲狮。可要是我给你讲个故事，说一个名叫安的年轻女子，有天在不列颠哥伦比亚省骑自行车时，一只美洲狮从她背后扑来，如果我形容它如何狠狠咬住她的肩膀，她又如何想方设法把它打下去，她的朋友简——也骑着自行车——是怎么转过身来，看见这场打斗，赶紧骑回来，猛揍美洲狮的鼻子，才使得它松了口——你们看，我还是喜欢美好的结局——要是我又加入美洲狮呼出的热气和它绿幽幽的眼睛，安的血泪汩汩流出来，还有简的恐惧；更好一点的话，我装扮成美洲狮，另外两个人扮演安和简，我们把这一切都表演出来，或许还辅以一些乐器、唱歌和跳舞——那么你就更不可能忘记了。实际上，大脑科学家告诉我们，比起死记硬背纯粹的信息，人们通过故事能更好地吸收内容。故事能迅速创造神经通路——它们"铭刻"在我们心头。这大概就是那么多人认为故事很重要的原因所在，例如学校里教给我们的孩子什么样的故事，或者你可以讲什么样的故事来形容一个真实的人而不必面临诽谤诉讼。

曾有一度，我们的叙事能力成为必备技能是我们的环境使然，这环绕在周围、除我们之外的一切，庞然而又苛求，错综复杂，往往那么冷酷无情，却也是我们生命的源泉。在那个时代，故事和故事主体之间的空间几乎是不存在的。没有书，没有舒适的扶手椅让你可以安然蜷缩在里面阅读关于战争、谋杀和夜里会来把你吃掉的怪物的故事。故事是在——比如说吧——一个小小的光圈里讲的，也许暂时还算安全，但只是暂时而已。故事中的危险同样也存在于这个世界，就在你身边：就在光圈之外，就在洞口之外。

这样的故事威力十足。难怪这些故事开始讲到了内在的保护——比方说，某些超自然的存在，如果妥善相待、予以尊重，它们可能回报你一次顺风顺水的狩猎，或者至少不会吃掉你。我甚至不应该说"超自然"，这意味着这种存在是脱离自然的。不：最开始他们在很大程度上在自然之中，是自然的一部分。环境中的每一个存在——即便是岩石和树木——都可能被视为具有我们如今所说的灵魂，而每一个灵魂如果受到虐待，都可能与你反目成仇，引发足以致命的厄运。有一种理论认为，最早的故事形态讲述的是游走在当前这一现实——讲故事的人和听众都存在其中的此时此地的现实——和另一个领域之间的故事，另外这个领域可能是过去或者祖先的世界或者死者的世界。那些进行这类游走之人曾被称作"萨满"，他们的任务是进入恍惚状态，让灵魂从这个世界前往另一个世界，在那里与其他灵魂——祖先的灵魂、动物的灵魂、植物的灵魂、守护神的灵魂——进行交流，而后把对于群体有用的知识或力量给带回来。我们听说这种游走之旅通常在所需之时进行——例如在面临饥荒威胁或发生瘟疫之际。这就是故事的功用：向我们讲述我们的选择，讲述我们可能采取的行动。

我们知道有许多文明都曾包含这类主题的变体，也保留了关于如何正确对待自然实体以求它们赐予你成功的教诲。在一个恢复了传统狩猎方式的格陵兰部落，对待独角鲸的正确方式是让第一批独角鲸安然通过，不可宰杀太多。如果你不尊重这一习俗，独角鲸对你轻侮它们的行为感到愤恨，就不会再来了。

这样的故事我们讲了很久，然后才开始把它们写下来，而后又开始在纸上创作其他故事——新的故事，我们当作"原创"的故事。可以说，我们越是深入参与以固定形式保存和生成故事的技术，就越是远离了最初产生故事的环境。

然而，即便那些记录故事的技术也是从自然中产生的。在我们能够书写之前，我们必须要有字母——符号系统，这些符号可能意味着可以串联成词的声音，或者本身就是词，或者代表物体。许多文字来自于图像——譬如古埃及文、中文。有人会说，所有的文字——甚至是英语的字母表——都基于自然界中的形状。

尽管我们在儿童时期似乎轻轻松松就掌握了口语，但对于阅读和写作却并非如此。这两样能力都需要大量的学习：就像弹钢琴一样，它们和我们已经拥有的能力密切相关，但它们本身并不是"天生就有"，必须通过练习才能获得。那些研究大脑的人现在似乎认为，阅读所基于的神经程序和用于追踪的——从动物追踪的意义上来说——是同一个神经程序。有经验的追踪者可以像阅读一则故事一样读懂一只动物留下的痕迹，解读出围绕着一组角色所发生的一系列事件和行为。这些足印和痕迹讲述了狐狸慢步行走、狐狸匍匐等待、兔子死亡的故事。

有一个奇怪但颇具启发性的事实：阅读和写作在大脑中并不位于相同部位，你可能患有一种罕见的中风，让你还能够写作，却使得你无法阅读你自己刚刚写下的内容。如果阅读基于用于追踪的神经程序，那么写作基于什么呢？许多动物使用视觉信号和标记来相互交流。会不会是类似的东西呢？我不知道。不过最近的发现表明，写作的根基可追溯到比人们原本以为的要久远得多的过去。

然而，在我们发展出我们称之为写作的工具之前，我们已经讲了很长时间的故事，而等我们真的发展出写作，在我们所知道的每一个例子中，它最初并不用于诗歌和叙事——人们不管怎么着都在吟诗和叙事——而是用于记录原料物品的增殖和交易。换言之，写作用于会计工作。随着农业成为粮食生产的主要方式，人口增加，等级制度发展，这一工具变得几乎不可或缺。它很快就被用来写下法律——例如古代巴比伦的汉谟拉比法典。在中国古代的"甲骨文"中，文字契刻在龟甲或兽骨上，用于占卜，或者对未来进行巫术般的预测。

这两种功用——记录和巫术——仍然存在于写作行为中。相较于默记下来再经由口头传播，写下来的东西在某种程度上将其冻结了：使之在时间中保持静止。你会认为这种书写和冻结也会限制所记录的内容的意涵——我想，这在法律体系中倒是好事。但它也创造了一个趋于含糊的文本——可以有许多解释、许多"解读"。在几乎没有人能够阅读的时代，书写在卷轴或石板上的文字，以及阅读文字的能力——将其转化还原为声音并解释个中含义，都深得尊重，也备受敬畏，那些具备这种能力的人拥有相当的权威，有时被认为拥有超自然的力量，甚至是一种恶魔般的力量。作家们依然可以被认为拥有这些力量，尽管威力已经大不如前。焚书事件反映了这种尊重和恐惧：没有人会觉得有必要烧掉一本无伤大雅的书。

亲爱的作家同行们，这就是我们从遥远的过去继承下来的——与生俱来的讲述故事和理解故事的能力，这源于我们与严苛的自然环境之间的互动；使我们能够阅读和写作的神经程序，同样也源于环境。我们扎根于大自然之中生活的时代——从一代人的角度来说——距离我们根本不遥远。而今我们在这里——这个会场里的每一个人,以及这个星球上的大多数人——处于一个愈发人为的环境中,我们没有把动物当作具有灵魂的伙伴,而是当作机器。如果没有我们自己制造的大量技术,几乎所有发生在我们身上的事情以及我们做的几乎所有事情——包括这一场极其依赖电力的盛会——就压根不会存在。可这些技术供应电力以及由此供应食物和水的能力并没有跟上我们快速现代化和人口激增的步伐。

更糟糕的是,正是这些极其高效的技术——为开发自然而开创的技术——现在正在耗尽我们所依赖的更大的生物世界的资源。

我们应该怎么办?我们不可能退回到技术诞生之前的时代,生活在未经整治的自然之中。没有衣服,没有切割工具,没有火,不出几日我们就一败涂地。

对于我们日益绝望的处境,我们的作家可以讲述什么样的故事?什么样的故事对于我们作为其中一分子的人类社会可能会有帮助?

我无法告诉你们,因为我不知道。但我知道只要我们还有希望——我们确实仍有希望——我们就会讲故事,而且如果我们有时间、有素材,我们就会把它们记录下来;因为讲述故事、愿意倾听故事、传播故事并从中引申出意义,这些都是我们作为人类固有的特质。至于"环境"以及我们之前提到的对于环境的所有威胁,我们作家会着手处理这个问题吗?倘若着手,要如何处理呢?通过好为人师的道德说教式的告诫,还是通过表现我们所做选择的具有代表性的叙事,还是仅仅作为一个关注点更为传统的故事的背景?

有一股潮流趋势已经兴起:我们一直都很喜欢讲述在极端条件下生存的故事,而随着极端条件的步步逼近,我们变得越发喜欢那些故事。还有灾难故事,个中灾难不是战争或吸血鬼或火星人的侵袭,而是干旱和洪水之类的。基调更积极些的话,关于人们调整适应或者尝试着不要那么浪费地生活的故事。

尽管我们或许不会直接或刻意地去处理这些主题。也许我们会认为我们是在讲述一个关于爱情或者战争或者变老的故事——关于我们古老而永恒的主题，人类的欲望和恐惧。但我们会把"环境"编排到故事之中，无论我们是有意为之还是无心之举，因为讲故事的人总是隶属于他们的世界——包括物质世界和人际社会——他们的故事已经随着世界的变化而变化，而我们自己的世界也正在迅速变化。

因此，我们的故事将无可避免地反映这些变化；偶尔我们可能进入现代版的萨满的恍惚状态，灵魂游移前往另一片疆域，从冥界带回来点东西。那不会是一本说明书——没有这回事。也许它会是一个可以保护我们的护身符，哪怕只是小小一个。也许它会是一份列出危险的清单。也许它会是一个魔法，可以改变我们的看法。也许我们会再次与动物交谈，接受植物的指导。谁知道我们的隐喻将采用什么形式呢？

艾丽丝·门罗

（2010）

在艾丽丝·门罗的出生地安大略省温厄姆社区中心，有一座硕大的纪念她的公共雕像，展示的是青铜铸造的年轻女孩趴在青铜材质的草坪上阅读一本青铜制成的书。"这真是相当不错，"正打量着雕像的两个并不年轻，也非青铜材质的女人评论道，其中一个偏巧是艾丽丝·门罗，另一个是我自己，"非常像样。"她们的语气就像两个女人在细细察看——打个比方——窗帘布料：小心掂量，暗自评估，不动声色。

这座雕像所在的小镇曾经给艾丽丝·门罗寄去她生平收到的第一封用词恶毒的诋毁信件。"那封诋毁信怎么回事？"我问。

"人们觉得我把他们写进了书里。"她说。

"你真写了吗？"

她瞪了我一眼。"人们总那么觉得。"

那怎么会变成这样——青铜雕像？（花费好一笔钱，门罗自己的角色嘀嘀咕咕。毫无用处！）以及艾丽丝·门罗文学花园？还有可以通过镇上的博物馆来安排的"艾丽丝·门罗的温厄姆"导览？还有在《纽约客》上发表的短篇小说以及精装本和平装本的诸多作品，乃至各种奖项——其中包括三次总督奖和两次吉勒奖。如今她的全套作品又获得了布克国际文学奖！一开始谁能想到艾丽丝会有"一套作品"呢？

这经历了漫长的过程。艾丽丝·门罗在大萧条时期（二十世纪三十年代）和战争时期（二十世纪四十年代）成长于安大略省西南部，那不是加拿大艺术繁荣的年代。她最初是通过当时为数不多的鼓励文艺创作的一个

141

渠道来打磨她的非凡天赋：加拿大广播公司的《文选》。这档节目鼓励诗歌和短篇小说——而非长篇小说，并且教你关注口语的价值和力量。人们都怎么说话的，这很重要，而不仅仅是他们居心叵测说出的话；他们都怎么穿戴以及他们为此感到多么窘迫，而不仅仅是他们都遮遮掩掩地做了什么。就像威廉·特雷弗笔下的人物一样——艾丽丝·门罗欣赏他着实不足为奇——她塑造的人物囿于贫瘠一隅，日子过得非常紧张，在他们所处的那个时代，得用在旁人看来可能是极其微薄的物资来耕耘才能有所收获。

然而，这贫瘠的一隅无法维系：现实微光闪烁，观念渐渐瓦解。不安感占据了门罗的短篇小说；心神不宁的时刻比比皆是，行走于悬崖边那种眩晕、恶心的感觉随处可见。书中人物面临着他们自己表里不一的动机：你重视艺术创作，对于自己这样做却又嗤之以鼻。你逃离家乡的束缚，想让真正的自我成长起来，却发现你已经把那个自我抛在身后。你扎根于你"真实牢靠的"地方，却被它压倒，遭到阻挡。你记得过去的每一个细节，每一出暴力事件、虐待和世仇，与此同时又看着曾经切肤入骨的风景在时间作用下转化成为了远方，变得不咸不淡。不过这种转变可能会反过来：岁月如旧墙纸一般剥落，显露出底下鲜明而又令人心惊的图案。

艾丽丝·门罗经常被比作契诃夫，但或许她更像塞尚。你画一个苹果，再重新画一遍，直到这一全然熟悉的物体变得陌生、鲜艳而神秘莫测；可它仍然只是一个苹果。别忘了，她不是有几分神秘主义者的气息吗？乔治·赫伯特说："于细微处见汝伟大之道，无一物眇乎小哉。"艾丽丝·门罗也是如此。

（"哦，拜托，"艾丽丝发话了，"你省省吧！赫伯特说的是上帝！这一天下来那座雕像还不够我们受的吗？对了，你确定它是青铜材质吗？"）

《礼物》
序言
（2012）

礼物从一个人手上传到另一个人手上：它们借由这样的传递而经久不衰，因为每一次礼物的送出都会在赠送者和接受者身上激发新的精神气息，从而为其本身注入活力并焕发新生。

刘易斯·海德对于赠送礼物及其与艺术的关系的经典研究也同样如此。《礼物》一书从未绝版过。由于口口相传，加之赠予相授，它如地下水一般在各类艺术家当中流动。这是我向胸怀大志的作家、画家和音乐家力荐的一本书，因为它不是一本教你怎样做的入门指南——那样的书多了去——而是一本讲述艺术家所做工作的核心本质、探讨艺术家的实践活动同我们这个商业压倒一切的社会之间关系的书。如果你有志于写作、绘画、唱歌、作曲、表演或者制作电影，那就阅读《礼物》吧，它有助于你保持清醒。

我估计刘易斯·海德在写这本书的时候未必知道他正在创作如此重要的一部作品。也许他觉得自己不过是在探索他感兴趣的一个主题——简短说来，为什么在我们的社会中诗人鲜见能有财运亨通的——通过这场探索他发现了许多支流，为此乐在其中，却浑然不觉他不经意间挖到了一处源泉。他原先的编辑问起预设的读者是什么人，那时他其实无法明确描述，凑合着答曰"诗人"。按照他在二〇〇六年版的序言中所说，"那不是大多数编辑想听到的。许多人更青睐'打探死者消息的狗主人'。"正如他随后告诉我们的："令人高兴的实际情况是，《礼物》已经成功找到了诗人群体之外的读者。"想想读者数量之庞大，这说法实在太低调了。

我第一次遇见刘易斯·海德，第一次读到《礼物》是在一九八四年夏天。我当时还在写《使女的故事》，这本书是春天时在西柏林开始动笔的，当年的西柏林既是围困之下的城市又是充分展现消费者的样板窗口，步入歧途的社群主义和放纵无度的金钱崇拜之间的世纪冲突在那里最为明显。不过眼下到了七月，我在华盛顿州的汤森港，参加一个为作家开设的暑期学校，那时候诸如此类的学校简直如雨后春笋。在那个僻静的地方，一切都充满田园气息。

刘易斯·海德也在暑期学校授课。这位爱好收集鳞翅目昆虫的年轻诗人友善温和，他羞涩地送给我一本《礼物》。他在扉页写道："送给玛格丽特。她惠及吾辈良多。"我喜欢这其中的模糊不明和多重含义——"良多"可以包括任何东西，从我希望他记在心头的诗歌和小说，到"疱疹病例"和"鸡皮疙瘩"，一切皆有可能——因为礼物这个词义本身就模棱两可而且可以作多种解释。想想"送礼也怕希腊人"——这句谚语指的是带来屠城厄运的特洛伊木马，想想送给白雪公主的毒苹果，更不用说给亚当的另外那个苹果，还有把美狄亚的情敌烧成灰烬的婚庆礼物。礼物需要两只手方能成就的这一特质在某种程度上是刘易斯·海德这本书的主题。

《礼物》首次出版于一九八三年，当时它的副标题是"创造力与财产的欲念生活"。我手头这本 Vintage 出品的平装本封面是一幅震颤派[1]的绘画，画的是一篮苹果——海德做了个注来解释这一选择：

> 震颤派相信他们领受的艺术是来自圣灵世界的礼物。努力去逐渐领受歌曲、舞蹈、绘画等等的人据说是在"为礼物而劳作"，他们创作的作品又作为礼物在社群内流通。震颤派艺术家被称为"器皿"；他们的名字我们只知道寥寥几个，因为一般来说，除了教会的长老之外，不允许任何人知道他们。

这个注释后面有一行版权说明，鉴于《一篮苹果》的来源，这说明颇

---

[1] 美国基督教新教一个派别，因其教徒在宗教仪式中浑身颤动得名。

具讽刺意味:"《一篮苹果》系承蒙震颤派社区公司许可而翻印。"因此,送礼者的社区现在已经组成了公司,其礼物已经被如今从四面八方把我们包围的商品市场给转化为了财产。海德提出的一个问题是,一件艺术作品是否因它受到对待的方式——作为礼物相赠还是作为商品出售——而发生改变。就《一篮苹果》而言,我认为没有:承蒙一词意味着没有金钱易手。其实可以交易,然而按照震颤派的教规,这样的事情绝无可能发生。海德的观点言之有理。

这幅画本身相当发人深省。篮子里的苹果并非写实绘画的风格。篮子透明得好像是玻璃做的,苹果在篮子里飘然悬空,仿佛飘浮着一般。它们不是红苹果,而是金灿灿的苹果,如果你紧盯着细看,它们就从平面图案变成了立体设计,里面有像是熔化的金箔一样的东西在闪闪发光。由此这幅画呈现了一个礼物——发光的能量——包含在一个礼物,即那些苹果之中,而那些苹果又包含在另一个礼物,即整个篮子当中。每个苹果很可能代表一名震颤派教徒,因内在的礼物而感到温暖、熠熠生辉,但并不因此就在社区中鹤立鸡群,因为所有的苹果都是同样大小。照我的猜测,把它们装在一起的容器——那个透明的篮子——对这幅画最初的观赏者而言,意味着神的恩典。海德对于封面的选择很是用心。

原先的封面图片和所附注释历经多次再版的更新迭代已经不复存在了。《礼物》近年来的版本封面图片各不相同,因此注释也没有了。然而,《一篮苹果》和这幅画附带的注释共同概括了海德提出的那些重大问题。何为"艺术"的本质?艺术作品是具有货币价值、可以像土豆一样买卖的商品,还是没有实际价格可确定、有待自由交换的礼物?

如果艺术作品是礼物,而不是别的,那么它们的创造者怎么在物质世界中生活呢?要知道在这物质世界,他们迟早都需要食物充饥。他们是否应该依靠公众所制造的作为回馈的礼物——相当于放在禅宗僧侣乞讨钵盂里的礼物——来维持生存?他们是否应该生活在由志同道合的人组成的准震颤派社区,想来创意写作系可能是世俗版的这种社区?目前的版权法就这一问题做了尝试。

一部作品或者其改编版本若在市场上交易,创作者有权决定谁可以复制该作品,也有权获得部分收益所得,而且这一权利可以继承。但这一权利会在创作者死亡后的若干年内结束。此后,作品转入创作的公共领域,所有人都可以免费使用,自由发挥。因此才有了《傲慢与偏见与僵尸》以及长着小胡子的蒙娜丽莎明信片。礼物受到的对待未必总是能尊重其原本的心性。

面对这一问题和许多其他问题,海德的解决之道可谓兼容并包,糅合了经济学理论、研究部落的人类学著作、有关善用礼物和误用礼物的民间故事、礼仪指南中的一些片段、关于古老的葬礼仪式的记载、用于推广诸如儿童内衣等产品的营销策略、器官捐赠的做法、宗教仪式、高利贷的历史、亨利·福特在决定是否召回存在潜在致命缺陷的车型时所作的成本效益分析等等,不一而足。

然后海德进一步摆出两位作家的案例研究,他们都针对艺术和金钱之间的难题进行了深入思考:沃尔特·惠特曼豪爽至极,甚至不惜冒险抹除自我和天地万物之间的界限——你能奉献出多少自己而不消散为泡影?还有埃兹拉·庞德,他对于金钱会对艺术家产生的不公和扭曲影响耿耿于怀,竟支持起意大利法西斯,因为他们似乎相信了他的一些古怪理论:金钱应该是什么,如何让金钱生长——如果全然长在树上,那至少也是像树一样生长。这一章叫作"埃兹拉·庞德和植物金钱论",是我迄今读过的为数不多能把庞德大概是如何形成伤天害理的反犹主义观念这件事解释清楚的文章之一。文中写到艾伦·金斯堡在庞德生命的最后时刻慨然去看望他,有关这场颇具救赎色彩的拜访的记述极其感人,也再次展现了海德的理论在实践中的情形。

《礼物》首次出版于三十多年前,当时个人电脑尚处于起步阶段,没有电子阅读器或电子书,也没有互联网上的社交媒体。如今所有这一切都成为了现实,海德对于送礼与围绕送礼形成的社区的创造乃至强化这两者之间的关系所进行的研究显得比以往任何时候都更有意义。

许多人为社交网站的货币化绞尽脑汁——这些东西如何付费,它们又该怎么赚钱?让他们挠破头皮的还有互联网要求所有东西不管怎么着都得"免费"的趋势,尽管必须付工资给提拉电子牵线、使无形的电子物件或现或隐的那些从业者。但正如海德所阐述的，礼物交换要求有来有往，靠互惠维持；因此，一个转发应得到另一个转发，与人分享自己所热衷的事物可以了解到他人所热衷的事物，那些无偿提供建议的人可能期待着在需要时能无偿得到建议。不过礼物创造了联结，也带来了责任，不是每个人都想要这些责任，也不是每个人都对此予以理解。事实上，不存在完全免费的午餐。

如果你没有付钱就从互联网上提取了一首歌或者一部电影——如果像我们说的那样，你从中有所收获——如果你将其当作礼物，就其本质而言它具有精神价值但不具货币价值，那么对于它的创造者——通过他这一器皿，它才得以来到你的手中——你欠他什么呢？用一句感谢来表达的感激之情？你的认真关注？本该存到爱心小费罐里请陌生人喝杯拿铁的钱？

答案绝不会是"零"。在这些问题上已经洒下了大量的数字墨水，其中版权战占据了中心位置。当然解决办法之一是对新的电子听众进行教育，使其了解礼物的路数。当赠送者行使他或她的选择时，礼物确实是礼物；如果违背所有者的意愿或是在他或她不知情的情况下就拿走某样东西，那叫"偷窃"。不过这一界限可能模糊不清：正如海德指出的那样，在古希腊神话世界，信使之神赫尔墨斯可没有尸位素餐，他掌管所有类型的运行：买卖、旅行、通信、诡计、谎言和笑话，打开门洞，泄密和偷窃——网络尤其擅长这些。但赫尔墨斯并没有就一个事物以何种方式改变位置去设定任何道德价值：他只是为这种变化提供方便。无论那些使用信息高速公路和旁道的人知道与否，司掌互联网的主神正是赫尔墨斯。

我与之交流过的每一位《礼物》的读者都从中获得了新的见解，这些见解不仅仅针对他或她的艺术实践，也有关于日常生活中已经想当然耳、我们都不会怎么去仔细考虑的那些问题。如果有人为你开门，你是否欠人家一句感谢？如果你想巩固自我的认同，还应该和家人一起过圣诞节吗？如果你妹妹请求你捐一个肾脏给她，你是一口答应说你会给的，还是向她收取几千美元？你为什么不应该接受黑手党的礼物，要是不想眼睁睁看着自己受到从事犯罪行为的胁迫的话？假如你从政，那么说客送的那箱酒怎么办？钻石是女孩最好的朋友吗，还是情愿选择你永远都无法将其变现的往手上那么深情一吻？

有一点可以保证：你读完《礼物》后不会无动于衷。这标志着它本身就是礼物；因为礼物改变了灵魂，那是一般的商品无法做到的。

《提堂》

（2012）

哦，那些都铎王朝的人！我们对他们简直永不餍足。所有书架都让他们给填满了，海量电影专拍他们的荒唐事。他们的表现是何等恶劣。种种密谋和背叛是多么不择手段。我们对那些关押囚禁、严刑拷打、剖肚掏肠和在火刑柱上烧死的事情怎么都不会感到厌倦吗？

菲莉帕·格雷戈里妙笔生花写活了博林家族的姑娘们：没名分的情妇玛丽和不安生的作精安妮。还有电视剧《都铎王朝》，剧中对于教会的地缘政治处理得很是成功，尽管有些内衣弄错了时代，而且亨利八世成了一个阴郁、忧思、怎么也不发福的浪漫主义者。这有点夸张了，但这样一来所呈现的香艳场面远比现实生活中他呼哧呼哧喘气、哼哼唧唧而且满床单都是他腐烂的腿渗出的液体的那副情形要来得好看。

我对都铎王朝毫无招架之力，所以我当初几乎是一口气读完了希拉里·曼特尔荣获布克奖的佳作《狼厅》——她关于老谋深算、冷酷无情的托马斯·克伦威尔系列小说中的第一部。现在又有了这本名副其实的《提堂》，它接续了《狼厅》结尾打住的部分。

开篇时正值夏日。亨利和他的一众侍臣住在狼厅，那是西摩家，亨利的小眼睛就是在那里盯上了拘谨、寡言少语的小简，而她注定要成为他的下一任王后。托马斯·克伦威尔在放飞他的猎鹰，它们以他死去的女儿们的名字命名。"他的孩子们正从天而降，"曼特尔在开头写道，"他坐在马背上看着她们，身后是绵延的英格兰国土；她们张开金色的翅膀，瞪着充血的眼睛，俯冲而下……整个夏天都是如此，在喧嚣嘈杂中，遭到肢解的猎

149

物皮毛四散。"[1] 我们就此启程，进入托马斯·克伦威尔那深沉、隐秘、如迷宫一般但又不带感情的不可思议的心灵。

历史上的克伦威尔是一个面目模糊的人物，这很可能是曼特尔对他感兴趣的原因：人们真正了解的情况越少，小说家的空间就越大。克伦威尔出身卑微，通过在外打拼——有时当兵，有时经商——一路向上爬，成为英格兰的头号关键人物，众人的身家和性命成也由他、败也由他，他私底下备受憎恨和鄙视，尤其是贵族们的憎恨和鄙视。如果把亨利八世看作专横残暴的统治者的代表，那么克伦威尔扮演的就是其副手的角色：他把脏活儿干了，还去看砍头处决，而亨利则去打猎。

克伦威尔扶持具有改革思想的安妮·博林，站在她一边，直到她愚蠢地认为自己可以摆脱他；然后他和她的敌人联手把她扳倒，我们在《提堂》中看到他以铁腕完成了此事。他相当令人生畏，也极其聪明，博闻强记，对于遭受过的轻视侮慢记性也一样好，他可是睚眦必报。

虽然克伦威尔一向口碑欠佳，但亨利引发的评价则好坏不一。他早期的生活十分美好——文艺复兴时期的王子，爱好运动，会写诗，舞步轻快，是风流时尚的镜子和举止的典范等等——但后来他变得越来越专制、嗜血成性、贪婪，而且可能疯了。查尔斯·狄更斯在他那部奇特的《写给孩子们看的英国史》中对亨利深恶痛绝，称之为"一个让人无法忍受的恶棍，是人性的耻辱，是英格兰历史上的血腥污点"。狄更斯说，亨利到了晚年"全身肿胀，腿上还有一个大洞。看到此刻的他真是让人浑身生厌，难以忍受"。讨论亨利究竟患了什么病，对于二十一世纪的医生来说不失为一种消遣：大家曾经认为他得了梅毒，但现在看来，还是糖尿病胜出。此外，有可能他乘马比武时发生的一场意外也造成了大脑损伤——那场事故导致克伦威尔失去了冷静，因为如果亨利没有继承人就死了，那会发生内战。不管都铎王朝的人还做了什么，他们毕竟给英格兰带来了和平，而和平正是克伦威尔为之履职尽责的目标。在曼特尔看来，克伦威尔之所以操纵策划种种流血事件，追求和平这一点还算是较为值得称道的动机。

---

[1] 本文关于《提堂》的引文均出自刘国枝译本。

和平有赖于一个沉稳持重的国王,就这一方面而言,克伦威尔面对的是棘手的任务。在本书开头,亨利已经开始衰颓,变得臃肿,还流口水;他越发多疑,而金雀花家族正在灌木丛中密谋。对此克伦威尔看得清清楚楚、毫厘不差,因为他感觉到了一切。他是极其自知自觉的叙述者,绝不吝惜给出自己坚定的看法,就像他评价汉斯·荷尔拜因为他画的肖像一样,"他穿着毛皮大衣,手里的一份文件握得很紧,仿佛要将它扼死一般"。他的儿子告诉他,他看起来像个杀人犯,其他肖像画家画出来的效果也类似:"不管从哪儿开始,最终的效果却没有区别;如果他对你怀恨在心,你就不会希望在黑夜里碰到他"。

但他心里也有温柔的角落,并且同样见之于别人身上;他很深沉,而不仅仅是隐秘。通过他,我们体验到了陷入危险的独裁政治是什么样的切身感受,在那种境地下,权力专横,暗探无处不在,说错一句话就可能意味着一命呜呼。或许这是对于我们这个时代的一种反映——民主国家似乎滑落到了遍布地牢的专制权力的虚幻境界。

克伦威尔的主要对手安妮·博林有如小说中通常将她呈现的那样,任性而轻佻,但临死之时,她已经萎缩得"身材弱小,瘦骨嶙峋"。她是不是更值得同情,而不是责备呢?克伦威尔不这么认为。"她看上去并不像英格兰的强大敌人,但外表具有欺骗性……如果她仍然在位,玛丽那孩子可能就会站在这里;当然还有她自己……引颈等待英格兰的粗斧劣刃。"安妮了解权力游戏的规则,但她玩得还不够好,已经败下阵来。就当下而言,克伦威尔赢了。

面目模糊的克伦威尔是一个适合让曼特尔发挥其独到优势的人物。她从来不倾心于讨喜之人,对用心险恶之事也是见多不怪。她从较小的画布——以当今英国为背景的小说起步,一路走到以技艺精湛的《一个更安全的地方》(1992)为代表的宽银幕历史小说,这部作品以法国大革命的主要角色连带大量配角以及他们之间扭曲的相互影响为特色,她在《狼厅》和《提堂》中也依靠同样的才情来呈现个中错综复杂的关系。亨利的宫廷里潜藏着许多人,他们都在追逐名利或者试图避开斧头,帮助读者追踪了解他们的动态是一门独特的技艺。

历史小说有很多易犯的错误，人物众多和合理可信的内衣只是其中两个。小说中人应该如何说话？十六世纪的用语怕是让人无法忍受，但现代俚语也不行；曼特尔选择了标准英语，偶尔再来个黄色笑话，而且大部分时候都用现在时叙述，这使得我们在克伦威尔透过曼特尔展现的密谋进行之时，仿佛就在他身边。要给出多少细节——衣服、室内陈设、器具，足以让读者想象当时的场景，凸显华美的织物和丰饶的质地，让他们宛如身临其境，又不至于连篇累牍、拖慢了故事节奏？曼特尔一般都会回答类似在谋杀案的庭审报告或皇家婚礼的报道中令读者感兴趣的那些问题。衣服什么样？她看起来如何？谁当真和谁上床了？曼特尔有时分享得太多了，但文学创作并没有辜负她：她技法之娴熟，言语之精妙，一如往昔。

我们阅读历史小说，和我们反复看《哈姆雷特》基于同样的原因：不在于什么样的人或事，而在于怎么会这样。虽然我们知道故事情节，但人物本身并不了解。曼特尔把克伦威尔留在一个看似安全的时刻：除了安妮，还有四个居心不良的敌人都刚被斩首，而且更多的敌手早已弓折刀尽、无心无力。英格兰将迎来和平，尽管那是"狐狸跑回家后的鸡舍的太平"。但实际上克伦威尔如履薄冰，他的敌人在台下聚集在一起嘀嘀咕咕。这本书的结尾一如开头，都具有沾满鲜血的羽毛的意象。

不过结局并非结束。"不存在所谓结局，"曼特尔说，"如果你认为有结局，就是误解了它们的本质。它们全都是开端。这里就是一个。"这句话把我们引向三部曲的最后一部，引向亨利的下一批妻子和克伦威尔的下一组权谋。要想"挖开"克伦威尔这个"滋润而富态，在层层保护下让人难以接近"的谜团，需要做多少艰苦复杂的前期准备工作？读者啊，请拭目以待。

雷切尔·卡森周年纪念
（2012）

我二〇〇九年出版的小说《洪水之年》把故事设定在永不落空的一方恒产——不久的将来。在这部小说中，雷切尔·卡森是一个圣人。

当然，许多人早已视她为圣人，但在我这本书里予以她的是正式的认定。上帝的园丁——一支既尊崇自然又尊崇经文的狂热教派里的成员——需要一些圣人。众园丁会因其对神圣自然世界的奉献而选认他们为圣，他们的圣人事迹范围很广，可以像写《献给小鼠》的圣罗伯特·彭斯那样创作与动物为善的诗歌，也可以像保护大猩猩的圣戴安·弗西那样拯救一个物种。

不过我的第一选择是雷切尔·卡森。她完全值得美化，这下她也得到了：在上帝园丁的圣徒传记中，她是众鸟的圣雷切尔。

今年恰逢雷切尔·卡森的重要著作《寂静的春天》出版五十周年，在许多人心目中，这本书可谓二十世纪最重要的有关环境保护的书籍。该书的主题是人类因大量使用二十世纪新发明制造的旨在控制害虫和疾病的化学品而对生物圈造成了毒害。雷切尔·卡森当时已经是美国国内最受尊敬的自然作家，也是这一领域的先驱。她懂得如何以普通读者能够理解的方式向他们讲解科学；她也明白，如果你不爱一样东西，你就不会去拯救它，她写下的每一字每一句无不流露出她对自然界的爱。对于《寂静的春天》——她已经知道这将是她最后一次与风车搏斗——她将她所有的修辞武器一一擦亮，又综合了广泛的研究。她能够将简单而又充满戏剧张力的陈述与一系列强有力的支撑数据结合起来，并形成对于具体行动的呼吁。这本书影响极大，许多团体、法律法规和政府机构都受其启发而产生，书中的主要见解至今依然十分重要。

这本书也遭到了猛烈的抵制，力量主要来自各大化学公司和受雇于它们的科学家。他们多次试图破坏卡森的科学信誉和她个人的名声：说她是个狂热分子，说她是"抱兔子的人"[1]，说她是危险的反动分子，会把现代社会拖回到害虫害兽遍地、作物毁坏和致命疾病到处可见的新一轮中世纪。然而，《寂静的春天》从未主张彻底禁用杀虫剂：只是提倡谨慎的测试和有根据的使用，这与一直以来推行的造成灾难性后果的极端措施形成了鲜明的对比。

对卡森的个人攻击有许多针对性别而来，是上世纪中叶对于女性的看法——她们心理能力脆弱，她们多愁善感、心肠太软，她们容易"歇斯底里"——所塑造形成的。有一项莫名其妙的指控来自美国前农业部长埃兹拉·塔夫特·本森，他在一封私人信件中写道，卡森尽管颇具魅力，却没有结婚，因此她"很可能是个共产党员"。（这话什么意思？是说共产党人沉溺于自由恋爱，还是说他们摒弃性？）

历经风风雨雨，雷切尔·卡森坚持不懈，以优雅、尊严和勇气对抗百般诋毁。她的勇气何等之大很快就让大家都看到了，因为她罹患癌症，于一九六四年初病逝。《寂静的春天》因此获得了临终遗嘱的加持力量。

《寂静的春天》在全世界引起了轰动，在我们家也同样引起轰动。我父亲是一位昆虫学家，研究造成森林破坏尤其是覆盖加拿大北方大部分地区的针叶林破坏的虫害。在整个二十世纪三十年代，他一直都在从事森林昆虫学家的工作，并且见证了杀虫剂革命的到来。这一开始想必俨然一个奇迹：还没有任何昆虫产生抗药性，最初的结果看起来像是一场彻头彻尾的清除。制造商们大力推动使用化学药水来解决昆虫造成的问题：不仅用于森林昆虫，而且用于各种作物——苹果、棉花、玉米，还用于携带疾病的

---

[1] 环保主义者或动物爱好者的别称。

虫子、恼人的蚊子、路边的野花以及任何匍匐爬行或者只是生长在你不想让它长的地方的东西。喷杀便宜有效，对人类也安全，那你为什么不这样做呢？

公众相信这一宣传论调：这玩意儿对人是安全的，除非你把它给喝了。我们在二十世纪四十年代那段童年时代的一大乐趣就是在得到大人允许的情况下挥舞弗立特枪玩，那是一个装有滴滴涕制剂的喷雾泵，你拿它那么一喷，确实能杀死一切昆虫。我们小孩子一边呼吸着药剂的云雾，一边四处游走刺杀家蝇，还互相喷洒当是嬉戏玩闹。

接下来的十年里，这种用起新型化学品来毫无顾忌的态度相当普遍。二十世纪五十年代末我去当夏令营辅导员时，营地会定期喷雾灭蚊，世界上许多地方的营地乃至整个城镇都是如此。喷完雾剂之后，会出现兔子，它们绕着圈子跑，突然发作抽搐，然后跌倒在地。可能是杀虫剂的缘故吗？当然不是。我们还没有读到关于肝脏损伤和神经系统损伤的研究——这些研究已经在进行中——更不用说癌症了；但卡森在读了。

到了二十世纪五十年代末，我父亲开始反对广泛喷洒。他的理由与《寂静的春天》中详述的一样。首先，那种广泛的全面喷洒不仅杀死了作为目标的昆虫，也杀死了目标昆虫的寄生敌人；不仅昆虫，还有许多其他的生命形态；不仅是这些生命形态，还有依赖它们为食的一切。密集喷洒的结果是一片死寂的森林。

其次，一些昆虫会存活下来，把它们的抗药性基因传递下去，很快你就要碰上整整一代更强壮的子孙，比它们的祖先啃噬得更加厉害，要对付它们得调用更新型、毒性更大的杀虫剂，直到——就像卡森说的那样——化学品会剧毒到完全杀死一切，包括我们。

我父亲喜欢不无悲观地说，昆虫将继承地球，因为不管我们朝它们祭出什么控制手段，它们都会迅速适应。（他还不知道医院里的超级病菌，不知道埃博拉病毒和马尔堡病毒这样能在物种间跳转的微生物，也不知道许多已经卷入我们生活并且得其所哉的侵袭物种。）我父亲常宣称，未来什么都不剩，除了蟑螂和草。还有蚂蚁。也许还有蒲公英。

这对于像我哥哥和十几岁的我那样年轻而又易受影响的头脑而言，不是很令人振奋的精神养料。但话说回来，这也不失为一种支撑力量。因此当《寂静的春天》在一九六二年出版时，我们已经有了心理准备。

可是大多数人并没有准备好。难以想象它所造成的冲击。这就像听到有人跟你说橙汁——当初宣称乃是开启超健康的阳光钥匙——实际上在毒害你一样。

那是一个没那么愤世嫉俗的时代：人们依然信任大公司。香烟品牌仍然是家喻户晓的亲切名字，赞助着诸如杰克·本尼等深受喜爱的广播影视界人物；可口可乐仍然是健康的代名词，戴着白手套的少女们噘着纯洁的小嘴悠悠啜饮。化学公司在人们眼里每天都在方方面面地让全世界的生活变得更美好，平心而论，在某些方面确实如此。穿着白大褂的科学家们被描述成是抗击无知和迷信势力的十字军，在发现的旗帜之下，带领我们阔步前进。每一项现代科学创新都是"进步"或者"发展"，而且进步和发展永远都是可取的，必然向前、向上迈进：质疑这一信念就是质疑善、美和真。

但这时雷切尔·卡森把盖子掀开了。我们是不是都给骗了——不仅是关于杀虫剂，还有关于进步、发展和发现以及所有这一切？

因此，《寂静的春天》最重要的教训之一在于，被贴上进步标签的事物未必就好。还有一个教训是，人与自然之间有所区分的这一感知并非真实：你的身体内部与周围的世界相连，你的身体也自有其生态，进入身体的东西——无论是吃下去的、呼吸进去的、喝下去的还是通过皮肤吸收的——都对你有深刻影响。我们现在已经完全习惯于这样思考了，因此很难想象存在其普遍假设不同于此的时代。但在卡森之前就是不同的。

在那些年里，自然界是"它"，不具人格且无知无觉的一股力量，或者更糟，是充满恶意的力量：大自然张牙舞爪，使出在它掌握之下的所有武器来折磨人类。与残酷的大自然相对的是"我们"，我们有知觉、有智慧，是更高层次的存在，因此我们的任务是像驯服马似的来驯服自然，像征服敌人那样来征服自然，像让女性的胸围或者健美运动员查尔斯·阿特拉斯似的男性二头肌变得发达起来那样去"开发"自然——开发不足是多糟糕的事！既然如此，我们可以利用大自然的资源，这些资源大家都以为取之不尽用之不竭。

这种文明/野蛮的观念来自三股思想源泉的影响。第一种是《圣经》中的统治主义：在《创世记》中，上帝宣称人对动物有统治权，这被一些人理解为可以消灭动物。第二种是受机器隐喻的影响，这种隐喻在时钟发明之后便占据了语言空间，并在十八世纪的启蒙运动中传遍整个西方：宇宙是一部无情的机器，而生命形态也是机器，没有灵魂，没有意识，甚至没有感觉。因此，它们可以被随意虐待，因为它们不会真正疼痛。唯有人类有灵魂，位于他的身体这一机器之中（有些人认为可能是在脑垂体里）。到了二十世纪，科学家们丢掉了灵魂，但保留了机器：在出奇漫长的一段时间里，他们认为，把类似人类情感的任何东西赋予动物是人类中心主义。具有讽刺意味的是，这与现代生物学鼻祖查尔斯·达尔文的观点直接相悖，达尔文一向主张生命相互关联的特质，和任何狗主人、农夫或猎人一样，他非常清楚动物的情感。

第三种思想——也是颇具讽刺意味——来自于社会达尔文主义。由于人类的智力及其独特的人类情感，人类比动物"适应性更强"；因此在生存的斗争中，人类应取得胜利，大自然最终不得不让位于一个完全"人性化"的环境。

但雷切尔·卡森对这种二元论提出了质疑。无论我们多么自以为是，"我们"与"它"并没有质的区别：我们是它的一部分，只能生活在它之中。若不这么想就是自我毁灭：

"控制自然"这个词孕育于妄自尊大的想象，是生物学和哲学还处于原始野蛮时代的产物，在当时看来大自然就应该为人类提供方便而存在。"应用昆虫学"的这些概念和做法在很大程度上始于科学的石器时代。如此原始的这么一门科学却已经给最现代、最可怕的武器武装起来了，而在用这些武器对付昆虫的过程中又危害了整个大地，这是让我们忧心忡忡的大灾难。

人们可以就这个比喻提出小小的反对意见——"石器时代"的人可远比卡森反对的二十世纪那些所谓专家更懂得融入生命构造的完整性之中，但这一结论本身完全站得住脚。如果你拥有的唯一工具是一把锤子，你就会把每个问题都看成是钉子。在书的后面几个部分，卡森探索着其他工具和解决问题的其他方法。如今这个世界正追赶着跟上她的脚步。

这种把自然视为一个整体的观点已经有了一定基础：浪漫主义者挑战了机械模型；在美国，对于苛待自然的担忧最早可以追溯到费尼莫尔·库柏和梭罗；老罗斯福是个早期的保护主义者；塞拉俱乐部[1]成立于一八九二年，到了卡森那个时代已是一个大型的基层组织。

因此，《寂静的春天》之所以成为如此重要的故事，其中一个原因在于与自然有关的活动——尤其是作为爱好的观鸟活动——已经广泛普及。一九三四年出版的罗杰·托瑞·彼得森的《野外指南》极大地推动了观鸟活动。曾一度需要深奥知识的研究活动，这时任何一个兴趣十足的业余爱好者都触手可及了。几十年来，观鸟者一直在察看后院、田野和森林，形成网络，收集数据，并分享他们的发现。

在这些业余的自然学家之中，有不少人注意到了鸟类数量在下降，特别是鹰、隼和鹗等猛禽的数量。这时有了一种解释：滴滴涕在占据统治地位的捕食者的体内积累，因为它们在食物链的顶端进食。对于猛禽来说，滴滴涕使它们的蛋壳变薄，所以新生一代无法孵化。这只是卡森在《寂静的春天》里讲述的故事的其中一部分，但对于这个部分，普通观察者都能加以证实。曾经漫天翱翔于整个美洲大陆的美国鹰在哪里呢？从老鹰开始，很快就跳转到了故事的其余部分：如果一种化学品能灭绝鸟类，那么它对人又有多大好处呢？当前被大量倒入环境中的其他化学品又如何呢？正是卡森的书严肃认真地开启了这场公众辩论，而这场辩论也取得了许多积极的成果。时至今日，了解情况之人无一会主张以二十世纪四十年代和五十年代那种大规模喷洒的方式来使用杀虫剂、除草剂或者任何其他化学制剂。

1　也译作山岳协会、山峦俱乐部和山脉社等，是美国自然保护组织，由著名环保主义者约翰·缪尔于1892年在旧金山创办并担任首任会长。

大家不禁好奇，假如卡森还活着，她接下来会做些什么事。在越南战争期间，当橙剂——剧毒的除草剂——被装进大桶、漂洋过海运送到太平洋另一端去消灭越南丛林时，她会不会警告我们说人类正处于危险的边缘？这些丛林至今仍未恢复，而且对军人和平民的毒害作用现在都为人所知了。不过卡森可能先提醒我们注意更大的一个危险：想象一下橙剂大规模泄露的后果。海里的蓝绿藻死亡将是一场全球性的灾难，因为这种藻类制造了大气中50%到80%的氧气。

那么对于墨西哥湾漏油事件中喷洒分散剂的做法，卡森会说什么呢？无疑是"不要这样做"。许多专家都说了这句话，可当权者还是那么做了。对于迅速融化的北极冰川或者将输油管道穿过大熊雨林[1]推抵太平洋沿岸的计划，她会怎么说呢？

她会看到许多希望的迹象——幸亏有她，人们至少意识到了一些问题。但谁又能将它们悉数跟踪记录呢？我们的高科技文明正在渗漏，而且渗漏到了我们身上。我们越善于发明创造，我们可能呼吸、食用和涂抹到皮肤上的化合物的清单就越长。多氯联苯、含氯氟烃和二噁英已经得以确认并受到了一定程度的控制，但许多有害的化学制品仍然畅行无阻，而且每年都有我们对其知之甚少的新的化学制品加入这一逍遥队伍。

不过只要不栽跟头，大多数人不会花多少时间去担心看不见的毒性。我们是一个短视的物种；在历史中的大部分时刻，我们一直都不得不如此：我们一有机会就把肚皮塞满，就像大多数猎人和觅食者那样。然而，除非我们停止污染我们自己的巢穴——地球，否则我们可能也是一个短暂存在的物种，我父亲关于蟑螂会继承这个星球的悲观预言将成为现实。妖魔化环保主义者——就像过去发生在卡森身上、今天还在持续发生的那样——完全无助于改变这一情况。

在积极进取的前沿阵地，大家的意识已经有所增强。尽管投注于自然相关组织的比重仍然少得可怜，但现在有许多组织全力倾注于回答我们最

---

[1] 位于加拿大不列颠哥伦比亚省西北海岸的大型海岸温带雨林，是地球上为数不多的未被人类侵扰的温带原始森林之一，有时也被称作北半球的亚马孙。

大的问题：我们怎样才能在我们这个星球上生活？像绿色和平组织、世界野生动物基金会和国际鸟盟这样的大型团体依赖于金字塔式结构下的其他组织，从全国性到地方性的都包括在内。多亏了这些组织的成员，我们对地球生命细节的了解远超卡森那个时代的认知。我们知道海流往哪里去，知道森林怎么补充养分，知道海鸟群如何让海洋生物变得丰富。我们知道，尽管自二十世纪四十年代以来我们已经破坏了90%的鱼类资源，但海岸公园的建立使鱼类得以再生。我们知道鸟类在哪里筑巢，知道它们迁徙时必须穿越哪些危险，也知道在我们精心划定的重要鸟区[1]中栖息地的保护有多么重要。

可尽管我们的知识无限广阔，我们的集体政治意愿却并不强大。对于改变——例如我们开展的保护工作——予以支持的能量将不得不来自于基层网络，这也是最常见的来源。

最近因雷切尔·卡森而间接派生的事物当中出现了一个看起来简直难以置信的东西：盐枪，一种装载着佐餐盐用来打苍蝇的玩具枪。一项众筹活动刚刚为盐枪的发明者募集了五十万美元：看来很多人都想打虫子，就像我们二十世纪四十年代的孩子们想打弗立特枪一样。

盐枪有两大环保卖点：它不需要电池，也不使用杀虫剂。我不确定它是否能解决覆盖数百平方英里的森林虫害泛滥的问题：那将需要大量的佐餐盐。不过圣雷切尔仍然会为它的核心价值喝彩：没有任何鸟类会因盐枪而销声匿迹。

1　Important Bird Area 是国际鸟盟策划并推动的一项保护工作，考察并记录全球受威胁鸟类的现状、分布和栖息环境，将具有重要生态学意义的鸟类栖息地划定为重点鸟区。目前全球已有重点鸟区7500个。

未来市场[1]
我们讲述的关于将来的故事
（2013）

未来——不是来世，而是真真切切在这地球上的未来——曾经十分令人神往，一派光明。那是什么时候的事了呢？也许是十九世纪，当时那么多部预言灿烂未来的乌托邦作品问世，若把它们逐一列举出来怕是要用上几天几夜。也许是二十世纪三十年代，当时不仅限于科幻杂志，连大众杂志，乃至以"一个世纪的进步"为副标题的一九三三至一九三四年芝加哥世界博览会，都处处可见许下的承诺，说将来一切事物都是流线型的，烤面包机也不例外。我们天真地相信，不久我们就会穿上飞侠哥顿[2]那样的紧身衣，打着激光枪，乘坐我们各自的小型喷气推进飞行器四下呼啸而行。

类似的承诺如今也出现了，尽管往往集中在生物工程领域。很快，我们将有能力选择我们孩子的基因，就像你挑选衣服一样；我们自己将能够长长久久地活着，即使不是永远，至少也比现在的人活得更长。还有一些人认为，把你的大脑变成数据并上传发射到外太空去，这么做是个好主意，你将以幻影形式永远住在那里，少掉的无非是你的身体。但是，嘿！你不会注意到这一差别，直到其他某个幻影把你的服务器的插头拔掉。除了这些令人振奋的幻想之外，我们近来发现，未来给人的不祥预感可不是一点点。飓风桑迪[3]、气候变化、用抗生素也不见效的一连串新的突变疾病、生物圈枯竭、海平面上升以及大气中的甲烷含量，我们不再把未来想象成在公园里悠然散步。它看起来更像是在泥潭里的挣扎。

然后还有僵尸大灾变——另一样处于未来的事物。这一即将到来的事件似乎很让人记挂,至少在流行文化的世界里的确如此。就像基因工程、延长的寿命和上传你的大脑一样,这组模因[4]关乎我们与身体的关系,因此也关乎死亡——作为一个具有自我意识的物种,这个问题一直困扰着我们——只不过是反过来而已。作为僵尸或者僵尸的受害者,我们并未战胜终难幸免的死亡,只会受到死亡的支配或者在死亡面前败下阵来。人类躲避僵尸的景象形同一场追猎,追击你的是你自己的死亡。

我之所以开始对僵尸产生兴趣,是因为我起初没能领略他们的魅力,尽管其他人似乎都已经着迷其中了。因此,调查研究即刻安排上马:我究竟错过了什么?我的部分调查最后变成了一部双人戏形式的僵尸小说《快乐僵尸日出之家》,这部与僵尸专家娜奥米·阿尔德曼联手创作的连载作品发表在故事分享网站 Wattpad.com 上。不得不说,这个故事虽然还算引人入胜,但吸引到的关注恐怕受之有愧。假设我有朝一日安息地下,我只希望这个特别的书名千万别给刻到我的墓碑上。凡事皆有可能。

在文学和诸如电影等其他以情节为驱动力的人类交流形式的那个世界里,你也可能变成其他怪物;其他形式的变身至少还是给那些变异之人带来了一些好处,你会获得各种各样的超能力,而摊上僵尸,你只会获得次等能力。为了探索僵尸大灾变的深度,挖掘其言外之意,我们需要掰开来揉碎了衡短论长。因此,我将针对以下议题尝试着给出一些观点:(a) 文学中常见的怪物,逐条记载的各种类型——其中大部分都年代久远,或者至少颇有些年份了,(b) 尤其是僵尸之灾,这是近来出现的现象,且与未来有关。

---

1 原文标题为 The Futures Market,有双关之意,字面可理解为期货市场,本文侧重于探讨未来。

2 美国漫画家亚历克斯·雷蒙德(Alex Raymond)创作的太空科幻漫画,1934年开始在报纸上连载。主人公哥顿是一名运动员,被疯狂的科学家强行绑架上火箭飞往蒙戈星球,哥顿的冒险故事就此展开。

3 2012年大西洋飓风季第18号风暴,是有记录以来覆盖范围最广的热带气旋之一,袭击了古巴、多米尼加、牙买加、巴哈马、海地、美国东部等地,造成大量财产损失和人员伤亡。

4 通过模仿等非遗传方式传递的行为,可以理解为文化基因。

在探讨僵尸及其形式和作用之前，我先就未来提出以下看法。可以借雷蒙德·卡佛给我这部分评论加个副标题，即"当我们谈论未来时，我们在谈论什么"。简短的回答是"现在"，因为那是我们继续前行时所拥有的一切。出人意料的情况是：未来并不真正存在。因此，未来可以争取，因为有别于过去，没有人可以检查未来是否符合事实。如果你是小说家，这不失为一件好事。如果你是股票推销员，这也不失为一件好事。其实，我们无法在每一个细节上预测将要在现实中发生的事情，这恐怕对每个人都有好处。否则那将使我们丧失我们拥有自由意志的感觉，无论这是一种幻觉与否，在我看来，拥有自由意志的感觉对于我们能一早把自己从床上拖起来是绝对必要的。

今年秋天早些时候，我照例在飞机上看了一部电影。我就是这样看的《功夫熊猫》，推荐大家看这部片子。在另一趟航班上，由于需要就未来做点严肃的研究，我选择了《黑衣人3》。影片介绍如下："特工杰伊穿越时空回到一九六九年［不用说，从未来回来］，在那里他与年轻时的特工凯伊合作，阻止一个邪恶的外星人毁灭未来。"在观看我所挑选的电影（影片定级为建议家长监督）之前，先得看一些有趣的广告。我总爱看广告，我长到法定饮酒年龄时，距离马歇尔·麦克卢汉不过两个街区，后者凭借《机器新娘》这部对二十世纪四十年代末一些流行广告进行社会、心理、文学解读的作品开启了他的职业生涯[1]。那些广告中我最喜欢的大概是"深深的抚慰"。标题是一出乔伊斯式的文字游戏，隐藏其中的主题是殡葬。二十世纪四十年代的人就喜欢这些乔伊斯式的文字游戏。画面中，一个年轻女子看着窗外的雨，表情平和，示意"我不在乎下雨，因为我做了正确的事"。这是在出售什么呢？克拉克钢铁墓穴，一款棺材，可以让你把死去的亲人安放在里面，这样他就不会在雨中淋湿。想必有相当多的人在买这种物品，

---

1 麦克卢汉在这本书里引用并复制了大量广告，其中有部分没有取得授权，被大公司起诉后，该书只能下架。他把多余的副本藏在家里，有心人可以到他家购买。据阿特伍德回忆，她也去买过一本。

或者说买的人足够多了，所以这家公司才有财力刊登杂志广告。

麦克卢汉在边栏里还写："我一身干爽"，"我哭了，直到他们告诉我这密不透水"，"更多僵直之人选择防水品牌"。他要传递的信息是，在那个广告称霸天下的《广告狂人》时代，人们什么都卖，也什么都买。麦克卢汉想让我们觉得这有点滑稽可笑，竟有人会认为他们所爱之人在这样的装置中能给保全"平安"。从微生物学的角度来看，他们知道里面在发生什么事吗？但这正是问题的关键所在——打算回避和掩盖这一确切的知识，通过把死亡变成模糊的区区表面现象，硬生生胡编乱诌说你所爱的人在某种意义上依然活着而且还非常感激你为他进行过防腐处理的遗体在防水方面所做的努力。无论如何，至少他的衣服不会被雨给淋湿了。

然而，靠着刚学到的僵尸知识，再加上早在一九七〇年就看过《活死人之夜》（谁知道这片子会产生如此巨大的影响?），我察觉到这款价格不菲、形同棺木的铁皮盒子隐含着更加不祥的一丝含义。也许克拉克钢铁墓穴不是为了保护所爱之人不受外界环境的影响。也许它是为了让所爱之人好好待在里面，这样他就无法挖开出路，以僵尸之身四处游荡。这更讲得通。我愿意为此买账。

可是我在飞机上看的电影正片之前的广告却意气风发，以未来为导向，因为它希望我在购买股票时使用该公司的服务。这广告告诉我，有必要投身于无限可能，因为现在并不真正作数。重要的是"接下来"，是未来。现在只是序幕，它模仿莎士比亚作此断言，其实莎翁说得更准确，"凡是过往，皆为序曲"。当然，如果现在只是序幕，那么未来在我们到达时将是现在，故而也只是一个序幕，并不作数，因为只有接下来的接下来才作数，以此类推，无穷无尽。因此，购买股票——当你考虑这么做时——是投资从未实际存在的东西。

二〇一一年圣诞节，我收到了《内阁》杂志出品的一本妙趣横生的挂历，专门收录有关世界末日的种种预言。说起来世界末日被预测的频次可谓惊人，尽管迄今为止都未曾应验。以下是这本奇妙挂历的行销软文：

等玛雅长纪年历当前这一周期在二〇一二年十二月二十一日结束时，世界将灰飞烟灭。当然，这不可能是对地球灭亡的第一次预言。因此，《内阁》在这里为你，注定要灭亡的读者，提供了一份关于所剩的短暂时光的指南。这本特别以贝格特与贝格斯特姆的艺术作品来展示十二种占卜方法的超大尺寸挂历，略过人们熟悉的节日，选取了世界末日预言史上六十多个重要的日期：彗星、外星人、洪水、弥赛亚归来等等，《末世日历》将在来年所有日子里与你相伴，并和你一样，终结于二〇一二年十二月二十一日。

在提到的占卜方法中，有些是大家耳熟能详的，比如说用动物内脏，有些则知之甚少。用咖啡渣占卜？我们知道拿茶叶梗占卜，但是……咖啡也行吗？然后我翻到了"土豆占卜"。占卜一词来自希腊语，是预言的意思；这个词也派生出了疯狂和躁狂，因为早年的预言家不像《福布斯》杂志，他们会因问求未来而进入癫狂的恍惚状态。土豆占卜的照片显示了一些形状歪七扭八的土豆，上面插着小小的签子，权当腿脚给支立了起来。

我心想，这是他们瞎编的。嗯，是，也不是。借助互联网——相当于请示神谕之于现代的做法——我还真找到了两则关于土豆占卜的信息。第一则来自一个咒语论坛，让我知道了土豆占卜是怎么操作的。"挑选一个蓝色的土豆，游移你手上的刀子，等你感觉找到了合适的切入点，将土豆对半切开。盯着土豆切片一直看，直到你看出一个图案来，还可以把土豆切片浸入染料中，如果这样能有助于你看出图案的话。顺着灵感来解读这个图案。"我没打算在家里尝试这种占卜方法，但说不定你想试试。也许这会是治疗写作障碍的一剂良药：盯着土豆看上几天以后，再回头瞧瞧我们令人气馁的手稿，说不定就感觉很吸引人了。

第二则来自维基城（现在叫粉都[1]）的一篇帖子：

---

[1] 一家以亚文化用户为主要对象的百科兼社交网站，作为互动性在线百科，用户能轻松自定义百科，创建百科，分享知识。原名为 Wikia，后改名为 Fandom。

土豆能量大师被称为土豆占卜师……据说［他们］从一个叫作"黑土豆"的物体中汲取能量，大概每个星球的内核中都有这么一个，当整个族群受到威胁而亟需帮助的时候，一位土豆占卜师可以召唤每一位土豆占卜师的力量，从星球的中心升起焦黑的土豆，将其投掷到对手身上。过热的土豆势不可挡，一接触当即爆炸。

世界就是这样，我预计未来会出现专门教授土豆占卜的工作坊，也许还会出现一个教派。这教派将由菲多利公司[1]，或者是更追求纯粹的凯蒂薯片公司来资助，因为凡是提高土豆地位的东西都有益于他们的业务。这里出现了特许经营的商机。请记住，现在是序幕：重要的是接下来，然后是再接下来，又接下来。

在过去，像模像样、言之有物的占卜方法数量众多，而且各不相同。古时候的国王雇用预言家，他们对预言家抱有一种爱恨交加的心态。一方面，国王们不想听到坏消息：他们想听好消息；另一方面，他们也不希望听到虚假的好消息。无论怎样，他们当然不希望来个谴责国王伤天害理的预言家。这在当今世界也是一个问题，只不过国王换了其他称号，譬如公司总裁。他们不想听到的坏消息与这么一些情况有关，比如气候变化使得中西部地区资源枯竭，有毒物质的泄漏破坏了海洋……诸如此类的小细节。

不过预言家并不是预测未来消息的唯一力量。其他古老的方法包括观飞鸟、流星和天象、如《易经》之类的占卜之书、塔罗牌和星座——最后这两种在报纸上仍然一派红火。当然，希腊的神谕以语焉含糊而闻名。大多数情况下，他们似乎或多或少已经告诉人们他们本就想听的话，但为了以防万一，他们会加一个措辞模糊的不受约束条款。所有这一切都让我们了解到对于未来的预测是多么不可靠。

现在，按照之前说好了的，来谈谈僵尸。僵尸最初与海地的伏都巫术

---

1 百事公司旗下负责生产营销薯片和玉米片类休闲食品的子公司，主打产品包括菲多利玉米片、奇多芝士味小吃、多力多滋等。

有关：他们是因某种合剂药力所致而被消除了意志和记忆的活人，那合剂中很可能含有来自河豚的神经毒素。在走个过场的埋葬之后，他们变成了全无意识的奴隶。你记不起任何事情，包括你是谁；当然你也不担心明天会发生什么事。

但在大约可以追溯到一九六八年的第一部《活死人之夜》这一最现代的重述之中，僵尸就大不相同了。这状况是由于一种来源不明的瘟疫造成的，像狂犬病或吸血鬼行为那样，经由咬伤传播。一个人因死亡而跨过了生死门槛，然后因重获某种生命又从门槛那一边回来了，不料却开始拿活人当点心吃——结果便是瘟疫传播开去。

正如民俗主题那样，这一新近出现的僵尸意象也拆取了若干别的民俗主题。其中一些来自受最初的黑死病或者十四世纪重大死亡事件启发所产生的艺术，包括像是死亡之舞图案中成群的活死人，恐怖的颜色，比如蓝色、绿色等的腐肉、蛀坏的牙齿、身上脱落碎肉的骷髅、破破烂烂的衣服等等。如果等所爱的人在里面呆上一段时间之后再把克拉克钢铁墓穴打开，这就是你可能看见的景象。死亡之舞意象所要表达的一个观点在于，死亡让众生平等，让一切归于平均。王孙贵族也不能幸免，富有的城镇居民、士兵和贫民都参与其中。僵尸大灾变提出了类似的观点：一碰上僵尸群体，就没有社会等级，财富也毫无意义。

但僵尸大灾变的意象的某些来源无疑距离今日并不遥远。这一事件越发被想象成一种大规模的现象，会导致广泛的社会崩溃和物质基础设施的破坏，就像二〇〇二年的《惊变二十八天》那样。这部电影中的僵尸感染者并不完全来自《行尸走肉》，但除此之外，社会崩溃的景象以及残垣断壁和尸体横陈的场景都非常相似。

为什么我们会对这样的意象了若指掌？也许贯穿整个二十世纪，我们都浸淫其中。听听以下的描述："……这就是目力所及的一切……尸体、老鼠、破罐头、旧武器、步枪、炸弹、腿、靴子、头骨、子弹、木头块、马口铁碎片、破铁皮和碎石块、腐烂的身体器官和溃烂的头颅，全都散落一地。"这段话描绘的可不是僵尸大灾变的电影场景。这是诗人约翰·梅斯菲尔德关于第一次世界大战战场的描述。凡是经历过二十世纪后九十年的人，都熟悉这种意象。任何经历过二十世纪中叶和第二次世界大战的人,透过照片,尤其是奄奄一息的人从死亡集中营中被解救出来时的图片,再次深刻体验了这种意象。正如黑死病催生了黑死病艺术,而后催生了一系列凸显骷髅和沙漏的墓碑——沙漏是时间流逝的象征,那么二十世纪的两大恐怖惨状无疑构成了当今流行的僵尸大灾变的意象的基础。

这套图像已经与实质上等同于阿尔贝·加缪一九四七年小说《鼠疫》的故事情节结合在一起了,同样的情节也存在于其他各种讲述大范围灾难的小说和电影中,即发生了大规模的感染,而处于围困之下、拯救幸存者的一小群人坚持了下来。人们想到了尤内斯库的剧作《犀牛》和葡萄牙作家萨拉马戈的小说《失明症漫记》,同样也想到了在不那么文学的层面上,一九五六年的电影《天外魔花》和一九五三年的电影《火星人入侵记》。有些解读认为,这些故事的构造,特别是那些可以追溯到二十世纪五十年代的故事构造,是一种政治上的隐喻:诸如纳粹主义等可怕的意识形态像病菌一样蔓延,占据了人们的思想,只有少数不轻易退让的人还能要么与之斗争,要么熬过那艰难岁月。

僵尸故事总是由处于围困之下、尚未感染的小小群体开始讲述;与其他类型的怪物故事显然不同之处在于,感染总是大规模发生。这不是孤身一个吸血鬼在夜间对身穿睡袍的美女上下其手为所欲为,也不是孤零零一个狼人在树林里欢腾雀跃,把过路人大卸八块。危险在于成群结队。僵尸可不比吸血鬼和狼人,他们并不强壮,动作也不快;他们虚弱而且行动迟缓。但由于数量众多,哪怕是有气无力又没头没脑地跟跄而行,他们也能把你逼到墙角。请注意,在最近一些作品中,如《行尸走肉》,僵尸已经变得聪明些了,情节要发展下去的话确实有必要如此,而在电影《温暖的尸体》中,僵尸甚至做到了难以置信的一点:他们变得性感。请注意,只有重新变成人类才办得到。这是有限度的。

但回到实质性的问题上来。下面是关于一大群僵尸的绝佳描述,其出处可能大家都意想不到。

在冬日破晓时的黄雾下,

一群人鱼贯地流过伦敦桥，人数是那么多，
我没想到死亡毁坏了这许多人。
叹息，短促而稀少，吐了出来，
人人的眼睛都盯住在自己的脚前。
流上山，流下威廉王大街，
直到圣马利吴尔诺斯教堂，那里报时的钟声
敲着最后的第九下，阴沉的一声。
在那里我看见一个熟人，拦住他叫道："斯代真！"
你从前在迈里的船上是和我在一起的！
去年你种在你花园里的尸首，
它发芽了吗？今年会开花吗？
还是忽来严霜捣坏了它的花床？
叫这狗熊星走远吧，它是人们的朋友，
不然它会用它的爪子再把它挖掘出来！[1]

以上出自 T. S. 艾略特一九二二年的诗作《荒原》中题为"死者葬仪"的分节。其中亡灵们拖着脚步成群结队走过一座桥，配以但丁关于死亡毁了许多人的一句引文；这里面可见麻木无意识和拥挤的情形；可见尸体再度有了生命，在土壤中发芽；还提到了战争：迈里是一场战役，斯代真是一名战友，但现在他是活死人中的一员。

然而为什么僵尸现在如此流行？为什么孩子们要模仿僵尸，进行大规模的僵尸游行[2]之类的？为什么有科尔森·怀特黑德的小说《第一区》，为什么有娜奥米·阿尔德曼广受欢迎的健身游戏《僵尸快跑》？如果僵尸不是呼啦圈那样如过眼云烟的一时风潮，那么他们意味着什么呢？所有这样的怪物，由于人为使然，完全是隐喻意义上的存在。巨型乌贼在人类的想象

---

1 此段译文出自赵萝蕤译本。
2 僵尸游行（ZombieWalk）起初是 2003 年一些恐怖片影迷在加拿大多伦多组织的活动，后来随着吸血鬼和僵尸电影的成功热映，这类活动迅猛扩展到了其他西方国家，参与者越来越多，且不分年龄。

之外自有它本身的存在，但吸血鬼或僵尸并没有。因此，僵尸即是我们认为的他们之所是。但我们认为的他们之所是到底是什么呢？

首先，有什么好处？从表面上看，僵尸对于变成其同类之人的生活没有任何帮助。想想与之竞争的各种类型的怪物都有哪些额外好处、意义和缺点。我将按照它们出现的顺序列出其中一部分。格伦德尔最初出现在《贝奥武夫》中，是一个吃人的巨人怪物，不怎么说话——尽管在约翰·加德纳精彩绝妙的新版小说《格伦德尔》中，他凡事都要探究个明白，闹了许多笑话。作为格伦德尔的好处是身体非常强壮，缺点在于他的手臂容易被扯掉。由于遭到诅咒，他的灵魂深受其苦——他是该隐的后代，是堕落和原罪的结果。他是堕落人性的化身。

在玛丽·雪莱的小说《弗兰肯斯坦》中，弗兰肯斯坦博士试图创造一个完美的人但未能成功，结果创造出了一个健谈的怪物，是他自己故事的叙述者，也是一个伟大的读者。不能把他与电影版《弗兰肯斯坦》中的怪物混为一谈，后者从一开始就蠢笨又恶毒。好处是这个人造怪物非常强壮，攀爬起来充满活力，而且不畏严寒。缺点在于没有人喜欢他。他不可以有女朋友，所以孤独得很。他饱受折磨的是内心：他的感情受到了致命的伤害。

他体现的不是**堕落的人性**，而是**现代人**。他的运行原理是电，通过乱作一团的科学仪器——我们在电影中已经见多不怪了，使神经系统活跃起来。他是人创造的，而不是上帝创造的，尽管有迹象表明，这个怪物之于弗兰肯斯坦博士就如亚当之于上帝。因此，好处在于形而上学的探究。我是谁？谁创造了我？为什么创造了我的人却抛弃了我？这个怪物的意义与十九世纪的信仰危机有关，尤其是面对科学及其令人不安的发现之际。格伦德尔和弗兰肯斯坦的怪物都不会传播疾病，也无法自我繁殖。每个怪物都是一种威胁，但不会造成瘟疫。它们都不是人类的变身——你的男朋友永远不会变成这两种怪物，它们都不会毁灭文明。

现在来说说三种怪物，它们都是通过变身而产生的，由人类变成了怪物，而且可以通过接触来传播其状态：

1. 狼人。动物变身具有极其悠久的历史。最初，变身为动物形态这种情况出现在萨满教巫医进入恍惚状态时，其目的是让巫医与动物幽灵世界沟通，以便为部落获取猎物。随着农业取代狩猎，这种做法就靠边站了，还遭到了妖魔化。对变身的信仰非常普遍。这里所说的动物形态包括熊、狼、海豹、蛇、鹿、鹅、天鹅和蜗牛。

在欧洲和北美的民间传说中，狼人本身也有各不相同的形式。在魁北克，狼人是连续三年没有参加复活节圣餐的人，因此具有宗教意义。有一种说法认为，一旦遭到银弹射杀——那子弹可能是由熔化的十字架制成，也可能不是——狼人就会恢复人形，这意味着恶魔的那一部分可能已经离开，灵魂可能已经得到救赎。罗伯特·路易斯·史蒂文森的《化身博士》就是一个现代版的狼人故事，造成变身的因素不是恍惚或魔法，而是化学。与狼人事件最类似的疾病，如果存在的话，那就是狂犬病，但也有某种可能在于，狼人状态在现代的表现，像多毛和行为失控，可能只不过是男性青春期开始的一个特征，尽管越来越多女性加入进来宣称这个自由和嚎叫的领域也有她们的份了。

狼人的好处包括无拘无束的自由、更强大的力量、更敏锐的感觉，以及可以大肆破坏却不受处罚。狼人很狡猾。他们处于人形状态时，完全具备叙述的能力，就近来观察，他们也经常讲述自己的故事。狼人可以传播他们的状态，有时会成群结队出行和交配，但他们不是一种大规模的现象。

2. 吸血鬼。在一定条件下，其好处是生命不朽。吸血鬼可以魅惑人，对俯卧着昏昏欲睡的妇女具有性诱惑力——她们往往欣然接受尖牙的刺入。他们通过与受害者交换血液来繁衍，从而创造更多的吸血鬼。缺点在于他们白天活动不便。在《德古拉》原作中，吸血鬼口臭严重，而且灵魂堕入地狱，不过，用木桩刺穿心脏就能得以解脱。

可能让人联想到的疾病是肺结核，症状包括口臭、口吐鲜血、体重减轻和消瘦、脸色苍白又泛潮红、疲乏无力，以及——在十九世纪的观念看来——性感觉增强。有些人从吸血鬼在十九世纪突然爆发一事当中，就像从诸如亨利·詹姆斯的《螺丝在拧紧》等某些类型的鬼故事里头，察觉到了一种压抑之下的性，或者至少是在当时的高端书籍中不可能出版的明显具有性意味的素材。

在《德古拉》中，吸血鬼看来能够造成小规模的瘟疫，尽管那也不怎么像瘟疫，而像是吸血鬼对于某些住宅区的接管。我们且要注意，吸血鬼很健谈，正如安妮·赖斯的长篇小说中那样；他们也十分狡猾，往往非常富有，因为他们活了很久，在此期间他们积累了大量财物。其宗教含义是，吸血鬼如同半个撒旦，可以为十字架所吓阻。然而，他们也可以得到救赎，如果他们的身体被木桩从心脏处刺穿的话，这种待遇曾经也用于自杀者身上。

3. 僵尸。相形之下，僵尸的形象是多么差劲！他们的外表令人作呕，身体虚弱，步履蹒跚。他们毫无意识，不会说话，只能发出微弱的呻吟声。狼人和吸血鬼带有宗教方面的特性：灵魂或精神应该存在于他们身体里的某个地方。但僵尸似乎只与身体有关。也许在一个似乎没什么人具有灵魂的时代，僵尸也没有灵魂。或者也许他们无法拥有灵魂，因为他们没有自我，没有大写的我。所以，他们的意义何在？

这里有几点猜测。

第一点：上述四种怪物都属于过去。狼人起源于狩猎-采集社会，格伦德尔潜行在信奉多神教和基督教的交界处，吸血鬼是身穿华服斗篷的贵族和地主，弗兰肯斯坦的怪物是启蒙运动的产物，由于科学仪器和种种一切而产生。至于僵尸大灾变呢，尽管其视觉意象可能借用了早前的恐怖事件，却不属于过去，而属于未来。大灾变，我们从《圣经》中挪用并且改头换面的一个词，现在被认为是指即将到来的事情，而不是已经发生的事情。因此，僵尸大灾变的部分吸引力在于，无论你认为现在的情况有多糟糕，它们可能会变得更糟。这使得现在相较之下看起来相当不错。

第二点：同样，你觉得你长得丑吗？那么，想想要是你变成僵尸，你会再丑上几倍吧。所有的牙齿保养都打水漂了，更不用说头发护理了。这个想法让人觉得自己是美的事物，是永恒的喜悦[1]。

1　此处典出济慈的诗："美的事物是永恒的喜悦。"

第三点：如果僵尸是一种疾病的隐喻，那么僵尸之于什么病就如吸血鬼之于肺结核呢？也许是阿尔茨海默症或痴呆症。历史上从来没有一个社会包含如此高百分比的这类人，他们由于记忆受损而不再是原本的那个人了，而且他们——如果放任自由的话——会漫无目的地来回游荡。以这种解读来看，僵尸是集体无意识为应对大量失智失能老人形成的能量消耗问题而抛出来的，而失智失能老人的数量还将继续增加。有人推测，痴呆症正在不断增加，这都拜垃圾食品所赐：它使你患上大脑的糖尿病。啊哈！真正的瘟疫载体！

第四点：但僵尸大灾变的大多数成员都是年轻人而不是老年人。僵尸群会不会是催生了埃及之春、占领华尔街、最近的伦敦骚乱和黑人街区打砸商店橱窗并扰乱政治活动的那种大规模青年人抗议的反面？主动的形式：我们在这个社会中没有未来，没有所有权，我们反对。被动的形式：我们在这个社会中没有未来，没有所有权；我们选择退出，缓缓行进，以慢动作群起而攻之。

娜奥米·阿尔德曼在二〇一一年十一月《格兰塔》上发表的一篇名为"僵尸的意义"的文章中说：

吸血鬼在经济繁荣时期往往更受欢迎——想想《夜访吸血鬼》在二十世纪八十年代和九十年代初的巅峰时期；而僵尸，这些衣着破烂、脚步蹒跚的人群，往往在较为艰苦的时期引起人们的注意：乔治·罗梅罗的《死亡黎明》是在二十世纪七十年代的大萧条中来到我们眼前的，当然，如今僵尸可以说是在经历一场大规模的复兴。僵尸大灾变是文明的死亡，是一切重要的事变成对于诸如"你有吃的吗？你有枪吗？"等这些问题的回答之时。我们想在幻想中实操演练，一路想象下去，尤其是在经济危机的时刻。如今我们生活在城市里，远离食物来源，不认识我们的邻居。僵尸是由城市贫民构成的可怕人群，是伸向某些东西的贪婪之手，你要是给了，那些手会毁了你。他们是我们在日常通勤中遇到的大同小异的无名氏，是我们无法承认其人性的那些人。

麻木无意识也有其有利的一面。其他变身类型的人有自我，有记忆，有语言，因此他们知道他们失去了什么。但是僵尸存在于永恒的此时，因为他们缺乏记忆和先见，也没有了可能随之而来的担心、怀疑、焦虑和痛苦。他们毫无目标，全无责任；他们无忧无虑得出人意料，就像老歌"僵尸大狂欢"中所唱的："背靠着背，肚皮贴着肚皮，我们才不在乎，我们什么都不在乎……"

僵尸没有过去或者未来，因此存在于时间之外。尽管他们本身是死亡的象征，但他们却吊诡地存在于死亡之外，因为时间和死亡相互关联。在某种程度上，僵尸得到了反常的赐福——虽说我强调了，这是反常的。因此，僵尸大灾变可能是对我们有充分理由极度恐惧的真实未来的一种逃避——由于萦绕在我们的时代挥之不去的种种有关气候变化和社会崩溃的预测——我们逃进一个可怕的未来，这个未来根本不真实，因而能够抚慰人心。

早在二十世纪六十年代，我第一次与读者开展问答环节时，人们问的是："你什么时候自杀？"我是个女诗人，在那个西尔维娅·普拉斯的形象挥之不去的时代，自杀似乎势在必行。在女性运动的早期，他们问的是："你恨男人吗？"然后到了二十世纪八十年代，人们开始问起了有关写作过程的事。一九八五年后，他们想探讨《使女的故事》，就跟现在一样：看来在国家对妇女身体加以控制的这一领域，我有点太过精准了。

但最近他们一直在问："有希望吗？"我的回答是："总是有希望的。"希望是与生俱来的。它还具有感染力：有希望的地方就会产生更多的希望，因为有了希望，人们就会加以努力。未来，我们都必须做出努力。也许这就是僵尸的真正含义：他们是我们自己，但没有希望。

我愿你们有希望。

我为什么写《疯癫亚当》

（2013）

你为什么写《疯癫亚当》呢？有时候我被这样问起来，不禁想引用高山攀登者乔治·马洛里的话。他在一九二四年被问及为什么要攀登珠穆朗玛峰时答道："因为它就在那儿。"《疯癫亚当》必须在那儿，因为先于它的两本书——《羚羊与秧鸡》（2003年）和《洪水之年》（2009年）——结尾处都有未竟之事。因此，《疯癫亚当》必须出现，为这些开放的结尾收个场，对吧？或者至少在一定程度上给它们收个场。

前两本书虽然关注的是不同的人群，但结束于同一时间点、同一地点，因为不同的人群走到了一起。《疯癫亚当》承接自那一时刻，告诉我们接下来会发生什么，并且让我们了解了一个在前两本书中没有得到彻底探讨的人物的过往人生：泽伯在"都市流血控制"和"小动物剥皮烧烤"方面可谓权威，我们还发现，他是技艺精湛的小偷和黑客。

这本书在德国出版时名为《泽伯的故事》，因为"疯癫亚当"一词无法译成德语，书里确实包含了泽伯的故事；可书里包含的——如他们在宣传页上所说——"还有更多"。比方说我们会发现《洪水之年》中流传的关于泽伯的传闻是否属实。他是不是真的曾经吃掉一头熊和他的飞行搭档？他跟卢瑟恩这个显然不合适的女人在一起图什么？他和亚当第一——那个身穿貌似是地精缝制的古怪长袍的和平主义者兼神学家——他俩之间到底是什么关系？

我开始写亚当和泽伯的故事，原本准备作为《洪水之年》的一部分，但那本书里没有容纳得下这部分故事的空间了，所以只能放进下一本书里。

我为《洪水之年》做的新书巡回宣传活动别出心裁地将音乐和戏剧表演与鸟类保护意识相结合，斯芬克斯制片公司[1]的罗恩·曼恩为此拍摄了专题纪录片《洪水之后》，片尾镜头捕捉到我嗒嗒不停地敲击着键盘在写《疯癫亚当》。泽伯迷路了，我打着字，他在一棵树下坐下来。他确实迷路了，他也确实在一棵树下坐下了。

"疯癫亚当"[2]这个词是回文：如镜像一般，无论顺着读还是倒着读都一样。（为什么用了双D？有两个原因：知识层面的原因是以镜像般的双D来呼应基因嫁接中所使用的复制的DNA，不过这理由是我事后编出来的。简单明了的原因是有人已经拥有了"疯狂亚当"的域名，而想到我的书名可能用于色情网站，我总归心不甘情不愿，类似的事已经发生过了。）

除此之外，"疯癫亚当"是一群人的名字，他们针对处于公司控制之下、如今掌握极大权力的政权展开了生物抵抗活动。他们这个名字又取自运行"大灭绝"这款网络游戏的大师游戏的代号。"亚当命名存活的动物，疯癫亚当命名灭亡的动物。你想玩吗？"无论是从这个词本身还是从它的上下文，你都可以看出，疯癫亚当的实体——无论是单数还是复数——对于某些事情感到暴怒，或者也可能感到疯狂，因为疯癫这两种解释都可以有。可能是愤怒得要发疯闹事、要铤而走险，事实证明这么解释准确无误。

"大灭绝"是《羚羊与秧鸡》中吉米和格伦这两位主角在高中时代玩的充满暴力色彩和/或反常的游戏之一，玩家通过猜测最近灭绝的物种的名字来互相挑战——至于灭绝的物种，现在有很多，将来还会更多。他们也都使用代号来玩这个游戏：格伦是"秧鸡"，我们就是通过这个名字认识的他。作为"秧鸡"，格伦创造了以他的名字命名、经由生物工程制造出来的一个种族，这一生物工程的设计旨在避免旧式人类（我们）犯下的破坏地球的大错。秧鸡人一律美丽。他们还有内置的防晒霜和内置的驱虫剂，所以他们永远不会发明服装、棉花种植、绵羊饲养、有毒染料或者工业革命。

---

[1] 加拿大一家纪录片制作公司。
[2] 英文原文为MaddAddam。

他们靠打呼就可以自我治疗。他们完全素食，可以像兔子一样吃树叶；他们觉得肉食令人作呕，所以他们永远不会动手饲养牲畜或养殖鸡。他们进行季节性的集体交配，而他们从未曾体验性方面的嫉妒或拒绝。战争和侵略对他们而言都是未知事物。

但他们没有一丝可能对抗旧式人类，而旧式人类会杀死他们或者剥削他们，所以秧鸡借着藏匿在名为"喜福多"的性增强药丸里的病毒，消灭掉了大部分旧式人类，从而解决了这一问题。服用这种药丸的人确实得到了"喜福"，但他们也得到了"多"：一旦病毒被调度起来，就会通过触摸开始传染，并且蔓延得非常快。

不过吉米已经被秧鸡选中，让他在大范围流行的瘟疫中幸存下来，成为秧鸡人的守护者：秧鸡人离开创造他们的蛋形穹顶后，等待着他们的是人口剧减的美丽新世界。在秧鸡以及他和吉米所爱的那个当过雏妓、代号为"羚羊"的女人死去以后，吉米将自己的名字改为雪人——取自喜马拉雅雪人，它可能存在也可能不存在，可能是人类也可能不是。我们在《羚羊与秧鸡》中第一次遇到他就是这副样子：住在树上，照管着秧鸡人，为他们创造一套神话，在这个神话中，他们的造物主是秧鸡——千真万确，还有一位名叫羚羊的女神相与辅佐，她深谙他们与周遭动物之间相互关系。这些动物包括自病毒暴发以来数量激增的、经生物工程改造而成的若干物种：发光的绿兔子；能长出人类头发的魔发羊——原本是为了植发之用；性情温和的浣鼬，那是浣熊和臭鼬的混合体；以及狮羊，狮子和羔羊的杂交品种。最重要的是器官猪，这些实验用猪不仅含有多个可供器官移植之用的人类肾脏，还有人类大脑的新皮质组织。一般来说，猪都很聪明，但这些猪极其聪明。

在《羚羊与秧鸡》结尾，吉米拿不定主意，是否可以信任他偶然发现的那三个人类游荡者。也许他们会是他的朋友；另一方面，也许他们会对秧鸡家族造成致命的伤害。怎么办？

《洪水之年》讲述了托比的生活轨迹，她被亚当第一和上帝的园丁们从深陷于贫民窟犯罪和"秘密汉堡"店（没人知道汉堡里用的是什么肉）的可怕生活中解救了出来；也讲述了吉米曾经的未成年女友瑞恩的生活轨迹。她们都历经"无水的洪水"——园丁们对病毒大流行的代号——而幸存下来。瑞恩躲在她工作的高档性俱乐部"汇鳞"和"鳞尾"，托比则藏在安诺优公园芳疗馆里，在园丁被宣布为非法组织遭到取缔之后，她一直用化名工作。《洪水之年》把托比和瑞恩带到了现场，带到了吉米因脚伤而心烦意乱拿不定主意是否要开枪的那一时刻。小说结束于几个小时之后，月亮徐徐升起，那两个邪恶的彩弹手被拴在一棵树上，我们希望拴得牢牢的，不要出了什么差池；秧鸡人正在接近，而不怀好意的器官猪在森林里游荡。接下来呢？我们很好奇。

《疯癫亚当》告诉我们接下来发生的事。

这些都是书本身内在的原因；这些原因关乎故事，而且除非你打算再多讲讲，否则留着半拉子故事没收尾，想来也是有失公允。我是读《福尔摩斯》长大的，总想再多读到一个关于他的故事；这可能就是人们在原本的作者辞世多年以后还在书写福尔摩斯探案故事的原因。

不过写书还有其他原因使然——这些原因关乎要义而非情节。我们生活在一个非同寻常的时代：一方面，生物技术、机器人技术、数字技术等等各种各样的技术日新月异，不断得到发明和完善，曾经在大家看来办不到的事情或者不可思议的成就正逐渐变成现实。另一方面，我们正在以惊人的速度破坏我们的生物家园。还有一方面（因为总有一股无形的力量），我们在西方颂扬和推广了几个世纪的民主政府形式遭到了超级监控技术和企业资金力量从内部引发的破坏。当1%的人口控制着80%以上的财富，这时形成的社会金字塔头重脚轻，本来就不稳固。

这就是我们已经生活在其中的世界。"疯癫亚当三部曲"对这个世界稍微再进一步建构，继而加以探索。我们已经拥有了创造"疯癫亚当"那个世界的工具。但我们会动用它吗？

《七个哥特故事》
序言
（2013）

丹麦的五十克朗纸币上印有伊萨克·迪内森的肖像，落款签名为凯伦·布利克森，她在丹麦即以这一名字为人所知。肖像中的她约莫六十岁，头戴一顶宽边帽，围一圈皮毛领，看起来确实魅力十足。

我第一次看见伊萨克·迪内森是在我十岁那年，那是《生活》杂志为她拍摄的一张照片。我当时的体验与研究迪内森生平及作品的萨拉·斯坦鲍的经历如出一辙："我清楚记得自己当初那个兴奋劲儿，那是一九五〇年左右，我在翻阅《生活》杂志一期过刊时，偶然发现了一篇讲丹麦男爵夫人凯伦·布利克森的文章——不仅仅披露她的身份，还登出大幅亮光纸黑白照片极尽赞美。我依然记得其中一张照片，她以演戏一般的夸张姿态倚在窗前，非常引人注目，戴着头巾，消瘦憔悴。"

在年少的我看来，照片上的这个人就像童话故事中的神秘人物：一个老得难以想象的女人，至少活了得有一千年吧。她的着装很抢眼，那个时代的妆容也化得十分精心，但呈现出来的效果属于华丽怪诞风格，活像一具盛装打扮的墨西哥骷髅。然而，她却一脸神采飞扬又带点嘲讽的样子：对于她给人留下的印象——若不说荒诞不经且说是令人侧目，她似乎乐在其中。

二十五年前，伊萨克·迪内森在《七个哥特故事》中是否可能就已经在思考这样的时刻了？短篇小说《埃尔西诺的晚餐》当中，德·科宁克姐妹被形容为令人想到死亡的活人："你一旦从哥哥脸上抓住了领会这种不寻常的家族之美的关键，便会立即在姐妹俩的外貌之中将它辨认出来，甚至从她们挂在墙上的两幅年轻时的肖像也能看得出来。看看三个人的脑袋,最明显的特征在于颅骨大致相似。"

伊萨克·迪内森在拍摄一九五〇年那组照片时其实已经生病了。九年后,她最后一次造访纽约,可谓无往不利:她被奉若偶像;包括 E.E. 卡明斯和阿瑟·米勒在内的著名作家纷纷向她致敬;她公开露面的场合都是人山人海;为她拍摄的照片多之又多。没过三年她就去世了,她肯定早已知道自己命数如此。回想起来,她那番张扬恣意的自我表达具有了新的意义:处在她的境地,其他不幸受苦的人可能会隐退蛰居,避开镜头,隐藏起曾经惊艳众人的美貌到如今残败的模样,但迪内森恰恰相反,她选择了正面迎向公众的聚光灯。她是不是在亲身具体演绎她自己主要的一个文学主题——以勇敢却又徒劳的姿态面对几乎确凿的死亡?大家很难不这么去想。

纽约可谓她告别之旅的合宜选择,因为正是纽约让她在一九三四年声名大噪,当时《七个哥特故事》简直风靡全美。这本书起初遭到了几家出版商的拒绝,给出的都是司空见惯的理由——短篇小说销路堪忧,作者没名气,故事本身奇奇怪怪,不符合时代潮流——最终总算让一家较小的出版社,也就是哈里森·史密斯和罗伯特·哈斯给选中了,附加条件包括:著名小说家多萝西·坎菲尔德必须出面写篇代序,作者没有预付款可支取。凯伦·布利克森赌了一把,接受了这份提议。然后她赢了,因为出乎所有人的意料,《七个哥特故事》被"每月一书"俱乐部选中,那可是广泛宣传和海量销售的保证。

这下轮到凯伦·布利克森提出自己的条件了:她要以伊萨克·迪内森的笔名来发表作品。迪内森是她的娘家姓,伊萨克则是以撒在丹麦语中的拼法,这个《创世记》里年老的撒拉为那迟来人世、她料想不到自己真能有的孩子所取的名字,意为"喜笑"[1]。布利克森的美国出版商力劝她不要使用笔名,但无济于事:她心意已决,就是要多元化。(顺便说一句,是男

---

[1] 《创世记》中,耶和华告诉近一百岁的亚伯拉罕,说他九十岁的妻子撒拉会生一个儿子。得到神的应许生下以撒后,撒拉说,"神使我喜笑,凡听见的必与我一同喜笑"。

性化，或者至少是无性别化。也许她不希望被归入女流作家之辈的牢笼，那隐隐意味着价值不怎么高。）

"伊萨克"这名字确实贴切：凯伦·布利克森作为作家崭露头角确实来得比较迟，也在意料之外。一九三一年，她从非洲回到丹麦，身无分文——她的婚姻以失败结束，她经营的非洲咖啡种植园破了产，她爱恋的情人、从事大型猎物捕猎的丹尼斯·芬奇·哈顿死于飞机失事。虽然她很早就开始写作——她的第一批短篇小说在她不到二十岁时就发表了——可她后来选择了婚姻和非洲，而不是写作；不过那种生活已经结束了。时年四十六岁的她想必感到凄凉又绝望，但显然也有着满腔沸腾的创作能量。

《七个哥特故事》中的故事都是在压力之下疾笔写就；这些故事也都以英语来写：之所以这样做，通常告诉大家的理由是，她觉得用英语写作比丹麦语更有实效，因为讲英语的潜在读者为数更多。但肯定还有一些更深层次的动机。布利克森本人说得一口流利的英语；这样一来，我们可能就要问了，在她成长的岁月里，她都在读些什么英语作品呢？大概是什么因素使得她写起了"冒险故事"而不是"小说故事"？乔叟的《坎特伯雷故事集》吗？老妪的迷信故事吗？童话故事吗？莎士比亚的戏剧《冬天的故事》吗？迪内森后来有部作品集就借用了莎翁这一标题。

"冒险故事"和"小说故事"这两种形式之间的区别在维多利亚时代很容易理解。在"冒险故事"中，一个女人可以在我们眼前变成一只猴子，恰如迪内森的故事《猴子》中的那个女人；而在主流的短篇小说中，她可办不到。

"冒险故事"里有讲述者、有听众，这一点远比在现实故事中来得常见。最著名的故事讲述者是山鲁佐德，她靠着讲故事免于一死，而这正是迪内森呈现给我们的有关故事讲述的第一种情境。在《诺德奈的大洪水》中，一群勇敢的贵族选择与一户农家调换位置，让平民先坐上船逃生，而他们留下来在漫漫长夜中等待，当洪水在他们周围上涨，他们靠着讲故事相互鼓励，消磨时间。也许黎明时分会有船来营救他们；也许没等船来他们就先给洪水冲走了。迪内森这样给故事收尾：

"墙板之间透出一抹新出现的深蓝色，在此映衬之下，小马灯倒显得像是一块红色污渍。黎明刚刚破晓。

老小姐慢慢地把她的手指从男人手里抽了出来，贴到自己的嘴唇上。

正当山鲁佐德讲述的那一时刻，"她说，"看见东方既白，她便谨慎缄了口，不再讲下去。"[1]

《七个哥特故事》中不乏讲故事之人，套娃和连环套这类常见于诸如《天方夜谭》和薄伽丘的《十日谈》等更为古老的故事中的典型结构更是俯拾即是。有一个"框架"——就像《做梦人》那样，若干人在船上讲述他们的人生，以此打发时间；这些故事是一个故事自然引出了由故事中另一个人来讲述的又一则故事，于是乎又开启了下一个故事，然后再接回到第一个故事，如此循环。与《天方夜谭》一样，这样的故事讲述（以及所讲述故事中的大部分行动）大多发生在夜间。

但《七个哥特故事》也呼应了较为近代的一个时期，众多作家在那段时期纷纷借鉴旧时的故事讲述形式。凯伦·布利克森出生于一八八五年，在罗伯特·路易斯·史蒂文森出版他的第一部作品集《新天方夜谭》三年之后。正是从《新天方夜谭》问世那一刻起，维多利亚时代后期和爱德华时代包括短篇和长篇在内的故事讲述开始进入了一段繁荣丰富的时期，并且一直延续到第一次世界大战爆发为止。不仅是史蒂文森，还有阿瑟·柯南·道尔、M.R.詹姆斯[2]、写《螺丝在拧紧》和《欢乐的一角》的亨利·詹姆斯、写《道连·格雷的画像》的奥斯卡·王尔德、写《时间机器》和《莫罗博士岛》的早年的H.G.威尔斯，写《德古拉》的布莱姆·斯托克、写《她》[3]

---

1 这句话原文为法语。
2 即蒙塔古·罗德斯·詹姆斯，英国研究中世纪宗教和历史的学者，被认为是维多利亚-爱德华时期最优秀的鬼故事创作者，代表作有《古文物专家的鬼故事》和《炼金术士及其他鬼故事》等。
3 英国新浪漫主义作家亨利·赖德·哈格德（1856—1925）的奇幻探险小说，书中统治非洲部落的白人女王为了等待死去的恋人复活，苦候两千多年。林纾将其译为《三千年艳尸记》。

的亨利·赖德·哈格德、写《特里尔比》的乔治·杜·莫里耶以及其他一大批讲述鬼怪奇谈、附身故事和神秘怪事的英语故事作家,他们都在那些年积极出版作品。博尔赫斯、卡尔维诺和雷·布拉德伯里等人都喝过这同一口井的水。

对迪内森而言,史蒂文森可能是这些作家当中最为重要的那一位。她的藏书里保存了一套他的作品全集,而且在短篇小说《做梦人》中,她还大大方方地用到史蒂文森的典故,拿他笔下一个人物的名字奥莱拉来命名其中一个角色。这则不寻常的故事巧妙运用了源自故事讲述传统(并不仅限于英语传统)中的其他许多主题,譬如《霍夫曼的故事》[1] 中具有多重身份的女主人公,以及和《特里尔比》中的斯文加利[2]相互呼应、与一个已经失声的歌剧演员产生纠葛的邪恶魔法师。

在《七个哥特故事》中,源自史蒂文森早期作品的两个主题尤为突出:其一是面对即将来临的厄运,勇敢行动起来或者放手最后一搏,就像(仅举一例)史蒂文森的《沙汀上的阁楼》;其二是一手遮天的年长者在操纵年轻者的性命运,譬如他的《马莱特鲁瓦老爷的门》。在史蒂文森的短篇小说中,结局总是皆大欢喜,但在迪内森新编的版本里,事情可没那么一帆风顺。在《诗人》中,老编曲家被两个年轻的恋人开枪打死,他之前一直在摆布他们俩的命运,而他们自己这下也将面临死刑;在《猴子》中,一桩为掩盖同性恋而策划的空壳婚姻不仅因为强奸,更因为一幕恐怖的灵魂转生而被强行坐实;在《比萨之路》中,老编曲家给骗去参加一场无谓的决斗,然后因压力过大而心脏病发作死亡。在《诺德奈的大洪水》中,年老的女男爵安排的婚姻非但无效——主持婚礼的红衣主教实际上完全是另一个人——而且所有参与者恐怕都即将丧命。迪内森坚持道义在精神上的正当性,以此维护了浪漫主义,但她也颠覆了浪漫主义。她似乎在告诉我们,不要急于追求大团圆的结局。

---

[1] 作曲家奥芬巴赫的著名戏剧《霍夫曼的故事》,取材自德国浪漫派作家恩斯特·特奥多尔·威廉·霍夫曼颇具神秘怪诞色彩的若干作品。

[2] 在《特里尔比》中,音乐家斯文加利用催眠术控制女主人公,把她从画家的模特调教成著名的歌手。

与《新天方夜谭》中的故事一样，更确切地说，与现代"浪漫主义"的传统手法一样，迪内森笔下的许多故事都设定在很久以前，在遥远的地方；不过对史蒂文森而言，这一选择主要出于审美趣味上的考量，而对迪内森来说则具有另一层意义。因为她回望过去那段维多利亚时代后期和爱德华时代讲故事的黄金岁月，中间隔着一道巨大的鸿沟：不仅包括她自己前半生落得满目疮痍的那些年，还包括第一次世界大战，这场战争把此前两个世纪间影响巨大的由信仰、地位和习俗构成的社会结构砸了个粉碎。

迪内森能看见那片不复存在的故土。哪怕是它令人不快的那一面——褊狭的地方主义、势利、闭塞窒息的生活，她都用细致入微、充满爱意的细节来加以描述，但除了讲故事之外，她也回不去了。它已尽皆湮灭，空余传闻。她的作品中萦绕着一股坚忍而又心明眼亮的怀旧之情，尽管她经常表现出带有讽刺意味的距离感，但哀伤的气氛从不曾远离。

然而，在此过程之中，她想必体验到了极大的乐趣；经年累月，她为众多读者带来了无数欢乐。《七个哥特故事》是她非凡写作生涯的起手式，这部作品让伊萨克·迪内森得以跻身二十世纪重要作家的行列。正如詹姆斯·乔伊斯在《一个青年艺术家的画像》结尾祈求建造迷宫的迪达勒斯——"老父亲，老发明家"——许多读者和作家也可以同样祈求伊萨克·迪内森："老母亲，老说书人，无论现在还是将来，永远给予我帮助吧。"

透过《生活》杂志拍摄的那些照片，她带着那股神秘莫测的气息，挺起她精心修饰、瘦如骷髅的身体，以她炯炯有神的眼睛，勇敢地回敬我们的凝视。

《长眠医生》

（2013）

《长眠医生》是斯蒂芬·金的最新小说，也是汇集他风格典型的一个绝佳样本。根据弗拉基米尔·纳博科夫的说法，萨尔瓦多·达利"实属诺曼·洛克威尔[1]的双胞胎兄弟，只是在婴儿时期被吉卜赛人给绑架了去"。但其实有三胞胎兄弟：第三个就是斯蒂芬·金。

有如洛克威尔画笔之下的小镇摇椅、铺着欢迎门垫的老式房屋、和蔼可亲的家庭医生、老爷钟：这一切都在那儿，一派舒适安逸，巨细无遗，描绘得栩栩如生。洛克威尔和金都熟知这些细节，连品牌名称也一清二楚。可就是有什么地方非常非常不对劲。摇椅来害你了。家庭医生面色发青，已经死了有一段时间。房屋里闹鬼，欢迎门垫上有东西在蠢蠢欲动。此外，和达利步调一致，时钟正在融化。[2]

《长眠医生》回到丹尼的故事上。在金一九七七年那部大名鼎鼎的小说《闪灵》里，丹尼这个小男孩拥有心理直觉的能力；丹尼逃出了他那邪灵附体的父亲杰克·托伦斯的魔掌，也逃过了出没于科罗拉多州阴森恐怖的远望酒店中的那群恶灵的袭扰，就在午夜钟声响起、酒店的破旧锅炉爆炸之前，他不可思议地逃出生天，邪恶的力量烧成了灰烬，让读者躲在床下但总算莫名松了一口气。

在《长眠医生》中，丹已经长大了，不过他的"闪灵"能力仍在。在与"酒精恶魔"搏斗到暂时稳住了阵脚之后——我们记得，他的父亲也有这问题——他参加了戒酒互助会，并且在一家临终关怀机构工作，在那里，他凭着他的超感探知才能，帮助临终病人与他们自己虚度的人生达成和解。他的绰号"长眠医生"就是这么来的,这又与他小时候的绰号"博士"相呼应。(就像兔八哥那句有名的口头禅"怎么样了老兄[3]?"。究竟什么情况?)

另一个神秘的孩子艾布拉登场了。正如那则留言帮着指出来的那样,名字出自咒语"艾布拉卡达布拉",这孩子在"闪灵"本领上甚至更胜丹尼一筹。她还在摇篮里的时候就预测到了九一一灾难,这让她的父母心生不安,后来在她的生日聚会上,她把所有勺子都悬粘在天花板上,又引发了他们的惊恐。

这两个闪灵人很快就发现彼此有了意念交流,这是一件幸事,因为年轻的艾布拉即将需要很大的帮助。她成了"真结族"的目标,这帮寻欢作乐的游民想喝下她的灵气,或者叫"魂气"。(这是对蒸汽朋克[4]的全新曲解。)"真结族"已经活了非常之久——这往往不是什么好兆头,那些了解《德古拉》和《她》的人可以作证——他们伪装成开着旅宿车在乡村游荡的度假者,绑架并折磨他们的受害者,然后汲取受害者的精华之气。他们还把那玩意儿装瓶储存,以防供不应求;因为如果他们用光了魂气,他们就会灰飞烟灭,只留下衣服,就像西方恶女巫给融化了的时候那样。

他们由一个名叫"高帽罗思"的漂亮女人领导,她心爱的情人是人称"乌鸦老爹"的男子。(我们猜测,这名字来自"小龙虾"[5]。金喜欢文字游戏、双关语和镜像语言:还记得《闪灵》中的 redrum[6] 吗?谁能忘记呢?)

---

1 美国20世纪画家及插画家,画作主要围绕20世纪美国生活的发展和变迁,传递美式传统价值观,曾荣获总统自由奖章,但艺术价值方面并不太为主流艺术史学者称道。

2 在达利的超现实主义油画《记忆的永恒》中,时钟是融化的。

3 兔八哥口头禅原文为 What's up, Doc? 而《闪灵》里杰克给丹尼的绰号"博士"原文也是 Doc.。

4 前面"魂气"原文为 steam,和蒸汽朋克 steampunk 的蒸汽为同一个词。

5 乌鸦老爹原文为 Crow Daddy,而小龙虾俗称 crawdaddy,且在俚语里具有色情含义。

6 在《闪灵》中,幼年的丹尼在镜中看到的 Redrum,其实反过来就是"谋杀"(Murder)。

金笔下人物的名字常常恰如其分。丹·"狮穴"·安东尼（被诱惑的圣人）·托伦斯（雨从来不是飘落而是倾注而下）就是一个例子。罗思是邪恶的神秘玫瑰，是负能量的圣母马利亚。（首先，她就根本不是处女。）

至于"远望酒店"——"真结族"安营落脚的主要阵地——它的名字至少有三层含义：明显的一层（俯瞰风景），半隐半显的一层（坏人忽略了什么）以及深藏的一层，我猜跟那首讲"一时疏忽而没看见的四叶草和我崇拜的某人"的老歌有关；因为金的善恶安排通常是阴阳两面，每个好人身上都有阴暗一面，每个坏人身上都有一丝阳光。即便真结族人也彼此温柔相待，尽管他们作为人的身份颇为可疑。恰如那个新人所说："我还是人吗？"亦如罗思给出的答案："你在乎吗？"

纵使灵质化的半腐烂的吸血鬼马显现，我对于接下来发生的故事也照样紧抓不放，不过且让我向你们保证，金是行家里手：读到这本书的结尾，你的手指头会啃得只剩半截，你会拿怀疑的目光看待在超市里排队的每个人，因为如果他们回过头来，他们可能双眼放光。

金的创作力和写作技巧毫无松懈的迹象。《长眠医生》具有他上佳之作的所有优点。都是些什么优点呢？首先，金是一位深受信任的地府向导。读者愿意跟随他穿过任何标有"危险！请勿靠近！"（或者用更具文艺色彩的说法"凡入此地者，务请弃绝希望"）的门，因为他们知道，他们即将参观的地狱会面面俱到——不放过任何血腥，不错过任何尖叫；但他们也知道，金会让他们活着走出来。正如库米城的女预言家对埃涅阿斯所说，去地狱容易，但从地狱全须全尾归来才是难事。她能这样说，是因为她曾去过那里；从某种意义上来说——我们的直觉告诉我们——金也是如此。

其次，金处于美国文学谱系的正中心，这个谱系一路延续而来：从清教徒和他们对女巫的看法，到霍桑，到爱伦·坡，到赫尔曼·梅尔维尔，到《螺丝在拧紧》的亨利·詹姆斯，再到后来像雷·布拉德伯里等典范。我预计将来会有论文专写诸如"《红字》和《闪灵》中美国清教主义的新超现实主义"和"梅尔维尔的裴廓德号和金的远望酒店：作为囊括美国历史的结构"等主题。

有些人可能不以为然，把"恐怖小说"视为次一等的文学类型，但实际上恐怖小说是所有形式中最具文学性的一种。恐怖小说的作者博览群书——金是一个杰出的代表——因为恐怖小说是根据别的恐怖故事写出来的：你找不到远望酒店在现实生活中的实例。金笔下的人物确实"看见"了一些东西（如果想看姊妹篇，可以试试奥利弗·萨克斯的《幻觉》），但"恐怖小说"写作的一大目的就是质疑虚幻中的现实性和现实中的虚幻性：我们所谓的"看见"到底是什么意思？

不过，往恐怖的外衣之下再进一步挖掘，《长眠医生》讲述的是家庭：丹和艾布拉的亲生家庭，《长眠医生》在一定程度上为之深情歌颂的戒酒互助会的"好"家庭，真结族的"坏"家庭。在金列出的罪孽清单上，最严重的是男性亲属对儿童的虐待，以及对妇女尤其是母亲的残暴对待。正义的愤怒和毁灭性的愤怒在家庭中都各有其聚焦点。正如长眠医生自己对小艾布拉说的那样，"没有什么，只不过是家族故事"：这样的叙事往往如同胶水一般，将金的小说黏合为一体。家庭这一维度也是典型的美国式恐怖，从《年轻的古德曼·布朗》和《厄舍古屋的倒塌》以来一直如此。

金接下来会做什么？也许艾布拉会长大，成为一名作家，利用她的"闪灵"天赋去猜度别人的思想和灵魂。当然，这是对金那阴森而又冷冷泛光的隐喻的又一种诠释。

多丽丝·莱辛

（2013）

了不起的多丽丝·莱辛去世了。你怎么也不曾预料，文学舞台上这般坚如磐石的要角就那么消失了。这真是晴天霹雳。

我第一次接触莱辛是在一九六三年巴黎一处公园的长椅上。当时我还是学生，和大家一样，以法棍、橙子和奶酪为主食，也和大家一样，犯了点胃肠病，因此和大家一样，频繁跑厕所。我跟好友艾莉森·坎宁安白天都进不得我们的学生宿舍，所以那会儿艾莉森朗读着《金色笔记》——这本书在我们这些人之中可谓风靡一时，以此安抚病卧在长椅上的我。谁知道我们读的是一本很快就要成为经典的书呢？

正当我们读到安娜·沃尔夫生命中的一个关键时刻，这时来了一位警察，他告诉我们，在公园长椅上躺着有违法律，于是我们溜到了一家小酒馆，那又是一段有趣的洗手间经历。（注：这是在第二波女性主义运动兴起之前，在普遍的避孕措施出现之前，在迷你裙流行之前。因此，安娜·沃尔夫相当令人大开眼界：她所做的、所想的事情，在我们居住于多伦多的那段青春期岁月里不太被人拿到餐桌上来讨论，因此看起来很是大胆。）

我们在一九六三年偷偷阅读的另一位女性是西蒙娜·德·波伏娃，但像我们这种来自前殖民地的小女孩，童年时代没有上过浆的衬裙，也不太有法式做派。我们和多丽丝·莱辛这样出身帝国偏远地区的新贵更有共同点：莱辛一九一九年出生于伊朗，在罗得西亚（如今的津巴布韦）的一个偏僻农场长大；经历两段失败的婚姻之后，前途一片渺茫之际跑到了英国，那是我们这些前途渺茫的前殖民地居民当时逃往的地方。

莱辛的部分力量可能来自她的边远出身：车轮转动时，火花是在边缘处飞溅。她的成长经历也使得她对于与自己迥异之人的观点和困境具有深刻见解。如果你深知你永远不会真正融入其中——你永远"算不上真正的英国人"——你就没什么好畏首畏尾的。多丽丝做任何事情都是全心全意，全神贯注，全力以赴。她偶尔会暂时犯错，但她从不多方下注，也不会含糊其词。她孤注一掷。

如果有那么一座纪念二十世纪作家的拉什莫尔山[1]，多丽丝·莱辛肯定会给雕刻在上面。和艾德里安娜·里奇一样，在性别差异的堡垒之门日渐崩塌、妇女面临更多自由和选择、同时也面临更多挑战的那一时刻，她是关键人物。

就最基本的意义而言，她关心政治，认识到多种形态下的权力表现。她也关注心灵，探索生而为人终免不了的极限和隐患，特别是在她成为苏菲主义的信徒之后。作为作家，她极具创造力和勇气，涉足科幻小说，写出《南船座中的老人星》系列作品，要知道在那个时候，对于一个"主流"小说家来说，这样做无异于冒险。

她也很接地气，二〇〇七年，当她得知获得诺贝尔奖时，说了句："哦呦天哪！"一时传为美谈。她仅是第十一位获此殊荣的女性，而且从未期待过此奖项；这种不期待本身就是一种艺术上的自由，因为假如你不把自己太当成个正襟危坐的人物，你就不必规规矩矩表现。你仍然可以一身轻松，挑战极限，而这正是多丽丝·莱辛兴趣之所在，始终如此。她著名的化名投稿实验只是一个例子，这出实验展示了没有名气的作家所面临的障碍。（她的"简·萨默斯"小说被评论为对多丽丝·莱辛的苍白模仿，这对她来说肯定有点令人气馁）。

我从未见过西蒙娜·德·波伏娃——要真在我年轻的时候见到了，大概会是胆战心惊的情形——但我确实见过多丽丝·莱辛，而且见过好几次。这些会面发生在文学交流的场合，她具有一个后辈女作家所期许的一切特质：亲切待人、肯帮忙、感兴趣，并且特别理解来自英国其他地方的作家

---

[1] 又名美国总统山，刻有四位美国前总统的头像。

的处境。

随着我们年岁渐长，我们面临着漫画人物的选择；身为女作家，面对后辈女作家，问题在于究竟是库伊拉·德维尔[1]还是格林达[2]。一路走来，我遇到了不少库伊拉，但多丽丝·莱辛是若干位格林达中的一位。在这方面，她是可敬的典范。她也是每一个来自偏远之地的作家的榜样，证明了——正如她出色展示的那样——你可以是一个来自穷乡僻壤的无名小卒，却能够凭着天赋、勇气、挺过困难时期的毅力和一丁点运气，攀登上故事高地的巅峰。

---

1 迪士尼动画《101忠狗》中疯狂迷恋动物皮草的大反派，表面上时尚亲和，背地里心狠手辣。

2 《绿野仙踪》中善良的南方女巫，为人严肃、认真且理性。

如何改变世界？

（2013）

我第一次看到这次会议的标题"如何改变世界？"时，它在我脑海引发了三个问题：第一，何谓"改变"？第二，何谓"如何"？第三，何谓"世界"？

后来，到了开会当天，我作为第二个专题讨论小组的一员现场参会，这时我发现其他小组成员对于这三个问题有着各不相同的答案。大多数人从社会变化方面来定义"改变"；并且他们认为，他们本身假定的任何变化都是趋势向好的变化。由于是日第一场专题小组的讨论聚焦于探讨当前事态的问题所在，因此对积极变化的偏见已经形成。无论如何，鲜有专家学者或政治人物会承认他们有意把世界往糟糕的方向去改变。即便是二十世纪的重大灾难——集中营、劳改营和大饥荒——在刚出场时也都打着乌托邦式未来的旗号，一旦若干障碍得以克服，他们不喜欢的人被悉数除尽，一切就会变得无限美好。在全面的乌托邦式变革提出之际，怎么处理那些与你意见相左的人，这总是一道难题。这是任何追求积极变革的计划的阴暗一面，因而使得一些人——譬如我本人——对于随意使用进步这个词感到相当忐忑。为谁的进步，为何的进步？真如我的小说《使女的故事》中丽迪亚嬷嬷所说，对于某些人的改善总意味着对于其他人的恶化吗？还是确实有一些类型的积极进取的改变，能使得每个人的情况都有所改善？我们必然希望如此。

在这次会议上，质疑的领域主要在社会方面，所以建议的"如何"——会左右所设想的积极变化的各种方法——在于对人类制度的改变。至于"世界"，这个词被认为是指以城市、现代、西方社会和人类为主的世界,是在会议上发言、前来参加会议的那些人本来所生活的那个世界。

小组辩论的大部分内容集中在政治制度——社会主义、资本主义、寡头政治都有哪些相对的优点和缺点。社会应该如何安排,又如何引导?财富应该如何创造,又如何分配?相关的问题就出现了:"我们的"价值体系彻底失败了吗?什么样的信仰体系尚可接受?在这么一个新时代——一方面受到巨型公司的控制和影响,另一方面又受到由互联网连接到一起但相对匿名的群体的控制和影响,该怎么看待自由、个人和民主那些一度闪亮悦目的词?"国家"依然是得到认真对待的事物吗?在我们目前的境况下,"道德"意味着什么呢?既然依靠无人机、微型摄像机和卫星,全面监控似乎可以实现,这样做是否可取?换句话说,通过窥探犯罪发生的时刻来防止所有犯罪,这种能力会不会最终变成一种邪恶的手段,导致出现一个庞然无比的"老大哥",扼杀一切异议?

这样的问题当然很值得讨论。但房间里那头硕大的大象却没有人真正愿意提及。我们当今面临的最紧迫的问题纯粹关乎于生命的需要,关乎于生物生命;与那些对于我们的凡胎肉体、对于我们在这个星球上的存在而言必不可少的要素的储备有关。它们是物质问题,而不是意识形态问题。除非这些问题得到及时并且切实有效的处理,否则一切讨论、争端和逻辑论证都将无关紧要了,因为要么人类将不复存在,无人可加入讨论,要么那些幸存的人将完全忙于奔走解决吃住的生计问题,我们所知的文明已经消亡。

曾几何时,那些表达这类担忧的人被视作狂热分子、狂人、疯癫教授等等,而那些从当下的做法中获利的人则竭尽全力去诋毁这些信使。一九六二年雷切尔·卡森出版《寂静的春天》时,那些生产杀虫剂的大型化学公司花费了大量时间、精力和金钱,试图破坏她的职业声誉和个人名声。至于《增长的极限》——这篇由出身麻省理工学院的学者于一九七二年提交罗马俱乐部[1]发布的研究报告曾预测,如果我们沿着目前不加约束的道路

---

1 由来自西方不同国家的科学家、经济学家和社会学家组成的国际性未来学研究团体,旨在促进和传播对人类困境的理解,激励他纠正现有问题的新态度、新政策和新制度,因 1968 年于意大利罗马成立得名。

继续走下去，那我们将在二十一世纪的某一时刻轰然倾覆——对该报告的攻击倒是比较迂回渐进；但累积的效应是到了二十世纪九十年代逐步削弱了它的可信度。

然而，现在实际结果证明卡森和罗马俱乐部是正确的，尽管对他们的理念表示反对的意见仍然十分激烈。正如乌戈·巴尔迪在他二〇〇八年发表于油桶网站[1]上的文章《卡桑德拉的诅咒》中所说：

如今，悲观预言者不会被投石砸死，至少一般情况下不会。推翻我们不喜欢的想法这件事是以一种相当微妙的方式来达成的。针对LTG［增长的极限］思想的诋毁运动的成功展示了宣传和都市传说具有极大力量，可以利用我们与生俱来的拒绝坏消息的倾向，塑造公众对世界的看法。由于有这类倾向，世界选择了忽视LTG研究发出的崩溃即将到来的警告。这样一来，我们已经错失了三十多年时间。现在，有迹象表明我们可能开始注意到了这一警告，但恐怕为时已晚，而且我们可能依然做得太少。

最新的警告并非来自像雷切尔·卡森这样单枪匹马的科学记者，也不是来自罗马俱乐部这样的知识分子团体；它们来自五角大楼，绝非惹眼的一群抱树木、爱兔子的环保主义分子。五角大楼在二〇〇四年提交给布什政府的一份秘密报告中警告说，气候变化造成的威胁比恐怖主义更严重，可能使世界陷入一片混乱。世界银行——同样并不以狂热鼓吹生态保护的过激论调而著称——在其二〇一二年的报告《调低高温：为什么必须避免一个变暖4℃的世界》中，也采取了类似的立场。这份由波茨坦气候影响研究所精心准备的报告得出结论：

随着气候变暖，在温度逐渐升高4℃的过程中，压力越来越大，再加上气候之外的社会、经济和人口方面的紧张因素，超过社会系统关键阈值的风险将会增加。在这样的临界点上，支持适应行动的现有制度很可能会变

---

[1] 即 theoildrum.com，一家专门分析讨论能源及其社会影响的网站。

得不太奏效，甚至走向瓦解。举个例子，有这么一种风险，环礁国家的海平面上升超出了收放有控制的适应迁移的能力，导致需要完全放弃整个岛屿或者地区。同样，还有对人类健康造成的压力，如热浪、营养不良、海水入侵造成的饮用水质量下降等，有可能使得医疗保健系统不堪重负，结果适应性变化再无可能做到，只能被迫迁离。

因此，鉴于所受影响的绝对性质和整体规模仍存在不确定性，也不就存在什么人类肯定能够适应变暖 4℃ 的世界的必然性。在一个变暖 4℃ 的世界里，社区、城市和国家可能会经历严重的动荡、破坏和混乱，这当中许多风险散布得参差不齐。穷人很可能受害最深，全球社会可能变得比现下更支离破碎，更不平等。预测中的变暖 4℃ 绝不容发生——必须降低高温。只有各国尽早通力合作，行动起来，才能实现这一目标。

这两份报告都侧重全球变暖对人类的影响，聚焦在海平面上升、极端天气和沙漠化等结果上。然而，还有两个因素，在这些报告中并未凸显，却可能对于我们作为地球上一个物种的命运具有决定性的意义。

第一个因素是甲烷在大气中的释放，其来源非常多样，包括永久冻土植被在解冻时的腐烂和冰冻甲基水合物的解冻。作为一种影响全球的温室气体，甲烷的威力比二氧化碳高出二十五倍。安德鲁·黄在一月号的《替代期刊》[1] 上写道，仅在阿拉斯加一地"退缩的冰川和融化的永久冻土所释放的甲烷就比之前我们预计的多出 50％至 70％"。

第二个因素是藻类在造氧方面发挥的至关重要的作用。在蓝藻进入全盛时期之前，大约 19 亿年前，地球大气中的氧气非常少，少到铁都不会生锈。如今，各种藻类产生的氧气占我们所呼吸的氧气的 50％至 80％。戕害了海洋，我们就戕害了自己：道理很简单，我们将无法呼吸。

鉴于这些问题——与我们飞速变化的物质环境相关的问题，而这一环

---

[1] 加拿大一家非营利性的刊物，成立于 1971 年，主要探讨环境科学、环境议题和政策讨论等。

境又是一切社会安排的基础，因为它是人类生活的基础——我选择用一种相当基本的思路来定义"变化"、"如何"和"世界"。所谓"世界"，我认为是指整个世界：由气体、液体和固体组成的物理空间，我们生活在其中，因此它包含了我们全部的社会空间。所谓"变化"，我认为是指物理变化：水、空气、土地和天气发生的变化。所谓"如何"，我认为是指包含积极的物理干预和消极的物理行动在内、将影响我们的物理空间的某种组合。为了保护物理空间从而使我们自己能够一直活下去，我们必须做一些新的事情，我们必须变换方式去做一些原有的事情，必须叫停一些我们目前正在做的事情。

当我们在上述范围之内问起"如何改变世界？"时，这个话题显得有点离谱。从表面上看，这问题似乎难以置信，因为改变世界本身似乎是一项不可能完成的任务。当然，我们——作为渺小、微不足道的个人——不会把我们自己的能力高估到那种程度。我们不觉得我们个人有能力改变世界，而且即便我们有这样的能力，在我们相对理智清醒的时刻，我们也都知道我们缺乏智慧。假如我们每个人都得到魔法棒，每一声令下都能悉数实现，我们还会妥善选择那些命令吗？或者，就像大多数讲到愿望的民间故事那样，我们的选择会不会酿成灾难？

另一方面，没有我们的干预，世界也已经发生了多次变化。有温暖的时期，也有寒冷的时期；有大陆的碰撞，也有大陆的漂移，所有这些变化都不需要我们动一个手指头。（说来不难：我们当时并不在场。）可是最近世界也被改变了，被人类改变了。在我们出现之前，世界变化的能因有很多，太阳活动是主要的驱动因素；但生命一旦扎根立足，就开始自己的重新安排。我们不是影响行星地球上普遍形势的唯一生命形式。藻类在19亿年前就开始了这一进程，自那时起它们给空气中增加了氧气，而无数的生命形式——从苔藓和蘑菇到线虫、蚂蚁、海狸、蜜蜂和大象——都改变了它们的环境景观，使之符合自己的需求。人类一到来，他们也开始筑建水坝、开凿隧道和建立建筑。不过，在化石碳燃料提供的廉价能源的助推之下，智人现在正以前所未见的规模大兴土方工程，其后果无法预料。

因此，是的，我们可以改变世界。我们已经改变了世界，我们还在继续改变它，除非我们现在能把世界的一部分又改回来，否则我们将面临自我们开始记录历史以来前所未有的挑战。

与会议上其他大多数发言者不同，我并非来自学界，也不是来自商界。我只是个耍笔杆子的，因此，我是个综合集成者，是从别人那里窃取宝石的喜鹊，是一头扎进我本来不太了解之事的探究者。我主要是个小说家，有时也写"科幻小说"或者"推想小说"——不管怎么说，就是设置在未来、在这个星球上、在可能发生的范围之内的小说。我写的这种类型的小说从当前的事实和趋势加以推断，投射到时间当中，再假设其后果。如果这种小说被要求证明其存在的价值，那它们可能展现它们作为辅助战略工具的功效。它们可能会说，这就是道路看似正在导向的地方。这是它可能步入的终点。你真的想去那里吗？如果不想，那就换条路走。

这类小说的作者在不断思考着变化。好的变化，坏的变化；曾经无论如何都不可能发生的变化，如互联网的出现；曾经看似就要发生但从未落实成真的合理变化，如个人迷你喷气式飞机出行；我们正面临的可能发生但或许还能避免的灾难性变化，如全球核战争；以及我们听闻将无可避免的其他灾难性变化，如气候变化。

当然，小说家擅长编造故事，但讨论起"如何改变世界？"这么一个现实生活中的主题——这一主题必然将自己置于未来，而未来尚未发生——对于讨论这一主题的人们，或许先问上这么一个问题倒也不算跑偏：我们认为我们身处什么样的故事之中？（此处"我们"指的是人类。）因为答案将在一定程度上决定结果。如果是一部喜剧——取其经典的词义，关乎于结构而非笑话——"我们"将面临重重障碍，在最后关头迎来厄运时刻，似乎一败涂地；但凭着勇气、决心、聪明机智和爱，可能还有解围之神介入从而扭转局面，或者突然运气爆棚，这些因素都加到一起以后，我们将克服种种障碍，赢得胜利，并且最终来一场欢乐的盛宴，所有角色或者大部分角色可能齐聚一堂。但如果是一部悲剧，我们就会骄傲于自己的智慧，感觉自己很了不起，完全看不见自身的缺点，从而忽略了明摆着的问题；

然后我们将从超乎寻常的高度跌落到不光彩的结局,再之后有一个或多个与我们风马牛不相及的生命将继承我们一度认为属于我们的王国或世界或星球,并且可能在上面生活得更好,或者与之共存得更为和谐。

如果我们的故事是一部情节剧,那么我们将经历兼而有之的喜剧和悲剧:像过山车一样上上下下;这可能更像现实生活。

在这三种结构里,哪一种最能描述我们认为自己置身其中的故事呢?从报纸来看,悲剧和情节剧更受青睐,也有一些大胆的人把赌注押在喜剧上。这些相信美满结局的人几乎无一例外,都提出应以聪明才智(或技术)来拯救我们,他们认为这是我们唯一的出路,只有这样才能跳出我们以聪明才智(或技术)挖出的坑。现在几乎没有人把全部希望都寄托在解围之神或撞上好运的解决方案上。尽管有些人仍然对仁慈的外星人抱有幻想。

一旦我们选定——或者更准确地说,是我们尝试去猜测——我们身处什么样的故事之中,我们就可以进一步缩小范围。

关于我们的世界发生变化的故事,有一个古老的传统,那就是要么变得比现在美好得多——像《启示录》中的新耶路撒冷,一座充满生机的城市,流淌着纯净的水和美妙的音乐——要么变得糟糕透顶,像伴随着四骑士、血雨、大火烧尽、全面战争等等而来的宇宙的毁灭,这也出自《启示录》。

第一种故事通常被称为"乌托邦",它将当前令人愤慨的事态与"若能……就好"的设想形成对比,在设想里,当前的种种缺陷因作家运用的各种计谋和机巧装置而被消除一空。这种故事的道德发展轨迹是向上的,也就是说,人类正在走向天堂,那个曾经被认为存在于环绕地球的土、水、气和火这四种元素之外的第五元素天体层之上的天堂。在乌托邦中,我们很可能发现在外界看来我们会喜欢和欣赏的各种东西:个人自由、美味健康的食物、宜人的自然环境、友好的动物、美丽而又不失亲和的人、长寿、愉快且无需冒险的性体验、漂亮的衣服,而且没有疾病,没有饥荒,更不可思议的是,竟然没有撒谎精、骗子、小偷和杀人犯,一场战争也看不到。

第二种故事被称为"反乌托邦"。在反乌托邦中,情况变得比我们如今所体察的还要糟糕得多。反乌托邦的道德发展轨迹是向下的,我们在反乌托邦中发现了在外界看来我们不喜欢的所有东西,包括极权主义、酷刑、饥饿、令人反胃的食物、掌握在那些不喜欢我们的人手中的大规模杀伤性武器、糟糕不堪而且往往是在胁迫之下就范的性行为、难闻的气味、劣质的装饰设计、大自然的破坏、不和谐的声音,以及其他一切让我们觉得恶心的东西。

有时候我们这些小说家针对大多数人都认同属实的这一世界发表看法时,我们被指责说是在写"科幻小说"。但或许现在是科幻小说在书写我们。换个角度来说:我们发明了这些技术——以及它们所引起的世界变化——是不是因为我们首先把它们给想象出来了?人类可以列举出来的欲望和恐惧都非常古老,而且始终如一。因此,我们想要像鸟儿一样飞翔已经想了很久了,如今我们确实可以飞翔,尽管不完全像鸟儿,而且我们也不喜欢我们飞行带来的所有后果,现在这还包括了炸弹和无人机。

因为我们的每一项技术都是一把双刃剑。一边刀口如我们所愿可以切金断玉,另一边刀口则伤及我们的手指。我们创造的世界对于五百年前的人来说恐怕不可思议;但我们与其说是魔法师,不如说是魔法师的弟子[1]。我们可以把精灵从瓶子里放出来,但想要把它们再塞回去,就目前看来我们还办不到。我们创造了无法控制的强大机构,而且我们生活在其中,它若是停摆,就会造成最可怕的混乱和无政府状态。试想一下,如果灯光全部熄灭,火车和汽车停运,会发生什么状况。在城市里——我们大多数人现在生活的地方——食物会在几天之内耗尽,然后呢?我们置身于自己构建的令人惊叹的机制当中,而且我们不知道如何脱身;然而,除非我们对它做出一些根本性的改进,否则它将连带着我们一起把自身消化掉而告终。

我们有什么补救措施?我们可以做出哪些积极的改变?以下是我经常听到人家提出的一些可行的手段。

---

1 此处用典出自歌德的童话诗歌《魔法师的弟子》(*Der Zauberlehrling*),讲的是魔法师的弟子趁师傅外出,偷偷摆弄起师傅的魔法扫帚玩,结果搞得水漫金山,十分狼狈。

首先是科学和技术。有人说，我们人类的聪明才智想必可以拯救世界。我们足够聪明了，可以预见到我们可能灭亡，并且分析我们本身在其中所起的作用。难道我们又不够聪明，发明不出什么机巧装置来缓解甚至扭转我们一直保持追踪的不祥趋势吗？不无可能。许多人正忙于研究这一课题。更高效的太阳能集热器，有些呈管状；使太阳能即便在夜间也能发挥功效的电池；更好的风力涡轮机；漂浮在水面上的睡莲叶状装置，通过波浪运动来发电；从大气中吸走二氧化碳的技术；向空气中发射能量偏转粒子以产生冷却作用的方案；藻类养殖场；成本低廉的海水淡化和水净化技术；如此等等，不一而足。这些技术是否会得以改进，保障足够的效率，及时部署利用起来呢？

那么，仅仅为了建造和运输那些装置，就需要消耗更多石油、天然气或煤炭之类的能源，对于这一事实该怎么看待？庞大的化石燃料游说团体又怎么看待？且不说你的利润，为什么这些行业要欣然接受可能有碍其自身权势和影响力的发明的出现呢？

因此，谁来资助所有这些新发明？只有两种可能：私人公司，或者政府。但第二种情况受制于第一种情况。正如科学家和企业家他们自己会告诉你的那样，真正无私的科学如今几乎不可能存在，有望投资的金主对于任何新发明提出的第一个问题不是这发明是否会拯救地球，而是它能否赚大钱。

更环保的建筑标准，对出现能源泄漏的建筑物进行重新包覆，降低公路上的行车速度，重回铁路出行：所有这些都是予以小修小补的短期节能措施。

但对于现有系统的这种修修补补面临一个非常大的问题：人口的定时炸弹。可房间里的另一头大象是没有人愿意去处理的，那就是不断增长的人口，以及这个星球上每个人都希望改善其生活际遇的合理愿望。就目前的情况来看，这个星球没有足够的资源让每个人都能以北美中等水平的"生活方式"过日子。如果最富有的那批人降低其消费率，以便让最贫穷的那批人提高其消费率，然后每个人都将自己的平均消费率降低一半，那会怎样？在人口稳定的情况下，一切都很好；但如果人口增加一倍，消费总量和消耗的能源总量就又和原来一样了。

然而，一提到人口控制，就有人会冲你大发雷霆。不少门派的宗教领袖会指责你有罪，其他人则控诉你犯了种族主义或想搞种族灭绝。似乎必须尽可能多地生孩子。至于之后发生什么——为争夺日益减少的资源而发生的战争、饥荒、疾病以及过度拥挤和营养不良造成的其他种种后果——鼓吹大生特生者似乎并不关心。人们就要想了，谁来生这些孩子？

包括达沃斯世界经济论坛在内，许多人都认为女性的教育是提高生活水平的关键。受过教育的女性生育为数较少的孩子，对于她们所生的孩子倾注更多时间和精力，对社会也做出更大的贡献。然而，在最能获益于女孩和妇女受教育的地方，反对的声音却最为强烈。有些人似乎宁愿杀死他们的女性公民，也不愿意让她们帮助自己所在的社会。

除了技术上和教育上的补救方法之外，我们还可以加上第三种：政治上的补救措施。在国际层面上，尝试达成某种协议来规范碳排放的努力到目前为止都惨遭失败。没有人愿意先迈出一步。没有人愿意牺牲"经济增长"，冒惹怒民众的风险。大多数人似乎情愿对无所作为的后果视而不见，只要他们感知不到对自身的直接威胁。"不在这里，不是现在，没落我头上"是普遍的论调。

在国家层面上，已经多了一点盼头：一些政府正努力开始更注重环保。在地方层面上，许多清理和环境修复项目已经开展，而且小有所成。但一个地方取得的进展很容易就被另一个地方的损毁给破坏了。对于那些在当地埋头苦干的人来说，试图保护我们最终赖以生存的生物多样性的努力，往往好像西西弗斯的石头：刚给推上山，马上就又滚了下来。

也许我们最大的失败是现代人的失败：我们把自己与宇宙割裂开来，没有意识到一切都与其他的一切彼此相连。我们是大自然的一部分：我们没有脱离它而存在。然而，大量的资金继续投向诸如癌症治疗等这类缥缈幻景，仿佛很多癌症不是因我们丢进体内的工业化合物和副产品所致；或者投向对长生不老的追求，投向将我们的大脑上传到计算机并射入太空的计划。与此同时，我们的财富中只有区区一点——不到全部慈善捐赠的3%——被调拨到日渐危急的保护生物圈正常运作的工作中去。

我所说的"正常运作"是指让我们本身能够继续存在的运作。总体来看，大自然需要我们吗？不需要。没等我们使这个星球变得不适合所有生命，我们就先使它变得不宜我们自己生存了。尽管我们想方设法胡乱扑腾，一些昆虫、硅藻、厌氧微生物或者深水鱿鱼可能正等着我们的出局。我们需要大自然吗？是的，除非我们能想出某种新的呼吸方式。化学和物理学不会讨价还价，但它们会算账。温度增加所产生的能量必须以更猛烈的风、更高的海浪的形式释放出去；蒸发增加而升腾的能量将以暴雨、破坏性暴风雪的形式落下来。比尔·麦吉本在他二〇一〇年出版的《即将到来的地球末日》中提到的新的、不那么友好、更不稳定的"地球末日"已经在这里了。我们可以尽量去适应它；我们可以尝试着往回扳，扭转或者至少止住我们似乎已经触发的这一无情的过程；或者我们可以尝试着处理假如我们目前的社会崩溃将随之产生的棘手难题。

我最近在当地农贸市场跟一个卖白鲑的加拿大原住民聊过天。我提到了斑马贻贝，这种入侵生物是从进港货轮的底舱给倒进水中的，如今在五大湖区成了巨大的破坏性存在，堵塞了管道，乱七八糟地遍布海滩，还把包括鱼苗在内的许多原本可供本地物种食用的食物吃得所剩无几。我问这位渔民，这问题他觉得应该怎么解决呢？这当然与他有关：这些贻贝可能会影响他的生计。但他只是微微一笑。他说："大自然会解决的。"

我认为他的意思不是说大自然会消灭斑马贻贝，而是说某种新的平衡或现状终究会出现。如果是这样，那他是对的，因为大自然一向如此。结果可能不如我们所愿，但大自然并不关心我们人类的愿望。物理学和化学从不给第二次机会。

然而，我们在乎我们人类自己的愿望。我们渴求第二次机会：我们的宗教故事中，甚至我们的民间故事和电影里不乏这种机会。我们一厢情愿地认为，如果我们极力渴望得到某样东西，我们就能把它带入现实。

也许是时候让我们开始为自己未来的生存而努力许愿了。如果我们诚心想要，我们必定可以运用我们备受称道的聪明智慧来实现未来的生存。

第三部分

2014—2016 年
是谁说了算

身处翻译之地

（2014）

  很高兴受邀来到位于诺里奇的东英吉利大学进行这次纪念 W. G. 塞巴尔德的演讲，所有关注他作品的人都非常钦佩和怀念这位作家。

  W. G. 塞巴尔德被认为是二十世纪的重要作家之一。除此之外，他还颠覆了小说的形式，将事实与虚构相结合，甚至编造引语。他的方法是游走漫谈型，其形式与梅尼普斯式讽刺、诺思洛普·弗莱[1]所说的文学剖析以及个人的深思多少都有关联。如同他之于小说，我之于讲座也将如此：此次讲座以他的名字命名，这让我觉得自己有资格加以效仿，像塞巴尔德本人一样四处游历，遇见机缘巧合，发散思维而又——怎么说呢，不无古怪。

  塞巴尔德对十七世纪诺里奇作家兼医生托马斯·布朗爵士很感兴趣。有一座传神的布朗爵士的雕像，就坐落于诺里奇市场的手撕猪肉、烟熏黑线鳕鱼和上等香肠的上方，在心事重重地思索；这里我将开始第一次的"发散思维"。布朗治疗谢顶的处方包括往头上涂抹烤鼹鼠和蜂蜜。我准备把这个秘方提供给过去在民间偏方的商业化运作方面曾取得过一定成功的大型制药公司。我不求任何报酬。

  我一直对《石中剑》里的梅林抱有一种亲近感，不仅是因为那只宠物猫头鹰，还因为梅林有一些看不见的幽灵帮手，会提供他所需的物品。当他说"帽子"，就会出现一顶帽子。帽子本身可能不是那么合适，但毕竟是顶帽子。也有一种更矫情的文学方式来描述这一现象——我可以援引乔治·艾略特《米德尔马契》中的明喻：举蜡烛于镜子之前，使得镜面玻璃上出现随机的划痕并形成一个图案——但为什么不允许两者兼而有之呢？

因此，我刚答应以塞巴尔德作品翻译为主题来做演讲，收录在一本名为《微星》的文学杂志当中的 W. G. 塞巴尔德本人的几封信就奇迹般地从我家邮筒里掉了出来。这些信是写给塞巴尔德作品的译者迈克尔·赫尔斯的；信中讨论的主题……你们猜怎么着！是翻译！"谢谢你们，看不见的幽灵帮手和蜡烛/镜子，"我说道，"现在我可以把其中的一封信纳入我谈塞巴尔德的讲座，让我的听众惊掉裤子！或者惊掉裙子。总之，惊掉某种具有转喻色彩的衣着。"

下面就是那封信。

19. ix. 97

亲爱的迈克尔：

比尔让我把最后一章直接寄给你，这样你在去金斯林之前就可以翻译完。

我担心这几十页最终看下来会特别难弄。你在与之搏斗时肯定不止一次咒骂我。我想，"被引"段落中的许多细微之处会在翻译中丢失，看来是不可避免了。甚至昨天晚上，我还在绞尽脑汁寻找一种更好的方式来翻译"Wehwirtshaft[2]"（第 14 页），但没什么成效。

今天上午，我还对第 3 页上飞蛾的名单做了些修改，因为原文中的两只飞蛾（与文中所说的相反）相当不起眼。我不想惹得英国的飞蛾观察者不高兴，毕竟他们人数多之又多。为了验证我的选择，我给贝克勒斯的一个木匠打了电话——他曾多次带我出去观察飞蛾。但我打电话只能联系到他妻子，因为——听他妻子说——上个月他在自己车里用尾气自杀了。这一切都太奇怪了，你不觉得吗？如果你有时间从诺福克远道前来诺里奇，我会在这里一直待到 10 月 2 日。

---

1 诺思洛普·弗莱（Northrop Frye, 1912—1991），加拿大文学和文化理论家，神话-原型批评理论创始人，代表作《批评的解剖》等。

2 此处疑为 Wehrwirtschaft（备战经济）的印刷错误。若拼写无误，可直译为疼痛经济。由于不了解塞巴尔德原文内容，故暂且保留原文。

祝你一切顺利

麦克斯

正如你们可以推断出来的，W. G. 塞巴尔德当时就住在诺福克。

这里有另一个蜡烛/镜子的机缘巧合：整整三十年前，一九八三至一九八四年间，我和家人在诺福克历经秋、冬、春三季，度过了一年中的大部分时间。因此，我们就置身于塞巴尔德在《土星之环》中将其深思默想娓娓道来的地方；正如他的多数作品一样，该书是对短暂无常的冥思。我们当时住在布莱克尼，那里曾是一个大港口，气势宏伟的十五世纪圣尼古拉斯教堂可以为证；但现在港口小多了，前面是潮汐滩涂。在《土星之环》中读到那些雾霭、多风的大海和陷落其中的村庄、蜿蜒的小径、曾经富足如今已日渐凋零的庄园以前，我们就已住在这样的风景当中。我们还在诺里奇市四处逛荡，所以诺里奇的圣朱丽安在我的小说《洪水之年》最后一章中作为守护神出现并非纯属巧合：在同一时期，我也认识了她。

我们之所以选择布莱克尼，是因为那里的海岸是英国最好的观鸟地点之一：来自西伯利亚的大风把许多稀有物种吹到了沿海的盐沼和潮滩。我们另一个计划是写点东西——我们各自构思了一本小说——但我得遗憾地说，一切都泡汤了。我俩都没写出书来。

就我而言，在诺福克的写作失败可能与我们租住的房子闹鬼有点关系。当地人告诉我们，这座建筑——十三世纪时由修女管理的麻风病院——不仅有修女的鬼魂出没，也有快乐的骑士游荡；据说修女更喜欢客厅，而骑士则应该是在餐厅，因为酒都存放在那里。还有一个无头女人，被关在厨房里，通常无头女人都是这种命。

我们询问了房东，一位住在伦敦的牧师。他朗声大笑了起来。"嘀嘀嘀，你一直在听当地人的闲话呀。"他说，目光仿佛洞悉一切，问道："你们见过他们吗？"他简单驳斥了无头女人的传闻：她只被一个美国人瞥见过一次，那美国人对她刨根问底的，决心不管得消耗多少杯雪利酒，也至少要发现一个无头女人。房东对修女的话题则持不可知的态度，虽说显然很感兴趣：他母亲少说见过一个。我们没有谈到快乐骑士，尽管有天晚上我们撞见了。结果那是隔壁酒吧的一个迷路的狂欢者,他像快乐骑士一样在外面闲逛,在回来的路上迷路了。

因此,所有这些鬼魂生灵可能一直在干扰我的创意波长,导致我发现自己正在经历严重的写作障碍。也可能是其他原因所致。那些日子里,我本该在渔夫的鹅卵石小屋中,用手动打字机写作,但每次敲击字母 L 都会卡住。这导致我回避带有字母 L 的单词,这事也可能起到了抑制作用。或许我可以让性感的男主人公气度不凡地咬着舌头说话?"我底欢你,"他特眯眯地用他那踢沉而又顿拓的语调说道,"我好抢亲吻你那皮人定感的怼唇。"[1] 不,这可不行。

小屋靠一座小壁炉取暖,可我始终都用不来——我可没有点燃大块湿柴的本事。屋子铺的是石头地板,于是我生平第一次长了冻疮,后来我总回到主屋那个有修女鬼魂出没的客厅,把冻僵的脚伸到炽热的炉箅边。发现这些冻疮时,我兴奋极了。"这些肯定是……没错!冻疮呐,"我叫道,"终于长了!太像狄更斯的描述了!"

我敢肯定,夏季访客留下的关于苏格兰女王玛丽的一系列浪漫小说,让我的写作障碍更加严重。当你写作不顺畅时,没有什么比苏格兰女王玛丽更能让你振奋起来。"至少他们砍我头时,我的假发不会掉下来。"你可以这般喃喃自语。

但造成我写作失败的最有可能的原因是我不懂西班牙语。(你们知道的,我迟早会谈到语言问题。)你们瞧,我要写的小说场景设定在墨西哥。不管是什么让我萌生此念的。我不仅不懂西班牙语,而且也不懂纳瓦特语、玛雅语、萨波特克语、米斯特克语、奥托米语、托托纳克语、佐齐尔语、策尔塔尔语、马萨瓦语、马萨特克语、瓦斯特克语、乔尔语、奇南特克语、普雷佩查语、米赫语、特拉帕内克语或塔拉乌马拉语——其中一半的语言,当今以其作为母语者比莎士比亚时代的伦敦人还要多。我不需要为了写小

---

[1] 此处作者以字母 W 大量替代单词中原本的字母 L,译文尽量模拟这种说话方式。原文意为:"我喜欢你,"他色眯眯地用他那低沉而又顿挫的语调说道,"我好想亲吻你那迷人性感的嘴唇。"

说而掌握所有这些语言，但学习一两种可能会有用。如今，我可以上网学习这方面的课程，但那是在互联网出现之前：在布莱克尼，米斯特克语的课程并不好找。

布莱克尼本身就充满了另一种翻译陷阱。孩子们自然而然地吸收新的语言和口音，所以我们六岁的女儿不出几个星期就学会了诺福克口音，和她当地的同学毫无分别。此后，我们——她的父母——操着刺耳的加拿大口音，总是让她感到尴尬。"妈妈，爸爸，"她会说，"别说内裤！要说短裤！"格雷姆是布莱克尼镇上唯一，甚至是有史以来唯一在布朗尼学校接孩子的男性，但这毫无用处。哦，简直丢人：几十个戴着头巾的诺福克妈妈，然后是孤零零一个身材高大、留着胡子、显然精神错乱的加拿大男人……

但有时候吧，外国人大多会得到原谅，这取决于他们是什么样的外国人。至少我们不是美国人！至少我们不是法国人！至少没有人能够确切说出我们来自哪里——加拿大；如果有人能说得出的话，在当地臆想者的心目中，那是地图上一片巨大的空白区域。更妙的是，在这片口音受到百般仔细检验的土地上，没人能分辨得出我们来自哪个社会阶层；这样我们就可以和村里的每个人友好地交谈，而不会遭到拒绝。我们就是这样做的。

现在来谈正经事；虽说对小说家而言，这都是非常严肃的事情。你是否允许一个特定人物说"内裤"或"短裤"，这一点可以决定你的成败，因为书籍就是由语言构成的，除此之外别无他物。"您在读些什么，殿下？"波洛尼厄斯问道。对此哈姆雷特如实答道："都是些空话，空话，空话。"这就是我们这些在文字的盐矿里劳作的可怜工人所要处理的一切——词语。没有声轨或者视觉效果，只有回荡在读者脑海中的词语。因此，丰富多样的词语对我们来说至关重要。不仅在于你说了什么——故事情节、具体描述、人物形象——还在于你如何说的。语音和语调；说话者的地位、文化出身和辈分；谁跟谁说话——在日语中，若不知道对方的职位是比你高、与你平级还是比你低，你甚至连"很高兴见到你"都没法说。然后是用俚语或用正式用语的选择，各自又都有很多层级；还有历史时期的问题。

能影响这一切的因素，可能在于角色是否是（比方说）莫希干人，如同《最后的莫希干人》；或是兔子，比如《沃特希普荒原》[1]；或一头猪，如《夏洛的网》。或是霍比特人。或者一个兽人：这类人的语法很差。或者是精灵，一个高级人种。或者一匹马。或者一头狼。或者一个吸血鬼。或者，就像《最后的极北杓鹬》[2] 中的一只杓鹬。有许多种可能性。

那些困扰作者的选择，更是十倍地困扰着译者，此外，译者还要承担其他种种沉重的责任。另一种语言的读者能否理解作者的作品，完全取决于译者。他或她的任务是产出准确或至少足够准确的文本，同时译文本身的语言也要值得一读，除此之外，在该吸引人的地方要引人入胜，在该滑稽的地方要逗人发笑，在揪心的地方要令人心痛，如此种种，不一而足。对任何一个人的大脑来说，这种两头拉的高空秋千是极高的要求。作家心情不好的时候，他或她不仅可以喃喃自语"至少我不是苏格兰女王玛丽"，还可以说"至少我用不着翻译我自己那些该死的书！"。

我用不着翻译自己那些该死的书，对此我真是万分感激，因为我意识到，对于我的译者来说，我有时像是一场噩梦——要把有时二字去掉，对于我的译者来说，我总像是一场噩梦。我用双关语（几乎无法翻译），讲笑话（很难翻译），还创造新词，特别是在转基因物种和虚构的消费品领域。如果我坚持使用一种庄重的标准英语，并侧重于谋杀题材，对译者来说就会应手很多。有人告诉我，由情节驱动的书最容易翻译，虽说即便在这个领域也存在危险：雷蒙德·钱德勒，典型的美国作家，其法语译本让他笔下的洛杉矶听起来怪怪的，就像梅格雷探长[3]在巴黎居住的肮脏之地，差别无非在于后者经常下雨。

但对译者来说，还有其他选择吗？你是不是想要一份天衣无缝的翻译，好让读者觉得这本书就是用另一种语言写就的？双语作家梅维斯·迦兰[4]曾

---

[1] 英国作家理查德·亚当斯的儿童文学作品，被誉为兔子版的《奥德赛》。
[2] 加拿大记者弗雷德·博兹沃斯延续写实动物小说传统讲述极北杓鹬种群濒临灭绝的作品。
[3] 法国侦探小说作家乔治·西姆农笔下的大侦探。
[4] 加拿大记者、作家，自20世纪50年代起发表了100多则短篇小说。1981年获总督文学奖。

经说过,你可以阅读原文的一个段落然后切换到译文的段落,借此来判断译文的好坏,如果你没有注意到差别,那么它就是出色的翻译。

或者你是不是想纳入一些以原文原貌呈现的多彩用语,来表明我们实际上处于一个迥然有异的文化和处境之中?钦加哥[1]是邀请你进他的印第安棚屋,还是进他的尖帐篷?他杀你时用的是战斧还是适合劈柴的小斧?你是把挪威语中的"gjetost"或"brunost"翻译成"非常臭的焦糖棕山羊奶酪",还是简单翻译成"棕色奶酪",或是为了原汁原味而保留原文面貌?奥吉布瓦语的"orenda"一词,在约瑟夫·博伊登的同名小说中,需要用整段英语来解释。(大致意思是,"人们相信存在于所有的人和物当中,但在萨满巫师身上尤其强大的那种精神/魔法力量。")你是在小说正文中翻译这个词,还是保留这个词的原貌并在文末添加一个词汇表?诸如此类的问题让译者夜不能寐。

最近我在班夫中心度过了几个星期,参加他们的文学翻译家年会。译者们与他们正在翻译的文本的作者结成对子。我的拍档是一位来自埃及的聪明小伙,他正在将《珀涅罗珀记》翻译成阿拉伯语。他给我备了一张单词表。他会问:"这是一个旧词?新词?俚语用词?正式的词?还是你自己编的?"这一切都很重要。

为什么我这辈子都在思考这样的事情,而非——比方说——怎样在猪体内培育出人类的肾脏?或者,把视野拓宽来看:我们是如何做到这一点的?我所说的"我们"是指那些与文字打交道的人——也就是作家和翻译家。

我们生来都不会说话,尽管我们很快就学会了这本领。一旦我们接触到字母汤[2],我们童年的大部分时间都在翻译。"那是什么意思?这个呢?那边那个又是什么意思?"有些人很早就掌握了我们所需的所有单词,之后就不再为这个问题费多少神了。然而,文字工作者却一直在为此伤脑筋。

门是窄的[3],曲折道路众多,动机不明,危险重重,却凑巧福星高

---

1 费尼莫尔·库柏小说中的莫希干人酋长。
2 做成英语二十六个字母形状的面食。
3 出自《马太福音》,"你们要进窄门。因为引到灭亡,那门是宽的,路是大的,进去的人也多;引到永生,那门是窄的,路是小的,找着的人也少。"

照——虽然要苦练内功，揉烂了无数手书的文稿——最终通向传说中的文字锦绣王国（或者，如今也通向数字乐趣之地）。下面是我个人走过的小路。

我在魁北克省西北部丛林的一个偏远地区度过了我的幼儿时期——正好是第二次世界大战期间。春、夏和秋三季，我们都在那里，不是在村庄或城镇里，而是与树林、熊、黑蝇和潜鸟为伴。交通靠坐船或走路。没有电、自来水、学校、商店、剧院、电影院或电视。（反正当时大家都没有电视。）后来，有了一台简陋的收音机，我们偶尔可以听到非常遥远的法语——那是魁北克法语，或者通过短波听到俄语——说来也真是奇怪。冬季我们住在渥太华市，那里信号比较好，我们在那里听到的广播，其中有这样的：

喂呜喂呜……砰砰砰砰；砰砰砰砰。砰。砰。砰。砰。砰。这里是伦敦，连线赔美。洗下是 BBC 新闻。[1]

孩子们未曾问出口的问题是：他们说话为什么那样？还有：什么是伦敦？还有更难回答的问题是：什么是 BBC？

广播中还传来这样的声音：

品嘛迟烟麦，瓷路迟烟麦，小杨高迟尝春藤，
小海籽也会迟尝春藤，泥也会的吧？[2]

要不然就是：

1　原文刻意模仿短波收音机信号不稳、声音含混，下同；原句意为，连线北美。以下是英国广播公司新闻。
2　这是创作于 1943 年的一首新奇歌曲，由艾尔·特雷斯在纽约 WOR 电台上首秀，歌词乍看毫无意义，因为用的都是同音字，可以破译解读为："牝马吃燕麦，雌鹿吃燕麦，小羊羔吃常春藤，小孩子也会吃常春藤，你也会的吧?"

小呀么小鸡,喳啦喳啦。
恰阿拉罗密,穿着巴纳尼卡。
波利卡,沃丽卡,你不明白吗?
小呀么小鸡就是我![1]

儿童听众可能就好奇了,或者成年听众也纳闷,那些都唱的是什么语言?第一种尚属可以破译的谜题,第二种则纯属胡说。孩子们在很小的时候就明白了,有些话就是没头没脑的。这就是为什么他们欣赏爱德华·利尔——"他走了!他走了!鼻子会发光的奇人!"[2](为什么时至今日,我仍然喜爱鼻子会发光的奇人,却对红鼻子驯鹿鲁道夫反感至极?提醒自己:对此要多加思考。)

除了广播,在没有明显语义的文字领域,当然还有不朽的《爱丽丝》。

下午,有个滑溜溜很活跃的怪东东
在草地上转圈还钻孔。
菠萝鸟参毛缩脖邋遢又可怜,
绿毛猪回家迷路气得闹哄哄。[3]

文本中提供了部分翻译,真是帮了大忙,尽管翻译者是一个鸡蛋[4]。然而,他是一个有着译者决心的鸡蛋。

"我在使用一个字眼儿时,"憨扑地·蛋扑地口气十分傲慢地说,"它的

---

1 原歌词即包含大量无实际意义"拟声词"。
2 英国维多利亚时期儿童文学作家爱德华·利尔在其《可笑歌谣》中塑造了许多离奇古怪的幻想生物,其中包括这里提到的鼻子发光的奇人,深受孩子们喜爱。
3 此处和下面一段引文均出自人民文学出版社 2017 年《爱丽丝镜中奇遇记》冷杉译本。
4 即大胖蛋,《爱丽丝镜中奇遇记》中的蛋形人,也有译为汉普蒂·邓普蒂,引文选用的译本译为憨扑地·蛋扑地。

意思就是我想要它去表示的那个意思——不多不少,恰如其分。"

"可问题是,"爱丽丝说,"你是否**有能力**让不同字眼儿表示不同的事物。"

"不对。问题在于,"憨扑地·蛋扑地说,"是谁说了算——就是这么回事。"

这位读者将憨扑地·蛋扑地的教训牢记于心。那么我们就要问了!是谁说了算?作为作者,你是在扩展词语的含义,还是仅仅充当它们的工具?是你的语言把你当电脑来给你编程,还是由你掌控语言,如同普洛斯彼罗施展魔法一般,二者实际上有区别吗?当让·皮亚杰问小孩子他们用身体的哪个部分来思考时,他们回答"我的嘴"。脱离了语言,思想可能存在吗?语言决定我们所能思考的内容吗?倘若如此,我们能否用一种语言思考某些无法用另一种语言表达的思想?来自法国的手工盐包装上的宣传文字能否译成英语且还具有同样抒情诗般的效果?"赐予健康的阳光在蔚蓝的海面上灿烂闪烁之际,老采盐人在海风轻拂的沙滩上忙于他古老的使命,挑选每一粒娇贵的盐晶体,充满了……"不,我认为做不到。

提醒自己:对此也要多加思考。

回到魁北克的北部森林。的确,在我们家,或者更确切地说,在我们的小屋里,使用的语言是英语;但在我们周围,虽然隔着一定的距离,却弥漫着法语的氛围。这不是法国人所理解的法语,而是魁北克法语,有着自己的口音和词汇,包括极其白话的若阿尔语[1]。法国法语和魁北克法语中的脏话天差地别,后者中包含许多宗教术语——比如东西掉在你的脚上了,你可以说"洗了个礼的",而法国人则说"真够狗屎的"。我们所在的地区恰好在魁北克和安大略的交界处,所以附近的城镇——照英语的标准也算不上"附近",比方说,在我们进入森林之前的最后一个偏远村镇——许多人都凑合着说"法英混杂语",一种所有人都能听懂的混合语言,虽说多少

---

[1] 未受教育的法裔加拿大人所说的加拿大法语。

有其局限性。像 ma'chine[1] 这样一个万能词，几乎可以指任何有用之物，尽管不能用来指代人。

还有一些词最初源自英语，如 le scrinporch——纱窗阳台，这在黑蝇和蚊子肆虐的地区是非常必要的；还有 le backouse——屋后厕所，如果你家没有抽水马桶的话，也是非常必要的。这样的词汇交流转换可谓合情合理，因为许多英语单词原本都是法国来的——威廉一世本身就是这样[2]。最近有人说，英语中驯养动物的词汇通常来自盎格鲁-撒克逊人的语言——牛、猪、羊——而动物身上可食用部分的词语则来自法语——牛肉、猪肉、羊肉。由此你们不难猜到，谁在耕种放牧，谁在饱餐飨宴，谁征服了谁。不过我跑题了。我跟你们预先说过了，我会跑题的。

在这个北部边境地区，我最早读到的东西是法语标识。在狭窄险峻的道路上，看到 "Petite Vitesse, Gardez le Droit"（低速行驶，保持直线）；在方形木材搭建成的邮局里，看到 "Défense de crâcher sur le plancher"（禁止随地吐痰）。凡两三人可能聚集之处，就会有一个放了冰块的食物冷藏箱："Buvez Coca-Cola. Glacé"（请喝冰镇可口可乐）。麦片盒子的背面也很能让人增长知识，因为是英法双语的，我花了很多时间去抄写法语。"Hé! Les enfants! Gagnez!"（嘿，孩子们！赢了！），收集盒顶而赢得的奖品在两种语言中其实都一样，但法语的听起来就是更迷人。都是这样的，就像手工盐。

这种早期的非浸入式教育——说"非"是因为没有人替我翻译——对我有什么影响呢？它向我表明，至少还存在另一个语言世界，在那个世界里，在我看来晦涩难懂的东西在其他人看来却不言自明。写作的动机之一无疑是作者在寻找各种谜团的答案，也许可以通过写作来发现。作者若没有意外惊喜，读者的快乐也会比较少。或者说，我是这么一厢情愿认为的，这就是我不提前制定写作大纲的一个原因，另一个原因是思维混乱。

我很早就开始读书了，因为下雨天几乎没有其他事情可做。幸运的是，

---

1 即英语中的"machine"，意为机器、工具、车辆等。
2 威廉一世原本为诺曼底公爵，在黑斯廷斯打败英格兰最后一个盎格鲁-撒克逊国王哈罗德二世后，自立为英国国王。

我们的小屋里有很多书,尽管没有多少是给孩子看的。不过,魔鬼也会给闲人找书看[1],这就是为什么我小小年纪就读遍了戴尔出版社出的那些谋杀悬疑小说。有用的警告:小心那些穿着红色睡衣的金发女郎——她们要么晚装包里有手枪,要么会像苍蝇一样吸引杀人犯;你可不想身陷火力攻击范围之内吧。

但是,印有法语的麦片盒和谋杀悬疑小说并不是我唯一需要破译的东西。还有一些滑稽漫画,当年正值鼎盛时期。如果是乡巴佬,上面的人物会说"哇啊"和"嗯呢",如果是吵吵嚷嚷的孩子,则会带着德国口音说"咋啦?";还有其他各种奇奇怪怪的东西。他们中有许多人用标点符号来表示咒骂:你该自己脑补真正的脏话。但我们家不说脏话;充其量妈妈可能会说"爸爸是个卑鄙小人"或"她臭骂了他一顿"——所以我在漫画里看到脏话,明明就在书页上,可我听不见。如今脏话词汇对译者来说必不可少,因为当今时代的作品中存在着大量的脏话,但当时并不是这样。(虽然当时禁止说粗话,但在如今看来属于种族歧视和厌女的种种噱头却充斥于书报版面,也没有人在意这些。)

然后是性。《查泰莱夫人的情人》直到一九五九年才在美国解禁;一九六〇年才在加拿大获准出版。在这些具有分水岭意义的法院裁决下达之前,书中人通过星号来做爱。"然后他们合二为一,点,点,点,点。"原文会这样印。"她被勒死了,但之前没有受到凌辱。"这是报纸上让人好奇不已的一种委婉语。"妈妈,这是什么意思?""我现在忙得很,待会儿再问我。"我第一次在报纸上看到猥亵儿童者这个词的时候,我以为这说的是儿童鼹鼠工作者[2],有这么一种儿童可以从事的工作,他们收集鼹鼠从而获得报酬。这并不像听起来那么愚蠢;我曾见过有人收集蠕虫呢。

令人费解的词语还出自当时的科幻小说杂志。当时还是虫眼外星怪物的时代,所以这些故事的特色在于运用包含诸如 Q、X 和 Y 这种在拼字游

---

1 此处戏仿俗语"魔鬼给闲人派活"。
2 英文中,猥亵者"molester"形似鼹鼠"mole"和从事某某工作的人"-ster"连在一起。

戏中具有高分值的字母的多种语言。我和哥哥都能驾轻就熟地为外星人起一些稀奇古怪的名字，而且喜欢把这些外星人写进我们的手工书里。有用的提示：不要在海王星上散步。那里的一切，无论是动物、蔬菜还是动植物组合，名字里有字母 Q、X 或 Y 的，都是致命的东西。

就这样，我进入了青春期，已经头顶文字金编带[1]，而且全然预备好了以创造新词为志。那时候我们的语言教育并不到位。没有语言实验室——都是书面作品——我们接触不到脏话或性爱词汇。想想看，如果来几则《包法利夫人》的法语选段，或者来一些马提雅尔[2]语出惊人的拉丁语警句，那该有多有趣呀！但事实并非如此。恺撒以第三人称喋喋不休地谈论他自己，征服这个，推翻那个，而我们在教科书上给米洛斯的维纳斯画上手臂；而在法语课上，我姨妈的钢笔[3]无动于衷地搁在桌子上，无论讲到的是过去时、过去完成时还是将来完成时。

我们的拉丁语是一位来自特立尼达的印度男人教授的，法语则是一位来自波兰的女人教授的。（这是战后的事了。）午餐时间一个手足无措的保加利亚人来给我们上德语课；我们坐在那里啃着奶酪三明治，而这个不幸的女人却在没完没了地讲解"与格"。然后到了大学，盎格鲁-撒克逊的语言和中古英语被添加进了我的翻译任务列表。我当时学的语言有什么实际用途呢？有一些吧；尽管第一次去法国时，我发现我既不会点咖啡，也不懂得问厕所在哪儿，因为拉辛没提到过这些。

此后不久——地质学意义上的不久，我自己写的书开始被翻译成其他语言。最先着手这项工作的是法国的格拉塞出版社，于是法国方面和魁北克方面发生了争执。我的书以我前面提到的魁北克北部森林为背景，对于魁北克省的经销商来说，选用当地的词汇是一件值得骄傲的事情。"可不能听起来太法国了，"他说，"阿比提比可不是布洛涅森林。"但对于他所提出

---

1 高级军官的制服上镶有金编带，此处为作者戏称自己在语言文字方面已久经沙场。

2 古罗马诗人，主要作品为警句诗 1500 余首，常为后人引用和模仿。

3 此处戏仿的是法语 la plume de ma tante（我姨妈的鹅毛笔），这个可能早在 19 世纪就在法语入门课上教授的经典短语，语法正确但实际应用有限。

的替代短语，法国人则说："Mais——c'est pas français（但——这不是法语）!"我高中时的波兰裔法语老师经常这么评价我的作文。

多年来，我与我的译者们一起经历过许多冒险。"这是好笑还是不好笑？"有人问我。"兼而有之"很难描述。知道他们会说："啊，这是盎格鲁-撒克逊式的幽默。"我相信这意味着隐晦。"什么是格兰诺拉麦片？"我的第一位中文译者问我。"微笑徽章是什么？"如果他们不知道格兰诺拉麦片是什么，那在不知道自己不知道的情况下，还有哪些是他们可能并不知道的呢？

如果生活在厄休拉·勒古恩的未来世界，那将激动人心，你从一个星系漫游到另一个星系，去体验新鲜的语言与全新的现实体验模式时，安射波翻译器将为你进行即时翻译。像英语这样偏重名词的语言，遇到偏向于动名词的语言，会很麻烦。我们生活在一个由固体组成的世界，还是一个由过程构成的世界？你怎么看？或者是：你怎么说？

但我们在这里，在这个地球上。我们没有安射波；相反，我们有译者。他们表现得更好；因为不同于机器，他们可以辨析细微差别，也可以做出个性化的阐释。我很荣幸，多年来能与一些优秀的译者合作：通过他们的眼睛和耳朵看到我的作品，这让我的作品有了其他维度，即使对我来说也是如此。在此引用 W. G. 塞巴尔德对他的译者所说的话："我认为不可能做得再好了，真的很感谢你，你一定为此付出了长久的时间和巨大的努力。"

因此，谢谢你们，亲爱的译者们。作为作家，我们掌握在你们手中。作为读者，你们为我们打开了原本一直关闭着的大门，让我们听到了原本始终沉默的声音。就像写作本身，你们的工作建立在对人类交流具有可能性的信念之上。这绝非小小信念。

临别之际，请允许我说声：谢谢，非常感谢，很感谢，十分感谢，诚意感谢，真心感谢，由衷感谢，万分感谢，还有因纽特语的"谢谢你"。[1]

---

[1] 作者在此分别用法语、丹麦语、荷兰语、葡萄牙语、西班牙语、德语、奥吉布瓦语、意大利语、因纽特语等九种语言向译者们道谢。

论美

(2014)

小女孩用不着多大，就会与"美"纠缠在一起：美的概念（"你可真漂亮！"），与之相随的迷人对象（"看，镜子里是你的样子"），甚至因美而设定的诱人戒律（"那是妈妈的口红，别碰"）。对孩子来说，美具有一种魔力：它是粉色的，它生气勃勃，它闪闪发亮。你可以将它穿上，很多五岁的孩子，第一次穿上童话公主的芭蕾舞裙，就不肯再脱下来。

但孩子们很早就知道，美也会有一些奇怪的地方。《鹅妈妈童谣》里有一首讲述挤奶女工和绅士的儿歌，绅士评论了挤奶女工可爱的外表，然后询问起她的经济状况。"我的脸蛋就是我的财富。"她答道。"那我就不能娶你了。"他说。"也没人叫你娶呀。"她回嘴道，煞煞他的威风；但是，孩子的脑海中仍有疑问。她的脸蛋就是她的财富，这是什么意思？她的脸是可拆卸的吗？如果她的脸拆下来给卖掉了，那脸的下面会是什么？

在我的童年时代，面孔可以拆卸与"美貌是肤浅的"这句俗话有关，当其他哪个小女孩穿着更迷人的派对礼服时，大人就会引用这句话以行权宜之计。言下之意是，美丽的灵魂比美丽的外表更值得赞赏，就像《美女与野兽》中，野兽凭借有趣的谈吐、丰富的情感和绝美的宫殿赢得了爱情。然而，我们这些年轻女孩注意到，这种优势组合只在男人身上奏效；这个故事可不是叫作《好心好意且家底殷实但不幸相貌平平的女孩和野兽》。

所谓内在美更高一筹的看法也慰藉不了我们这些即将初长成的公主们。如果美貌是肤浅的，那又如何？我们这些小姑娘并不会因此而轻视它。不：我们希望自己有着美丽的外表，这样其他小女孩就会羡慕我们，而不是反过来由我们去羡慕她们。除此之外，我们显然知道，要想从肮脏的厨房奴隶变为让人叹绝的万人迷，你需要一位神奇的教母和一条迷死人的裙子。魔法和时尚各司其职，二者密不可分。

哦，别忘了还有鞋子。鞋子非常重要。

这类童话故事中还有别的女性角色——邪恶的女巫、冒名顶替的新娘、恶毒的姐妹——她们每一个都很丑；或者至少就白雪公主的坏继母来说，她不如女主人公那样光彩照人。我们有没有稍作停顿考虑一下她们的视角——想到女主角令人气恼的花容月貌，她们得多么自惭形秽啊！多年来，芭比娃娃的毁容事件频频发生，阁楼上的箱子里藏着许多揪光了头发、被紫色马克笔涂成花脸、缺胳膊少腿的芭比娃娃。会不会是它们曾经的主人怀疑自己没有达到灰姑娘的标准，于是行以一种反向的交感魔法，把气撒在了她们的娃娃身上？这些愤怒的女孩原本是不是可能通过周末的一堂化妆课、与时尚顾问聊一场以及做一次满意的美甲来恢复自尊？有可能。虽然也可能白搭。

我们这些儿童读者了解到，美的积极一面在于有它相助，你的人生会更加成功。然而，当我们再长大一点，埋头读起希腊神话时，就会发现美也有消极一面：如果你过于漂亮，就会引起众神不必要的关注，他们这个群体喜欢施虐而且不讲规矩。如果神是男性，他就会到处追着你，然后你要么像珀耳塞福涅一样被劫持到冥界，或者像勒达一样被宙斯所幻化的天鹅给强奸了，不得不生下一个蛋来；或者，为了避免这样的命运，你会被变成一棵树或一条河。我们可不想这样度过周六晚上的约会。

如果神是女性，你可能会发现美丽的自己被当作选美比赛的奖品，就像特洛伊的海伦一样，她注定会爱上帕里斯，离开她的丈夫，并引发特洛伊战争。或者你可能会成为嫉妒之火的对象，如同普赛克那般，因为太有魅力而惹恼了维纳斯。这不是一个会引发众人同情的问题——就像"太有钱"一样——但知道有些人曾经有过这种经历是具有教育意义的。嫉妒可以在现实世界中造成后果，其中包括怨恨和恶意。

因此，对于在二十世纪五十年代处于成长期的女孩来说，多美算太美是一个至关重要的问题，我也是在那时开始思考这些问题。还要考虑同样重要的问题：什么样的美才最好？因为展现出来的美不止一种。诸如《花花公子》等男性杂志上的美女与诸如《时尚》等女性杂志上的美女是不同的；这一点也不曾改变，尽管发型等表面细节年年都在变化。

为什么两者会不相同？男性杂志展示了男性希望的女性形象：丰乳肥臀——彰显生育能力，还有诱人的微笑——表示顺从。至于妆容，浓妆艳抹的，表明要么勾引，要么待价而沽。这些人不是你想要的未婚妻：她们过于随手可得，要么是为了钱，要么是主动贴上来意图性交易。但是，就像《时尚》杂志的模特一样，她们都是构念。多莉·帕顿曾经调侃说："要花很多钱才能看起来这么廉价。"她说得没错：这种妖艳模样和它品位不俗的对立面一样，都是为了照片拍摄而精心打光营造出来的。

相较之下，女性时尚杂志中的女性形象则是在凛然面对竞争对手或拒绝讨厌的追求者时，她们自己希望呈现的样子：身材苗条，穿着优雅，面无表情，难以取悦的噘嘴，精心的妆容，无聊的蹙眉，甚至是气势汹汹的皱眉。

这些形象的漠然特质会不会与自我保护有关？灰姑娘的目的是让人热望，但她自己不能因为反过来太过爱慕对方而使自己处于不利地位。想要你没有的东西——尤其是爱情对象，就易受伤害：欲望使你轻易就受到诱惑，而易被诱惑的女孩极有可能出丑，听任他人嘲笑她们，甚至更糟。

因此，绝无阿谀逢迎的微笑。面无表情的女人周围竖起一堵令人生畏的墙：你可以看，但不能碰。她不需要你，也不在乎你；她有自己就足够了，就像宫廷爱情诗里所有那些残忍的女主人公。奢侈的华服和高端的妆容都传递着同样的信号：你无法买到我，除非以我自己定的价格，而那价格会很高，因为我已经拥有我想要的一切。

那是给潜在恋爱对象的讯息。对于其他好胜心强的女性来说，传达的信息则是：我就是你所向往的那种人。嫉妒我吧。哦，如果我让你进入我的姐妹淘小圈子，你该为享有这等特权心存感激。

古埃及人往自己脸上涂脂抹粉，是为保护自己免受邪恶力量的伤害，而用来施法的物品——美妆材料——本身就很有效。对希腊人而言，非凡的美丽至少已是半神。富有魅力，迷人，极有吸引力，令人着迷，叫人陶醉——所有这些词论其起源都可以追溯至超自然现象。无论肤浅与否，是诅咒还是祝福，是倨傲还是诱惑，是现实还是建构的幻象——美都保有其魔力，至少在我们的想象中如此。

这就是为什么我们继续购买那数不清的小管唇彩：我们依旧相信仙女的存在。

叠层石之夏

（2014）

  一个夏天！不过是我度过的七十五个夏天中的哪一个呢？是我在休伦湖一座小岛上的少年营地当女招待、第一次吃响尾蛇的一九五七年夏天？是我坐在温哥华的一张牌桌边、往试题册上写《可以吃的女人》的一九六五年夏天？也许是我们把三个月大的女儿带到魁北克北部森林一处不通电也不通自来水的木屋、拿洗碗盆给她洗澡的一九七六年夏天？

  或者是距今更近的事情。也许是二〇一二年的夏天，当时我们终于随"探险加拿大"[1]的团队一起向东航行，穿过加拿大北极地区的西北通道。我们起先有一站是在近来发现的叠层石场——十九亿年前最先在大气中制造出氧气的蓝绿藻的化石堆。叠层石意为"石头床垫"，这些化石看起来就是这样：圆形的石头枕——尽管从横截面来看，它们更像是分层的油酥糕点。

  在跟船的地质学家的带领下，我们穿过低矮的红、黄、橙色的树叶（因为在那些地方已经入秋），在打熊枪手的保护下——他们在场是为了防范北极地区经常出没的北极熊，在渡鸦的注视下，我们脱掉救生衣，爬上化石山脊，探索眼前众多的叠层岩。有些已经碎裂成四瓣，我见状突然想到，这些沉重的楔子可以用作很厉害的凶器。我还想到，如果悄悄地从第三道山脊的边缘溜过去，你就会消失在视线之外，不光持枪者看不到你，其他人也看不到。

  那天晚上的餐桌谈话转到了谋杀上，就像在船上经常会聊的那样。你怎样才能在这里杀人而不被抓？格雷姆·吉布森，我四十年来的伴侣，有一个完美的计划。谋杀必须在岸上进行，因为尸体在船上会很显眼；而且考虑到白天时间很长，成群结队的观鸟者又挤满了这个地方，你也不能把受害者推下栏杆。

受害者必须是独自旅行，而且要在旅行初期，在他还不认识太多人之前就给杀掉。然后，谋杀者还得让他的房舱看上去还住着人。格雷姆还有很多实用妙招，我在心里提醒自己，永远不要惹恼他。

"石头床垫"这个短语太能引发人的联想了，我忍不住要拿来用作标题写一篇故事。我在船上开始动笔，并且把开头部分读给同船旅客听。他们都想知道故事的结果如何，所以我答应要把它写完，之后还要发表出来。

我确实写完了，也确实发表了：先是在《纽约客》上，现在是在短篇小说集里，小说集取名——不无出人意料——《石床垫》。

凶器就在我的厨房桌上。

---

1 加拿大探险邮轮公司，专门运营小型船只，带游客冒险穿越加拿大的峡湾和水道乃至冰岛、法罗群岛、格陵兰和北极地区等。

卡夫卡
三次邂逅
（2014）

一九五九年，时年十九岁的我写了一篇关于弗朗茨·卡夫卡作品的论文。文章长十一页，每页三十二行，平均每行十三个字，将三十二乘以十三再乘以十一，得出字数约为四千五百字。（在计算机尚未接管此项任务的蒙昧时代，我们就是这样来统计字数的。）文中每一个字都是我用手动打字机敲击出来的；由于我不会盲打——有点脏的页面上随处可见的刮划、墨水涂改和覆写可以为证——可见我对卡夫卡是一腔热忱。回想起来，也确实如此。但为什么呢？

如今重读我的论文之际，我在想这是为什么。当人们试图讨论卡夫卡，或者任何有不止一层潜在含义的作家时，情况往往如此；我真正的研究对象不是书的作者，而是论文的作者：我自己，一个有点严苛又有点书呆子气的新秀作家，满脑子都是她自己迫切坚持的艺术关切。我以一种欢快的口吻开篇——"弗朗茨·卡夫卡是二十世纪最杰出的文学革新者之一"——这个评价相当公允，尽管在一九五九年这个世纪才过去了一半多一点儿。这段话的其余部分也还过得去，就像这样："他的名字与乔伊斯和里尔克的名字联系在一起，大家讨论起塞缪尔·贝克特和阿尔贝·加缪等现代实验主义的先驱时，也往往提到他。人们只要读上……"天哪，这个"人们"，多正式呀！我应该用"我们"吗？也许吧。可我没有。

"人们只要读上一页他看似朴实却出奇令人不安的散文，就能明白为什么：传递出来的感觉显然直截了当，但对它的阐述、分析它所费尽的功夫，往往看起来就像猎人格拉库斯[1]的漫漫不归路一样，徒劳而又难以捉摸。"这段也很公允，尽管你可能怀疑我这个写着论文的十九岁自我很快就会身陷徒劳而又难以捉摸的境地，事实也确实如此。

我以一个干脆利落的说法开始阐述这种徒劳与难以捉摸之处，大意是必须区分艺术家卡夫卡与神经质者卡夫卡——这是我当时偏好的路数，因为我讨厌把艺术作品与其创作者联系在一起，尤其不喜欢人们说什么所有好作家都是疯子，或者至少是高度神经质，像济慈、雪莱和爱伦·坡，就如当时流行的那样。我觉得很遗憾，自己不够疯狂——我一直在等待着精神崩溃，那在别人眼里会成为我艺术严肃性的标志，但没能实现。这是否意味着我注定是一个不够格的作家？很有可能，我记得当时是这么想的。

在将作家卡夫卡与卡夫卡其人区分开来之后，我艰难地往下分析我所认为的卡夫卡的重要主题，即：（1）他与威权人物的关系，包括父亲、任何佩戴徽章或身穿制服的官员，可能还有上帝；（2）他的中心人物在面对这些权威掌握者时所体验的软弱、内疚与无助感。文中没有关于卡夫卡的信息；事实上，甚至到了论文结尾处，我也完全没有给出什么信息，因为我似乎并不知道该如何理解"弗朗茨·卡夫卡的作品"，尽管我以此为论文标题。

我看着年轻的自己在推论的过程中陷入一团乱。父权专制主义的主题是否意味着我必须把卡夫卡的写作与他的个人经历重新联系起来？毕竟，众所周知，他一生都与自己强硬的父亲存在冲突。我回避了这个问题，就像我回避任何与卡夫卡的历史时期相关的内容（第一次世界大战之前、战时和战后；他死于一九二四年，正值希特勒发动慕尼黑政变）、他的地理位置和文化环境（捷克斯洛伐克和整个中欧）、他的犹太身份，以及在布拉格这个说捷克语的城市中他作为说德语的犹太人的身份，肯定使他更加脆弱和孤立。

我也没有说出我若懂得更多就本应该说的话：如同迈克尔·哈内克二〇〇九年的电影《白丝带》——影片导演说，该片讲述了"邪恶的根

---

[1] 卡夫卡短篇小说《猎人格拉库斯》中，由于命运之船的舵手操作失误，导致猎人格拉库斯既上不了天堂，也下不了地狱，成了一个"不死不活"的流浪者，每天随着命运之船漫无目地四处漂泊。

源"——卡夫卡所反映的那种专制、虐待和压抑的家庭结构往往反映了专制、虐待和压抑的国家结构;或者卡夫卡也可以与当时其他中欧犹太作家联系起来,例如优塞福·罗特[1](一九五九年时我未曾听闻)和布鲁诺·舒尔茨[2](我也未曾听闻)。在引用卡夫卡的《在流放地》以及《审判》和《城堡》这样确实预示了纳粹主义之类的恐怖即将显露的官僚极权主义噩梦时,我本可以使用先见之明一词,但我错失了这个机会。

在十九岁的我心目中,完美的艺术应该存在于柏拉图式的抽象世界,漂浮在地球之上,不受任何现实生活的影响。这样一来,我就不必承认我把前男友们放进了自己已经在写且有点黑暗的小说里。

但我也错过了卡夫卡对完美艺术的看法。当然,我本来就应该发现,卡夫卡最著名的几个故事实际上讲述的是完美的艺术和完美的艺术家吧?例如,在《女歌手约瑟芬或耗子似的听众》中,约瑟芬唱得并不出色,大多数老鼠观众都瞧不起她,但她一直在努力;或者是《在流放地》,书中对倒霉的死刑犯所执行的判决,其实就是用一套巨大的刺针笔在他身上刻下句子[3];《饥饿艺术家》尤甚,起初艺术家备受欣赏,但随着他越发令人耳熟能详而无法取悦观众,便越发受到冷落。与此同时,他饥饿而死,因为除了完美食物,他什么都不能吃,而他从来都确定不了什么才是完美食物。即使是卡夫卡最有名的故事《变形记》——格里高尔·萨姆沙一天早上醒来,发现自己变成了一只节肢动物——也可以阐释为艺术家面对资产阶级现实时那种畸形与非人的感觉。(后来,我和一位卡夫卡的书迷花了好些时间,想搞清楚究竟是哪种节肢动物。不可能是甲虫或蟑螂之类的昆虫:它有很多腿,但没有甲壳——格里高尔的背部是柔软的,触角还在无力地挥舞着。我们认为是家里的蜈蚣。)

时间快进到一九八四年。二十五年过去了;我这时四十四岁,与家人

---

[1] 奥地利犹太裔作家,19世纪末20世纪初德语文学新现实派的重要代表作家之一。

[2] 波兰籍犹太作家,出版过两本小说集,死于纳粹枪杀。他生前默默无闻,死后逐渐为人所重视,被誉为与卡夫卡比肩的天才作家。

[3] 原文中,"判决"与"一句话"均为英文单词"sentence"。

住在西柏林。在加拿大驻布拉格大使馆的赞助下，我们有幸可以去访问布拉格，这座卡夫卡的城市；我们抓住了这次机会。当时，捷克斯洛伐克是受到严格控制的苏联附庸国。人们不敢在任何建筑物内，甚至不敢在汽车里，讨论困扰他们的事情，例如烟煤造成的致命空气污染。你必须预设这些地方都会被窃听。大家觉得只有公园中央才算安全。在我们的酒店房间里，服务生对着吊灯做了个手势，然后示意我们到一个隐蔽麦克风监听不到的壁凹里去，问我们是否想兑换点硬通货。（有个灯泡烧坏了，我们站在吊灯下抱怨了一下：灯泡很快就被换掉了）。我们起初惊讶地注意到，在几乎没什么人光顾的酒吧里，有好些衣着光鲜、魅力十足的单身女子，后来我们才明白，她们是伪装成应召女郎的特工，目的是从来访的商人口中探听机密。古老的查理大桥上，巴罗克风格的雕像给拆除了，因为它们代表着当局政权力图抹除的过去。有着著名的天文钟和十二使徒像的老城广场几乎空无一人。

布拉格城堡耸立在城市之上，幽暗而令人生畏，而我想到了卡夫卡的城堡。它不只是一个抽象的符号；毕竟真有一座城堡在那里。卡夫卡去世时，《城堡》尚未完成，评论家们从那时起就一直在思考它的意义。在城堡那令人挫败的迷宫中上下徘徊的主人公 K 是在寻找能够帮到他的负责人吗？这本书是对官僚主义的非人道做派的写照吗？K 是不是在寻找贝克特式的上帝——其身未能显形，却以某种方式在场？如果我在一九五九年想到了这些问题，就会提到各不相同的文学中的一些城堡——它们可能与卡夫卡对于地点的选择有些关联，或者至少将其置于背景之中：德国浪漫主义哥特风格的阴郁城堡；埃德加·爱伦·坡《红死病的假面舞会》的场景，尽管他的巍峨大宅严格说来是一座宫殿；沃尔特·司各特《艾凡赫》中恶名昭昭的托奎尔斯通城堡，在那里少女被囚禁，犹太人遭折磨；当然，还有不祥的德古拉城堡，吸血鬼时常出没。一般而言，在十九世纪，城堡往往不是无忧无虑的欢乐场景，它们与专横无情的贵族权力相呼应。

因此，城堡这一与卡夫卡的复杂隐喻相关的实体仍然在那里，但卡夫卡本人却从布拉格这个城市给全然抹去了。当我们问及卡夫卡时，人们害怕地摇头。他写的书一本也看不到。我们私底下听说，有个年轻人给推举了出来，在街角大声朗读卡夫卡的作品；这在大家看来是一件胆大妄为的事情，尽管到目前为止这名男子还没有遭到逮捕：他可能被当作一个掀不起什么风浪的疯子了。卡夫卡住过的旧居无一挂有纪念匾牌，在西方任何一座出过如此世界知名作家的城市，都不会是这样的情况。尽管如此，我的伴侣格雷姆·吉布森——他曾经教授过一门名为"现代欧洲文学中的正义与惩罚"的课程，课上满满当当的陀思妥耶夫斯基、卡夫卡的《审判》和贝克特，被他的学生戏称为"绝望导论"——还是连夜出发去寻找卡夫卡的布拉格了。（我当时在照看孩子，所以没去。）他去了他手头的第一个地址。门开了，只见一段长长的楼梯，在楼梯的顶端，一群穿着短皮裤的登山俱乐部会员正饮酒欢歌。那里有个看门人，格雷姆向她打听。"卡夫卡？"他问。"没，没，没，没。"她答道。

他后来又溜了回去。大楼外有为修缮而搭建的脚手架。他小心翼翼地爬了上去。一道蓝莹莹的灯光从上方照下来。他爬到楼上的窗户边，眯眼朝里看。一个大块头男人睡在沙发上，几乎占据了整个小房间。光线来自一台闪烁的电视机，荧屏上根本什么都没有显示。我们评价这次经历是"卡夫卡式的"，从多个角度来看，大概卡夫卡也会喜欢。

与卡夫卡的第三次邂逅则完全不同。时间再次快进，来到二十世纪九十年代后期。柏林墙已然倒塌，苏联也已经解体，冷战应该是结束了，购物成了新的性爱。我们再次来到布拉格，这次是来参加一届西方风格的文学节。城市里这回挤满了游客，各种身份地位的波希米亚人都喜欢在此活动，后来发现它还颇受俄罗斯黑手党的青睐，那时他们正在世界各地寻找房地产商机。布拉格——历经二战众多的劫掠而幸存下来，之所以能躲过毁灭之灾，是因为希特勒认为它太美了——灯火通明，看起来像一座童话中的城市。查理大桥上的雕像又回到了原位，曾经令人恐惧的城堡成了游客中心，老城广场上正在举行一场大型手工艺品博览会，还有乐队在演奏迪士尼电影《白雪公主与七个小矮人》中的配乐"嗨呵，嗨呵，我们去上工了"。成群结队的手工艺品买家在众多摊位前查看商品。

这一次，我们带着一张地图，在上面标出就我们所知的卡夫卡的所有旧居地址。我们从一个地方走到另一个地方，尝试着想象当初卡夫卡住在那里时，这些街道和建筑都是什么模样。记得那里还没有卡夫卡的雕像——虽说现在有了——但各种敲游客竹杠的商店里陈列着许多卡夫卡的周边商品：卡夫卡火柴盒、卡夫卡明信片、卡夫卡手帕、卡夫卡小册子、卡夫卡雕像，甚至还有卡夫卡扑克牌。

卡夫卡本人会怎么看待这些纪念和/或拿他变现的举动？我希望他会开怀大笑；因为从我十九岁到六十岁这些年间所了解到的有关他的花絮当中，比较意想不到的一件事是：他认为自己很多作品都滑稽得令人捧腹。《审判》，滑稽吗？《饥饿艺术家》，滑稽吗？《在流放地》，滑稽吗？嗯，从某个角度来看，是的。但那时，卡夫卡并不知道希特勒要在现实生活中做什么。

无论如何，成套的卡夫卡纪念品让我们觉得有些荒诞。事实上，它给我们的感觉就是卡夫卡式的，不过是风格更好笑，或者至少更轻松的卡夫卡式的。如果现在——二十一世纪的第二个十年，我再来写自己一九五九年的文章，也许我会更强调卡夫卡的这一面。这仅仅是因为我的眼睛，我这双年长却闪亮的眼睛充满勃勃生气吗？也许吧。尽管如此，我还是想以卡夫卡一九一二年一则极短篇作品《山地远足》作为结尾。在最初抱怨"没有人来……没有人帮助我"之后，他继续说道：

> ……话说回来，一群无名之辈也很好。我想去远足——为什么不去？——和一群无名之辈一道。当然是进山，还能去哪儿？这些无名小卒互相推搡，所有这些举起的手臂，数不清的脚，简直摩肩接踵！当然，他们都穿着正装。我们走得如此欢快，风吹过我们，也吹过我们之间的间隙。我们喉咙渐痒，在山间自由自在！真想不到，我们居然没有放声高歌。[1]

他就在那里，并不是孤零零、受压迫的K，而是无名无姓、芸芸众人中的一员，他自由自在，几乎要唱起歌来。但也只是几乎而已。对卡夫卡而言，永远都只是几乎。在文学中，和在生活中对待女人一样，他给不出承诺。你拿捏不住他。

---

1 本段引文依据原作者所引英译本译出。

未来图书馆
（2015）

我很高兴受邀成为未来图书馆项目[1]的首位作家。凯蒂·帕特森的艺术作品是对时间本质的深思，也是向书面文字的致敬——毕竟书面文字是穿越时光传播信息的物质基础，在此承载这一任务的是纸张；未来图书馆计划将写作本身当作时间胶囊，因为将文字记录下来的作者和这些文字的接受者——即读者，总是被时间分隔开来。

作为项目的首位作家，存在一些不利因素。第一，我还没看到挪威那片真实的森林，所以我也说不出它什么来。我也无法站在未来图书馆的房间里，看看其他作者的名字和他们投稿的作品标题。九十年或九十五年后加入这一项目的作家会知道，等到他们的密封盒被打开、作品得以出版时，读者是他们的同时代人。但是阅读我作品的将是一百年后的未来人类。他们的父母现在还没有出生，很可能他们的祖父母也都还没出生。如何满足这些未知的读者？他们将如何理解我的世界，我投稿的作品所立足的世界？到时候，词语的语义会有怎样的变化？因为语言本身也会承压变形，就像地壳的岩石一样。

科幻小说把太空旅行变成了艺术——去往作者从未见过的地方旅行，而那些地方可能只存在于人类的想象之中。时间旅行也类似。就未来图书馆而言，我是把书稿发送到时间之中。会有人类在将来等着接收它吗？将来还会有"挪威"吗？还会有一片"森林"吗？还会有"图书馆"吗？我们满怀希望地相信，所有这些元素将来依然存在，哪怕面临气候变化、海平面上升、森林虫害、疫病全球大流行以及如今困扰着我们的种种其他威胁——无论这些威胁真实与否。

我小时候是那种把财宝装进罐子埋到地里的人,想着有朝一日会有人来把它们挖出来。我在自己建造的各种花园里挖掘时也发现了类似的东西:生锈的钉子、旧药瓶、瓷盘碎片。有一次,在加拿大的北极地区,我发现了一个用木头雕刻的小娃娃——木头在那里很稀有,因为北极不长树,这样的木头一定是漂流木。在某种程度上,未来图书馆就像这样:它将包含昔日生活的片段,而届时这些片段已成过去。不过所有写作都是保存和传递人类话语的一种方式。由墨水、打印机墨水、毛笔、铁笔[2]、凿子留下的书写痕迹,就像乐谱上的音符一样,静静地躺在那里,直到有读者前来,才让那声音重新焕发活力。

想到我自己届时已经沉寂许久的声音在一百年后突然被唤醒,这是多么不可思议啊。当现在还未被孕育的读者伸手将它从盒子里拿出来并打开第一页时,这个声音一开口会说什么呢?

我觉得我的文本与迄今尚未存在的读者之间的这场相遇,有点像是我在墨西哥一处洞穴壁上看到的红手印,那个洞穴已经封闭了三个多世纪,如今谁能破译它的确切含义?但其大致意思是普遍相通的:任何人类都能理解。

它在说:你好。我到过这里。

1　"未来图书馆"是苏格兰年轻艺术家凯蒂·帕特森于2014年在挪威首都奥斯陆发起的公共艺术项目,每年邀请一位具有影响力的当代作家以自己喜欢的风格写作一部作品,并将书稿封存在奥斯陆的德奇曼斯克公共图书馆,直至100年后的2114年,这些作品才会公开发表。项目还在挪威北部的诺德马克森林种下一千棵树,届时这一批树木将专门用于制作纸张,以印刷100位作家的作品。

2　刻写誊印蜡纸的尖笔。

《使女的故事》之所思

（2015）

今年是《使女的故事》出版三十周年，这对我来说简直不可思议——怎么也不像是那么久远以前的事。三十年间，这本书已经在大约四十个国家出版，被翻译成大约三十五种语言。我说"大约"，是因为新的语种译本还在不断涌现。

不过起初进展比较缓慢。不得不说，在英语国家的第一波评论，总体而言不过尔尔。《使女的故事》并不是一本非常令人舒心的书。它不是那种会让你爱上活泼、勇敢、勤恳尽责的女主人公并对她所做的一切表示赞许的书。它不是《傲慢与偏见》。事实上，它遭到了《纽约时报》一通批评，而这绝无例外地导致你的出版商一看到你，就掉头横穿马路，然后迅速跑开，躲到石头下面。评论作者是美国著名小说家和随笔作家玛丽·麦卡锡，她觉得这书没什么意思。（通常她都觉得没什么意思，所以我不是唯一一个没能逗她开心的人。）

她的评论有点前言不搭后语——《纽约时报》后来告诉我，她那时刚中过风，但是他们在委派这篇评论时还不知道此事。她确实赞同我们应该对信用卡有所警惕——信用卡在一九八五年还是比较新鲜的玩意儿，毕竟是二十世纪七十年代才开始大规模使用的——因为如果我们开始依赖它们，并且只依赖它们，那么这种卡就很容易被用来控制我们。而这还是在互联网出现之前！我们尚且对数字签名一无所知。

但除了信用卡这一角度之外，玛丽·麦卡锡认为这个故事似乎不合情理——在一切向前看的美国，这种倒退的事情绝不可能发生；她还认为该书的语言缺乏创造性。她的评论对我来说多少是个打击，因为我记得一九六二年自己在浴缸里读她的小说《她们》时可是读得津津有味。但这不是我第一次遇到差评，也不会是最后一次。那些杀不死你的，会让你更为强大，尽管有时也会让你更没好气。正如你们方才所看到的那样。

但经过这个坎坷的开头之后，有关《使女的故事》的其他评论出现了。大体情况包括：在英国，他们认为这是一个相当不错的故事。他们不怎么担心这种情况会当真在英国发生，因为早在十七世纪他们就已经历过宗教内战，他们也不认为会这么快再爆发另一场内战。在加拿大，人们忐忑地问："这种事会发生在这里吗？"加拿大人经常问这种问题，因为他们认为自己的国家是霍比特人的国度，毛茸茸的小矮人在这里不谙世事地喝喝啤酒，打打曲棍球，抽抽烟斗，开开欢乐的派对，不觉得会出现什么恶行，邪恶的魔多之眼也还没有探知到他们的存在，尚未派出巨魔、半兽人和戒灵等东西来消灭他们。

但在美国，他们问的是："我们还有多少时间？"早在一九八五年，不祥之兆就已赫然在目了。实际上，确实有字迹出现在一堵实打实的墙上，那是在加州威尼斯镇的防波堤，有匿名者出手往上面喷涂了"使女的故事已在这里发生"。这本书后来获得《洛杉矶时报》的图书奖，又在英国得到布克奖的提名，还赢得了加拿大的总督文学奖等奖项。所以肯定有人欣赏它的优点，尽管这些优点也没什么了不起的。

从那时起，这本书就销路不断。我猜想是因为接二连三的年轻一代似乎都被它给吓坏了。有人把它列入高中课程，其他人又试图把它从课程中剔除，部分原因在于它包含性方面的内容，或者因为那些人错误地认为它是反基督教的，这表明他们对基督教的看法一定很奇怪。我们后面会再展开来讨论这个话题。

这本书后来被改编成一部电影、一部歌剧、一部芭蕾舞剧、若干戏剧作品，以及即将出版或播出的图像小说和电视连续剧。不过，最极致的表现是：人们在万圣节时装扮成使女，而其他人看懂了他们的用意！我创造的这个穿着古怪红裙的卑微使女，已经同克林贡人、米妮老鼠、绿巨人和神奇女侠比肩，在万圣节服装界占据了一席之地。那是多么令人激动啊！

我现在要说些实质性的内容了。有人请我从不同的角度来谈谈这部小说，我也会尝试着这么做。我准备讲讲它的来龙去脉——创作它的时代——我是怎么写的，为什么会动笔，影响它的文学和历史因素，以及我在构建书中世界过程中所做的一些选择。然后，我还将尝试把它置于当下——我们现在所处的时代，即此时此地。这部小说还有现实意义吗？如果有，是什么意义，为什么还有意义？小说能否具有预见性，如果不能，那又是为什么？

对于一次简短的讲话来说，上述这一切都是很高的要求，所以我这就撸起袖子——借用这个比喻，不是真撸起来——开始落实。

但首先，我要告诉你一个真实的故事。很久以前，大约二十年前吧，我和我的伴侣格雷姆·吉布森正在为加拿大作家联盟安大略省分会举办一场聚会。背景信息：安大略是加拿大的一个省，相当于美国的一个州。加拿大是一个国家，人口与墨西哥城相当。作家联盟是我们在上世纪七十年代初成立的，因为当时加拿大没有经纪人，作家们完全任由出版商摆布，在诸如其他作家预付稿费拿多少这类事情上，出版商会欺骗他们。现在情况不同了，尽管"职业作家"作为一份对工作的描述，仍然给人介于赌徒、创业企业家和变戏法的纸牌魔术师之间的感觉。你必须全速运转才能维持现状，如果你想获得养老金，就不要当作家。这几乎和当一个二十三岁的乡村歌手一样难。大多数人都有白天的主业。

参加我们那次聚会的作家当中有一位三十五岁的年轻女子，她声称自己心脏病发作了。由于她曾有过一次心脏病发作，所以这情况很严重。我们把所有人都赶出客厅，格雷姆陪她一起深呼吸，而我拨打了急救电话。很快，两位身材魁梧的年轻男性急救医护人员带着他们的装备来了，他们肌肉发达。（他们必须有发达的肌肉，这样才能抬得动病人。）他们把我们赶出房间，开始施救，然后发生了以下的对话：

急救员甲：你知道这是谁家吗？

急救员乙：不知道，这是谁家？

急救员甲：这是玛格丽特·阿特伍德家！

急救员乙：玛格丽特·阿特伍德！她还活着吗？

结果发现这位年轻女子根本没有心脏病发作。她之所以会出状况，用他们的原话，是因为她吸入了"大如西柚的一团气"。她只是因为来到我家而兴奋异常。

我讲这个故事是为了形象说明一个众所周知的事实：任何作家，但凡你在高中学过他/她作品的，大家都会认为他/她已经死了。多年来，很多孩子在高中时都学过《使女的故事》，所以很多人发现我还活着时都惊讶不已，搞得有时候我自己都感到惊讶了。但这就是名气的影响，哪怕只是小有名气。你可以买到一种西葫芦模具——通常在漫画书背面做广告——如果用它包裹住一只正在生长的西葫芦，就能长出一个"猫王"埃尔维斯·普雷斯利头部形状的西葫芦来。这模具也可以用在茄子上。我的名气还没有达到那种程度。

我开始写《使女的故事》的时候，我甚至连西葫芦模具的边边都挨不上。由于你们有些人当时还没有出生，有人年纪尚小，且让我带你们回到从前。

首先是我，出生于一九三九年十一月，第二次世界大战刚开打不久。这意味着我是记得希特勒和斯大林的那一代人，而不仅仅是从历史书上认识了他们。一九四九年，我十岁，因此在乔治·奥威尔的《一九八四》出平装本时就读了。一九五五年，我十五岁，"猫王"首次在电视上亮相。一九六〇年，我二十岁；一九七〇年，我三十岁；一九八〇年，我四十岁。我总是为我书中的人物做一张这样的图表：我想知道他们在世界发生重大事件时的年龄，因为我们的个人经历与外部世界发生的事情相互影响。

一九八四年，我们处于对嬉皮士、妇女解放等类似社会行为模式的小小反弹阶段。在音乐方面，我认为那是迪斯科乐晚期。嬉皮士大约于一九六八年涌现，就在"垮掉的一代"、存在主义者、民谣歌手和披头士之后；在此之前，出现了避孕药、连裤袜和迷你裙。（这三样东西是连在一起的，尤其是连裤袜和迷你裙。）当时被称为"妇女解放"的运动，大约始于一九六九年。我不在场：当时我在阿尔伯塔省的埃德蒙顿，那里距离纽约非常遥远。当时还没有任何形式的互联网。我从朋友们的来信中听说了这些事情。我也是太超龄了，没当成嬉皮士，尽管我确实经历了存在主义、民谣和全黑眼线。可不要忘记这一点！

随后，女性主义运动进入第二波浪潮。第一波浪潮是在十九世纪末、二十世纪初，其支持者被称为争取妇女参政选举者，她们的目标是女性选举权，或为女性争取投票权。然后她们得到了投票权，再后来是大萧条——女性回到家里，把就业机会让给男人，尽管杂志也报道阿梅莉亚·埃尔哈特[1]这样充满冒险精神的假小子典范；然后战争来了，妇女进入工厂制造武器，出现在女铆钉工罗茜[2]的海报上，展示起可爱的小小的二头肌。战争结束后，妇女回到家里，把就业机会让给男人；你应该有四个孩子，一台洗衣烘干机，一栋郊区的平房，并且丢掉你的大脑从而获得全然的满足。与此同时，从战场归来的男人们也躁动不安；他们怀念他们的自由和濒死经历所带来的肾上腺素刺激。这时，休·海夫纳[3]出现了，吹着他的彼得·潘长笛向他们发出呼唤：你们为什么陷在家庭的乏味生活中？平房很无聊！抛下妻子和孩子，过来玩呀！他们确实这样做了，最终催生出电视剧《广告狂人》。

在这样的时代背景下，贝蒂·弗里丹[4]带来了《女性的奥秘》，一九六四年我在温哥华阅读了这本书。她的书是对上世纪四十年代末以及五十年代"回归家庭"鼓吹者所提出的无脑主张的抗议。以下是一则针对这种无脑主张的幽默讽刺文，出自一九五五年的《家政月刊》，题为《贤妻指南》：

如果他回家晚了，或者出去吃饭了，或者去其他娱乐场所却没带上你，

1　世界上第一位独自飞越大西洋的美国传奇女飞行员，是上世纪三四十年代风靡世界的时尚标杆。

2　美国的一个文化象征，代表第二次世界大战期间顶替战场上的男性进入制造业工厂工作的六百万女性。"女铆钉工罗茜"是美国在二战期间推出的宣传形象，鼓励女性代替参战的男性进入职场，生产战争前线所需物资。

3　世界著名色情杂志《花花公子》的创刊人及主编。

4　美国当代著名的女权运动家和社会改革家，自由主义女性主义思想代表人物之一，被誉为"解放所有家庭主妇的家庭主妇"。

千万不要抱怨。相反，尽量理解他在外面的紧张和压力……如果他回家吃饭晚了，甚至整晚不回家，也别抱怨。比起他那一整天经历的事情，这都微不足道……不要东问西问他做了什么，也不要质疑他的判断或诚信。记住，他是一家之主，因此他将永远公正、诚实地贯彻他的意志。你没有权利质疑他……贤内助一向懂得摆正自己的位置。

这也可以叫作"罗马奴隶指南"或"公元一千年的农奴指南"。

弗里丹的《女性的奥秘》引起了所有受过大学教育的美国女性的共鸣，在此之前她们被灌输说她们真正的学位在于"觅得如意郎君"。但这种"一家之主"式的洗脑并没有对年轻的加拿大女性产生多大影响。我们生活在一个文化闭塞的地方，还在追捧阿梅莉亚·埃尔哈特那样的假小子翱翔蓝天的故事。再说，我们还有一本名为《城堡女主人》[1]的女性杂志，编辑叫多丽丝·安德森，在父亲抛妻弃女后，她在母亲经营的寄宿公寓里长大，所以她没有任何"公正与诚实"的宣传论点。早在一九六九年妇女运动风起云涌之前，她就迎头处理了许多妇女问题，而且她每走一步都不得不与杂志所在集团的男性管理层作斗争，因为他们相当热衷于"公正与诚实"的那套说辞，就像罗马贵族一样。

到了二十世纪七十年代，那是女性主义领域潮起潮落的时期：有色人种妇女抗议她们没有得到代表，女同性恋者也是如此；格洛丽亚·斯泰纳姆[2]的《女士》杂志以及许多其他的出版物出现了；一切还在继续。在加拿大，为了让任何作家，无论什么性别，都能发表作品并获得报酬，年轻的女作家们忙于努力营造创作空间——创办杂志和出版社，建设诸如作家巡回宣传、文艺节庆活动、大学驻校写作以及与图书馆相关的公共借阅权等等基础设施，在所有这些战线上，战斗，战斗，再战斗——我们往往把我们的男同行视作战斗伙伴，而不是敌人。

1　加拿大女性杂志，也译为《主妇》，创刊于1928年，涵盖从饮食、风格和家庭装饰到政治、健康和情感关系等主题。

2　美国新闻记者、作家，第二次女性主义运动中的领军人物。

到了二十世纪八十年代初，一些在七十年代奋力斗争的女性主义者开始感到疲惫，于是休兵罢战。与此同时，宗教右派发起了反击。他们想回到五十年代，至少跳过摇滚年代回到那十年间的"贤妻指南"，但这次他们想依靠一直以来潜存于底下的清教严格教义作为支撑。"他只为上帝，她只为他心中的上帝。"约翰·弥尔顿在《失乐园》中写道。而且如圣徒保罗所言，妇女唯有通过生育才能救赎自己。这与纳粹倡导妇女的"孩子、教堂、厨房"太接近了，让人心生不安。

还记得我怎么说希特勒吗？我读过大量有关二战的文献，我知道他很早就在《我的奋斗》一书中宣布过他的政纲。这本书在当时完全行不通——德国人起初认为希特勒是个疯子，说得太对了——所以他对自己的真实议题轻描淡写，等到当选再说。然后，他摧毁了民主，开始做他最初说的他想做的事。

所以我相信两件事：（1）如果真正的信徒说他们会做某件事，那么一旦有机会，他们就真会去做。（2）谁说"这种事不可能在这里发生"，那么谁就错了。历史已经一次又一次地证明，只要条件合适，任何事情都可能在任何地方发生。除了这两点，我还要加上（3）权力导致腐败，绝对的权力导致绝对的腐败。这也有许多案例为证。

于是，我开始着手写《使女的故事》。我以短笺的形式开始构思，但真正开始写作是一九八四年春天。我们当时住在西柏林。柏林墙还没有倒塌——那要到一九八九年才发生——也没有迹象表明它不久以后会倒塌。要想体会冷战时期西德的间谍对决，可以读读约翰·勒卡雷的《锅匠、裁缝、士兵、间谍》系列小说，或者看看亚利克·基尼斯的电视剧版；想了解当时的东德特色，可以去看电影《窃听风暴》。那就是当时的氛围。

所以西柏林是动笔写《使女的故事》的好地方。一九八五年春，我在亚拉巴马州的塔斯卡卢萨完成小说全稿，当时我在亚拉巴马大学担任艺术硕士生导师。那是个完稿的好地方，说起来原因简直天差地别。那里也存在不自由，但只针对特定的某些人，例如肤色较黑的人，奇怪的是，还针对骑自行车的人。（"不要在这里骑自行车，"有人告诉我，"因为他们会认为你是共产主义者，把你赶出马路。"）可以把这两个地方称为硬币的两面。

《使女的故事》试图回答几个理论问题：(1)如果美国成为一个独裁或专制政府，它将自诩为什么样的政府？(2)如果女人的位置是在家里，而妇女现在都已经走出家门，像松鼠一样到处跑，那你要如何把她们塞回家里去，并且让她们一直待在那里？

书中对问题（1）的回答是：那将是一个宗教独裁政权，它不会是像波兰、捷克斯洛伐克和东德那样的政党独裁国家，我后来在一九八四年也去过这样的国家。我当时认为，一个以自由民主为名的专制政府是一种矛盾的说法，但我应该记起麦卡锡主义；而今我们有了数字监控，这样的专制主义更是触手可及。

至于问题（2）——如何将妇女塞回家庭——答案很简单：将历史倒退一百年——不，甚至用不着这么多年。剥夺妇女工作以及获得金钱的机会——后者通过她们的银行和信用卡而实现。哦，她们最近赢得了公民权利，比如选举权、拥有财产的权利、抚养自己孩子的权利。要做到这一点，你得修改法律。有些人喜欢援引"法治"，但他们可别忘了，历史上曾经有过一些非常不公正的法律。纽伦堡法案——针对犹太人——是法律。《逃奴法案》是法律。禁止美国南方奴隶识字的法令是法律。古罗马的压榨农民税法是法律。就这一话题，我可以继续说上很久。

写这本书的时候，我给自己定了一个规矩：我不会纳入人们在历史上某个时刻、世上某个地方从未做过的事的细节，或者他们因缺乏技术而无法做到的细节。换句话说，我不能瞎编。许多历史先例都可以在后记中找到；我认为这篇后记是就所述事件的文本在几百年之后进行的一次讲座。

我把小说设定在马萨诸塞州的坎布里奇。原因如下：

一九六一年至一九六三年以及一九六五年至一九六七年期间，我就读于哈佛大学，在校内选修了佩里·米勒[1]的若干课程——他与F.O.马西森一同在美国文学和文明这一门学科的创建过程中起到了重要推动作用。在

---

[1] 美国历史上首位对清教内在思想结构做出系统而深入分析的大家，也是研究新英格兰史以及早期美国文化的学术权威。

他的教导下，我首先研究的是十七世纪——也就是新英格兰的清教徒时代。这让我大开眼界，因为在此之前，我只学习过十九世纪的早期美国文学——爱伦·坡、梅尔维尔、爱默生、梭罗、狄金森、惠特曼、亨利·詹姆斯等。米勒对十七世纪新英格兰的研究非常出色，当时的新英格兰远不是一个自由的民主政体。相反，它是神权政治，它支持自己的宗教自由，但反对其他任何人的宗教自由。例如，它绞死了贵格会教徒。由于这些清教徒是我的祖先，我当然被这段历史惊呆了。

这个社会也经历了著名的塞勒姆猎巫案的歇斯底里，由于那些所谓的女巫中有一位也是我的祖先，或者说我祖母在周一时会这么说，所以我对此更是兴趣倍增了。（但到了周三，她又全盘否认。）塞勒姆猎巫一直是此后类似狂热事件的模板，包括麦卡锡主义——因此有了阿瑟·米勒的剧本《坩埚》[1]。这就是为什么《使女的故事》既要献给佩里·米勒（如果他还在世，读到这本书时他一定会开怀大笑），也要献给我可能的祖先玛丽·韦伯斯特。玛丽被处以绞刑，却绞而未死——第二天早上她还活着。那可真是值得继承的坚韧脖子啊，如果你打算伸长脖子冒险一试，就像我做过的那样。

正如我前面说过的，我在这本书中没有写任何前人不曾做过的事情，或者他们囿于技术而无法做到的事情。我参考了各种历史资料，包括齐奥塞斯库独裁统治下的罗马尼亚、希特勒和他偷盗波兰儿童的政策、为党卫军制定的多妻政策，以及军政时期的阿根廷。我用到了剥夺美国奴隶识字的举措，用到了早期的摩门教，用到了中世纪的集体绞刑——如果每个人都拽绳子，那么罪责就共同分担——还用到了古希腊的酒神崇拜，人们亲手撕碎用于献祭的受害者。这些仅仅是一部分而已。

服装方面，我用到了二十世纪四十年代老荷兰[2]清洁剂包装上的图

---

1 又译《萨勒姆的女巫》，阿瑟·米勒根据1692年马萨诸塞州萨勒姆镇发生的一桩诬告株连数百人的"逐巫案"而创作。剧作以古讽今，生动描绘了当时的压抑气氛和政治迫害，极尽展现美国当时人心危殆与人性沉沦。

2 加拿大百年品牌，传统上认为荷兰人或条顿人追求完美清洁，故品牌取此名，产品标签图案为荷兰小妇人挥舞一根棍子驱赶灰尘和污垢。

案——隐藏不露的脸、白帽子、裙裾飘飘——这图案给孩提时的我造成了严重的心理阴影。但我也用上了十九世纪中期女性的服装时尚,包括能遮住脸的圆帽;以及中世纪的反奢侈法,它规定了谁可以穿什么。至于颜色编码——蓝色代表纯洁,红色代表罪恶和激情等等——与中世纪和文艺复兴时期基督教画家所使用的套路保持一致。

基列共和国的社会结构有时被认为是所有男性地位优越而所有女性地位低下,其实并非如此。这是一个专制或极权主义的体系,而不是严格根据性别来划分决定,所以地位高的男性的配偶本身也有很高的地位,尽管其地位低于她们的丈夫。地位低的男性比地位高的女性地位要低。这些规则在历史上也是这么运作。只有地位高的男性才有多位女性为其生育子嗣;只有他们才有使女。这也是相当准确的,因为这种事情就是如此。正妻当家做主,其他年轻的妾室都在她的控制之下。地位高的男性会和所有的妻妾生育子嗣,如果他能做到的话。地位低下的男性则不得不与"经济太太"凑合过,后者必须履行所有的职能,而在上层社会这些职能分由几个女人来完成:正妻负责社交场合,情妇和妾室或小老婆负责性生活,仆人负责家务。在《使女的故事》的世界里,情况就是这样,因为在现实世界中也往往如此。

《使女的故事》受到很多文学作家和作品的影响。书名来自乔叟,他是我最喜欢的作家之一。这是一个"故事",而不是一部历史,因为当它被命名时——即事件发生的几百年后,没有人能够言之凿凿地确定到底发生了什么事,以及这些人到底是谁。这是历史学家经常遇到的问题:记录中存在空白。我们的使女也是这样。

第二重影响当然是《圣经》:这是一部非常复杂的作品,一开始根本不是一本书,而是一堆卷轴。只有当手抄本出现后——也就是我们如今的书籍形式,书脊在一侧,有一系列的书页可以翻动——古卷小册才变成了一本书。直到那时,它才有了统一作品的模样。由于它是在不同的时代——迥然有别的不同时代——由不同的人写下的,所以书中包含了大量混杂的寓意。其中有的寓意对寡妇、孤儿、穷人和被压迫者非常有利,但是你也可以从中提取出截然不同的信息,比如彻底摧毁你的敌人、诅咒他们让他们吃掉自己的孩子之类的,而且很多人都赞成这样的寓意。

在《使女的故事》中,所谓的经律主义[1]被用来控制妇女(和地位低下的男性)以达成政治目的,支持权力精英。如果你认为这就是基督教的本质,我觉得你大错特错了。在小说里,你可以找到使女根据自身情况重新阐释的主祷文。因此,当人们认定这本书"反基督教"时,我感到大惑不解。任何宗教都有积极的和消极的节点,正如我的老朋友、奥斯威辛集中营的幸存者范妮·西尔伯曼曾经说过的,"每个人身上都有好有坏"。基列国是坏的,这并不意味着没有好的。这个问题交给你了。

其他的文学影响来自十九世纪末和二十世纪初的乌托邦和反乌托邦世界。"乌托邦"是对一个比我们更好的社会的文学描述;十九世纪末的人非常喜欢,并撰写了很多此类作品——因为在诸如医学和技术以及物质产品的生产和分配等方面,已经取得了如此多的进步,乐观的人们不明白为什么情况不能继续改善。在英语作品中,乌托邦的亮点是威廉·莫里斯的《乌有乡消息》和爱德华·贝拉米的《回顾》。不幸的是,第一次世界大战爆发了,欧洲在这场战争中四分五裂,然后是第二次世界大战,欧洲更进一步变得支离破碎,在此期间,希特勒的德国、墨索里尼的意大利等等——所有这些国家起初都自称是乌托邦——一切都会变得更好——结果这些国家全都变成了反乌托邦,或者说比我们的社会更糟。因此,文学的乌托邦变得难以让人信服,而文学的反乌托邦则有了一席之地。亮点有阿道斯·赫胥黎的《美丽新世界》与乔治·奥威尔的《一九八四》。如果你想了解更多我对这一切的相关看法,在我谈论科幻小说的随笔集《在其他的世界》里,有一章过分详细地进行了说明。

《使女的故事》是一个文学的反乌托邦——一个比我们更糟糕的世界,因此,它的形式受到了乌托邦/反乌托邦传统本身的影响。我在十几岁的时候读了很多这类小说,后来读研究生时还深入研究过,这就注定了我迟早要动手尝试,只为看看自己能不能写得出来。于是我就这么做了。在二十

---

[1] 也叫《圣经》直译主义、《圣经》神圣论,是指完全依照字面意思来理解《圣经》、认为《圣经》字面上的意义不具有隐喻与象征的思想。

世纪八十年代,这么做有点疯狂,因为彼时这种小说并不时兴。现如今,反乌托邦的作品遍地开花,这可能是因为许多年轻作家对他们眼中的前景多少感到有些沮丧。

这把我们带到了今天。人们经常问我以下两个问题:

1. 你是否认为,比起你在二十世纪八十年代中期写作的时候,《使女的故事》在当下更有意义?

2. 同一个问题的另一个版本。你是否认为《使女的故事》具有预见性?

这都是吊人胃口的问题。对于第一个问题,我的回答是:我很难说这本书是否真的更有意义;但很显然,很多人——尤其是美国人——认为它现在更有意义。上次总统选举期间,这本书的书名成了社交媒体上的一个梗,有海报写着:"告诉共和党人,《使女的故事》不是蓝图"或者"《使女的故事》就这么来了"之类。为什么会这样呢?因为四个聪明的共和党人[1]已经开口说出了他们的真实想法,他们的真实想法就是,"真"被强奸的女性不会怀孕,因为她们的身体有办法防止怀孕;而且"真实的"强奸和"非真实的"强奸——或者说"非真实的"强奸只是看起来、感觉上像强奸,但并非真的强奸——二者之间是有区别的。这一切都让人想起女巫审判,他们把你绑起来扔进水里,如果你淹死了,你就是无罪的,但如果你浮了起来,那你就是有罪的,所以他们可以烧死你。看样子横竖都是得死。

概括起来,我们可以说:专制政府总是对妇女的生育能力表现出过度的关注。事实上,人类社会一直对此很关注。谁应该生孩子,哪些孩子是"合法的",哪些可以允许活下来,哪些应该被杀死(在古罗马,这取决于

---

[1] 此处"四个聪明的共和党人"是戏仿1985年美国电视电影《第四个博士》之名,这部剧改编自美国作家亨利·范·戴克的中篇小说《第四贤者》。圣经中有"东方三博士"带礼物朝拜耶稣圣婴,亨利·范·戴克则讲述了第四位智者阿塔班的故事,阿塔班一次次因为善良与慈心而耽误了随三博士去朝拜圣婴的旅程,结果花了大半生才终于见到已钉死在十字架上的耶稣,但主知道他这一切经历,接受了他的礼物心意。

父亲,等等),是否应该允许堕胎,或者怀孕至多几个月可以堕胎,是否应该强迫妇女生下她们不想要或无法抚养的孩子,等等。一般来说,狩猎采摘社会采取间隔生育,并放弃那些他们无法养活的孩子,但农业社会鼓励大量生育,以便更好地在农场工作并提供奴隶劳动力;一旦大规模军队开始建制,他们当真会鼓励生育,因为需要众多人体来充当拿破仑所说的"炮灰"。希特勒向生育了很多孩子的母亲颁发奖章——由于第一次世界大战,炮灰匮乏——而斯大林则允许堕胎作为控制生育的手段——拜农业集体化失败所赐,他们养不活这么多人。

因此,就当权者对于生育、谁来生孩子、抢夺孩子以及由谁实施抢夺的过度关注等等真正要问的,是悬疑故事中常见的那个问题:对谁有好处?[1] 谁从中受益?

在《使女的故事》的世界里,婴儿在上层社会非常稀缺。因此,人们从那些有孩子的人那里抢走婴儿,然后分给那些想要孩子的上层人士。历史上有很多例子可循,其中一些是阿根廷的将军,他们抢走疑似反政府的妇女的婴儿,然后折磨杀害这些母亲;还有爱尔兰的修女,她们抢走未婚母亲的婴儿,有时甚至抢走只不过暂时交由她们照顾的婴儿,然后把孩子卖给富有却膝下无嗣的美国人。在二十世纪四五十年代的北美,大家都听说过这样的故事,有些母亲被告知说她们的孩子在出生时就死了,而事实上孩子是被卖掉的。

《使女的故事》的统治阶层是一群挖掘《圣经》寻求个中教条为己所用的家伙,因此如果没有孩子出生,那就是女人的过错。历史上也有很多这样的先例。

那么,这个故事现如今比它最初出版时更有意义吗?我想说,实在不幸,很可能是这样,因为现在有太多的人在努力将妇女的身体当作国家财产。在我这个年纪的人看来,这种努力完全是希特勒式的。但也许只有我这么想。补充一句,这么说吧,征兵制同样视男性身体为国家财产。这点值得深思。

---

1 此处原文为拉丁文。

第二个问题：这部小说具有预见性吗？不，没有一部小说具有预见性，除非是在回顾的时候。没有人能够真正预测未来，因为有太多的变量，太多的未知数。人鼠之间最周密的计划往往也会搞砸。你可以做出有根据的猜测和合理的尝试，但仅此而已。

好了。我已经告诉你们很多关于《使女的故事》的事情了：它的原型、它的缘起、它的过去与它的现在。至于它的未来，那将掌握在你们手中——读者的手中——因为这是任何一本书的未来所在。作者写完书，然后斩断对它的控制，在火车站与它挥手作别，这本书便开启了自己的旅程：前往未知的疆域，遭遇未知的思想。它会遇到喜欢它的人，也会遇到不喜欢它的人。任何一本书都是如此。这么多年来，有这么多人喜欢它，这依旧让我感到惊讶。

双重的不自由

（2015）

威廉·布莱克曾写道："知更鸟儿笼中囚，天堂怒火不停休。"约翰·弥尔顿在《失乐园》第三卷中有言："平稳地站立，当然也有堕落的自由"，表达了上帝对人类与自由意志的思考。在《暴风雨》中，卡列班高唱："自由，哈哈！哈哈，自由……！"请注意，他当时喝醉了，而且过于乐观：他所做的选择并非自由，而是对暴君的臣服。

我们总是在谈论这个"自由"。但我们想要表达什么呢？"自由有两种，"《使女的故事》中，丽迪亚嬷嬷告诫受到监禁的使女，"一种是随心所欲，另一种是无忧无虑。在无政府的动乱时代，人们随心所欲、任意妄为。如今你们得以免受危险，再不用担惊受怕。可别小看这种自由。"

红襟知更鸟在笼子里更安全：它不会被猫吃掉，或是一头撞上窗户。它吃喝不愁。但它也不能随心所欲地飞翔。大概这就是天堂居民的忧烦所在：它们反对限制有翅生灵朋辈的飞行自由。知更鸟应该生活在自然界，它天经地义的归属之地；它应该有主动模式下的"随心所欲"，而不是被动模式下的"无忧无虑"。

这对知更鸟来说真是太好了。我们欢呼，布莱克万岁！可我们自己呢？是在安全的笼子里，还是在危险的野外？是舒适、懒散和无聊，还是行动、冒险和危境？作为人类，动机难免复杂，我们想要二者兼得；不过，通常是交替进行。有时对冒险的渴望会导致越界和犯罪，而有时对安全的渴望会造成自我监禁。

政府非常了解我们对于安全的渴望，也喜欢利用我们的恐惧。我们有多少次被告知，说这个或那个新规、新法或者官方的窥探活动是为了保证我们的"安全"？无论如何，我们并不安全：我们中有许多人死于天气事件——龙卷风、洪水、暴风雪——但政府在此类情况下，起到的作用仅限于指责别人、推卸责任、表达同情，或提供零星一点紧急援助。死于车祸或在浴缸里滑倒摔死的人要比死于敌方特工之手的人多得多，但这类死亡并不容易引发恐慌。从进化的角度来看，汽车和浴缸都是近来才出现的，我们还没有针对它们发展出深层的神话。与心怀不端的人类交织在一起时，它们就会变得可怕——你在车里被疯子冲撞，或被黑手党枪杀，都很有冲击效用；在浴缸里惨遭杀害可以追溯到《荷马史诗》中阿伽门农的命运，在阿尔弗雷德·希区柯克的电影《惊魂记》中，浴室谋杀更是翻出了新花样。不过，没有了暴怒的妻子和疯子，汽车和浴缸只是木然呆立在那里。

我们真正害怕的是突如其来、不可预测的暴力事件：相当于遭到一只饥肠辘辘的老虎攻击。昨天，如虎一般的威胁来自某些党派：在二十世纪五十年代，坊间传闻，每个灌木丛里都潜伏着一个敌人。今天，威胁来自恐怖分子。我们被告知说为了保护我们免受这些威胁，必须采取种种预防措施。这一观点也不无道理：某种程度上，这种威胁真实存在。然而，我们扪心自问，极端的救治措施是否比疾病本身造成更大伤害。我们必须挨个牺牲多少自由来保护自己，抵御他人通过征服或杀戮来限制我们自由的欲望？

这种牺牲是有效防御吗？失去了自由，我们可能会发现自己并不安全；事实上，我们可能面临着双重的不自由，因为我们把钥匙交给了那些承诺保护我们的人，但他们势必已成为我们的狱卒。监狱可以定义为违背你的意愿将你关进去且无法离开的任何地方，你在那里完全受制于当局，无论他们是什么人。我们正在把整个社会变成一座监狱吗？如果是这样，谁是囚犯，谁又是守卫？由谁来决定？

长久以来，我们人类一直在探索自由与不自由之间的边界。曾几何时，自由的替代品不是监禁，而是死亡。在我们以狩猎采集为生的数千年里，我们既没有通行口令，也没有监狱。在你所属的小团体中，每个人都认识你，也接受你，然而陌生人是可疑的。没有人被关进监狱，因为那时没有建筑物派这一用场。如果一个人对群体构成威胁——比方说，如果他开始精神错乱并且表示想吃人——那么群体的责任就是把他杀死；而如今，群体的责任则是把他关起来，以防止其他人受到伤害。一个拥有监禁选项的司法系统有赖于耐久固定的建筑：你得有座地牢，才能把人扔进去。

农业出现后，取代自由的不是死亡，而是奴役。把那些对你的群体构成威胁的人变成你的奴隶，这可比杀死他们更为可取。这样一来，他们可以被安排去耕作你的田地，为你创造盈余物资，让你变得富有。参孙并未像《荷马史诗》中被俘的特洛伊男子那样被扔下悬崖。相反，他被弄瞎双眼，像驴子一样推磨碾谷。

当然，一旦奴隶的营利能力得到认可，供需规则就会创造出一个繁荣的奴隶市场。你可能遭到奴役，不仅是因为你在战争中处于落败的一方，还可能因为你在错误的时间出现在错误的地方：比如狭路偏逢一支劫掠奴隶的突袭小分队。

在中世纪时期，上层阶级人人都想拥有一座城堡，而每座城堡底下都有一座地牢：黑咕隆咚的，一片凄凉，寒冷而又绝望，还有老鼠出没，或者说它们在电影中都是这种形象。地牢是身份的象征：每个有点身份的人都有一座。它们有多种用途：你可以把女巫关在里面，等到烧死她们的时刻到来；你可以把罪犯关在里面，尽管直接绞死他们往往更划算；你可以把抢夺王位的竞争对手关在里面，直到你捏造出足够多的证据，宣布他们为叛徒并砍掉他们的脑袋。既然劫持外邦的贵族以换取赎金这事有利可图，地牢也可以成为宝贵的财富创造者。交易很简单：你，地牢的主人，得到一大笔现金，而你的囚犯得到自由。反过来，你付钱给一个外国地牢的主人，让他关押你指定的政敌。

就这样持续了几百年，来到现代。到了十九世纪，自由与不自由开始呈现它们如今的形态。"自由"在十八世纪的启蒙运动中变得具体了：它是美国独立战争中投入战斗的农民应该为之而战的东西，尽管实际上他们是为不必向英国纳税的自由而战。法国的革命者以自由、平等和博爱为出发点，这是一种崇高的理想，包括要摆脱贵族的束缚，尽管在短期内它以泪水、数以千计的斩首以及拿破仑的登基而告终。

不过,一旦拜伦掌握了自由,就没有回头路可走:自由作为一种理念,即将就此存续。他笔下的《西庸的囚徒》充满浪漫色彩,因为那囚徒没有自由;那个可疑角色弗莱切·克里斯坦对布莱斯船长发动了哗变——按拜伦的说法——这是一种反对暴政、争取自由的姿态;拜伦本人或多或少为希腊人争取重获政治自由的斗争而付出了生命。十九世纪和二十世纪许多革命者所挥舞的大旗上,镌刻的不是"我权天授",而是"自由":美国南方的奴隶摆脱奴隶制压迫的自由,南美摆脱西班牙殖民的自由,俄罗斯人摆脱沙皇统治的自由,工人摆脱资本主义剥削的自由,妇女摆脱父权制度的自由——在父权制下她们只拥有儿童的权利,却承担成年人的责任,最后是摆脱纳粹主义和极权铁幕的自由。

写作自由、出版自由、言论自由:世界上许多国家仍在为这些自由而斗争,牺牲者不计其数。

既然有这么多人愿意为了自由而献身,为什么许多西方国家的公民愿意一声不吭就放弃他们来之不易的自由呢?通常情况下,是因为恐惧。恐惧可以有多种形式:有时它可以归结为对失去薪资的恐惧。只要火车准点运行,只要你自己有工作,就算这里或那里有几个人给吊挂起来,又何必大惊小怪呢?

而到了牵动己身的时候,另一种恐惧又来袭了。你唯有待在青蛙池的水面之下才能保护自己:别抬头,也别大声呱呱叫,人家让你放宽心,说只要你不做任何"错事"——所谓错事一概变幻莫测,谁也说不准——就不会有什么坏事发生在你身上。

直到坏事临头。

由于到时候自由报道已被压制,所有的独立司法机构也遭废止,任何独立的作家、歌手与艺术家都已被打压,没有人可以为你辩护。如果有一件事我们现在应该要知道,那就是没有问责和制衡的专制制度会产生可怕的权力滥用。这似乎是一条颠扑不灭的法则。

但所有这一切似乎都有点过时了。它让人回想起二十世纪中叶的野蛮残忍、趾高气扬的独裁者、大规模的军事场面、粗陋却咄咄逼人的制服。现代西方政府控制公民的方法要低调得多：与其说是长筒军靴，不如说是防水胶靴。我们的领导人对我们采用的是农业企业养牛的方法：耳标、条形码、编号、分类、记录。当然，还有剔除。

这就是监狱系统的用武之地了：在其短暂的理想主义被剥夺了以后——不再是改造罪犯的教养院，不再是让他们忏悔的感化所——它已经成为存放罪犯的仓库。在营利模式之下，它也成了制造更多罪犯的工具，一切都是为了填补可用的空位，并从纳税人那里榨取钱财来为此买单。

在美国，年轻的黑人男性在监狱人口中的占比奇高；在加拿大，是年轻的原住民男性。难道我们无法想出更有效且成本更低的办法，比如创造更好的教育和就业机会？但也许这帮了当权者大忙，推波助澜创造出可怕的人，让他们到处乱窜，这样我们自己就会意识到花钱把他们关起来的道理。

把人当作求盈利而饲养的家畜来对待，这件事在有了数字技术的今天比以往任何时候都更容易实现。你再也无法在没有信用卡的情况下租车、开房或购买任何商品，而信用卡所到之处都会留下数字痕迹。人家告诉你说你需要社会保障卡、健康证、驾照、银行卡以及一堆密码。你需要一个"身份"，而这个身份是数字化的。你所有的数字和密码——所有能识别你身份的数据——应该都属于隐私，但我们现在都知道，数字世界漏得像个筛子，互联网上的安保措施几乎等同于下一轮出手攻击的主谋黑客或者监守自盗的数据窃贼。克里姆林宫重新使用起打字机有其充分的原因：将存储记忆卡偷偷带出安全区域要比运走一大堆文件容易得多了。

那么，该怎么办呢？在威廉·吉布森的《神经漫游者》三部曲中，大多数公民都像我们一样被贴上了耳标，但也有一些人因为没有官方记录而能够在雷达扫描下悄然生存。要么他们抹掉了记录，要么他们篡改了记录，要么他们从一开始就没留下记录。不过任何人想要在没有规定身份的情况下生活，必须极为机敏，可能还需要大量的基本生存技能。也许要住在桥下；反正不是住在屋子里。

我们大多数人都活在双重的不自由之中：我们的"随心所欲"仅限于

经过批准和监督的活动,而我们的"无忧无虑"也不能让我们幸免于许多最终会害死我们的东西,浴缸只是一个开始罢了。可以不呼吸空气中的、不喝到水中的有毒化学物质?可以不遭遇洪水、干旱和饥荒?可以不摊上设计或制造有缺陷的汽车?可以不吃到每年夺去千万人生命的不良处方药?别指望了。

然而,也不全都是坏事。一切技术都是双刃剑,互联网上有太多泄露数据的漏洞,但也让文字得以迅速传播。揭露权力滥用比以往容易得多;签署请愿书和抗议也更便捷。尽管这样的自由也是一把双刃剑:你签署的请愿书可能会被政府用作对你不利的证据。

伊索寓言中有一则关于青蛙的故事。它们告诉众神,它们想要一个国王,众神就扔下一根木头来当它们的统治者。木头漂来漂去,什么也不做,有一阵子它们还算心满意足;但后来青蛙们又开始抱怨,因为它们想要一个有所作为的国王。诸神这下恼了,送来了一只鹳鸟,把它们全吃了。

我们的问题在于,西方政府越来越像木头国王和鹳鸟国王的讨厌组合。他们擅长维护自己进行监视和控制的自由,却不善于让他们的公民享有与过去同等的自由。他们擅长制定间谍法,但不善于保护我们免受其后果的影响。你是谁,由谁说了算?任何能改动你数据的人。

尽管我们的数字技术已经让我们的生活变得超级便利——只需轻点一下,东西就是你的了,不管是什么东西——也许现在是时候让我们夺回一些我们已经让渡的领土。是时候拉上百叶窗,赶走窥探者,收复隐私权了。回归线下吧。

有人志愿加入吗?好吧,我觉得没有。这没那么简单。

纽扣或蝴蝶结[1]？
（2015）

  有些小说家会给他们笔下的人物饮食，有些则不会。例如，狄更斯醉心于丰盛的飨宴，而达希尔·哈米特[2]只给酒喝。有些人爱好家具、绘画或建筑，有些人对此视而不见，倒是偏好乐器、花艺或养狗。宠物和菜单，浴缸和窗帘，建筑和花园，这一切都反映出其主的心理：或者至少在书中是这样的。

  衣服也是如此。对某些作家而言，一顶帽子就只是一顶帽子，仅此而已。但对其他作家来说，一只手套、一根羽毛或一个手提包都承载着重要意义。假如没有各类服饰，特别是那些个戴淡紫色手套的女性角色的各种行头，亨利·詹姆斯该何去何从？假如没有对靴子和棉绒袖子的敏锐观察，夏洛克·福尔摩斯又会落入何等境地？

  我读小说时很关注书里的服饰。如果有人穿了条连衣裙，我就想知道它是什么颜色的，而这只是开了个头。这裙子是时髦还是过时？是性感的低胸领口还是高抵下巴的纯情蝴蝶结？裙子里面穿的是什么——内衣、长衬裙、裙撑还是鲸须紧身褡？穿这条裙子对于这个场合而言是否太过隆重？她可能是个男人吗，如果是的话，我们看得出来吗？不管怎样，这条裙子让她或他显得更具魅力，还是更讨人厌，或者更可笑？那鞋子又如何呢？

  最重要的是，年代细节是否无误？若身处最推崇新娘穿黑色的时代，女性角色却以一袭白色婚纱示人，这会深深伤害那些注重衣着的读者。"可当时还没发明双面松紧带！"他们会嚷嚷。然后他们会给作者写一封嗤之以鼻的信。有些网站专门指责小说中的穿戴失仪和时代错误。"只有白痴才会把这种衬垫和腰褶搞混!"他们叱责道。

我考虑过以这种语气来写信,尽管终究一封也没写。我当然收到过此类信件,虽说不是关于成衣,而是关于如何制作黄油的。但都是一个道理。

我确信,我之所以对小说中的衣服如此关注,动辄吹毛求疵,是因为我从小到大都没有几件像样的衣服。那是战争期间,布料稀缺。翻翻那个时代的杂志,你会发现,很多文章都在讲如何借由翻转衣领、添加活泼的褶边以及其他类似的技巧,让你穿破的旧衬衫就此焕然一新。衣料不是因为美观受到青睐,而是因为结实:它们就应该经久耐用。这也意味着衣料凹凸不平,扎得人皮肤发痒。

以我为例,我的衣服没有花边褶饰,再加上我们家一年中有一半以上的时间在加拿大北部的森林里度过,要在那地方穿裙子简直愚蠢。我穿哥哥穿不了的旧衣服,通常不是棕色就是栗色。在城市生活时,我穿的是那个年代粗笨厚重且不舒服的格子呢裙和起球的针织开衫,天气暖和了还有两条连衣裙。怎么还需要别的呢?我母亲的理由是,一件洗,另一件穿,她讨厌买衣服,能不买就不买。

但那个时候,尽管母亲不情愿,我还是受到了诱惑。不仅有那些生日聚会——小客人们被要求打扮得像卡斯蒂利亚公主一样,全身褶裥饰边,发系蝴蝶结;还有那些童话故事,其中的服饰是情节的关键。我们再三回味这个场景:灰姑娘丢掉褴褛的伪装,借助镶钻礼服,以其真实而又华丽的内在形象示人,战胜了迫害她的那些人。我们仍然津津乐道于这一场景。全都靠它吗?一条裙子?派仙女教母上场!

与此同时,从换衣纸娃娃[3]的玩具世界里,我开始了解到好莱坞生活的奢华。那都是二十世纪四十年代的电影明星,比如维罗妮卡·莱克。明星们有很多行头:购物时穿时髦套装和配套的帽子,下午参加社交活动时穿

1　标题典出流行歌曲《纽扣和蝴蝶结》,以美国歌手狄娜·肖尔1948年的录音版本最广为人知。

2　美国侦探小说家,硬汉派小说鼻祖,代表作包括《马耳他之鹰》《玻璃钥匙》和《瘦子》等。

3　一种切成纸或薄卡的娃娃,配合不同纸制的衣服,通常是折叠后扣在娃娃上。

更为华丽繁复的连衣裙,鸡尾酒礼服配搭小纱帽——我那时还不知道什么是鸡尾酒——在游泳池边悠闲地喝冷饮时穿连体泳衣搭配巨大的遮阳帽。有时,明星们甚至会打网球,但在我那个时代,她们不经常打,因为网球服乏善可陈。她们大多去参加晚间聚会,穿着斜式剪裁的闪亮晚礼服,戴着直抵手肘的长手套,美得就像一幅画。手套尤其难以用折叠纸片固定,但绝对不可或缺。必要时,可以用牛头牌胶水把手套粘上去,但这样一来再要把它们弄下来就很困难了。有几只手臂无意间惨遭截肢。

我不知道电影明星们晚间聚会时都做些什么,但她们总是需要一个男伴。拆开男伴娃娃,只见内裤穿得很整齐——不会勒出生殖器的轮廓——他的衣柜储备也很有限:一件黑色的晚礼服,几套白天的西装,还有一些令人难堪的运动服。换言之,给他换装毫无乐趣。拿掉吟唱歌手的低吟和弗雷德·阿斯泰尔[1]的舞蹈,除了一群一模一样戴着礼帽的人,你还有什么?直到摇滚乐和嬉皮士的出现,男人们才重新回到十八世纪爱打扮好炫耀的虚荣时代。但那对我的纸娃娃时期来说已经太迟了。

随着二十世纪四十年代进入五十年代,迪奥的"新风貌"开始流行。这被称为"女性的回归"。实用耐穿、严肃稳重的粗花呢套装和近似方形的软垫肩都不见了,取而代之的是用皱褶和薄纱等飘逸面料做成的蓬蓬裙。"精致"一词被频繁使用。关于纽扣和蝴蝶结的歌曲很流行,男人们从战场回来了,必须为他们腾出空间,婴儿潮也开始了。

到这时节,我已经可以用缝纫机给自己做衣服了,就像我们这代人中的许多人那样,把帮别人看管小孩赚来的钱攒起来,然后一股脑儿花在衣服上。我们自己缝制衣服,部分原因是这样更省钱,但也是为了让我们能够有点跟其他人不一样的东西:那时候的选择比较有限。我有几件作品颇为成功,但我的某些概念太过新颖,比我更合群的女孩断然想象不出。(在当时的多伦多,"原创"意即"怪诞","与众不同"则是一种批评。)我真把一段工厂棉布染成橙色,用亚麻油毡印压上三叶虫的图案,然后缝成一条宽摆收腰连衣裙吗?是的,我的确这么做了。我的高中同学里有人觉得这

---

1 美国知名歌舞片演员,1981 年获美国电影协会终身成就奖。

很奇怪吗？毫无疑问。

那是一九五六年，无肩带礼服正风靡一时。这些衣服的形状是靠金属丝固定的，所以任里面环肥燕瘦，衣服胸口的位置都会突出来。可能会发生点小意外。过于激烈的摇滚可能会导致"走光"；如果裙子穿起来不够紧，人在里面还可能转来转去，镶金属丝的正面就会跑到后面去，我有一个朋友就遇到过这种情况。最糟糕的是，裙子及其穿着者之间可能存在间隙。在我伴侣参加过的一次四人约会中，另外那个男孩开怀畅饮副驾储物箱里的威士忌，结果喝过了头，跳完舞在午夜餐厅吃饭时，哇一声吐在了舞伴的衣缝里。她眼泪汪汪，他呻吟呜呜。就这样，萌芽中的恋情戛然而止。

我没有尝试缝制一件无肩带礼服——我知道自己几斤几两——但我确实拼凑了一件粉色的薄纱礼服，上身镶着假的米粒珍珠。这件连衣裙很勒，虽说也还算忍受得了，据我妹妹说，后来它变身一组抹布而绵延了余生。我母亲对于与布料相关的事件并不唏嘘感伤。她会让我们穿着她二十世纪三十年代剪裁精美的天鹅绒晚礼服，玩装扮游戏，不怕都让我们给糟蹋了。她怎么能这样呢！

这让我想到了我的写作，或者更确切地说，是我笔下人物的服饰。这样的服饰总是需要研究——若写的是最近的历史，那所需的研究就不算费事，不过即便如此，最好也要做一些交叉验证。如果你写的是未来，看似处于一个开放的领域，即便是这样，服饰也必须符合其背景。谁能忘记阿道斯·赫胥黎《美丽新世界》中的"拉链内衣"或奥威尔《一九八四》中反性同盟的红腰带？

过去是另一个国度，其服饰被冰封在时间之中。时代越久远，就越需要研究。从哪儿开始呢？二十世纪早期，杂志和邮购目录极为有用；报纸也是如此，特别是报上的社交版面，里面极尽细致地述了婚礼或晚会上每个显要人士的服装。（葬礼就没有这样的描述，尽管通常出席的也是同一批人。）样品簿很方便，老照片也很有用，不过绘画往往更好：肖像画一风靡起来，模特通常都希望他们华丽服饰的丰富细节能给悉数描摹出来。

《别名格蕾丝》的故事背景是十九世纪中期，主要发生在金斯顿监狱。

我和研究助手梳理了服饰图样和书面记录，并咨询了档案管理员：妇女们穿什么样的靴子来应对雪地？她们有红色法兰绒衬裙吗？囚服又是什么样的呢？我们最终发现，是蓝白条纹的，但还是颇费了一番功夫。

十九世纪的妇女经常遭到告诫，说不可轻浮，不能太过在意穿着而不去做善事。但如何才算过分在意？你要保持地位，多少就需要关注。在英国，受人尊敬的妻子们会去看阿斯科特赛马会，仔细观察那些穿着优雅考究的交际花，这样她们就可以模仿人家的装束。伊迪丝·华顿告诉我们，纽约那些体面的太太们在巴黎购买礼服，然后把它们存放一季，这样它们就不会时髦得有失名誉了。名声的起落取决于你的衣着打扮。

在早些时候，穿错衣服是要掉脑袋的。在《圣经》中，如果你是奴隶，竟敢戴面纱，要受死刑惩罚。上帝不仅对无花果叶、兽皮做的衣服和男扮女装、女扮男装有话说——他对此很是不喜[1]，而且还对繸子的缝制位置[2]以及羊毛与亚麻的混纺感兴趣。在这一点上，上帝和我一九五六年的家政课老师有些共同之处，他们一直有所觉察。

自我装饰是人类非常古老的一项兴趣。从文身到假发、耳环、衬垫，再到维多利亚的秘密，长久以来，我们一直在为身体做装饰。我们的衣着或许不能界定我们，但我们的衣着是一把有用的钥匙，可以用来了解我们自认为是谁。在小说中，这点至关重要。我们喜爱夏洛克，不仅因为他的头脑，还因为他的猎鹿帽。

因此，如果你也对这些细节感兴趣，大可坦然自觉在理。另外，如果我哪天把松紧带给弄错了，无论如何请一定要给我写那封信哦。

---

[1] 《申命记》第22章5节，摩西对以色列人说："妇女不可穿戴男子所穿戴的，男人也不可穿妇女的衣服，因为这样做是耶和华——你上帝所憎恶的。"

[2] 《申命记》第22章12节提到，"你要在所披外衣的四个边上缝繸子"。

加布里埃勒·罗伊
分九篇详述
（2016）

一、序曲

我十六岁时第一次读到了加布里埃勒·罗伊的作品。那是一九五六年。当时我在多伦多郊区一所高中上高三。

第二次世界大战结束不过才十来年，但对我们来说，它像是湮远年代的历史。关于那场战争的许多事情，包括大屠杀在内，都已经被刻意掩埋了。冷战悄然而至；西德是一个重要的盟友，需要施展外交手腕以待。苏联——这个二战期间的重要伙伴——现在成了敌人，笑眯眯的"乔·斯大林叔叔"变成了"邪恶的老大哥"。一大堆战时的态度和模因连同配给票证簿一道被抛弃了。战后丰富的消费品大量涌现。

二十世纪五十年代初，有关家庭幸福的形象得到大力宣扬，迫使妇女离开劳动力市场，让位于从战场归来的男人。婴儿潮如火如荼；拥有四个孩子、一台自动洗衣机以及错层式房屋是广告商和政治家们推崇的理想模板。尽管西蒙娜·德·波伏娃的《第二性》于一九四九年出版，并在一九五三年翻译成了英文，但第二波女性主义还未成气候，或者说，我们这些高中生还不了解。（直到一九六三年贝蒂·弗里丹的《女性的奥秘》问世，《第二性》一书才获得了我们这代人的关注。此外，我们觉得这些书描述的是我们的母亲和祖母，而非我们自己。）

至于那些穿着灰色法兰绒西装的上班族的苦恼，我们那个时代的男孩也不受其困扰：退伍军人习惯了肾上腺素飙升，这远非朝九晚五的工作所能给予。这些人已经让同为老兵的休·海夫纳引诱进了《花花公子》的兔女郎乐园，对自家的平房和老婆没啥兴致。

相比之下，我们这些五十年代的青少年，漂流在可以称之为"贝蒂与维罗尼卡"[1]的懵懂岁月。阿奇漫画还是描绘出了一套我们能够认同的现实：老处女教师；秃顶的滑稽校长；还有那些在家政课上做布朗尼蛋糕的女生，害得选修技能实践课的男生馋得又吧唧嘴又揉肚子的。性爱是画在阿奇头顶上的红心。情况就是这样，原来爱情和婚姻就如同马和马车。不过还没有人花费时间去问问那匹马是什么想法。

与此同时，在更广阔的世界中，可能被原子弹毁灭的恐惧挥之不去，麦卡锡主义使得任何有关社会福利或工人权利的讨论听起来都像是投身敌对阵营的叛国行为。由于匈牙利革命刚遭到国外势力镇压，我们都知道那会有多糟糕。二十世纪三四十年代风靡一时的口号现在已然过时。你一说起"工人阶级"，甚至只不过提到"世界和平"，都免不了要引来怀疑的目光。在B级电影的世界，火星人入侵，他们掌控你的大脑，让你与同胞为敌，这是非常流行的题材；外太空显然遍布那些人，但内心世界也是如此。他们无处不在。

因此，加布里埃勒·罗伊一九四五年的杰作《转手的幸福》[2]，对于二十世纪五十年代神经敏感的教育工作者而言，想必是危险的读物：这本书不仅在一九四七年美国版的扉页上直言"工人阶级"，而且密切关注经济与社会方面的不平等，书中最具理想主义的角色更是期待一个"公正的社会"。在罗伊之后，我们不得不等到一九六八年皮埃尔·特鲁多[3]的领导人讲话，才再次听到这个短语被摆在如此显要的地位。（在促进"百分之一"收入平等和创造就业的议题再次占据中心位置的现在，回想起这一切着实

---

1 美国阿奇漫画中的人物，贝蒂与维罗尼卡是一对好闺蜜，但也常有一些小争斗。阿奇漫画创立于1939年，主打校园漫画，尤其以阿奇·安德鲁为主角的虚构漫画而出名。

2 也译为《廉价的幸福》。

3 皮埃尔·特鲁多，法裔加拿大政治家，加拿大第十五任总理，现任加拿大总理贾斯廷·特鲁多之父。

有些奇怪，但在胆怯的二十世纪五十年代，情况就是如此。）

二、在维亚切克夫人掌控之下的加布里埃勒·罗伊

当时的冷战政治或许可以解释，为什么出现在我高中课程中的是加布里埃勒·罗伊的《水鸡何处安身》，而非《转手的幸福》。

罗伊的小说是法语文学课期末考试的指定篇目，而这些期末考试又决定了一个学生是否能上大学。在维亚切克夫人这位一丝不苟的老师的指导下，我们这些学生仔细研读文章中的每一个字。从她的名字多少看得出来，维亚切克夫人既不是法国人，也不是魁北克人；她是波兰人——在那个年代，法语是受过教育的波兰人的第二语言。

就这样，一屋子说英语的加拿大孩子操着蹩脚的口音，跟着这位常被逗得忍俊不禁的女士，拿一本由曼尼托巴省某位法裔人士编写的教材来学习法语。维亚切克夫人此前逃离了纳粹的魔掌，移民到加拿大，不知怎地落脚在战后多伦多郊区一处中产阶级居住的平常之地。

即将发生的最令人担忧的事件不太可能是冲锋队或政治委员大举入侵，而是周五晚上的舞会，一群青少年在德语老师（保加利亚人）和拉丁语老师（印度裔特立尼达人）的监督下，在体育馆随着摇滚乐疯狂舞动。这种学生和教师的种族混合不无典型：我们的高中自诩为苏格兰学校，尽管有些学生是中国人，还有一些是亚美尼亚人。这种不协调的混合颇具加拿大特色，加布里埃勒·罗伊本人想必也全然欣赏这种混合，因为她走在风尚之先，早就已经探索了加拿大生活中的许多领域，其中就包括种族多样性。

我们阅读加布里埃勒·罗伊作品的方式具有强烈的法式风格。我们采用经典的文本阐释法——对作品本身进行细读。我们剖析文章的句子结构，对作者却知之甚少。在英语学习中，新批评[1]也是最受欢迎的方法，所以几乎不涉猎其传记：我们了解《卡斯特桥市长》的一切，但对托马斯·哈代

---

[1] 美国文艺批评家兰色姆提出的观念，认为文学作品是一个完整的多层次的艺术客体，强调文学作品是否构成了一个和谐的整体。

的生平却一无所知（考虑到其阴郁惨淡，这样或许倒也无妨）。

当时，一片空白的作者生平对我来说是正常的事，如今看来却有些反常——尤其是因为加布里埃勒·罗伊的人生与其小说《水鸡何处安身》中女主角卢吉娜·图西尼尔的故事一样有趣。加布里埃勒·罗伊是何许人？她如何成为作家？为什么她的作品会入选高中课程，否则我们无论法语还是英语课程就全都给欧洲作家主导了？我还要补充一句，还都是些已故的欧洲男性作家。英国作家当中倒有几位女性，但她们也都已作古。然而，在我们的课程中，有一位还健在的加拿大女作家。这一石破天惊的大事竟没有引起任何评论。在我们的法语课上，可怕的听写练习占据了我们的全部注意力，而诸如性别、民族、阶级、殖民主义以及艺术家个体异乎寻常的生活环境等问题则被隐藏在后方，准备十年之后再登台亮相。

不过那些不为人所知的智者与善人之所以选择加布里埃勒·罗伊进课本，想必有他们的道理。加布里埃勒·罗伊是如何通过他们的审查的？

三、加布里埃勒·罗伊赫赫有名

简而言之，因为加布里埃勒·罗伊赫赫有名。我们没听说过她的名气，但选择她的那一代老师却深知她的声望。

令她得其盛名的是处女作《转手的幸福》。法文版原著于一九四五年在蒙特利尔出版，恰逢第二次世界大战行将结束之际。英译本题为《铁皮笛》，于一九四七年出版，并被美国文学协会——当时出版界的一支重要力量——选为当月推荐书。首印畅销七十万册，这个数字在今天几乎闻所未闻，尤其是对于文学小说而言。随后这本书在法国也大获成功，成为第一部荣获著名的费米娜奖[1]的加拿大小说。它还赢得了加拿大总督奖。

签署了电影合同，出售了十二种语言的翻译版权，加布里埃勒·罗伊成为了文学界的名人——因盛名所累，她回到曼尼托巴省，躲避媒体与崇

---

1 法国著名文学奖。在女诗人阿娜·德·诺阿伊主持下，于1904年由阿谢特出版社下属的《幸福生活》杂志社设立，是与龚古尔奖齐名的女性年度文学奖。

拜者对她的各种要求。对于加拿大作家来说，她的成功前所未有，甚至超过了格温瑟琳·格雷厄姆，后者一九四四年的小说《大地与天堂》是第一本登上《纽约时报》畅销书排行榜的加拿大书籍。

四、或多或少是个灰姑娘的故事

罗伊的部分魅力在于她白手起家的灰姑娘故事。但加布里埃勒·罗伊可没有仙女教母；她历经一路艰难奋斗才功成名就，大多数加拿大人都能感同身受，因为他们自己也是这样走过来的。此外，艰难道路赶上了文学的风尚：喧嚣的二十年代给我们带来了诸如《了不起的盖茨比》这样的富人和挥霍无度的故事，但肮脏的三十年代则以约翰·斯坦贝克的《愤怒的葡萄》等标志性的穷人之书为代表。除了在言情小说中还继续受到追捧，有钱有势者已经过时；"普罗大众"成为时兴。不仅是加布里埃勒·罗伊的小说，她的人生也与这一时代合拍。

罗伊出生在圣博尼法斯温尼伯市，一个主要讲法语的地区。她的父母都是受联邦成立后的繁荣期所吸引而迁入曼尼托巴省的移民；她的父亲原本住在新不伦瑞克省的阿卡迪亚社区；她的母亲来自魁北克省。政治上，莱昂·罗伊是自由党人，在一八九六年威尔弗雷德·劳里埃领导的自由党掌权后，他被联邦政府聘为移民代理，帮助外国移民在该省定居。（但成也政府，败也政府：一九一五年保守党赢得选举后，罗伊先生遭到解雇，距离拿退休金还差六个月。）

尽管罗伊一家并不富裕，但也绝不至于贫穷。在失业之前，罗伊先生有实力在德尚博街新开发的圣博尼法斯区盖一幢大房子，而正是这座房子成了罗伊半自传体系列小说的焦点，即一九五五年的《德尚博街》（英语版译作《富人街》）。

加布里埃勒家生了十一个孩子，其中八个活了下来，她是他们中最小的一个。她出生于一九〇九年，与我母亲同年。因此，罗伊声名大噪时才刚年过四十。第一次世界大战爆发时她五岁，战争结束时她九岁，一九一九年西班牙流感席卷全球时她十岁，这场流感导致全球两千万人死亡，其中包括五万加拿大人——对一个有八百三十余万人口的国家而言，这是个庞大的数字。

在罗伊的童年时期，天花仍然是致命的疾病，结核病、白喉、百日咳、红麻疹、破伤风和脊髓灰质炎也是如此。婴儿和产妇的死亡率都很高。当年生个孩子和做个孩子都比现在风险更大，这一点值得关注，因为婴儿在罗伊的作品中占据很大篇幅。

同样在一九一九年，发生了温尼伯大罢工——这也许是加拿大劳工史上最重要的事件。罗伊的政治倾向——自由主义、平等主义、同情被剥削者——在早年就成形了，不仅是由于她身边发生的那些事件，也受到她家人对那些事件的态度的影响。

罗伊家是讲法语的，但由于立法上的一个不寻常之处，她接受了双语教育。一八七〇年曼尼托巴省成立时，英法双语通用。然而，几十年过去，法语作为官方语言的地位已经下降；到了一九一六年，加布里埃勒·罗伊七岁时，曼尼托巴省通过一项法律，把英语作为公立学校的唯一教学语言。（此举引来讲法语人士的强烈不满，他们认为这是对该省建省原则的严重背叛。）不过罗伊在修女管理的圣约瑟夫学院学习了十二年，在那里她同时接受英语和法语教育，因此，她不仅能流利地使用这两种语言，还接触到了两种语言的伟大文学作品。对一个未来的小说家而言，这是一个巨大的优势。

获得高中毕业证书后，罗伊所选择的发展方向在她那个时代的年轻女性中是很常见的：她去了师范学校——学习为年轻教师开设的集训课程——后来成为农村公立学校的一名教师。年轻女性的工作选择并不多，特别是在一九二九年开始的大萧条时期，罗伊当时二十岁。之后，罗伊在温尼伯市的一所英语学校谋得一份教职，这样她就可以住在父母家。

罗伊把教书的钱攒了起来，但与许多年轻女性不同的是，她没有结婚。相反，她去了欧洲，想要成为一名职业演员。

罗伊在校任教期间，一直用法语和英语进行表演。这些剧团是当时在加拿大比比皆是的半业余的"小剧院"，罗伊在莫里哀剧院和温尼伯小剧院都有过演出。她对表演充满热情，由于评论界的一些好评，她认为自己或许能够以此作为职业发展。端详她年轻时的照片，不难看出原因：她有二十世纪三十年代银幕美人的高颧骨和轮廓分明的五官。与此同时，她还一直在写作，并在当地和全国的期刊上发表了一些文章。

一九三七年，她准备行动起来了。这是投身绘画、表演、音乐、写作等任何一门艺术事业的加拿大人乃至美国人几十年来一直在做的事——你需要拓宽视野；你需要去欧洲旅行，艺术在那里很受重视，或者说传言如此。（上世纪六十年代初，我自己还是一个年轻艺术家的时候，这种模式仍然存在，所以我相当理解。）

她不顾家人的反对——作为未婚的女儿，留在家里照顾年迈寡居的母亲难道不是她的责任吗？——罗伊还是如期去了欧洲。她的第一站是巴黎，但只待了几个星期——我推测是由于她的"外省"口音以及由此受到的势利眼对待，北美讲法语的人对这种遭遇都不陌生。然后她去了英国。彼时大英帝国尚且存在，加拿大人要进入英国相当容易。在伦敦，罗伊与其他年轻的外籍侨民打成一片，包括来自曼尼托巴的朋友。她还考入了英国市政厅音乐与戏剧学院[1]，该校此前两年才在校名中加上了"戏剧"一词。

吉尔德霍尔并不是英国最顶尖的戏剧学院，但即便如此，对罗伊的要求也一定很高。很难想象，像罗伊这样个性强烈、雄心勃勃的人会有怎样的经历。加拿大的业余戏剧表演是一回事，但在英国这一演员之乡，罗伊要坚持她的演艺梦想会更加困难。在罗伊心目中的每一个文化之都——巴黎、伦敦，她会被迅速认定为来自边缘地区；事实上，是边缘地区的边缘地带。曼尼托巴省——那是哪里？事实上，加拿大——那是什么地方？到了七十年代，我也亲身经历过，这就是英国人对殖民地后起之秀的态度。（苏格兰、爱尔兰或威尔士不是这样的态度，但罗伊没去那些地方。）

因此，做着年轻游客通常所做之事——参观博物馆，到剧院看戏，到乡村观光，同时罗伊又回到了她的第二选择：写作。模仿的天赋就像在舞

---

[1] 又常译作"吉尔德霍尔音乐与戏剧学院"。

台上一样，也可以在小说中派上用场。她之前已经有过一些发表的经历，她这时在巴黎一家重要的杂志上发表了三篇文章。说来也是充满悖论，正是在英国，她开始相信自己能够以写作为业并取得成功。

到了一九三九年。正如许多人预见的那样，第二次世界大战即将爆发。罗伊最后一次去了法国，这次是去乡村，然后在四月乘船返回加拿大。尽管肩负更多的家庭压力——玩也玩过了，她现在不应该去照顾年迈的母亲吗？——她却没有回到圣博尼法斯。相反，她定居蒙特利尔，在那里开始了长期、艰苦且专注的磨炼，五年后，她的小说《转手的幸福》大获成功。

五、蒙特利尔，罪恶之城

彼时的蒙特利尔是加拿大唯一可以与纽约市相媲美的城市。它是加拿大的金融之都——喧嚣繁华、各地文化交汇、多种语言通行、精致讲究，既有令人难忘的古代建筑和维多利亚时期建筑，又有一流爵士乐手频繁出入的热闹夜总会。它也是罪恶之城，以其随意畅饮的烈酒、数量众多的妓女和民众的道德败坏而闻名。

相形之下，多伦多是个小地方：由新教徒主导，生活压抑，严格执行"蓝色法规"[1]，明确规定谁可以喝酒、什么时候可以喝（几乎任何人、在任何地方都不能喝酒）。渥太华虽然是加拿大首都，但在大家看来比多伦多还要沉闷。温哥华当时是一个小港口，哈利法克斯也是如此。温尼伯为再现其十九世纪末的荣耀而努力——横贯加拿大的铁路建成后，该市成为小麦和牧牛等西部产品的中转站——但这种荣耀并没有持续下去。卡尔加里和埃德蒙顿仍然只是铁路沿线的小站点。但蒙特利尔却盛极一时，尽管它是一朵溃烂的百合，而非无瑕的玫瑰。

加布里埃勒·罗伊就在那里，以局外人的挑剔眼光审视着它。她必须努力工作才能谋生，因为她是自由职业者，而不是像梅维斯·迦兰那样的

---

[1] 又称为"周日法"，初衷是为了避免跟宗教戒律和活动相冲突，强制限制喝酒、赌博、纵情等行为的严格法律。因为这项法律一开始印在蓝色的纸张上，故称为"蓝色法规"。

报社雇员，后者在这一时期曾就职于《蒙特利尔标准报》。在四十年代初的战争岁月，罗伊为包括《每日新闻》和《现代评论》在内的几家期刊撰稿。她还为《农业公报》写文章，尽管刊名貌似面向农村读者，但其实这是一本大众杂志。她为该杂志写了几篇我们现在称之为"调查性新闻"的长篇系列报道。她也为这些不同的杂志撰写"报告文学"——关于时事的纪实报道——以及包含感想与观察的描述性文章。此外，她还撰写观点论证充分的小品文。

这些项目将罗伊带入了这个城市的隐秘生活，尤其是其肮脏一面。她能够敏锐地观察蒙特利尔，特别是城市最底层，近距离地观察那些凄惨且毫无出路的苦难。虽然她本身在简朴的环境中长大，但她从未在城市贫民窟生活过。她自己的家庭也曾经历过勒紧裤腰带的日子，尤其是在她父亲去世之后，但与她现在目睹的艰难生活相比，那简直就是小巫见大巫。

在休·麦克伦南一九四五年的小说《两种孤独》之后，将加拿大人划分为彼此间不交流的讲法语和讲英语的两类人俨然成为了一种时尚。但蒙特利尔还有第三种孤独：犹太社区。不久莫迪凯·里奇勒就对最后这类人群进行入木三分的文学加工——在罗伊写她的第一部小说时，里奇勒还是圣于尔班区的少年。和里奇勒一样，罗伊发现了另一层孤独，她在圣亨利区的贫民窟目睹了极端贫困，就在富裕且拥有特权的韦斯特蒙下方，如同族裔与宗教一般泾渭分明。《转手的幸福》中的巨大差异不仅在于语言。这是一种阶级分化。

六、《转手的幸福》的魅力与长处

《转手的幸福》是一部彻底背离传统、同时又融入法语和英语读者所熟悉的其他要素的小说。它挑战了公认的观点，包括爱国主义、宗教虔诚、妇女地位，以及对"工人阶级"的期望——彼时"工人阶级"尚未成为自觉的称谓。

这本书领先于它所处的时代，但也没有超前到把读者给抛在身后。书中的观察不留情面，但对个中人物也没有过分武断。它描绘了艰难的时代与困苦的人，也允许偶尔的同情来柔化它的视角。

小说的标题在法语中有好几层意思：bonheur 意为"幸福"，d'occasion 可以指"使用过的"或"二手的"，也可以指"便宜货""机会"或"机遇"。因此，老套的幸福也是一次幸福的机遇。这描述了小说主要人物人生中的决定性事件，他们抓住了命运给予他们的任何微小而廉价的机会。

英语版的出版商不无明智地得出结论，他们无法将所有这些含义塞进一个简短的英语标题中。他们选用了《铁皮笛》，即小说中的一个重要物件：铁皮长笛是小达尼埃尔·拉卡斯心心念念的玩具，虽然便宜，但对他贫穷的母亲来说还是太昂贵了。他因患病——种种症状据描述像是得了"白血病"——在医院里奄奄一息时，才最终得到了渴望已久的笛子，但那时他对它已没了兴趣。在这本角色众多的书中，有不少人物都是如此。

所有的小说都源于它们各自的时代。就《转手的幸福》而言，那是战争年代。金钱叮当作响，但不是人人都兜里有钱：大萧条的影响仍然存在，许多人的生活已经被它扭曲了。

罗伊给她笔下的角色取名时，很少不预设些半隐晦的含义。姓氏追溯网站会告诉你，拉卡斯（Lacasse）这个姓名——居于小说核心位置的家庭——源自高卢语中的"橡树"一词，可以指这种结实而有用的树木，也可能指制作盒子的人。但 casser 作为动词意为"打破"。拉卡斯家的"橡树"们足够结实，扛得住遭遇的种种经历，但依旧被困在一个盒子里。他们也受伤了：蹒跚跛行，无法冲刺向前。即便如此，他们还是节节败退。

拉卡斯家有十二个孩子——小说开篇时是十一个，其中一个死了，还剩十个，另一个出生后又成了十一个，他们的父亲名叫阿扎里尤斯。即使在当时的法属加拿大，这名字也不算常见。它是一种镇静草药的名字，也是《圣经》中一个人物的名字。在法语版《圣经》中，亚撒利雅是《但以理书》中被投入火炉的三个青年中的一个[1]。

在英译本中，亚撒利雅祷言因其真实性存疑而被删掉了，但在天主教

---

[1] 阿扎里尤斯（Azarius）取自亚撒利雅（Azariah）。

《圣经》中，它出现在《达尼尔》第三章第二十三段之后。有一段是这样说的："你将我们交在无法无天、邪妄无信的仇人手中，又将我们交于一位不义和全世界上最凶暴不仁的君王手中。现在，我们哪里还敢开口！你的仆人和恭敬你的人们，只有羞愧和耻辱。求你不要永远抛弃我们。"

加布里埃勒·罗伊笔下的角色名字有一种讽刺的倾向，所以阿扎里尤斯·拉卡斯不是《圣经》中的英雄。相反，他是一个不切实际的梦想家，工作换了一份又一份，总想着要耍一些新的计谋来做成大事。他大把时间都用在跟其他来自圣亨利区的人闲聊，上班迟到，被炒了鱿鱼。正如他的大女儿弗洛伦蒂娜所说的那样，他的运气从来都不太好。

但是，如果我对于他名字的由来猜测得没错的话，我们看到拉卡斯家的一家之主在一个凶暴和不义的国王手中经历了一场火的考验。在小说的语境中，这个不义的国王是蒙特利尔的富人与权贵——社会制度的操纵者，战时向圣亨利区的人们索取一切，包括他们的生命，而作为回报，只给予他们不公正与不平等。一个在圣亨利区当兵的人提出了这个问题。置身英裔富人的大本营韦斯特蒙时，他沉思道：

抬头望着高高的围栏、蜿蜒的砾石小道、富丽堂皇的房屋外墙，他不禁想：这些人献出他们该献出的一切了吗？

那些富丽堂皇、磨光锃亮的石头像钢铁一样闪闪发光，坚硬而难以辨认。突然间，他感到自己是多么放肆，多么天真……"世上没有比你的生命更廉价的东西了。其他的石料、钢铁、金银，这才是昂贵的东西。"

如果这些不义的国王向圣亨利区的男人索要他们的胳膊、腿和生命，那么他们对女人索取什么？一言蔽之：婴儿。不是什么婴儿都可以：得是婚生婴儿，因为社会可不怎么乐意资助孤儿院。

在魁北克，这是一个复仇的时代——摇篮复仇。这个词起源于第一次世界大战前的魁北克，基于的理论是，如果法裔加拿大人能够比英裔更迅猛繁衍，就能超过英裔人口，从而为新法兰西的衰落和随之而来的英裔人口占据统治地位一事报仇雪恨。因此，魁北克的教会和市政当局公开提倡并理想化母亲的形象,尤其是多产的母亲形象。有十个、十二个、十四个或更多孩子的家庭受到赞扬,这类家庭中的母亲被认为是在履行对法裔天主教社区的责任。

付出自己的身体、自身健康和孩子健康这种种代价的,是那些具有生育能力的贫困妇女——农村的穷人,玛丽-克莱尔·布莱后来在她一九六五年的小说《以马内利生命中的一季》中对此进行了虚构框架下的审视——尤其对于城市贫困阶层,他们生活在贫民窟中,比起那些简陋的农场更加拥挤不堪。婴儿出生时,得不到什么照顾,也没有什么仪式:当时公共医疗保健体系尚未建立,人们害怕医院——部分原因是费用,还因为会蒙受羞辱。虽然医院可能会对穷人免除费用,但这些患者被视为慈善病例而受到轻视。在圣亨利区,婴儿更可能由助产士在家中接生,而不是由医生在医院接生。

这一点上,和其他许多方面一样,这家人的母亲罗丝-安娜·拉卡斯就很典型:她不去医院。罗丝-安娜是个充满母性的名字,因为罗丝意指神秘玫瑰,即对圣母马利亚的称呼,安娜则意指圣安妮,即圣母马利亚的母亲。罗丝-安娜的全部生活都以其家庭为中心。为了让桌子上有食物,让孩子们有房子住,她疲于奔命,尽管这个家庭总是朝不保夕。他们像沙丁鱼一样挤在一起度日,勉强维持生计,被人从一个破房子赶往另一个破房子——这些都是罗丝-安娜找来的住处。

罗丝-安娜的努力并未赢得太多的感谢:她被年长的孩子们压榨利用,特别是予取予求的大儿子欧仁,当她要求他们为家庭开支出份力时,他们还会怨恨她。

每隔一段时间,罗丝-安娜便会崩溃,倾诉自己的痛苦:这个家庭就要分崩离析,她无处可以求助,还能做什么呢?她无法给予年幼的孩子们足够关注,因为他们人数实在太多了。当她终于因为小达尼埃尔腿上的大块紫色瘀伤带他去医院时,医生以一番关于营养不良的说教来训斥她。难怪还没到青春期的女儿依芙娜在被问及她是否期待长大和结婚时会说,恰恰相反,她打算当一名修女。面对不断生育的人生,虔诚的神职几乎是唯一替代选项——当然,除非你能负担得起去师范学校念书并成为一名教师。

268

小说的另一个主要女性角色是罗丝-安娜的长女弗洛伦蒂娜。同样，取这个名字也绝非随意之举。这个词的主要意思是"绽放"，弗洛伦蒂娜确实是一个十九岁的漂亮女孩；但它也指一种扁平、易碎的糕点，这些形容词描绘出弗洛伦蒂娜的身材和举止：她十分瘦削，摆出一副高傲、轻蔑的姿态，来掩饰她的恐惧与不安。

她的名字还意为佛罗伦萨的居民，使人联想到萨伏那洛拉著名的"虚荣之火"[1]，而弗洛伦蒂娜的主要特点就是她浅薄的虚荣。她活在映象中：她自己在镜中的映象，以及她在别人眼中的映象。她在一元店的午餐柜台工作，虽然会把部分收入交给母亲，但剩下的钱都用来购买装饰品：廉价的化妆品、廉价的香水、廉价的饰品。她的白日梦包含引诱男人然后拒绝他们，但常在河边走哪有不湿鞋，她发现自己陷入了爱河；尽管这种爱掺杂着骄傲和贪婪，因为她真正想要的是征服与占有。

如同《呼啸山庄》，更如同四十年代流行的《真实浪漫》杂志中的故事，她有两位追求者。其中一位像是和林顿一个模子里刻出来的——比弗洛伦蒂娜的社会地位高一截，富有理想，是个好男人，但在她看来缺乏性吸引力；另一个则是有几分拜伦气质、愤世嫉俗、激情迸发的坏男人，就像希斯克利夫[2]。在这里，故事情节出现了不同走向，因为在《呼啸山庄》中，坏男人对女主人公一往情深，而在《转手的幸福》中，他得手以后就溜之大吉了。

弗洛伦蒂娜发现她第一次失节——书中描述得更像是一次强奸——就让她怀孕了。涉事的那个男人的名字很有暗示性：让·雷维克。在魁北克，让这个名字通常指的是施洗者约翰——一个隐士，谴责希罗底[3]的厌女者。雷维克意指"主教"。正如另一个人物告诉我们的，让不太喜欢女人。所以，即使弗洛伦蒂娜能找到他，从他身上也看不到希望；而屈辱的是，她

1　1497年2月7日，多明我会修士吉洛拉谟·萨伏那洛拉的支持者在佛罗伦萨收集并当众焚毁了成千上万的艺术品、书籍和化妆品，他们认为这些东西都是爱慕虚荣的象征，会诱人犯罪。后世称之为虚荣之火事件。

2　林顿、希斯克利夫都是《呼啸山庄》中的男主角，共同追求女主角凯瑟琳。

3　大希律的孙女，因其乱伦行为受到施洗约翰指责而怀恨在心，后设计害死约翰。

根本找不到他。

罗伊用"恐惧"这个词来形容弗洛伦蒂娜发现自己怀孕时的心理状态。她就跟发狂了似的：耻辱和毁灭就在眼前。若是她怀孕的事被人知道，她家的最后一丝自尊也将遭到摧毁。她能去哪儿呢？当时，社会上没有对未婚母亲的援助。她也不可能去堕胎，这是绝对非法的；事实上，弗洛伦蒂娜压根就没闪过这念头。

怀孕的女孩可能会被送到通常由教会经营的"未婚母亲之家"；人们会告诉邻居，她们去姨妈家做客了，大家都知道说这话什么意思。她们的孩子一出生就会被带走，要么给人收养，要么送到孤儿院。随之而来的体面尽失会影响女孩找工作，她甚至可能最终沦落为小说中某些男人经常光顾的那种廉价妓女。难怪弗洛伦蒂娜会忧急如焚。

在十九世纪的小说中，这类虚构故事中的女孩可以列出一长串来，她们被人引诱，又遭到遗弃，有的怀孕，有的没有，结局也各不相同：流落济贫院、疯了、沦落风尘、饥饿而死、自我了断。这样的女人必须受到惩罚。哪怕她没有真正"堕落"，而是困顿于难堪的境地，结果也是一样：乔治·艾略特的《弗洛斯河上的磨坊》中的麦琪·塔利弗和《德伯家的苔丝》中的苔丝一样都被"毁了"，伊迪丝·华顿的《欢乐之家》中的莉莉·巴特也是如此。

但坚韧的小弗洛伦蒂娜有着强烈的生存意志，为自己设计出了一个解决方案。她没有告诉任何人她身陷困境，而是去倒追她的另一个追求者——此人善良但不性感——并诱使他同她结婚，尽管她并不爱他。很能说明真相的是，她这个救主名叫埃马纽埃尔[1]。他已经入伍，即将前往海外，所以她不光为腹中孩子找了个父亲，还获得了战时军属的津贴，能够过上相对舒适的生活。她通过战争得到了救赎。她的幸福也许是二流的，但至少有点实质内容。她还买了一件新衣服。

罗伊在《转手的幸福》中的一大成就是她拒绝世俗的虔诚。高尚善良

---

[1] 汉译本《转手的幸福》将这个名字译为"埃曼纽埃尔"，也可译为"以马内利"，即耶稣基督的别称。

的农民并不适合罗伊；罗丝-安娜的母亲仍然在农村生活，她是一个冷酷无情、爱挑刺儿的怪人，尽管她分赠起食物来倒很是慷慨。罗伊也不喜欢那些有德行的穷人；这些人处境艰难，谈何美德。（在罗丝-安娜祈祷的时候，就像那种更早期的小说里会出现的，在她本应可能看到圣人显灵的时候，她看到的却是一大卷美元钞票的景象。）罗丝-安娜顽强的毅力令人惊叹，但同样也令人生厌。

唯一可以称之为道德高尚的角色是个性谦逊、出身中产阶级的埃马纽埃尔。但他被自己的理想主义所迷惑，特别是涉及弗洛伦蒂娜的时候。他与她相识只是因为他去贫民窟转悠过；这个可怜的家伙为社会良知所困，这导致他与圣亨利区的无望之辈混在一起，并娶了低自己一等的人。不出所料，他自己的家人对这桩婚事并不满意。

罗伊拒绝接受早年对"穷人"的看法，但同时又暗示他们应该得到更好的待遇，这无疑在一定程度上是这部小说的成功之所在。小说的出版恰逢其时：战争即将结束，那些在战争中幸存下来的人已经准备好谋划更为公平的财富分配方式。

不过《转手的幸福》对社会做出的最大贡献或许是在妇女权利方面。罗伊没有使用女性主义的语言；事实上，第一波争取投票权的妇女运动在当时已经过时了，而第二波性解放运动的话语尚未被发明出来。因此，罗伊必须展示，而不是讲述，她所展示的是一种既残酷又不公的境遇。怎么能指望一个人在几乎没有任何帮助的情况下，生下、养活、抚育这么多孩子？与魁北克以外成千上万的读者一样，魁北克人通过罗伊的眼睛仔细审视了该省的政策，他们都深感震惊。

第二波女性运动甚至在北美讲英语的地区风起云涌之前，就已在魁北克以不同的形式开始了。二十世纪六十年代的"寂静革命"打破了教会对妇女生育的控制。有十几个孩子的家庭里，女儿们拒绝效仿她们的母亲。魁北克的女性主义运动比北美其他任何地方都来得更早、更强烈、更有声势，这并非偶然：因为要反对的事情更多。魁北克曾是北美大陆出生率最高的地区，但在几十年内就变成了出生率最低的地区。这也引发了其他问题，但那是另一回事了。

七、二作小说综合征

对一个作家而言,初创小说取得惊人的成功并不全然是一件好事:外界对于第二部小说的期望可能会令作者不知所措。当一部小说准之又准地击中了它所处时代的主题,可等那个时代过去,又该何去何从?到二十世纪四十年代末,《转手的幸福》引发的兴奋劲儿过去后,反共潮已经开始了。罗伊无法再回到曾让她直上青云的主题。加布里埃勒·罗伊在《转手的幸福》之后写的两部作品都是关于"小人物"的小说,但这些小人物并非来自蒙特利尔的城市贫民窟。

其中第一部是《水鸡何处安身》,我在一九五六年伏案苦读过的小说。(这个英译本的标题让这本书听起来似乎辞藻华丽,颇有丁尼生之风,但原作绝非如此。)至于小说背景,罗伊转向了曼尼托巴省的小波勒地区,她在欧洲之行前曾在那里短暂任教过。

与《转手的幸福》一样,法语原标题《小水鸡》(*La Petite Poule d'Eau*)用词更为贴切。Poule 意为"母鸡",出自《圣经》中把小鸡聚在一起的母鸡。这是一个颇具母性的词,恰如其分地勾勒出了女主人公卢吉娜·图西尼尔的形象。标题中用的是"小"(Petite),而非"大"(Grande):这个世界很小,并不大。

卢吉娜(Luzina)和阿扎里尤斯一样,都是不常见的名字。我猜罗伊之所以选择这个名字是因为其字根 Luz 表示"光明"之意。光明圣母是圣母马利亚的别名,卢吉娜是一位光明使者,因为她全心全意将教育带到曼尼托巴省的偏远角落,想让她的孩子们能够追求比她更美好的生活。(他们做到了,但她付出的代价是他们离开了她。)

《水鸡何处安身》是一本令人愉快的书,与《转手的幸福》相比,它温和而怀旧。你可以理解为什么五十年代安大略省的课程制定者会认定《转手的幸福》对于青少年来说不是健康的读物——除却其社会正义的观点以外,弗洛伦蒂娜的意外怀孕会导致家长愤然来信抗议,会让教室里响起窃笑声,会让维亚切克夫人尴尬不已。

倒不是说《水鸡何处安身》里没有怀孕之事：每年都有。对于我们这一代的年轻女性读者来说，这是个可怕的前景，因为当时还没有有效的节育措施。我们会像猫咪产仔一样生下婴儿吗？但卢吉娜平静地看待她的怀孕，因为这给了她出去旅行的机会，让她开阔眼界，到城市里购物。

罗伊在这一时期的第二本书是《亚历山大·切尼弗特》（1954）。这本书讲述的也是小人物，他在各个方面都很渺小，因此读者必须竭尽全力才能发现他的乐趣所在。罗伊的创作尝试异常大胆：把一个受限的人置于一个受限的环境中，然后用战后现代性的噪声轰炸他——到处是广告，报纸上坏消息不断。亚历山大什么都不喜欢——不喜欢他的婚姻，也不喜欢到乡间度假，那个假期以无聊到使人不安而告终。为了使人生更加完整，他后来得了癌症，痛苦地死去。只有在书的结尾，他才看到了人类的同情心。

我尽力去读了《亚历山大·切尼弗特》。也许我可以把它与托尔斯泰的《伊凡·伊里奇之死》联系起来，但这样一来它就相形见绌了。或者我可以将它与马歇尔·麦克卢汉联系起来——地球村（亚历山大极不情愿地成为地球村的一员）以及对于广告的兴趣，麦克卢汉在一九五一年的《机器新娘》中更早、更幽默地探讨了这些问题。但最后，在停下来为罗伊的尝试、同情心、写作和观察入微的细节鼓掌后，我必须迅速转向她职业生涯的下一阶段。它更引人注目，因为它涉及艺术家的成长和所扮演的角色。

八、艺术家的肖像

在一九五五年至一九六六年的十一年间，罗伊出版了《富人街》（1955）、《隐山》（1961）、《阿尔塔蒙之路》（1966）三本书，探讨成为艺术家的历程。

这三部曲中的第二部——《隐山》——讲述的是捕猎者、自学成才的画家皮埃尔·卡多莱的精神成长，故事主题和背景被设定在加拿大的北方森林。主人公的原型是出生于瑞士的画家勒内·理查德，他和罗伊一样曾在大草原和北方待过，他俩各自在艺术与写作领域有所建树，这时他成为了她的朋友。如果说早期加拿大法语文学中令人钦佩、富于冒险精神的

"非法毛皮贩子"形象,即海狸的找寻者和捕获者,已经演变成罗伊所描绘的令人钦佩、富于冒险精神的艺术家形象,即美的寻找者和捕获者,这也许算不上一个很大的飞跃。

同样,这本书也属于它所处的时代。法利·莫厄特的《鹿之民》(1952)已然开启了看待北方和自然主题的新视角,这些主题在先前几代作家和画家中也备受关注。但罗伊对北地本身并不着迷,她更感兴趣的是主人公在这些环境中所经历的美学和神秘体验,以及他的体验被转化为艺术的过程。

《隐山》之前与之后的这两本书属于一个值得关注的文学类型,我们可以称之为"年轻女孩的艺术家肖像"。这一主题开启于《富人街》,并在《阿尔塔蒙之路》中有所扩展——尽管是以间接的方式,因为罗伊拾起了"旅行即故事"的线索和口口相授、代代相传的叙事天赋。

这些书是大传统中的一部分:女性作家成为她自己的主题。女性开始写作已有一段时日,但直到成长小说(关于成长或教育的小说)流行起来,她们才开始写有关女性作家成长的小说。(例如,简·奥斯汀笔下的女主人公没有一个是作家。乔治·艾略特的作品中也没有。)

这些半自传体小说常常被伪装成"女孩读物",虽说也不尽然如此。这些文艺女青年的祖母很可能是《小妇人》(1868)中的乔,而孙女之一肯定是澳大利亚人迈尔斯·弗兰克林的小说《我的光辉生涯》(1901)中的西比拉·梅尔文,另外一个则是露西·莫德·蒙哥马利的《新月的艾米莉》系列(1923)中的艾米莉。再后来,艾米莉启发了艾丽丝·门罗,她创作了自己的女作家成长记——《女孩和女人们的生活》。玛格丽特·劳伦斯演绎的这类故事,可以在她的短篇集《屋中的小鸟》(1970)和小说《占卜者》(1974)中找到。梅维斯·迦兰对她自己成长的描述也许在其"琳内特·缪尔"系列故事中体现得最为密集。在加拿大法语区,最专注于女作家成长经历的女作家可能是玛丽-克莱尔·布莱。

为什么加拿大有这么多女作家?在二十世纪上半叶,三个潜在的因素促使具有艺术倾向的加拿大年轻女性去尝试写作。其一,别的选择非常有限。教书、文秘、护士、各种类型的家政或裁缝:差不多也就这些了。(新闻业有一些职位空缺,但不是新闻采编台上的工作。)其二,加拿大大部分地区与边境地区的情况很接近，因此对于艺术追求持这么一个态度：男人应该处理实际问题——耕种、捕鱼、工程、勘探、伐木、医疗、法律；而艺术——花卉绘画、业余表演或涉猎诗词——是大家认可的女性爱好，只要她们别太当真就好。写作是闲暇之余你可以在家做的事情。

但其三是因为在世界上，包括加拿大在内，女作家们已经取得成功且受到关注。在英国，有弗吉尼亚·伍尔夫和凯瑟琳·曼斯菲尔德；在美国，有伊迪丝·华顿、玛格丽特·米切尔、凯瑟琳·安妮·波特、克莱尔·布斯·卢斯和赛珍珠，最后这位还是诺贝尔文学奖得主。在加拿大，有露西·莫德·蒙哥马利和莫泽·德·拉·罗什。在法国，有西多妮·加布里埃尔·科莱特——一位国宝级作家，也常是她自己写作的主题。对女孩们来说，写作可能未必得到积极的鼓励，但也并非完全不可行，因为许多其他女性都在写作上取得了成功。

《富人街》中作家成长故事的背景是二十世纪二三十年代，当时罗伊还是个小孩子，然后成了大孩子，再后来长成十来岁的少女。从表面上看，这些故事——至少短篇集的第一部分——根本无关乎于写作，写的是发生在圣博尼法斯家中和周围的种种事件，半自传式的主人公"克里斯蒂娜"就是在那里长大的。

这条街由不同族裔构成：有两个非裔加拿大人寄宿者，一个意大利移民家庭，一个愁眉苦脸的荷兰追求者；还有克里斯蒂娜的父亲正在帮助的新居民：杜科波尔人[1]和鲁塞尼亚人。这里远非一个封闭的法裔社区。相反，它同短篇集本身一样，结构松散，不断变化，出现多种语言，故事有喜有悲。这就是最丰富的多元文化。

书的末尾，在篇名为《池塘之声》的故事中，十六岁的小克里斯蒂娜爬上她阅读时常待的阁楼，向窗外望去。在这一虚构的版本中（多年来罗伊还提出过其他几个版本），这就是写作使命感突然涌上心头的时刻。

我当时看到的，不是我以后会成为什么样的人，而是我必须开始为成

---

[1] 18世纪俄国的农村教派，因受迫害而移居加拿大。

为什么样的人而努力起来了。在我看来,我在阁楼上,同时也在遥远的远方——处于未来的孤独之中;自那遥远的地方,我为自己指明道路……于是萌生了写作的念头。写什么,为什么写,我完全不知道。我要写作。就像一场突如其来的爱情……暂且没什么可说的……我想说点什么。

她把这一发现告诉了长年受苦的母亲,母亲的反应你可能已经预料到了:"妈妈似乎忧心忡忡。"

当妈妈的都是这样。但是这位妈妈接着说了意味深长的一番话:

"写作呢,"她悲伤地告诉我,"很难。如果当真要写作……那肯定是世上最艰难的事,你明白吧!这不就像把自己切成两半吗?一半竭力生活,另一半在边上观察、思考?"

她接着又说:"首先要有天赋;如果你没有的话,那只会心碎;但如果你有天赋,或许也同样糟糕……因为我们说的天赋,也许说是运用能力会来得更贴切。这是非常奇特的天赋,不完全符合人性。我认为其他人永远都不会谅解。这种天赋有点像运气不好,让别人退避三舍,使我们几乎与所有人都隔绝开来……"

啊,被诅咒的诗人,有毒的天赋注定了他在劫难逃。这个时代确是如此,即便不属于不幸的作家,那么至少属于为之献身的人:艺术的祭司,锻造其族人尚未产生的良知,就像乔伊斯笔下的斯蒂芬·迪达勒斯。如果你是一位女艺术家,那就更糟了:没有贤内助,你得全靠自己。妈妈的回应中没有提到性别,克里斯蒂娜也没有;考虑到写作的年代,这一点虽未明说,但也应该是挥之不去。

然而,年轻的克里斯蒂娜并没有听进去妈妈的告诫。

我仍然希望自己能拥有一切:既拥有温暖而真实的生活,可以遮风避雨……也有时间去捕捉生活的回响……在这条路上,可以一时却步,再赶上其他人,与他们会合,并高兴地喊道:"我来了,我在路上为你们发现了这个!……你们等我了吗?……你们在等我吗?哦,一定要等我呀!"

这种生活和写作皆如意的未来并非定局；或者说，在故事中并非定局。尽管加布里埃勒·罗伊在她这一生中确实或多或少达成了。

九、加布里埃勒·罗伊：未来的信使

加布里埃勒·罗伊很重视笔下人物的名字，所以请允许我谈谈她的名字，以此来结束本文。罗伊是国王；这使得标准定得很高。但加布里埃勒源自"信使中的信使"，天使长加百列。加百列传递"好"消息——告诉童贞女马利亚，她将意外得子，那可不是普通的婴孩；也传达"坏"消息——世界末日将至。

作家的职责是什么？每个时代，更确切地说每个作家，都有不同的想法。对罗伊来说，在《转手的幸福》中，是向现在传报未来。想到她在罗丝-安娜最绝望的时刻现身并说出"日子会好起来的"，这着实令人欣喜。

在她的其他作品中，还有另一个使命。她拉开了人们不曾怀疑过其存在的窗帘——曼尼托巴省的一个偏远角落，一个普通人的日常生活，其出生地失落但又丰富的过去，一个艺术家的众多旅程——并且请读者好好看一看。然后——无论视角有多渺小，有多残酷，有多古怪——都要去理解，继而感同身受。因为天使长加百列首先是负责沟通的天使，而沟通是罗伊高度重视的一项技能。

二〇〇四年版的加拿大二十元纸币背面，用英法双语印了加布里埃勒·罗伊的一句名言："没有艺术，我们还能了解彼此吗？"

不可能，我们做不到。当我们思考我们这个在政治方面分裂的社会，当我们达到数据收集、科学分工与专业化的极限，当我们最终转向更为全面的人类观，罗伊的看法对我们比以往任何时候都更有意义。

莎士比亚与我
一场暴风雨般的爱情故事
（2016）

"你最喜欢的作家是谁？"每当人们问起我这一令人畏怯的问题，我总答以"莎士比亚"。这么回答是出于一些狡猾的原因：首先，实际上没人能反驳我的答案，至少在英语范畴之内。我们所知道的关于情节、人物、舞台、仙女和变着花样骂人的脏话等等，很多都来自莎士比亚。第二，如果你说的是一个健在的作家，其他健在的作家会生你的气，因为你最喜欢的不是他们，但莎士比亚早已作古。诚然，其他已故作家可能也会生你的气，但即便是他们也不会因莎士比亚成为你的首选而故意找茬。第三，莎士比亚捉摸不定。我们不仅对他的真实想法、感受和信仰知之甚少，而且他的剧本本身也滑溜得像泥鳅一样。当你自以为已经把它逼进了墙角，你珍视不已的阐释却从一个未被注意到的漏洞中悄然溜了出去，急得你直挠头。

因此，莎士比亚可以无限解读——他也确实经受过无限解读。我们有过与法西斯时代背景结合的《理查三世》[1]，有过加拿大原住民排演的《麦克白》，有过以北极为舞台背景的《暴风雨》，还有另一个版本的《暴风雨》，剧中的普洛斯彼罗是个女性，名叫普洛斯彼拉，由海伦·米伦扮演。在十八世纪，人们更喜欢考狄利娅并未亡故、最终皆大欢喜的《李尔王》版本。那时还有一部《暴风雨》歌剧，一直长演不衰。这部歌剧只用了莎士比亚原文的三分之一，卡列班给添了一个妹妹叫西考拉克斯，米兰达也有个妹妹叫多琳达，还凭空加了一个年轻人，好让多琳达有可嫁的对象。他被普洛斯彼罗关在一个山洞里，因为人们认为他只要看见女人就会死去。我相信我们都认识这样的人。

重点在于,长久以来,人们一直在重新演绎莎士比亚的作品,而且常常带来非同寻常的结果。

我也重新演绎过莎士比亚的作品,结果也很奇特。为了纪念莎士比亚的周年祭——你可能像我一样,会询问是纪念其出生还是逝世,答案是纪念"逝世"[2]——我们参与了霍加斯出版社的"重写莎士比亚"项目,十几位不同类型的作家按照要求,各选择一部莎士比亚的戏剧,以散文体小说的形式进行重新演绎。小说可以忠于原著,也可以自由改写,完全听凭作者的意愿。

我选择的剧目是《暴风雨》,写成的小说叫《女巫的子孙》——这是普洛斯彼罗咒骂受他奴役的所谓怪物"卡列班"时所使用的一个称谓[3]。

接着向大家解释我在写《女巫的子孙》过程中为什么做出了某些取舍之前,我要先跟你们讲讲我早期与莎士比亚的一些接触。让我们一路向下,回到黑暗的过去与时间的深渊,来到我的青年时代,上个冰河纪元之后不久的那个史前时代。

在那个年代,女性诗人被称为女诗人[4],女生学家政,男生学技工,尽管他们都可以学拉丁文。我就在那个时候上了高中——多伦多郊外白人中产地区的利塞得中学。我在那里第一次接触到了莎士比亚。

在加拿大安大略省,所有中学的全部五年课程都是固定的。我们加拿大人还生活在大英帝国的思维模式中——我们隶属大英帝国已有几个世纪了——因此,英语文学课程中的有些内容,很可能无法让今天的孩子们提起兴趣。五年内细读托马斯·哈代的两部小说?真的吗?等着看好戏吧!

---

1 指1995年上映的由理查德·隆克瑞恩执导、伊恩·麦克莱恩和安妮特·贝宁主演的剧情片,影片根据《理查三世》改编而成,但将故事的时间背景由原作中的1483—1485年转换到1930年。

2 莎士比亚据载生于1564年4月23日、亡于1616年4月23日,阿特伍德故意在此和读者开个玩笑。

3 中译本在译书名时做了较为文雅的处理,在剧本中普洛斯彼罗骂卡列班为"妖妇的贱种"。

4 poetess一词现已过时。

还有乔治·艾略特正儿八经的小说《弗洛斯河上的磨坊》。有很多十九世纪英国文学的内容,因为里面没有性,或者说没有直接写在书页上,尽管有些书隐隐有一些劲爆的场面。但那些部分从未在课堂上讲解过。你应该隐隐约约对其有所了解,就像你应该知道多伦多公园的灌木丛里有坏人,但不知道他们究竟为什么坏。

我们还每年至少读一部莎士比亚戏剧。最先读的是哪一部呢?《裘力斯·恺撒》:情节简单,有暗杀和战斗的场面,书页内外都没有谈到性,因此在我们的教育者看来适合青少年阅读。这些年里,我们还读过《第十二夜》《威尼斯商人》和《哈姆雷特》,以及《麦克白》。我似乎记得我们读过《罗密欧与朱丽叶》和《仲夏夜之梦》,但也可能是我把它们和大学时的阅读搞混了;也许当权者更聪明,不让易受影响的青少年接触到为年少之爱而殉情的想法。我们必须背诵所学剧目中的各类台词,并在考试中默写出来,标点符号也不许出一点错;倒不是莎士比亚本人对标点符号很看重,他只是以此来指示演员该如何念出台词罢了。

背诵曾是学校的普遍做法;后来式微了,因为人们认为这种做法对于成长中的心智太过束缚。但是我注意到,背诵正卷土重来,时机恰到好处。它在日常生活中非常有用。谁不希望能在医院候诊室里背诵"明天,明天,再一个明天,/一天接着一天地蹑步前进,/直到最后一秒钟的时间"[1] 呢?

再说,眼见着如今那形形色色的政治把戏,若能喃喃道出这么一番话,总归令人欣慰:

> 嘿,老兄,他像一个巨人似的跨越这狭隘的世界;
> 我们这些渺小的凡人
> 一个个在他粗大的两腿下行走,四处张望着,
> 替自己寻找不光荣的坟墓。
> 想知道那究竟是他的头发,
> 或只是粘在他头上的假象。

---

[1] 出自《麦克白》。与下文均引自朱生豪译本。

人们有时可以支配他们自己的命运，
但在我们这一数据开采时代难矣。
亲爱的勃鲁托斯，那错处并不在我们的命运，
而在我们自己，我们只是办公文员，
不够富裕来为选举提供资金，
只得接受强加给我们的东西。
呜呼今日，我们此刻竟目睹这般景象！[1]

我可以这样念念有词地说上几个星期。一旦陷入抑扬五步格的激流，就很难再停下来。

也就是在这所中学，我第一次看到了舞台上的莎士比亚戏剧。二十世纪五十年代，多伦多有一个莎士比亚戏剧团体，名为"厄尔·格雷剧团"——这是一家由四十年代来到加拿大的英国演员组成的小剧团，当时艺术完全不属于国家的优先事项，已经陷入了困顿境地。他们曾到各地中学巡回演出：当年的高年级课程学哪部剧，他们就演哪部剧，这确保了他们有一群聚精会神的观众，这些咬着指甲、满心焦虑的学生不久就要参加有关该剧的笔试。厄尔·格雷先生饰演男主角，厄尔·格雷夫人饰演女主角：格特鲁德、卡尔普尼亚、麦克白夫人。如果你是一个喜欢戏剧的年轻人，你可以在剧中担任临时演员——人群中的一员，一名士兵——但你必须自备行头：带个格纹小毯来参演《麦克白》，带张床单来参演《裘力斯·恺撒》。对我们大多数人来说，这是第一次在书本之外体验莎士比亚——我们很幸运能有这样的机会，尽管当时还嘲笑来着：我们表演滑稽短剧，把哈姆雷特念成"奥姆雷特"[2]，像《麦克白》中的女巫一样嘎嘎地笑，相互给对方"蝾螈之眼"三明治，以及诸如此类的年轻人打闹时的典型玩笑。

---

1 出自莎士比亚剧作《裘力斯·恺撒》第一幕第二场中凯歇斯的一段台词，第五行开始穿插作者的戏仿，可以看到对特朗普和当年美国大选的讽刺。

2 意为煎蛋卷、鸡蛋饼。

当然，我得把厄尔·格雷剧团写进小说。他们出现在《猫眼》(1989)第四十四章，在表演《麦克白》。我觉得他们需要名留千古，部分原因是我喜欢半业余的戏剧表演。他们是一场很好的考验，可以检视莎士比亚作为剧作家的生存能力：他几乎经受得住任何演绎，我有一回甚至看到过麦克白的脑袋（用茶巾包起来的一颗卷心菜）弹起来掉进了乐队席。它之所以会弹起来，是因为道具师注意到他们拿来用做麦克白脑袋的卷心菜软塌塌的不新鲜了，所以她换上了一个新鲜、硬邦邦、有弹性的卷心菜。但卷心菜就应该用软的，这样它会令人满意地"砰"一声落地，然后就留在原地不动。我（当然）把这一桥段也放进了《猫眼》里。生活如此慷慨地给予你素材，何必还要自己费事来编造呢？

同样在二十世纪五十年代，斯特拉特福德莎士比亚戏剧节在安大略的斯特拉特福德镇开启，这个名字本身就安安合适的小镇甚至有一条叫埃文的河流。起初，这个项目遭到了小镇领导的反对——他们似乎认为这将降低该地的整体格调，因为当时此地是著名的铁路道岔转换中心与养猪业的重要枢纽。你可不希望一大堆落拓不羁的附庸风雅之士把这里弄得乱七八糟。不过艺术本能终究占了上风，现在戏剧节成了小镇的主要收入来源；尽管养猪也依旧重要。如果在场有我极力推荐的三季电视连续剧《无妄之灾》的粉丝，你可能会认出猪笼车的主题。并不是说剧中虚构的伯比奇节完全等同于真实的斯特拉特福德节，我只是随口一提罢了。

我们尽量每年都去参加真正的斯特拉特福德戏剧节。在戏剧节中，我看过一些极佳的莎士比亚戏剧演出。亮点之一是克里斯托弗·普卢默在《暴风雨》中饰演普洛斯彼罗，尽管科鲁姆·费奥瑞主演的《李尔王》也同样出色。

戏剧节迄今已举办了六十三年，这似乎不可思议。首任导演是泰龙·格斯利，第一批剧目都在一顶巨大的帐篷里上演，初次演出是一九五三年由亚利克·基尼斯主演的《理查三世》。我要是看过那出戏就好了！哎，可惜我当时才十三岁，迷恋着绣有电话图案的毛毡圆裙和名为"火与冰"的口红，像《理查三世》这样的东西，远非我所能理解欣赏。

不久之后，《奥赛罗》也在大帐篷里上演。我也没有看过那场演出，但我的伴侣格雷姆·吉布森——当时大约十九岁——和他爷爷一起看过。他爷爷当时九十好几了，耳背得很。当奥赛罗蹑手蹑脚地走向熟睡中的苔丝狄蒙娜，伸出双手摆出准备扼杀的姿势，这时格雷姆的爷爷开口道——他以为自己是在悄声耳语，但实际上嗓门响震天——**"他就在这地方把她杀死了"**。

帐篷为之一颤。奥赛罗踮着的脚尖停在半当中。床单下的苔丝狄蒙娜明显在颤抖。然后，奥赛罗稳住了场面，也稳住了自己，继续下手掐她脖子。这才叫演技！

多年来，莎士比亚时常出现在我的作品中。不只有《猫眼》，还有一个篇幅较短的小品文《格特鲁德的反驳》，在著名的"瞧这一幅图画"那个场景中，可怜的格特鲁德对哈姆雷特的责骂做出了回应。事实证明，给一个闷闷不乐的青少年儿子当母亲——尤其是他还有那么多没洗的黑袜子，或者给一个自认为道德高尚的丈夫当妻子，都不是什么容易的事。在《霍拉旭的版本》中，霍拉旭获得了漫长的来世。这两篇短文可以在《好骨头》与《帐篷》两部作品集中找到。

在我最近的短篇小说集《石床垫》中，理查三世又咆哮着出现了。在《幽灵》这则故事中，主人公加文在六十年代曾是一位风度翩翩的年轻诗人，如今已成了一位脾气乖戾的老人，娶了比他年轻得多的女人雷诺兹。

我很喜欢理查三世这个角色。他是个典型的骗子，与我们这些观众分享他的杀人把戏和恶作剧——如果你去伦敦复建的莎士比亚环球剧场，就会知道观众离演员有多近，他们简直与你四目相对，在面对面跟你交谈。和所有的骗子一样，理查三世是聪明反被聪明误。加文也是如此。我也喜爱加文：他虽然讨人嫌，但仍然生气勃勃，对光影的消逝感到愤怒；正如约翰·济慈所说，莎士比亚从创造坏蛋伊阿古和从创造好人伊莫金中得到的乐趣是一样的。我也一样。有些人不赞成文学作品，因为其中的人物不是你想要与之结婚或做室友的类型，这些人完全搞错了重点。

以下是加文和雷诺兹去看《理查三世》演出的场景——一场户外演出，在公园里——雷诺兹乐观务实，加文性情暴躁：

公园里生机盎然，热闹非凡。远处孩子们在玩飞盘，婴儿哭嚎着，好几只狗也吠了起来。加文仔细阅读着节目单，照例又是些装腔作势的废话。戏推迟开演：说是因为灯光系统出了故障。蚊子聚集而来，加文挥手拍打，雷诺兹拿出欧护牌驱蚊液。一个穿着猩红色弹力紧身衣、戴着一对猪耳朵的傻瓜吹起喇叭，让大家安静下来。然后传来一阵轻微的爆裂声，一个脖子上围着皱领的人朝着饮食亭的方向迅速跑去——他要找什么呢？他们忘了什么吗？——表演开始了。

序幕放了一段影片，理查三世的遗骸从一个停车场底下被挖掘出来——这是真实发生过的事件，加文在电视新闻里看过。那的确是理查，DNA检测结果和头骨上的多处伤痕都证实了这一点。这段序幕是用投影仪投在一幅白色幕布上，那幕布看起来像一条床单，很可能就是一条床单——加文"低声"对雷诺兹评论道：搞艺术的经费预算就那么点儿。雷诺兹用胳膊肘碰了碰他，轻声说："你的声音比你以为的来得响哦。"

影片旁白从嘈杂的扩音器里传了出来，那是一段对伊丽莎白时代的五步抑扬格的拙劣模仿，他们听明白了，这即将上演的整部戏将对理查三世受到重创的头骨进行尸检，揭露其中的秘密。镜头拉近，推向头骨上的一只眼窝，然后直接穿过眼窝进入颅骨内部。画面暗了下去。

随即床单唰地一下收掉了，理查站在泛光灯下，一副要跳跃的样子，准备冲上来大肆谩骂。他背上有一个突兀的隆起，装饰着小丑一般的红黄色条纹……硕大的驼背是有意为之：这部戏的内在核心（"正好与外在核心相反"，加文自言自语地哼了一声）就是道具。它们是理查无意识的象征，这就解释了它们为何被放大。导演的想法肯定是，如果观众们一直盯着特大的王座、驼背之类的道具看，心想他妈的这些玩意儿在戏里到底派什么用，他们就不会那么在意听不清台词了。

除了这个硕大、颜色花哨又意有所指的驼背，理查还穿了一件国王礼袍，拖裾足有十六英尺长，由两个戴着超大野猪头套的小厮提着——这样安排是因为理查的盾徽上有一头野猪。克拉伦斯公爵要淹死在一大桶马姆齐甜葡萄酒里，台上还有两把和演员一般高的长剑。至于在伦敦塔里闷死王子的那一幕，则以哑剧的形式呈现，就像《哈姆雷特》的戏中戏。两只巨大的枕头被担架抬着，好像尸体或烤乳猪。枕套的颜色还与理查的驼背相配，以防观众不得要领。

我从没见过这样的表演，如果有上演的话，我一定马上去看。

现在，终于要说说我参与的霍加斯出版社"重写莎士比亚"项目了。尤·奈斯博在写《麦克白》，珍妮特·温特森已经写了《冬天的故事》，安妮·泰勒接了《驯悍记》，而霍华德·雅各布森搞定了《威尼斯商人》。我一举拿下《暴风雨》。这绝对是我的首选。

抢到手之后，我又顾虑重重。以小说形式重新演绎莎士比亚的戏剧是一项艰巨的挑战：莎士比亚是一位巨人，毫无疑问，他对英语、戏剧和英语文学的贡献冠绝其他所有作家。他还变化多端，层次丰富，具有普世共情，滑溜得像泥鳅一样，他是众所周知的变形人，在每一部新的制作、在每一个新时代中都呈现出崭新的形式、变奏和阐释。理解把握莎士比亚就如同把果冻钉在墙上。至于改写莎士比亚：这是何等的亵渎！任何试图这样做的人都注定要被愤怒的莎士比亚纯粹主义者往下身打上一梭子铅弹。

饶是如此，可要不去一试，那就不是莎士比亚的风格了——莎翁本人就是出了名的前人故事与情节的改写者。

我以前思考过、也写过《暴风雨》。在我那本关于作家与写作的书里——书名是《与逝者协商——一位作家论写作》，真够奇怪的——有一章论及作为魔术师和/或冒名顶替者的艺术家，题目是"诱惑：普洛斯彼罗、奥兹国的魔法师、梅菲斯特及其同伙"。他们都是魔法师，艺术家们也是。

至于普洛斯彼罗，多少算是个好魔法师，有点像奥兹国的魔法师，但我认为不像后者那样在某些方面是个骗子：

普洛斯彼罗利用他的技艺——他的魔法技艺、制造幻象的技艺——不仅仅为了娱乐（尽管他有时候也会用之取乐），还为达到改善道德风气、改良社会的目的。

话虽如此，我们不得不说普洛斯彼罗在试图扮演上帝的角色。如果你碰巧不赞同他的所作所为——卡列班就不赞同——你会称他为暴君，卡列班就是这样称呼他的。如果情境稍有变化,普洛斯彼罗或许还会成为一位宗教大法官,折磨民众是为了他们自己好。你或许还可以称呼他为篡权者,因为是他从卡列班手中夺走了岛屿,就像他的亲弟弟从他手中夺走公爵领地一样。你或许还可以称呼他为巫师,卡列班就是这么称呼他的。我们这些观众还是倾向于认定他是无辜的,从而把他视作一位仁慈的专制者。或者说,大部分时间,我们倾向于如此。但是卡列班的说法并非没有洞见。

没有了魔法,普洛斯彼罗就无法进行统治。是魔法给予了他权力。正如卡列班指出的那样,没有了魔法书,他什么都不是。因此,从一开始,这位魔法师就具有欺骗性:总而言之,他是个捉摸不定的人。当然咯,他令人捉摸不透——毕竟他是艺术家嘛。在剧尾,普洛斯彼罗说出了收场白,以他自己这个角色的身份、以扮演这个角色的演员的身份、以创作出这个角色的作家的身份说出了收场白。事实上,作者是躲在幕后操纵行为的另一个暴君。让我们来读一下普洛斯彼罗(兼扮演普洛斯彼罗的演员,兼写出人物台词的莎士比亚),请求观众宽恕时所说的话吧:"你们有罪过希望别人不再追究!/愿你们也格外宽大,给我以自由!"这绝不是最后一次将艺术和罪行相提并论。普洛斯彼罗知道自己一直在耍些什么花招,而耍这些花招会让人多少有些负罪感。[1]

这个尾声一直困扰着我。普洛斯彼罗为什么会感到如此内疚?

着手这一项目时,我做的第一件事就是重读这部剧本。然后我又读了一遍。接着尽我所能,找来所有相关的影视作品,逐一观看。接下来我阅读了牛津经典版的脚注,它们非常有用,因为有些细节我确实需要了解。首先是关于食物的知识。例如,什么是落花生?

今年是莎士比亚逝世四百周年,我敢肯定有人会出一本剧本食谱。在

---

[1] 此段译文出自汉译本《与逝者协商——一位作家论写作》,上海文艺出版社,王莉娜译,个别之处略有改动。

遭到班柯的鬼魂叨扰的那场宴席上,麦克白夫妇上了哪些菜?约翰·福斯塔夫爵士最喜欢吃什么?(多得很,淀粉类的食物。)托比·培尔契爵士在《第十二夜》中提到"蛋糕和麦芽啤酒"的时候,他脑海里想的是什么?

也许那蛋糕是"宫娥塔",都铎王朝时期的一种芝士蛋糕。至于麦芽啤酒,应该是用大麦发酵的,由"啤酒店老板娘"酿造:当时都是小作坊制造。

我总是想知道小说和戏剧中的人物都吃些什么——如果他们吃东西的话。《暴风雨》中提到了很多食物,尽管大多数都需要有点创意才烹饪得出来。

被其他角色视为奴隶或怪物的卡列班,已经在岛上长大。他奉行的是一种觅食的生活方式,据他自己说,他吃鱼、螃蟹、浆果、落花生(我发现是一种长着地下荚的植物)、鲣鸟窝(可能是为了吃到鸟蛋)、榛子、狨猴——一种猴子,我们就当他吃过狨猴吧,尽管他可能还拿它们来做成帽子——还吃斯卡梅尔鸟,尽管我们并不确定"斯卡梅尔鸟"究竟是什么鸟[1]。这就是被废黜的米兰公爵普洛斯彼罗和他的女儿米兰达在岛上度过的十二年中所吃的东西。非常粗陋:比方说,没有胡椒,没有黄油,也没有面包。这下你就能理解为什么普洛斯彼罗想要尽快回到米兰。

在《暴风雨》中还有更多的食物,尽管那是魔法产生的幻觉。有一场戏讲到恶棍们——篡了普洛斯彼罗公爵之位的弟弟安东尼奥、那不勒斯国王阿朗索,以及阿朗索那个想要弑兄的弟弟塞巴斯蒂安——被"若干奇形怪状的精灵抬了一桌酒席进来"所吸引,精灵们邀请他们吃饭。

我们以为"酒席"就是都铎王朝时代之人所认为的"盛宴"——一种奢华、正式落座的活动。不过如露丝·古德曼在《百年都铎王朝》一书中所述,宴席最初更像是鸡尾酒会:边走边吃的简餐。如果你深谙最新潮流,就会带上自己印有花押字的小叉子来吃点心。

在莎士比亚笔下这些人物准备大吃特吃之际,轰隆一声雷响,元素精灵爱丽儿伪装成一只鸟身女妖出现,宴席顿时消失。爱丽儿斥责罪人的恶

1　有学者考证认为是鹬鹬。

行,然后他们被普洛斯彼罗施下法术,失去了理智。

我们都参加过这样的聚会。你已经将烟熏三文鱼开胃小饼送到嘴边了,这时跟你过去有往来的某个人出现了,把你骂得狗血淋头,然后还没完没了地快把你逼疯。关于宴席可千万牢记这一点。

同时,你可以提出这么一个问题来自娱自乐一番:莎士比亚《暴风雨》中的"酒席"是什么样的?记住:当时还没有小土豆。另外,没有西红柿,所以没有迷你披萨。哦,也没有咖啡。对不起。你只能吃吃蛋糕,喝喝麦芽啤酒。

完成一定的基础研究之后,我得做出一些主要的决定了。我的小说要把背景设在哪里?我们知道,这部戏讲的是幻觉;也探讨复仇与宽恕,莎士比亚剧作中这种时刻相当多见。但还讲到了监狱:仔细想来,剧中的每个人都在某个时刻以这样或那样的方式遭到了囚禁。因此,这就是为什么我把小说的场景设置在监狱。

《暴风雨》讲述了一位魔法师兼原米兰公爵的故事,在他奸诈的弟弟联手那不勒斯国王发动政变后,他与幼女米兰达一起漂流在海上。十二年后,一颗福星将他的敌人带到了他的法力范围之内,在缥缈精灵爱丽儿的帮助下,他唤起一场虚幻的暴风雨。他的敌人、老帮手贡扎罗以及阿朗索的儿子弗迪南德,最后都上了岸,被普洛斯彼罗通过爱丽儿以各种神奇的方式操纵,结果弗迪南德和米兰达坠入爱河,而敌人被施以魔法,遭受折磨,最终又得到宽恕。与此同时,卡列班和两个卑鄙小人沆瀣一气——一个醉酒的管家和一个小丑,他们三人打算谋害普洛斯彼罗,不过遭到普洛斯彼罗的精灵的惩罚。剧末,爱丽儿得以自由,所有人都乘船前往那不勒斯,普洛斯彼罗也走出他自己的魔法,请求大家解除对他的禁锢:这也许是莎士比亚戏剧中最令人费解的结局。

《暴风雨》极其复杂,情节中有几处漏洞,还有莎士比亚写过的几首最精彩绝伦的无韵诗。随着时间的推移,人们对它的阐释更是千差万别。这个岛本身是巫术使然吗?它是一座监狱吗?这地方是审判之所吗?普洛斯彼罗是睿智善良的,还是暴躁易怒的怪人?米兰达是温柔纯洁的,还是一个更精明、更强硬的女孩,了解娘胎[1],还虐待并诋毁卡列班?卡列班本人是弗洛伊德学说所言的本我吗?他本性邪恶吗?他是普洛斯彼罗的黑暗阴影吗?他是自然人吗?他是殖民势力的受害者吗?我们已经有了这一大堆卡列班,而对卡列班的解读远不止于此。

《暴风雨》还是一部音乐剧:其中的歌舞和音乐比莎士比亚其他任何一部戏都来得多。爱丽儿是最主要的音乐家,但卡列班也有音乐天赋。

不过最重要的是,《暴风雨》是一部关于制片/导演/剧作家编排上演一出戏的剧——即剧情发生在岛上,配以特效——其中包含诸位女神的把戏这另外一出戏。在所有的莎剧中,这部戏涉及戏剧、导演与表演的内容最为明显。

如何在一部现代小说中妥善处理所有这些元素?这可能实现吗?这正是我想知道的。

《女巫的子孙》设置在2013年的加拿大,一个与现实中的斯特拉特福德莎士比亚戏剧节相似的地区。故事以《暴风雨》第一幕第一场的表演视频拉开序幕,这段视频是在监狱里拍摄的,监狱里不见其人的观众正通过闭路电视屏幕来观看演出。突然传来监狱暴动的声音。一级禁闭!

切换到背景故事。十二年前,梅克西维格戏剧节的艺术总监菲利克斯·菲利普斯被他的副手托尼以及托尼的朋友、政客萨尔·奥纳利赶下了总监的位子。菲利克斯便一直在乡下一间简陋小屋里过着流放的生活。他隐约相信,他心爱的独生女米兰达的灵魂——她在三岁时就死了——仍与他同在,小姑娘现在已经十五岁了。为了排遣孤独,他在弗莱彻监狱担任戏剧老师,并且在那里排演莎士比亚的戏剧。(注:类似的监狱项目确实存在)。

当一颗"福星"——这里是一个具有极大影响力、光彩照人的女性角色——将他的敌人带到他的影响范围之内,这时菲利克斯在监狱里上演《暴风雨》,希望由此来诱捕、迷惑他们,既能一举报仇,又能恢复他昔日

---

[1] 指的是《暴风雨》第一幕第二场里,听父亲说起叔父,米兰达说"美德的娘亲有时却会生出不肖的儿子来(Good wombs have borne bad sons)"。

的职位。他得到了一名年轻黑客囚犯的帮助，后者利用数字技术，在监狱内大展身手。由于没有囚犯愿意扮演女孩，菲利克斯雇用了一名真的女演员来扮演米兰达。与此同时，以灵魂形式存在的女孩米兰达深受这部戏吸引，决定加入其中。

与莎剧《暴风雨》一样，在小说结尾处，情节被投射到未来——作为新手演员的囚犯们提交了他们的心得报告，预测剧中主角一旦登上开往那不勒斯的船之后将会发生什么。提示：并不全是好事。

你们瞧，这一切就在一个落花生壳里。

玛丽-克莱尔·布莱
横扫一切之人
（2016）

一九六一年，我读了生平第一本玛丽-克莱尔·布莱的书。当时我二十一岁；那是我在多伦多大学维多利亚学院的第四年，也是最后一年。我在修读一门名为"英语语言与文学"的课，这门课讲授自盎格鲁-撒克逊至T.S. 艾略特这期间的文学知识。在课程的最后，如同餐后甜点一般，讲授到了现代小说，而在现代小说课的最后，好似一杯双份浓缩咖啡，我们学了两本加拿大人写的书：希拉·沃森的《双钩》，还有《疯狂的影子》，后者是玛丽-克莱尔·布莱《美丽的野兽》的英译本。

在"英语语言与文学"课上，我们并不学习加拿大文学之类的东西，所以课程纳入这两本书，并非因为它们是加拿大人写的作品。我认为它们被选中是由于其非常规的形式。就《双钩》而言，它简洁、交切的片段，你可以说是"现代主义"。但什么标签适用于《疯狂的影子》呢？它很难定义。它也有相互穿插的短小片段，但语气却迥然不同。不同于希拉·沃森简洁的素歌，它给予我们的是一种过热的巴洛克风格，其中的每一份情绪、每一个形容都被调至最大音量。

书的封面设计是一张美丽的脸庞，但眼睛不太对劲，上面有着红色的颜料，也可能是鲜血滴盖住了眼睛。这本书没有爱，有的只是爱、爱、爱！它也没有恨，有的只是恨、恨、恨！最重要的是，这本书里的每个人都有难以释怀的嫉妒和极度的自恋，以及女主人公疯狂的破坏欲。对于四年级的"英语语言与文学"课来说，这些内容真够剽悍的。

如何来描述情节呢？既然我已经看过让·谷克多的电影《美女与野兽》，对其高度的超现实主义有了更多的背景了解；但无论如何，它是对夏尔·佩罗的古老故事《美女与野兽》的超凡演绎[1]。在那个故事中，美女如她的名字一样迷人，丑陋的野兽几乎为了对她的爱而死去，但当美女说她要嫁给野兽时，爱情最终战胜了一切。烟花绽放，野兽变成了英俊的王子。

《美丽的野兽》里可没有这样的运气，这个故事中的美貌与兽性是一体的。俊美但愚蠢的儿子帕特里斯（名字源自"贵族"一词，包含词根"父亲"，因此与男性特权有关）、聪明但丑陋且愤怒的女儿伊莎贝尔-玛丽（名字包含"美女"一词），与自私自利、宠溺儿子的母亲一起生活。嫉妒驱使着女儿；愚蠢蒙蔽了母亲。

这些人不假思索：他们凭感觉行事，而且女儿的感觉极为炽热。引言来自波德莱尔的《恶之花》；主题——如果有的话——是关于欲望的徒劳，即你永远也不可能拥有全心渴望的东西。这个注定不幸的女主人公渴望变得美丽，这样别人就会爱上她，但她最接近愿望成真的际遇是与一位盲人的恋情：只要别人看不见她，她就是美丽的。（作者是否读过《弗兰肯斯坦》?）但当盲人奇迹般地重见光明时，他惊恐地离她而去。爱情也无法挽回。

最后，和《美女与野兽》中一样，烟花绽放，只不过表现的形式是伊莎贝尔-玛丽引发的火灾。房子烧毁，母亲被烧死，女主人公走向火车铁轨——我们猜想，她打算卧轨自杀——而那个俊美的儿子已然丑陋不堪，因为他姐姐把他的头摁进一桶沸水里。他为了寻找自己曾经美丽的倒影而淹死在水里；就像纳西索斯，自己美丽容颜的倒影是他唯一爱过的东西。

我对课程涉及的这两部小说都很着迷，但《疯狂的影子》尤其吸引我，因为我想要成为一名作家，而这本书的作者只比我大一个半月。要知道，她才十九岁时就写完了《美丽的野兽》，二十岁时就出版了该书的法语版，

---

[1] 让·谷克多（1889—1963），法国作家、导演，20世纪现代主义和先锋艺术的重要人物。夏尔·佩罗（1628—1703），法国诗人、文学家，以童话集《鹅妈妈的故事》而闻名，被誉为"法国儿童文学之父"。

她已经领先一步。玛丽-克莱尔·布莱在我们其他人还在摸爬滚打、摸索着创作的年纪，就已经一跃成为国际文学界的新星，这在一定程度上要归功于埃德蒙·威尔逊，这位极具影响力的美国文学评论家曾热情地撰写了关于她的文章。

在那些日子里，布莱有时会被拿来与另一位年轻天才弗朗索瓦丝·萨冈作比较，但是她们俩截然不同。萨冈属于法国现代主义作家中的忧愁派：幻灭是其主基调；布莱则热衷于魔法。她笔下的人物仿佛一次又一次身中魔咒，受到一种无法理解的强力的驱使。对萨冈笔下的角色来说，罪恶是一种消遣，但对布莱的角色而言，罪恶是真实而且可能致命的存在。你也许会说，这是"哥特情结"；但在布莱的作品中，哥特风格与现实主义几乎是同一回事。

她的言说源自那种滚滚沸腾、不断发酵的说法语的加拿大人情结——这种情结成型于杜普莱西斯小型独裁政权数十年的压迫以及教会规定家庭须生育十五个孩子的"摇篮复仇"政策。这些因素造就了加布里埃勒·罗伊的《转手的幸福》，并很快在安娜·埃贝尔一九七〇年的杰作《卡穆拉斯卡庄园》中显现出来。从某种意义上说，《疯狂的影子》和布莱其他的早期小说是旧政权的最后喘息，但换个角度讲，它们是吹响"寂静革命"[1] 的第一声号角。（寂静只是指没人被砍头，其他方面则相当喧嚣。）

至于玛丽-克莱尔·布莱，她似乎决心揭开这个盖子。没有什么可顾忌的。她早年以情感激烈著称，很少有人当真认为她的文字风趣，然而自六十年代以来，越来越多的人开始认识到这一点。她对那些公认的观点和习以为常的比喻嗤之以鼻，在写作时与游戏文字嬉闹成趣。她拒绝接受任何正统观念，包括二十世纪七十年代初出现的分离主义运动的正统观念。她一九七三年的小说《讲若阿尔语的人，讲若阿尔语之地》（英译本题为《圣劳伦斯蓝调》）是对所谓一切魁北克正宗小说都必须以若阿尔语来书写这一勒令的回击。该小说以若阿尔语写就，但同时又狡猾地掏空了小说中只

---

[1] 加拿大魁北克在20世纪60年代社会迅速变革的一段时期，包括社会的世俗化、地方福利的建立和分离主义与联邦主义政治势力的重组。

允许使用一种语言的理念。

对一位作家来说,处女作一鸣惊人可能是棘手之事。如何复刻成功?下一步怎么走?许多人停滞不前,担心高开低走,还因为一炮而红之后面临的不可避免的非难而倍感困扰,但玛丽-克莱尔·布莱似乎不怎么停下来喘口气。她在一九六〇年、一九六二年、一九六三年和一九六五年都有作品出版,然后在一九六六年、一九六八年(两本)、一九六九年(两本)和一九七〇年都是马不停蹄。这是惊人的产出效率,而这只是她写作的第一个十年。在随后的四十年里,她几乎没有放慢脚步;同时,她如同小红帽采雏菊一般,轻松摘得各类文学奖项。

在她初始十年的作品之中,我和其他许多人都特别喜欢《以马内利生命中的一季》。

正直的农民,在逆境中辛勤劳作,忠于土地——这一形象有一段时间已成为魁北克文学的主要内容,但在此玛丽-克莱尔·布莱又决心再次打破常规,推翻那些习以为常的印象。以马内利是个新生儿,但他不是救世主。他像只小猫一样呱呱坠地之后,他母亲出去给奶牛挤奶,他那可怕、冷酷、刻薄、下手粗暴的祖母安托瓦内特抱着他,对着他训斥说新生婴儿真是恶心。这可不是标准的耶稣诞生场景。然后,进来一大群其他孩子——有多少人?十五还是十六个?——我们一直都搞不清——祖母扔给他们几块糖,就把他们赶去一边,好像他们是小鸡或猪似的。

接下来是一场闹剧,你能想象得到的所有违反教义的行为都齐活了:心胸狭窄且反对文化学习的父母、道德败坏的神职人员、手脚不干净的青少年、可怕的神学院、患有结核病的天才、吊死在树上的自杀者、无尽的饥饿与寒冷、被修道院赶出最终流落妓院的女孩,而祖母自始至终像库伊拉·德维尔一样,发号施令,裁定命运。这场颠覆的盛宴被包裹在一种张扬而充满活力的语言之中,它始终在失控的边缘摇摇欲坠,同时又保持着自己的精确调节。《以马内利生命中的一季》巩固了玛丽-克莱尔·布莱在国内与国际上的声誉,同时也激怒了相当一批魁北克人。

如何总结这样的职业生涯？简直无法总结。其丰富性、多样性、创造性与张力，在魁北克文学、加拿大文学甚至任何文学中，都堪称不同寻常。玛丽-克莱尔·布莱自成一派——不属于任何团体，除艺术之外不信奉任何宗教，探险永无止境。耶稣说："风随着意思吹，你听见风的响声，却不晓得是从哪里来，往哪里去；凡从圣灵生的，也是如此。"（《约翰福音》3：8）玛丽-克莱尔·布莱亦复如是。她遵从自己的心灵，而她的作品就是结果。无法想象，如果没有她，我们的文学将会怎样。

《皮草女王之吻》
（2016）

汤姆森·海威于一九九八年出版的《皮草女王之吻》曾在畅销书排行榜上连续多周稳居榜首。这是一部开创性的作品，因为它论及当时还未受到广泛讨论的两个话题：为原住民儿童设立的寄宿学校中发生的身体虐待与性虐待，以及原住民同性恋者的生活方式与个体身份。这些话题，特别是寄宿学校的虐待问题，长期遭到压制，令人激愤，而这部小说是最早一批触及此类话题的书籍之一。这类故事展露在公众眼前已有十余年，但公允说来，是汤姆森·海威开启了第一章。

海威对于开拓和创新驾轻就熟。他早年以剧作家的身份登场——一九八六年《雷兹姐妹》引起了巨大的轰动，许多其他剧目也接踵而至，海威还在一九八六年至一九九二年期间担任加拿大原住民剧团的艺术总监。这些都是大胆的冒险行动，却开辟了一条道路，让众人得以尾随而上。

但是，为什么这类活动在二十世纪六十年代显得如此新奇，如此前所未有？在六十年代，几乎没有任何原住民诗人、剧作家或小说家的作品。画家诺瓦尔·莫里索在七十年代就已声名远播，但在文学领域，约翰·理查森的《瓦库斯塔》和波琳·约翰逊的叙事诗时代早已过去。没有出现能够填补原住民艺术家文字作品空白的人，而寄宿学校体系——致力于从年轻人的头脑中清除一切"原住民"元素——当然对此负有一定责任。如果你所知道的被抹去了，你怎么写得出来？

海威的天才之处在于，他讲述了这种抹杀的故事：那是什么样的经历，对那些惨受其苦的人产生了什么影响，尽管出现了人为造成的痛苦空白，但古老得多的传统、信仰与长久熟知的人物仍能重新回到意识的表面。"被潜抑事物的重复出现"是一个心理学术语,但现在——在二十一世纪初——它也可能是一个社会学-人类学术语,因为众多不同的团体和社群都忙于挖掘前几代人努力掩埋的事物。最先投身挖掘的那些人并不总是受到感谢。他们往往更有可能遭到批评——他们说了不可言说之事,提了不宜提及之过,违反了沉默准则。他们还带来了耻辱,因为在这些情况下,施害者可能会受到指责,但受害人却会蒙羞。强奸也是如此,而这些孩子遭到了强奸。

《皮草女王之吻》是一部半自传体的小说,隐约借鉴了另一部知名同性恋作品,即一九八五年的《蜘蛛女之吻》。小说讲述了克里族两兄弟被带离家庭,送到施虐的牧师那里。法律规定儿童必须上学,当社区没有学校时,寄宿学校是他们的唯一选择。兄弟俩的名字被改掉,强制抹除的过程就此开始。幸运的是,他们有一位守护者:欺骗之神,其中一位名叫"微沙吉佳"(灰松鸦在北方的绰号"威士忌杰克"[1] 即源于此)。这位神祇并无性别,可以随心所欲变成它所喜的一切模样。例如,在海威的小说中,它是一只会说话的狐狸,而在他那两部讲"雷兹姐妹"的剧中——第二部是一九八九年《来到卡普斯卡辛的干嘴唇》——它的名字是"那布须":一部剧中是男性,另一部则是女性。

海威有个观点,认为偷窃或抹杀一种语言就是偷窃或抹杀看待现实的整个方式,因为克里语中有一个不分性别的冠词,可以用于有感知力的生命,而英语则没有。

海威的作品花了二十多年时间才真正进入属于它的时代。它远远领先于当初那个时代,但现在它比以往任何时候都更有意义。

---

[1] 微沙吉佳的发音听起来像威士忌杰克。

命悬一线

（2016）

很高兴今天上午能与这么多有志之士齐聚一堂，探讨妇女的法制教育。

我打算跟你们聊聊一八四三年在多伦多这里对格蕾丝·马克斯的审判[1]，也就是我的小说《别名格蕾丝》所描述的那个案子，结合那个世纪和我们这个世纪妇女合法权利的语境来谈谈那次审判——此外，还要讲讲我为我早年写的小说《使女的故事》所做的一些研究。这部作品目前正在被拍成电视剧[2]，我还在里面客串出演了一把。这一切都是乐趣和消遣，因为我们不再生活在一八四三年了，不是吗？我们也没有走向《使女的故事》中那种神权统治、操控女性的世界，没错吧？但今天是二〇一六年十月十九日，离美国大选只有二十天了；在竞选期间，我们看到厌女情绪大量涌现，这是自十七世纪的女巫审判以来不曾有过的情形，同时还有人在网上大力推动废除第十九修正案——赋予美国妇女投票权的美国宪法修正案。你得掐掐自己，确信自己没在做梦。

这提醒我们，现在我们许多人视作理所当然的妇女与女孩的权利其实来之不易，而且随时都可能被夺走。从文明的角度来看，这些权利并未根深蒂固——我的意思是，它们在历史上存在的时间并不长，而且也不是文明中的每一个人都热忱地相信它们。举个例子，这次美国总统大选的男性候选人[3]似乎就不相信这些权利。那对男孩和男人来说可是个相当有趣的榜样。美国和我们国家的性侵统计数据很能说明问题，推特上以"♯不可以"为标签的种种妇女与女孩的故事也是如此。

你可能会问，或者确实想知道，这样的事情是否曾经发生在我个人身上？我厌烦地回答，当然有。尽管看起来不可思议，但我也曾经是十几岁的女孩，之后成为妙龄女子，这意味着我也曾经是一个潜在的目标——在火车站之类的地方出没的猥亵者与暴露艺术家的目标——尽管我还算幸运，躲过了真正的强奸犯，在酒吧时也没人往我的饮料里下约会迷奸药（当时那些药还没发明出来）。我并非一直都是你们今天看到的这个受人尊敬的老年偶像或可怕的老巫婆形象。我并不总是有一大群看不见的小恶魔和小妖精，化身一百二十九万推特粉丝来随时帮助我。的确，其中有一些是社交媒体机器人，有些机器人给我发推文，说他们想念我的那话儿还想和我聊聊，并在邀请中附上年轻女士的裸体照片，而她们显然不是推文的发送者。

即使在所谓先进的西方国家，我们也是"命悬一线"。无需费多少周章，就能收回现今妇女的合法权益，让我们直接回到一八四三年，甚至更早之前。那句老话——据称出自废奴主义者温德尔·菲利普斯之口——说得没错：自由的代价是永远警惕。我书中的使女有免于遭到强奸的自由——狭义上的强奸。但她们根本没有去做很多事情的自由，比如拥有一份工作，按自己的意愿穿着，以及阅读。如果所有人都能自由去做他们想做的事，恐怕妇女的处境不会很好，因为无论她们多么出色，她们通常都敌不过一群意图轮奸或集体猥亵的流氓。

因此，我们如何平衡你可以做什么的自由和免于遭受什么的自由？你过自己的生活——做你想做的事，包括今天来参加妇女法制教育与行动基金会举办的早餐会——和别人的自由妨害到你，二者之间的界限在哪里？从历史上看，这个问题由来已久，而且，正如我们当前所见，它肯定还将继续。

谁能想到这场选举会如此不择手段地恶意中伤？对女性不择手段地恶

1　1843 年 7 月 23 日，女管家南希·蒙哥马利和主人托马斯·金尼尔在加拿大里奇蒙山镇的宅邸中被杀害。女仆格蕾丝·马克斯和仆人詹姆斯·麦克德莫特犯案后准备逃往美国，在落脚的旅店被警察抓获，二人被当作同谋一同受审，麦克德莫特被判处绞刑，格蕾丝却在律师、医生的"庇护"下免于一死。

2　同名电视剧第一季于 2017 年上映，目前已播出五季。

3　指特朗普。

意中伤。一如往常，当我们的邻国投票选举时，加拿大人急切地想要知道结果，因为俗话说，华盛顿一感冒，加拿大就打喷嚏。我们想知道是否该把银器藏起来，更不用说那些年轻姑娘了。买点防熊喷雾！最好再买条五十年代的老款"培特仕"橡胶紧身裤！即使是——在此我引用一位澳大利亚立法者的原话——"让人恶心的鼻涕虫"，想要像章鱼一样乱摸，也没那么容易！只要一摸，猥亵者当即就想甩开！

话说回来，今天我们在纪念昨天的人之日[1]——这个国家至少有某些妇女获得了合法的人格，仅仅八十七年前才开始实现的事。这一成就是长年累月经久不息运动的结果，还与其他艰苦斗争的运动密不可分——争取妇女接受高等教育的权利（据说高等教育会过度消耗女性脆弱的大脑，还会导致女性生殖器官萎缩），妇女穿灯笼裤套装、有伤风化地骑自行车到处转悠的权利（文明算是完蛋了！）以及女性脱掉紧身胸衣的权利（如果没有束身衣，她们脆弱的脊柱可能会折断，她们会像水母一样在地上蠕动）。在相对物质的方面，妇女有权在结婚后拥有并支配自己的金钱与财产，有权从事工作并赚取酬劳。

整个十九世纪，西方法律体系中的大多数妇女，就责任而言是成年人，但在诸多权利方面则是未成年人。在罕见的离婚案件中——妇女因离婚而名誉扫地，即便这绝非她的过错——丈夫几乎都能拿到孩子的监护权，无论他多么残暴可怕。你不必要真的谋杀你妻子，只要不这么做，在家庭领域你几乎完全自由，而妻子对此束手无策。十九世纪既有众所周知的维多利亚时代家庭价值观，又是一个卖淫猖獗、虐童普遍的时代，包括极端体罚，把童工往死里剥削，给婴儿使用标榜专利药品而行销的鸦片制剂，以及一些关于儿童营养的有趣理论：肉类会造成孩子们过于兽性且精力过盛，水果会断送他们的消化系统。大人应该只给他们吃白色的食物：白面包、

---

[1] 1929年10月18日，加拿大最高法院作出了关于"Persons"一词的法律定义包含女性的历史性决定，使部分女性有权被任命为加拿大参议院议员，并为女性更多地参与公共和政治生活铺平了道路，但这一决定并未涵盖所有女性，如原住民和亚裔女性。这一天被称为"人之日"（Persons Day）。

白牛奶布丁、白淀粉。甚至富裕家庭也遵循这套营养体系,更不必提像《雾都孤儿》里那样的寄宿学校和孤儿院了。难怪那个时代有那么多孩子脸色苍白、体弱多病、佝偻着身子;这个世界配不上孩子,他们往往早早地就离去了。

至于现在所谓的妇女生育权,在官方看来并不存在。在分娩时使用镇痛剂甚至都遭到许多牧师的反对,因为妇女就应该在分娩时受苦:《圣经》里是这么说的。堕胎是非法的,却很普遍:劳动阶级的未婚女子怀孕后,如果得不到男人赡养,很可能会把孩子送到孤儿院,自己则流落街头为妓。由于性病就像肺结核一样广泛传播,她们可能都活不长。那些在歌剧中咳嗽至死的女孩——《波希米亚人》中的咪咪、《茶花女》中的维奥莱塔——都有很强的事实根据。

这就是我的小说《别名格蕾丝》的总体背景,故事始于十九世纪四十年代——一个头戴遮颜女帽的时代——对女性的谦逊和礼节十分看重。小说以现实中的年轻爱尔兰女仆格蕾丝·马克斯为原型。一八四三年夏天,在当时上加拿大的里奇蒙山镇附近——即现在的安大略省,两人遭到谋杀:托马斯·金尼尔,一位四十来岁、自苏格兰侨居加拿大、靠国内汇款过活的有钱绅士,以及他的管家兼情妇、时年二十三岁、怀有身孕的南希·蒙哥马利。据说凶手是詹姆斯·麦克德莫特,金尼尔的爱尔兰男仆,二十出头;还有杂役格蕾丝·马克斯,刚满十六岁。他们两人携贵重物品乘轮船逃往美国的刘易斯顿,但被害人金尼尔的一个朋友跟踪了他们,并在一家旅馆找到了两人——尽管他们没有睡在同一个房间,然后他们被强行带回加拿大,很快就因谋杀金尼尔而出庭受审。一个令人震惊的细节是,格蕾丝出庭时身着女性被害人的裙子。好吧,那是条漂亮的裙子,你也不想它给浪费掉。

他们二人都因谋杀金尼尔被定罪——麦克德莫特开的枪,格蕾丝是共犯,谋杀南希·蒙哥马利一事却从未被审理过。

然而,鉴于格蕾丝之前的几位男性雇主对她的品格给予了极高的评价,又考虑到她年纪尚轻,以及她的申辩——她与麦克德莫特一同出逃只是因为后者威胁说如果她不这样做就杀了她,她的判决被减为终身监禁。在行将被吊死之前,詹姆斯·麦克德莫特在绞刑架上控诉格蕾丝·马克斯,说她帮他勒死了南希·蒙哥马利。他死后,只剩下一个人知道事情的真相,而她缄口不言。

她到底有没有动手?我们无从知晓——这也是我对以格蕾丝为小说主题感兴趣的一大原因。此外,就格蕾丝是否有罪这一点,关于此案的报道与文章存在很大的分歧。当一名女性和一名男性被卷入一起谋杀案时,情况往往如此。评论者对于男性的看法通常很一致——是他干的,但在女性的问题上却有分歧。要么她是违背自己意愿、受到威胁和逼迫的无辜者,要么她是教唆者——一个异常邪恶、串通一气的耶洗别[1],她怂恿他下手,并且可能是以性为诱饵。媒体对这两个版本的格蕾丝都进行了报道,并大肆添油加醋。不同教派的舆论出现了分歧:对圣公会的保守派来说,格蕾丝是有罪的,因为参与谋杀雇主是极其恶劣的行为;但对卫理公会的政治改革派而言,她是无辜的——一个被利用的、心智可能尚不健全的年轻女孩,因生命受到威胁而恐惧。和现在一样,当时的人们把那个时代对女性的所有假设都投射到她身上——她们的软弱、她们潜在的堕落、她们天生的愚蠢,或者另一方面,她们的狡猾和奸诈。情况往往如此,尤其是对于受审的妇女,尤其是在十九世纪,评判的是一个女人的完整品性,特别是她所谓的性行为——她到底有没有和麦克德莫特上过床?我们永远也无从知晓。虽然他们对她头发的颜色看法不一,但所有的评论者都说她长得很美。如果不是这样,这场审判可能就不会招致如此多的恶名。

至于动机,也有几个版本。一些邻居提出,格蕾丝嫉妒南希,因为她爱上了金尼尔先生,她又以性为诱饵钓麦克德莫特上钩。还有人说并非如此,其实是金尼尔的情妇南希嫉妒格蕾丝——她年纪比格蕾丝大,又怀有身孕,很快就会成为金尼尔的麻烦,而年轻迷人的格蕾丝就在那儿,可能已经准备好接替她的位置。然而,可以肯定的是,格蕾丝和南希这两个女

---

[1] 古以色列国王亚哈的妻子。据《列王纪》记载,她大建崇拜异教神的庙宇,杀害众先知,霸占平民财产。种种倒行逆施,招致天怒人怨,在她儿子当政年间,起义军首领耶户率众攻入王宫,耶洗别被人从窗口扔下摔死。

人都没有太多的选择。她们没钱,也没社会地位,她们的命运完全取决于雇主的心血来潮。如果谋杀案没有发生,格蕾丝很可能会找到另一份工作——当时很需要仆人,但是,如果被金尼尔解雇,南希就没有多少选择:众所周知,她是他的情妇,因此名声不佳。也许她会到美国去,在那里她的过往便不为人所知。

这就是格蕾丝的结局,她在金斯顿监狱度过了四分之一个世纪,又在多伦多精神病院待了一段时间。她因庆祝联邦成立的大赦而获释,跨越国境进入了美国;自此以后,我们失去了她的音讯,尽管直到世纪末人们还在写她的故事。她似乎有着那些被控施行巫术的女人的某种魅力。

女人到底怎么回事?为什么古往今来,对于男人而言,她们显得如此可怕?这些担惊受怕的男人是不是像莱曼·弗兰克·鲍姆一样,把他的奥兹国巫师写成一个骗子,却赋予他的女巫真正的魔法?或者像亨利·赖德·哈格德那般,创造出名为"她"的超级女英雄,拥有电死你的超能力?这是否是压迫者的负疚——知道自己在历史上犯下累累恶行,担心受压迫者卷土重来?也许这就是为什么希拉里·克林顿招致种种女巫与魔鬼的形象的诋毁。也许我们该帮她改名为圣女希拉里。圣女贞德为她的国家而战,她成功战斗了,但她太强势、太傲慢,没有一个女人真能单枪匹马做成这些事,所以她一定是与黑暗势力勾结了。把她烧死在火刑柱上!他们也是这么做的。

时间会揭晓结果。快到万圣节了,按照传统,这是个关键节点,不同世界之间的大门会打开,秘密将要揭启;之后是盖伊·福克斯日[1],提醒我们看不见的黑客大军潜伏在暗处。再之后是十一月八日,届时事关命运的选票将被投下,然后我们也不知道会发生什么。也许是废除第十九修正案;然后——谁也说不准,因为这些事情正在蔓延——也许在加拿大会有否定女性权利的某种行动。

不过到今天为止,我们仍然是人。感谢那些为妇女奋战而争取到这一

---

[1] 1605年11月5日,盖伊·福克斯等企图用20桶火药炸毁英国国会大厦。阴谋虽然最终未遂,为警示国人,英国特设立该节。

地位的人们。做人比做不了人更舒心；对整个社会而言，成为一个人比仅仅成为私人财产或美人尤物更有益处。歌颂你有当人的权利，同时想想怎么去帮助那些正在接受法制教育的年轻女性——如果形势变糟，从"轻推"变为"推搡"，或者从"推搡"变为"揩油"——这样做能更好地捍卫你为人的权利。是的，在我们的国家，所有女性都是人，但有些女性比其他女性更有机会实现这种为人的权利。

第四部分

2017—2019 年情况有多糟?

特朗普执政下的艺术

（2017）

艺术有什么用？在一个以金钱为主要衡量价值标准的社会，常有人提出这样的疑问，往往提问者并不懂艺术，因此也就不喜欢艺术和从事创作的艺术家。然而，现在是艺术家自己提出了这个问题。

对美国的作家和其他艺术家而言，时下寒意凛然。铁腕人物压制艺术自由、要求奉承吹捧，素有恶名：他们的规矩就是"要么跪舔，要么闭嘴"。冷战期间，众多作家、电影制作人和剧作家因被怀疑从事"非美活动"[1]而遭到联邦调查局上门调查。那段历史会不会重演？自我审查制度会不会出现？美国是不是可能正在进入"萨密兹达"[2]时代——手稿私下流传，因为将其出版就意味着招致报复？听起来很极端，但考虑到美国本身的历史加上席卷全球的专制政府浪潮，这并非毫无可能。

面对这种种不确定与恐惧，美国从事创作的群体忐忑地互相敦促，切不可不战而降：不要放弃！写你的书！创作你的艺术！

但是书写什么，创作什么？五十年后，对于这个时代的艺术和写作会有什么评价？约翰·斯坦贝克的《愤怒的葡萄》让大萧条时代获得了不朽，这本书详尽描述了美国社会最底层人民经历那段沙尘暴干旱岁月的切身感受。阿瑟·米勒的戏剧《坩埚》涉及猎巫与大规模指控，是对麦卡锡主义的精准隐喻。克劳斯·曼一九三六年的小说《梅菲斯特》讲述一位著名演员如何发迹，展示了绝对的权力如何将艺术家彻底腐化——这故事出现在希特勒统治期间可谓恰得其时。什么样的小说、诗歌、电影、电视剧、电子游戏、绘画、音乐或图像小说[3]会充分反映美国的下一个十年？

我们迄今毫无头绪，也不可能有什么想法：除了一切不可预测本身，没有什么是可以预测的。然而，这么说吧，唐纳德·特朗普对艺术的兴趣，若以 1 到 100 的量表衡量，读数介于 0 与 -10 之间，比过去五十年来任何一位总统都要低。过往有些总统毫不在乎艺术，但至少他们出于政治需要考量还会装一装。特朗普则不会。事实上，他甚至可能都没有注意到艺术的存在。

其实这可能对我们有利。有些当权者对艺术颇感兴趣，自诩为专家和权威人士，对于那些其艺术风格令当局不满的作家和艺术家来说，这可是极坏的消息。那些人或被打发到劳改营，或被谴责为堕落败类。但愿大多数创作人士都能设法低调行事，如微尘芥子般免遭察觉。

美国没有劳改营。这里更喜欢通过暗中排斥来表达不满：编剧的电话不响了，就像"好莱坞十君子"那样；音乐家的歌曲不再播放，比如巴菲·圣-玛丽在越战期间因为她那首《普通士兵》遭到封杀；作家的书找不到出版商，例如玛丽莲·弗伦奇的《从黄昏到黎明》多年来都无法出版。文化大气候的变迁完全可以预料，各类奖赏流向那些愿意跟随在任上位者起舞的人，而那些拒绝合作的人则会受到无声的惩罚。这些报复呈现的形态不一，可能是恶毒的总统推文，例如特朗普最近针对他主持过的真人秀《学徒：名人版》发推，借收视率问题怪罪接手主持该节目的阿诺德·施瓦辛格；也可能是粗鲁的公开斥责，就像梅丽尔·斯特里普在金球奖获奖发言中含蓄地批评特朗普恃强凌弱之后随即遭到后者的回怼。

言论自由——美国民主的标杆——会怎么样呢？这一理念是否会成为仇恨言论与网络霸凌的委婉说法，成为猛击"政治正确"的重锤？一切已

---

1 "非美活动"指于美国安定不利、破坏美国国家安全的行为。早在 1938 年，美国众议院已设立"非美活动委员会"（HUAC），以调查与共产主义活动有关的嫌疑个人、公共雇员和组织，调查不忠与颠覆行为而出名。

2 "萨密兹达"意指以地下秘密出版物的形式流通。

3 图像小说（Graphic Novels）是一种将图画与文字相融合的文学体裁。相较简单的儿童绘本，它具有更强的剧情性；而对初级阅读者而言，它又不会让低龄儿童面对繁杂的文字望而却步，是一种适合儿童的章节书启蒙读物。

然开始。如果情况加剧，那些捍卫言论自由概念的人是否会被左派攻讦为法西斯分子的同路人？

当然，我们可以指望艺术家来维护我们更好的价值观！难道他们不是人类精神最崇高的特质的代表吗？未必如此。从事创作的人士，究其秉性和品行，林林总总，不尽相同。有些只是收钱办事的艺人，是想赚取百万美金的机会主义者。有些人则更是居心险恶。电影、绘画、作家与书籍并不存在固有的神圣特质。希特勒的《我的奋斗》也是一本书。

过去，有很多从事创作的人士向当权者俯首称臣。事实上他们特别容易屈服于专制主义的压迫，因为作为孤立的个体，他们很容易被瞄准。画家可没有民兵武装来保护他们；如果你跟电影编剧过不去，他们也指挥不动地下黑手党把一个血淋淋的马头放到你的床上。受抨击者可能会得到其他艺术家的口头保护，但如果无情的权势集团一心想要摧毁他们，这种保护根本不值一提。笔比剑更有力，但只在回顾历史时如是：战斗之际，获胜的通常是执剑之人。不过这里是美国，有着悠久而光荣的抵抗历史，这里众声喧哗、千人千面的多样性本身就具有某种防御力量。

当然，会有抗议运动，艺术家和作家会被敦促加入其间。这是他们的道德责任——或者说人们这样告诉他们——要为这个事业发出自己的声音。（总有人向艺术家说教他们的道德责任之所在，而其他专业人士——例如牙医——通常避免了这种命运。）但是，告诉从事创作的人士应该创作什么，或者要求他们的艺术为别人制定的高尚议题服务，是件需要慎重对待的事。他们中的某些人，如果听从此类劝告意味十足的指导，很可能会产出纯粹的鼓吹宣传或者没有深度的寓言——不管哪一种，都是枯燥乏味的说教。平庸者的艺术画廊贴满了善意的墙纸。

然后呢？哪种真正具有艺术性的反应可能行得通？也许是社会讽刺作品。或许有人会尝试类似乔纳森·斯威夫特《一个小小的建议》的文作，这篇短文建议将吃掉婴儿作为解决爱尔兰贫困问题的一种经济手段。但不幸的是，当现实超乎最荒诞夸张的异想天开，讽刺往往会落空——现今正日益如此。

在政治压迫时期，科幻小说、幻想小说与推想小说常被用来表达抗议。它们讲述真相，但讲得婉转含蓄，就像一九二四年叶甫盖尼·扎米亚京在昭示压迫即将到来的小说《我们》中所做的那样。在麦卡锡时代，众多美国作家选择了科幻小说，因为这一体裁使他们能够批评社会又不会被那些有心镇压批评的势力轻易发现。

有些人会创造"见证艺术"，就像那些对战争、地震、种族灭绝等巨大灾难予以反应的艺术家。当然，写日记的人已经在行动了，他们记下事件和对事件的反应，就像那些记录黑死病、直到自己也死于黑死病的人；或者像安妮·弗兰克，在她的阁楼藏身处写日记；或者像塞缪尔·佩皮斯，记录下伦敦大火期间发生的事情。单纯的见证作品也可以释放出强大的力量，例如纳瓦勒·萨达维的《女子监狱回忆录》，讲述了她在安瓦尔·萨达特执政埃及期间身陷囹圄的经历。美国艺术家和作家很少羞于探索他们自己国家的鸿沟与裂隙。我们希望，如果民主突然土崩瓦解，言论自由受到压制，有人会记录下整个过程。

短期内，我们能期待艺术家做的，也不过是我们一直在期待的事。随着曾经坚实的确定性分崩离析，也许栽培你自己的艺术花园就已经足够了——只要你还能做，就尽你所能去做；创造出让人可以短暂逃避、体验顿悟时刻的另类世界；在已知的世界中打开一扇窗户，让我们看看外面的模样。

随着特朗普时代的来临，在危机时刻或者恐慌时刻，是艺术家和作家还能够提醒我们，每个人不仅仅是一张选票、一个统计数字。人生可能会被政治扭曲——许多人确已如此——但我们最终并不等同于这些政客的总和。纵观历史，为此时此地、尽其所能雄辩有力地表达人类本质的艺术作品，一直都留有希望。

《图案人》
序言
（2017）

恐怖故事、鬼故事、科幻小说、幻想小说和其他类似的奇幻故事，究竟是什么令年轻读者为它们深深着迷呢？是不是正好在这个年龄段，我们第一次意识到了自己内心的怪物？是对民间传说与魔法巫术的一种集体怀旧吗？还是一种精神驱魔？我们是在向死神表达蔑视之情吗？

二十世纪五十年代，青少年爱书人尚未被称作"年轻的成人"，但我们同样沉迷于猎奇。大人们显然了解我们的口味：一九五三年，我才十三岁，已经是一个中学生月度读书计划的成员了，当时读书计划供我们选读的首部经典之作，便是如今多少已被人遗忘的恐怖惊悚故事《多诺万的大脑》：书中的大脑被过于乐观的科学家养在一个大鱼缸里，依靠大脑食物获得滋养。科学家们希望它能解决宇宙相关问题，结果事与愿违，这大脑竟计划接管世界，更糟的是，它还拥有电能。那些年，有很多邪恶的大脑逍遥法外。

考虑到我的偏好，差不多在那个时候，我偶然发现并且贪婪地读完了雷·布拉德伯里一九五一年的经典作品《图案人》，这事也就不足为奇了。我是在药店[1]花两毛五分钱——我帮人照看孩子赚的时薪——买的这本书吗？还是从图书馆借的？或是在照看小孩时偶然发现的？我不记得了，反正就那么读了。书名和封面插图已经足以吸引我——当初那个年代，你认识的人没有一个身上会有任何形式的文身；这个让人全身布满文身的设定——更不用说那些文身图案能活起来，讲述它们自己的故事——已经怪诞到足以引发我那份青春期少女的好奇心了。

上世纪五十年代初是雷·布拉德伯里如日中天的岁月。二十世纪四十年代，平装书出版恰如二十一世纪初的电子书，以其廉价和便利的优势，改变了美国人的阅读方式。一本平装书的价格只需精装书的十分之一，而且你不必上高不可攀的书店去购买；你可以在药店这种平常买漫画和杂志的地方购买平装书。平装书行业通过批量印刷与销售来赚取利润——因此有了大众市场一词——并且使用俗艳的封面来打消那些可能担心这书太过高深、太"文学"的读者的疑虑。每本封面都预示会有性与丑闻，或性与死亡，或性与外星人，或性与恐怖；衣着暴露的金发美女封面的折损率颇高。雷·布拉德伯里从来不怎么热衷性爱部分：恐怖、死亡和外星人更符合他的风格。

当时对平装书的需求量非常大，平装书架急需源源不断的新作品，平装书出版商在封面包装上费脑筋，推陈出新，让经典作品和文学作家的作品看似不折不扣的犯罪故事或浪漫小说。青少年时期，我就是这样阅读了海明威、福克纳、詹姆斯·阿尔伯特·米切纳和其他许多享有盛誉的作家，其他成千上万的读者也是如此。

一些文学作家不太愿意出现在这个平台上——他们担心有辱自己的艺术，但布拉德伯里却没有这么想。尽管《图案人》最初以双日出版社[2]现代主义风格艺术设计的精装本出现，但第二年"矮脚鸡"[3] 平装本就问世了，封面印着眼睛外凸的恐怖面孔。布拉德伯里早年通过杂志和广播发展了他的事业，因此他明白大众市场平装本是赢得更多读者的重要手段。一本书可能首先以精装版的形式出现，但像我这样的年轻人会阅读平装版，如同我们阅读赫胥黎、奥威尔和 H. G. 威尔斯的作品那样，这几乎无可避免；这些名家的作品，雷·布拉德伯里本人也都读过。不过他偏好恐怖故事，他早期的写作，即便无关可怕的非死之人，也严重偏向于黑暗面。他的作

1　北美药店往往兼售软饮料、化妆品、杂志等杂货。
2　企鹅兰登旗下的四家出版社之一，主要出版文化含量很高的高端大众小说。
3　班坦图书（Bantam Books, Inc.），美国知名平装书出版社，出版小说和非小说类的大众读物，在版图书过万种。Bantam 一词意为"矮脚鸡"，公司亦以此作为徽标。

品没几部结局圆满的。

任何一位像雷·布拉德伯里那样深入研究恐怖领域的作家,都与死亡有着错综复杂的关系;了解到雷·布拉德伯里在童年时就担心自己随时会死亡,想来也就不足为奇了。"现在回头看,"他在小品文《带我回家》中写道,"我意识到自己对于朋友和亲戚来说肯定是场考验。我一会儿狂乱,一会儿欣喜,一会儿热情,一会儿又歇斯底里。我总是大喊大叫,跑到某个地方去,因为我担心人生会在那个下午结束。"

但是,死亡这枚硬币抛到背面就成了不朽。十二岁那年,布拉德伯里遇见了一位人称"电光先生"的舞台魔术师,那是在巡回马戏团中进行穿插表演的演员,这一见堪称定终生。"电光先生"有一招绝活:他坐在一把通电的椅子上,于是他手中的剑也带上了电,他又用这把剑去电观众,使得他们的头发竖起来,耳朵里冒出火花。就这样,他一边高喊着"永远活着!"一边给年轻的布拉德伯里通了电。

第二天,小布拉德伯里得去参加一场葬礼,与真实死亡的这次亲密接触促使他再次找到"电光先生",想知道永生这回事要怎样才能实现。老法师带他参观了过去被称为"怪胎秀"的表演场地——那里有一个文了身的人,后来成了《图案人》的标题人物——又告诉小布拉德伯里,说他的身体里有"电光先生"最好朋友的灵魂,而那个好朋友已在大战中死去。这想必给小小年纪的雷留下难以磨灭的印象,因为就在经历"电光先生"的电流洗礼之后,他开始写作,并且笔耕不辍,直到生命的尽头。

你如何才能实现永生?似乎是通过其他人,那些灵魂出现在你身体里的人;通过其他声音,那些借由你而发出的声音;通过你的文字,即转录那些声音的符码。在《华氏451》的结尾,焚书世界的主人公发现一群人背诵遭到灭迹的书籍,由此成为那些书,这完美体现了"电光先生"呈现给小布拉德伯里的神秘之结。

在雷·布拉德伯里去世后不久,我与一位诗人谈起他。"他是第一位我读完其全部作品的作家,"诗人说,"当时我十二三岁吧。我读了他的每一本书——我费尽心思搜寻来,从头读到尾,一本不落。"我说,我觉得很多作家——以及许多读者——都有同样的经历,而且这些作家和读者什么类型都有:诗人、散文作家和五花八门的读者,涵盖所有年龄段,涉及从通俗的冒险故事到深奥的实验作品等所有文学门类。

是什么造就了布拉德伯里的影响力?还有一个难以回答,但评论家和采访者经常提出的问题——在文学分类的地图上,甚至在图书必须根据"类型"上架的书店里,你会把他放在什么位置?

这样的区分想必会令雷·布拉德伯里感到不快。科幻小说和奇幻故事的"黄金时代"——通常认为是二十世纪三十年代——塑造了他;他主要通过刊载短篇小说的通俗杂志这一广阔市场开启了自己的职业生涯,这个平台在当时就有了,在随后几十年中依旧存在。虽说他的作品最终登上了令人肃然起敬的《纽约客》,但是一九三八年他的文学首秀是在一本业余爱好者杂志上,后来开始在他自己的杂志《未来幻想》上刊载,之后又在例如《超级科学故事》和《诡丽幻谭》等三流杂志上发表小说。

如果你勤写多练,并勇于尝试不同类型的故事,就能以此谋生,布拉德伯里也确实做到了这一点。他每天都在写作,而且曾发誓每周写一则短篇小说——他也完成了此般成就。他的收入因小说被改编成漫画,继而又改编成电影和电视剧而节节升高。他登上包括《花花公子》和《时尚先生》等在内的杂志封面,还出版了长篇小说。写作既是他的天职——他受到召唤,凭直觉写作——也是他自食其力的谋生之道,对于这两方面他都倍感自豪。他尽其所能避开分类和体裁的窠臼:就他而言,他是一个讲故事的人,一个小说家,而故事和小说并不需要无懈可击的分隔标签。

科幻小说这一术语让他紧张:他不想被关在一个盒子里。他认为科幻小说讲的是那些当真可能发生的事情,而他主要写的是不可能发生的事情。反过来,他也让硬核科幻小说迷感到紧张,因为他使用了他们的装备——飞船、其他星球与涉及物理学理论的把戏,而他称之为"幻想"。在他笔下,火星并不是一个以科学的准确性与一致性来描述的地方,而是一种心理状态,什么时候需要就什么时候拿来再加利用。飞船不是技术的奇迹,而是通灵的运输工具,其作用与《绿野仙踪》中多萝西被旋风卷走的房屋,或与 C. S. 路易斯的《沉寂的星球》三部曲中兰塞姆身处的难以置信的太空飞船，又或与传统萨满的恍惚一样：它们将你送达另一个世界。

布拉德伯里在他最出色的作品中，将根源直指美国粗暴、黑暗的核心。他是玛丽·布拉德伯里的后人，这并非偶然，在一六九二年著名的塞勒姆巫术审判中，玛丽被指控判定为女巫，罪证之一是装作一头蓝色野猪的模样（她没有被绞死，因为她的处决被推迟到了狂热退却之后）。塞勒姆审判是美国历史上一个影响深远的比喻，多年来，以包括文学和政治在内的各种形式反复再现。其核心是生命的双重性：你不是你自己，而是有着一个隐秘且很可能生性邪恶的双胞胎。更重要的是，邻居们也不是你以为的那样。在十七世纪，他们可能是女巫，或者是会诬陷你是女巫的人；在十八世纪大革命时期，他们会是叛徒；在二十世纪，他们或是共产主义者，或是雪莉·杰克逊的《摸彩》中用石头砸死你的人；到了二十一世纪，可能会是恐怖分子。

所有认识布拉德伯里的人都见证了他的热情、开朗以及对他人的慷慨。他呈现给外界的形象是热切、充满好奇的男孩，又是慈祥的大叔，二者兼而有之。但是他的想象力肯定在孩提时就被某种更黑暗的力量绑架了——主要是埃德加·爱伦·坡，他在八岁时就热衷阅读坡的作品。

爱伦·坡的《威廉·威尔逊》将两个孪生的自我相互对照，而布拉德伯里几乎可以说是把他们都表现出来了：欢快的自我，一片阳光灿烂，在前廊喝着柠檬水；黑暗的自我会想象一只活蹦乱跳的狗挖出一具死而不僵的尸体，还带着丧尸回家看望它的主人：一个卧床的小男孩。布拉德伯里本人经常出人意料，但对于其笔下的角色而言，这些意外很少是惊喜。你能相信谁？几乎没有。或者说，任何具有诺曼·洛克威尔式的正常状态的人几乎都不可信，所谓的正常注定是一个幌子。

然而，在布拉德伯里的作品中，对于洛克威尔式正常状态的怀念也是千真万确的，在细节上予以了悉心表现。一九二〇年他出生于伊利诺伊州的沃基根，而这个小镇、他少年时的二十世纪二十年代和三十年代这段时间，在他的作品中一再出现，有时是地球上，有时在火星上。另一位美国怀旧主义者——托马斯·沃尔夫曾说，你不可能再回家了，但你可以通过书写回家一事来追忆过去，沃尔夫和布拉德伯里都是这样做的。然而，在布拉德伯里的作品中,这种魔力只持续到午夜降临,之后你的家乡老友和家人亮明身份,他们是火星人,这就要把你杀掉。爱伦·坡《红死病的假面舞会》中的黑罩钟的阴影从未远离过布拉德伯里的世界:时间即是敌人。

与布拉德伯里早期的《火星编年史》(1950)一样,《图案人》是一部由已经发表过的短篇小说组成的合集,这些故事通过一个框架性的构想松散地归拢到了一起。在《图案人》中,这个构想便是标题中的那个人物,一个从"怪胎秀"中逃出来的人。他早先被一个穿越时空的神奇女子文了身,并赋予他皮肤上的图案以预知未来的能力,这使得布拉德伯里能够将含有诸如机器人妻子等尚未发明出来的事物的"幻想未来的"故事,与可能在不久的未来发生而又不涉及尚未存在的小玩意儿的其他故事交织起来。这个人的文身相当于山鲁佐德之于杀戮成性的国王:只要文身还在讲述它们的故事,文身者自己就仍然活着。然而,文身人的结局并不如山鲁佐德那么美好:最后一个文身预示着他自己的死亡。实际上,通览全书,这是一部不祥预感的合集。

我试图回忆这些故事中究竟哪一篇给年少的我留下了最难以磨灭的印象,《大草原》脱颖而出。在这则已经跻身经典的故事里,两个孩子被恶作剧地起名为彼得和温迪[1],大人为他们提供了一间游戏室,可以在四壁上展现出孩子们设置的任何场景。他们最喜欢的是非洲大草原,背景里还有狮子。他们的父母开始担忧,因为孩子们越发喜欢这个非真实的游戏区,而胜过真实的生活与他们的父母。他们决定禁止孩子们再玩大草原游戏。但随后——在布拉德伯里的作品中,此类复制品往往如是——大草原意识到了父母的意图,把他们干掉了。

至于书中其他故事,有的轻描淡写,有的令人印象深刻,有的再次演绎了他依旧饶有兴味的早期主题,还有的无论是对他自己还是其他人而言,都算得上是未来文学的先行之作。他的《牵线木偶公司》讲述一对夫妻为

---

[1] 这两个名字源自苏格兰小说家詹姆斯·马修·巴利的《彼得·潘与温迪》,故有此恶作剧一说。

了愚弄和躲避他们的伴侣，用机器人复制了他们自己，无需多言，它们最后都失去了控制；从这则故事中无疑可见《复制娇妻》的端倪。《流亡者》早于《华氏451》问世，反映了布拉德伯里的一种焦虑——在受到钳制、遭到猜忌的麦卡锡主义时期，这种焦虑与查禁、销毁文学作品有关。《访客》呼应了早先的《火星人》——两则故事中都有一个具有特殊才能的人（变身、心灵感应），人们想要劫掠他们的超能力，这种疯狂的欲望最终导致了他们的灭亡。（这是对作家和粉丝的评论吗？也许吧。）《城市》，如同《火星编年史》里的《第三次探访》，是针对在途宇航员的诱人陷阱，我们这些孩子从布拉德伯里书中学到了要小心提防也要巧妙运用生物战。《乾坤逆转》是对种族主义的严厉审视：在故事中，火星再次被殖民，而这一次的殖民者是黑人，他们准备对即将抵达火星的最后一批地球居民——地球已经毁灭——进行冷酷的种族隔离，而这批来客恰恰是白人。在《天灯》中，火星人再次出现，这次是以美丽的纯能量形态示人，他们没有身体，不需要地球形式的传教救世。

仅从以上的罗列，你就可以看出，布拉德伯里在思考许多议题，或者可能他脑海里有很多议题。他广泛的兴趣、无限的好奇心、他的多才多艺、无限创意以及对人性的迷恋等各个方面，乃至他惊人的创作力，都在《图案人》中体现得淋漓尽致。当我们想到二十世纪下半叶的美国文坛时，不可能不把雷·布拉德伯里包括在内。当今所有创作奇幻故事（我把处于蓬勃发展中的反乌托邦也包含在内）的写作者都深深受惠于他。

我是个无良的女性主义者吗？
（2018）

看起来我是个"无良的女性主义者"。我可以把这一评价加进我自一九七二年以来所遭受的种种控诉中去：比如，踩着堆积如山的男人头骨爬上名望之巅（左派杂志），是一心想要统治男人的专横女人（右派杂志，配以我穿着皮靴、手执长鞭的插图），以及若有人胆敢在多伦多晚餐桌上批评我，就用白女巫魔法消灭对方的这么一个恐怖角色。我简直太可怕了！而现在，我似乎是一个厌恶女性、准许强奸女性的无良女性主义者，正在发起一场针对妇女的战争。

在那些控诉我的人眼里，一个好的女性主义者该是什么样子的呢？

我的基本立场是，女性是人，必然有从圣人一般到形同魔鬼的广泛行为，也包括犯罪行为。她们不是不会犯错的天使。若她们都是天使，我们就不需要法律体系来处理种种指控了，反正她们全都真实可靠。

我也不认为妇女是儿童，没有能动性或者无法做出符合道德准则的判断。倘若如此，我们就回到了十九世纪，女性不该拥有财产，不该持有信用卡，不该接受高等教育，不该掌控自己的生育权，也不应有投票权。北美有一些强大的团体正在推动这一议程，但通常那些人不被视为女性主义者。

此外，我认为，为了让妇女享有公民权利和人权，得先有公民权利和人权。这些权利包括获得基本公平正义的权利，好比妇女要有投票权，得先有投票一样，就是这么回事。好的女性主义者认为只有妇女应该拥有这样的权利吗？当然不是。那就是将只有男性拥有这些权利的旧时状态翻转了个面而已。

因此，且让我们假设，控诉我的那些好的女性主义者与我这个无良的女性主义者对于上述几点看法一致。那么我们在哪里产生了分歧？我又是怎么跟好的女性主义者陷入如此激烈的争论的？

二〇一六年十一月，我签署了一封名为"问责不列颠哥伦比亚大学"的公开信——作为立世原则，我还签署过许多请愿书——鉴于不列颠哥伦比亚大学对其前雇员、创意写作系原系主任史蒂文·加洛韦以及事件中相关投诉人的不当处置，公开信要求大学对此负责。具体来说，几年前，在开展调查之前，甚至在被告获准了解指控细节之前，该大学就已在国内媒体上公开发声；而在了解指控细节之前，加洛韦不得不签署了一份保密协议。公众——包括我——都留下了这样的印象，认为此人是个粗暴的强奸惯犯，所有人都可以随心所欲地公开攻击他，而他由于签署了协议，无法为自己发声辩护。一连串的漫骂接踵而至。

但后来，根据加洛韦先生通过其律师发布的声明，在法官进行了长达数月的调查并与多名证人面谈后，法官表示并未发生性侵事件。但该员工还是被解雇了。每个人都惊讶不已，也包括我。他所在的教师协会发起了申诉，该申诉仍在进行中，在申诉结束之前，公众还无法获取法官的报告或她对所提交证据的推理论证。无罪判决让某些人不高兴了。他们继续攻击。就在这时，不列颠哥伦比亚大学处置流程有瑕疵的细节开始流传，问责信也由此产生。

公正之人现在暂时不会判定孰是孰非，要等到我们能够了解报告和证据再说。我们都是成年人；不管怎么着，可以做出自己的判断。签署问责信也是基于这一立场。我的批评者却非如此，因为她们已经拿定了主意。这些好的女性主义者秉持公正思想吗？如果没有，那她们只是在为非常古老的叙述提供依据，即认为妇女没有能力践行公平或作出深思熟虑的判断，而且她们给了反对妇女的人又一个理由，拒绝给予她们决策的地位。

说个题外话。聊聊女巫。批驳我的另一个观点是，我把不列颠哥伦比亚大学的处理程序比作塞勒姆巫术审判，在这种审判中，一个人因为遭到指控就有罪了，既然证据规则至此，你就无法被证明是无辜的。控诉我的那些"好的女性主义者"对这一类比不以为然。她们认为我把她们比作十几岁的塞勒姆女巫举报者，说她们是歇斯底里的小姑娘。而我指的是审判本身的运作结构。

目前，有三种"女巫"话术。（1）称某人为女巫，在最近的选举中，这一手法被大量运用在希拉里·克林顿身上。（2）"猎巫"，用来暗示某人在寻找不存在的某种东西。（3）塞勒姆巫术审判的结构，在这种情况下，你因为被指控就有罪了。我要说的是第三种。

除了塞勒姆案，这种结构——因为被指控就有罪了——在人类历史上已被广泛使用。它往往在革命的"恐怖与美德"[1] 阶段开启——出现某种问题，必须进行清洗。这个名单很长，左派和右派都沉溺其中难以自拔。在"恐怖与美德"结束之前，许多人已经中道崩殂。请注意，我并不是说没有叛徒或任何被视作目标的群体；只是说在这种时候，通常的证据规则都被绕开了。

人们做这种事情，总是打着迎来更好世界的旗号。有时确实迎来了一个更好的世界，但也只是一时而已。有些时候，它们被用作新式压迫的借口。至于私刑的正义——未经审判的定罪——一开始是对缺乏公平正义予以的回应——要么是制度腐败，如革命前夕的法国，要么是根本没有制度，如蛮荒的西部，所以人们要把一切掌控在自己手中。但是，情有可原、暂时的私刑正义会演变成一种文化上固化下来的私刑习惯，在这种情况下，现有的司法模式被抛到九霄云外，建立并且维系住了法律之外的权力结构。例如，"我们的事业"[2] 起初是对政治暴政的抵抗。

#MeToo 时刻则是不完善的法律制度的征兆。妇女和其他性虐待控诉人无法通过社会公共机构——包括企业组织——来获得公平的申诉机会，这种事情太多了。于是她们运用起了互联网这一新工具。众星要从天上坠落[3]。

1　法国大革命的主要领导人罗伯斯庇尔提出，没有美德的恐怖是邪恶，没有恐怖的美德是软弱。

2　美国黑手党组织，名称源自意大利语"我们的东西"。

3　原句出自《马可福音》第 13 章 25 节，形容基督来临前的景象；此处也指这场 #MeToo 运动中许多名人被曝光性骚扰因此身败名裂。

这个办法非常有效，还被视为唤醒公众的大型警钟。但接下来呢？法律体系要进行修复，否则我们的社会大可将它弃绝。社会公共机构、公司和职场要进行整顿，否则会看到更多星星以及大量小行星坠落。

如果法律制度被视为徒劳无益因而被绕过，那么什么将取而代之呢？谁会成为新的权力代理人？肯定不会是像我这样的无良女性主义者。无论右派还是左派，都容不下我们。在极端的时代，极端主义者胜出。他们的意识形态成为一种宗教，任何不附和他们观点的人都被视为变节者、异端或叛徒，而中间的温和派则被消灭。小说家尤其值得怀疑，因为他们写的是人，而人在道德方面并不明晰。意识形态的目的就是要消除模糊。

"问责不列颠哥伦比亚大学"的公开信也是一种征兆——反映出不列颠哥伦比亚大学的失败及其处理程序的瑕疵。这本应是加拿大公民自由协会或不列颠哥伦比亚公民自由协会处理的问题。也许这些组织现在会举手加入。既然这封公开信现在已经成为一个审查问题——有人呼吁删除该网站及其诸位作者富有思想的海量文字——也许加拿大笔会、国际笔会、加拿大记者言论自由协会和《查禁目录》同样会有看法。

公开信自开头便表示，不列颠哥伦比亚大学有负于被告，也有负于投诉人。我还想说，它也辜负了纳税公众，他们每年为该大学提供高达六亿美元的资金。我们想知道我们的钱在这次事件中是如何使用的。不列颠哥伦比亚大学还收到了数十亿美元的私人捐款，捐赠者们也有知情权。

整起事件中，作者们都被置于互相对立的状态，尤其是从这封信被攻击者歪曲并被诋毁为针对妇女的战争之后。但在这个时候，我呼吁所有人——无论是好的女性主义者还是像我这样的无良女性主义者——都放弃徒劳的争吵，联合起来，把焦点放在原本就一直应该集中的地方——不列颠哥伦比亚大学。现在，有两名相关投诉人已公开抗议该校在这一事件中的处置程序。为此，我们应该感谢她们。

一旦不列颠哥伦比亚大学开始对自己的行为展开独立调查——如同最近在劳瑞尔大学进行的调查——并承诺公开调查，"问责不列颠哥伦比亚大学"这个网站也就达到了它的目的。其目的从来不是为了压制妇女。为什么问责制和公开透明会被构陷为反对妇女权利呢？

在我们最需要厄休拉·勒古恩的时候，我们失去了她
（2018）

几年前，我终于在波特兰的一个舞台上得到与才华横溢的著名作家厄休拉·勒古恩进行一对一访谈的机会，当时我问了她一个我心心念念的问题："那些从欧麦拉斯[1]出走的人都去哪了？"这问题可不好回答！她转移了话题。

欧麦拉斯是勒古恩虚构的"思想实验"之一：一座完美的城市，人人都生活幸福，但人人也都知道，这座城市的命运取决于一个关在地牢、受到可怕虐待的孩子。倘若没有这孩子，城市就会沦陷。想想古希腊古罗马时代的奴隶制，想想南北战争前的美国南方，想想殖民统治下的人们，想想十九世纪的英国。欧麦拉斯市里那个可怜的孩子与查尔斯·狄更斯的《圣诞颂歌》中紧紧抓住"现在的圣诞节幽灵"的袍子、贫苦而又吓人的那两个孩子一脉相承——他们的名字叫"无知"与"匮乏"，在今天看来非常贴切。

一座由受虐者供养的富裕城市——这就是那些从欧麦拉斯出走的人所离开的地方。因此，我的问题是，在这个世界上，我们在哪里可以找到这么一个社会，让其中一些人的幸福并不建立在其他人的痛苦之上？我们要怎样才能建立起没有那个受虐儿童的欧麦拉斯？

厄休拉·勒古恩和我都不知道答案，但这是勒古恩终其一生力求回答的问题，为此，她精心创造出的那些数量众多、各不相同、令人着迷的世界。作为一个无政府主义者，她希望拥有一个自治的社会，不论性别，不论种族，大家平等生活。她希望人们能够尊重人类之外的其他生命形式。

她希望社会关爱儿童,而非强行要求生育却不关心母亲或儿童本身。或者说,我从她的文字中作出了这些推测。

勒古恩出生于一九二九年:大萧条时期的孩子,二战期间的少女,战后上了大学,大学时代似乎充满万象更新的精神。她就读于拉德克利夫女子学院,当时的一处边缘空间:它属于哈佛大学,但又不是真正的哈佛,拉德克利夫的女生获准在一定程度上参与其间,但又不能完全融入。她漫步经过食堂,却被告知说过去男生曾用面包砸向任何胆敢在食堂露脸的女生。(而当她成为一名作家——写科幻小说的作家,也涉足其他门类——这时候捍卫那个树屋的男人们还在继续"砸面包"把女人排除在外的把戏。她注意到了这一点,并不觉得好笑。)

从拉德克利夫学院毕业后,她进研究生院学习法国和意大利文学。如人们所说的那样,她被教导要像男人一样思考:开阔思路,保持好奇,缜密分析。但在她结婚并离开学界后,她发现所处的社会将她与所有女性——从法律角度来看——当作无责任能力的十三岁孩子。对那些接受过教育、清楚自己是成年人的人而言,这仿佛要把火山封装进一只罐头里。正是这一代美国妇女推动了二十世纪六十年代末到七十年代的第二波女性运动,也就是那个时候,罐头炸开了。在作家勒古恩看来,这是一个高能时刻。

不过政治思想与政治活动只是这位才华横溢的女性多面人生与工作的一部分。举例而言,《地海传说》三部曲对生与死的关系进行了令人难忘的探索:没有黑暗,也就没有光明;而生命的有限使一切活着的生命恰得其所。黑暗包括我们自身中隐秘而令人不悦的一面——我们的恐惧、骄傲与嫉妒。书中的主人公格得必须在他的阴暗自我吞噬他之前勇敢面对。唯有这样,他才能全面成长。在这个过程中,他必须与龙的智慧一较高下:龙的智慧难以理解,不同于我们,尽管如此,仍然是智慧。

最近,我与一位比我年轻得多的女士交谈,她正为失去一位朋友而悲伤不已。"去读《地海传说》三部曲吧,"我建议道,"会有所帮助的。"她读

---

1 虚构地名,出自厄休拉·勒古恩的短篇小说《离开欧麦拉斯的人》。

了,也确实帮到了她。

但现在厄休拉·勒古恩已经去世了。

听闻她的死讯,我产生了一阵荒唐的幻觉,类似《地海巫师》中法师格得试图将一个孩子的灵魂从死亡之境召唤回来的场景。厄休拉在那永恒不变的星辰之下,沿着一座低语咽呜的沙丘稳步远去;我心急如焚地追赶着她,不停呼唤:"不要走!快回来吧!我们这里需要你,就现在!"

尤其是现在,在这片"抓女性私处"[1]成为常态的土地上,女性的权利在许多方面都开起了倒车,特别是在医疗保健和避孕等方面;有些人无法凭借一技之长和智力优势与女性竞争,便把自己的阴茎化为武器,极力要将女性挤出职场。

她曾在二十世纪七十年代初第二波女性运动时期,见到过类似的女性愤怒的爆发。她明白怒火从何而来:那是强忍的怒火。在二十世纪六七十年代,这种愤怒来自许多方面,但总体而言,根源在于尽管女性做出了同样伟大甚至是更伟大的贡献,却严重遭受轻视。当初流行的一大口号是"家务就是工作"。民权运动中最令人反感的一句口号是"女人在这场运动中唯一能做的就是躺着"。

愤怒长期困扰着勒古恩。在二〇一四年的《关于愤怒》一文中,她写道:

> 愤怒是一个有用的、也许是不可或缺的工具,用来激起对于不公的反抗。但我认为它是一种武器——一种只在战斗和自卫中有用的工具……愤怒有力地指向了对于权利的剥夺,但是行使权利不能依靠愤怒来求得生存并发展,要在对于正义的不懈追求中生存并发展……如果将其当作目的,那就失去了目标。这助长的不是积极的行动主义,而是倒退、执迷、复仇与自以为是。

---

[1] 此处指特朗普曾说过的侮辱女性的话 "Grab them by the pussy"(抓她们的私处),后来在特朗普宣誓就职次日全美爆发的女性抗议游行活动中,许多游行者也针对这句话戴上粉色猫帽以示抗议。

这一长期目标，即对正义的不懈追求，占据了她大量的思考和时间。

我们没法把厄休拉·勒古恩从永恒不变的星辰之地召唤回来，但值得庆幸的是，她给我们留下了包罗万象的作品、她来之不易的智慧以及与生俱来的乐观主义。我们现在比以往任何时候都更需要她那理智、聪慧、狡黠和热情奔放的呼声。

对于这一切，对于她本人，我们应该心怀感激。

三张塔罗牌

（2018）

非常荣幸能在今年的"大师讲堂"做讲座。我爱佛罗伦萨，很高兴来到这里，不过这份盛情邀请也让我有点蒙。我收到的信息是，我可以和你们谈论我喜好的任何话题，只要与写作有关就行。但是，关于通常而言的写作，我还能说出什么别人没有说过或者我自己没有说过——但那对我而言也就意义不大——的内容？能就此说点什么有权威性的东西呢？似乎没有话题能涵盖这种情况。

比如说，文字是纸上或者洗手间墙上的一行黑色标记，无数人将它们放置于那些地方。书写是记录人类声音的一种方式，尽管不是唯一的方式。写作日渐过时，或者尚未落伍，一切取决于是谁在告诉你这句话。写作通常是讲故事的一种形式，而讲故事又是人类最早的，也可以说是最重要的发明；我们通过故事要比通过图表和图形等方式更容易学进去。书写发端于美索不达米亚时期，用来记录庙宇中小麦等商品的库存情况。它曾被视为只有文士和魔术师才知晓的秘密，至今也仍然带有一丝警告的意味。我最近收到了一只咖啡杯，上面印有"字词"一词，下面还有"小心处理"的字样。信件可以伪造出来摧毁他人，如苏格兰女王玛丽[1]。文字也被拯救那些面临处决威胁的人：看啊，书面签署的赦免书及时送达了！写作还被用来敲诈和勒索，或是给人带来希望和欢乐。手写体在十九世纪得到广泛传授，因为资本主义需要大量会读会写的文员，以便记录财富与债务状况。

哦，但你们指的不是小写 w 开头的写作，而是大写 W 开头的写作！你们的意思是文学写作，或者至少具有一定高度的书面作品。也许你们指的是我自己常搞的那种写作。我说"搞"是有意为之——有人搞事儿,犯了罪,文学写作也是个事儿,但也可以被视为一种罪行。许多人仅仅因为他们的写作就被关进监狱或送进坟墓:亵渎和背叛是对他们的裁决;而在文学评论家中间——我们且别忘了,他们本身也是作家——坏品味与烂作品是对他们的指责。

我们可能会说,要小心写作!也许人们应该小心谨慎些,永远不要在纸上记录任何东西。但就我而言,一切都太晚了。

因为人类是符号的制造者,喜欢用可以理解的方式来组织他们的符号,所以我现在将尝试通过"大祭司""命运之轮"以及"正义"三张塔罗牌,来审视写作的某些方面。

再者,由于人类是故事讲述者,而且成千上万年来一直如此,所以我将从三个故事开始讲起。第一个故事:"我是如何成为一名作家的(算是作家吧)"。第二个故事:"一九六九至一九七〇年,我在加拿大阿尔伯塔省埃德蒙顿市怎么用塔罗牌教初级小说写作课"。第三个故事:"二〇一七年,意大利米兰,我得到一副维斯康蒂塔罗牌的来龙去脉"。

第一个故事:"我是如何成为一名作家的(算是作家吧)"

故事背景是这样的。二十世纪五十年代末到六十年代初——我很有资格向你们描述那个遥远的世界,因为我当时已经活蹦乱跳,而且多少算是长大成人了——那时没有手机。不止如此:那时也没有个人电脑、社交媒体或者互联网。甚至连传真机也没有。电子打字机刚被发明出来;直到一九六七年我才买了一台。当时没有连裤袜。没有拿铁咖啡,或者说在北美没有:拿铁咖啡还没有从欧洲悄然袭来,尚未渗透到集体血液中去。从事科学、技术、工程和数学研究的女性——如果有的话——人数非常之少。

如果你从事医学工作,且身为女性,你很可能是一名护士。如果你身

---

1 历史上伊丽莎白女王以玛丽在手书密信中表露要密谋篡位为由处决了她,而史学界对这些作为罪证的密信的真实性存疑。

处法律行业——虽然不太可能——你会是一名法务助理。如果你是一位从政的女性——至少在北美——那你就是个怪胎,大家也都当你是怪胎。

二十世纪五十年代到六十年代初,绝大多数小说家和诗人都是男性。当时只有一所教授创意写作的学校——在艾奥瓦州。加拿大多伦多没有这种学校,而我就在这里出道成为作家。在漫长而奇妙的人生轨迹中,我获得的任何技能都是自学而来的——我很高兴地承认,自己还得到了一众朋友、最初的读者、代理人与编辑的帮助。但我花了相当长的时间才学会了这些技能:首先我必须写出点东西。而一开始我写的东西都很糟糕。大多数作家都是如此。

一九五七年,我进入大学,这时我已经读了一些对我此后一直大有裨益的核心文本——《圣经》、《伊利亚特》、《奥德赛》、《埃涅阿斯纪》、我能读到世界各地的民间故事、《一千零一夜》、无数侦探小说和科幻小说、海量的漫画书、莎士比亚的大量作品和许多十九世纪的小说——尽管还没读多少但丁、塞万提斯或者乔叟的作品。当时,人文科学算得上正值繁荣时期,或者至少比现在更受尊重。它们确实——在某些圈子里——填补了原先曾经由宗教占据的空白;它们似乎可以带来精神上的升华、个人的充实、或者说不清道不明的进步。人文科学应该有益于你的道德修养,虽然个中路径向来是云里雾里。

这种观点有其缺陷,正如人类的一切都有缺点。二十世纪二十年代至三十年代末的苏联把这种道德化的分析推向极致——某些诗人、作家甚至不能出版作品,因为他们被宣称一派"堕落颓废",对社会有害。伟大的俄罗斯诗人安娜·阿赫玛托娃被认为十分危险,她的作品在苏联被禁止出版长达数十年。她以片段形式创作的惊世长诗《安魂曲》讲述了亲历二十世纪三十年代的感受,再分由阿赫玛托娃信得过的朋友来背诵。书面记录尽数焚毁;如果给抓到了证据,很可能意味着阿赫玛托娃要被判处死刑。等开放政策终于到来,这首诗的片段才得以重组并全文出版。

想象一下,冒着生命危险去保存一首诗、一部小说或者关于所发生之事的一份记录!但人们确实这么做了。就在最近,一部关于在极其压抑的政权下生活的短篇小说集被偷偷运出朝鲜。这本书叫《指控》。作者用了一个笔名——班迪,意为"萤火虫"。想想看,一只小虫,在黑暗中发出微弱的闪光。

作家作见证,也当信使——这是个历史悠久的角色。我想起了《约伯记》中对于声音的运用——据说《约伯记》是《圣经》中最古老的文本之一。那声音是报信人的话语,他来到约伯身边,讲述了将他的儿女毁于一旦的可怕灾难。他说:"唯有我一人逃脱,来报信给你。"这是富于想象的文学作品在困顿磨难之时所能做的事情之一 ——可作见证。

然而,当声称要行动起来保护社会的外部力量对艺术进行过多的道德检视,这时你毫无例外会受到审查,甚至会遭到类似于对待福楼拜开创性小说《包法利夫人》的淫秽罪审判。这种以道德为依据的文学观——不应出版任何会冒犯道德观念的作品——是维多利亚时代的典型特征;与那个时代严格尊崇道德原则形成对照的,却是伦敦有史以来数量最多的交际花、街妓和被卖到娼业的儿童。但我们从来没有摆脱过这种想法,即小说、诗歌和艺术作品总体上须按照评判人的标准来评判它们是否对你有益。

在我们这个时代,这种道德说教很可能表现为对艺术作品的审查,将艺术仅仅限定为娱乐业的一小部分,或者是某种分泌物——就像珍珠质包裹住烦人的沙粒而形成的一颗珍珠——或者是碎屑,比方说一片蛇蜕或一些剪下来的脚指甲;它们是文化大环境的产物,也就是只有作为其作者在心理、世界观、社会经济地位、哲学观点、审美趣味或成见等方面出了问题的症状,这才值得研究。

据说对我们有所裨益的,不再是关于艺术作品的沉思,而是对它进行的批判性摧毁。多令人欣慰——又一样败坏的文化糟粕被丢进了历史的垃圾箱,与此同时我们这些更加开明的人正沿着黄砖路走向每个人都快乐而又品行端正的翡翠城奥兹国——或者按照将性视为原罪的圣奥古斯丁的说法——上帝之城。在我们这个时代,与我们这种高傲的批判性(我赶紧补充一句,我自己也不例外)并驾齐驱的,是以前闻所未闻且绝不可能存在的暴力色情的饱和程度。正如你可能已经注意到的那样,人类和人类社会完全相互矛盾。

不过我跑题了。一九五七年,当时我十七岁。多伦多在一九四八年我迁居过去的时候,大约有六十八万人口,被称为"美好的多伦多",有时也被称为"清教徒的多伦多",这与它禁律严明的法规有关——例如,不许在街上行人目力可及的场所饮酒,而且周日全面禁酒。周日的娱乐活动是到铁路调车场去看火车转轨。

如今情况发生了逆转:多伦多现在被视为全球范围内文化最多元的城市。一九四八年谁能想到会发生这样的事情?那时候多元文化这个词甚至都还没有给发明出来呢!一九六一年,我还是个年轻的作家,艺术界当中那些为数不多的中坚力量给我的建议基本上都是"离开多伦多"。或者他们还会扩大范围:"离开加拿大"。加拿大当时没几个出过书的作家,没有电影业,也没有音乐业。艺术都靠进口而来,假如你们对艺术有兴趣的话;木材是你们出口的产品。加拿大被视作创造力和创新精神的不毛之地,事实上,除了伐木、采矿和捕鱼之外,几乎所有行业都不成气候。当时我们出产了寥寥几位权威专家,其中一位曾说过这么一句令人难忘的话:"美国人喜欢赚钱。加拿大人喜欢数钱。"

这位专家正是诺思洛普·弗莱,多亏了他,我才去了哈佛大学研究生院,而不是巴黎。我原本打算去巴黎当女招待,住阁楼,利用业余时间写杰作,抽香烟——吉卜赛女郎牌,我是想这么做的,但不指望了,因为我对烟过敏——喝苦艾酒,同样也不成,我一喝就吐,这可太不够诗意了——染上肺结核这种浪漫的病,像歌剧里那样。我确实懂点歌剧,这要归功于收音机以及周六下午纽约大都会歌剧院现场演奏的转播。

我选择了哈佛大学和英语研究生学位,而不是去巴黎死于肺结核,因为弗莱认为我去当学生可能会比当女招待(我们当时称之为女招待,而不是"服务员")得到更多的写作机会。他的看法没错,我后来真当上女招待时也发现了。顺带提一句,清理陌生人吃了一半的食物是减肥的好方法。我那时瘦了十磅。不过那是另一个故事了。

那段时间我一直在写作,终于在一九六九年出版了我的第一部小说。这使我想到了:

第二个故事："一九六九至一九七〇年，我在加拿大阿尔伯塔省埃德蒙顿市怎么用塔罗牌教初级小说写作课"

如果一九七〇年你还没有出生，别担心：很多人都没有呢。

一九六八至一九七〇年，我住在阿尔伯塔省的埃德蒙顿市。我原本应该完成关于维多利亚时期文学作品的哈佛大学博士论文——研究强有力的超自然女性形象及其与华兹华斯和达尔文自然观的关系，但在那两年里，我让电影业给岔开了去，写起了剧本，之后再也没去写关于超自然女性的论文。

彼时埃德蒙顿大学开设了小说写作基础课，我获邀前去授课，那时候我已经是一位出版过作品的诗人了。学生都是本科生，面对稿纸战战兢兢的。为了帮助他们克服恐惧，也为了让他们集中注意力，我把我的塔罗牌带到课堂上，请他们从四种花色中选取一张大阿卡那牌[1]——有名字有图案的牌，或者从小阿卡那牌——即国王、王后、骑士和随从当中挑一张人头牌。在塔罗牌中，四种花色分别是圣杯、宝剑、权杖和星币。（在普通纸牌中，四种花色是红心、黑桃、梅花和方片。）幸好塔罗牌中不乏充满力量的女性牌与男性牌，所以大家都有很多选择。

这办法用来促成写作效果相当好，就像讲述民间故事可以激发出新的故事来。有个学生从《蓝胡子故事集》中的"费切尔的怪鸟"取材，站在魔蛋的角度——魔蛋因为沾上了血迹而暴露了女主角两个姐姐的行踪，但第三个到来的妹妹则幸免于难，原来她在进入血迹斑斑的房间之前把魔蛋搁在了架子上——写出了一个相当精彩的故事。

我怎么会懂塔罗牌呢？塔罗牌在 T. S. 艾略特那个年代就很流行，他在其经典诗作《荒原》中提到了。查尔斯·威廉姆斯——当时一位没那么出名的小说家，也是托尔金的小圈子中的一员——甚至围绕塔罗牌为基础写了一

---

[1] 标准的塔罗套牌由 78 张牌组成，分为主牌（大阿卡那）和辅牌（小阿卡那）。"阿卡那"意为"深奥的秘密"，对中世纪的炼金术士来说，阿卡那是大自然的秘密。塔罗牌号称汇集了构筑和解释宇宙万物的秘密。

部名叫《王中王》的小说。于是，因为研究二十世纪文学作品的缘故，我已经对塔罗牌略知一二。我有一副马赛塔罗牌在手头好一阵子了，习惯于用它来占卜运势，后来这牌算得有点太准了，让人心里发毛，我这才不玩了。

我不久前还学了占星术和看手相，情况是这样的：我当时住在埃德蒙顿一栋一分为二出租的房子里，那房子另一头住的是一位荷兰艺术史学者，叫杰茨科·赛比兹玛，专门研究耶罗尼米斯·博斯[1]。她有一个理论——现在已经获得了认可——认为博斯的画作包含占星符号，所以她研究了占星术以及相关书籍，以便解读这些符号；占星术之后又研究了手相学，因为这一体系也与行星相关，而文艺复兴时期的肖像画中，手、手指和戒指的布局安排可以告诉我们肖像画主人公的许多信息。

在埃德蒙顿冰冷黑暗的长夜，贸然外出十分危险，因为处处结冰，而且还有冰雾——冰晶可能会进入你的肺部并把它戳破——为了消磨时间，杰茨科就把她所知道的关于看手相和占卜星座的知识教给我。塔罗牌也与这些占星体系相关，这使我想到了：

第三个故事："二〇一七年，意大利米兰，我如何得到一副维斯康蒂塔罗牌"

二〇一七年岁末，我参加了在米兰和科莫举办的专门展映黑色电影和小说的黑色艺术节。我在那里获得了雷蒙德·钱德勒奖，为此满心喜悦，因为我年轻时读过的作品的侦探小说里就有雷蒙德·钱德勒。在科莫逗留期间，我们乘坐缆车前往布鲁纳泰镇，在那里的教堂里看到了著名的女教皇画像。关于这幅画的来头可谓众说纷纭，但应该与圣古列尔马的故事有关，她是一个性别平等宗派的创始人，曾预言说女教皇将会出现。

不难理解，这一预言并不受官方教会的待见，尤其是不受宗教裁判所的欢迎。据我们的导游说，古列尔马躲藏在布鲁纳泰山顶，宗教裁判所的人懒得爬上山顶去，所以他们从没抓到她——尽管他们后来挖出了她的尸

---

[1] 15到16世纪尼德兰画家，画作多描绘罪恶与道德沉沦，被认为是20世纪的超现实主义的启发者之一。

骨,还把骨头架在火刑柱上烧了。

一百多年后,有人受委任制作了维斯康蒂·斯弗扎塔罗牌,其中第二张牌就是女教皇——在某些版本的塔罗牌中改名为大祭司——据说是为了纪念圣古列尔马和她的教派。谁能说得清呢?但故事就是这样的。

在我们游览了布鲁纳泰又聊了女教皇的话题之后,出版商代表马特奥·科伦坡——他本人简直是个魔术师——送给我一副精美的维斯康蒂·斯弗扎塔罗牌,后续所有版本的塔罗牌都基于维斯康蒂·斯弗扎版的设计。

我选择了三张卡片来代表小说的三个方面,它们大致对应开头、中间与结尾。

第一张牌是女教皇,即大祭司。在占卜时,它象征冥冥之中玄妙神秘的力量以及秘辛。我想让你们注意这张牌与小说写作的关系——因为在某种意义上,每部小说都是神秘的作品。如果书的开头没有秘密,如果作者摊牌过早("摊牌"是纸牌游戏的另一个比喻)——我们读者就没有足够的兴趣继续读下去。

我们想了解更多。我们预计作者会在一定程度上误导我们:我们希望发现人和事并不像我们最初被牵着鼻子走时所想的那样。我们希望到故事结尾之处能揭开隐藏的真相,若不是这样,我们就会很恼火。

用占星术的术语来说,女教皇或大祭司这张牌受到月亮的支配,而月亮在中世纪时就已经带有晦暗不清的意涵了。它可以代表直觉,但也可以代表变化、无常与幻象。塔罗牌中的月亮牌表示——含义不限于此——水中的倒影。这里有月亮,也有月亮的倒影。倒影是一种幻象:跳进湖里并不能抓住月亮。

而小说也是倒影与幻象。作为作者,你必须竭尽所能,使你的幻象令人信服。我这样说并不是在贬低小说创作。某类真相可以通过倒影与幻象显现,而且经常如此。正如艾米莉·狄金森要求诗人做到的那样,小说也要讲述真相,但要讲得婉转含蓄;她还说:"真理之光须得慢慢闪耀出来。"[1] 它是月光的折射,而非正午阳光的直射。这是送给小说作者的一个宝贵建议。

---

[1] 出自狄金森诗第 1129 首。

我的下一张塔罗牌也由月亮掌管。它被称为命运之轮。我用它来代表小说的中间部分。

因为故事总是由一连串事件组成——发生这件事，又发生那件事，然后再发生下一件事——故事中的事件按照一定顺序次第发生，因此小说创作必然始终涉及时间因素。正如亨利·詹姆斯的传记作者莱昂·埃德尔曾说过的那样，只要有一部小说，那么里面就会有一个时钟。

或者，我们可以补充一下，其他用来标记时间流逝的方式。日晷通过标记太阳移动的圆周来标记时间。类似日晷样式的钟表呈圆形：指针走一圈，然后第二天再走一圈。月相标示时间——新月、满月、下弦月、暗月，然后依次重复。然而常见的纸质日历却呈线性——二〇一八年三月被撕下丢弃，尽管年年都重现月份与季节周期，但年份本身并不会重来。我们永远都不会再看到一八一二年，除非在历史电影和科幻小说的时间旅行幻想中。

如果时间是线性的，那么何处是起点，何处是终点呢？如果时间循环往复的话，这个问题就没有意义了。

小说家会如何设想时间呢？时间将如何在叙事中予以安排？大多数小说所采用的印本形式是线性的——也就是说，书页按顺序编号——但在这种线性排列中处理时间的方式未必是线性的。例如，时间元素可能类似于一个圆圈——在小说结尾，主人公发现他或她回到了与起初类似的情形，尽管她不一定还是原来的岁数，除非这是一个具有超自然或非自然特质的故事；或者时间可能被安排用来讲述平行并进的故事，这些故事发生在同一时间，但随后会产生交集；或者我们可能会发现自己在跟多重倒叙打交道。

故事——即发生了什么，以及结构——即如何告诉读者发生了什么，两者可能相同，也可能不同。如果相同，故事就从头开始，一直发展到结尾才收住；如果不同，则叙事切入点与故事的开头不尽然相同。例如，在《伊利亚特》中，切入点是阿基里斯在帐篷里生闷气，在这之后我们了解到他为什么会在帐篷里生闷气，然后才知道他为什么走出帐篷，以及他之后又做了什么。

在查尔斯·狄更斯的《圣诞颂歌》中，故事的切入点是平安夜里老守财奴史高治在凄凉守岁，已故的生意搭档的鬼魂前来拜访，之后我们看到三个独立的时间点——史高治的过去、他的现在和他可能发生的未来——每个时间点都让我们读者更多地了解他的人生，同时也让他更多地了解自己。然后时间停止并且逆转，他得以重新过一遍圣诞日，这一次可就欢乐多了。

在艾米莉·勃朗特的小说《呼啸山庄》中，切入点（故事开头）在实际的小说（事件的顺序）中已经行之甚远。女主人公凯瑟琳早已去世，而痴情于她、道德存疑的爱慕者希斯克利夫也已经人到中年；他们的故事——我们将要听到的故事——完全是通过另外两个人的话语来讲述的：一个是想租住希斯克利夫地产的绅士，另一个是主人公家里原先的帮佣奈莉——她知道相当多的事，虽然并非一切。

时间在小说中可以有多种安排方式，上述为其中几种。

作为实验，让我们以《小红帽》为例，在这个熟悉的故事上进行一些改编的尝试。

1. 纯粹线性推进的版本。很久以前，有一个小女孩，她的母亲给她做了一件带兜帽的漂亮红斗篷，所以这女孩被称为小红帽。有一天，她母亲对她说："你外婆病了，我为她准备了一篮子营养品。她住在森林的另一头，你得把东西带给她，但要注意别偏离了小路，因为森林里有狼……"剩下的你们也知道了。

2. 单刀直入。小红帽真开心！鸟儿在歌唱，太阳当空照，野花都盛开了！为外婆采摘一束花——真是个好主意！小红帽违背了故事开始前她听到的告诫，偏离了小路。突然，从一棵树后走出来一位先生，他彬彬有礼，但显然毛发浓密，牙齿又白又尖。"早上好呀，小姑娘，"他说道，"你在做什么呢？""我在采摘一束花准备送给外婆，她住在森林的另一头。"小红帽说。你们知道后面的故事了。

3. 回首往事，伴以闪回。小红帽的外婆每次回想起她在狼肚子里度过的可怕一天，都会不寒而栗。那里面非常暗，而且显然是酸性的，还有一些被狼误食的塑料袋以及若干没消化干净的火腿三明治。外婆更喜欢吃水田芥三明治。但这场磨难最让人煎熬的是,她不得不静静地听着狼穿上她的睡衣,戴上她的睡帽,假扮作她。假扮得太糟糕了!这一切都是为了诱骗她心爱的外孙女小红帽!所幸,后来……接下来的故事你们都知道了。

或者我们可以采取更险恶的一种视角——侦探惊悚小说常用的视角——开头一上来就是尸体。但是谁的尸体呢?在故事的某一版本中,外婆和狼都死了,而在另一个版本中,只有狼死了。为什么不以两种方式把这个故事都讲一遍,让读者自己作出选择呢?不少人已经这样做了,包括《写自己的冒险故事》系列丛书的作者们,还有创作《维莱特》时的夏洛特·勃朗特。在这种情况下,事件的顺序并非单一,而是有两种。

或者,当出现多个叙述者时,事件会有多种顺序。这是黑泽明的电影《罗生门》所提出的方案,这部影片实在是太出名了,后来作家们都用片名来简称这种多线叙述——其中每个人的叙述都与其他人的叙述相互矛盾。"嗯,上演一出罗生门。"他们可能不无睿智地点头说道。

有些小说的结构类似于拼图:许多碎片到最后都能巧妙地拼在一起。另一些则类似于儿童的"线索"游戏:作者撒下线索,读者努力发现它们。但不管是什么故事,无论采用哪种结构——任何故事的讲述,任何虚构作品的叙述——故事的讲述者与故事的揭秘者、阐释者——即听众或读者——两者之间总有一种假定的互动。

命运之轮塔罗牌与时间相关。在美国有一档家喻户晓的电视节目就叫《命运之轮》。这档节目和这张塔罗牌的名字与符号都源自罗马的幸运女神,福尔图娜。罗马人向福尔图娜祈求,希望她能庇佑他们,为他们带来物质财富。然而,她又是出了名的善变和不可预测,赌徒们太清楚这一点了。二十世纪五十年代的音乐喜剧《红男绿女》里,在名为"幸运女神今晚请眷顾我"的欢快的赌博歌舞曲段中,正在掷骰子的那个角色祈求的正是她的保佑。他乞求幸运女神表现得淑女一点,留在他身边,不要像平常那般四处游荡。

卡尔·奥尔夫的声乐合唱作品《布兰诗歌》的开场曲凸显的正是福尔图娜女神善变的特质。开头的拉丁文歌词是这样的：

命运女神啊，你像月亮般变化无常，盈虚交替；先摧毁这凄惨的生活，又随心所欲地治愈；无论贫贱与富贵，都如冰雪般融化消亡。可怕而虚无的命运之轮，你无情地转动，你恶毒凶残，捣毁所有的幸福和美好的企盼。

幸运女神和她那时而无情转动的"命运之轮"进入了中世纪和文艺复兴早期的象征主义，从而进入了用于占卜的塔罗牌。比如，莎士比亚就很熟悉福尔图娜。最近我花了些时间来思考这位女神，因为她在莎剧《暴风雨》中占有重要地位。剧中的核心人物魔法师普洛斯彼罗——从他的名字我们就可以知道他是幸运女神的宠儿——十二年来一直运气不佳，被他那背信弃义的弟弟篡了位，坐着一艘漏水的船在海上漂流，最后困在一座岛上。若不是"福星"（请容许我引用原文）高照——这颗福星与幸运女神有关，按剧中的说法是"慈惠的天意眷崇着我"——他原本会被一直困在那里；正是在福星的影响之下，普洛斯彼罗的敌人被带到了他的魔法所及范围之内，而他制造出暴风雨的幻觉，由此拉开了这出大戏的帷幕。

我全然沉浸在这则素材中，因为——作为霍加斯莎士比亚项目的一部分——我在写一本改编自这部戏剧的现代小说，后来以《女巫的子孙》为题出版；书名即人们谩骂怪物卡列班的称呼之一。

这部戏剧中的每一个元素都必须在我的小说中得到呈现——但我该如何处理"福星"与"慈惠的天意眷崇着我"呢？没有它们或者她，情节就无法展开，但在原剧中它们并不以角色面貌出现。我的解决办法是设置一个名叫埃丝黛的具有影响的女性人物，她戴着亮晶晶的珠宝首饰，举手投足无不闪耀——这就照顾到了"星星"的元素——而且常穿带有轮子、水果和花朵图案的衣物，因为福尔图娜的纹章是轮子与丰饶之角，那也正是你们希望福尔图娜能给你们带来的东西。由于埃丝黛在幕后推动，我的主人公的敌人才被带到了他的魔法所及范围之内。

在诸如马赛牌这类较为简单的塔罗牌中，命运之轮已经失去了它的女神,但在早期的维斯康蒂牌中,命运女神得以完整呈现。牌上的她转动着命运之轮,随着轮子的转动,人们从命运之轮左边升起(也就是命运女神的右边)。顶端显示的是暂时的幸运儿,头戴王冠,但其他曾身处顶端的人从命运女神的左边被抛下或在命运之轮底下遭到碾压。

这就是革命一词的由来。革命即是轮子的转动——底下的人爬到上面,上面的人遭到废黜。顺带一提,这种轮子的转动并不意味着平等,而主要是位置发生了变化,对一些人而言是幸事,对另一些人则是不幸。由于每一个人类象征符号都有其负面版本,轮子也成为中世纪一种特别恐怖的刑具,被称为……夺命轮。

人类社会不断变化;因此,不存在什么站在历史的错误一边——如果所谓历史是指谁掌权和谁不掌权、谁赶上思想潮流而谁没有赶上的话,因为这种历史并无哪一边可言。历史并非必然的线性发展。它并不开始于《创世记》,一直发展到《启示录》,最后上帝之城出现,一切从此永远安好。人类权力和潮流的发展过程中没有必然性:今天看似是历史的正确一边,明天很可能就变成历史的错误一边,但后天又变为历史的正确一边。

在小说创作当中,命运女神福尔图娜的位置被小说家取而代之了。由她或他来安排时间,转动命运之轮,将一些角色提升到幸福的境地,又废黜另一些人,甚至将他们杀死。也许小说中的时间总是车轮与道路的结合体:车轮旋转,爱情与生活的命运起伏不定,但车轮始终在路上行驶,时间也以线性方式前行。当你写一本小说时,你必须留神观察时钟与日历——是否有足够的时间让甲潜入暖房谋杀乙?但你也必须留意月亮,我们已经知道,它意味着幻觉。

命运好似月亮:**盈虚交替。**

我的第三张牌是正义,即天平。我选择它来代表小说的结局。

对于命运女神福尔图娜和她那善变的命运之轮,指望不上什么正义,但塔罗牌中确实有这样的概念,代表它的牌是天平,或正义女神朱斯提提亚。这又是一位罗马女神——你有时会在法庭外看到这个熟悉的身影,她一手执剑,表示惩罚,另一只手拿着双臂天平,象征着权衡证据以作出公正的裁决。如你所料，正义女神受天秤座这一星象支配。有时正义女神会蒙上双眼，表明她不徇私情，无法收买。但在维斯康蒂塔罗牌中，她没有蒙住双眼，她洞悉一切。

正义女神可以追溯到罗马时代——她就是这样上了塔罗牌，但她手上的双臂天平的历史则要久远得多。在古埃及，你死后会去往阴间，心脏被放到天平上，与代表义举的真理女神的羽毛进行衡量比较。如果你的心脏有欠缺，就会被丢给一只鳄鱼妖怪吞食。你可以在你的棺材里放入一个护身符来作弊——这也是书写的另一个功能——但长有鹮鸟头的透特神是文字之神，他很可能拿着写有你全部善恶行径的书面清单，就站在一旁。

在塔罗牌占卜中，如果你本身为人和善、行为公正，这张牌就意味着你会有积极的解决之道；如果不是，那你就需要注意了——因为有了天平，你怎么对待别人，命运也就会怎么对待你。这张牌的作用与命运之轮截然不同：是恰恰相反。这表示，存在某种道德模式，而你是其中的一部分。这张牌关注的不是进行中未决之事，比方小说的中段部分，它关注的是结果，即化解与结局。

现在，卡牌的顺序展现了小说模式的形成。小说的开头是女教皇或大祭司，以及她的种种秘密与迹象；中间是命运之轮，铺陈出时间、事件以及人物不断变化的命运；结局是正义，或称之为天平，这时候人物得到他们应得的命运——我们希望如此——善有善报，恶有恶报。

这当然是儿时的我们满心期许的，民间故事通常也乐于满足这一愿望。灰姑娘是个善良的角色，她的命运大为改善，原来是遇见了一位有钱人，他正好骑马路过，而且有恋鞋癖——好吧，这至少也比在柴火灰堆中打转要好；小红帽也从大灰狼魔掌下给救了出来。如果情况不是这样，小红帽变成了大灰狼的美味佳肴，我们会多么难过啊！

但亲爱的读者，我们生活在一个出人意料的时代。有时候我们小说的结局并不是那么简单。事实上，大多数时候它们都没有那么简单。塔罗牌里还有很多其他的牌——例如，"高塔"，表示灾难；或者是"倒吊人"，它预示光明会到来，但前提是你要有一段时间被倒挂在树上；或者"魔术师"，如果你是艺术家，这是张好牌。我们可以想想，把其他这些卡牌作为小说创作的潜在指南是什么情形。

但无论我们选择什么牌,正义女神和她的天平总是存在于我们脑海中的某个地方,就算没有告诉我们小说中的事件已经发展成它们应有的样子,至少也是在告诉我们它们该如何发展。一般来说,什么时候算公平,什么时候算不公平,我们心里都清楚。我们希望公平,但情况并不总是遂人愿。哎,这就是真实生活。或者在小说中,这就是真实生活的幻象。

现在是时候收起我这副卡牌,将它塞进我的魔术师外套的口袋里了。塔罗牌中的魔术师仅仅是个杂耍者吗?有时候是的。小说家也有他们的戏法。他们经常从帽子里变出兔子来。但在更深的层面上,魔术师牌关乎积极的转变。我们希望小说也是如此。"你的书改变了我的人生",人们经常这么对小说家说。这时,最好不要问他们是怎么做到的。那是一个该由读者来回答的问题。

作家这下必须继续创作新的小说,于是回到起点——回到了大祭司牌与她新的一组秘密、迹象和直觉。和赫尔墨斯神一样,她是开门人。接下来会发生什么?我们很想知道,但面对一个故事,我们只能沿着命运之轮的路径——不断旋转,不停转动——进入森林去寻找答案。森林里一如既往地有狼,有起伏的命运,有幻象,不过最后可能会有一点正义。

奴隶制国家?
(2018)

  没有人喜欢堕胎，哪怕在安全、合法的情况下。没有一个女人在安排如何欢度周六晚上时会选择这件事；但也没人希望女性因非法堕胎而倒在浴室地板上流血致死。那该怎么做呢?

  也许换个方式来处理这个问题，应该问：你想生活在什么样的国家?是人人都能自由决定自己的健康和身体的国家，还是半数人口自由而另一半人口遭受奴役的国家?

  妇女若不能自主决定是否生育，那她们就受到奴役了，因为国家主张拥有她们的身体所有权，并有权规定她们的身体必须作何用途。对男人来说，唯一类似的情况是被征召入伍。在这两种情况之下，个体生命都存在风险，但应征入伍者至少可以得到食物、衣服和住宿。即便监狱里的罪犯也有权获得这些东西。如果国家强制要求生育，那么为什么它不应该支付产前护理、分娩、产后护理以及——对于没被卖给富裕家庭的婴儿——抚养孩子的费用呢?

  如果国家非常想得到婴儿，那么为什么不礼待那些生育最多婴儿的妇女——尊重她们，帮助她们摆脱贫困呢?如果妇女为国家提供了所需的服务——尽管违背她们的意愿——她们理应获得生产报酬。如果目标是孩子多多益善，我相信如果得到合适的报酬，许多妇女是会答应的。否则，她们就会倾向于遵循自然法则：资源匮乏时，胎盘类哺乳动物会流产。

  但是，我怀疑国家是否愿意做到提供所需资源这样的程度。相反，它只是想强化惯用的廉价伎俩：强迫妇女生孩子，然后让她们付钱，并且一付再付。如我所说的，奴役。

如果一个人选择生孩子，那当然是另一回事。婴儿是一份礼物，由生命本身所赐予。但要成为礼物，必须是自由地给予，自由地接受。礼物也可以拒绝。无法拒绝的礼物就不是礼物，而是暴政的征兆。

我们都说，女人生孩子是"给予生命"。选择成为母亲的母亲确实是"给予"孩子以生命，觉得这是一份礼物。但如果不是她们的主动选择，生育就不是她们给予的礼物，而是违背她们意愿的勒索。

没人强迫妇女堕胎。也不应有人强迫她们生育。阿根廷[1]，如果你想要强制生育，那就强制吧，但至少得如实相称——这就是奴隶制：主张拥有并控制他人的身体，并以此获利。

---

1 阿根廷国会参议院在 2018 年以 38 票对 31 票否决堕胎合法化；只有在强奸导致怀孕或妇女生命受到威胁时才允许进行堕胎手术。直到 2020 年 12 月 30 日，阿根廷国会才通过了该法案，允许怀孕 14 周内的妇女堕胎。

《羚羊与秧鸡》
序言[1]
（2018）

"《羚羊与秧鸡》？可这是什么意思呢？"出版社的朋友们见了标题都问道，那时小说刚刚交稿。

"'羚羊（Oryx）'和'秧鸡（Crake）'是两种动物，到我写这部小说时已经灭绝了，"我答道，"也是故事主人公的名字。"

"可是他们一上来就死了。"出版社的人说。

"这才是看点呢，"我说，"或者看点之一。"（我没有提到的另一个看点是，该书名听起来很像池塘里的蛙鸣。试试看连念三遍，像这样：Oryx oryx oryx。Crake crake crake：明白了吧？）

瞧这情形还是没能说服他们，我便又解释道，R、Y、X、K 都是有力道的字母，只要都收进来，没有哪个标题不是响当当的。他们信我了吗？难说。不过《羚羊与秧鸡》这书名倒是保留至今。

这也是我的小说中，能被学校相中而教给青少年的两部之一。显然当老师的对这些有魔力的字母是有反应的。要么他们另有所感。

此外，《羚羊与秧鸡》还是我第一本自始至终以男性为叙事主体的小说——在当时亦是唯有的一本。没错，我被为何"总是"写女性这样的问题弄烦了。我并非总是如此。然而这部作品其实是个浑然的整体。我一向忠于带性别视角的文学批评，于是书一付梓便有人问我怎么不启用女性叙事者了。人无完人嘛。

实际情况是这样的。我在二〇〇一年三月动笔写作《羚羊与秧鸡》。那时我在澳大利亚,刚刚完成了上一部小说《盲刺客》的巡回售书活动。于是我便有了点时间去阿纳姆地区的季风雨林观鸟。在那儿我还参观了单边敞开的岩洞群,当地原住民的生活与自然和谐相处,其文化已不间断地延续了四五万年。

之后我们的观鸟团去了凯恩斯附近的菲利普·格雷戈里食火鸟保护区。按照观鸟爱好者及自然主义者那时候就有的习惯——这样的惯常做法已坚持几十年了——我们讨论起了发生于自然界的物种灭绝的惊人速度,这要归咎于人类正在加快改变世界。食火鸟这种不会飞的珍禽看起来活似蓝色、紫色及粉红色的恐龙,一爪抓下去就能把人开膛破肚——它们还能存活多久呢?它们中有不少在保护区里昂首阔步,吃着切碎的香蕉,吞食着不慎晾在窗台上的比萨。这些在林下灌木丛中奔忙的红颈秧鸡还能存活多久?不会太久,这是我们的普遍看法。

现代智人又如何?我们这个物种会不会继续毁坏曾生养并持续支持我们的生物系统,并最终确保我们自己走向亡族灭种?这个物种会不会停下脚步思索一下自己鲁莽的举动,并就此改弦更张?这个物种会不会因自己的发明而作茧自缚,后又能凭着发明再挣脱出来?要么——这个物种或许通过遗传工程培养出超级病毒,从而具备了生物技术手段来抹杀自身,或是发现了什么手段来改造人类基因组,由此用一个有更多善心、更少贪念、较少掠夺的版本来替代自身?该版本的设计者会不会是哪个博爱之辈,或执意要改良世界的疯魔之徒?我们之中会不会有个预言家及/或科学狂人,随时准备着按下"重启"键?

我便是在食火鸟保护区的阳台上凝视着这些红颈秧鸡时,近乎完整地酝酿出了《羚羊与秧鸡》的写作计划。当天晚上我就做起了笔记。上一部小说刚刚杀青,我疲累得并不想这么快就开写另一部,可当一个故事吵着嚷着非要出世时,你还真拦不住。

每一部小说在作者的生活中都会先有长长的前奏——她/他的所见、所历、所读、所想——《羚羊与秧鸡》也不例外。很久以来我一直在思索反

1　本篇译文引自《疯癫亚当三部曲》,上海译文出版社(2021)。

乌托邦式的"假如"场景。我是在科学家之中长大的,野外生物学家扎堆在我的童年里。我的几位近亲都是科学家,每年的圣诞家庭聚餐(火鸡是解剖开的而不是切开的)上的话题大体都是肠道寄生虫或鼠体性激素之类,近年来或也包括了基因编辑技术中的工具问题,《羚羊与秧鸡》中"基因狂人"的商业冒险桥段在现实中已初露端倪。我的阅读消遣多为斯蒂芬·杰伊·古尔德的科普文章或是《科学美国人》之类,部分原因就是为了跟得上家里人的聊天。

于是多年来我一直在做剪报,并且吃惊地注意到十年前被嘲笑为偏执妄想的趋向,先是成为了可能,接着就变成了事实。《羚羊与秧鸡》也是如此:写作此书时,猪体内种植人体器官还只是个可能,而今已为现实。彼时的"鸡肉球"尚属杜撰,但"实验室人造肉"已走入了我们的生活。我写书时,猫的呼噜声的自我治愈功能在科学上才刚刚起步,如今已广为接受。更多的发明和发现还将源源不断地涌来。

可是哪一个会先来——由生物技术、人工智能和太阳能撑起的美丽新世界,还是造就了这些高科技的社会的崩塌?生物学准则与物理学一样无情:用完了食物和水,就得死。没有哪种动物在耗尽资源基础后还能指望活下去。人类文明也适用于同一铁律,由气候变化引发的灾难已经——在一定程度上——在我们之中造成了破坏。

与《使女的故事》类似,《羚羊与秧鸡》属于悬测小说(speculative fiction)——秉承了奥威尔《1984》的传统——而非 H. G. 威尔斯的《世界大战》的科幻路数。悬测小说可没有什么星际旅行、远距传输、火星来客。如同《使女的故事》,该书并非凭空杜撰我们还没有发明或还没有着手研发的东西。每部小说开头都有个"假如",然后再依理展开。《羚羊与秧鸡》的"假如"很简单:"假如我们沿着已走过来的道路继续前行会如何?"上坡路有多滑?能够补短之处是什么?谁存有阻拦我们的意志?能否通过基因工程,把我们从这列业已启动的火车的失事现场中解救出来?《羚羊与秧鸡》就在一片欢愉嬉闹中灭绝了几乎整个人类,而在此之前人类社会分裂成为两个阵营:技术统治派与无政府主义派。不过仍有一线希望:尚有一群准人类，他们的基因得到了改造，那些折磨现代智人的病痛，他们永远不必受其干扰。换句话说，他们是定制人。可是任何一个参与其设计（我们正在这么做，还会变本加厉地做）的人都不得不问一句：人类把基因修改到什么时候，就不算人了，这段路有多远？我们有哪些标识我们核心存在的特征？

定制人，或书中所称的"秧鸡人"，具备几种我自己也很愿意笑纳的配备：内置驱虫剂、自动防晒，还有消化树叶的功能，就像兔子那样。他们不需要衣服和农产品，因而也就不需要种植粮食和纤维植物的领地，也就没有了领土战争。

他们还有几样特征，其实也算某种改良，但我们大多不会喜欢的，包括季节性交配——如同大多数哺乳动物——期间其某些身体部位会发蓝，就像狒狒那样，因而也就不存在爱情的抗拒或强奸行为。每个人都可以有性行为，为了增加浪漫色彩，雄性"秧鸡人"会唱唱歌、跳跳舞作为求偶的举动。很多动物都这样，我最喜爱的是银鱼：如果雄鱼的舞蹈为雌鱼接受，那么他就送给她一个精子囊，故事就结束了。当我把这个说给我会计听时，他说："我的一些客户知道了会喜欢得要死的。"

雄性"秧鸡人"还会献花——就像公企鹅给母企鹅献石头一样。我曾在澳洲观察过园丁鸟，便想过是不是添加一项该鸟的特性，但这就把事情变得复杂了，要牵涉到雄性竞争——而这是"秧鸡"一心要祛除的——于是这一点就没有加：雄性"秧鸡人"不会像园丁鸟那样相互去偷蓝色晾衣夹子。不过"秧鸡人"会像猫一样群交，这样就不用为谁才是生父而焦虑了。

"秧鸡人"爱好和平，温文有礼，只吃素食，善良有爱。唉，我们现代智人最后的幸存者——他名字叫吉米——却觉得他们无聊透顶。作为喜欢讲故事的动物——人类便是——我们看戏上瘾，差不多为此搭上了性命。

多股不同的力量凑巧撞在了一块儿，便有了"完美风暴"，人类历史上的完美风暴也是如此。如小说家阿利斯泰尔·麦克劳德所言，作家言其所忧，而《羚羊与秧鸡》的世界正是我现在的忧虑。这不仅关乎我们那些弗兰肯斯坦式的发明创造——大多数人类发明本身只是中性的工具，其负面或正面的道德指向都要看我们如何使用，况且很多技术利用是值得称赞的，尽管连"好"发明都很可能会带来意想不到的后果。降低死亡率而粮食不能增产，就会引发饥荒、社会动荡和战争，每每如此。

小说并不能给出解答，那是指南类书干的事情。小说只管提问。《羚羊与秧鸡》提出的问题如下。

第一个大概是："我们能求得我们自身的信赖吗？"因为无论科技发展到何高度，现代智人在心底里仍然是数万年前的老样子——同样的情感，同样的关切，同样好，同样坏，同样丑陋。我们就是个正邪一体的皮囊，我们人类。

可假如我们能够祛除坏与丑陋，又要如何做呢？那我们最后还算人类吗？而假如这种生物缺乏进攻性和杀戮本能，就像乔纳森·斯威夫特的慧骃国，那他们是不是很快就会遭到灭顶之灾，如同无数原住民在十六、十七世纪遭遇欧洲人时的下场？我们中间还有些不错的人，通情达理，得体如格列佛本人——又如《羚羊与秧鸡》中的吉米，这样是不是就够了？吉米是有"良心"的。我们的良心是否足以拯救我们，或者还需要些别的？

我们现今日益具备了创造自身新型号的能力，他们形态更美丽，道德更高尚。为了保护他们，也为了保护我们自己正快速破坏的生物圈，我们是否应该把现在的人类型号干掉？你会这么想的。

"秧鸡"也是这么想的。他也是这么做的。

地球人，你们好！你们所说的人权是什么？
（2018）

地球人，你们好！

很高兴来到你们中间，不过我也得承认，尽管已经对你们做过全面研究，可在我看来，你们的许多习性依然显得非常奇怪。

我来自遥远星系中的一个星球，属于另一种文明。地球人念不出我家乡星球的名字，因为你们缺乏必要的发声结构——这导致几千年来我们一直将你们视为缺乏高阶智慧的生命——不过我把母星的名字非常近似地翻译为"麦夏普希克斯"[1]了。你们似乎有这么一条规则，即外星的名字必须包含字母Z、Y和X，我在翻译中也沿循了这一规则。

我们在麦夏普希克斯星上的身体形态会让你们困惑不解，甚至有可能让你们大吃一惊——毫无疑问，你们会把我们看作是章鱼、巨型海蛞蝓和胡椒盐瓶的混合体。因此，为了安抚你们的情绪，我化身为一个矮个子、上了年纪、身心疲惫的加拿大女性人类。我觉得，比起我尝试过的翼手龙、乳齿象、海鳄、蛇发女怪、超大蟑螂或苏门答腊巨鼠，现在这副样子会更让你们感到安心。我明白，我要是以上述其中任何一种形象出现在你们面前并开始演讲的话，你们可能都会尖叫着跑出礼堂，很快就会有军用直升机、激光枪、喷火的无人机、火把和干草叉、银弹[2]袭来，天知道还会有什么！一切就乱套了！

而为求自卫，我将不得不下令摧毁你们所有人，对此我怎么着也会多少感到一丝悔恨，因为你们在短暂的存在时期里诞生了一些相当优秀的音乐家。在麦夏普希克斯星，我们特别喜爱莫扎特。如果你们看到我们以毁灭模式降临——看起来像超大的蟑螂或者在空中飞的鳄鱼,请播放莫扎特的作品。

你们可以看到,对于地球人和他们危害极大的习惯,我已经勤勤恳恳地做了应有的功课。我了解你们的仇外心理和危言耸听,也知道你们制造混乱的能力,因为我们麦夏普希克斯星上有一座全面收藏你们的电影和电视节目的资料馆。在这些电影和电视节目中,你们经常尖叫着跑开——我不得不说,怪物这个词在你们中间简直是用滥了;然后过了尖叫阶段之后,你们又会抄起武器。我希望能避免这种情况。

因此,综合考虑下来,我觉得最好伪装成老太太。我甚至还想过围上一条花围裙,作为额外的点缀。你们人类通常认为老太太人畜无害——虽然她们很烦人——而且期待她们向你致以善意的微笑,给你几块饼干,提些你会轻率忽视的明智建议;也就是在你们没有指责老太太引发了腺鼠疫并把她们当作女巫烧死在火刑柱上的时候。

不过别管什么女巫的桥段了。如今,你们肯定不会做这样的事了!也许会在犹太教堂射杀个把人,或者贩卖十来岁的孩子,或者把几百个两岁的孩子从他们父母身边夺走然后关进笼子里,又或者……但还是让我们关注积极的一面吧!

现在,我就在这里,穿着老太太的衣服,准备探索这个问题的答案:你们所说的人权是什么?这问题对我们麦夏普希克斯星人来说没有任何意义,因为在我们的母星上,我们不需要这种特别规定为权利的东西。我们所有人,尽管彼此不尽相同,但在社会和法律意义上一律平等,这方面和你们——说来似乎挺可悲的——不一样。你们需要清晰说明这些"人权"条目,原因很简单,你们很多人没有。

你们当中有些人认为,这种不平等很糟糕;另一些人其实很享受那种别人拥有得比自己少、身价看来不如自己的境况。

人性有其阴暗面。

1　英语原词为"Mashupzyx"。
2　据说是能杀死狼人的唯一武器。

但我们还不能马上开始讨论人权缺失的问题,除非我们先好好审视一个更基本的问题,那就是,人是什么?

这问题有好几个答案,取决于你问的是谁。

我首先问了一个叫"哈姆雷特"的人。有些人认为哈姆雷特这人实际上并不存在,但他似乎比许多所谓的真人更有名气、更受人尊敬,因此我把他当作是研究人类的某种权威。他曾说过:

人类是一件多么了不起的杰作!多么高贵的理性!多么伟大的力量!多么优美的仪表!多么文雅的举动!在行为上多么像一个天使!在智慧上多么像一个天神!宇宙的精华!万物的灵长!可是在我看来,这一个泥土塑成的生命算得了什么?人类不能使我发生兴趣;不,女人也不能使我发生兴趣,虽然从你现在的微笑之中,我可以看到你在这样想。[1]

因此,在哈姆雷特看来,人类具有许多优秀的品质:聪明、理性、优雅,践行如天使般的美德和力量成就,对世界有着神一般的洞察。不仅如此,"人类"还相貌出众,高踞动物王国等级制度的顶端。(哈姆雷特对人类牙齿的低劣之势只字未提,毕竟他不是牙科医生)。然而,尽管拥有这种种优秀特质,人类究其本质只是尘埃。因此,他并不觉得他们多有趣。

任何人,只要阅读过世界史——例如,在第一次和第二次世界大战、朝鲜战争、越南战争、柬埔寨战争、卢旺达战争、阿富汗战争、伊拉克战争、叙利亚战争中丧生的数百万人的命运——往往都会同意哈姆雷特的悲观看法。人类确实有一种屠杀同类的令人担忧的倾向。其他物种也就只有蚂蚁、老鼠,以及某种黑猩猩——虽然程度没那么严重——表现出这种对于群体性领土侵略、将同类成员逼到没有活路可走的兴趣。我们麦夏普希克斯星的居民为你们感到遗憾。你们给彼此造成如此多的悲伤和痛苦,而你们中的很多人似乎从来就没有过什么乐趣。

---

[1] 出自《哈姆雷特》第二幕第一场,引自朱生豪译本。

这是看待人类的一种方式。我还调查了你们称之为"科学家"的那些人的答案。他们关注的领域似乎在于真理,即以事实证据为基础的知识形式。他们喜欢创造假设,通过可重复的实验加以验证,由此推导出理论。理论似乎不同于自然规律:如果根据一个理论而人们发现有例外,就必须做进一步的实验,而理论可能被推翻或改变。然而,自然规律是不可改变的:自然规律不可能有例外。你们中有许多人不理解这一点,把根本不是自然规律的想法说成是"自然规律"。这包括所谓基于"自然规律"的解释,例如为什么女人受到的待遇要比男人差。

这让我们想到哈姆雷特独白最后的调侃:"人类不能使我发生兴趣;不,女人也不能使我发生兴趣,虽然从你现在的微笑之中,我可以看到你在这样想。"我颇费了点时间,才总算让我临时权充老太太的脑袋把这事给捋清楚。(在麦夏普希克斯星,我们可没有脑袋。)谈到"人"时,哈姆雷特说的是人类的一般特质,但当他转而谈及你们人类所谓的"性别",或有时所说的"性别身份"时,他暗示的是交配行为。

这似乎是你们地球人一个普遍都有的习惯:你们一想到女人,就免不了要想到性,而且往往是以某种诙谐或贬低的方式。女人这个词会让哈姆雷特的伙伴们会心一笑。搂搂抱抱,眉来眼去,这是某类阶层的英国男性对所有情爱之事的老派说法。

但在麦夏普希克斯星,我们没有这样的女性性别。正如我前面提到过的,我们更像是章鱼、巨型海蛞蝓和胡椒盐瓶的混合体。我们身上有多个附肢,其中几个含有交叉授粉的颗粒——这些附肢就像是胡椒盐瓶。当我们想要生育的时候,我们的多只手臂互相缠绕,并将含"盐"或"胡椒"的附肢贴在对方相应的附肢上。许多个体都可以同时参加这项活动。这样做节省时间,也没人会感到嫉妒或受到冷落。而说到生育,有点像你们世界的民间舞蹈。谁都可以,欢迎加入!

生物学家指出,人类与普通黑猩猩的亲缘关系更为密切——基因重合度高达98%,甚至更高——他们以此为基础,提出了许多假设。黑猩猩族群似乎由好斗的雄性主导,大家都知道它们会使用工具,对雌性发号施令,还发动战争。你们恐怕会说,这是父权制。但是还有另一种黑猩猩——倭黑猩猩——同样和人类有着密切的亲缘关系。倭黑猩猩通过母系群体进行统治，通过做爱来解决紧张关系，还会把惹麻烦的雄性的手指给咬掉。看来，人类对于动物近亲有一定的可选择性，因此，他们身上并非样样都是生物学预先决定了的。

在你们本身所隶属的西方传统中，父权制的黑猩猩模式在近代占据了上风，我说的近代，指的是过去四五千年以来。也许是因为你们的生育方式的缘故，你们在几千年前就定下来了，那些被你们视为"女性"的人不如另一种性别的人，不配被平等相待。但矛盾的是，在更早的年代——在那之前的时代——妇女因为同样的生育能力而受到尊重。是什么改变了？从什么时候开始妇女被视为低人一等的？

你们当中那些被称为"人类学家"的人一直忙于研究这一领域。男尊女卑不可改变的说辞——"因为就是这样""自然规律"——在早前就被抛弃了，除了例如美国某些地区的一些抵抗据点，还有俄罗斯，还有……现在想来，这名单长得怕是令人尴尬。但抛弃这套说辞是正确的。不，亲爱的人类：女性并非天生就比较愚蠢。她们并非天生忍耐力就差。她们不一定不如男人理性，也未必更情绪化——例如，她们的激情犯罪与自杀案例远少于男性，而这两件事的根源都在于过度情绪化。

男人落泪较少，这是事实；但他们流血更多。所以就干湿对比来看，你可以说男人更湿。在麦夏普希克斯星，我们确实这么说。

的确，在狩猎采摘时代，男人——从来没听说过他们会怀孕——负责追赶瞪羚（某种程度而言是男人被瞪羚追），因为身怀六甲的孕妇不擅短跑，但家庭与族群的大部分食物靠的是妇女的植物辨识技巧与采摘技能才得以获取，而瞪羚并不长在树上。

这就是为什么男人脱掉袜子以后不会把袜子从地板上捡起来：男人根本看不见这些袜子，他们已经进化到只注意移动的动物；而女性可以轻而易举地分辨出地毯上的袜子，因为她们已经进化到可以采摘蘑菇——脱下的袜子在外形上很像蘑菇，有时连质地和气味也很相似。至少，这就是我们麦夏普希克斯星人得出的结论。

如果袜子能装上忽明忽暗的微型太阳能灯，男人们就能看到它们，当然——作为无私的利他主义者——他们就会把袜子从地上捡起来,放进洗衣篮里,这样人类不快乐的另一个主要诱因就会被消除了!

回到性别不平等的问题上。人类学家现在告诉我们,他们将妇女受到的不平等待遇追溯到青铜时代早期,恰逢人类开始种植小麦、兴起有组织的战争之时。他们一直在挖掘那个时期的骸骨,发现男人既吃肉又吃小麦,但女人只吃小麦,于是出现了骨质缺损。因此,与狩猎采摘的祖先相比,她们变得更矮小、更瘦弱。

唉,地球人——这是个恶性循环。统治者提倡种植小麦,因为小麦全都同期成熟,因此容易征税。但要种植小麦,就需要耕地。因此,让人不禁起心动念,想去侵略邻居并夺走他们的耕地;为此你需要一支军队,而为了养活一支军队,你需要一种可以大量储存的食物,比如小麦。

古希腊人、特洛伊战士等那个时代的步兵和驾着战车的长矛投掷者,他们所使用的重型武器和青铜盔甲需要强大的上肢力量,男性较之女性更具备这种力量。但在更遥远的东方和北方,骑马游牧民族锡西厄人选择轻巧的弓箭作为武器,妇女很容易就能操作。锡西厄人中有女战士,她们穿着长裤——简直让人大惊失色!——拉弓射箭,是受尊敬的军队英雄。(是的,这是真的:他们一直在挖掘锡西厄人的坟墓。)由此催生出亚马孙女战士的神话,产生了手持银弓的月亮女神阿耳忒弥斯,又引出纳尼亚传奇中熟练的弓箭手苏珊,以及《饥饿游戏》里的凯特尼斯·伊夫狄恩。

没有什么比亚马孙女战士的想象更令古希腊男性烦扰不已了。亚马孙女战士既是他们最大的梦想—— 一位与男性平起平坐的女性,值得真爱!忒修斯就娶了一位!——也是他们最可怕的梦魇—— 一个与男人平起平坐的女人!如果她们在某些方面赢了会怎样?尤其是,如果她们在战争中获胜了呢?

但我跑题了。

当你征服了大片土地,你就需要有人来耕种这些土地,比如,农家子弟——由妇女生的——或者奴隶,不管是偷来的,还是打仗俘虏的,抑或生来就是奴隶的。妇女、儿童和奴隶都被认为拥有比男人更少的权利,因为他们天生低了一等。嗯，你不由得想这么说，不是吗？如果这些人可以投票，他们就会通过投票摆脱奴隶制。由于古代地中海体系以奴隶制为基础，所以不可能允许这种情况出现。

于是就有了这样的想法：有些人天生比其他人拥有更少的权利，因为他们天生就更弱小。然而并不存在这样的自然规律。我们麦夏普希克斯星人已经对此进行了彻底的调查。正如我所说过的，自然规律不允许有例外：如果有例外，规律就不再是规律了。你们人类有一种说法，"例外证明规则"，但这不适用基于证据的、可证实的自然规律。有太多聪明能干的女人，也有太多聪明能干的奴隶，因此无法证明天生低劣是真正的自然规律。男人们绞尽脑汁，想出某些人群之所以低人一等的其他理由：也许这些人卑鄙可耻。不过，用所谓自然规律来欺骗难道就不卑鄙可耻吗？

遇到任何事物，我们麦夏普希克斯星人都要问两个问题：它是真的吗？公平吗？如果说有些人天生就不比别人差，而他们却被当做劣等人来对待，这样做公平吗？

经过几千年来把某些人视为天生的劣等人之后，你们人类还是逐渐把特权——或者说公民全部权利的普及程度——从国王扩展到了贵族，从贵族扩展到了男地主，从男地主扩展到男性居民，你们人类——或者你们中的一些人——终于想通了，人权应该是普遍享有的权利。

这一行动是历经两次世界大战的惨状以及纳粹政权在二十世纪三四十年代实行的集中营和种族灭绝行径曝光之后，人类才开始迈出的步伐。一九四八年联合国宣布《世界人权宣言》——这是你们为遏制自己的流血倾向而进行的另一次零星尝试。

这里有一些关于《世界人权宣言》的人类文字，摘自澳大利亚人权委员会网站。（讲句题外话，我不得不说，互联网和网站极具价值，有助于我们麦夏普希克斯星人增进对你们的了解。我们中的一些人研究了政治，起初我们还把政治和猫咪视频搞混了。我觉得现在我们已经弄清楚了，虽然有段时间我们在关注一个叫"臭脸猫"的，误以为它是你们某个大国的总统。）

说回《世界人权宣言》。以下是引用：

《世界人权宣言》一开篇就确认："人类群体所有成员的固有尊严乃是世界自由、正义与和平的基础。"

它宣布，人权是普世的，所有人都能享有，无论他们是谁，无论他们生活在何处。

《世界人权宣言》涵盖公民权利和政治权利，如生命权、自由权、言论自由与隐私权。它还包括经济、社会与文化权利，如社会保障、健康与教育等权利。

如果你能约束好自己，不没完没了地看猫咪视频，就可以在网站上找到《世界人权宣言》的全文。你还可以找到一九八一年的《消除对妇女一切形式歧视公约》——这是对奥兰普·德古热观点的迟来的认可。在法国大革命期间，她满怀期待地提出一份《女权宣言》，却因此被控叛国罪并砍头；此后，大革命将妇女排除在政治活动之外。

你还可以找到二〇〇七年的《联合国土著人民权利宣言》。你们看，就这样一点一滴，地球上的你们至少已经作势朝向我们在麦夏普希克斯星上享有的平等和幸福去了。对你们而言，这是好事情！

但是，地球人，给你们一些忠告。首先，所有这些宣言和公约都是理想——即使在签署了公约的国家，也没有得到充分执行。想要让它们不流于文字表面，就必须多加努力。请注意：越不平等，就越多侵犯。

其二，权利不会从天而降。它们并非神赐。维护己方权利的斗争已持续了数十个世纪，而侵踏对方权利的斗争同样持续了那么久。这是一场不曾间断的拉锯战，永远也不会结束。该隐总是捡起石头，亚伯总被杀害。贪婪、嫉妒、对权力的追求……这些特质曾几何时不见诸智人身上？一个稳定的社会至少有一些手段来应对这些倾向，而一个动荡的社会则会释放出内心的魔鬼。

第三，组织有序、资金雄厚的势力正在削弱这些脆弱的人权。你们当中有些人厌倦了准民主国家的平淡乏味，希望复活二十世纪的极权主义。对此，我想说：千万小心。刚开始，这似乎是个有趣的想法，在种种游行和角色扮演当前，你以为自己是在为一位无畏的领袖效力，他与过去的所有领导人都不一样，会告诉你真相；但这些事情从来没有好结果，特别是对广大公民而言。

极权主义无论自称何名，其行事方式基本相同。他们的目标是绝对的、不受挑战的权力；他们的手段包括谎言，越是弥天大谎越好；让独立媒体噤声——例如封杀并肢解记者，监禁或谋杀任何与他们意见相左的艺术家和作家；废除独立的司法机构，使执法部门沦为政府的武器，执行极权政府制定的不公正的法律；使用超出法律权限的镇压手段，诸如暗杀，煽动暴民对特定群体进行暴力攻击，以及旨在摧毁对手、巩固权力并使民众处于恐惧状态的有组织的抹黑。一旦造谣机器开足马力，就会产生巨大的动量；为避免成为下一个批斗对象，你自己也不由成为一个告发者。过去有很多人屈服于这种诱惑。

为什么这类政权会发展起来？他们是如何夺取政权的？

他们最初发迹于混乱时期——通常是经济乱局——大众或相当一大部分人感到社会不公。这样的时世有利于无政府主义的兴起，随处可见暴民滋事、滥用私刑与袋鼠法庭[1]，等到人们再也无法生活在混乱中了，通常军阀和强人就会上位。这些人将民众的怒火迁移到目标群体——如麻风病人、女巫、图西族人、艾滋病患者、墨西哥人、难民等等，从而聚集起追随者。

毋庸多言，必须彻底打击怀疑者。中立立场则必须加以清除：那些站在中间地带的人代表着公平、正派、温和与常识，而当需要激进、非理性的信仰时，强人会说，我们不能有什么中间地带。极端主义者们担心被视为虚伪、不纯，或不受敬重或支持，在这种恐惧的驱使下，他们互相推挤，越走越远，愈发极端。

还需要我来告诉你们，极端主义者利用民主本身珍视的工具来对付民

1　kangaroo court 的直译，指无视公平正义和司法程序的法庭。英文中类似的说法还有 show trial，即"装样子或作秀的审判"。

主吗？比如说，投票。当你能操纵人们投票给你的领袖，投票就太有用了，然后这个当选者就会利用他的权力，在下一次投票时强占或者颠覆自由投票制度。

极端主义者也会试图干涉所谓的言论自由——发表政治观点而不被监禁的权利，新闻媒体调查并报道真相而不遭到报复的权利。在美国，目前鼓吹"言论自由"的是那些右派人士——事实上，这并不意味着你有权想说什么就说什么，想扯什么谎就扯什么谎，想在哪说就在哪说；也不能保护你的另一项权利——个人捍卫自己的良好声誉免受谎言诋毁的权利。

但左派愚蠢地吞下了右派抛出的诱饵，正忙着试图禁言某些他们不喜欢的言论表达。铸造这种武器时，人们应当万分小心：它们肯定会被用来对付你们。你们同意对气候科学和毒性研究进行政治封杀吗？你们是否嘲笑基于证据的新闻报道与政策方针？你们会为砸毁报社、殴打或谋杀记者的行径喝彩吗？当媒体被称为"人民的公敌"时，你们是否会高声叫好？如果是的话，请在这里排队，在标有"独裁"的这支队伍里。队伍要么向左，要么向右。但是，正如他们谈论逝者的归宿，一切最终都归于同一个匣子。

在我们星球，我们并不使用这样的匣子。我们的葬礼包括……这个我下次再讲好了。这么说吧，要用到一定数量的麦夏普希克斯星噬菌体，不多也不少。我们并不是真的死了，只不过……消散了。

让我们以充满希望的基调来结束这个话题吧——麦夏普希克斯星人喜欢充满希望的基调——你们现在没有生活在极权独裁统治之下，或者还没沦落到这种境地。请尽量避免此类情况。

地球人，你们不必走上猜忌与仇恨的分裂之路。恰恰相反，你们可以视彼此为人类同胞，尽力理解并面对你们人类共同的问题。

你们确实有一些大问题需要解决！例如，除非你们能制约地球的温度和化学构成，否则不久之后到处都会是塑料，海洋会消亡，然后你们就无法呼吸了。那时就要和你们这些智人永别了。看到你们离开，我们会深感遗憾，毕竟地球人也有不少长处。我们确实喜欢莫扎特，不过我们也可以保存乐谱，自己弹奏乐曲。

没必要走到这一步。选择权在你们手中。

我该走了，我在你们这里的任务也完成了；你们猜对了，这绝不是一次单纯的调查之旅。希望你们一切顺利，如果有手指的话，我们会十指交叉，为你们祈祷。我们在外太空随时待命，准备行动；还不确定会做什么，只是以防你们当真捅出大娄子。可能会用到射线枪。

不过，我们希望你们能够自己想出一些好的解决办法。毕竟，你们相当聪明。

现在，我必须卸下小个子老太太的伪装，发出白炽光芒，长出许多假足状的附肢，飞向平流层……前往一个遥远星系中的星球，去往另一种文明。

地球人，请注意自己的行为！尽量玩得开心！避免极权主义！尽情观看猫咪视频！多多了解人权！多吃羽衣甘蓝！别再用一次性塑料制品了！

再会了……下次再见。

《偿还》
新版序言
（2019）

  我的梅西公民讲座演讲稿被汇编成书并定名《偿还——债务和财富的阴影面》，尽管该书在二〇〇八年秋首发时被誉为极具先见之明，但我并未料到它的出版会恰逢金融大崩盘。我的预见能力也就那样。不过，接下来我要说说，在这件事上我是如何获得这种言过其实的名声的。

  在进入二〇〇〇年之后的头几年，我已连着几年推掉了梅西讲座的多次邀请。"梅西讲座"是加拿大广播公司一档享有盛誉的节目，始创于一九六一年，旨在提供一个电台论坛，让"当代主要的思想家可以在这里讨论我们这个时代的重要议题"。做那些讲座是一项艰巨的工作！首先，你得撰写演讲稿，然后还得把讲稿汇编成书，书稿必须比讲稿的篇幅稍长一些。之后，奔赴加拿大相距遥远的五个不同城市，一场接一场地做讲座，其间缓口气的时间只够你穿脱棉毛裤，毕竟秋季天气多变。最后，还得将讲座的内容编辑成适合电台广播的时长。

  这种时长时短的工作安排不仅对一个人的技能，而且对一个人的自我也构成了挑战——如果这回的讲座内容缩短了，而之前的又被拉长了，那么你对自己真知灼见的精准无误还有几分信心？

  因此，每回有人请我去做梅西讲座，我都客客气气地拒绝了。实际上，我说的是："非常感谢，但我要洗头了。明年我也要洗，后年也是，还有……"在此我必须解释下这个比喻。从上世纪五十年代起，你要是想避开不乐意去的约会，就该这么说。

时间就这样过去了——那些年，每每提到请我去做梅西讲座的话题，我总是在洗头。但后来命运出手了。梅西讲座的书稿历来都由阿南西出版社出版。这是一家小型的文学类出版社，早在二十世纪六十年代，我曾为它注入过一些创始资金，后来在编辑该社的一些图书时又担任过其董事会成员，我还为它写过一本名为《生存》的大部头，作为持续支持其财务状况的一些努力。阿南西出版社现在是一家中等规模、颇受尊重的出版社，但在二〇〇二年，它深陷困境；在此前不久，它被一家较大的加拿大出版商斯托达特出版社收购，但这时斯托达特公司本身即将倒闭，阿南西也将随之一同消亡。

就在这生死攸关的时刻，一位名叫斯科特·格里芬的人——他小时候还需要别人帮忙，把他从超人戏服里拽出来——挺身而出，买下阿南西，把它从绝望的泥淖中拉了出来，将它虚弱的身躯抬回岸边，明智地注入冰冷的现金，让它恢复了生命的气息。但与此同时，梅西讲座的决策层已审慎决定终止阿南西的讲座系列出版业务，交给一家规模更大、更具偿付能力的出版商。

哀号此起彼伏，挽歌凄凄惨惨！难道我就不能做点什么吗？一种除疣药水，某个诅咒或符咒，祈求月亮的帮助？用角蟾调配出什么解药来？我没有超自然力量，当时没有，现在也没有，但我尽力了——我坐下来，用我最擅长的"绿山墙的安妮"大发脾气的方式，写下一段警告的话，大意如下：

如果你们从阿南西出版社拿走梅西讲座业务，我将永远、永远、永远不做梅西讲座，永远！（猛跺脚。）

他们最终没有从阿南西出版社拿走梅西讲座业务。这结果很可能与我无关，但你们可以预见接下来会发生什么，而且确实发生了。

咒骂！我叫道，这下我真要去做（脏话删掉）梅西讲座了！

对于不久之后我即将探讨的主题而言，这真是一个很好的例子：从表面上看，他们帮了我一个忙；我欠他们人情，必须要报答他们。

就这样，我答应做梅西讲座，却不知道要讲些什么。我烦躁不安，一拖再拖，整个人虚弱又疲惫，苦苦思索着许多离奇古怪且已被人遗忘的传说。

最终，我发现自己绕着一系列问题打转，对于任何研究过十九世纪作家的人来说，这些问题都是必然会出现的。希斯克利夫离开时很穷，归来时却很富有：怎么会这样？（我们必然要想，肯定不是正当的生财之道）。《使节》[1] 中的查德·纽瑟姆是否会离开他娴于社交、精致优雅的法国情妇，回到新英格兰去管理庸俗却有利可图的家族企业？（我们猜，他会回去的）。如果包法利夫人更擅长复式记账，没有欠下债务，那么她会不会逃脱对于她通奸的罪罚？（我们表示，肯定会逃脱）。你打开每一本十九世纪的小说，一开始可能都在用爱情和浪漫故事来迷惑你，但是每本小说的核心之处都是银行账户，或者说是缺少银行账户。

当我向满怀期待的梅西讲座理事会宣布，我已经选定演讲主题，即债务问题，他们告诉我，理事会有些退缩不决，还私下开会商讨。

他们以为我要讲关于经济学的内容。我解释说，不，我要讲的主题就是人类对于欠了什么、欠了谁与如何偿还的思考方式，即在宗教、文学、黑社会犯罪、复仇悲剧以及自然界中如何平衡收支，可叹的是，我们在这些领域已经大大地透支了自己的账户——他们这才如释重负。

邀请委员会擦去他们眉梢的汗珠，而我提交了一份大纲，然后就消失到兔子洞[2]里研究去了。时间很充裕。当时才二〇〇七年，而讲座要到二〇〇九年秋天才开始。

然后，命运再次出击。二〇〇八年初，梅西讲座的工作人员以恳求的姿态来找我。他们二〇〇八年的主讲人来不及做准备了，所以能否拜托，拜托，拜托我提前一年来做讲座？

那时是二月。我必须在六月前完成该书的文本，这样才能在十月开始巡回演讲之际及时出版。这是一个苛刻的要求。

1　美国小说家亨利·詹姆斯的代表作之一，又译作《专使》或《大使》。
2　《爱丽丝漫游奇境》中爱丽丝因进入兔子洞而开始冒险，后也用兔子洞来形容困难的处境。

"给我配几名研究人员。"我边说边卷起袖子。要是袖子卷不起来,那要袖子干吗呢?

五个月后,敲击了无数小时键盘之后,我们算是准备好了。至此,有更多的汗水从眉梢给擦去了。

之后,命运第三次袭来。就在书稿出版、巡回演讲在纽芬兰开启之际,发生了金融大崩盘和危机。我的书是当时唯一一本——从表面看来——探讨这一主题的书。"你是怎么知道的?"许多钦佩我的对冲基金经理都来问。回答他们说我原先根本不知道也无济于事:证据都以书的面貌摆在那里了。

我没有水晶球。假如真能预测未来,那我早就称霸股市了。

《火的记忆》
序言
（2019）

我第一次见到爱德华多·加莱亚诺[1]是一九八一年，在多伦多召开的"作家与人权"研讨会上。我仍然保留着那张海报，上面画着一匹长有翅膀的马。

来看看当时的背景：冷战仍在进行，要到一九八九年柏林墙倒塌才会结束。波尔布特在柬埔寨的统治两年前才终结，该国四分之一的人口已经遇害。

在拉丁美洲，动荡与暴力是常态，而非例外。阿根廷仍处于右翼将军的统治之下，致使大约三万人"失踪"：绑架，折磨，把他们丢出飞机扔进大海；如果是妇女，就强奸她们，而要是她们怀孕了，就把她们的孩子送给其他将军的家族，再把这些妇女扔出飞机。在萨尔瓦多，内战如火如荼，暴行层出不穷。在智利，一九七三年由皮诺切特领导且得到美国支持的政变之后，随之而来的是一段极端暴力的时期——酷刑、杀戮与失踪。在秘鲁，"光辉道路"于此前一年发起了暴力运动。

我本人是在一九七〇年加拿大"十月危机"时加入的。危机伊始，魁北克解放阵线的成员绑架了英国驻蒙特利尔贸易专员詹姆斯·克罗斯，后来又绑架并杀害了劳工部长皮埃尔·拉波特。作为组织的一员，我不可能对众多正在发生的公然侵犯人权的事件视而不见，也无法对作家和艺术家所遭受的特殊针对不闻不问。我对这些问题的兴趣并不是在理论层面上：很显然，热衷于镇压的政权——无论是左翼还是右翼——都特别喜好压制独立的声音。这涉及艺术家和媒体管道，如广播、电视与报纸。

后来，我参与了英加笔会中心的建设，对"狱中作家"项目特别感兴趣，该项目旨在帮助那些因其作品而入狱的作家——但那是后来的事情了。

鉴于当时的情况，这场会议的气氛如你所料，一派严肃、关切、紧迫，但又怪异得如同梦境一般：我们身处加拿大，这里没有人被扔出飞机，大家却讨论着作家在面对这种恐怖境地时可能或可以做些什么。苏珊·桑塔格也在现场：多亏了俄罗斯流亡诗人约瑟夫·布罗茨基，桑塔格这才发觉斯大林不是圣诞老人——这是在场许多人都知道的事实——她希望我们给菲德尔·卡斯特罗发去一封电报，开头一句就是"你这个杀人犯"。（这着实不是把人从专制政权下的监狱里弄出来的最好方法。）

在一片乱哄哄之中，加莱亚诺就在那里——从容、镇定、观察敏锐。舞台上放着几把空椅子，每一把代表一个失踪的人；其中一把椅子是给加莱诺最好的朋友。我不记得他都说了什么，但想必给我留下了印象，因为一九八六年《火的记忆》英译本刚问世，我就拜读了。我为这本书深深折服——以至于我引用了它第一卷《创世记》中的一段话，作为我一九八八年小说《猫眼》的卷首引语。这段话是这样写的：

被图卡纳人砍头之后，老妇人双手捧起流淌在地上的她自己的鲜血，把血吹向太阳。

"我的灵魂也进入了你的身体！"她喊道。

从此，任何杀了人的人，不管是否愿意，不管是否知情，他们的身体里都装着受害者的灵魂。

这是贯穿《火的记忆》的主题：杀人者与被害人，压迫者与被压迫者，征服者与被征服者，奴役者与被奴役者，施暴者与被施暴者——这些搭档紧密相连，谁都无法逃避彼此间过往的记忆，而那些犯下罪状和暴行的人最终会以某种方式承受他们自己恶行的后果。

1　拉美著名的小说家、记者和杂文家。作品以拉丁美洲社会反思和历史批判为主，被誉为"拉丁美洲的声音"。

《火的记忆》是所谓的历史——美洲的历史,如此浓墨重彩而又层层叠叠,充满刀光剑影、百卉千葩,引发联想而又泛滥无度。它是"历史",因为所叙述的事件确实发生过;但它又不是标准的历史。它更像是编舞或配乐:短小的插曲,简洁的重复片段,事实体现为渲染过的文字姿态。时空流转,这个世界是如此五彩斑斓,而其间那些人的行为又是那么残酷,往往还愚蠢得很:无情的殖民者、反抗的黑奴、追捕逃亡奴隶的搜寻者。动物也不遗漏:鳄鱼伪装成木头,静静潜伏着;雌蜘蛛不紧不慢,津津有味地吞食它们的配偶。

《火的记忆》是一部独一无二的作品。阅读这本书,犹如穿过一个似幻似真、延绵数个世纪、精巧构建的恐怖隧道而经历了一场激动人心的旅行,这里光线耀眼,色泽炫丽得有几分俗气,但也令人深为信服。人们当真做过这种事吗?他们真的还在做这些事吗?

欢迎来到梦幻般的真实世界。你会收获良多,会时常惊叹,尽管你可能会感到震惊、会目瞪口呆——恰如爱德华多·加莱亚诺所料想的那样——但你永远不会厌倦。

说出。那个。真相。
（2019）

非常感谢学院历史协会授予我伯克奖章这份独一无二的荣誉。我荣幸之至！都柏林圣三一学院的历史协会是一个辩论社团，这让我尤为高兴！因为我也曾经是大雪纷飞的加拿大多伦多荒野中一个大学辩论社的成员——虽然不如你们学会拥有这么古老的血统。

在这种场合，人们期待我说些智慧箴言，但所谓人越老越有智慧，其实不过是一个为公众所接受的谬论罢了。因此，我为大家准备了一些别的话，来替代那些智慧之言。

我的第一个观点是：情绪并不构成行为的正当理由。有些人似乎忽视了这一点。"我们极其愤怒。"他们说。到目前看来还算坦诚。但是这种感觉，无论多么真挚，其本身并不能证明你因此可能要做的事情在理。如果愤怒是正当的理由，所有那些因吃醋在盛怒之下杀死他们的妻子或女友的男人就不会被判处谋杀罪。愤怒可以引发某种行为，但它本身并不能为该行为开脱。

在一些国家，男性犯下所谓的激情犯罪，受到的刑罚相对较轻。愤怒本身也曾经高度性别化。在二十世纪五十年代，说到"哦，她只是一个愤怒的女人"，或者更直白地说，"因为她不是男人，所以才会愤怒"，那是一种奚落。

接下来我要说的第二串词组与真相有关。在我们这个充斥着假新闻与互联网机器人的时代，真相是来之不易的东西。有人问我们了，难道不是"不存在真正的真相"吗？这个问题不就是在问你想躲进哪个封闭的思想泡泡里去吗？但所有这些网上的把戏并不表示不存在事情的真相。假如没有真相，"对权力讲真话"这种说法就毫无意义了。我支持主流媒体，因为在大多数情况下他们都会核实事实——如果他们弄错了，发表了不属实和诽谤的内容，就可能遭到起诉。这一点与那些像萤火虫一样出现又消失的不讲信用的网站完全不同。有人正在采取行动，要求"脸书"向每个收到假新闻的人发送辟谣讯息。我支持这一举措。纠错确实有效，至少多数情况下如此。

我的最新小说《证言》出版时，有位评论人觉得它很老套：从政权内部揭露腐败的秘密可能有助于推翻该政权，这种想法真是离奇可笑。在美国，真相似乎对民意调查没有产生什么影响。然而，随着一些吹哨人的出现，情况突然发生了变化，这些人吹出了闻所未闻、令人不安的曲调。人们已经开始倾听了，因为这些曲调似乎是真的。

如果你们打算当记者，或者从事非虚构写作的作家，甚至将故事置于现实世界之中的小说家，请听从诸如乔迪·坎托尔、梅根·吐赫[1]和罗南·法罗[2]等人的建议，去报道女性吹哨人举报的有权有势的男人，比如哈维·韦恩斯坦。做好调查工作。交叉验证所有信息确保准确无误。确保你已经掌握事实。否则，你可能会深陷困境，就像经验丰富的记者塞布丽娜·厄德利那样——她在《滚石》杂志上发表的一起强奸报道未经交叉验证，最终导致该杂志因所刊内容不实而损失达450万美元。仅仅因为某件事应该是真的，仅仅因为你出于好意，仅仅因为它符合你的意识形态，或是仅仅因为如果它是真的就显得一切都合情合理——这些都不意味着它就是真的。你须得有所准备，去证实你所认为的事实，因为如果你说的话不中听，你肯定会遭到攻击。或者引用乔治·奥威尔的名言："如果说自由有什么意义，那就是有权告诉人们他们不想听的话。"再引用一句他的话，三个词：说出。那个。真相。

---

1 乔迪·坎托尔与梅根·吐赫均为《纽约时报》的调查记者，作为美国反性骚扰运动的起点报道者而闻名，并由此获2018年度的普利策新闻奖。

2 美国律师、记者。因在《纽约时报》发文披露哈维·韦恩斯坦在几十年内涉嫌对多位女性进行性骚扰，获《时代》周刊2018年全球最具影响力人物荣誉。

我的第三个至理名言与权力有关。我有一句诗经常被人引用："笔耕不辍/是为力。"是的,就其本身而言没错。但什么是权力?权力本身在道德上是中立的,无可谓善,也无可谓恶。电力可以点亮你的台灯,也可以烧毁你的房屋;人类的权力也是如此。但是,针对你自己的权力与针对他人的权力不一样。假设你有一些权力可行使,你无法始终预见行动的最终结果。原因往往导致不可预见的后果。引用塞缪尔·贝克特的话:"在这婊子养的大地上,情况就是这样的。"一旦你取得权力——我在假设你会获得一点权力,因为我是一个极端乐观的人——我相信你会好好行使,或者说,情况已然如此,尽可能好好行使权力。

这是一个辩论社团,依靠言语来运转。我们希望能掷地有声地说出一句又一句的话语。语法复杂的语言使我们能够谈论我们出生前的漫长岁月,讲述我们身后可能存在的未来,这些语言也许是我们人类掌握的第一项真正的技术。从已知的古老年代以来,我们人类的祖先便赋予我们语言。诚实地使用这些语言,公平地使用这些语言,如果你们这样做了,实际上也是在强有力地使用这些语言。

我们的话语现在就掌握在你们手中。

第五部分

2020—2021 年
思想与回忆

在隔离中成长

（2020）

噩梦有两种。第一种是你之前已经做过很多次的。发现自己身处一个相当熟悉却又颇为险恶的地方：令人毛骨悚然的地窖、发生凶案的旅馆、黑暗的森林。但既然是你以前经历过的噩梦，你的注意力变得异常敏锐：上次用尖头棍子对付得了怪物，所以我们且再试试。

在第二种噩梦里，理应熟悉的一切都变得陌生。你迷路了，没有方向，不知道该做些什么。

我们当前似乎正在同时经历这两种情形，但哪种更能引起你的共鸣，取决于你的年龄。第二种噩梦很适合年轻人，他们从未经历过这样的事情。发生了什么事？他们叫道，生活被毁了！一切都回不到正常状态了！我受不了了！

但是，对于像我这样的老人来说，这是第一种噩梦再度袭扰我们的睡眠：我们以前到过这里，或者如果不是这里，也是与其极为相似的地方。

二十世纪四十年代，许多致命疾病的疫苗还没有问世，任何在那个年代长大的加拿大孩子对隔离标志都熟悉得很。黄颜色，贴在房屋前门，上面写着诸如"白喉""猩红热"与"百日咳"之类的字样。送奶工——那个年代还有送奶工，有时还拉着马车送奶——同样还有送面包工，甚至还有送冰工，当然还有邮递员（是的，当时都是男性来做这些工作[1]）都必须把东西放在前门的台阶上。我们这些孩子会站在外面的雪地上——对我来说，城市里总是冬天，因为其余时间我们一家都住在森林里——盯着那神秘的标志，想知道房屋里发生了什么可怕的事。儿童很容易感染这些疾病，尤其是白喉——我有四个表亲死于白喉——所以有时候班上会有同学不来上课，有的能再回来，有的再也没回来。

大人告诉我们，夏天绝对不能去公共泳池，因为那里可能会暴发小儿麻痹症。当时的嘉年华有怪物秀，其中最吸引人的往往是"铁肺中的女孩"，她被放置在一个金属管道里，无法动弹，甚至无法呼吸；铁肺替她呼吸，喘息声通过扩音系统被放大开来。

至于较轻的疾病，如水痘、扁桃体炎、腮腺炎和常见的麻疹，人们觉得孩子们早晚都会感染的，他们也确实得了。你若是病了，必须待在家里，躺在床上，而在康复期间，你还得忍受无聊。没有电视或电子游戏；除了姜汁汽水和葡萄汁，你会得到一堆旧杂志、一个剪贴簿、剪刀和浆糊。你把有趣的图片剪下来，贴到剪贴簿上。来苏尔[2]有个广告，一个女人在贴有"怀疑、顾忌、无知、疑虑"标签的齐腰深的水里，配文写着："痛苦哭喊，为时已晚！"

我："她为什么要痛苦哭喊？"
母亲："我得晾衣服去了。"

杂志上的广告告诉你，细菌无处不在，尤其是水槽和厕所里，它们长着魔鬼的头角和恶毒的小脸。肥皂、牙膏、漱口水、下水道清洁剂和家用漂白剂都是你需要的东西，而且是大量需要。细菌不仅导致许多疾病，还会造成譬如口臭等个人悲剧——"永远只是伴娘，从来当不上新娘"，广告哀叹道，因为这位衣装靓丽、满面愁容的可爱淑女有口臭——还有体味。太糟糕了！这比疾病更惨！从二十世纪四十年代来到了五十年代，青春期席卷而至，我们时常闻闻自己腋下，把照看小孩赚来的钱投在除臭剂和花香型古龙水上，因为哪怕你最好的朋友也不会提醒你有体味。

然后还有脚的问题。能对脚做什么呢？可以涂抹各种粉末。但是，从

---

1 "送面包工""送奶工"和"邮递员"这三个单词后缀都是"men"。
2 杀菌消毒家居清洁品牌，已有130余年的历史。

教室里总体上的气味来判断,也是不怎么涂抹。

最糟糕的是,造成所有这些疾病,更别提臭味的讨厌病菌,居然隐匿无形。没有什么比看不见的敌人更可怕了。

不可见的敌人,由来已久。一六九三年,新英格兰地区的宗教领袖科顿·马瑟出版了《无形世界的奇迹》,辩解他为何相信世间存在巫术与魔鬼。十七世纪结束后不久,他还支持在新英格兰地区引入预防天花的牛痘接种。魔鬼=不可见。造成天花的原因=不可见。一切都相互吻合!接种差点让他被处以私刑,因为这需要将感染后痘痕中的浆液涂抹到你手臂的切口上,这在当时对他的同胞来说太过于反直觉了。

继接种之后,最终迎来了疫苗注射,然后人们又开始寻找并辨识导致各种困扰人类的致命疾病的病原体。显微镜使许多事情开始有可能实现,常见疾病的疫苗一个接一个地被研制了出来。人们出生在一个感觉远离细菌的安全世界,或者至少比以往任何时候都要安全得多。新生世代不再认为患上一些疾病是理所当然的事,而是认为自己可以免于感染。后来,艾滋病的出现动摇了人们的信心,但也只是一时的。治疗方法研制出来了,生命得以延长,这种危险也淡化到了背景噪声的程度。

但从长远来看,瘟疫一直是人类历史上反复出现的要素。细菌和病毒杀死的人比战争多得多。黑死病在欧洲的致死率估计达50%;欧洲人将病原体带到美洲,当地原住民对此毫无免疫力,死亡率估计在80%至90%。数以百万计的人死于西班牙流感。从病毒或细菌的角度来看,你并不是什么拥有难忘人生故事的迷人个体。你不过是一个潜在的基体,微生物可以通过你制造出更多的微生物来。

在疫病大流行的间歇,我们会认为一切都结束了。传染病学家从来不这么想。他们总是在等待下一次大流行的到来。

二〇〇三年,我出版了《羚羊与秧鸡》,该书围绕一场致命的大范围流行病而展开,虽然那是人为造成的大流行。(从某种意义上说,所有的疫病都是人为的:如果我们不驯养动物,不吃某些种类的野生动物,我们感染新的、跨物种传播的病毒的几率会大大降低。)

我注定要写这样一本书吗?有可能。我父母都经历过一九一九年的西班牙流感，他们对那场流感的记忆依然清晰。二十世纪五十年代，我该做高中作业的时候，我在读科幻小说，比如 H. G. 威尔斯的《世界大战》，书中入侵地球的火星人不是被战争打败的，而是被地球上的微生物打败的，他们对这些细菌没有免疫力。要么我在读幻想小说，比如 T. H. 怀特的《石中剑》，书中好巫师梅林在一场变身战中化身为许多致病细菌，打倒了米姆的恶龙，由此击败了坏女巫米姆夫人。同时，我还在读汉斯·辛瑟尔讲述疾病暴发如何影响我们的经典作品《老鼠、虱子和历史》。

因此，我们学习拜伦的诗歌"西拿基立的覆亡"——诗中亚述军队一夜之间全军覆没，这时我没有问自己上帝派来了哪位天使。恰恰相反，我想知道是"哪种疾病"？当英格玛·伯格曼的经典电影《第七封印》在一九五八年登上加拿大银幕时，片中有一些黑死病的可怕场景，对此我早已做好准备。

《羚羊与秧鸡》没有招致生物学家的任何批评。他们没说我在犯傻，这种事情绝不可能发生。他们知道这种事可能会发生。因为，它已经以某种形式发生了。

所以，目前的大流行病开始之际，我的感受是，我们又赶上了：淹没在怀疑、无知与疑虑之中，被看不见的邪恶病菌团团包围，这些病菌可能埋伏在任何地方，只是这次它们不是图片里长着头角的小鬼，而是五颜六色、引人注目的簇状绒球。但就像科幻电影里那些乍看之下还挺可爱却能占据你身体的古怪玩意儿一样，这些绒球要了你的命。

怎么办呢？在我二〇〇八年出版的《偿还》一书中，我收集了黑死病出现时人们作出的六种反应。它们分别是：

1. 保护自己。

2. 放弃抵抗，尽情欢乐，这可能还包括醉酒和盗窃。

3. 帮助他人。

4. 指责别人。（麻风病人、吉卜赛人、女巫和犹太人都曾被指认为瘟疫传播的罪魁祸首）。

5. 见证历史。

6. 照常生活。

    这些选择不是非此即彼。我不建议采用第二条或第四条——放弃与指责于事无补——但是保护好自己，进而帮助别人，或者通过写日记来见证历史，又或是在网络支持系统的帮助下尽量照样过你的生活——这些在十四世纪无法实现的事，如今多少都有可能做到了。

    因此，在门上贴个虚拟的隔离标志，不要让陌生人进来，把自己当作一个潜在的疫病传播媒介，多看几遍电影《天外魔花》或《第七封印》。拿出剪刀和浆糊，无论是实体的还是虚拟的，或者笔和纸，全都可以。如果你自己没有生病，这场大流行病可能给了你一份礼物！那就是时间。你是不是一直想写本小说或者学跳木屐舞？现在机会来了。

    要树立信心！人类过去就经历过这种情况。最终都会翻篇。我们只需要挺过"之前"和"之后"中间的这段日子。小说家们都知道，中间部分最难弄，但还是可以搞定的。

《同仁》

(2020)

一九六一年秋，我二十一岁，以研究生的身份进入哈佛大学拉德克利夫学院。我在那里到底是要做什么呢？我又不想当教授；我想当作家。但人人都知道你没法靠写作养活自己，于是我套上粗花呢衣服[1]，开始提升学历。一位男性诗人跟我说过，你必须实打实当过卡车司机，才能理解生活，但那对我来说不太现实，所以想来也只能是去教书了。

我住在阿庇亚大道一处三层楼高的女研究生宿舍，这座木头房子是个庞然大物，后来被我拿来用作《使女的故事》中大主教住宅的准模型。"公猫们"蹑足潜踪，四下窥探，如同附着在鲸鱼身上的藤壶般装点着这栋宿舍楼。你在写字桌前一抬起头，可能会看到一双男人的脚，就在你窗台外面。这里有一部公用电话，任何来电都可能对你说下流话。这些殷勤关注在当局看来就像蚊蚋一样，都是微不足道的小烦小扰。你应该视而不见。

有很多事情你都应该视而不见。英语系原则上不雇用女性，尽管英语系非常乐意教女学生；但在文明人的场合不会提到此事。当时盛行的观点是，予以女性足够的教育，使她们能与丈夫的生意伙伴进行聪明有才智的交谈，这值得称道；但一超出这个范畴，就会令她们变得"神经质"。（弗洛伊德对二十世纪五十年代把妇女禁锢在家庭与身体里的做法有着巨大的影响，"神经质"近似于"麻风病"。）

因此，从定义上而言，女研究生是神经质的，她们勉强获准留在哈佛大学。实际上，女性也是勉强获准参与美国的公共生活。二十世纪五十年代，妇女以多种方式受到告诫，说如今她们只是辅助性角色。她们得舍弃

"女铆钉工罗茜"的战时工作服和独立的收入,表现得像露西尔·鲍尔[2]一样无助而又可爱,要生儿育女,放弃思考,对丈夫百依百顺,这样才能彰显她们的女性气质。不想成为一流成功人士的男人是失败的男人,而想成为一流成功人士的女人是失败的女人。情况就是这样。

这类洗脑对于我之前的那一代人影响最大——那些在二十世纪五十年代成为年轻母亲的人。我的同龄人躲过了这一劫,大家在少年时玩摇滚乐,而后更狂放不羁的那些人又经常出没于以民谣和诗歌为特色的咖啡馆。对于我们这些人当中的女性而言,做家庭主妇并非我们无可避免的命运。相反,我们可以自由恋爱,可以专注艺术创造——尽管不知何故,你不可能既当家庭主妇又当专注的艺术家。或者你可以吗?这一特定的叙事处于不断变化之中。

就在这个当口,二十世纪五十年代那种对妇女的死板看法开始有所松动,拉德克利夫学院院长玛丽·英格拉姆·邦廷建立起了拉德克利夫独立研究所。该研究所的目标群体是那些因婚姻和孩子导致事业受阻的天才女性,她们可能会受益于生活与工作的重新调整。这个研究所——邦廷称之为"我的棘手实验"——将给这些女性若干时间、一点资金和一个属于她们自己的房间。最重要的是,它将给予她们彼此:能够理解她们所面临的问题并且认真以待的同仁。

《同仁》引人入胜地讲述了这场棘手实验的故事。一九六一年九月,研究所迎来了第一批二十三名研究员。当时期望值很低,住宿条件也比较简陋。没有人预料到,这次低调的尝试即将成为排山倒海般的第二波女性运动的重要发源地,而该运动在二十世纪六十年代末迅猛地涌入了公众视野。

这本书读起来就像一部小说,而且是一部激动人心的小说:人物包括

1　在美国,粗花呢属于相当随意的衣服,不会过时,也不时髦,教授可以穿着去上课,但律师不太会穿着去办案。
2　露西尔·鲍尔是美国著名喜剧女演员,一生活跃于电影、电视、舞台等各类媒体。

西尔维娅·普拉斯与安妮·塞克斯顿[1]，她们都成为了她们所属时代的重要作家，也都死于自杀；玛克辛·库敏，一路走来终获普利策奖；罗伯特·洛威尔[2]，他教过普拉斯和塞克斯顿，早已被誉为自白派诗歌的奠基人；蒂莉·奥尔森[3]，她在研究所的那段生涯蜕变为她最知名的作品《沉默》——讲述有碍女性创作的种种阻力；还有贝蒂·弗里丹，不久后出版了《女性的奥秘》，激励了大量不满于现状的女性——这些女性曾努力成为斯特福德式的妻子但终究还是不成。

有谁知道弗里丹和邦廷曾合作过？弗里丹参与了研究所的规划，邦廷则帮助弗里丹演绎《女性的奥秘》，尽管最终看来邦廷对弗里丹来说过于彬彬有礼，而弗里丹对邦廷来说太招摇喧闹了。前者希望重新布置家具，后者则差点想放火烧掉房子。

邦廷夫人是如何得到哈佛大学老男孩精英俱乐部[4]勉强首肯的呢？简而言之：她熟悉这片领地，而且像塞壬一样，知道该唱什么歌。冷战拓展到太空领域了，苏联正在从智力上超越美国，部分原因是他们征召了有才能的女性的力量。难道美国不应该动员起自己国家的聪明女性吗？给二十几名妇女一点钱，提供办公场所，听起来可能算不上什么动员，但事实证明，她们引发了连锁反应。

研究所的第一批研究员必须面对自己的双重身份。她们是家庭主妇，因此不受待见，但她们又是才华横溢、发表过作品的诗人、小说家、获得认可的画家、雕塑家。男人可以既是天才又反复无常，却依然备受尊敬，就像罗伯特·洛威尔那样；但是对于女人来说，"天才"很可能被解读为

1　美国著名自白派女诗人，现代妇女解放运动的先驱之一。生前曾患有精神病，诗歌创作起初是心理医师教给她的一种精神康复手段。她的诗作敏锐、坦诚、有力，充满不可思议的视野和意象。

2　又译为罗伯特·洛厄尔，美国诗人，以高超复杂的抒情诗、丰富的语言运用及社会批评而著称。

3　美国活动家、作家，同时也是共产主义者、女权主义者，终生关注平民阶级和妇女问题。

4　即哈佛大学内具有权势与影响力的男性关系网。

"疯子"和"坏母亲"——一个比"坏父亲"更具毁灭性的标签。《同仁》探讨了在这一代承前启后的女性身上产生作用的矛盾力量：对于五十年代的玩偶之家来说，她们太有活力、过于雄心勃勃，但对于七十年代狂飙突进的女权运动来说，她们又赶早了。

《同仁》深入研究了这些女性的复杂人生。玛吉·多尔蒂借助信件、当时记录的材料、访谈与传记，探索她们之间的友谊、竞争与嫉妒，她们的婚姻、危机、焦虑与恐惧，以及她欣喜与成功的时刻。塞克斯顿和她的同辈诗人库敏之间的关系尤为感人，尽管这最终也未能将塞克斯顿挽留在人间。

多尔蒂呈现了这一初始实验的激情和纠葛，但她也没有避而不谈其局限性。随着她追踪故事在六十年代的发展，她将艾丽斯·沃克及其代表黑人妇女的"女性主义"活动也包含在内，而后者面临的问题与研究所中占绝对多数的中产阶级白人妇女的问题截然不同：弗里丹所谴责的女性奥秘从未适用于她们。奥尔森，作为工人阶级的共产主义者，则又是不同类型的局外人。

这个群体中的大多数人都不算是上世纪六十年代末出现的那种"女性主义者"。虽然她们的工作被后来的鼓动者接棒了，但她们想成为艺术家，而不是活动家。这十年一路前行，随着民权运动、反战抗议和女同性恋运动的兴起，分歧开始出现了——不仅是新的、不同形式的女性主义之间的分歧，还有昔日在研究所内结识的亲密朋友之间产生的嫌隙。"我们诗人年轻时以欢愉开张，"华兹华斯说，"然而到头来总是变成沮丧和癫狂。"[1] 一些人癫狂了，而另一些人沮丧了。那些早年的希冀、那些心灵契合犹如双胞姐妹的友谊都上哪儿去了？

《同仁》透过研究所的这一视角，对那十年进行了细致入微、深思熟虑而又不失活力的描绘。多尔蒂竭尽所能，要让读者了解这些女性所处的物质、精神与思想境遇——在这种种境况下，她们奋力界定自我，积极传递自己的艺术。过去永远是另一个国度，但我们可以作为观光客前去游览，

---

[1] 出自华兹华斯《决心与自立》一诗，此处引文使用黄杲炘译本。

而这样一本全面的指南对于我们这些游客大有益助。

多尔蒂在书末就那个时代与当今时代进行了比较。对女性而言，这六十多年来，发生了哪些改变，哪些依然照旧，哪些变得更糟了？所有的奋斗、忧虑和创作纷扰全都白费了吗？她不这么认为，我也不这么想。我曾经生活在那个遥远的国度，感谢《同仁》作者的提醒，我是绝不想再回去了。

《形影不离》
序言
（2020）

得知西蒙娜·德·波伏娃，第二波女性主义运动的祖母，写过一部从未出版的小说，真是让人欣喜若狂！小说的法语标题为 Les Inseparables，即《形影不离》，《书商》杂志称其为"饱含情感、洞彻纤毫地讲述了两个叛逆的年轻女性之间热情激昂的友谊"的故事。我当然想拜读这本书，但这时候我收到了为其英译本作序的邀请。

我的第一反应是惶恐。这是一种心理回归：我年轻时可惧怕西蒙娜·德·波伏娃了。我是上世纪五十年代末、六十年代初上的大学，那时候，在身穿黑色高领毛衣、画着浓重眼线的文艺行家之中——必须承认，这在当时的多伦多并不多见——法国存在主义者被当作神来崇拜。加缪多受人尊敬啊！我们如饥似渴地阅读他那些冷峻严肃的小说！贝克特多让人崇拜啊！他的戏剧，尤其是《等待戈多》，是大学戏剧社的最爱。尤内斯库和荒诞派戏剧多令人费解啊！但他的戏剧也经常在我们的群体中排演。（而且有些剧作，譬如《犀牛》——法西斯统治的隐喻——变得越发契合当下的氛围）。

萨特，聪明得让人难以捉摸，虽然不是你们所说的精明。谁没有引用过"他人即地狱"？我们是否认识到，其推论结果必然是"孤独即天堂"？不，我们没有。我们是否原谅了他这么多年来对斯大林主义的奉承？是的，我们原谅了，或多或少都原谅了，因为他谴责了一九五六年对匈牙利的干涉，并为亨利·阿莱格讲述他在阿尔及利亚战争期间遭受法军残酷折磨的《审问》（1958 年）写了一篇热血沸腾的序言——《审问》一书在法国遭到了政府封禁，但在我们这个"穷乡僻壤"可以买到，我是一九六一年读的。

然而在所有这些令人生畏的存在主义大家中，只有一位女性：西蒙娜·德·波伏娃。我想，她肯定强悍到了可怕的地步，才能在智力超群、意志坚毅的巴黎奥林匹斯山诸神当中屹立不倒！那个时候，那些渴望摆脱既定性别角色限制的女性，觉得她们必须表现得像大男人一样——言行冷漠，公开彰显利己之心——与此同时又占据主动权，甚至是性的主动权。这里来一句妙语，那里拍走一只不老实的手，一次漫不经心的风流韵事，或两次，或二十次，然后再抽支烟，就像电影里那样……我永远也不可能做到这一点，大学辩论社的要求也没多高，我就已经焦头烂额了。此外，吸烟会让我咳嗽。至于那些耐穿又带垫肩的过气的战时西装，要是只为了在咖啡馆的桌子旁坐上一坐，那花费的代价实在太高了。

为什么西蒙娜·德·波伏娃让我如此胆战心惊？你们问得倒轻巧：你们得益于遥遥观望——死者天生没有活人可怕，尤其如果他们被传记作家降低了威望，那更是容易时刻留意到他们的缺点——而对我来说，波伏娃是与自己同一时代的一位伟人。这头是二十岁的我，在偏僻的多伦多，梦想着跑到巴黎，一边当女招待打工，一边在阁楼创作佳作；而另一头，那些存在主义者，在蒙帕纳斯的多姆咖啡馆里谈笑风生，成为众人瞩目的焦点，为《现代》杂志撰稿，对我这种没个性没声响的鼠辈嗤之以鼻。我能够想象他们会怎么说。"平庸小民"，他们可能会这样开口，一边还弹落手上吉卜赛女郎牌香烟的烟灰。更糟的是，加拿大人。"几亩积雪"，他们会引用伏尔泰的话。再低一级的是来自边远蛮荒林区的加拿大人。而来自边远蛮荒林区的加拿大人中最要命的那种：讲英语的。不屑一顾的藐视！通达谙练的鄙夷！没有哪种势利能比得上法国人的势利，尤其是法国左派的势利。（此处说的是二十世纪中期的左派，我相信现在不会发生这样的事情）。

但后来我年长了几岁，当真去了巴黎，在那里并没有遭到存在主义者的厌弃——我根本找不到存在主义者，因为我没钱在巴黎的咖啡馆吃饭——不久之后，我到了温哥华，终于把《第二性》从头到尾读了一遍，在洗手间里读的，这样就不会有人看到我在读这书。（那是一九六四年，第二波女性主义运动还没有抵达北美腹地)。

这个时候,我的恐惧有几分给怜悯取而代之了。年轻的西蒙娜接受的教育是那么严格。身体受到监督,穿镶褶边的少女服装,社交行为规定严苛,她得感到多拘束啊。看来,身为加拿大边远蛮荒林区的女孩还是有好处的:没有挑剔的修女,也没有苛刻要求一套又一套的上流社会亲戚,我可以穿着长裤到处跑——考虑到有蚊子,穿长裤比穿裙子要好——划划自己的独木舟;一上了高中,还可以参加校园舞会,和名声不怎么样的男朋友嬉耍欢闹着去看汽车电影。这种无拘无束、毫不淑女的行为,是绝不允许出现在年轻的西蒙娜身上的。严格要求是为了她好,或者人家会这么跟她说。如果违反了所在阶级的规则,等待她的将是毁灭,而她的家族也将蒙羞。

值得一提的是,法国直到一九四四年才赋予女性投票权,而且还是通过戴高乐在流亡期间签署的一项法律才得以实现。这比绝大多数加拿大女性获得同样的权利晚了将近二十五年。因此,波伏娃在成长过程中听到的都是,女性实际上不配在国家公共生活中拥有发言权。她到三十六岁才可以投票,而且只是在理论上可以,因为德国人当时仍然控制着法国。

二十世纪二十年代,西蒙娜·德·波伏娃成年之后,便对束缚她的身世予以强烈反应。我,一个没有受到那么多束缚的人,并不觉得《第二性》中描述的情形适用于所有女性。当然,书中的一些内容在我看来千真万确,虽然不是全部。

此外,还有代沟的问题:我生于一九三九年,而西蒙娜·德·波伏娃生于一九〇八年,比我母亲还年长一岁。她们是同一辈人,虽然所处的环境大相径庭。我母亲在新斯科舍省的乡村长大,是个假小子,喜欢骑马,还擅长速滑。(试着想象一下西蒙娜·德·波伏娃在速滑的景象,你就会明白其中的差别)。两人都在童年经历了第一次世界大战,成年后又经历了第二次世界大战,尽管法国处于这两次大战的中心,而加拿大从未被轰炸,也没有被占领——虽说其战时军事损失较之于人口数量来说严重得不成比例。我们在波伏娃身上看到的坚硬、冷峻和面对生存丑恶毫无畏缩的凝视,都与法国遭受的苦难不无关系。经受过这两场大战,以及战争期间的物资匮乏、危险境地、焦虑情绪、政治内讧与背叛：那段穿越地狱的旅程是要让人付出代价的。

因此，我的母亲没有那种冷峻的目光，而有一种乐呵开朗、卷起袖子就干、不抱怨的务实作派——这对于任何一个上世纪中叶的巴黎人来说都会显得幼稚得令人恼火。被生存的压迫感压垮了？面对西西弗斯每天都得推上山去的巨石，只能听任它再次滚落下山吗？苦恼于正义和自由之间的存在主义的张力？是力求内心的真实，还是寻求意义？发愁要和多少个男人上床，才能从此抹去你身上中产阶级特权的污点？"趁着空气新鲜出去走走吧，"我母亲会说，"你会感觉好很多。"当我变得过于书呆子气和/或阴郁乖戾的时候，这是她给我的建议。

我母亲不见得对《第二性》中较为抽象和哲学思辨的部分感兴趣，但我估计她会为西蒙娜·德·波伏娃的其他作品着迷。隔着这段距离来看，有理由说波伏娃最鲜活、最贴近自身的作品直接源于她自己的经历。她一次又一次地感觉到被拉回童年、少年、青年时代——探索她自己的成长、她复杂的情感、她当时的感知。最知名的例子可能是她自传的第一卷《端方淑女》(1958)，但同样的素材也出现在短篇与长篇小说中。她在某种意义上让自己给困住了。从黑暗的楼梯上势不可当走过来的无形而又沉重的脚步声是谁的？往往都是她自己的。那幽灵——她从前的自我或是若干个自我——始终未曾离开。

而现在，我们或多或少算是找到了源头：直到如今才出版的《形影不离》。它叙述了或许是波伏娃一生中对其影响最大的一件事：她与"扎扎"——小说中的安德蕾——两人之间的关系，这段层层叠叠、情逾骨肉的友谊随着扎扎悲哀的早逝而终结。

波伏娃在一九五四年写了这本书，也就是在《第二性》出版五年之后，但她犯了一个错误：把它拿给萨特看了。他用政治标准来评判大多数作品，因而无法理解该书的意义；对于一个唯物的马克思主义者来说，这本书很奇特，因为它真切地描述了两个年轻女性角色的身体和社会状况。在那个时候，唯一受到正待的生产方式是工业和农业，而非妇女无偿且被低估的劳动。萨特认为这部作品不足挂齿。波伏娃在她的回忆录中谈到这部书说它"似乎缺乏内在必要性,未能引起读者的兴趣"。这看来像是萨特的原话,而当时波伏娃看来也同意这一说法。

哎呀,亲爱的读者,萨特先生错了,至少从你这位亲爱的读者的角度来看。我想,如果你热衷于诸如"人类的完善"和"绝对的正义与平等"等抽象概念,就不会怎么喜欢小说,因为所有的小说都是关于个体之人及其处境;你尤其不会喜欢你的爱人所写的、讲述你出现在她的人生之前故事的小说,而且小说的另一主角偏巧还是女性,她至关重要,才华横溢,深受爱慕。布尔乔亚少女的内心生活?多么微不足道。呸。别再这么小情小调啦,西蒙娜。把你训练有素的头脑转向更严肃的事情吧。

可是啊,萨特先生,我们站在二十一世纪回应,这些都是严肃的事情。如果没有扎扎,如果她俩之间不曾对彼此深情付出,如果扎扎没有鼓励波伏娃的求知抱负与她挣脱时代流俗的愿望,如果西蒙娜·德·波伏娃就扎扎的家庭和她所处的社会对其作为女人所寄予的沉重不堪的期望没有什么看法——在波伏娃看来,这些期望简直是在榨取扎扎的生命,尽管她有想法,有力量,有头脑,有决断——那么还会有《第二性》吗?如果没有这部关键的著作,我们还会再错失些什么呢?

此外,当今世界上生活着多少个版本的扎扎?她们聪明、有才华、有能力,有些人遭到她们自己国家的法律压迫,另一些人身处据说更为两性平等的国家却遭受贫穷与歧视的折磨。《形影不离》有其特定的时间与地点——所有小说都是如此——但它也超越了自己的时空。

读这本书吧,尽情哭泣吧,亲爱的读者。作者自己一开始也流泪了:故事就是这样开始的,从哭泣开始。尽管波伏娃外表冷峻,但她内心似乎从未停止过哭泣,因为失去了扎扎。也许她如此勤奋地工作,成为后来的她,那就是一种纪念:波伏娃必须竭尽全力表达自己,因为扎扎没有这样的机会了。

《我们》
序言
（2020）

直到上世纪九十年代，我才读到叶甫盖尼·扎米亚京的不凡之作《我们》，那是在我写完《使女的故事》多年以后了。这么一部二十世纪最重要的反乌托邦作品，它还对乔治·奥威尔的《一九八四》产生了直接影响——而后者又直接影响了我，我怎么就错过了呢？

我早前错过了它，也许是因为我是奥威尔的读者而非研究奥威尔的学者，是科幻小说读者而非研究科幻小说的学者。当我最终读到《我们》时，我被深深地震撼了。而今，再次阅读贝拉·沙耶维奇这部行文严谨的全新译本，我再度为之惊叹不已。

《我们》中的许多内容似乎具有预见性：试图将所有公民与国家融为一体从而废除作为个体之人的尝试；迷人的粉红色招风耳微微颤抖着，监听每一句话，以此在一定程度上实现对于几乎所有举动和思想的监视；"清算"异见者——在列宁一九一八年的文章中，"清算"是个比喻，但在《我们》中这是字面意思，因为那些被清算者当真变成了液体[1]；修建边境墙，不仅是为了防止入侵，也是为了把公民关在里面；创造出一个老大哥式的造福主，他充满传奇色彩，无所不知，无所不能，但也许无非是一个镜像或幻影罢了——所有这些细节全都预示着未来的事情。同样对将来有所预示的还有字母和数字而非人名的使用：那时，希特勒的灭绝集中营还没有把数字烙印在营员身上，而我们这个时代的人也尚未成为算法的素材。个人崇拜还没有建立起来，柏林墙是几十年后才有的事情，电子窃听也没有发展起来——然而，在《我们》中，后来的政权和监控资本主义[2]的总体计划，仿佛蓝图一般已经被描绘了出来。

扎米亚京一九二〇至一九二一年创作《我们》时，布尔什维克主导的十月革命之后的内战仍在持续。扎米亚京本人在一九〇五年之前就已经是该运动的成员了，是一个老布尔什维克（这个团体在二十世纪三十年代遭到清算，因为他们坚持最初的民主-共产主义理想，不愿追随专制统治）——布尔什维克在内战中日渐获胜，但扎米亚京并不喜欢事情的走向。原有的公社委员会正逐渐沦为权力精英的橡皮图章，这些精英出现在列宁领导之下，又经斯大林得以巩固。这是平等吗？这是党在早年浪漫十足地提出的个人天赋和才能的绽放吗？

在一九二一年的文章《我害怕》中，扎米亚京写道："真正的文学，唯有创作于疯子、隐士、异教徒、梦想家、反叛者和怀疑者之手，而非勤勉可靠的官员之手，方能存在。"在这一点上，正如革命本身一样，他也是浪漫主义运动之子。但"勤勉可靠的官员"在目睹了当时的风向后，早已忙于审查、颁布法令去限定属意的主题与风格、薅除非正统的杂草。在高压统治下，这始终是一种危险的做法，因为在独裁者眨眼之间，杂草与鲜花就可能互换了位置。

某种程度上，《我们》可以被视作一个乌托邦："大一统国"追求的目标在于普世的幸福，它主张，既然你无法既幸福又自由，那么自由就得消失。人们在十九世纪为之小题大做的"权利"（现在他们继续为之小题大作）被视作荒谬至极：如果"大一统国"对于一切尽在掌握之中，并且为了每个人所能获得的最大幸福而行事，那么谁还需要权利呢？

《我们》沿袭自一系列十九世纪乌托邦作品，它们也都提出了实现普世幸福的秘方。十九世纪出现了许多乌托邦文学作品，数量多到吉尔伯特和

---

[1] 原文使用"liquidation"表示清算；作者所说的"变成了液体""字面意思"，意指该词中的"liquid"部分，即词根"液体"。

[2] 哈佛大学商学院教授肖莎娜·祖博夫于2019年出版《监控资本主义时代》一书，认为目前人类处于监控资本主义时代，大型科技公司主导资本主义社会而重新构筑权力体系。

沙利文由此共同创作出一部戏仿乌托邦的歌剧，名为《乌托邦有限公司》。这些作品中尤为亮眼的包括布尔沃·李顿的《即临之族》（一支生活在挪威地下的优越的人类种族，拥有先进的技术，长着可充气的翅膀，理性高于激情，女性比男性个头更高、身体更壮）；威廉·莫里斯的《乌有乡消息》（实行社会主义与人人平等，艺术和手工艺至上，身着精美服饰，每位女性都是前拉斐尔派的绝色佳人）；以及 W. H. 赫德森的《水晶时代》，书中人们不仅拥有美丽的容貌和精美的服饰，并且像震颤派教徒一样，因对性毫无兴趣而感到快乐。

十九世纪后期，人们十分关注"女性问题"与"新女性"，没有一个乌托邦——后来也再没有一个反乌托邦——能够沉得住气不去修补现有的两性观念。苏联也不例外。苏联在早期也曾尝试废除家庭，集体抚养孩子，允许快速离婚，并在一些城市裁定妇女若拒绝与男共产党员发生性关系是一种犯罪（想得美，伙计们！），这些尝试造成极度荒唐和混乱的苦难，于是当权者在上世纪三十年代又愤怒地将一切变了回去。

但扎米亚京写作时还处于较早的酝酿时期，《我们》所讽刺的正是这一连串态度与政策。人们住在不折不扣的玻璃房子里，一举一动都是透明的，但在性生活日他们会适度放下幔帘；根据规定，性生活日需提前用粉红色的票据预订，并交由每栋公寓楼门厅里的一位老妇人及时记录。尽管人人都有性生活，但只有符合一定生理条件的妇女获准生育：优生学在当时被认为是"进步的"。

和杰克·伦敦一九〇八年的小说《铁蹄》——一个希望实现乌托邦未来的反乌托邦——以及奥威尔的《一九八四》中一样，《我们》中的女性也是异见的驱动力。男主人公 D-503 起初是大一统国的忠实成员，正准备着向宇宙发射火箭，志在与未知的世界分享大一统国关于完美幸福的秘方。反乌托邦人物往往都喜欢写日记，D-503 是为了广袤宇宙而写。但很快小说情节就变得复杂起来，D-503 的文章也是如此。在其日记较为惊悚的片刻，他是否借鉴了爱伦·坡，或者德国的哥特式浪漫派，或者波德莱尔？很有可能。或者是小说作者自己在借鉴。

造成这种情绪混乱的原因在于性。要是 D-503 严格遵照他原本预订的性约会和粉红小票就好了！但他做不到。I-330出现了，一个外表棱角分明、暗中我行我素的放荡不羁之人，同时也是好酒贪杯的异见者，她在秘密爱巢中诱惑他，引导他去质疑大一统国。她与O-90形成鲜明对比，O-90是一个圆润、顺从的女人，因为个子太矮而被禁止生育，她是D-503登记过的粉红票据性伙伴。O可以代表象征完整和充实的一个圆，也可以代表一个空洞的零，扎米亚京同时选用了这两种含义。起初，我们认为O-90无足轻重，但当她不顾官方的否决而怀上孩子时，她着实打破了我们的预见。

关于"我"文化与"我们"文化之间的区别，大家已经写过很多了。在诸如美国这样的"我"文化当中，个性与个人选择几乎成为一种宗教。这并非偶然。美国由清教徒一手创立，在新教中，重要的是个人的灵魂与上帝面对面，而不是隶属于一个普世教会。清教徒都是写日记的能手，记录精神生活的点点滴滴；要做到这些，你得相信你的灵魂具有很高的价值。"找到你的声音"是北美写作学校的一句口号，那意味着你独一无二的声音。"言论自由"则意指你可以说你想说的任何话。

相反，在"我们"文化中，你为什么需要这种声音？归属于群体才是价值所在：一个人应该为增进社会和谐而行事。"言论自由"意味着你想说什么就说什么，但你的喜好自然要受制于对他人可能产生的影响，那么谁来决定什么可以说呢？"我们"来决定。但什么时候"我们"会变成暴民？D-503描述的所有人都步调一致地出来散步，那是美梦还是噩梦？如此和谐、如此统一的"我们"什么时候变成一场纳粹的集会？这就是今天我们身陷其中的文化交锋。

任何人肯定都是两者兼而有之：一个独特、个体的"我"，以及一个作为家庭、国家、文化中的一分子的"我们"。在最理想的情况下，"我们"——作为群体——尊重"我"的独特性，而"我"通过与他人之间的关系认识了解自己。如果这种平衡得到理解和尊重——我们只是天真地这样相信——就用不着起冲突。

但大一统国打破了这一平衡：它试图抹杀"我"，而"我"却顽固地活了下来。可怜的D-503遭受折磨。D-503同他自己的争辩即是扎米亚京同顺从与噤声之间的争执。十九世纪的乌托邦所提出的、政党自身所主张的所谓光明前景到底发生了什么事？出了什么大问题？

奥威尔写《一九八四》时，苏联的清洗和清算已经发生，希特勒已然来了又走，一个人在酷刑之下会被摧残、扭曲到什么程度也已是众所周知，所以奥威尔描绘的景象要比扎米亚京的黑暗得多。扎米亚京的两位女主人公都是坚定的，如同杰克·伦敦笔下的女主人公，而奥威尔塑造的朱莉娅几乎立刻就投降和背叛了。扎米亚京的 S-4711 角色是一名秘密特工，但他的编号泄露了他的另一个自我：4711 是一款古龙水的名字，原产自德国科隆，这座城市在一二八八年成功进行了一场反对教会和政府当局的民主起义，由此成为一个帝国自由城市[1]。是的，S-4711 实际上是一个异见者，一心想要造反。而在《一九八四》中，奥布莱恩假装是一个异见者，实际上却是一名国家警察。

扎米亚京提供了逃脱的可能性：高墙之外是一个自然世界，那里有自由的"野蛮人"，身上覆盖着——会是皮毛吗？对奥威尔而言，在《一九八四》的世界里，没有人能够离开，尽管他确实给予了一个遥远的未来，那时专制压迫的社会将不复存在。

《我们》创作于一个特殊的历史时刻——在政党承诺的乌托邦正逐渐蜕变为反乌托邦之际；这时候，打着让所有人都幸福的旗号，异端分子将被指控犯有思想罪，与专制者的意见相左将等同于对革命不忠，作秀公审将会激增，清算将成为司空见惯的事。扎米亚京怎么能把未来看得如此清楚？当然，他并没有预见未来。他看到的是当下，以及已经潜伏在其阴影之下的事物。

"人走什么样的路就预示着有什么样的下场，如果固执己见，结局必然如此，"埃比尼泽·史高治在《圣诞颂歌》中说，"但是，如果走的路变了，那么结局也会改变。"《我们》是对于它所处的那个时空的警告——一个无人留意的警告，因为人们没有听见："勤勉可靠的官员"以及他们对

---

[1] 帝国自由城市是神圣罗马帝国中的一种特殊行政区划，直辖于神圣罗马帝国皇帝，不被任何一个帝国贵族管辖，拥有许多自由和特权。

扎米亚京的审查已经把它给处理掉了。走的路并没有变。数以百万计的人死去了。

在我们这个时代，它是否也是对我们的一个警告？倘若如此，是什么样的警告呢？我们听见了吗？

《证言》创作谈

（2020）

大家好！很荣幸受邀来做今年的贝尔·范·祖伊伦讲座[1]。实在抱歉我无法亲临现场，但这些日子我们都是迫不得已，我也只能利用现有条件勉强应对了。只希望你们不会觉得太过无聊，因为看着别人在屏幕上高谈阔论很是心累，不过在这种情况下我会尽力而为。

所谓"在这种情况下"——无论何人、何地，都受到一个因素的制约：那就是环境[2]。对于贝尔·范·祖伊伦的了解使我认识到她真是一位具有女性信念的非凡人物，也认识到她是如何受到环境的塑造影响。若非出生在一个富裕的贵族家庭，她就没有机会接受教育；倘若没有接受教育，她就不会成为一名作家，也不会熟识十八世纪后期启蒙运动中的一众智者；她的观点也不可能开明自由（取自由一词原先的含义），也就不会对欧洲贵族中较为倒退的做法持批评态度，更不会总体而言赞成法国大革命时期的改革。

但是假如她在那场大革命期间、尤其是人头纷纷落地的恐怖统治时期待在法国，那她自己很可能也脑袋不保；出身富裕的贵族家庭，接受过广博的教育，还经由婚姻以伊莎贝尔·德·夏里埃之名为世人所知——一个绝对的上层阶级姓氏——这差不多就相当于被判处了死刑。她的开明观点也救不了她：奥兰普·德古热，《女权宣言》（1791）的作者，由于为妇女争取一小部分权利——即男性革命者在一七八九年为他们自己所争取的那些权利——最终被控煽动与叛国罪，被送上断头台砍了头。

德古热死后还被用来警示其他女性——"放肆的奥兰普·德古热，第一个成立妇女政治俱乐部的女人,抛弃了自己家庭的职责,插手共和国事务,她的脑袋滚落在法律的复仇之刃下",仿佛一个男人一边对着一群不服管教的妇女叨叨说教,一边啧啧咂嘴表示不满。事实上,奥兰普·德古热并没有成立任何妇女政治俱乐部,只是别人在她死后受其启发创立了那些俱乐部;但事关党争,又居于道德恐慌的重压之下,坚持真相务必分毫不差会被视为迂腐。放肆[3]是此处的关键词:它源自拉丁语"pudere",意为羞耻,所以还有无耻、自大之意——这些词几乎总是用在女人而非男人身上。德古热女士的要求被视为自大而无耻,就像一件明目张胆、袒胸露背的衣服;整个十九世纪,每当厚颜无耻的妇女举手支持更大限度的平等时,这类言辞就会不绝于耳。

为什么会有这样的逆流?唉,让·雅克·卢梭——法国大革命的思想先驱之一,也是贝尔·范·祖伊伦熟读其作的作者——对于妇女所秉持的看法是要将她们限制在家庭领域、服务于他人之需,这种看法放在纳粹德国恐怕也不会被视作不妥。因此,德古热女士稍微要求平等的主张会被视作破坏了革命自以为正在建立的美丽新世界的基础。尽管她们在革命期间发挥了关键作用,但在革命过后,需要妇女来生产和养育下一代法兰西共和国男性公民,而这就是她们的全部任务。于是,她掉了脑袋。(这一模式在俄国革命期间几乎被全盘复刻,实际上英国和北美在二战之后也是如此。谢谢你们的帮助,女士们,现在请你们回到自己的窝里去吧,就待在那里,因为那才是你们真正归属的地方。还有,请不要厚颜无耻。)

据说贝尔·范·祖伊伦曾说过,法国贵族没有从法国大革命当中学到任何教训,但她在瑞士认识的那些贵族政治难民至少学到了一件事:如果贵族的头颅在满地打滚,而你又恰好是个贵族,那就逃命吧!逃得越快越好!你的善意甚至善举——假设你有值得称颂的善意与善举——都拯救不

1　贝尔·范·祖伊伦,荷兰18世纪知名作家、剧作家,崇尚男女平等。荷兰乌得勒支大学于2005年设立贝尔·范·祖伊伦讲座,邀请各国文人名士发表年度演说,以宣扬祖伊伦的平等、解放理念。

2　这里的"环境"与前文的"情况"原文都是 circumstances。

3　原文此处为"impudent"一词。

了你，因为在这种时候，对你有利或不利的，不是你所以为的自己这一个体，甚至不是你坚信自己所行的善事。关键在于其他人——那些幕后操纵、落下刀锋的人——怎么看待你，而且将是"先判决，后裁定"——可参照《爱丽丝梦游奇境》中嗜血暴虐的红桃皇后——因为在任何一种道德恐慌之下，受到指控就意味着被定罪，然后遭到惩罚。事实不再重要，而司法程序，就算有的话，也变成了橡皮图章。这样的套路在人类历史上曾多次重演。出现危机之际，不管这危机是真实存在还是想象之中的，罪魁祸首——不管是真实存在还是想象之中的——都必须给揪出来一举消灭。

贝尔·范·祖伊伦还算幸运，在所有那些危险的喧嚣岁月里，她都身处瑞士。她死于一八〇五年，而就在此前一年，拿破仑自行加冕成为皇帝，由此废除了大革命所建立的共和国，并标志着启蒙运动理想的终结——至少是暂时终结了。拿破仑上台后，妇女权利方面的情形实际上每况愈下。革命后的政府将堕胎非刑罪化，但拿破仑又将其重新定罪了。他还将革命废除的奴隶制再次合法化，他的代理人在海地和瓜德罗普岛犯下了残忍的大规模暴行——这些暴行不亚于二十世纪发生的任何同类事件。

我很好奇，贝尔·范·祖伊伦在不得不听其言观其行的那一年里，是如何看待拿破仑的。她不会目睹他最可怕的一面——最大规模的屠杀和恐怖尚未发生——但看到自己的人道主义理想彻底崩塌，她想必非常气馁。

我一直对"历史的错误一边"这种说法持怀疑态度。历史并不沿着一条标识清晰的通向乌托邦黄金之城的单行道前进。它蜿蜒曲折，反反复复，很大程度上取决于环境。大步前进会以惊人的速度变成大举后退，一切取决于食物供应、疫病肆虐或贪婪暴君的权力欲望。历史不是神明，尽管在过去曾被各路派别奉为神明。历史只是人类的所作所为。"玛格丽特·阿特伍德是打哪儿想出这些奇奇怪怪的要命的事情的？"一位对《使女的故事》感到惊恐的读者在推特上哀怨地问道。但不是我想出了这些奇奇怪怪的要命的事情。是人类，他们想出了一大堆要命的事情，远比我写进《使女的故事》或《证言》中的要奇怪得多。小说家必须在恐怖方面有所收敛。如果他们把所有真实发生过的奇奇怪怪的要命的事情统统写进去，那么除了变态虐待狂，没有人能读得下去。

这便把我们带到了今天讲座的主题，也就是《证言》的创作上来。《证言》于二〇一九年九月出版，是我的小说《使女的故事》的续集。

我写《使女的故事》是在二十世纪八十年代初，当时右翼刚开始对早前的一些运动发起了反击。其中之一是大萧条时期制定的新政；新政之下，美国不仅在战前开始从大萧条当中复苏过来，并在四十年代末和五十年代迎来了战后的繁荣期，还出现了收入平衡化运动。不是收入相等，而是收入平衡[1]。里根时代开始翻转这一局面——取消监管，松开刹车，向上分配资金，而不是横向和向下分配。"涓滴效应"本应分享财富，但现实却并非如此。没有多少涓流，而是横亘着一座大坝。

这只是逆流的一个侧面。另一个侧面是宗教右派势力的崛起，他们决心扭转七十年代第二波女性运动所带来的变化；这些人尤其想要控制女性的身体。欢迎归来，拿破仑，以及其他一大帮想要这样干的人，包括罗马尼亚的尼古拉·齐奥塞斯库，他下令育龄妇女必须生育四个孩子，否则要说明原因，随之而来的是强制的每月孕检与处罚，导致众多女性自杀，孤儿院人满为患，因为许多妇女没钱养活这么多孩子。在美国，主要是取缔任何形式的节育措施；但并没有与之配套的向那些违背个人意愿被迫生育的人提供援助的政策。维京人还算向上迈了一级台阶：如果你在战斗中或分娩中死亡，你就可以进瓦尔哈拉殿堂[2]；即使是圣徒保罗，那个须发浓密的厌女老朽，也认为妇女可以通过生育得到救赎；美国的宗教右派则不然。

因此，创作《使女的故事》是为了回应那个我一直在追问自己的问题：假如这些人掌权了，会发生什么事，他们又会做些什么。很大概率就是他们一直在念叨的那些事：妇女应该待在家里，为了确保这一点，就要剥夺她们的工作和金钱；她们应该为男人的需要而服务，就像卢梭说过的那样；否则，她们便毫无用处。

在一九八五年，《使女的故事》看似夸诞得令人难以置信，即便于我

---

1 收入平衡化是指某一领域、行业、个人间的收入，通过政策、税收等将其控制在合理区间内，避免两极化。

2 北欧神话中阵亡将士与奥丁神永久生活的殿堂。

而言。

但永远不要把话说得太绝对。时间流逝。铁幕不再。资本主义宣告胜利。二十世纪九十年代初，有人宣布历史终结，但似乎言之过早。随着二〇〇一年九月十一日纽约双子塔遭到袭击，历史再次轰隆隆地运转起来，只是这次换了个方向。二〇〇八年，由于鲁莽的经济政策，世界经济陷入崩溃。这类恐怖事件导致公民一方渴望寻求更大限度的安全与保障：右翼政策突然有了更大的吸引力。混乱与威胁在先，独裁者随之而来：独裁者或极权政府自荐为明摆在眼面前的危险的解决之道。

这些人习惯于制造更多的混乱与威胁，以此来恐吓人们，激怒他们，将混乱与威胁归咎于其他人——那些必须被镇压或消灭的人——并提出他们自己就是解决问题的答案。他们说，只有我们能解决这个问题。我们有一个计划。我们将恢复社会的正常秩序。在我们的领导下，一切会变得更好。那些不支持我们的人就是在反对我们。这句话相当令人信服。它独具魔力，特别是当你感到恐惧或愤怒之时。

这就是二〇一六年夏天被大肆宣扬的讯息，当时我开始动笔写《证言》。也是在那个时候，葫芦视频网与米高梅电影公司投资的电视连续剧《使女的故事》启动拍摄，我在剧中客串出演一名法令执行者。那是我生命中一个非常特殊的时刻——我发现自己身处一个我自己创造的故事中，扮演一个在现实生活中我会强烈反对的角色，或者说，我觉得我会强烈反对。但这种反对会呈现为什么形式呢？在真正的极权之下，那些强烈反对的人，若被发现，是要被枪毙的。

自从《使女的故事》出版以来，读者一直在问我，故事中的主人公最后怎么样了。"我不知道，"我会说，"也许她逃出去了。也许被抓住了。你怎么看？"我会再写续集吗？"不会，"我会说，"我没法重现那个叙述的声音。"

但到了二〇一六年，我开始创作续集。我仍然无法重现那个叙述的声音。在几年前录制的一堂在线写作课上，我说过人可能总会从故事中各色人物的不同视角来考虑。再者，我们不需要从头开始——例如，《小红帽》可以从"狼肚子里一片黑暗"开始讲起。

这就是《使女的故事》的开头：狼肚子里一片黑暗，这里的狼是基列国政权；这也是《证言》的开篇：狼肚子里一片黑暗，但这次的狼成了丽迪亚嬷嬷，她是嬷嬷们的领导，负责管住基列国的妇女和女孩，而狼肚子里的黑暗则是丽迪亚嬷嬷掌握的秘密，以及她知晓的其他人的秘密。

在《使女的故事》结尾，我们看到了一场在基列国政权结束几百年后举行的学术研讨会——这说明基列国政权确实完蛋了。这就是过去一旦成为过去之后的模样：它被转变为历史书，或变成戏剧、历史小说、电影或电视连续剧，或成为博物馆的展览，或是雕塑，或是绘画；或成为学术研究的课题，为此举办研讨会，并展开热烈的讨论。

换言之，是为当下提供素材。正如托马斯·金所说，历史并非历经之事，而是我们就历经之事所讲述的故事。关键在于我们如何解读和呈现历经之事。这种解读与呈现总是发生在言说者或解读者的当下——否则还能在哪儿发生呢？因此，我们所知晓的过去总是在变化。某些部分被掩埋，但又重新被挖掘出来。有些部分往好了说，继而又往坏里讲。竖立雕塑，纪念那些受人景仰或举足轻重的人物，然后又把它们推倒。我此生也见证了一些雕像被拆除的事件，包括苏联的雕像和伊朗国王的雕像，以及时下诸多美国南方邦联将军的雕像。

因此，《证言》以一座雕像的揭幕来开篇。那是丽迪亚嬷嬷的雕像。当然，它矗立的位置比较偏——她毕竟是个女人，在基列国女人一般不会有雕像——但这终归是一座雕像。

我不会告诉你们在《证言》的结尾，围绕基列国研究的下一场研讨会上，这座雕像会怎么样；我只会讲，当不受人待见的过气政权被赶下台、新的秩序取而代之时，雕像就是这种结局。基督教徒掌权之后，有多少罗马和希腊的神像遭到了他们的破坏？很多很多。

极权主义刚出现时令人迷醉——它们的煽动者从来不以会毁掉你生活的邪恶阴谋者的面貌示人，而是更美好的新社会的预言人——而它们的崩溃也同样令人迷惑。柏林墙倒塌的速度之快令人咋舌。鲜少有人预料到这一点。因此，在二〇一六年，当我们见证了欧洲和其他地区向独裁主义转变，我想要至少在小说中探索朝向另一方向的转变：转向自由，而非远离自由。一旦极权主义变得腐败，无法带来美好的未来，它们是否会从内部崩溃呢？它们会不会因为内战、外敌入侵、公民的反抗或自身精英阶层之间的权力斗争而崩溃？虽然这些因素中可能会有一部分或全部起到作用，但并不存在万无一失的普世良方。

我对第二次世界大战的历史很是关注，对通敌的条件也很感兴趣。在遭受德国入侵的国家，公民中有人与德国勾结。在其他地方，有些人已经意识到本国政权存在缺陷、腐败且背叛了革命初衷，但他们还是支持它、帮助它。为什么会这样呢？

合作的原因有这么几个：一个人可能是真正的信徒，留在腐败的政权里，希望引导它回到最初的必然正道。一个人可能出于恐惧；通常的说法是，要么顺从，要么去死。一个人可能雄心勃勃；如果城里只有一场比赛，而你想要追求功名利禄，那你最好参赛。或者一个人可能觉得，比起从外部反对政权，他们在政权内部能够做成更多好事。我想到了希姆莱[1]的按摩师科斯滕，他把希姆莱弄到按摩床上，治愈了他诡异的疼痛，然后说动了他从盖世太保那里救人。"要不是因为我，"这类人自忖，"情况怕是更糟糕。在这种情况下，我表现得很好。"这句话多少总是有点道理，尽管这种情况可能少之又少，潜在的作用范围也可能极小。也就是说，如果你希望继续活命的话。

长期以来，那些秘密写下而后被私藏或偷运出来的手稿也让我深深为之着迷。它们数量众多——从安妮·弗兰克的日记，到库尔齐奥·马拉巴特的《完蛋》。为什么人们要冒着生命危险充当记录天使？到底是为什么？他们真的坚信未来的我们——也就是现在的我们——会收到他们的讯息，会理解它、在意它吗？他们似乎还真有这样的信念。

我坚信，哪里有暴政，哪里就有抵抗运动。在《使女的故事》和《证言》中都是如此。反对基列国的抵抗运动被称为"五月天"，得名于二战中

---

[1] 纳粹德国法西斯战犯，历任纳粹党卫队队长、党卫队帝国长官、纳粹德国秘密警察（即盖世太保）首脑、警察总监、内政部长等要职。德国《明镜》周刊对希姆莱的评价是"有史以来最大的刽子手"。

遇险船只和飞机的求救信号。这个词源自法语 m'aider，意为"救我"。我注意到，这也是恐怖片《变蝇人》中那只有着小小人头的苍蝇的呼叫声："救救我！"他用微弱的嗡嗡声叫道。当呼救声跨越巨大的时间鸿沟传到我们耳边时，听起来就像是这样吗？可我们能回到过去，真切帮助那个向我们呼救的人吗？办不到的。但我们可以倾听，可以确认我们收到了这则讯息。

除了带我们领略丽迪亚嬷嬷内心的黑暗狼肚，《证言》还有两位更为年轻的女性叙述者——其中一位在基列国长大，不知道基列国之外的现实，另一位则在加拿大的边境长大。我这岁数足以让我结识一些真正的二战抵抗组织成员，并与他们有过交谈。他们都成功地逃脱了抓捕和枪决——有的来自波兰，有的来自法国，还有的来自荷兰——我相信你们也知道，他们中许多人当时都很年轻，还不到二十岁。在《证言》中也是如此。

这本书大体写于二〇一六至二〇一九年间。故事随着我周遭现实的变化而展开，也随着电视剧的拍摄而展开。第一季于二〇一七年四月首播，当时我大概写了四分之一；第二、三季分别于二〇一八年和二〇一九年播出；第四季的拍摄因新冠疫情推迟，但再过几周也要开始了。因此，这本书的创作与电视剧的拍摄同步进行，而我很幸运，能够接触到十六年后的未来：我先于电视剧编剧知道这些人物可能会怎么样。我还有一个优势，那就是可以阅读不同阶段的剧本。"你不能杀了那个人！"我会说，"他们在未来——也就是在我这会儿正写着的小说里，仍然活着呢。我需要他们！"这是段离奇的经历——生活在一群实际上并不存在的人的未来里，或者说"存在"一词并非其通常的含义。

在这前所未有的一年里，我们都有了一些离奇的经历。

将来的某一时刻，我们这个时代也可能会成为学术研讨会的主题。那未必是个可怕的结果：它预设未来仍然有人类的踪迹，他们依旧关注对于历史的重新阐释，而且言论自由和思想活动仍然以一定形式存在。这并非最渺茫的希望：至少我们不会被机器人、星球灾难或百分百致命且无法控制的病毒所摧毁。

我书写的未来可能并不愉快，希望我们不要让这些未来成为现实。在这种情况下，我们或多或少都做得挺好，或者说我们中的某些人做得挺好。我只是希望我们所看到的专制主义政治行为的浪潮会退去，我们的集体环境不会变得更糟。有恐惧，就有希望：两者并非毫无关联。

我们希望在哪种情况下生活？也许这才是我们真正应该扪心自问的问题。狼肚子里一片黑暗，没错；但狼肚子外面一片光明。那么，我们如何才能去到那里呢？

《百鸟床头书》
前言
（2020）

二〇〇一年，格雷姆·吉布森收集鸟类故事和图像已经超过十年了，我们俩扮作奥丁神的乌鸦前去参加一个维京主题的化妆派对。这两只乌鸦分别名叫福金和雾尼——即思想和记忆——它们白天翱翔寰宇，夜晚回来栖息在奥丁的肩上，告诉他一天的所见所闻。这就是奥丁如此睿智的原因：他倾听鸟儿的声音。

为了装扮成乌鸦，我们穿起黑色衣服，戴上黑色手套，用黑色的美工纸做成鸟喙。我是记忆，格雷姆是思想。他说他装扮不了记忆，因为他记性不好，这也是他写了这么多日志的原因：它们是对冲遗忘的一种手段。他依靠这些日志记载下收录在《百鸟床头书》中的那些邂逅鸟儿的轶事；那些轶事都是他在发生之时记录下来的，都是现实中新鲜出炉的事。

格雷姆的观鸟历史绵长而充满激情。这是我们共同的追求，虽说如果观鸟是一门宗教的话，我会是一个淡然的教友，成长于斯，行礼如仪，因为这是大家都在做的事情；而格雷姆则是一名新近的皈依者，在通往大马士革之路[1]上被炫目的光芒深深影响。每一只新出现的鸟对他来说都是一种启示。他对于罗列他所见过的鸟类清单不怎么感兴趣，尽管他为了帮助记忆确实也这么做了。相反，让他着迷的是邂逅那只特别的、独一无二的鸟：这只鸟，就在此地，就在此时。一只红尾鵟！看！没有比这更华美的了！

在这样的时刻，即便是普通的鸟儿，也会令我耳目一新，因为我是透过他的眼睛来观察它们。我们共同的人生在一定程度上是由他的热忱来驱策的。这种热忱转移到动物保护活动，继而到格雷姆带领下的观鸟旅行，又到他与别人共同创立的皮利岛鸟类观察站，再是他与加拿大自然基金会和国际鸟盟的合作。

这也促成了他创作《百鸟床头书》。他写的不是一本关于分类和鉴别的野外指南，也不是一本如何观鸟的书，更不是一本"大年"[2]的个人观鸟记录；他关注的是诸多世纪以来鸟类在各种文化中对人类方方面面的影响。自成为人类伊始，我们一直在对鸟类浮想联翩。它们是世界的开创者、好帮手、信使与向导；它们是希望与抱负的象征，也是恶魔的化身、灾难的先兆。正如人们所说，天使从鸟儿那里得到翅膀，但魔鬼从鸟儿那里获取利爪。对于鸟类，并非样样都是单纯的百灵之歌。

无论我们走到哪里，无论他在读什么书，格雷姆都在留心收集：关于鸟类的神话、民间故事，以鸟类为主题的绘画、素描和雕塑，关乎鸟类的诗歌、小说选摘，生物学家和旅行家的记述。杂录是一种剪贴簿，而他所汇总的剪贴内容相当丰富。他工作中最痛苦的部分是把剪贴簿缩减在可控范围之内。

早在二十世纪九十年代，他便起心动念想推出这本书，可没有出版商感兴趣——它别具一格，算得上是一封情书，又无法轻易归类——但当它最终于二〇〇五年问世时，却大受欢迎，这多少让格雷姆有些不解。他很幸运，遇到了优秀的设计师C.S.理查森，还坚持使用善待森林的老式纸张——很好地吸收了印刷彩墨。结果就是成书赏心又悦目，还振奋灵魂。格雷姆到底是格雷姆，他很快就把利润捐了出去：鸟儿是他收获的礼物，而礼物必须传递下去。

格雷姆从未失去他从观鸟中获得的乐趣。在他生命的最后一年——由于血管性痴呆症恶化，他无法再阅读或写作了——可他仍然喜欢观赏鸟儿

---

1 源自《圣经》故事，圣保罗在前往大马士革的路上听到上帝的召唤，于是皈依基督。后以通往大马士革之路喻指观点或信仰的幡然转变。

2 "大年"（Big Year）在英语中指观鸟者之间的一种竞赛：在一年中，看谁观察到的鸟类种类最多。这种竞赛从1934年起风靡北美观鸟圈。

生气勃勃的生活。我们后院的喂食器和鸟浴池只吸引来了麻雀、知更鸟、鹩哥以及偶尔一见的鸽子,但他并不在意:每一只鸟都值得关注。"我已经叫不出它们的名字了,"他告诉我们的一位朋友,"不过,它们也不知道我的名字嘛。"

《永动》与《死神绅士》
序言
（2020）

一九七〇年，我第一次坐下来与格雷姆·吉布森交谈时，我给他看了手相——在那个莽撞的年纪，我习惯于对陌生人这样做。"一切都相互联系，"我不无睿智地说道，"你的智力、创造力与你的生命线、命运线连在一起。全都合为一体。"当初是这样，后来也是如此。

那一年，为了逃离城市与破碎婚姻的纷扰，格雷姆搬到了安大略省比顿市附近一座租来的农场。我断断续续地去拜访他，然后断了一阵子，之后又续上了。我们当时都在为阿南西出版社做事，它才刚成立，规模也不大——我所说的"做事"意义比较宽泛，因为它是一家服务年轻作家的出版社，没有人能拿到很高的报酬。我在编辑格雷姆的《十一位加拿大作家》一书——他为加拿大广播公司罗伯特·韦弗的节目《文选》所做的作家广播访谈。我的任务是克服重重困难厘清访谈文字记录稿；记录稿是一个女人用打字机打出来的，结果看来她有点耳背，所以我不得不猜测作家们到底都说了些什么。

没有忙于这些出版事务的时候，我们就努力安排携手共度的生活。比顿农舍的产权人想让我们买下农舍，但之前不知道什么人从旧谷仓的主梁上砍下了一截，塞到壁炉上——这意味着谷仓可能很快就会倒塌——所以我们另寻他处。我们没有多少钱，但终于也找到了我们负担得起的地方：一栋一八三五年的农舍，无人居住，不隔音也不隔热，而且闹鬼——我们在购买时还不知道。

垫高了下陷的地板，又在谷仓发现了一大堆腐烂的粪便——正好适合给菜园施肥，之后我们安顿下来，多少开始投入写作。与此同时，格雷姆还在组织加拿大作家联盟，接了文学方面的各种零活儿，总算有点收入的样子；在周末和节假日，我们往往有一屋子饥肠辘辘的人：他十几岁的俩儿子，他们的朋友，以及我们从城里出来休闲远足的朋友，整个七十年代后半段，他们都因我们刚出生的女儿而聚到了一起。我们有两个炉灶：一个是烧木柴的，上面永远咕嘟咕嘟炖着一大锅东西；另一个是电炉，带一个能让不大新鲜的羔羊肉活色生香起来的烤箱。我们有一台勉强算得上洗衣机的东西，但没有烘干机。菜窖里满是我们腌制的各种食物。我就不多说酸泡菜的事了，只提一句：我们当时要是在户外制作酸泡菜就好了。

在这时断时续的混乱局面中，格雷姆持续写作，比我当时写得要多。他的第一部小说《五条腿》(1969)取得了对于这样一部实验性作品来说相当不俗的成绩；第二部小说《共享》(1971)获得了评论界的认可，但在结尾处，他把菲利克斯给写死了，就是初见于《五条腿》中的那个年轻人。这下他开始四处寻找他的下一个焦点。在此期间，有几部初步成型的长篇小说来了又去：它们始于乐观的想象，但等到不能再让他全心投入，便被束之高阁。他是那种要么全赢要么输光、绝不妥协的人。

格雷姆不仅充满热情，而且具有道德使命感。他拿定主意，既然我们有一百英亩长满杂草的农田，我们就有责任去田里耕作。他不想做一个在乡下无所事事、懒散度日的城里人；他想要潜心投入在地生活的体验。不用说，我们俩以前都没有在农场待过。拍卖会上，他买了一台二手压捆机和一副耙子——后者可以搭配随地产附赠的旧拖拉机来使用。我们在绵延几英亩的地里种植了紫花苜蓿。格雷姆后来说，耕作就是开着拖拉机到处转，直到有部件损坏，然后开着拖拉机到处找零件来修，再开着拖拉机到处转……

我们还积聚了人以外的各种各样的生物。"我们应该养什么样的动物呢？"格雷姆一开始就问一位老农。得到的回答是"什么也别养"。然后人家停顿了一下又说："如果你要养牲畜，那最终你会得到死畜。"当时是这样，后来也是如此。动物死了。有时我们会吃掉它们。

我们养了鸡，格雷姆为此搭了个鸡舍和一处围起来的鸡圈；还养了一匹老马，那是诗人波莱特·吉尔斯劝我们救下的；以及一些鸭子，因为我们有一座池塘，要没有鸭子的话算什么池塘呢？还有另外一匹马，好跟第一匹马做伴；几头会跳跃的牛，它们的逃脱堪称这一带乡里的奇迹；几只鹅，它们被牛踩伤，然后被我们吃掉了；又养了几只羊，哎呀，它们不是死于脑包虫病，就是差点淹死在池塘里；为了让这个诺亚方舟完满，还养了一对孔雀。

这两只孔雀是送给我的生日礼物。它们为周围环境凭添了神秘的的鸣叫，这下整个气氛已经相当有哥特风格了。我不会详述我们用孵化器孵育小鸡的尝试——你必须把温度调得恰到好处，但我们没有做到，结果就出现了"科学怪鸡"——我也不会细讲雄孔雀的悲惨故事，一只嗜血的黄鼠狼夺走了它的雌孔雀，结果它发疯了，成了屠杀母鸡的元凶。

《永动》就这样开始了，格雷姆讲述的这个开荒故事把场景设定在一座农舍，说来也怪，书中的农舍就像我们住的这座农舍，而农舍所在的那块田地也像我们的那块地。主人公罗伯特·弗雷泽和格雷姆一样，是个充满热情的人，他遭遇的种种挫折与不切实际的痴迷与格雷姆不说如出一辙也至少有五六分相像。让弗雷泽不胜其扰的蚋、雷暴和桀骜不驯的奶牛也与我们的生活有关联。

不过，尽管有些事件和细节我一眼就能看出来，但并非书中的所有内容都来自于亲身经历。格雷姆翻找了有关俚语和非常规用法的词典，以确保他笔下的人物讲的是他们真正会使用的词汇，尽管现代人可能觉得其中一些语汇令人不快。他查阅了当地的历史——十九世纪初至中叶，安大略省谢尔本市内及其周边地区究竟发生了什么事？在该地区定居的人是什么样子的？——安大略省的许多人都是他们的后代，包括格雷姆。小说告诉我们，情况并不总是让人愉快。

格雷姆发现，挖掘已灭绝的巨型动物的骸骨并将其展出，这在十九世纪是一项广为人知的活动，安大略省南部则是猛犸象集中的地区。因此，罗伯特·弗雷泽挖掘出这样一副骨架并非不合时宜，而他希望借此牟利也在情理之中。公众对此兴致颇高，争论也很激烈：这种动物是对主流《圣经》叙事的挑战。这些野兽是在诺亚洪水时期灭亡的龙吗？倘若不是，那它们又是什么呢？弗雷泽挖出的猛犸象骸骨为小说定下了基调；其潜台词是，猛犸象灭亡了，我们傲慢得不可一世的人类也可能会灭亡。

然后提到了永动机的历史——永动机这座诱人但永远不可能实现的圣杯，那个时代有多少发明家都为之不懈追求；以及大量的旅鸽[1]——对农作物造成巨大破坏——还提到屠杀旅鸽可以赚钱。探索永动机与灭杀旅鸽都基于人类看来已是无可救药的奢望，即在这个地球上确实有免费的午餐可以无尽享用。自然的慷慨恩赐——在这里以鸽子的形式出现——永远不会枯竭。热力学第一定律是可以侥幸逃脱的。这是一种错觉，但这种错觉一直持续到今天。

吉布森的风格很难描述。言语和思想上踌躇不决、双重思维、骂骂咧咧而又语无伦次、语言交流中的口头禅与小把戏以及沟通障碍；这些都或多或少地存在于格雷姆的所有小说中。闹剧与滑稽性格、人类的愚蠢和高尚、徒劳与悲剧从来不会相距甚远，尽管这会因几分疯狂的快活而有所缓和。《永动》结尾的最后一个词是月亮，这在西方是象征幻觉和欺骗的符号。但是，尽管他为之疯魔的机器爆炸了，罗伯特·弗雷泽并没有放弃；他继续"凄凉地寻找"某种东西——尽管他努力说服别人，听起来似乎也很有道理——但那种东西并不存在。

格雷姆差点没能完成《永动》，因为写到四分之三的篇幅时他险些死了。一九七九年十一月中旬，我在安大略省的温莎市参加一场读书活动，当我回到酒店房间，有一条消息在等着我。消息是我们的朋友兼邻居、电影制片人彼得·皮尔森发来的，他正守候在安大略省艾利斯顿市的医院。格雷姆在手术室里。他的十二指肠溃疡破裂，要是晚几个小时送医院，他就完蛋了。八周后，虽然走路仍然摇摇晃晃的，但他又回到了小说创作的轨道上。他在苏格兰花了两三个月写这本小说，而我在别人的帮助下照看农场。此后不久，我们搬回城市，格雷姆差点没命、身体虚弱只是其中的部分原因。《永动》完稿后于一九八二年出版，并被翻译成法语、西班牙

---

[1] 鸠鸽科鸽亚科已灭绝的鸽，19世纪初曾有亿万只旅鸽栖息于北美东部，迁徙时可遮天蔽日数天之久，后来由于人类猎取食用已遭灭绝。

语、德语，我记得还有波兰语。

格雷姆与死神擦肩而过一事预示了八十年代他将要遭遇的境况。他的父亲T. G. 吉布森准将于一九八五年过世，他的弟弟、英国电影和电视导演艾伦·吉布森随后在一九八七年病逝。（他母亲在六十年代中期就已经去世）。这些人的离世，他自己也险些丧命，按照事情自然而然的发展，他将成为他家中下一个要走的人——他非常清楚这一点——这些都促成了他第四部也是最后一部小说《死神绅士》(1993)。

这是一本奇特的书；但他的哪本书不是这样呢？这本书的开头是一位还算成功的小说家——说来也怪，他和格雷姆挺像的——三心两意地写了一部小说，这部作品不尽如人意到了荒诞可笑的地步，与格雷姆自己舍弃的一些作品颇有相似之处。小说家名叫罗伯特·弗雷泽，和《永动》中主人公的名字一样，显然是他的后人。小说创作在罗伯特·弗雷泽二世的精神生活中所占据的地位，是否犹如寻找永动机在罗伯特·弗雷泽一世的精神生活中的那样？这是否也是一种错觉，一种对于月亮的执念？有可能。

罗伯特·弗雷泽的小说与他自己的生活交织在一起，而他的记忆和梦境对二者都有影响。他二战期间的童年记忆绝对属于格雷姆。上世纪四十年代初，他母亲作为留守在家的妇女努力抚养两个男孩，在医院看望饱受战争蹂躏的士兵之后她心情消沉，他自己也为在海外打仗的父亲担心，因为朋友们的父亲一个接一个死于敌手——我们一家人都记得他用和罗伯特·弗雷泽几乎一样的语言讲述这些事情。他因亲爱的弟弟患病离世而感受到的悲痛和失落——这些也都出现在书中。他与父亲的争斗，然后随着父亲上了年纪、身体变得虚弱，开始看到不存在的人，他又照顾起父亲——所有这一切都如书中所述。罗伯特令人诧异地尝试去接纳死亡，他遇见鬼魂，梦见逝者，认出自己面孔之下的死神脑袋，这些也都属于格雷姆的经历。它们也是人类广泛共通的经历，尽管我们每个人都以各自独特的方式去遭遇。

没有剧透，但格雷姆笔下的主人公确实达到了某种平衡。活在过去，无论过去有多么愁苦，可使我们避免意识到自己终有一死，因为身处过去，无论我们周遭有多少人已然离世，我们自己总还活着；而活在当下就要接受我们不可避免的死亡。可如果你在当下没有活力,你怎能活得淋漓尽致?死神这位绅士在等待着我们所有人,不是在我们身外,而在我们心内:他分享我们的秘密,在某种意义上也算得上我们的朋友,因为如果我们注定要永远活着,那么生命将为何物?据说亨利·詹姆斯在临终前说道:"终于来了,那不凡的东西。"格雷姆对这句话很熟悉。当然,罗伯特·弗雷泽并不完全是格雷姆;不过,正如我第一次见到他时所说,他的创作生涯和他的现实生活是一体的。

陷于时间的川流

（2020）

我可以有把握地说——在查阅了我乱糟糟的日记之后——我那首小诗《深深地》写于二〇一七年八月的第三个星期，在加拿大安大略省斯特拉特福德市的一条小街，用铅笔或圆珠笔（这个我得再查查）写在一张纸上，纸的来头可能是旧信封、购物清单或者笔记本内页。这个也得再查一下，但我猜是笔记本。这首诗的语言是二十一世纪初的加拿大英语，这也就解释了为什么诗里会出现短语"不大在意"：这短语从未见用于诸如丁尼生的《悼念集》，虽说类似的表达可能出现在乔叟的白话故事里——也许会用"不当回事"。二〇一七年十二月，这首诗被我从抽屉里拿出，勉强辨认了笔迹，录入电脑存为电子文档。我是从电子文档的日期和时间标签上了解到的这一信息。

创作过程与这首诗开头的描述差不多。我当时确实在人行道上慢吞吞地走着。那时我的膝盖状况很差，因为此前不久我带着个一岁半的孩子，在汽车后座上以别扭的姿势坐了五个小时车，身上还放着一堆行李。（现在情况大有改善，或者说是膝痛大有改善。谢谢关心。）实际上，我手拿半杯咖啡，那咖啡装在一个带塑料杯盖的外卖杯里——塑料杯盖真是让人懊悔。（现在有更好的选择，多亏了反对塑料污染的轩然大波，大家闹得在理。）慢步行走让我陷入深思，而深思又引发诗兴。公园的长椅帮了我大忙，当时也没下雨。随之而来的是潦草涂写。

为什么我一个人走着，没有和格雷姆一起呢？自从一九七一年起，我就和他一起在苏格兰本土、奥克尼群岛、古巴、诺福克郡、加拿大中北部混交林、法国南部、加拿大北极地区和西北地区等不同地方走了数百英里。走路向来是我们的一大乐事——走路以及划独木舟——直到他的膝盖开始不行了,比我的膝盖磨损出现得早。所以在我们游玩了有好些年头的斯特拉特福德市,他在床上吃早饭,我则蹒跚着出去买东西,路上靠咖啡因给自己加把劲。

我们在斯特拉特福德进行年度游览,观看融合了莎士比亚、音乐剧和意想不到的元素的演出。我也做了演讲吗?应该有吧,因为我刚刚出版了《女巫的子孙》书中场景的设置之处与安大略省斯特拉特福德市的某个节庆有几分相似,这并非巧合。看莎士比亚,研究莎士比亚,写莎士比亚——这一切很快就跳跃到对于过时词语的思考,对于正在消逝的词语、语言的可塑性以及所有语言文字的思考——gay 一词过去表示快乐,也曾用来指代暗娼——由此又想到时间本身的滑流。我们陷于时间的川流。时间流淌向前,留下身后万物。

那是需要强调的前景,而不久前,格雷姆在二〇一二年被诊断出患有痴呆症,所以我们这样已有五年光景了。二〇一七年八月,虽然病症发展缓慢,但时钟滴嗒作响。我们知道会有怎样的终局,但我们不知道它何时到来。

我们就此谈了又谈。我们尽量不在阴郁的笼罩下度过太多时光。

我们设法做成了很多我们想做的事,每个小时都挤出足够的快乐。格雷姆得到预先的悼念:《深深地》一书中所有关于他的诗,都是在他去世之前写的。

与此同时,我们参与了葫芦视频网与米高梅电影公司投资的电视连续剧《使女的故事》——该剧于二〇一七年四月首播,成为轰动一时的爆款剧集,它斩获多项艾美奖尚属未来之事,制作精良的迷你剧《别名格蕾丝》也有待播出——但这两部电视剧仍令我记忆犹新。两者都背衬二〇一六年美国总统大选所投下的骇人强光,而我对那次大选的体验仿佛那些噩梦电影,你本期待着女孩从蛋糕里跳出来,结果跳出来的却是小丑。假如希拉里·克林顿赢得了选举,电视剧《使女的故事》就会被当作躲过的一劫。从当时的收视情况来看,不仅收视率极高,而且观众都给吓坏了。然而,那时几乎没人预料到，破坏美国民主基石的举动——基石指独立运作的媒体、独立于行政的司法机构、忠于宪法所代表的国家而非某个国王、军政府或独裁者的军队——会在二〇二〇年十一月闹到那种程度。

《别名格蕾丝》，改编自十九世纪中叶一桩真实的双重谋杀案，也即将与时事热点同频共振，不仅涉及"夺阴统帅"[1]，也与反性骚扰的 MeToo 运动相关，这凑巧得简直让人心里发毛。这部迷你剧于九月开播，对哈维·韦恩斯坦的指控十月浮出水面。但当我一瘸一拐地在街上走着，沉思深深地这个逐渐消逝的语词时，这一切都尚未发生。

二〇一七年八月我还做了些什么呢？大约是在此前一年，也就是大选前的筹备期，我开始创作小说《证言》。早在一九八五年，我们就已经知道基列国的世界走到尽头了，但我们不知道究竟是如何终结的。我当时正处于探索各种可能性的起步阶段，就像是小朋友过家家捏泥饼玩，尽管我在二月就已经给出版社发了一页纸的陈述。

你不可能一边天天看着两部剧，一边还轻轻松松写出长篇小说来。不过，你可以边看剧，边胡诌乱写点诗歌。我就是这么做的。

这首《深深地》，是其时代精神的一部分，却又声称与时代精神划清界限。这不完全是死亡的警告，更像是生命的象征。

在此引用厄休拉·勒古恩（不久后我会写她的讣告，尽管那时也还未发生）的一句话："唯黑暗，成光明，唯死亡，得再生。"

诗歌与其他事物一样，都创作于特定的时间（公元前二千年、公元八百年、十四世纪、一八五八年、第一次世界大战，等等）。它们写就于某个特定的地点（美索不达米亚、英国、法国、日本、俄罗斯）。除此之外，作者还得碰巧在某个地方（在书房里、草坪上、床上、战壕里、咖啡馆里、飞机上）。诗歌通常是口头创作，然后使用某种书写工具（铁笔、毛笔、鹅毛笔、钢笔尖、铅笔、圆珠笔、电脑），以特定语言（古埃及语、古英语、加泰罗尼亚语、中文、西班牙语、海达语），诉诸一个表面（泥板、纸莎草纸、羊皮纸、纸张、数字屏幕）。

---

[1] 指美国前总统特朗普，恶名出处参见第四部分第四篇脚注。

至于诗歌应该怎样，观点大相径庭（歌颂神灵，赞美心上人的魅力，颂扬尚武的英雄精神，赞颂公爵与公爵夫人，扯下权力精英的伪装，冥想自然、生灵与花草树木，呼吁平民起来反抗，欢呼全面大跃进，直言不讳地大谈前任或父权制）。诗歌完成其使命的方式（以典雅的语言，有音乐伴奏，用押韵的对句，自由诗体，十四行诗体，用从词库中选取的比喻，审慎使用方言、俚语和脏话，大满贯赛事的即兴创作）同样不计其数，并且受到潮流的影响。

诗歌的受众包括女神祭司、当时的国王和朝臣、知识分子同仁的自我批评小组、游吟诗人同伴、上流社会、和你同为"垮掉的一代"的青年、基础创意写作班同学、网络粉丝——正如艾米莉·狄金森所说——你的无名之辈伙伴。他们可能因为所说的言论而遭流放、枪毙或审查，那些言论随时间和地点的不同而千变万化。在独裁国家，吟游诗人紧皱眉头，忐忑不安：在错误的地方说了错误的话，会惹上一大堆麻烦。

每首诗都是如此：诗歌深嵌于所属的时间和地方。它们无法抛弃自己的根。但如果幸运的话，它们也可能超越时空。然而这意味着后来的读者可能会欣赏这些诗歌，尽管无疑并非以它最初预想的方式。歌颂伟大而可怕的美索不达米亚女神伊南娜的那些赞美诗非常迷人——至少在我看来如此——但它们不会像之于古代听众那样，震撼得让我的骨髓都化了：我不觉得伊南娜会随时现身，夷山平海，尽管我的判断可能有误。

虽说浪漫主义者一直在谈论永恒的名声与超越时代的写作，但在这种问题上没有"永恒"一说。声誉和风格起起伏伏，书籍遭唾弃并焚毁，然后又被发掘再利用；今日的不朽歌手，很可能落得在大后天当引火物来使用的命运，就像大后天的引火物可能取自火焰，受人称颂，再刻成柱基上的浮雕。塔罗牌中的命运之轮实际上就是一个轮子，这是有原因的。善恶到头终有报，至少有时是如此。它并非叫作"通往命运的无可避免的直道"。根本就不存在这样的东西。

预警已经发出了，这下我要引用电影《邮差》里邮差说的话了。邮差偷了聂鲁达的诗歌，归为自己的创作，以此向他的爱人吟唱小夜曲。"诗歌不属于创作者，"他说，"它属于那些需要它的人。"的确，当诗歌离开写诗人之手,而写诗人可能也业已告别那时那地,如原子般四处飘荡,那么这首诗还能属于谁?

钟声为谁而鸣?为了你,亲爱的读者。这首诗为谁而作?也是为了你。

深深地

这是个古老的词,正在消逝。
我深深地祝愿。
我深深地热望。
我深深地爱他。

我沿人行道前行
小心翼翼,因为膝盖不济
我却不大在意
没你料想的那样
因为还有其他事情,更加重要——
等上一会儿,你就明了——

手拿咖啡半杯
装在纸杯,还有——
我深深地懊悔
一个塑料杯盖——
努力回忆词语曾经的含义。

深深地。
这词以前怎用?
深爱的人。
深爱的人,我们相聚。
深爱的人,我们共聚在此

在这个我偶然看到的
被遗忘的相册里。

正在褪色,
那些棕褐的、黑白的、彩色的相片,
每个人都那么年轻。
那些宝丽来相片。
什么是宝丽来,小孩子会问。
十年前出生的小孩子。

如何解释呢?
你拍了照,相片从顶部弹出。
什么顶部?
那困惑的表情,我见过很多。
难以名状
琐碎的细节,事关——
所有这些深爱的人如何相聚一起——
我们曾经如何生活。
我们用报纸把垃圾包住
再用绳子捆扎。
什么是报纸?
你懂我的意思吧。

但是绳子,我们还有。
把东西串在一起。
一串珍珠。
他们会这么说。

如何记下这些岁月?

每个闪耀的日子,每次独处的时光,
每寸逝去的光阴。
我在纸上记下过往时光,放进抽屉,
那些岁月,正在褪色。
珠子可以用来计数。
譬如玫瑰念珠。
但我不喜欢往脖子上挂宝石。

沿着这条街,有很多花,
正在凋落,因为到了八月
尘土飞扬,正要入秋。
不久,菊花将盛开,
在法国,这是逝者的花朵。
不要以为这是种病态。
这不过是现实。

难以名状花朵的丝丝细节。
这是雄蕊,与男人无关。
这是雌蕊,与手枪无关。[1]
这些最小的细节挫败了译者
也打败了我自己,难以描述。
你懂我的意思。
你会徘徊不前。你可能迷失不见。
言语可以做到这点。

深爱的人,相聚于此

---

[1] 原文中,雄蕊为"stamen",包含"men"(男人)的发音。雌蕊为"pistil",发音与手枪(pistol)相近。

在这个关上的抽屉里，
渐渐褪了色，我想念你们。
我想念那些消逝的、那些先已离去的。
我甚至想念那些依旧在这此的。
我深深地想念你们。
我深深地为你们悲伤。

悲伤：这是另一个，
你再也不常听到的词。
我深深地悲伤。

《大科学》
（2021）

"飞机来了。美国飞机！"

音乐学者和上了一定岁数的人会听出这几句歌词出自劳瑞·安德森一九八一年不可思议的语音合成曲《哦！超人》，这首歌——如果可以称之为歌的话，在洗澡时哼唱着试试看——在当年轰动一时，使得安德森在一九八二年推出了第一张多曲目专辑《大科学》。

《大科学》如今重新发行可谓恰逢其时：美国正在再次重塑自我。这一任务属于自我拯救，来得正是时候：我们一直受到引导而深信，民主或许已经从专制统治的虎口中被夺回了。一场新政可能即将到来，会让财富分配更公平，会创造出一个最终宜居的星球。几百年以来的种族主义有望得到解决。希望这些直升飞机不要坠毁。

在一九八一年，那时候我还不知道《哦！超人》讲的是伊朗革命和人质危机期间营救受困美国人的任务，在那场危机中，五十二名美国外交人员被伊朗扣押了一年多。安德森本人说过，这首歌与"鹰爪行动"有直接联系，那是一次失败的军事救援行动，其中包括一架直升机坠毁。这场灾难表明美国的军事工业超人并非不可战胜，歌曲中提到的自动化和电子技术也不是永远立于不败之地。安德森说，直升机坠毁是这首歌或者表演作品的最初灵感来源。当《哦！超人》先在英国、然后在其他地方成为热门金曲时，安德森称她大为惊讶。一炮而红的机会能有多大呢？非常渺茫，事先你会这么说。

人总能记得，在人生的某些关键时刻，自己当时在做什么。每个人的关键时刻都各不相同。我的有些关键时刻与公共悲剧联系在一起：肯尼迪遇刺时，我在多伦多市中心的一家市场调研公司工作；九一一恐袭时，我在多伦多机场，想着自己即将飞往纽约。另一些关键时刻与天气有关：目睹飓风，遭遇冰风暴。还有一些关键时刻是音乐方面的。四岁时，我坐在苏圣玛丽市家里的扶手椅上，笨拙地把我的毛绒玩具熊缝进它的衣服里，那时我第一次在广播里听到歌曲《木马千迈》。当我满腔少女情怀抱紧舞伴在高中舞池里慢悠悠打转时，现场乐队唱起了《蓝月亮》。一九六四年，一头鬈发、吹着口琴的鲍勃·迪伦在波士顿的舞台上与光着脚的民谣女王琼·贝兹珠联璧合，向我展现才华。

跳切到一九八一年。时光荏苒。我年岁渐长，这不足为奇。令人惊讶的是——或者对于一九六四年的我来说真是意想不到——我这下有了伴侣和一个孩子，更别提还有两只猫和一栋房子。罗纳德·里根已经当选为总统，他向大家承诺将让美国与我们曾在七十年代经历的嬉皮士世界和女性主义风潮大为不同。

就这样，一九八一年，我们开着收音机，一边做着晚饭，这时无线电波里传来一阵阵诡异的声音。

"那是什么东西？"我问道。仔细想想，这不是你平常在收音机里听到的那种音乐，甚至不是来自收音机里的声音或者其他什么地方的声音。顶多像是在电唱机和黑胶唱片的时代，我们这些十几岁的半大孩子用低倍速播放唱片玩儿，因为那听起来很滑稽——女高音的声音会变成僵尸般的男中音低吟，而且十有八九就是这样。

然而，我刚刚听到的声音并不滑稽。电话答录机传出欢快的中西部口音："我是妈妈，你到家了吗？"但那不是你母亲。它是"那只手，抓住你的那只手"。这是一个建构，像是《天外魔花》之类的科幻电影里的玩意儿；它看起来像人，但又不是人，既令人毛骨悚然又邪恶阴险。更糟的是，它是你唯一的希望，妈妈、爸爸、上帝、正义和力量都已不知所踪。

我为之着迷的"那东西"就是《哦！超人》。你们看得出来，我从未忘记它。它与其他任何东西都不一样，而劳瑞·安德森也与其他任何人都不一样。

或者说不同于任何你通常认知中的流行音乐家。在她这首出圈单曲之前，她一直是一位先锋表演艺术家和发明家，最初接受视觉艺术的培训，并与威廉·巴勒斯[1]与约翰·凯奇[2]等志同道合的艺术家合作。二十世纪七十年代——大家记忆中的这个年代不仅有宽领带、长外套、高筒靴与民族风，还有轰轰烈烈的第二波女性运动——是行为艺术的一个高能期。这些艺术就本质而言是短暂的，强调过程胜于成果，其根源可以追溯到二十世纪头十来年的达达主义，追溯到五十年代末试图从二战的废墟中创造新事物的艺术团体零族，以及活跃于六七十年代的前卫艺术团体激浪派。

安德森在《大科学》中的规划是对美国进行忧心忡忡的批判性审视，尽管这份审视不完全源自外部。她生于一九四七年，一九五七年刚好十岁，足以见证那十年间各式新物件激增并涌入美国家庭；一九六二年她十五岁，正值民权运动如日中天的时期；一九六七年她二十岁，那时学生运动和反越战的抗议活动如火如荼。对于那个时代的人来说，颠覆规范想必是稀松平常之事。

不过，尽管纽约成了她的文化大本营，但安德森本身并不是出身大城市的女孩。她在伊利诺伊州长大，那里是美国的中心地带。她那欢快的妈妈声音和她那"你好，陌生人"的转喻习来得没有半点虚假。她是一个难民，不是逃难到美国，而是逃难自美国内部：理所当然、毋庸置疑的昔日美国，被物质发明以及《大科学》歌曲中提到的进城路上标志——高速公路、购物商场和免下车银行等事物迅速改变。下一个可能被推平的是什么？还会留下多少自然景观？美国对技术的崇拜是否即将摧毁美国？更重要的是，我们的人性由什么构成？

随着二十世纪演进到二十一世纪，随着自然遭到破坏的后果越发显而易见到令人惊骇，随着模拟信号被数字信号取代，随着监控的可能性增加

---

[1] 美国作家，与艾伦·金斯伯格同为"垮掉的一代"文学运动的创始者。晚年在演艺界创作了不少通俗歌曲，甚至被一些年轻人奉为朋克摇滚宗师。
[2] 美国先锋派音乐的中心人物，热衷于探寻新的音响和组织这些音响的革新方式。

了一百倍，随着网络媒体使得人类拥有近似博格人[1]冷酷的蜂巢思维[2]，安德森忧心忡忡而又令人不安的探索已经带上了预言的光环。你还想当人吗？你现在还是人吗？人到底是什么？或者你会让自己被假妈妈的电子机械长臂搂在怀里吗？

《大科学》从未像现在这样贴合当下。请听一听，直面这些紧迫的问题，感受这背后的寒意。

---

1 《星际迷航》中的一个宇宙种族，生活在银河系德尔塔象限，是半有机物半机械的生化人，身体上装有大量人造器官及机械，大脑为人造的处理器。
2 "蜂巢思维"用来比喻协作带来的群体智慧。在蜂巢中，每个个体各有分工，各司其职，自发地维系整个蜂巢；蜂巢就像是一个整体，汇集了每个个体的思维。

巴里·洛佩兹

（2021）

我第一次见到巴里·洛佩兹是几十年前，在一次去往阿拉斯加的旅途中。"欢迎来到阿拉斯加，"人们说，"在这里，女人堪比男人，男人堪比动物。"这可能是句玩笑话，但也有几分道理，而且是让我有点耳熟能详的道理。我长在北方，阿拉斯加就是北方。女人都很强悍。

不过，如果你要成为动物，那么当哪种动物就很重要了。当黄鼠狼是一回事，当狼又是另一回事。如果你选择狼，那么很可能要感谢巴里。忠于族群，聪明，足智多谋，生存至上，还长得好看：有什么不好的方面吗？好吧，有狼遭到来自直升机上的射杀。这种事不会发生在黄鼠狼身上。就是这样。

格雷姆和我早已是巴里作品的忠实粉丝。《狼与人》（1978）是一个突破，《北极梦》（1986）也是。见到巴里，我们感觉像是进入一个新的领域：在那里，已然日渐消失的语言——关乎我们与自然界不可分割的联系的语言——还在言说，它的生命因这位言说者而得以延续。巴里是荒野中的先知，但他并不把那里称为荒野。当时他是个孤独的言说者——他一定经常怀疑是否有人真在聆听——而今他是一位至关重要的演讲人。虽然在上世纪八九十年代他的许多同龄人可能基本上不理解他发出的讯息有多紧迫，但参与诸如"反抗灭绝"等世界性运动的年轻人很好地理解了。我们吸入的每一口气都来自大自然；杀死了自然，我们也就杀死了自己。海洋是地球之肺，北方的海洋是这一生态系统的关键所在，而正是这一系统才使地球成为亿万年来的宜居星球。

现在，人为造成的第六次大灭绝正向我们袭来，北极正在融化，巴里作品的重要性不言而喻。我们与维系我们生存的母体失去了联系，这将给我们带来危险，而且这危险比预期的来得还要快。且让我们希望巴里·洛佩兹所唱的不是挚爱逝去的挽歌。我们深爱的"蓝色星球"，我们深爱的荒野——如果无可挽回地失去了它们，那么我们自己也将消亡。阅读巴里的作品——反复阅读，是为了提醒我们自己，那损失将有多惨重，又有多愚蠢。

谢谢你，巴里。

海洋三部曲
序言
（2021）

海洋是我们星球的活体心肺。它们提供了大气层中的绝大部分氧气，还通过环流来控制气候。没有健康的海洋，我们这些居住在陆地上、呼吸空气的中型灵长类动物就会死亡。

海洋生物学家雷切尔·卡森最初的三本书《海风下》《我们身边的海洋》与《海之滨》的再版，标志着人们对于上述这些事实有了新的普遍认识。卡森在二十世纪三十、四十、五十年代创作这些书的时候，好些如今已然成为现实的事情尚未发生。那时出现了一些警讯，但只是隐约露出端倪。鲜有人意识到我们已经进入了第六次大灭绝的时代。萌芽中的气候危机还没有影响到公众的意识。大规模的工业捕鱼才刚刚开始，纽芬兰大浅滩的鳕鱼种群尚未因过度捕捞而灭亡。其他鱼类种群也还没有毁灭性地成为副渔获物[1]而受到大批捕杀。大陆架上的再生生态系统还没有遭到拖网渔船的毁坏。珊瑚礁尚未白化。由塑料绳构成的"幽灵网"还没有漂浮在海上，缠住并杀死鱼类、海豚以及鲸鱼。还没有国家设立海洋保护区，何必要有这种事物呢？海洋难道不是一个不断再生、供人享用的丰饶之源吗？你不需要关注它的生态系统，为什么要这样做呢？大海可以照顾自己。它那么浩瀚，不会出问题的。正如拜伦勋爵所写的那样：

皇涛澜汗，灵海黝冥。

万艘鼓楫，泛若轻萍。

芒芒九围，每有遗虚。

旷哉天沼，匪人攸居。[2]

诗中所言在十九世纪那个木制帆船时代可能没错，但时至今日，在这石油、塑料、杀虫剂和工业化过度捕捞一片猖獗的时代，一切则不然了。倘若卡森如今还活着，她会是第一个着重指出人类对于海洋的戕害有多危险的人。

雷切尔·卡森是二十世纪的一位关键人物。假如没有她，我们这些有志于保护宜居地球、关心生物多样性（也包括我们本身这一物种）的人就不会有今天的成绩；如果有更多的决策者听取她的意见、根据她的见解采取行动，那么数百万正在遭受污染、气候危机以及与之相关的饥荒、林火、洪水与资源战争的人们也不至于身陷眼下的处境。

我说她"关键"，是指在她一九六二年出版重要著作《寂静的春天》之前，人们持一种看法，而有了这本书之后，人们的看法就完全不一样了。她坚持自己的立场，为其基于证据的结论辩护。在我们当下生活的这个新时代，否认科学、拒绝面对事实已成常态——不仅拒绝面对那些关于气候变暖以及新型杀虫剂和除草剂破坏生态的事实，还拒绝面对诸如疫苗与计票等更直观的人类关切之事——因此，当年对于卡森所揭示真相的无知和敌视反应并不会让我们感到惊讶。

《寂静的春天》是卡森写的第四本书。她的处女作《海风下》出版于一九四一年——这一年并不适合出版任何与时政无关的书籍，因为第二次世界大战正在进行，美国又即将积极参战。该书如抒情诗般动人，采用以动物为中心的自然写作方式——这种方式由欧内斯特·汤普森·西顿的《野生动物故事集》与亨利·威廉姆森的《水獭塔卡》和《鲑鱼萨拉尔》开创——放到今天可能会作为青少年或儿童文学来销售，虽说卡森的目标读

1　副渔获物（Bycatch）是捕鱼业中使用的一个术语，指渔民在捕捞其他海洋物种时无意间捕获的动物。

2　本诗节为苏曼殊译本。

者更为广泛。她旨在通过讲述一只三趾鹬、一条鲭鱼和一条鳗鲡这三个生命个体的故事，来提高人们对于物种间紧密联系的认识。

人们讲述起关于其他物种或生命个体的故事，不可避免地带有拟人化的特征——即便是《铅笔的一生》和安徒生关于圣诞树的童话[1]也是如此——所以在这方面横加指责卡森是没有意义的。一旦你写的情节涉及持有观点的个体，就会使它们人格化，无论你是像毕翠克丝·波特那样给动物角色穿上连衣裙、戴上水手帽，还是像卡森那样让她笔下的鳗鱼光着身子游泳。从好的方面看，这种技巧有助于读者对其他生命形式产生共鸣。缺点是，鳗鱼没有人类的名字，水獭和狼也没有，所以有点复活节兔子化的处理也是在所难免。不过海洋的诸多奥妙与馈赠充满趣味，非常值得一读，虽说这样的故事放到如今来写的话，还得把这些生物现在所面临的人为造成的危险都给囊括进来：栖息地遭破坏、环境污染以及濒临灭绝。鳗鱼安桂腊无疑将不得不与塑料袋作斗争，而三趾鹬银条的迁徙会更像弗雷德·博兹沃斯同名悲剧小说中那些杓鹬的遭遇。

卡森的第二本书《我们身边的海洋》于一九五一年出版——战后艰难的时日似乎终于在前一年结束了——并获得了巨大的成功。这本书不是虚构类作品，而是真实的故事，将历史、前史、地质学和生物学结合在一起，是一首对海洋的世俗颂歌。许多人都渴望跟随作者潜入水下，进入群青色的深处。还记得儒勒·凡尔纳《海底两万里》中的尼摩船长吗？也许你不记得了，但在一九五一年，许多读者都还记得。大海之下是一个充满冒险和奇迹的地方，有这样一位见识广博、热情洋溢的导游带领着去游览，那是多么令人激动啊！没有美人鱼，但话说回来，却见证了更大的奇迹。正是这本书使雷切尔·卡森蜚声国内外。

《海之滨》是卡森海洋三部曲中的第三部，于一九五五年出版。这是我十五岁时最感同身受的一本书。它讲的是赶海，在战后四十年代末、五十年代初的那些夏天，在去新斯科舍省的亲戚家做客期间，我自己沿着芬迪湾海岸也赶过很多次海。那片海岸的潮水潭、洞穴、植物群、海星和腹足

1　即安徒生童话《枞树》。

动物与海湾对面[1]的一般无二,所以《海之滨》前三分之一讲的都是我见过的生物。退潮时,我每每经过岩石潭就忍不住要往里瞧,想看看里面可能会有什么。

在这三本书中,都有一再重复的话:注视,看见,观察,学习,好奇,疑问,总结。雷切尔·卡森教授人们以全新的方式注视海洋,思考海洋。她把同样的思维习惯带到了对鸟类生活的观察之中——带到她注意到的数量不断减少的鸟类中去——这才有了《寂静的春天》。假如没有她在海洋方面的投入,她就无法开发出研究工具来探究杀虫剂的影响。假如没有海洋三部曲给她带来的名望与地位,她发出如此惊人的警讯时,就没人会去倾听了。假如无人倾听,就不会再有老鹰或游隼,最终连柳莺也没了。

雷切尔·卡森是当今环保运动的主要先驱之一。我们人类深受其影响,如果我们作为一个物种能活到二十二世纪,那在一定程度上要归功于她。在此迎来她海洋三部曲的新版,不胜欣喜。谢谢你,圣雷切尔,无论你在何方。

---

1 芬迪湾位于加拿大与美国东北部之间。

致　谢

首先感谢这些年来为我这些随笔和应景之作捧场的众多读者,以及大家一路以来予以我的回应。

感谢我的妹妹兼打头阵的编辑鲁丝·阿特伍德,她帮助我完成了第一遍和第二遍除草工作——在冗词赘语的田间耕耘不懈,把多得难以处理的短文修剪成合适的篇幅。感谢露西娅·奇诺,她查找文章原稿并搜寻已发表的版本,发现了一些——坦率地说——我已经忘了我写过的东西。在新冠疫情期间,这绝非易事,因为图书馆都关门了,包括收藏有许多手稿的多伦多大学的托马斯·费舍尔善本图书馆。谢谢图书管理员们,他们施与的帮助超乎其职责所求。

感谢与我长年合作的多家杂志和报纸的编辑;感谢我在大西洋两岸的图书编辑,他们的体贴和热情给了我很大的鼓励。这群人包括英国企鹅兰登书屋的贝基·哈迪、加拿大企鹅兰登书屋的路易丝·丹尼斯和玛莎·坎亚-福斯特纳、美国企鹅兰登书屋的李·布德罗和路安·沃尔特。豹尾编辑公司的希瑟·桑斯特再次担纲魔鬼文字编辑,她剔除每一个毛病,包括那些未萌未现的问题。杰西·阿特伍德·吉布森试图拯救我于我自己的魔掌,但并不总能成功做到。

感谢我现已退休的经纪人菲比·拉莫尔和薇薇安·舒斯特;感谢柯蒂斯·布朗公司不知疲倦的卡罗琳·萨顿;感谢凯特琳·莱顿、克莱尔·诺泽尔、索菲·贝克、乔迪·法布里和凯蒂·哈里森,他们处理起外国版权来相当在行。

还要感谢那些让我在时间中不断前行、那些提醒我今夕何夕的人,包括O. W. 托德有限公司的露西娅·奇诺,以及佩妮·卡瓦诺;感谢设计和运营网站的V. J. 鲍尔;感谢迈克·斯托扬和谢尔顿·舒尔布,感谢唐纳德·博纳特,感谢鲍勃·克拉克和戴夫·柯勒。

感谢科琳·奎因,她确保我走出写作的地洞,来到开阔大道;感谢赵晓兰和薇琪·董;感谢修理家什物件的马修·吉布森,感谢保障灯光常亮的"触电医生",感谢帮忙把"写作地洞"打造得舒适宜居的伊夫林·赫斯金、泰德·汉弗莱斯、迪安娜·亚当斯和兰迪·加德纳。

一如既往,感谢格雷姆·吉布森,在写出这些作品的大部分时间里,他都和我们在一起。他每每听到笑话总要开怀大笑。

Margaret Atwood
BURNING QUESTIONS: Essays and Occasional Pieces 2004-2021
Copyright: 2022 BY O. W. TOAD LTD.
This edition arranged through Big Apple Agency, Inc., Labuan, Malaysia.
Simplified Chinese edition copyright:
2024 SHANGHAI TRANSLATION PUBLISHING HOUSE
Cover photo by Luis Mora
All rights reserved.

图字：09-2022-185 号

图书在版编目（CIP）数据

接下来会发生什么：阿特伍德随笔集：2004-2021/（加）玛格丽特·阿特伍德（Margaret Atwood）著；赖小婵，张剑锋译. —上海：上海译文出版社，2024.6
（玛格丽特·阿特伍德作品系列）
书名原文：Burning Questions: Essays and Occasional Pieces 2004-2021
ISBN 978-7-5327-9511-6

Ⅰ.①接… Ⅱ.①玛… ②赖… ③张… Ⅲ.①散文集—加拿大—现代 Ⅳ.①I711.65

中国国家版本馆 CIP 数据核字（2024）第 097811 号

接下来会发生什么：阿特伍德随笔集 2004—2021
［加］玛格丽特·阿特伍德 著 赖小婵 张剑锋 译
责任编辑/杨懿晶 装帧设计/胡枫

上海译文出版社有限公司出版、发行
网址：www.yiwen.com.cn
201101 上海市闵行区号景路159弄B座
山东韵杰文化科技有限公司印刷

开本 890×1240 1/32 印张 14 插页 4 字数 309,000
2024 年 6 月第 1 版 2024 年 6 月第 1 次印刷
印数：0,001—8,000 册

ISBN 978-7-5327-9511-6/I·5952
定价：98.00 元

本书专有出版权为本社独家所有，非经本社同意不得转载、摘编或复制
如有质量问题，请与承印厂质量科联系。T:0533-8510898